BASTEI
LÜBBE
TASCHENBUCH

Weitere Titel des Autors:

Krieg der Rosen: Winterpilger
Krieg der Rosen: Königsblut

Über den Autor:

Toby Clements ist Autor und Buchkritiker. Schon als Grundschüler spürte er eine ungeheure Faszination für die englischen Rosenkriege, die lange, blutige Auseinandersetzung zwischen den Adelshäusern Lancaster und York. Seitdem hat er so gut wie jedes Buch gelesen, das es zu diesem Thema gibt. Mit der Veröffentlichung von *KRIEG DER ROSEN: WINTERPILGER*, dem ersten Teil seiner Saga um die Rosenkriege, ging für Toby Clements daher ein Kindheitstraum in Erfüllung. Er lebt mit seiner Frau und seinen drei Kindern in London.

Toby Clements

Krieg der Rosen

Hochverrat

Historischer Roman

Aus dem Englischen von Arno Hoven

BASTEI LÜBBE
TASCHENBUCH

BASTEI LÜBBE TASCHENBUCH
Band 17 612

Dieser Titel ist auch als E-Book erschienen

MIX
Papier aus verantwortungsvollen Quellen
FSC® C083411

Vollständige Taschenbuchausgabe

Deutsche Erstausgabe

Titel der englischen Originalausgabe: »Kingmaker: Divided Souls«

Lektorat: Judith Mandt
Textredaktion: Heike Rosbach, Nürnberg
Illustration Karte: Markus Weber, Agentur Guter Punkt, München
Titelillustration: Jacket illustration by Lee Gibbons/Tin Moon Limited
on stained glass window in Canterbury Cathedral
© Crown copyright. Historic England; © Historic England
Umschlaggestaltung: Hafen Werbeagentur, Hamburg
Satz: Urban SatzKonzept, Düsseldorf
Gesetzt aus der New Caledonian
Druck und Verarbeitung: CPI books GmbH, Leck – Germany
Printed in Germany
ISBN 978-3-404-17612-0

5 4 3 2 1

Sie finden uns im Internet unter www.luebbe.de
Bitte beachten Sie auch: www.lesejury.de

Für Anna Clements, meine Mum und
einen sehr guten Menschen
(alle drei sind ein und dieselbe Person,
nebenbei bemerkt) – mit viel Liebe von TC.

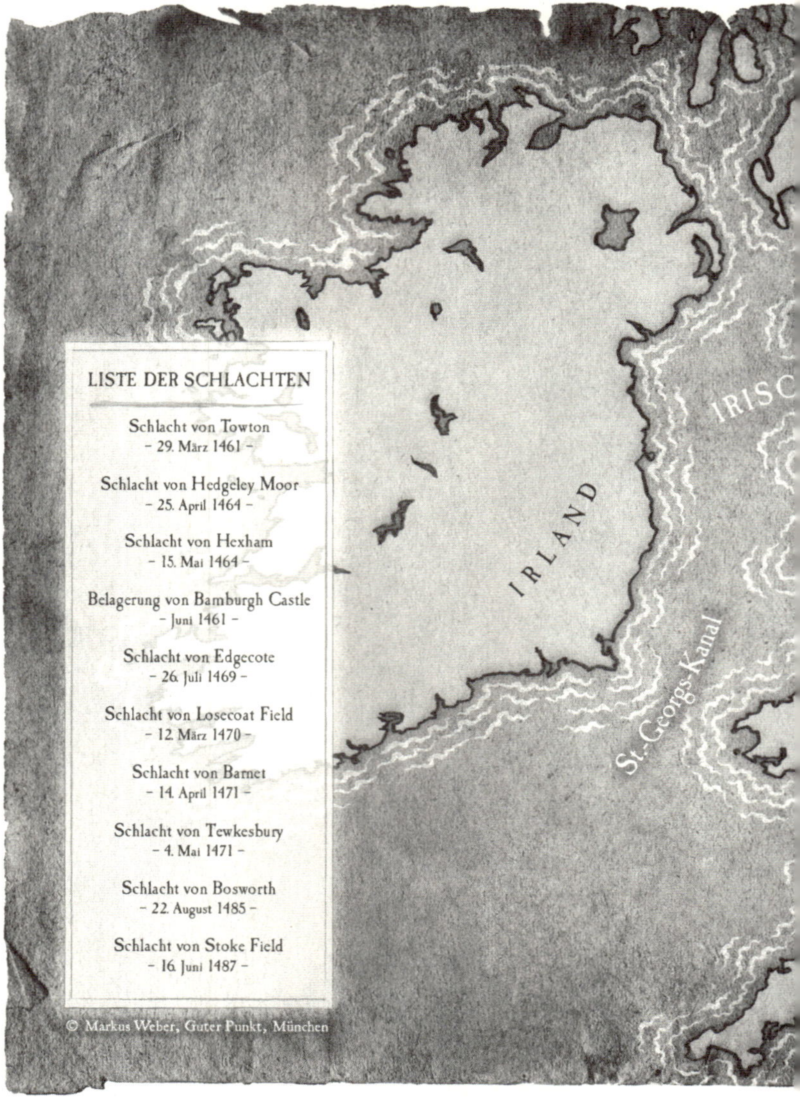

LISTE DER SCHLACHTEN

Schlacht von Towton
– 29. März 1461 –

Schlacht von Hedgeley Moor
– 25. April 1464 –

Schlacht von Hexham
– 15. Mai 1464 –

Belagerung von Bamburgh Castle
– Juni 1461 –

Schlacht von Edgecote
– 26. Juli 1469 –

Schlacht von Losecoat Field
– 12. März 1470 –

Schlacht von Barnet
– 14. April 1471 –

Schlacht von Tewkesbury
– 4. Mai 1471 –

Schlacht von Bosworth
– 22. August 1485 –

Schlacht von Stoke Field
– 16. Juni 1487 –

Bamburgh Castle
Dunstanburgh Castle
Alnwick Castle
Schlacht von Hedgeley Moor
Schlacht von Hexham
Bywell Castle
Newcastle
N
W
O
S
Schlacht von Ferrybridge
Schlacht von Towton
Wakefield Castle
Pontefract Castle
Gehöft von John Everingham
Marton Hall
Lincoln
Kloster St. Mary Haverhurst
Boston
Schlacht von Stoke Field
Cornford Castle
NORDSEE
Schlacht von Bosworth
Schlacht von Losecoat Field
WALES
Schlacht von Mortimers Cross
Schlacht von Northampton
Hereford
Schlacht von Edgecote
Schlacht von Tewkesbury
Brecon
Schlacht von St. Albans
Schlacht von Barnet
London
Themse-mündung
Bristol
Bristolkanal
ENGLAND
Sandwich
Canterbury
Calais
Isle of Wight
DIE SCHMALE SEE

Vorbemerkung zu den Stammbäumen

Der Anspruch des Hauses Lancaster auf den Thron über die Linie des *dritten* Sohnes von König Edward III. (John, 1. Duke of Lancaster, geb. 1340) stützt sich auf bestimmte Besitztümer (Kronlande) und auf die Überzeugung, die Krone könne nicht in weiblicher Linie vererbt werden (konkret: über Philippa Mortimer, Tochter von Lionel, 1. Duke of Clarence). Folglich kommt aus Sicht des Hauses Lancaster der nächste Verwandte in männlicher Linie zum Zuge, also die Linie von John, 1. Duke of Lancaster.

Der Anspruch des Hauses York hingegen stützt sich auf die Nachfahren des *zweiten* Sohnes von König Edward III. (Lionel, 1. Duke of Clarence, geb. 1338). Die Anhänger Yorks waren sehr wohl der Überzeugung, dass die Krone über die weibliche Linie, also über Philippa Mortimer, vererbt werden könne.

Das Haus Tudor wiederum setzt sich über die Frage einer weiblichen Erbfolge – über Lady Margaret Beaufort – ebenso hinweg wie über den Umstand, dass John Beaufort, der 1. Earl of Somerset, illegitim geboren wurde.

Stammbaum der Nevilles (verkürzt)

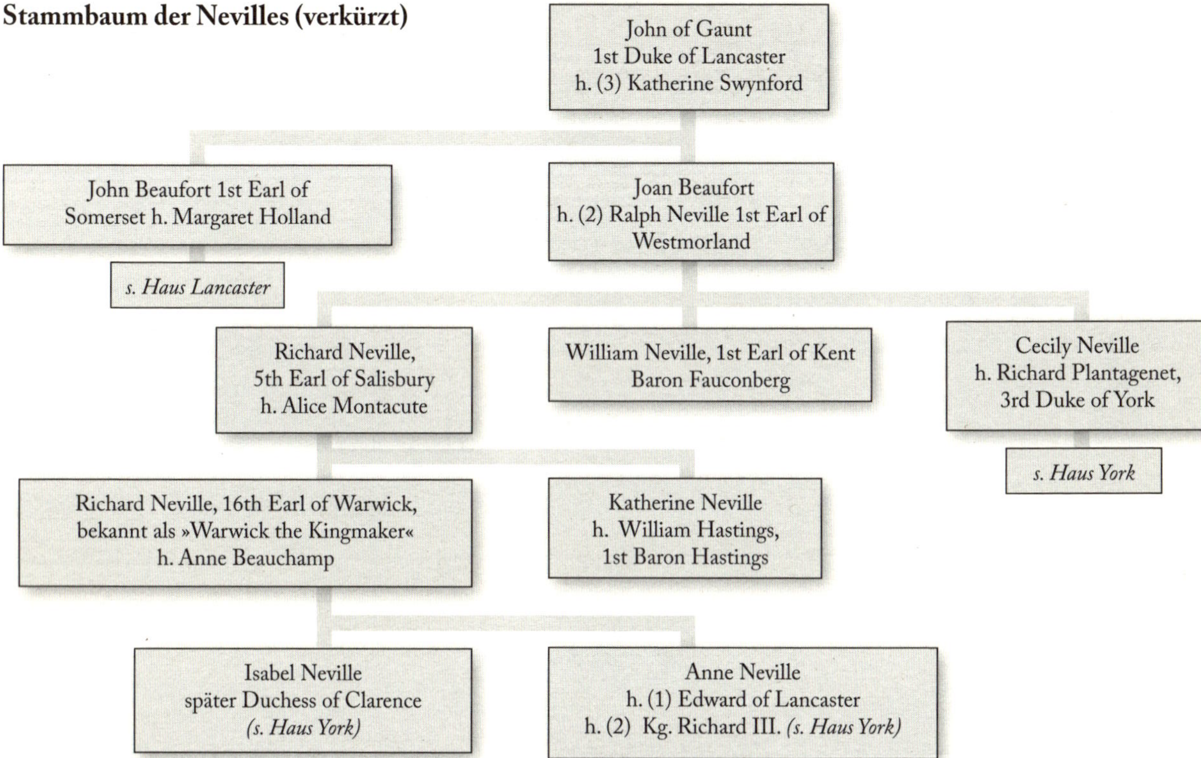

Haus York bis 1483 (verkürzt)

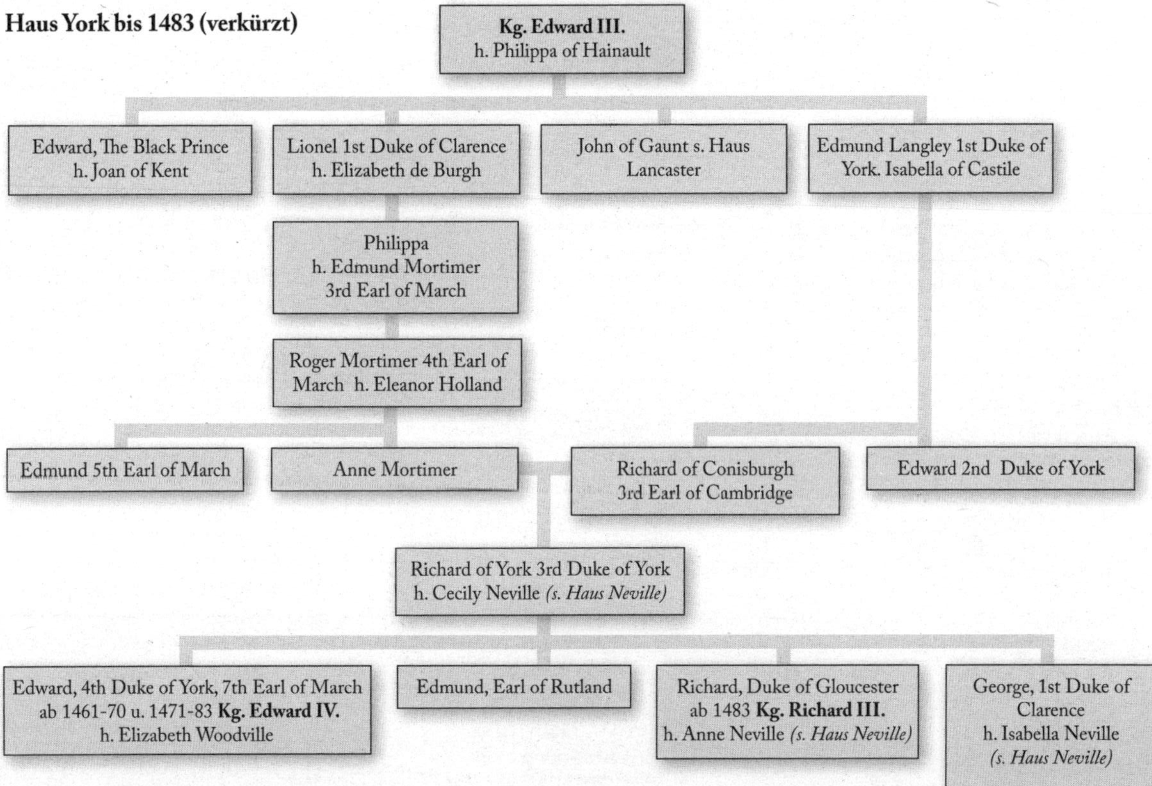

Haus Lancaster u. Tudor bis 1485 (verkürzt)

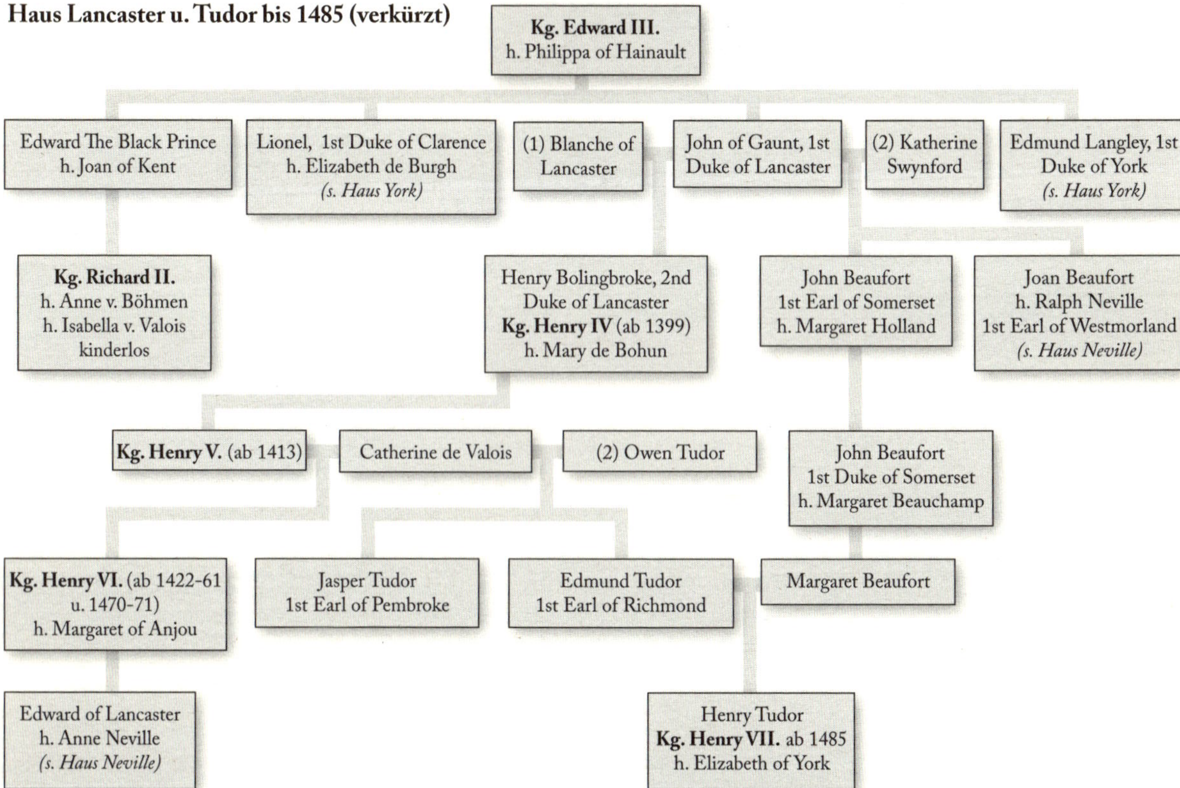

Dramatis Personae

Die Auflistung bietet einen Überblick über die wichtigsten Romanfiguren, wobei die historischen Personen jeweils mit * gekennzeichnet sind.

Politische Lager während der Rosenkriege

Wichtigste Anführer des Hauses York (der weißen Rose zuzuordnen)

*Richard Plantagenet, 3. Duke of York, ältester Thronanwärter des Hauses York (starb 1460 in der Schlacht von Wakefield).
*Edward Plantagenet, Earl of March, Sohn des Duke of York, ab 1460 4. Duke of York. Sieger der Schlacht von Towton, seit 1461 König Edward IV. Zu Beginn dieses Romans ist er seit acht Jahren auf dem Thron, dennoch muss er sich weiterhin darum bemühen, wahren Frieden in seinem Reich zu schaffen und seine Versprechen zu erfüllen.
*Edmund Plantagenet, Earl of Rutland, zweiter Sohn des Duke of York (starb 1460 in der Schlacht von Wakefield).
*George Plantagenet, ein weiterer Sohn des Duke of York, ab 1461 Duke of Clarence. König Edwards jüngerer Bruder, der sich bereitwillig als Schachfigur von jenen benutzen lässt, die nach einem alternativen König suchen.
*Richard Plantagenet, ein weiterer Sohn des Duke of York, Duke of Gloucester. König Edwards jüngster Bruder; zuverlässig, loyal und grundehrlich – für den Moment.

*Richard Neville, 5. Earl of Salisbury – mächtiger Magnat (hingerichtet nach der Schlacht von Wakefield).
*Richard Neville, 16. Earl of Warwick – Sohn des Earl of Salisbury, Captain von Calais, später bekannt unter dem Namen »Warwick der Königsmacher«, da er Edward IV. auf den Thron bringt. Der Architekt des ersten Sieges des Hauses York ist inzwischen nicht mehr glücklich mit seinem Schicksal und ergreift freudig die Gelegenheit, vom Duke of Clarence Gebrauch zu machen, um zu versuchen, seinen einstigen Protegé, König Edward, abzusetzen.
*John Neville, 1. Marquess of Montagu, Earl of Northumberland, Bruder des »Königsmachers«, aufgestiegen durch seine Dienste für das Haus York. Seltsamerweise inaktiv im Jahre 1469.
*William Neville, 1. Earl of Kent, Baron Fauconberg, Bruder des Earl of Salisbury, klein, reizbar, guter Soldat.
*William Herbert, Earl of Pembroke, Hauptnutznießer der Politik des Königs in Wales, hitzköpfig; der Earl of Warwick kann ihn überhaupt nicht leiden.
*Humphrey Stafford, Earl of Devon (ist nicht identisch mit dem gleichnamigen 1. Duke of Buckingham, der weiter unten erwähnt wird), einer der weiteren Günstlinge des Königs.
*Earl of Worcester, einer der weiteren Günstlinge des Königs.
*William Lord Hastings, 1. Baron Hastings, Freund des Earl of March. Wird geadelt nach der Schlacht von Towton und ist immer noch König Edwards Kammerherr und Vermittler, inzwischen mit einer eigenen beträchtlichen Machtbasis ausgestattet.
* Baron Willoughby, unbedeutender Lord und Opportunist, der in die Gunst des Earl of Warwick kommt, Eigentümer von Tattershall Castle.

*Earl Rivers, Vater der Königin, von dem der König angetan ist, der Earl of Warwick allerdings weniger.
*John Woodville, Bruder der Königin, der, wie sein Vater, vom König gemocht wird, aber den der Earl of Warwick nicht leiden kann.
*Robin of Redesdale, eine geheimnisvolle Person, womöglich aufgestellt vom Earl of Warwick, um König Edward zu zwingen, Warwicks Forderungen nachzugeben. Er war beinahe zu erfolgreich, was zur Gefangennahme von König Edward führte.
*George Neville, ein weiterer Bruder des Earl of Warwick. Erzbischof von York und Lordkanzler von England; verantwortlich für die Gefangennahme von König Edward bei Olney.

Wichtigste Anführer des Hauses Lancaster (spätestens ab 1485 der roten Rose zuzuordnen)

*König Henry VI., Sohn Henrys V., hat einen schwachen Willen und gilt nach Ende des Hundertjährigen Krieges als geistig umnachtet.
*Margaret von Anjou (Marguerite d'Anjou), willensstarke Gemahlin König Henrys VI.
*Henry Beaufort, 3. Duke of Somerset, Günstling Margaretes, guter Soldat, berüchtigt.
*Sir Ralph Grey of Heaton, Kastellan von Castle Alnwick.
*William Tailboys, Knight of the Shire für Lincolnshire.
*Sir Humphrey Neville of Brancepeth, Cousin des Königsmachers.

Des Weiteren standen die meisten der Magnaten des Landes auf der Seite des Hauses Lancaster, darunter etwa Humphrey

Stafford (1. Duke of Buckingham), Henry Holland (3. Duke of Exeter), John Talbot (2. Earl of Shrewsbury), James Butler (5. Earl of Ormond), Henry Percy (3. Earl of Northumberland), Sir Ralph Percy, Edmund Grey (Ruthyn, 1. Earl of Kent) sowie Thomas de Scales (7. Baron Scales), Thomas de Roos (9. Baron de Ros of Helmsley), Robert Hungerford (3. Baron Hungerford) und John Clifford (9. Baron de Clifford).

Thomas Everingham, ehemals Mönch des Ordens des heiligen Gilbert of Sempringham
Katherine, ehemals Nonne des Ordens des heiligen Gilbert of Sempringham, seine Frau
John, genannt Rufus, Sohn von Thomas und Katherine
John, Bruder von Thomas Everingham
Elizabeth, seine Frau
Adam und William, Söhne von John und Elizabeth

Jack Bradford, ein Freund von Thomas Everingham, stand einst in Diensten von Sir Ralph Grey
Nettie, seine Frau
John Stumpf, ein Freund von Thomas Everingham und ehemaliger Soldat, der vor der Amputation seines Armes Devon John hieß

Sir Giles Riven, Ritter aus Lincolnshire
Edmund Riven, Sohn von Sir Giles

Sir John Fakenham aus Marton Hall, Lincolnshire
Isabella, seine Gemahlin
Richard Fakenham, Sir Johns Sohn
William und Robert, Isabellas Söhne
Borthwick, ihr Hundeführer

Sir John Flood, junger Verwandter von Lord Hastings
Maude, seine Frau
John Brunt, Rufus' Patenonkel und Soldat unter Lord Hastings
Caldwell, Brunts bester Freund und Soldat unter Lord Hastings
O'Driscoll, Soldat unter Lord Hastings

John Horner, einstiger Hauptmann von Alnwick Castle, jetzt ein Mann von Robin of Redesdale
Taplow, ein Feldposten

Sir John Bellman, Burgvogt von Middleham Castle, und seine Frau

Campbell, Gastwirt in Senning
Liz, Mary und Jane, seine drei Töchter
Evans, Vogt in Senning
John Watkins und seine Frau, die Bierbrauerin

Master Payne, Leibarzt von König Henry
Matthew Mayhew, früher Helfer des Baders, jetzt Wundarzt im Lager des Earl of Warwick

Eelby, Vogt von Cornford Castle
Agnes, seine Frau
Die Witwe Beaufoy, Wehfrau aus Lincoln

Wichtige Schlachten der Rosenkriege (mit militärischen Befehlshabern)

Erste Schlacht von St. Albans (First Battle of St Albans) nördlich von London, 22. Mai 1455: Richard Plantagenet, 3. Duke of York (Haus York), und Edmund Beaufort, 2. Duke of Somerset (Haus Lancaster, starb in der Schlacht); Sieg des Hauses York.

Schlacht von Ludlow (Battle of Ludford Bridge) in Shropshire, 12. Oktober 1459: Margaret of Anjou (Lancaster) und Richard, Duke of York (York); Sieg des Hauses Lancaster.

Schlacht von Northampton (Battle of Northampton), 10. Juli 1460: Richard Neville, 16. Earl of Warwick (York) und Henry VI. und andere Adlige (Lancaster); Sieg des Hauses York.

Schlacht von Wakefield und Sandal Castle (Battle of Wakefield), 30. Dezember 1460: Richard of York und Richard Neville, Earl of Salisbury (York, beide sterben), und Henry Beaufort, Duke of Somerset, Henry Percy, Earl of Northumberland, und John Clifford (Lancaster); bedeutender Sieg des Hauses Lancaster.

Schlacht von Mortimer's Cross in der Nähe von Wigmore, Herefordshire (Battle of Mortimer's Cross), 2. Februar 1461: Edward, Earl of March (York), und Sir Owen Tudor (hingerichtet) und Jasper Tudor, Earl of Pembroke (Lancaster); bedeutender Sieg des Hauses York.

Zweite Schlacht von St. Albans (Second Battle of St Albans), Hertfordshire, 17. Februar 1461: Margaret of Anjou (Lancaster) und Richard Neville, Earl of Warwick (York); Sieg des Hauses Lancaster.

Schlacht bei Ferrybridge (Battle of Ferrybridge), Yorkshire, 28. März 1461: Richard Neville, Earl of Warwick (York), und John Clifford und John Neville (Lancaster); unentschieden, gilt als kleines Scharmützel vor der großen Schlacht von Towton.

Schlacht von Towton (Battle of Towton), Yorkshire, 29. März 1461: Edward IV. (York) und Henry Beaufort, 3.

Duke of Somerset (Lancaster); entscheidender Sieg des Hauses York.
Schlacht von Hedgeley Moor (Battle of Hedgeley Moor), Northumberland, 25. April 1464: John Neville, Marquess of Montagu (York), und Henry Beaufort, 3. Duke of Somerset u. a. (Lancaster); Sieg des Hauses York.
Schlacht von Hexham (Battle of Hexham), Northumberland, 15. Mai 1464: John Neville, Marquess of Montagu (York), und Henry Beaufort, 3. Duke of Somerset (Lancaster; stirbt nach dieser Schlacht); Sieg des Hauses York.
Schlacht von Edgecote Moor (Battle of Edgecote Moor), Northamptonshire, 26. Juli 1469: König Edward IV. wird von seinem Bruder George, Duke of Clarence, und Richard Neville, Earl of Warwick, besiegt und gefangen genommen.

Prolog

Im Juli des Jahres 1465 – kaum zwölf Monate nachdem die große Burg von Bamburgh in die Hände der feindlichen Yorkisten gefallen war – wurde König Henry VI., der sich irgendwo in den Wäldern von Yorkshire versteckt hielt, gefangen genommen und zum Tower in London gebracht. Und damit wurde weithin angenommen, dass jegliche Hoffnung, die dem Hause Lancaster noch verblieben sein mochte, für immer verloren war.

Doch im Augenblick seines Triumphes offenbarte König Edward IV. aus dem Hause York, dass er eine schlichte, jedoch folgenschwere menschliche Schwäche in sich trug: die Schwäche für ein hübsches Gesicht. Denn noch im gleichen Jahr lernte er unterwegs auf seiner Reise nach Norden, die er antrat, um sich selbst ein Bild von der Stimmungslage seines Volkes zu machen, eine Frau kennen – und er heiratete sie unter recht angespannten und geheimnisvollen Begleitumständen. Sie hieß Elizabeth Grey und entstammte einer unbedeutenden Familie; außerdem war sie bereits zweifache Mutter und die Witwe eines Ritters, der im Dienste des alten Königs getötet worden war.

Nicht nur, dass König Edward mit dieser Eheschließung jahrelange diplomatische Verhandlungen mit dem König von Frankreich zunichtegemacht hatte: Sie waren in seinem Namen von seinem Hauptverbündeten geführt worden, dem Earl of Warwick, von dem viele glaubten, dass Edward seinen Thron in erster Linie ihm zu verdanken hatte. Vielmehr kam diese Elizabeth, geborene Woodville, zudem aus einer großen Familie und hatte ehrgeizige Geschwister; und deren Verlangen nach Posten bei Hofe und nach geeigneten Ehepartnern brachte sie – und ihren neuen Schwager, König Edward – immer wieder in Konfliktsituationen mit ebenjenem Earl of Warwick und dessen großen Ambitionen, die er mit Vorstellungen von einer eigenen Dynastie verband.

Und so sind jetzt, vier Jahre später, zahlreiche Gerüchte im Umlauf, dass zwar König Edward und der Earl übers ganze Gesicht strahlen, wenn sie sich anschauen, doch die Menschen in ihren Haushalten eine andere Art von Sprache reden und niemand allein oder unbewaffnet an den Hof kommt. Briefe sind den ausländischen Erzintriganten zugeflattert, dem König von Frankreich und dem Herzog von Burgund, um sie zu benachrichtigen, dass die Sonne nicht mehr ganz so hell und glänzend über dem Hause York scheint, wie es einst der Fall war – und dass umgekehrt die Aussichten für das Haus Lancaster nicht so finster sind, wie es den Anschein hatte. Und dass es, tatsächlich und letzten Endes, womöglich doch eine Chance für König Henry und seine willensstarke Königin gibt, die jenseits der Schmalen See in Frankreich wartet und Ränke schmiedet …

Teil 1

Nach Ostern, Frühjahr 1469

1. Kapitel

In der Woche nach Ostern, mitten in einer für diese Jahreszeit ungewöhnlich milden Wetterphase, begannen Thomas Everingham, John Stumpf und Jack Bradford, im Herrenhaus von Sir John Fakenhams Anwesen in Marton, County of Lincoln, einen Kamin zu errichten. Sie mauerten ihn aus hellen Steinblöcken, die Sir John im Jahr zuvor von einem Steinhauer in Ancaster gekauft hatte. Und sie brauchten eine Woche, um ihn vom Kaminboden bis zur Schornsteinspitze hochzuziehen – einschließlich eines Andreaskreuzes, das Thomas in den Sims meißelte und das als Zauberbann gegen Hexen dienen sollte, damit sie nicht den Rauchabzug hinunterflogen. In der ganzen Zeit regnete es kein einziges Mal.

»Seht ihr?«, freute sich Jack. »Hab euch doch gesagt, dass wir gesegnet sind.«

Doch in der darauf folgenden Woche lag Sir John Fakenham krank darnieder, und in der Woche danach starb er. Und so kam es, dass sie Jacks Worte bitterlich bereuten.

»Heilige Muttergottes, du bist ein verdammter Narr, Jack«, tadelte John Stumpf ihn.

Sir John hauchte allerdings seine Seele so aus, wie er es sich gewünscht hätte – wie sie alle es sich wünschen mochten: Er lag in seinem eigenen Bett, hielt eine angezündete dünne Wachskerze in den Händen, um seine Seele aus dem Körper hinauszugeleiten, und neben seinem Kopf war ein wispernder Priester. Seine Frau stand auf der einen Seite, auf der anderen und zu seinen Füßen befanden sich seine Freunde sowie ein kürzlich geschenkter Talbot-Welpe, der sich bis zum Moment des Dahinscheidens seines Herrn mit einem Stück Rotwildhorn zufriedengab.

Der Hund hörte mit dem Knabbern auf, als Sir John von dieser Welt ging, und begann zu heulen. Daher warfen sie das Tier aus dem Zimmer und dann die Treppenstufen hinunter; und der Rest des Haushalts kam hoch und stellte sich um das Bett herum auf wie ein Vorhang aus lebendigem Fleisch, um den Körper des alten Mannes vor den Luftzügen zu schützen, die vom Moor herüberwehten. Die ganze Nacht über blieben sie so stehen und beteten mit Tränen in den Augen für seine Seele. Bei seiner Beerdigung, die ein paar Tage später stattfand, läutete die Kirchenglocke von frühmorgens bis spätabends, und es wurden so viele Kerzen im Innern des Gotteshauses angezündet, dass der Priester, als alles vorüber war, die Rahmen der Fenster entfernen musste, um es vom Talggeruch zu befreien.

»Nun«, sagt John Stumpf auf dem Rückweg von der Kirche. »Das war's dann wohl. Am besten, wir sammeln unsere Sachen ein und machen uns auf den Weg.«

Es entsteht ein Augenblick verwirrten Schweigens, das nur unterbrochen wird vom Klang der Glocke, die immer noch im Kirchturm hinter ihnen läutet, und von den Geräuschen ihrer Schritte auf der feuchten, dunklen Erde des Pfades.

»Was meinst du damit?«, fragt Thomas.

»Also, wir können nicht hierbleiben, oder?«, erwidert John und zeigt mit seinem halben Arm über die Felder um sie herum. »Jetzt nicht mehr, nachdem Sir John dahingegangen ist. Isabella wird einen neuen Mann brauchen, nicht wahr? Jemanden, der sie versorgt. Jemanden, der uns nicht in der Nähe haben will.«

»Möglicherweise braucht sie nicht zu heiraten«, meint Jack. »Ihre Söhne. Sie könnten doch bleiben, oder?«

John Stumpf spuckt aus.

»Nein«, antwortet er. »Sie werden sich nicht lange hier aufhalten. Sie sind hergekommen, um für diesen Besitz einen Preis bestimmen zu können; du wirst es schon sehen. Und überhaupt, selbst wenn sie dablieben – möchtest du ihr herrschaftliches Wohlwollen? Würdest du darauf *vertrauen?*«

Jack zögert.

»Na ja –«, beginnt er.

»Nein«, fällt John ihm ins Wort. »Also, bitte schön. Wir hatten unsere Zeit. Fünf Jahre. Das ist alles, was sich ein Mensch erhoffen kann, bevor irgendein Blödmann mit einem Titel kommt, um ihn dorthin zu schicken, wohin zu gehen ihm niemals selbst eingefallen wäre.«

Thomas und Jack tauschen einen Blick. John Stumpf ist ein ungenießbarer kleiner Mann geworden: als ob er sich nicht mehr über die zusätzliche Spanne an Lebensjahren freute, die auf Kosten von seinem linken Arm erkauft wurde. Aber heute, nach all dem, was geschehen ist, rufen seine Worte bei Thomas eine schleichende Kälte hervor – vielleicht, weil John am Ende doch recht hat? Vielleicht sind ja fünf Jahre Frieden alles, was ein Mensch vernünftigerweise erwarten darf?

In nachdenklichem Schweigen gehen sie weiter. Thomas kann nicht anders, als aufzusehen und sich umzuschauen, um auf das zu blicken, was sie, wie John behauptet, gezwungenermaßen bald verlassen werden: auf die Äcker voller blassgrüner Erbsensämlinge; auf die Fischteiche, in denen fette Seeforellen sich in langsam ausbreitenden Kreisen bewegen; auf die Schweineställe, in denen Reihen von Ferkeln mit rötlichen Rücken an den Zitzen ihrer Mütter saugen; auf die zwei Paar nussbraune Ochsen, die ihre mächtigen Hälse beugen, um das saftige Wintergras unter ihren Hufen abzuweiden. Schließlich richtet sich der Blick von Thomas nach vorn auf das, was hinter alldem steht – auf den solide erbauten Hauptteil des Herrenhauses mit seinem Kamin aus grauen Steinen, aus dem nun eine Fahne aus bleichem Rauch in den Himmel steigt, die an das Schlachtenbanner irgendeines Lords erinnert.

Und hinter diesem Bauwerk, eingebettet inmitten von Pappeln, befindet sich sein eigenes Haus. Es ist im Verlauf der letzten drei Jahre errichtet worden. Seine einzelnen Bestandteile wurden Stück für Stück gesammelt und so bearbeitet, dass alles gut zusammenpasst: der Boden, der mit Lehm und Sauermilch festgestampft ist; eine steinerne Feuerstelle in der Mitte des Raums, um die herum Schemel stehen, die er nicht gerade fachmännisch zusammengebastelt hat; ein Holzbrett, das er selbst gespalten hat, um es als Tisch zu benutzen, an dem er mit seiner Frau und seinem Kind isst.

Und mit jedem Schritt spürt Thomas die dicke, längliche Scheibe aus ausgehärtetem Leder unter seiner Fußsohle, das weiche Anschmiegen der fein gesponnenen rostbraunen wollenen Beinlinge, die seine Beine wärmen, und die komfortablen Maße seines Filzwamses. Er ist sich des Gewichts seiner dicken Jacke mit ihrem recht schweren Gürtel um die Taille und seiner von feinem Leinen gesäumten Kammgarnmütze bewusst. Und er denkt daran, wie es war, bevor er all das besessen hat, daran, was sie in jener Zeit taten und wie sie es taten. Daraufhin ist ihm klar, dass er alles tun würde – einfach *alles* –, um nicht zu jener Lebensweise zurückkehren zu müssen.

Schließlich bricht Jack das Schweigen mit einer Frage.

»Was meinst du damit – dass uns jemand dorthin schickt, wohin zu gehen uns niemals selbst eingefallen wäre?«

»Nach oben in den Norden, darauf wette ich. Da fängt alles an.«

»Was fängt an?«

»Die Kämpfe«, antwortet John. Er imitiert das Ziehen eines Bogens und das Loslassen eines Pfeils, so gut er es mit seinem halben Arm kann.

»Aber das ist alles vorbei«, sagt Thomas zu ihm. »König Henry ist im Tower, nicht wahr? Sicher verwahrt beim Beten hinter Schloss und Riegel – und unter Christus oben im Himmel! Sind seine Anhänger nicht alle tot? Wir haben mit eigenen Augen gesehen, wie die meisten von ihnen getötet wurden.«

»Doch da ist noch sein Sohn, oder etwa nicht?«, entgegnet John. »Was ist mit ihm? Er ist immer noch am Leben.«

»Aber nur mit knapper Not«, meint Thomas. »Und er ist in Frankreich mit seiner Mutter und hat so gut wie keinen roten Heller.«

John schnaubt.

»Du hast doch gehört, was der alte Nadelhändler erzählt hat«, sagt er zu ihm. »Wie jedermann im ganzen Reich wegen irgendetwas in Waffen steht. Dass jeder Lord Männer ausheben und Helme und Hippen austeilen lässt und was weiß ich noch alles. Warum passiert all das?«

Thomas seufzt.

»Herrgott, ich weiß es nicht«, erwidert er. »Ich habe geglaubt, dass er Geschichten erzählt, damit du ihm mehr Ale eingießt. Und wie dem auch sei, selbst wenn sie sich bewaffnen – was soll's? Was hat das mit uns zu tun? Wir haben keinen Grund, uns ihnen anzuschließen.«

John bleibt stehen und schaut ihn an.

»Was ist mit Edmund Riven?«, fragt er. »Er ist ebenfalls noch am Leben, nicht wahr? Und war er nicht der Grund, weshalb du überhaupt erst in die Kämpfe verwickelt wurdest? Um ihn … und seinen Vater … von … von jenem Schloss zu vertreiben? Von Cornford?«

Thomas starrt John Stumpf schweigend an. Er hätte es niemals gewagt, den Namen von Edmund Riven zu erwähnen, als Sir John noch lebte. Dieser Name blieb unausgesprochen, wie der eines toten Kindes, das niemals ganz vergessen war – so schön der Tag auch sein mochte –, aber auf gar keinen Fall erwähnt werden durfte. Jetzt zu hören, dass dieser Name genannt und dass auf diese Weise über die Sache rumerzählt wird, lässt Thomas' Herz kurz stillstehen. Und er schaut sich um, als ob gerade gegen irgendeine Refektoriumsregel verstoßen würde.

»Sprich nicht über ihn, John«, mahnt Thomas. »Es bringt nichts, an ihn oder Cornford zu denken; und außerdem …«

Er verstummt. Was außerdem? Er weiß es nicht – nur, dass er sich erinnert, Edmund Rivens Vater getötet zu haben. Und ihn überkommt das Gefühl, dass er womöglich schon genug getan hat, um seine Rechnung mit dieser Familie zu begleichen.

»Also, was machen wir dann, John?«, bohrt Jack nach. »Wie sieht dein Vorschlag aus?«

John hat sich offensichtlich darüber schon ein paar Gedanken gemacht.

»Wir sollten nach Frankreich gehen«, schlägt er vor. »Über die Schmale See. Wir könnten uns dem Herzog von Burgund anschließen. Es heißt, er hat Bedarf an Bogenschützen. An anständigen englischen Bogenschützen. Bezahlt einen Shilling pro Tag. Stellt euch das mal vor.«

Jack lacht.

»John«, gibt er zu bedenken, »du kannst kaum eine Armbrust handhaben.«

»Ich bin ein besserer Schütze mit einer Hand, als du es jemals mit zweien sein wirst«, entgegnet John.

Thomas unterbricht die beiden.

»Aber John …«, sagt er. »Du willst nach *Frankreich* gehen? Du willst nach Frankreich gehen und *kämpfen?*«

»Für einen Shilling an jedem verdammten Tag? Dafür würde ich überall hingehen und gegen jeden Mann kämpfen.«

»Hast du vergessen, wie es ist, zu kämpfen?«, fragt Thomas. »Bei Gott! Schau uns doch mal an!«

Er zeigt auf die Seite seines Kopfes, wo ihm weißes Haar gewachsen ist – über einem alten Loch, das ihm durch einen Schlag zugefügt wurde, an den er sich, dank Gottes Barmherzigkeit, nicht zu erinnern vermag. Dann weist er auf John Stumpfs fehlenden Arm. Zu dessen Amputation sah sich Katherine einst gezwungen, um zu verhindern, dass sich die Schwarzfäule in ihm ausbreitete, nachdem John in einem Kampf verletzt worden war. Anschließend deutet er auf das Bein von Jack, das dieser selbst jetzt noch schräg hinter sich herzieht: Bei der Schlacht von Hedgeley Moor wurde Jack von einem Pfeil getroffen, der ihn beinahe getötet hätte.

»Du bist stolz, Thomas«, sagt John, so als ob dies nichts mit der eigentlichen Sache zu tun hätte. »Und das zu Recht. Schau dir dieses Anwesen an. Du hast durch deine harte Arbeit geholfen, es aufzubauen. Du hast dir hier ein Leben aufgebaut, ein Heim. Doch es ist nicht deins, richtig? Es gehört dir nicht. Es gehört jemand anderem, und jetzt will er es zurück. Also ist sie vorüber, unsere Zeit hier, deine Zeit hier. Nun heißt es für dich … für mich … für ihn … sogar für *sie* … für uns alle, dass wir uns selbst helfen müssen.«

Thomas schüttelt den Kopf. Er weigert sich zu glauben, was er da gerade hört.

»Nein«, sagt er; doch Jack hat sich schon umgewandt und geht stumm weiter, offenbar in ernsten Gedanken versunken, als ob er sich erinnert hätte, dass er unbedingt noch ein paar Sachen erledigen muss. Und John schaut Thomas an, als wolle er ihm sagen: »Du wirst schon sehen.« Jetzt möchte Thomas nicht mehr länger mit ihm zusammen sein. Daher bleibt er stehen und lässt John ihrem Freund Jack auf dem Weg zum Herrenhaus hinterhergehen. Thomas dreht sich um; und er muss seine Augen vor der tiefstehenden Frühlingssonne schützen, damit er die anderen beobachten kann, die zwischen den grünen Rändern des Pfades von der Kirche heraufkommen. Sie gehen in dem Schritttempo, das der Langsamste in ihrer Gruppe vorgibt.

Zuerst kommt Isabella, Sir Johns Witwe. Sie ist immer noch schön: trotz ihrer trüben Augen und trotz ihres Gesichtes, dessen weiche Partien ein wenig herabhängen und das aufgrund ihrer Sorgen so zerbrechlich wirkt. Und trotz ihrer Haut, die an altes Papier erinnert, das durch das Reiben vieler Daumen so dünn geworden ist, dass es den Anschein hat, als würde das Sonnenlicht beinahe hindurchscheinen. Als sie Thomas schließlich sehen kann, lächelt sie darüber, dass sie ihn dort entdeckt, wie er zusammen mit seinem Hund wartet. Vielleicht ist das für sie eine tröstliche Erinnerung an ein Glück aus jüngster Zeit. Thomas tritt beiseite und nickt, während sie vorbeigeht. Sein Lurcher scheint gleichfalls den Kopf zu senken, und Isabella lächelt auch darüber.

Er versucht, ihren Gesichtsausdruck zu deuten, darin ein winziges Stück Optimismus aufzuspüren, aber da ist nichts. Es ist zu früh für sie, an solche Dinge zu denken. Allerdings gibt es keine Tränenflecken auf ihren Wangen, und Thomas erinnert sich daran, dass Sir John der – wie viele? – dritte … vierte … Ehemann gewesen ist, den sie begraben hat. Also, denkt Thomas, sollte sie vielleicht inzwischen daran gewöhnt sein. Andererseits funktionieren diese Trauergefühle womöglich nicht auf diese Weise. Vielleicht häufen sich solche Leiden ja an und türmen sich im Laufe der Zeit auf, wie die Schmerzen bei Schlägen mit einer Peitsche.

Als Nächstes kommt ihre Schwester, ebenfalls eine Witwe, allerdings nur eine zweifache. Sie hat einen ähnlichen Körperbau wie Isabella, obgleich sie mit schweren, gespreizten Füßen auf Erden wandelt. Nach ihr schickte man, als offenkundig war, dass es nichts mehr gab, was Katherine für Sir John tun konnte, und ihm nur noch wenig Zeit in seinem Leben verblieben war. Sie geht mit ihren zwei Dienstmägden, die möglicherweise ebenfalls Schwestern sind; die beiden haben korngelbes Haar unter ihren Hauben, und jede ist so breit wie eine Färse. Jack sagt, dass sie von den Wikingern abstammen, und Thomas glaubt, dass er recht hat.

Hinter ihnen kommen drei weitere junge Frauen, entfernte Verwandte von Isabella. Thomas ist sich nicht ganz sicher, was ihre jeweilige Stellung anbelangt. Es sind gut gekleidete Damen, das kann er sehen; sie tragen Seide und gehen auf hohen Trippen. Und jede ist mit einem Mann verheiratet oder verlobt, der zu beschäftigt ist, um aus Anlass des Begräbnisses von Sir John hier zu sein, jedoch vielleicht zum Monatsgedächtnis kommt, insbesondere da bekannt ist, dass der Kammerherr des Königs wahrscheinlich diese Messe besuchen wird. Jede der drei Frauen ist außerdem in Begleitung von zwei eigenen Dienstmägden. Als sie alle in einer Gruppe an Thomas vorbeigehen, mustern die Damen ihn unter gesenkten Wimpern, und er ertappt sich dabei, dass ihm unter ihren prüfenden Blicken ganz warm wird.

Nach ihnen kommen Isabellas persönliche Dienstmädchen, die alle drei im Herrenhaus arbeiten, einschließlich

Nettie, die mit Jack verheiratet ist und ihren angeschwollenen Bauch vor sich herträgt wie den Bug einer Handelskogge. Sie ist ein hübsches Mädchen – bei Weitem die Hübscheste von den dreien. Jack kann sich glücklich schätzen, dass er sie hat, denkt Thomas, denn sie ist tüchtig und flink. Ein Lächeln ist niemals allzu weit von ihren Augen und Lippen entfernt, obschon ihr heute ein solcher Ausdruck fernliegt. Wegen der Tränen für den Verstorbenen sehen ihre Wangen recht verschmiert aus.

Hinter ihnen wiederum kommen in einem taktvollen Abstand die zwei Söhne von Isabella. Ihre Blicke sind auf die Rückseiten der Mädchen vor ihnen geheftet. Sie haben Distanz zueinander gehalten, diese zwei. Beide sind hochgewachsen, haben gerade Rücken und sind in Wirklichkeit noch Jungs, nicht mal zwanzig Jahre alt. Sie sind in Samt und Seide gekleidet, mit Saumbesatz aus Marderfell. Einer von ihnen hat in dem purpurnen Breitgewebe seiner Jackenärmel kleine Schlitze schneiden lassen, durch die scharlachroter Stoff hervorblitzt. Beide haben dunkles, gelocktes Haar, und bei jedem ist es zu einer Topffrisur geschnitten, als wären sie auf einem Feldzug in der Gascogne oder so etwas in der Art. Während der eine einen hauchdünnen Bart am Kinn hat – die Wangen sind sauber rasiert –, ist der andere gänzlich bartlos, und in seinem rosaroten Kinn ist eine Spalte zu sehen. »Bart« und »Bartlos«. Beide tragen Schwerter. Thomas fragt sich, welcher Mann zu einer Beerdigung ein Schwert mit sich führt, und gelangt schließlich zu der Annahme: wohl jeder, der es kann.

Sie beachten Thomas nicht, ihre Blicke fallen jedoch kurz auf seinen Hund. Während sie jetzt an ihm vorbeispazieren, haben sie die gepflegten Köpfe einander zugeneigt und unterhalten sich in leisem Tonfall. Für einen Augenblick sieht es so aus, als ob sie immer noch Vermutungen über die Figuren der Mädchen unter ihren Kleidern anstellen würden. Aber dann zeigt einer – Bart – auf die Windmühle, die auf einer Anhöhe oberhalb des Flusses in westlicher Richtung steht und zwei Jahr zuvor erbaut worden ist, und murmelt etwas Anerkennendes. Daraufhin grummelt der andere etwas, das offenbar eine geringere Wertschätzung ausdrückt. Thomas spürt ein Gefühl der Enttäuschung und begreift anschließend, dass John wahrscheinlich recht hat, was diese zwei anbelangt. Dass sie nicht hier auf der Beerdigung ihres Stiefvaters sind, um ihrer Mutter einen Gefallen zu erweisen oder den Dienstmädchen hinterherzuschauen, sondern sich aus einem anderen, naheliegenderen, uralten Grund herbegeben haben.

Thomas erkennt, dass sie aus der realen Welt sind, diese zwei: aus der Welt, die jene, die auf Marton Hall leben, in den letzten Jahren auszuschließen versuchten. Die beiden sind Vorboten der brutalen Realität – wie Raben oder Krähen –, und Thomas wird klar, dass John Stumpf nicht der gesunde Menschenverstand abhandengekommen ist, wie er womöglich gehofft hat. Sondern dass John wahrscheinlich recht hat und dass diese friedvolle Sicherheit der letzten fünf Jahre … dass sie sich dem Ende zuneigt.

Hinter Isabellas Söhnen kommen allerdings jene Menschen, auf die Thomas wirklich wartet und die sich immer noch etwas weiter hinten aufhalten: jene, die möglicherweise trotz allem die Macht haben, ihn aufzumuntern. Da ist seine Frau Katherine im dunkelblauen Gewand; sie trägt eine dunkle Kopfbedeckung und einen roten Gürtel um ihre schmalen Hüften, ihr Geldbeutel und ihre Messerscheide sind vom gleichen Leder. Kein Rosenkranz. Sie ist immer noch dünn, aber nicht mehr länger auf schmerzliche Weise dürr. In den letzten zwei oder drei Jahren hat sie den gehetzten Ausdruck verloren, und ihr Gesicht, das einst so scharf geschnitten wie ein Schnabel war, ist weicher geworden. Und nicht nur in seinen Augen, sondern in denen aller ist sie eine wunderschöne Frau.

Sie hält die nach oben gestreckte Hand eines kleinen Jungen, der einen blauen Kittel aus dem gleichen Stoff trägt, dazu rostbraune Beinlinge und ausgebeulte braune Stiefel, die Thomas selbst gemacht hat. Er ist ihr gemeinsamer Sohn, dem sie den Namen John gegeben haben – nach seinem Patenonkel und nach Sir John und auch nach den unzähligen Johns, denen sie in den vergangenen Jahren begegnet sind. Aber jeder nennt ihn Rufus wegen seines widerspenstigen Schopfes aus gewelltem rostrotem Haar, das seinen Kopf krönt. Diese Farbe hat er vom Vater geerbt, die aber irgendwie verstärkt und überstiegert wurde, sodass sie kräftig wie bei einer Rosskastanie ist. Obendrein ist das Haar von einer solch federnden Beschaffenheit, dass es von der Leinenmütze nicht unten gehalten werden kann, wie sehr man auch die Schnüre unter dem Kinn des Jungen festzurrt.

Thomas steht da und betrachtet die beiden; er sagt nichts und ist bloß erleichtert, sie kommen zu sehen. Sie bleiben kurz stehen, als Rufus von zwei dicken Tauben über seinem Kopf abgelenkt wird, unter denen sich die dünnen Zweige eines Weißdorns biegen. Er ist ein ernster kleiner Junge in seinen besten Augenblicken. Die Gesellschaft seiner Mutter zieht er der seines Vaters meist vor, und er wird häufiger durch das Verhalten von Vögeln und anderen Tieren abgelenkt als durch das von Menschen. Doch es gibt auch Momente, in denen er anhält und mit der Hand nach Thomas greift, als ob er ihn genauso sehr benötigen würde wie vielleicht etwas zu trinken. Dann lässt er es zu, dass er hochgenommen und auf die Schultern seines Vaters gesetzt wird – und der jetzige Moment ist einer von diesen. Der Junge ist nicht ganz fünf Jahre alt und immer noch leicht genug, um ihn hochzuheben. Nachdem er auf die Schultern geschwungen worden ist und dort seine Sitzposition gefunden hat, geht Thomas weiter, lauscht auf das angestrengte Atmen des Jungen und spürt, wie dessen zarte kleine Finger die Einbuchtung seitlich am Kopf des Vaters erforschen.

Sie alle kennen die Geschichte, wie Thomas von irgendetwas getroffen worden ist: Es passierte vermutlich bei der Schlacht von Towton, die jetzt fast acht Jahre zurückliegt. Doch keiner weiß, was es war, das ihn verwundete.

»Hast du geweint?«, fragt der Junge wieder.

Und Thomas muss erneut lachen.

»Ein bisschen«, gesteht er, obwohl er das nicht mit Sicherheit weiß. Er spürt die Hand des Jungen, die ein kleines bisschen klebrig ist; sie streichelt ihn am Ohr in dem Versuch, ihn zu trösten. Und Thomas kann nicht anders, als sich getröstet zu fühlen. Lächelnd blickt er auf Katherine hinab, doch sie schaut weg, abgelenkt von ihren Gedanken. Er fragt sich, ob sie mit John Stumpf gesprochen hat. Sie sagt jedoch nichts, und so gehen sie weiter auf dem Weg hinter den anderen. Sie spazieren schweigend, bis Thomas seinen Arm ausstreckt und die Hand auf ihre Schulter legt. Katherine kommt ein wenig näher und gibt einen langen Seufzer von sich.

»Vielleicht ist ja alles in Ordnung«, sagt er.

Doch sie erwidert darauf nichts.

Und er denkt: *O Gott, es wird nicht alles in Ordnung sein.*

Es ist die Woche nach Georgi im Jahre 1469, dem achten unter der Herrschaft von König Edward IV.

2. Kapitel

Isabellas Schwester verlässt Marton Hall nach der Beerdigung, doch die Söhne bleiben. Thomas, Katherine und die anderen warten darauf, dass die zwei gehen und die Dinge sich regeln, aber das passiert nicht. Während Isabella sich weiterhin mit ihrem Beichtvater absondert, reiten die Burschen jeden Tag mit ihren Pferden hinaus und trampeln über jeden Quadratzoll des Anwesens. Sie vermerken Dinge, die gut gemacht worden sind, vermerken Dinge, die besser gemacht werden müssen, vermerken Dinge, die noch gemacht werden sollen. Und sie gehen alles durch. Jeden Raum, jeden Schrank, jede Truhe. Sie prüfen die Längen von Materialien mit den Händen, zählen Tassen, Schüsseln, Nadeln und sogar einen Axtkopf. Sie kontrollieren die Sättel und das Zaumzeug der Pferde, eine Pflugschar, jedes Huhn.

»Sie machen eine Bestandsaufnahme«, erklärt John. »Rechnen alles zusammen. Schreiben alles nieder. Dann werden sie mit einer Preisvorstellung nach London aufbrechen, sodass sie dort in dieser Höhe Kredite aufnehmen und wie Earls leben können, bis sie alles verprasst haben.«

Später jedoch trifft ein Wagen mit einer Fracht ein, die von London hergeschickt wurde: die Habichte der Burschen und ein Mann, der sich um sie kümmert, sowie eine Meute von drei gedrungenen Alaunt-Jagdhunden mit kurzem weißem Fell und geiferndem Rachen, die stark genug sind, einen Bären zu Tode zu schleifen. Die zwei Söhne lieben allem Anschein nach diese Hunde, so hässlich sie auch in den Augen von Thomas sein mögen. Es gibt auch einen Mann, der sie versorgt – der sogar wie ein Bär aussieht und riecht und genauso unfähig ist. Er wirft seine fetten Arme nach oben, wenn die Jagdhunde durchgehen, und lacht, als ob sie harmlos wie Kaninchen wären. Die Alaunts jagen Thomas' Lurcher fort, der winselnd den Schwanz einzieht; sie erinnern Katherine an die Hunde, die der Vogt Eelby in der Burg von Cornford hielt.

»Sie werden einen von uns töten – das weiß ich«, sagt sie.

In der Woche vor Christi Himmelfahrt lässt Isabella wissen, dass sie ihre Entscheidung getroffen hat, was die Zukunft aller hier anbelangt. Sie versammelt sie alle im Herrenhaus: jeden Mann, jede Frau und jedes Kind, die auf dem Anwesen arbeiten – von Thomas bis hinab zu dem Jungen, der Zweige und Pilze sammelt, wenn die Zeit dafür da ist. Zuerst lässt Isabella alle mit ihr im Gebet niederknien und anschließend stehen, während sie auf das erhöhte Podium steigt, das für die bevorstehende Zeremonie anlässlich des Monatsgedächtnisses für Sir John errichtet worden ist. Neben ihr stellen sich ihre zwei Jungen auf, die heute bescheidener gekleidet sind. Mit einer Stimme, die vor lauter Rührung ansteigt und bebt, verkündet sie die Neuigkeiten.

Ihre Absicht, so erzählt sie, sei es nicht, einen neuen Ehemann zu nehmen. Denn wie könnte sie es zulassen, dass die gottselige Erinnerung an Sir John, den sie am meisten auf der ganzen Welt geliebt hat – sogar mehr, wie es scheint, als den Vater ihrer leiblichen Söhne –, getrübt würde? Auch wolle sie das Anwesen weder verkaufen noch verpachten. Stattdessen möchte sie hier unter einem Witwengelübde leben. Sie wird ein feierliches Versprechen vor dem Priester ablegen, dann sich von der Welt zurückziehen und etwaige Heiratsanträge von Männern nicht annehmen. Ihre Absicht ist es, den Rest ihres Lebens in stillem Gebet zu verbringen – das Leben einer

Nonne zu führen, allerdings nicht in einem Kloster, sondern in der Freiheit, um sich der Annehmlichkeiten ihres eigenen Besitzes zu erfreuen.

Als sie die Neuigkeiten hören, schnappen alle Angehörigen ihres Haushalts – Männer und Frauen und sogar Kinder, die kaum begreifen, was dies womöglich bedeutet – zunächst nach Luft, und dann klatschen sie vor Erleichterung und Freude. Leute umarmen sich. Trampeln mit den Füßen. Thomas ist begeistert. Er ist erleichtert, wie von einer großen Last befreit. In seinen Augen spürt er Tränen. Er denkt, dass das Leben in absehbarer Zukunft genauso weitergehen wird wie bisher. Dass er in der Lage sein wird, Katherine und Rufus dasselbe Dach anzubieten wie in den letzten fünf Jahren. Und all das Zeug, das John Stumpf erzählt hat … Nun ja, er hat sich geirrt. Die ganze Ansammlung von Bediensteten um ihn herum lächelt und nickt sich zu, und selbst der Pilz-Junge hat ein Mädchen mit rostbraunem Haar in seinen Armen.

Also dreht sich Thomas zu Katherine und Rufus um, will jeden von ihnen in die Arme nehmen, fest an sich drücken und süße, gesegnete Worte der Erleichterung murmeln. Doch Rufus ist verwirrt, und Katherine sagt nichts. Sie lächelt auch nicht, und ihr starrer Blick ist auf Isabella und deren Söhne geheftet, die links und rechts von ihr stehen. Als Thomas sich umwendet, um ebenfalls auf sie zu schauen, sieht er, dass jeder der beiden mit einem erstarrten Lächeln dort oben steht. Ihre dunklen Augen bewegen sich so schnell, dass sie zu funkeln scheinen, und registrieren die Reaktionen, die durch die Worte ihrer Mutter ausgelöst wurden. Aber sie finden keinen Gefallen daran; in Wahrheit lehnen sie sie ab.

In diesem Augenblick ruft Isabella die Anwesenden auf, wieder still zu sein. Sie bekennt, wie sehr es sie freut, dass alle so glücklich sind. Anschließend erzählt sie ihnen, dass ihre

Jungs – William und Robert – mit ihr zusammenleben und den Besitz verwalten sollen.

Und die Geräusche ersterben, und die Freude verflüchtigt sich so rasch wie Dampf.

Isabella berichtet weiter, dass sie beabsichtigt, sich am nächsten Tag auf eine Pilgerreise nach Fotheringhay zu begeben, um dem Herrn am Tage seiner Himmelfahrt zu danken. Sie wird Jack als Wächter und zwei von den Mädchen mitnehmen, allerdings nicht die schwangere Nettie, außerdem ihre beiden Söhne und ihre Leibdienerinnen. Die kleine Reisegruppe ist voraussichtlich etwa eine Woche weg, bis es Zeit wird, nach Marton zurückzukehren, um die letzten Vorbereitungen für die Messe anlässlich des Monatsgedächtnisses für Sir John zu beaufsichtigen.

Als der Haushalt nach der Versammlung an die Arbeit zurückgeht, hat Thomas Zeit, kurz mit Katherine zu sprechen.

»Diese Jungs«, sagt er. »Sie werden nicht so schlimm sein, nicht wahr? Sie werden ... uns weitermachen lassen wie zuvor, oder? Sie sind nicht daran interessiert ... Zäune zu errichten? Oder Obstgärten zu entwässern? Hütten zu bauen? Du hast sie gesehen! Mit ihren spitzen Schuhen? Sie sind keine Bauern.«

»Nein«, antwortet sie. »Sie sind keine Bauern.«

Später an diesem Nachmittag, während die anderen aufgerufen sind, bei den Vorbereitungen für die Pilgerreise zu helfen, vermeidet Thomas die Gesellschaft von John Stumpf. Denn er weiß, dass er sich nur noch schlechter fühlen wird, wenn er dessen Ansichten hört über das, was geschehen ist. Er setzt sich in dem kleinen Garten hin, der zu seinem Haus gehört, und füttert seinen Lurcher mit ein paar abgeschabten dunklen Fleischstücken. Sie stammen vom Schienbein eines Rehs, das bereits vom Haken herabhing, als Sir John noch nicht gestorben war. Er ist ein guter Hund, dieser Lurcher: dunkelgrau, mit vereinzelten weißen Malen an den Vorderpfoten und mit langen Fellhaaren, die sich wie weicher Draht anfühlen. Wenn er nicht gerade etwas sieht, das er töten kann, lassen seine großen, runden schwarzen Augen ihn so aussehen, als sei er äußerst willig, Anweisungen nachzukommen, obwohl er diese Bereitschaft zum Gehorsam natürlich nicht hat oder zumindest nicht in besonderem Maße. Lurcher – diesen Namen hat Thomas seinem Hund der Einfachheit halber gegeben – ist oft an Orten zu finden, wo er sich eigentlich nicht aufhalten sollte. Aber nach solchen Vorfällen schaut er so schuldbewusst drein, dass es unmöglich ist, nicht über ihn zu lachen und ihm nicht beinahe alles zu vergeben.

Geistesabwesend beobachtet Thomas seinen Hund, der inzwischen auf dem Schienbein herumkaut, und Lurcher schaut zu ihm auf. Das Tier hat eine Augenbraue hochgezogen und ist offensichtlich verblüfft, dass Thomas nicht den Wunsch verspürt, sich ihm bei seinem Festmahl anzuschließen, als einer von Isabellas Söhnen in den Garten kommt: Es ist William, der mit dem Bart. Auf seiner Faust hockt ein großer grauer Habicht mit einer verzierten Lederhaube auf dem Kopf. Thomas hat solche Vögel immer schon gehasst. In ihrem Verlangen, Lebewesen zu töten, sind sie schlimmer als Füchse.

Thomas grüßt den jungen Mann. William beachtet ihn nicht und schaut auf Lurcher mit seinem Schienbein.

»Dein Hund ist wieder im Wald gewesen«, sagt er.

Thomas nickt zum Zeichen der Zustimmung, obgleich er sich nicht sicher ist, ob es William irgendetwas angeht, wo Lurcher gewesen oder nicht gewesen ist.

»Er hat ein weiteres Reh erlegt?«, fährt William fort.

»Das hat er, ja, natürlich«, antwortet Thomas.

»Aber diese Rehe sind nicht für dich zum Jagen da.«

Thomas ist verblüfft.

»Aber wir haben sie immer gejagt«, erwidert er. Doch nun erkennt er, wohin das führt, und er wünscht sich, er wäre aufgestanden.

»Das wirst du nicht mehr machen«, weist William ihn an. »Wenn wir deinen Hund da draußen antreffen, werden wir die Alaunts auf ihn hetzen, und wenn wir sehen, dass er irgendwas erlegt hat, werden wir ihm seine vorderen Klauen vom Hundeführer abschneiden lassen.«

Thomas blickt unwillkürlich auf die weißen Pfoten des Hundes hinab, die nach vorne gestreckt sind und zu beiden Seiten des Knochens liegen. Das Abschneiden der vorderen Klauen würde das Tier verkrüppeln.

»Das könnt Ihr nicht tun«, sagt er.

»Nein? Und warum nicht? Das hier ist das Land unserer Mutter, auf dem du bist. Wir haben das Recht, viel mehr als das zu tun.«

»Aber Isabella –«, beginnt Thomas.

»Sie ist nicht Isabella für dich. Sie ist Lady Fakenham. Sir John Fakenham war nicht recht bei Sinnen, als er zuließ, dass du auf diese Weise zu ihr – zu ihm – gesprochen hast. Er war zu nachlässig. Zu nachlässig mit dir. Zu nachlässig mit allem.«

Thomas fällt nichts ein, was er darauf erwidern kann, und er blickt hinab auf Lurcher, der den Wortwechsel beobachtet, als ob er verstehen würde, dass gerade irgendeine Hoffnung zunichtegemacht wird. Nach einem Moment nickt William, zufrieden mit seinem Werk. Er wendet sich wieder seinem Habicht zu, der immer noch dort auf seiner behandschuhten Faust hockt und dessen Kopf sich in kurzen, abrupten Bewegungen hin und her dreht, als würde er blind nach etwas Ausschau halten. Die Lippen von William strecken sich ein wenig vor, als ob er den Vogel zu küssen beabsichtigte, aber das tut er dann doch nicht.

»Wir sind keine unvernünftigen Menschen«, betont William. »Wir wünschen nur zu sehen, dass alle Dinge in passender Art und Weise getan werden. Im Hinblick auf ... auf geziemende Gepflogenheiten.«

Als er gegangen ist, reibt Thomas Lurcher den knochigen Schädel und fragt sich, wie sie alle das aushalten sollen.

Als die Familie zu ihrer Pilgerreise aufbricht, bilden jene, die im Herrenhaus zurückbleiben, zwei deutlich voneinander getrennte Lager: Sie wenden sich voneinander ab, und beide Seiten wissen, dass das von jetzt an so sein wird. Abends bringt der Hundeführer – Borthwick – seine Alaunts in die Halle, und der in Angst und Schrecken versetzte Lurcher drückt sich an die Beine von Thomas: Die schwarzen Augen des Tieres sind riesengroß und rund und glitzern, und seine zotteligen grauen Flanken zittern. Die Alaunts liegen da, beobachten alles mit ihren leeren rosaroten Augen, hecheln schrecklich mit Zungen wie rohes Fleisch, und ihre Dummheit hat etwas Dämonisches an sich.

»Das wird alles vorbei sein, wenn Isabella zurückkehrt«, sagt Thomas zu Katherine am nächsten Morgen, als sie im Garten zusammensitzen und Rufus am Brunnen waschen.

»Auf die eine oder die andere Weise«, stimmt sie ihm zu.

Am Morgen darauf macht Borthwick eine Bemerkung zu Nettie oder trägt ihr etwas an, was für unangemessen erachtet wird. Und da Jack nicht da ist, ist es John Stumpf, den Thomas von dem Versuch abhalten muss, den Mann umzubringen. Borthwick lacht, als ob er solche Drohungen gewöhnt wäre. Thomas kann sich recht gut vorstellen, dass Borthwick wo-

möglich John mit dem Dolch ersticht, den er an seinem Gürtel trägt, oder mit der Waffe tötet, die er wahrscheinlich irgendwo versteckt an seinem Körper mit sich führt. Nettie weint den Rest des Tages, hält sich mit ausgebreiteter Hand den Bauch und will den anderen nicht erzählen, was der Kerl gesagt hat. Von da an jedoch macht Borthwick – dem Sir John niemals erlaubt hätte, seine Ländereien zu betreten, geschweige denn, in seiner Halle zu schlafen – einen merkwürdigen schmatzenden Laut mit seiner Zunge, wann immer er Nettie anschaut.

»Mach dieses Geräusch noch einmal«, sagt Katherine zu ihm, »und ich weide dich höchstpersönlich von den Eiern bis zu deiner Visage aus.«

Borthwick lacht abermals.

»Bist bloß ein kleines Ding«, erwidert er und wedelt mit seinen fetten, schmutzigen kleinen Fingern.

O Gott, du Dummkopf, denkt Thomas, denn er weiß, dass sie ihre Worte ernst meint.

Nichts passiert bis zum nächsten Abend, bis zu der Zeit, die Sir John die Bilanz des Tages zu nennen pflegte – wenn die Glocke zur Komplet geschlagen hat, es jedoch noch nicht an der Zeit ist, sich um das große Feuer zu kümmern. Sie haben sich alle in der Halle versammelt, und das erste Binsenlicht ist angezündet. Früher hätte Sir John jetzt wahrscheinlich ein Lied verlangt und gelacht, wenn keines gekommen wäre. Danach hätte es Ale oder Wein gegeben sowie ein Schachspiel, bis es erforderlich war, eine weitere Lampe anzuzünden. Und Letzteres geschah, wenn Sir John dabei war, zu gewinnen, nicht aber, falls er verlor. Anschließend folgten für gewöhnlich einige Gespräche über die Welt da draußen, oder er erzählte eine Geschichte aus den Tagen seiner Gefangenschaft in Frankreich. Jetzt aber gibt es keinen Sir John mehr. Borthwick lümmelt sich in dem Sessel, auf dem Sir John in seinen letzten Tagen zu sitzen pflegte: Seine Beine sind breit ausgestreckt, und seine Schamkapsel steht schmierig und grotesk hervor. Jene Jagdhunde, die zu ihm gehören, liegen wie bleiche Fässer aus Fett und Fell ein gutes Stück voneinander entfernt auf dem Boden; sie schauen sich im Saal so dämlich um, dass Thomas allein deswegen sie zu hassen gelernt hat. Lurcher hat sich an seine Knöchel gedrückt, wie es nun üblich geworden ist, und die Pfoten liegen zu beiden Seiten seines gesenkten Kopfes. Er starrt nach oben; sein Blick ist ein wenig finster, und seine schwarzen Augen, von denen jedes durch einen einzelnen weißen Lichtfleck erhellt wird, sind unergründlich in der Düsternis.

Gegenüber von Thomas sitzt Katherine steif auf einem Schemel, und neben ihr hat Rufus in ihrem Schatten Platz genommen, weit weg von den Hunden und mit zwei Strohpüppchen in den Händen. Er flüstert etwas, ist in sein Spiel vertieft und anscheinend zufrieden; Katherine jedoch ist unruhig und nervös. Thomas vermutet, dass ihr das, was sich hier ereignet hat, sogar noch weniger gefällt als irgendeinem anderen von ihnen, weil dies das einzige Heim ist, das sie jemals hatte. Dennoch muss es noch etwas anderes geben, das ihr Sorgen macht, denn sie ist der Inbegriff starrer Wachsamkeit.

Thomas denkt darüber nach, welche Möglichkeiten sie haben. Wenn sie hier nicht mehr leben können – wo dann? Er denkt an den Bauernhof seines Bruders in den Hügeln westlich von Sheffield. Können sie dort bei der Witwe seines Bruders leben? Seit fünf Jahren, seit er vom Tod seines Bruders erfuhr, hat er nicht an sie gedacht, und er kann nur hoffen, dass sie auch nicht an ihn gedacht hat, denn ihre Gedanken … nun ja, sie sind wahrscheinlich nicht von christlicher Art. Und Jack würde natürlich niemals die Erlaubnis zur Rückkehr erhalten, denn das letzte Mal, als er dort war, schoss er einen Pfeil durch die Lehmwand und tötete den Neffen von Thomas. Unabsichtlich – in jenem Moment zielte er auf Thomas –, aber trotzdem.

Was ist mit Katherines Familie? Wo ist sie? Er versucht sich vorzustellen, wer diese Leute sein könnten, die ihre damals vier- oder fünfjährige Tochter fortschickten und in ein Kloster wie das St. Mary bei Haverhurst bringen ließen. Gewiss würde keine gewöhnliche Familie so etwas machen, oder? Und dieser Traum, den Katherine manchmal hat – oder jedenfalls einst hatte – und in dem ein Feuer in einem steinernen Kaminvorsprung vorkommt, deutet außerdem noch etwas mehr an. Sie wird natürlich nicht ins Kloster zurückkehren; die Gründe dafür würde selbst einer von Borthwicks Jagdhunden verstehen. Selbst wenn sie es täte, um jene Priorin über ihre Familie zu befragen, bestünde keine Chance, dass diese Nonne ihrer Bitte nachkäme.

Nettie kommt aus der Vorratskammer zurück und trocknet sich die Hände an der Schürze ab. Thomas sieht, dass Borthwick genau darauf gewartet hat. Nettie bleibt einen Moment lang stehen, als hätte sie erwartet, dass keiner im Raum ist. Sie begeht dann den Fehler, zu Borthwick hinüberzuschauen, der abermals diesen Laut macht, dieses saugende Geräusch.

Thomas weiß genau, was als Nächstes passieren wird.

Und er irrt sich nicht. Katherine ist blitzschnell auf den Beinen; ihr Schatten flackert über die Balken der Decke. Borthwick sieht sie kommen. Er wirft seinen Becher zur Seite und erhebt sich, um sich ihr zu stellen; mit seiner großen, fleischigen Faust holt er weit aus, um sie zu schlagen. Aber bevor er das kann, steht Thomas auf, und Borthwick zögert. Sein Blick schnellt zu Thomas, gerade als der sieht, dass Katherine ihr Messer, das sie an der Hüfte trägt, gezogen hat.

»Nein!«, ruft Thomas.

Doch sie stürzt sich auf Borthwick. Er fällt rücklings in den Sessel und bleibt mit angewinkelten Ellbogen darin sitzen. Sie drückt die Klinge gegen sein Doppelkinn und zischt ihm etwas ins Gesicht. Augenblicklich sind die Alaunt-Jagdhunde auf den Beinen, und ihre Krallen scharren durch die Binsen. Dann stehen sie Schulter an Schulter, und ein tiefes, grollendes Knurren kommt aus ihren Kehlen. Bei jedem der drei versteift sich das dicke Nackenfell, die großen gelben Zähne werden gefletscht.

Keiner bewegt sich. Katherine hält die Klinge an Borthwicks speckiges Doppelkinn, doch sie hat die Hunde gehört, und nun ist sie es, die zögert. Dies hat zur Folge, dass Borthwick schluckt und sein Gesicht sich zu einem wissenden Lächeln zerknautscht. Katherine wird unsicher. Ihre Klinge, die im orangefarbenen Licht matt wirkt, drückt weniger hart gegen das Doppelkinn.

»Ruf deine Hunde zurück!«, befiehlt sie Borthwick.

Doch dessen Blick gleitet mit einem anzüglichen Grinsen von ihr hinüber zu Thomas.

»Ruf deine Schlampe zurück«, sagt Borthwick zu ihm.

Und dann erstarrt er, als sich Katherines Messer in die fetten Rollen seines Doppelkinns drückt.

»Katherine«, warnt Thomas, der immer noch glaubt, dass das hier ohne Blutvergießen enden kann. Er streckt seine Hand aus und macht einen Schritt nach vorn. Doch da ändert sich das Knurren der Hunde: Er weiß, dass er es nicht machen kann und dass dies der Augenblick ist – kurz wie ein Herzschlag –, bevor die Hunde angreifen.

Aber jetzt ist Lurcher auf den Beinen. Er bellt die drei Jagdhunde scharf an, und noch im selben Moment stürzen sie sich auf ihn. Einer von ihnen hat die Schnauze von Lurcher in seinem Rachen, bevor Thomas' Hund den Rückzug antreten kann. Ein anderer beißt ihm in die Schulter, um ihn auf diese Weise zu Fall zu bringen, während der dritte seine Hinterhand angreift.

Es gibt nichts, was Thomas tun kann – außer alle drei Jagdhunde zu töten.

Er zieht sein Messer und schlitzt den Alaunt auf, der sich ihm am nächsten befindet. Seine Klinge gleitet durch die lockeren Hautlappen und das dicke Fell. Thomas ist angeekelt davon – von der Wärme des Blutes, das über sein Handgelenk strömt. Doch der Hund stirbt mit einem erstickenden, feucht klingenden Aufjaulen. Auch John Stumpf eilt mit seinem Messer herbei und sticht auf den dritten Hund ein; doch der andere zerbeißt mit seinen mächtigen Kiefern Lurchers spitze Schnauze, und das Geräusch ist grässlich. Lurchers winselnde, Mitleid erregende Töne sind zum Steinerweichen. Thomas sticht und sticht auf den breitköpfigen Alaunt ein, aber der will sein Opfer nicht loslassen. Er tritt auf das Biest ein, sodass sein Fuß beinahe bricht, doch es scheint in seinem Todeskampf nur noch fester zuzubeißen.

Borthwick hat inzwischen Katherine zur Seite gestoßen, sie durch einen Schlag ins Wanken gebracht, und geht nun mit gezücktem Messer auf Thomas los. Es ist schwer vorstellbar, dass diese Situation auf eine andere Weise enden wird als durch den Tod eines der Kontrahenten.

Thomas packt Borthwick am Handgelenk. Borthwick mag zwar in der Vergangenheit mit einem Bogen umgegangen sein, aber nicht in jüngster Zeit: Er hat keine richtige Kraft in seinen Armen im Vergleich zu Thomas, der immer noch einen Bogen so durchbiegen kann, dass ein von ihm abgeschossener schwerer Pfeil mehr als dreihundert Schritte weit fliegt. Thomas dreht das Messer des Mannes mit seiner rechten Hand fort und boxt ihm mit der linken Faust gegen die Kehle. Die Waffe von Borthwick wirbelt weit durch die Luft, und seine Beine knicken ein. Sein gedrungener Leib fällt krachend zwischen umgestürzten Schemeln sowie den Körpern und dem Blut der toten und sterbenden Hunde auf den Boden.

Rufus, der zu entsetzt gewesen ist, um sich zu bewegen, beginnt nun zu kreischen.

Katherine rappelt sich vom Boden auf und schleppt sich zu ihm. Auf ihrer Wange bildet sich ein Bluterguss, und ihre Hände sind voller Ruß und Blut. Als Rufus seine Mutter in diesem Zustand erblickt, schreit er noch lauter. Sie jedoch schiebt seine Hände weg und zieht seinen kleinen Körper zu sich heran; dann drückt sie seinen Kopf fest an ihre Brust und hastet mit ihm hinaus in die Dunkelheit: weg vom Anblick des Blutes, der drei toten Alaunts und des winselnden Lurchers, der mit dem Tode ringt.

Als der Kampf vorbei ist, stehen sie da – Thomas und John Stumpf – und schauen sich an.

»Oh mein Gott«, entfährt es Thomas. Seine Hände sind mit Blut besudelt, und es ist überall auf seiner Kleidung. Es ist auch überall auf John Stumpf und den Hunden.

Thomas kniet sich neben Lurcher nieder. Die Jagdhunde haben ihn zerrissen, doch er hebt seine Augen noch ein letztes Mal, um zu Thomas hochzublicken. Thomas sieht einen Ausdruck der Entschuldigung in diesen Augen und tut anschließend das, was er tun muss.

Als es vorüber und der Hund still ist, fragt John:

»Herr im Himmel, Thomas, was um Gottes willen sollen wir jetzt tun?«

3. Kapitel

Die Messe zum Monatsgedächtnis für Sir John fällt in die Woche nach Pfingsten, und es ist eine feierliche Angelegenheit mit einem gewaltigen Besucherandrang. Als die Glocke aufgehört hat, die Leute herbeizurufen, ist die kleine Kirche so überfüllt, dass die Menschenmenge darin förmlich überquillt: Schulter an Schulter sind Männer und Frauen aneinandergepresst und drücken gegen die frisch verputzten Wände, und draußen stehen noch viel mehr Leute. Lord Hastings ist gekommen, der auf seinem Weg nach Norden mit einem Gefolge von über hundertfünfzig Mann Halt gemacht hat. Sie alle, sogar die Schützen, führen Stangenwaffen mit sich, einschließlich des Mannes, der da gewesen war, um Katherines Leben zu retten, nachdem man sie mehr tot als lebendig unter den Trümmern des östlichen Torhauses von Bamburgh Castle hervorgezogen hatte.

»Das ist er also, was?«, hat er gesagt, als sein Blick erstmals auf Rufus gefallen ist. »Schätze, es muss der Schock seiner Geburt sein, weshalb seine Haarenden so gewellt bleiben.«

Der Mann – sein Name ist John Brunt – stand als Rufus' Pate zur Verfügung, als der Junge geboren wurde; und heute – jetzt – hat er Geschenke für sein Patenkind mitgebracht: einen kleinen Langbogen aus buttergelbem Eibenholz und einen Leinenbeutel, der zwölf kurze Pfeile mit stumpfen Spitzen enthält. Beides ist für einen Jungen von vielleicht zehn Jahren gedacht, und als die Geschenke Rufus überreicht werden, stellt er ein Ende des Bogens auf die Erde und hält ihn auf Armlänge von sich entfernt. Der Bogen ist fast zweimal so groß wie der Junge, der ihn stumm und mit großem Ernst mustert.

»Du wirst wachsen, sodass er irgendwann zu deiner Größe passt«, meint John Brunt.

Thomas dankt ihm, und Katherine gelingt es, ihm ein schwaches, verlegenes Lächeln zu zeigen. Rufus sagt nichts. Stille senkt sich auf die vier herab, die im schwachen Schein der Frühlingssonne eng beieinanderstehen. Katherine weiß nicht, was sie sagen soll.

Nach einer Weile bricht John Brunt das Schweigen. »Er redet nicht viel, was?«

Thomas schüttelt den Kopf und murmelt irgendeine schwammige Entschuldigung.

Seit dem Abend, an dem die vier Hunde getötet wurden, hat Rufus nicht mehr gesprochen. Als es passiert war, nahm Katherine den Jungen in ihre Arme und trug ihn eilig aus der Halle nach draußen in die Dunkelheit. Während sie ihn zu ihrem Haus brachte, spürte sie die ganze Zeit über, wie sich sein heißer kleiner Körper gegen sie zur Wehr setzte. Er versuchte, sich mit den Händen von ihr wegzudrücken, und die kleinen Füße in ihren ledernen Schuhen traten unentwegt gegen sie. Danach war er eine ganze Weile starr vor Entsetzen. Erst lange nachdem sie ein zweites Binsenlicht an der verlöschenden glühenden Asche des ersten angezündet hatte, wurden seine Gliedmaßen weicher – als schlussendlich seine kleinen Knochen vor lauter Erschöpfung ihre Steifheit verloren und er seiner Mutter erlaubte, ihn zu halten. Er war still, doch er vermochte nicht zu schlafen. Hellwach lag er da und starrte sie im dämmrigen Binsenlicht aus großen Augen an. Sein trauriger Blick wandte sich nicht von ihr ab, nicht einmal für einen einzigen Augenblick.

»Alles ist gut, Rufus«, murmelte sie. »Sieh nur. Hier ist nichts. Nichts, was man fürchten muss.«

Aber während sie sprach, spürte sie, wie ihr die Tränen in die Augen stiegen; und sie wusste, dass sie die Gewalt herbeigebracht hatte, dass sie schuldig war.

Als schließlich Thomas kam, der nach Blut und Asche und umgegrabener Erde roch, begann der Junge zu wimmern und drückte Katherine erneut von sich weg. Seitdem hat er kein einziges Wort mehr gesprochen, sie beide nur aus Augen betrachtet, die fast eine violette Farbe aufwiesen, verschmiert waren und vor lauter Erschöpfung Ringe hatten. Und jedes Mal wenn Katherine seinen Blick erwiderte, hatte sie das Gefühl, als würde sie fallen.

Als Rufus geboren wurde – in einer Woge aus Blut in einem Zelt hinter den Mauern von Bamburgh Castle –, stellte sich heraus, dass er das zweite Kind eines Zwillingspaars war. Die Wehmutter, die Thomas und Jack im Tross gefunden hatten, war mit Honig, Rosenwasser und zusätzlichen Salben gekommen, für die Sir John Fakenham zahlte, und half, das erste Zwillingskind auf die Welt zu bringen: ein Mädchen, das jedoch tot war. Sie glaubten, dass es das gewesen war, und vergossen Tränen des Jammers. Doch Katherine blutete nach der Geburt weiter. Als die Wehmutter den Blutfluss zu stillen versuchte, entdeckte sie, dass noch ein weiteres Kind im Bauch war.

Und dieses Kind war Rufus, der nur Augenblicke später geboren wurde. Er war sehr schlaff, sehr klein. Es gab keuchendes Gelächter, als sie sahen, wie rot sein Haar war. Natürlich dachte niemand, dass er, ebenso wenig wie Katherine, eine Überlebenschance hätte. Weil bereits der Priester da war, wurde der Junge geschwind getauft, und John Brunt stellte sich als Patenonkel zur Verfügung. Doch dann war der Kleine an jenem Abend immer noch am Leben, und eine Säugamme wurde gefunden, die nicht als Prostituierte arbeitete und die das rothaarige Kind zu sich nahm. Und während Katherine mehr tot als lebendig auf Sir Johns Schaffellen lag und von Matthew Mayhew mit dem Löffel streng schmeckende Flüssigkeiten eingeflößt bekam, saugte Rufus an der Brust des Mädchens; und auf wundersame Weise waren am Ende der ersten Woche Mutter und Kind beide noch am Leben.

Als schließlich Rufus zu Katherine gebracht wurde, war sie ebenfalls geschockt beim Anblick der roten Haare, die aus seiner Wäsche oben hervorstanden. In der Zwischenzeit war er ein bisschen kräftiger geworden. Er hatte eine rosige Haut, war satt und locker gewickelt. Man hatte ihn auf sie gelegt, und sie hielt den Atem an, so besorgt und ängstlich war sie. Doch dann wand er sich, und sie ergriff ihn, damit er nicht herunterfiel. Anschließend legte sie ihre Hände um ihn und wusste nicht, was sie erwarten sollte. Sie schaute auf ihn hinab, und da öffnete er diese dunkelvioletten Augen. Für einen langen Moment starrten sie beide sich an, und sie fühlte, dass etwas in ihr sich ergab, dass etwas weich wurde und sich legte. Sie fühlte, wie ihre Gliedmaßen glühten und dann schmolzen, und sie dachte, so würde es für immer sein. Rufus schien sich in sie einzugraben, sich in ihr einzunisten, und zwar nicht nur körperlich, sondern auch geistig und seelisch. Sie schaute zu den anderen auf, zu Thomas, zu Mayhew, zur Wehmutter und Säugamme, die alle dort standen und neben ihr aufragten. Und sie war nicht in der Lage, ihre Tränen zu unterdrücken, die aus ihrem Innern wie aus einer Quelle ungehemmt hervorbrachen. Sie spürte, wie ihr Kinn zitterte und ihr Mund aufklappte. Eine Zeit lang war sie körperlich hilflos vor lauter Liebe für dieses in Leinen gewickelte Paket aus warmem, merkwürdig riechendem Fleisch, das ihr Sohn war.

Und jetzt hält sie ihn fest an sich gedrückt, während Thomas erneut John Brunt im Namen von Rufus dankt. John Brunt schaut von Thomas zu Katherine und anschließend wieder zu Rufus. Er spürt, dass irgendwas verquer ist, und so gibt er dem Jungen keine Ohrfeigen, wie er es normalerweise tun würde, weil dem die Manieren fehlen.

»Nun denn«, sagt er verlegen und macht eine Bewegung mit dem Arm, um mit seiner fleischigen Hand Rufus den Kopf zu tätscheln.

Doch der Junge duckt sich, und seine Augen sind erneut weit aufgerissen. Katherine beugt sich zu ihm und zieht ihn zu sich heran. Undeutlich murmelt sie dem Jungen beruhigende Worte zu, während Thomas den Arm von John Brunt ergreift und ihn wegdreht. Thomas führt ihn fort, brummelt weitere Entschuldigungen und sagt etwas Lobendes über den Bogen. Katherine bleibt allein mit Rufus zurück, mit seinem neuen Bogen und seinen funkelnden Augen, und vor lauter Schuldgefühlen spürt sie Galle in sich hochsteigen.

Nach der kirchlichen Zeremonie zum Monatsgedächtnis für Sir John soll es ein Mahl geben, das in der Halle aufgetragen wird. Vierzig Personen sollen dort sitzen und an Tischen bedient werden, die in Lincoln angemietet wurden. Es wird eine Zimtsuppe und anschließend gebratenes Lammfleisch sowie gebratene Entchen und junge Hähnchen geben, alles serviert auf einer Platte. Nach dem Speiseplan kommen danach in Pfeffersoße gebratener Kranich und Pfau und dann Krebse in einem Gelee aus zerstoßenem Aal; zu guter Letzt folgt ein süßer Pudding aus gemahlenen Mandeln, Eiern und Milch.

Lord Hastings sitzt an dem erhöhten Tisch und neben ihm Isabella, deren Söhne zu beiden Seiten Platz genommen haben. Katherine und Thomas sind nicht eingeladen worden, an einer Tafel zu sitzen. Die Chance hierauf verloren sie an dem Abend, als Thomas die Jagdhunde von Isabellas Söhnen tötete. Doch man hat sie in die Halle eingeladen, um dort zu stehen und zuzuschauen, wie das Mahl gegessen wird. Und dies tun die beiden mit Rufus, der zwischendurch verwirrt wirkt, und betrachten stumm das Geschehen. Derweil werden die Tischtücher (gemietet) von Kellnern (gemietet) ausgelegt, und das Brot wird von zwei jungen Männern aus dem Haushalt von Lord Hastings geschnitten. Die Essensplatten (gemietet) werden von weiteren Bediensteten (ebenfalls gemietet) hereingebracht und auf den Tafeln zwischen den zwei wertvollen Salzstreuern von Sir John, den gemieteten Pokalen und den Bienenwachskerzen abgestellt, die angezündet sind, obwohl draußen helllichter Tag ist. Ein Kellner teilt Löffel aus; und während zwei von Isabellas Neffen, denen man in aller Eile das Tranchieren beigebracht hat, sich dem gebratenen Fleisch zuwenden, schaut sie selbst – gekleidet in mitternachtsschwarzen Samtstoff – nervös und hoffnungsvoll zugleich zu. Ihre Söhne sind gereizt und ungeduldig; allen, insbesondere dem Kammerherrn von König Edward, versuchen sie deutlich zu machen, dass sie bessere Sachen als die hier gewohnt sind.

Lord Hastings, der in der Zwischenzeit von seinem Sitzplatz aus das Geschehen ohne großes Interesse beobachtet, lehnt sich zurück und lässt die Bediensteten ihre Arbeit verrichten. Es ist, als ob er so oder so keine Meinung zu den Vorgängen hätte und nur dankbar wäre, dass man ihm etwas zu essen gibt.

Er ist recht bescheiden gekleidet – trägt ein dunkles Obergewand, blaue Beinlinge und Schuhe, die in maßvoller Weise spitz zulaufen. Und obgleich sein Hut aus Damast oder irgendeinem anderen kostbaren Stoff ist, wirkt er aufgrund seiner Form alles andere als aufdringlich. Außerdem trägt Lord Hastings nur drei Ringe an seinen Fingern, und er scheint sich nicht allzu sehr verändert zu haben, seit Katherine ihn zuletzt nach der Belagerung von Bamburgh Castle gesehen hat. Er ist ein bisschen besser gepolstert, nimmt sie an, und es gibt eine Andeutung von Grau an seinen Schläfen. Doch er hat noch immer strahlende Augen: Sein Blick schweift durch den Raum und verweilt bei hübschen Gesichtern, sofern es sie gibt. Natürlich schaut er auch Katherine an. Sein Blick wandert an ihr vorbei, verharrt dann und kehrt zu ihr zurück. Er starrt sie an, und sie kann sehen, wie sein Verstand arbeitet. Lord Hastings braucht einen Moment, bevor er sie wiedererkennt, aber selbst dann ist nicht völlig klar, wen genau er jetzt anzuschauen glaubt.

Ist das etwa Lady Margaret Cornford, die er da zu sehen meint? Jene Frau, der er vor etlichen Jahren in Hereford half? Aber sie ist doch sicherlich tot, oder etwa nicht? Dann kann es nur – kann es vernünftigerweise nur – Katherine Everingham sein, die er bloß kurz und in sehr anders gearteten Umständen nach dem Fall von Bamburgh vor beinahe fünf Jahren sah: die Frau von Thomas Everingham, einem relativ bescheidenen Bogenschützen. Diesen Mann stellte er einst als Truppführer für seine Schützen bei Towton ein. Thomas Everingham hat allerdings die Angewohnheit, zu günstigen Zeitpunkten zu erscheinen, und aus dem einen oder anderen Grund ist es bei ihm dazu gekommen, dass er eine entfernte, merkwürdige, glückbringende Bedeutung angenommen hat, und zwar nicht nur für Hastings selbst, sondern auch für König Edward. Oder ist sie vielleicht doch jemand anders? Eine von den vielen Frauen, die Gerüchten zufolge – wie Jack es ausdrücken würde – von Hastings gepflügt worden sind?

Katherine beobachtet, wie der Blick von Hastings zu den Personen um sie herum huscht und ihr Umfeld inspiziert. Er erkennt Thomas, und jetzt weiß er genau, wo er sie hintun soll. Hastings hebt seinen Finger, als ob er sich gerade an etwas erinnert hätte, und augenblicklich ist ein Junge mit wallenden Haaren neben seiner Schulter. Er dreht sich zu dem Jungen um, der seinen Kopf hinunterbeugt, und flüstert etwas. Nach einem Moment nickt der Junge und blickt auf; er schaut entweder zu Thomas hinüber oder zu Katherine; sie ist sich nicht sicher, auf wen der Blick gerichtet ist. Dann wird Hastings durch eine höfliche Frage von Isabella unterbrochen. Er wendet sich ihr zu und gibt eine Antwort, während der Junge zurücktritt; und damit hat sich der Fall für den Augenblick erledigt.

Das Mahl geht langsam voran. Obwohl Wein ausgeschenkt wird und die Dienerschaft schnell und tüchtig ist – und obwohl Einvernehmen darüber besteht, dass sich alle hier versammelt haben, um das Leben von Sir John als ein gut gelebtes irdisches Dasein zu feiern, auch wenn es von Tragischem nicht unberührt blieb –, ist noch keiner in der Stimmung für fröhliche Ausgelassenheit. Und trotz der Anstrengungen und Vorbereitungen, die gemacht worden sind, herrscht weiterhin Zaghaftigkeit, als ob alle abwarteten, was als Nächstes geschehen wird.

Als Isabella zusammen mit ihren beiden Söhnen und Jack von Fotheringhay zurückkehrte, konnte der zuletzt Genannte kaum glauben, was sich während seiner Abwesenheit zugetragen hatte.

»Ihr habt was getan?«, rief er. »Ihr habt sie *getötet?* Ihr habt diese Jagdhunde getötet? Oh nein! Jeder von ihnen war mehr wert als du, Thomas, und zweimal so viel wert wie du, John. Bei Gott! Was wird William sagen? Er wird dafür sorgen, dass man euch aufhängt. Euch beide.«

Hätte es sich bei Thomas um einen anderen Mann gehandelt, wäre es durchaus denkbar gewesen, dass die zwei Söhne von Isabella versucht hätten, ihn hängen zu lassen oder ihn an Ort und Stelle zu töten. Aber sie sind keine Dummköpfe. Thomas ist ein großer Mann, geschickt im Umgang mit allen Arten von Werkzeugen, die man auch als Waffen nutzen kann. Sie wissen außerdem, dass er eine spezielle Streitaxt – eine sogenannte Mordaxt – und einen mächtigen, großen Bogen besitzt, die an Haken hängen, die mit dem Hammer in einen der Balken seines Hauses geschlagen wurden. Daher, so vermutet Katherine, schätzen sie sich wahrscheinlich glücklich, dass Isabella sie zurückgehalten hat und sie bislang nicht gezwungen gewesen sind, Rache zu üben.

Aber es ist ein »bislang«. Obwohl Thomas versucht hat, sich zu entschuldigen und den Vorfall zu erklären – und sogar irgendeine Form von Entschädigung zu bezahlen (wenngleich er sich das kaum leisten kann) –, hat Isabella ihm gesagt, dass er die Gesellschaft ihrer Söhne nicht suchen soll, und ihre zwei Sprösslinge angewiesen, sich nicht in seine Nähe zu begeben. Obendrein hat sie verkündet, dass sie es sein wird – und zwar sie allein –, die mit Gottes Hilfe entscheiden wird, was getan werden soll und wann es getan werden soll. Ihren Entschluss, so hat sie hinzugefügt, werde sie mitteilen, sobald sie das Monatsgedächtnis für Sir John hinter sich gebracht haben.

Doch für Katherine liegt die Wahrheit über ihre Zukunft auf der Hand. Sie können nicht bleiben. Sie müssen sich auf den Weg machen. Katherine hat bereits etliche Sachen zusammengetragen, Lebensmittel in Salz eingelegt und Dinge gut verstaut, um sich auf die bevorstehende Reise vorzubereiten, genauso wie sie es in vergangenen unsicheren Zeiten gemacht hat: eine Keule Schweinefleisch in einem Fass mit Grausalz, zwei Dutzend Spannhaken in einem Ziegenledersäckchen, das als Geldbeutel genügen wird, ein halbes Dutzend Nadeln, zwei Längen von noch neuem Eichenholz, ein paar Yards gutes, dickes Leinen mit einer Rollkante, ein Ersatzschuh. Es ist armselig. Das weiß Katherine. Doch das ist alles, was sie machen kann, denn sie kann sich noch nicht einmal ansatzweise vorstellen, wohin diese Reise sie alle führen wird.

Nachdem die Überreste des Mahls abgeräumt sind, gibt es für die Gäste Waffeln, die mit Honig gesüßt sind, und Hypocras wird in Krügen hereingebracht und ausgeschenkt. Außerdem hat man drei Männer angeheuert, die ein Lied spielen, das traurig beginnt, im weiteren Verlauf aber in eine etwas fröhlichere Melodie übergeht. Mittlerweile bekommen die Wangen vom Trinken eine rosige Farbe. Das Stimmengewirr der Gespräche wird lauter mit den Tönen des Rebec, der Flöten und einer Trommel, an der kleine Zimbeln befestigt sind, sodass die Luft zu flirren scheint bei jedem Schlag auf dieses Musikinstrument. Der Anführer der Musiker singt ein Lied über den heiligen Georg und anschließend eines über die Ankunft des Sommers. Die Leute, die in der Halle stehen, beginnen im Takt zu klatschen und dann mit den Füßen zu stampfen. Bald schon wackeln im Rhythmus auch die Girlanden und grünen Pflanzen mit, die man aufgehängt hat, um den Raum zu schmücken; und die Tritte der Menschen setzen die Düfte von Mädesüß und Veilchen frei, die zwischen den Binsen ausgestreut wurden.

Es ist später Nachmittag, als das Festessen endet. Der Priester spricht noch ein Tischgebet, und danach schlurfen sie alle aus der Halle hinaus. Blinzelnd im schwachen Licht der Sonne, treten sie hinaus auf den Hof und treffen dort auf die Männer von Hastings, die reisebereit sind und darauf warten, sich auf den Weg zu machen. Unter ihnen ist John Brunt, der seinem

Patenkind noch Auf Wiedersehen sagen möchte, bevor er aufbricht.

»Weshalb reist ihr mit so vielen Männern?«, erkundigt sich Katherine laut.

Sie sind alle zu Pferde. Bei den meisten Männern handelt es sich um erfahrene Soldaten in den Farben von Hastings, mit dem schwarzen Bullenkopf als Abzeichen. Auch sind alle gut gepanzert und gut bewaffnet. Sie tragen Stahlhelme, und die Bögen sind schussbereit in den Händen und die Beutel mit Pfeilen locker gebunden.

»Es hat wieder Ärger gegeben«, antwortet John Brunt. »Oben im Norden. Und auch hier in der Gegend.«

Katherine schaut ihn an.

»Welche Sorte von Ärger?«

Er verdreht die Augen, blickt dabei aber grimmig.

»Von der alten Sorte«, antwortet er. »Aber bis jetzt sind das alles Gerüchte, und keiner ist sich sicher, was davon stimmt und was falsche Berichte sind. Es heißt, dass Gefolgsleute vom alten König Henry sich in Wales sammeln, um einen neuen Angriff zu starten, und man sagt, der Earl of Warwick sei in Yorkshire, um eine Armee aufzustellen, dann herzukommen und König Edwards Schwager, den Bruder der Königin, zu beseitigen, den er wegen irgendeiner Kränkung zu hassen begonnen hat. Und jetzt reitet König Edward nicht mehr aus, ohne eine Wache von zweihundert Soldaten oder mehr bei sich zu haben, und für Lord Hastings gilt das Gleiche.«

»Wie bitte?«, ruft Katherine aus. »Der Earl of Warwick stellt eine Armee gegen den *Bruder* der Königin auf?«

John Brunt muss unwillkürlich lächeln.

»Ihr lebt hier so von der Welt abgeschieden wie in einem Kloster, was? Ihr hört von nichts.«

»Aber der Earl of *Warwick?*«, wirft Thomas ein. »Er ist doch König Edwards rechte Hand.«

»Er *war* König Edwards rechte Hand«, korrigiert ihn Brunt. »Aber inzwischen nicht mehr. Wegen verschiedener Angelegenheiten sind sie in Konflikt miteinander geraten. Ihr wisst doch, wie sie sind, diese edlen Herren. Jene Momente, in denen sie nicht draußen auf der Jagd sind oder auf dem Turnierplatz üben, bringen sie damit zu, sich wegen Ländereien in fernen Teilen des Landes zu zanken oder sich darum zu streiten, wer ihre Söhne und Töchter heiraten wird. Diese Tatkraft, die sie haben! Das kommt alles von dem Zucker und dem Gewürzwein. Es macht sie scharf.«

In diesem Augenblick erscheint der Junge mit der wallenden Mähne, der offenbar von Lord Hastings geschickt worden ist. Er hat eine gewisse Familienähnlichkeit mit Hastings und zeigt auch einige seiner Angewohnheiten. Der Junge sagt zu Thomas, dass Hastings vor der Abreise gerne mit ihm reden würde, sollte er dafür Zeit erübrigen können. Die Worte sind so gewählt, als ob Thomas eine Wahl hätte.

Er schaut zu Katherine.

»Ich frage mich, was er will«, sagt er.

Katherine antwortet nicht. Sie spürt eine merkwürdige schleichende Wärme, die sich in ihrem ganzen Körper ausbreitet, und eine seltsame Art von Erregung, als ob gerade etwas Besonderes geschähe. Und sie fragt sich, ob dies einer jener Augenblicke ist, auf den sie später zurückschauen und dabei denken wird: Das war er also – der Augenblick, nach dem nichts mehr so war wie zuvor.

»Meine Frau wird ebenfalls kommen«, erklärt Thomas, der eine Entscheidung getroffen hat, als ob auch er die Besonderheit des Augenblicks erkennen würde, und der Junge zuckt mit den Schultern.

Nettie kommt herbei, um Rufus mit sich zu nehmen und nachzuschauen, ob es bei den Speiseresten etwas gibt, das er vielleicht gerne essen würde. Er nimmt ihre Hand und geht mit ihr fort. Dabei wirft er einen langen, traurigen Blick über die Schulter, als ob er versuchen würde, das Bild von seiner Mutter vor seinem geistigen Auge festzuhalten, sodass er sich genau an sie erinnert, so wie sie gerade ist.

Hastings steht nur einen unbedeutenden Schritt von den Söhnen Isabellas entfernt, die beide sprechen und dabei lässige Gesten vollführen; im Takt dazu schwanken die Federn in ihren Mützen. Einer der jungen Männer trägt dünne Ketten an seinen Beinen, um die Spitzen seiner Schuhe, die sich bis zur Mitte der Schienbeine nach oben kringeln, an Ort und Stelle zu halten. Hastings hat inzwischen wieder seine Reitstiefel angezogen, und er gibt eine schlichtere Figur ab, obschon auf seinem Sattel ein heller pelzgefütterter Reisemantel liegt. Alle drei drehen sich zu Katherine und Thomas um, als sie sich nähern, und ein jeder hat einen anderen Gesichtsausdruck.

»Mylord«, grüßt Thomas. »Möge Gott Euch einen wunderschönen Tag schenken.«

»Und Euch ebenfalls, Master Everingham.« Hastings lächelt. »Euch auch, Mistress Everingham. Es ist schon eine Weile her, seit wir uns das letzte Mal begegnet sind!«

Es ist das erste Mal, dass beide auf eine so respektvolle Weise angesprochen werden, und das von einem Mann wie Lord Hastings. Die Anrede lässt die zwei Brüder zusammenzucken – den Bärtigen ebenso wie den Bartlosen. Ihr Argwohn wird noch größer, als Hastings sie bittet, zurückzutreten, damit er einen Moment allein sein kann mit seinem alten

Freund und Waffenbruder, mit dem zusammen er das eine oder andere Abenteuer erlebt hat, sowie mit dessen Frau, die er als vertrauenswürdig und sehr geliebt bezeichnet. Die zwei Brüder haben keine andere Wahl, als sich ein Stück weit zu entfernen, bleiben jedoch verärgert und wachsam.

»Geht mit mir bitte ein Stück spazieren, Thomas, und Ihr auch, Mistress Everingham«, sagt Hastings. »Das Mittagessen war recht sättigend, und ich wünsche nicht, auf einem Pferd zu sitzen, wenn mein Bauch noch voller Fleisch ist, so köstlich es auch war, als es das erste Mal gereicht wurde. Bitte, wenn Ihr einen Moment Zeit habt, dann zeigt mir das Anwesen.«

Er schreitet langsam voran: ein großer Mann, beinahe so groß wie Thomas, fast so breit wie er, allerdings ohne die Muskelkraft eines Bogenschützen. Hastings wirkt stets elegant, während er mit den Händen auf dem Rücken zwischen den langen Schatten umherschlendert, die von den Hainbuchen geworfen werden. Mit Interesse bemerkt er die Verbesserungen, die Isabella und Sir John auf dem Anwesen durchgeführt haben, und freut sich selbst über kleine Details: über den Schornsteinkopf mit seinen geraden Linien und sauberen Steinen; den Schuppen, in dem die frisch geschlagenen Scheite aus Eschenholz trocknen; das Haus von Thomas und Katherine mit seinen niedrigen Dachtraufen.

»Ich habe eine Idee für ein Heim, das mein eigenes sein soll«, sagt Hastings. »Neu gebaut, und zwar nicht aus Stein, sondern aus Ziegeln. Solche, wie sie in Flandern benutzt werden.«

»Flandern!«, ruft Thomas aus.

Katherine fragt sich, was für eine Art von Haus Hastings im Sinn hat, das in irgendeiner Weise ihrem eigenen ähneln könnte: ein Heim, das im Laufe der letzten drei Jahre von

Thomas erbaut worden ist, wann immer sich Zeit dafür ergeben hat – mit der Hilfe von sonst wem und mit irgendwelchen von ihm gefundenen Materialien.

Anschließend unterhalten sie sich über das Wetter, insbesondere über die Aussicht auf Regen, der vielleicht später an diesem Tag kommen soll, und über den besten Weg nach Doncaster, wo Hastings, wie er hofft, die Nacht verbringen wird. Die Antworten von Thomas sind zwar ein wenig bärbeißig, jedoch recht hilfreich, während er und Hastings um den heißen Brei herumreden. Katherine hat vergessen, wie charmant Hastings sein kann. Seine Gesichtszüge bewegen sich sehr stark, und seine Zähne sind seltsam weiß: Sie blitzen auf, wenn er lächelt. Er beugt den Kopf, so wie es große Männer für gewöhnlich tun, wenn sie kleinen Frauen zuhören, und seine Augen huschen mit Vergnügen von einem Ding zum nächsten. Auch ist er makellos rasiert und hat eine relativ helle Haut. Er trägt einen dunklen Samtkragen, auf dem eine flammende weiße Rose prangt, deren Form aus goldenem und silbernem Garn geschaffen ist und in deren Mitte sich eine Perle von der Größe eines Daumennagels befindet. Nach einer Weile arrangiert er einen Moment lang eine peinliche Stille, die er dann bricht.

»Also, Thomas«, sagt er. »Wie Ihr wisst, habe ich heute noch viele Meilen Straße vor mir, und deshalb werde ich mich kurzfassen.«

Thomas gibt einen brummenden Laut von sich zum Zeichen des Einverständnisses.

»Lady Fakenham …«, beginnt Hastings. »Sie ist in einer schwierigen Position. Wie Ihr sicher wisst, ist sie von ihren Söhnen bedrängt worden, Euch alle von ihrem Land zu jagen. Dem hat sie sich widersetzt, wie sie sagt – wegen ihres Wohlwollens Euch gegenüber ebenso wie aufgrund ihrer Liebe zu

Sir John und der Loyalität gegenüber seinem Andenken. Doch seit ihre Jagdhunde von Euch getötet worden sind, haben diese Burschen sie noch härter bedrängt und verlangen gebührende Gerechtigkeit, wie sie es sehen: Und so ist jetzt die Vertreibung vom Land die allergeringste Form von Bestrafung, die sie anmahnen, und Lady Fakenham spürt, dass sie sich nicht weiter ihren Forderungen widersetzen kann.«

Der Schock, der mit dieser Nachricht einhergeht, kommt natürlich nicht unerwartet, aber trotzdem ist es wie ein Faustschlag in die Magengrube. Oder wie etwas noch Härteres: vielleicht wie der wuchtige Kopfstoß eines Ochsen in den Unterleib, während man versucht, dem Tier am Hals ein Gurtgeschirr anzulegen. Katherine verspürt eine vertraute Angst, die sich wie ein Film über sie legt, sich nasskalt anfühlt und beinahe zu riechen ist. Trotz des Sonnenscheins, trotz der Gesänge von Flachsfinken und Goldammern in den Zweigen, trotz des entfernten Blökens eines neugeborenen Lamms, das seine Mutter sucht, hält Katherine ihren Mantel fest umklammert und zieht ihn enger um sich herum. Denn sie erinnert sich daran, wie es ist, in der Abenddämmerung draußen auf der Straße zu sein – mit nur einem Schuh, mit wenig Essen und ohne Aussicht auf einen Unterschlupf für die bevorstehende Nacht.

Thomas ist ebenfalls fassungslos: Sein Gesicht ist blass, seine Wangenknochen wirken irgendwie eingesunken, seine Augen sind sehr rund.

»Das kann sie nicht tun«, sagt er; seine Stimme ist mehr ein Atmen als ein Erzeugen von Lauten.

Hastings weist diesen Einwurf mit einer Handbewegung ab – ein rauer Ausdruck des Mitgefühls von jemandem, der ähnliche Rückschläge hat erdulden müssen. Er spaziert weiter, geht den Pfad entlang auf die Kirche zu und überlässt es ihnen, ihm zu folgen. Katherine sieht jetzt wenig Sinn darin und fragt sich, ob sie ihre Zeit nicht vielleicht am besten damit zubringen sollten, ihre wenigen Habseligkeiten zu packen – so wie John Stumpf schon immer gesagt hat, dass sie es ohnedies eines Tages würden tun müssen –, bevor sie sich auf den Weg zu einem unbekannten Ziel machen.

Stattdessen gehen sie jedoch beide weiter, um sich stumm Hastings wieder anzuschließen. Sie tauchen an seinen Schultern auf, wissen aber nicht, wo oder wie sie nun anfangen sollen.

»Wann habe ich Euch das letzte Mal gesehen, Thomas?«, fragt Hastings einen Augenblick später, als ob dies irgendetwas mit ihrer Situation zu tun hätte.

Thomas muss seine Gedanken wieder aus der Düsternis herausholen, die sie umfangen hat.

»Das ist nach dem Fall von Bamburgh gewesen«, antwortet er.

»Und davor?«

Thomas senkt seine Mundwinkel.

»Auf dem Schlachtfeld bei Towton.«

Hastings nickt.

»Ja«, sagt er. »Ihr habt damals Männer angeführt, nicht wahr?«

Thomas zuckt mit den Schultern. Inzwischen schert er sich einen Dreck darum, wie Katherine sehen kann.

»Und hat sich das nicht gut angefühlt?«, fährt Hastings mit seinen Fragen fort.

Thomas schaut Hastings an, als ob der verrückt wäre.

»Möge Gott Erbarmen haben«, erwidert er. »Nein. Wäre es nicht so kalt gewesen, hätte es die Hölle selbst sein können.«

Hastings ist erstaunt.

»Nun ja, es war genau genommen kein Vergnügen, dieses Schlachtfeld von Towton; das gebe ich zu«, sagt er. »Doch seht, Thomas, an jenem Tag haben wir das Königreich gerettet, nicht wahr? Erinnert Ihr Euch? Wir waren dort, und wir taten, was wir taten, und wir retteten das Königreich. Und wir taten es – wir hatten Erfolg – nur aufgrund von guten Männern. Von Männern wie Euch.«

»Ich könnte das nicht noch einmal«, gesteht Thomas.

Hastings runzelt die Stirn.

»Also«, meint er, »ich nehme an, niemand würde es tun, wenn er es nicht müsste. Aber keiner fordert Euch auf, genau das Gleiche noch mal zu tun.«

Es folgt ein Moment des Schweigens.

»Und was ist es, wozu Ihr uns auffordern wollt?«, wirft Katherine ein, die nicht umhinkann, diese Frage zu stellen.

Hastings dreht sich zu ihr um und lächelt.

»Ihr seid schon immer scharfsinnig gewesen, Mistress«, sagt er.

Und jetzt errötet sie und ist verwirrt, weil sie nicht so genau weiß, wie er das von ihr wissen kann.

»Die Wahrheit ist ...«, fährt Hastings fort, der sich jetzt auf künstliche Weise ganz vertrauensvoll gibt, als ob er dabei ertappt worden wäre, irgendeine Wahrheit zu verbergen, über die er nun aufrichtig reden will. »Die Wahrheit ist, dass wir – das heißt König Edward – beunruhigt sind. Ihr werdet die Gerüchte gehört haben. Selbst hier. Bei Gott, was sage ich da? Es sind keine Gerüchte. Das sind Tatsachen. Es hat Aufstände gegeben. Oben im Norden und auch in Kent. Und im Westen. In Wales. Überall, vermute ich. Erst letztes Jahr sind fünfhundert Mann draußen vor Mylord Warwicks großer Festung in Middleham aufgekreuzt, ausgerüstet für einen Krieg und bereit, nach London hinunterzureiten, um König

Edward abzusetzen, wenn Warwick sie nur anführen würde, was er dank Gottes Barmherzigkeit und aus welchen anderen persönlichen Gründen auch immer nicht getan hat. Doch er hätte es tun können, versteht Ihr? Er hätte es tun können. Und dann, oh Jesus Christus ...«

»Aber wie ist es dazu gekommen, dass König Edward und der Earl of Warwick Feinde geworden sind?«, erkundigt sich Thomas.

Hastings seufzt, so wie bei dem Beginn einer langen Geschichte, und erzählt davon, dass König Edward gegen den Willen des Earl of Warwick geheiratet hat.

»Sir John war recht erfreut zu hören, dass König Edward eine Engländerin geheiratet hat«, berichtet Thomas.

»Ja«, sagt Hastings abwesend, als ob dies überhaupt nichts mit der Sache zu tun hätte. Sie kommen am Schweinestall vorbei, wo die roten Ferkel mit dem zottigen Rückenfell gerade jetzt quieken und sich balgen.

»Ha!«, ruft Hastings aus und zeigt auf die Schweinchen. »Schaut Euch die an! Sie sind genau wie wir! Das da: Das ist der Earl of Warwick. Jenes schlammverschmierte Ferkel ist der Earl of Pembroke, und das da – sehr hübsch ... Das ist Anthony Woodville, der Bruder der Königin. Schaut ihn Euch an! Alles Schlitzohren!«

»Aber was hat König Edwards Eheschließung mit dem Earl of Warwick zu tun?«, will Katherine wissen.

Hastings wendet sich ihr erneut zu, und sie kann erkennen, dass er sich fragt, wie viel er ihr erzählen soll und wie viel er ihr erklären muss.

»Mylord Warwick hoffte, König Edwards Vermählung zu nutzen, um eine Allianz mit Frankreich zu besiegeln«, beginnt er auszuführen. »König Edward jedoch teilt mit der Masse seiner Untertanen eine Abneigung gegenüber Frankreich. Aber daran hat er Mylord Warwick nicht erinnert, und anstatt ihm einfach zu erzählen, dass er keinerlei Interesse an einer solchen Eheschließung hatte, verhielt er sich so, als spielte er mit. Zunächst tat er es, um Warwick ruhig zu halten, wie ich vermute, und um ihm zu Gefallen zu sein. Nur dann heiratete er Elizabeth – Elizabeth Grey, die Tochter vom alten John Woodville, die jetzt gesellschaftlich natürlich sehr weit aufgestiegen ist. Und er hat Warwick erst davon erzählt, nachdem die Ehe den kirchlichen Segen erhalten hatte und vollzogen worden war.«

Warum erzählt er uns das?, fragt sich Katherine.

Hastings jedoch fährt fort.

»Nun …« Er zuckt mit den Achseln. »Es war vielleicht unklug, so zu handeln. Es ließ Warwick mit dem Gefühl zurück, bei dieser Sache der Narr gewesen zu sein. Und er ist nicht der Mann, der an einer solchen Empfindung Freude hat, insbesondere vor ausländischen Fürsten. Doch Edward ist Edward, genau wie Warwick Warwick ist. Edward ist der König, nicht? Nicht annähernd mehr der Junge, der er einst war, als Warwick sich erstmals seiner annahm. Und was die Königin anbelangt … Nun ja, Ihr seid ihr vielleicht noch nicht begegnet. Doch sie ist auch kein willensschwaches Ding, und Warwick erscheint es, als ob sie die dazwischenliegenden Monate damit zugebracht hätte, seinen Einfluss auf jeder Stufe zu untergraben, indem sie ihre Familie – ihre Brüder und Schwestern, die Mutter und den Vater – dorthin gesetzt hat, wo seine Leute eigentlich sein sollten. Und obgleich alles, was sie getan hat, letzten Endes nur das ist, was jeder Mensch an ihrer Stelle tun würde, so bleibt doch die Tatsache bestehen, dass ihre Leute die von Warwick verdrängt haben.«

Katherine erkennt, dass Hastings sie beide umschmeichelt.

Doch warum? Warum gibt er sich mit ihnen ab? Was kann er von ihnen wollen? Was kann er von Thomas wollen? Gewiss unterscheidet sich Thomas doch nicht von tausend anderen Männern, an die König Edwards Kammerherr sich wenden könnte.

Sie sind mittlerweile im Dorf angekommen. Die Kirche befindet sich zur Linken, und weiter vorn sind das Butterkreuz und der Backofen. Um sie herum scharen sich all die mit hölzernen Gurtbögen errichteten Dorfhäuser, von deren Dachtraufen aus der Rauch sacht in den Nachmittagshimmel emporschwebt. Die Vögel in den Bäumen sind laut, und irgendwo bellt ein Hund.

»Nein«, sagt Hastings, als würden sie gerade einen Dialog führen, »die Wahrheit ist, dass die Dinge seit dem Fall von Bamburgh nicht reibungslos gelaufen sind. Damals – erinnert Ihr Euch? – versprach König Edward, von seinen eigenen Einkünften zu leben und die Normandie zurückzubekommen und was uns sonst noch in Frankreich gehörte. Bislang hat er natürlich keines von beiden geschafft, und so sind die Leute selbstverständlich enttäuscht. Doch sie sind so schnell – zu schnell – gewesen, dies zu zeigen. Und jetzt geht es in diesem Land genauso gesetzlos zu wie unter der Herrschaft des alten Königs. Womöglich noch schlimmer, da die Anhänger des alten Königs Henry den Groll der Leute benutzen – eine dumme Steuer, erhoben von einem Armenhaus in York, um Gottes willen –, um sie für die eigene Sache einzuspannen und loszumarschieren, als ob sie beabsichtigten, das Königreich von seinem König zu befreien.«

Hastings gibt nun vor, mehr zu sich selbst zu sprechen als zu Thomas und zu ihr, wie Katherine erkennt, während sie weiterschlendern. Dann erzählt er ihnen von Lord Montagu, Warwicks Bruder, der zum Earl of Northumberland ernannt und damit betraut worden ist, den Frieden im Norden zu bewahren, was er bisher auch getan hat.

»Doch er ist Warwicks Bruder«, hebt Hastings hervor. »Versteht Ihr? Und jetzt, in Anbetracht der Spaltung zwischen König Edward und Warwick – in welche Richtung wird er gehen? Wenn es hart auf hart kommt? Er hat dort oben eine solche Macht, dass es nicht übertrieben ist, zu sagen, dass das Schicksal des Königreichs von ihm und seiner Entscheidung abhängt. Tja!«

Frustriert schlägt er mit der Faust auf das Tor zum Kirchhof; dann treten sie ein und gehen zwischen den Steinen durch das lange grüne Gras. Sir John ist hier, in der Krypta, zur letzten Ruhe gebettet. Sie betreten die Kirche, wo der Priester das Einsammeln der Kerzen überwacht, die diesmal aus Bienenwachs und daher teuer sind. Auf den abgenutzten Ochsenblutfliesen bleiben sie vor dem Gemälde des heiligen Christophorus stehen, das Sir John in Auftrag gab und zu dem er an den meisten Tagen herkam, um es sich anzuschauen, selbst als sein Augenlicht ihn im Stich ließ.

Die ganze Zeit über spricht Hastings und erzählt ihnen vom Duke of Clarence, dem anderen Bruder von König Edward, bis es selbst für einen Mann mit Thomas' Geduld zu viel ist.

»Gibt es irgendeine Möglichkeit, dass wir helfen können – auch wenn ich mir nicht vorstellen kann, wie?«, fragt er.

Hastings wendet sich vom heiligen Christophorus ab.

»Also«, antwortet er, »es ist mehr eine Möglichkeit, mit der ich Euch unter Umständen helfen kann.«

Sie warten auf eine Erklärung.

»Ja«, fährt Hastings fort. »Mir ist eine kleine Besitzung geschenkt worden, und zwar oben in Ryedale, nördlich von

York. Heißt Senning. Ein kleines Herrenhaus. Nicht … diesem hier nicht unähnlich.«

Er zeigt in Richtung des von hier nicht sichtbaren Herrenhauses.

»Zumindest glaube ich, dass es nicht unähnlich ist, obschon ich es in Wahrheit noch nie zu Gesicht bekommen habe. Es gehört – gehörte – einem Mann namens John Appleby, der Lord Hungerford diente. Nach Hexham wurde er enteignet und verlor so jeglichen Anspruch auf das Anwesen. Sein Sohn, der auch John Appleby heißt, hat die Enteignung angefochten, doch im letzten Monat wurde abschließend bestätigt, dass er damit gescheitert ist.«

Hastings sieht so aus, als würde er sich ein wenig schämen.

»Und König Edward hat in seiner Großzügigkeit den Besitz mir verliehen. Mir ist gesagt worden, dass dort alles gut eingerichtet ist – bei dem Herrenhaus und der Mühle und den Ställen. Es gibt einen Gerber, einen Schmied, einen Priester und einen Brauer. Alles, was zum Leben notwendig ist. Das Landgut ist groß und besteht zumeist aus Hochlandweiden, und da oben gibt es einige Möglichkeiten, auf recht spektakuläre Weise zu jagen. Der Vogt heißt übrigens Evans und ist Waliser; warum der dort ist, weiß ich allerdings nicht. Letztes Jahr hat er acht Serpler Wolle von der besten Sorte für dreißig Mark das Stück in Scarborough verkauft.«

Thomas, der sich in diesen Sachen auskennt, murmelt etwas Anerkennendes.

»Von großer Wichtigkeit ist jedoch Folgendes«, fährt Hastings fort. »Es gibt ein Wirtshaus, wo man Pferde mieten kann und das von einem Pächter des Herrenhauses betrieben wird, der seine Pacht fristgerecht zahlt. Es liegt an der Straße, die durchgehend vom Hafen von Scarborough im

Osten bis zur Stadt Thirsk im Westen verläuft und sich dahinter teilt.«

In dieser zuletzt erwähnten Information liegt irgendeine Bedeutung, die Katherine noch nicht versteht.

»Was wollt Ihr damit sagen?«, möchte Thomas wissen.

»Ich brauche jemanden, der dieses Anwesen für mich in Besitz nimmt«, antwortet Hastings. »Der dafür sorgt, dass die Gebäude in Schuss bleiben. Dass die Schafe geschoren werden. Dass alles eingesammelt wird und dann die Pachten gezahlt werden.«

»Uns?«, fragt Katherine.

Hastings beäugt sie.

»Warum nicht?«, erwidert er.

»Weil ... Weil ...«, beginnt Thomas. Doch es ist eindeutig, dass ihm kein guter Grund einfällt, weshalb er diese Aufgabe nicht übernehmen sollte. Katherine kann das Lächeln sehen, das bei ihm aufzublühen beginnt und seine Wangen füllt, das seine Mundwinkel unwiderstehlich nach oben und in die Breite zieht. Seine Augen strahlen vor erwartungsvoller, zögerlich einsetzender Freude.

Hastings nickt einmal dem heiligen Christophorus zu und legt dann eine Münze in einen Wandleuchter, was der Priester und sein Bursche genau beobachten. Anschließend dreht er sich um und führt sie wieder aus der Kirche und hinein in den Schein der untergehenden Sonne.

»Was müssen wir als Gegenleistung dafür tun?«, erkundigt sich Katherine, während sie und Thomas neben ihn treten und im Gleichschritt weitergehen.

Hastings schaut sie mit gewölbter Augenbraue an und täuscht Entsetzen vor.

»Mistress Everingham! Es gibt kein *Quidproquo.* Ich bin ein treu ergebener Freund Eures Ehemannes hier, der mir in der Vergangenheit oftmals einen Gefallen erwiesen hat. Und wenn ich ihn bei einer Pechsträhne antreffe, die er nicht verschuldet hat, und ich eine Möglichkeit finde, wie ich ihm helfen kann, dann tue ich das. Das ist alles.«

Doch er grinst.

»Weshalb erzählt Ihr uns dann all diese Dinge über Lord Montagu? Über den Duke of Clarence? Ist das etwa von irgendeinem Nutzen, wenn wir Schafe züchten und Pachten einsammeln?«

Hastings kichert tatsächlich vor Vergnügen.

»Ihr seid einfach zu scharfsinnig, Mistress Everingham!«, sagt er abermals. »Zu scharfsinnig! Und aus diesem Grund seid Ihr so perfekt für die Aufgabe, die ich für Euch im Sinn habe. Ich habe mich zu lange und zu indiskret über jene Themen ausgelassen, als dass es Euch nicht betreffen müsste. Dabei könnte es Euch helfen, diese Dinge zu wissen, wenn Ihr bereit wäret, dieses Herrenhaus zu übernehmen, und wenn Ihr, zusätzlich zu den üblichen Aufgaben, als meine Ohren und Augen in jener Gegend agieren würdet. Aus der Entfernung ist es schwierig, die Stimmung in den nördlichen Teilen Englands einzuschätzen und zu wissen, welches Gewicht den Gerüchten beizumessen ist, die wir hören. Wenn ich jemanden dort hätte, jemanden, dem ich vertrauen könnte, dass er mich ... sozusagen informell anleitet, jemanden, der also nicht einst beim Earl of Warwick in Lohn stand ... Ihr könnt erkennen, was für eine Hilfe das womöglich ist.«

»Folglich sollen wir Spione sein?«, fragt Katherine.

Hastings legt die Maske ab.

»Das wohl kaum«, antwortet er. »Ihr sollt bloß die Augen offen halten. Etwa einen Jungen im Gasthaus abstellen, um von ihm herbeigerufen zu werden, sollte ... sollte dort jemand von Interesse auftauchen. Den Wächter auffordern, gemäß Eurer Methode ein paar Fragen zu stellen, jedoch niemanden eingehender zu untersuchen, als es angebracht ist. Ist das so viel Mühe, wenn Ihr die Alternative bedenkt?«

Erneut zeigt er in Richtung des Herrenhauses, während sie sich ihm nähern. Dort vorn haben sich Isabella und ihre zwei Söhne eingefunden, und selbst aus dieser Entfernung ist es möglich, die unglückliche Anspannung in Isabellas Gesichtszügen zu erkennen und die Zufriedenheit in denen der beiden Männer.

»Aber wonach sollen wir Ausschau halten?«, fragt Thomas. »Wie werden wir wissen, dass irgendjemand von Interesse ist, wie Ihr es formuliert?«

Hastings bleibt stehen.

»Ich interessiere mich für Anzeichen oder Spuren aller Art«, erklärt er. »Für alles, was nicht normal ist: Männer, die mit zu viel Gepäck und ohne geschäftliches Anliegen auf der Straße unterwegs sind; oder jede Wagenladung Gänsefedern, die nach Norden gebracht wird.«

»Norden?«

Hastings sieht aus, als bringe ihn diese Frage aus der Fassung.

»Zu Lord Montagu«, sagt er. »Mylord Warwicks Bruder. Wir müssen wissen, auf welche Seite er sich schlagen wird, wenn ihn das nächste Mal der Lockruf seines Bruders in Versuchung führt.«

Es entsteht eine lange Pause. Sie klingt nicht allzu schwierig, diese Aufgabe. Aber da ist immer noch etwas anderes, denkt Katherine – etwas, das Hastings ihnen noch nicht erzählt hat.

»Also, was sagt Ihr?«, fragt Hastings.

»Na ja, was können wir schon sagen?«, antwortet Thomas. »Außer ›Ja‹ und ›Habt Dank für diese Chance‹?«

Hastings blickt die beiden an und lächelt. Er ist schließlich und endlich doch ein guter Mann, fährt es Katherine durch den Kopf. Und Thomas hat wirklich recht: Was für eine Wahl haben sie denn? Aber immer noch wohnt ein unbestimmtes Misstrauen, irgendein Vorbehalt in ihrem Hinterkopf: Das ist nicht *alles*, was er von ihnen will.

»Nun«, sagt Hastings, »das wird Lady Fakenham eine Last von der Seele nehmen. Und von meiner selbstverständlich auch. Ich werde mich bei Euch melden. Haltet Ausschau nach meinem Boten.«

Er schüttelt Thomas die Hand und küsst Katherine auf die Wangen, und zwar jede zweimal, als wäre sie eine Verwandte von ihm. Doch als er sich gerade von ihnen abzuwenden beginnt, hält er in der Bewegung inne und macht diese Geste … so als wäre ihm soeben erst etwas eingefallen. Katherine kann nicht anders, als ihre Augenbraue zu heben, denn er ist, genau wie sie gedacht hat, selbstverständlich noch nicht ganz fertig.

»Ach ja«, sagt er. »Da ist noch eine andere Sache …«

Teil 2

Nach dem Dreifaltigkeitsfest, Frühsommer 1469

4. Kapitel

Als sie zwei Wochen später Marton verlassen, brechen sie schnell auf, und sie verabschieden sich auf eine holprige, peinliche Weise. An diesem ersten Morgen reiten sie zumeist schweigend – es geht erneut Richtung Norden –, und die Köpfe sind gesenkt. Thomas hat seine Mütze tief nach unten gezogen, Katherine die Kapuze ihres Umhangs um ihre Ohren hochgedrückt. Jeder hängt seinen eigenen Gedanken nach. In Doncaster schließen sie sich mit einem ängstlichen Kaufmann von den Solebrunnen in Droitwich zusammen, der seine Salzblöcke zu den Heringsfischern an der Ostküste transportiert. Doch er hat lediglich drei Männer bei sich, die als Bewachung dienen, und Thomas sieht, dass sie zu der Art von Wächtern gehören, die sich auf schwaches Schubsen und Drängeln spezialisiert haben: die Art von Wächtern also, die beim ersten richtigen Ärger davonrennen. Der Salzhändler weiß dies ebenfalls, und deshalb ist er – sobald er sich sicher ist, was Thomas und Jack anbelangt, und halbwegs beruhigt im Hinblick auf John – recht erfreut darüber, dass sie mit ihm zusammen reisen.

»Es wird genauso schlimm, wie es früher immer war«, stöhnt er. »Ein Mann kann keinen ehrlichen Penny mehr verdienen, ohne befürchten zu müssen, dass ihm die Münze auf dem Heimweg aus seinem Geldbeutel gewaltsam herausgenommen wird. Und so ist es nicht bloß in den nördlichen Gebieten, oh nein: Der gleiche unchristliche Zwist hat überall im Land Fuß gefasst. In jeder Stadt und in jedem Dorf. Überall ist es das Gleiche. Überall, wohin man auch geht. Überall, wohin man auch blickt.«

Und der Mann hat recht. Trotz des Sonnenscheins und der sanften Brise in ihrem Rücken herrscht dicke Luft. Da ist etwas im Gange. Während sie durch die Städte und Dörfer Mittelenglands ziehen, schauen geschäftige Männer, Frauen und Kinder schnell auf von dem, was sie augenblicklich machen, und beobachten die Reisenden; und für einen Moment ist alles still und stumm, und jeder schätzt die anderen ab und fragt sich, in welche Richtung diese Begegnung gehen wird. Und dann liegt es an Thomas, zu zeigen, dass sie nichts Böses im Sinn haben. Sobald sie beruhigt sind, kehren die Männer, Frauen und Kinder zu ihrer Arbeit zurück, doch sie bleiben argwöhnisch. Thomas spürt, die Leute wissen, dass Ärger heraufzieht, und sie beeilen sich, mit dem fertig zu werden, was sie gerade machen – so wie sie sich verhalten würden, wenn Regenwolken bedrohlich näher rücken.

Zusammen mit dem Salzhändler reisen sie nordwärts, wobei sich Jack und John beim Pferd abwechseln, das den Wagen zieht. Auf dessen Ladefläche befinden sich Nettie und Rufus, die dort auf drei Truhen sitzen. Sie sind gefüllt mit Kleidungsstücken, Essgeschirr, Schuhen, Löffeln und Bettzeug. In einer der Kisten liegen zudem ein kleiner Block harter schwarzer Olivenölseife, der ein Geschenk von Isabella ist, und ein doppelt umwickelter Sack mit getrockneten Erbsen, die sie in Senning ausstreuen werden, in der Hoffnung, dass sie dort gut wachsen. Thomas freut sich, als ihm im Verlauf ihrer Reise eines auffällt: Sie scheinen nämlich zurückzugehen, was die Jahreszeiten anbelangt – zurück in den Frühling, wenn die Ulmenknospen noch nicht zum Vorschein kommen. Es wird somit nicht zu spät sein, die Erbsen auszusäen. In eingeöltes Tuch sind ihre Bögen – auch der von Rufus sowie die

Armbrust von John Stumpf – und die Mordaxt gewickelt, deren Furcht erregender Kopf in einem eigenen Beutel steckt, um niemanden zu ängstigen, der sie an sich vorbeiziehen sieht.

»Kalt«, sagt Rufus.

»So ist es«, stimmt Nettie ihm zu.

Nettie ist inzwischen in einem ungemütlichen Stadium der Schwangerschaft und nicht glücklich darüber, dass sie von Marton Hall und allem wegzieht, was sie jemals gekannt hat. Aber Jack hat sie überzeugt, sich dareinzuschicken. Außerdem beruhigt es sie, dass Katherine bei ihr ist, die, wie sie glaubt, ihr helfen kann, das Baby zur Welt zu bringen, wenn die Zeit kommt. Katherine bringt es nicht übers Herz, ihr zu erzählen, was geschah, als sie das letzte Mal zu helfen versuchte, ein Baby zur Welt zu bringen.

Jack und John stellen sich abwechselnd laut vor, wie Senning sein wird. Sie haben sich ein Paradies ausgemalt: ein Paradies mit einer wunderschönen, drallen Bierbrauerin für John, die viele Grübchen und dunkle Augen hat.

John grinst.

»Ich stelle mir sich dehnende Schnürbänder vor.«

»Ich hoffe um deinetwillen, dass sie nicht zu wählerisch ist«, sagt Jack.

Manchmal sitzt Rufus neben ihnen auf dem Wagen, und ab und an hockt er im Sattel von Thomas und reitet mit. Es ist nicht bequem, doch Thomas gefällt es, das Gewicht des Jungen an seinem Körper zu spüren. Außerdem hat Rufus wieder zu sprechen begonnen, wenn auch bislang nur flüsternd. Und so freut sich Thomas darüber, von Rufus' Aufregung abgelenkt zu werden, wann immer der Junge eine Windmühle sieht, deren Flügel sich bewegen, oder wenn sie einer Gruppe von Schauspielern begegnen, die von einem freundlichen Gaukler begleitet wird.

Es dauert allerdings niemals lange, bis Thomas, die Zungenspitze gegen einen Zahnansatz gepresst, in Gedanken zu dem Gegenstand zurückkehrt, der ihn vor allem anderen beschäftigt: zu dem Lagerbuch. Es ist zurück, wieder auferstanden durch ein einziges Wort von William Hastings, und bei seiner Erwähnung am Tag von Sir Johns Monatsgedächtnis spürte er, wie der Schweiß auf seiner Stirn prickelte und sich seine Kehle nach oben bewegte, sodass er nicht mehr atmen konnte. O mein Gott, dachte er, nicht schon wieder. Nicht noch immer.

Das Lagerbuch ist vier Jahre lang beerdigt gewesen – eingeschlagen in ein geöltes Tuch und begraben, aber niemals vergessen, unter der Bodenplatte des Herds in seinem Heim in Marton. Es war beinahe so, als hätte Thomas sein Haus als Mausoleum für das Lagerbuch erbaut. Es ist nicht mehr erwähnt worden, seit es dort unten lag, obwohl er manchmal mit der Tonglocke der Feuerabdeckung in der Hand vor den Flammen stand, während sie am Ende des Tages erloschen, und auf die grob behauene Bodenplatte hinabstarrte, als ob er hindurchschauen und das Lagerbuch darunter sehen könnte: mit dem Loch in seinen Seiten – eine Hinterlassenschaft von der Spitze einer Mordaxt –, mit den dreckigen Nähten, die den Rücken aus hartem Leder durchstachen, und mit seinen steif gewordenen, grobkantigen Blättern, die beim Abplatzen der Gallustinte leise knackten. Er kann beinahe die Namen vor sich sehen: lange Listen von Männern und Städten, die ihnen als Truppenstandort gedient hatten. Seine Augen werden angezogen von jenen Seiten, auf denen eine jüngere Version von ihm am Rand kleine Bilder gemalt hatte, wie etwa einen Abraham, der sich durch den Buchstaben »O« streckt, um pralle Zwetschgen zu pflücken, die eigentlich Weintrauben geworden wären, wenn er selbst jemals welche wachsen gesehen hätte; abgeerntet werden diese Früchte mit einer Sichel, die aus Gold wäre, hätte Thomas jemals das Geld besessen, um sich Blattgold leisten zu können. Einst hat ihm Katherine gesagt, dass diese Darstellung von Abraham dem Mann nachgebildet wurde, der ihnen das Lagerbuch hinterließ – einem Mann, der vor langer Zeit gestorben war, dem sie jedoch ihr Leben verdankten.

Thomas kann sich an keinerlei Einzelheiten von diesem Mann erinnern. Doch Katherine hat ihm erzählt, dass der Mann ein Ablasshändler war, der sie am ersten Tag ihrer Apostasie vor dem Verhungern oder Erfrieren rettete, indem er ihnen erlaubte, in irgendeinem Waldgebiet sein Feuer mitzubenutzen, und ihnen etwas zu essen gab. Anschließend kaufte er ihnen Kleidung und nahm sie, wie Thomas gehofft hatte, mit auf seiner Reise nach Canterbury, wo sie beide beim Ersten Prior ihres Ordens Berufung einlegen und beweisen wollten, dass sie keine Glaubensabtrünnigen waren. Katherine hat ihm auch von den Männern erzählt, die, als sie unterwegs nach Canterbury waren, den Ablasshändler auf dem Meer ermordeten – wie sie ihn über Bord warfen, damit er ertrank. Und dann hat sie ihm geschildert, wie ihr Leben für immer verändert wurde durch das Eingreifen von Sir John Fakenham und seinen Männern, die das Boot kaperten und es – und damit auch sie beide – nicht nach Canterbury brachten, sondern nach Calais.

Nachdem sie in Frankreich angelegt hatten, stellten sie fest, dass von all den Besitztümern des Ablasshändlers an Bord einzig und allein dieses Buch zurückgeblieben war. Es handelte sich um ein Lagerbuch mit Namen und Orten, von dem er zuvor behauptet hatte, es wäre den richtigen Männern ein Vermögen wert; er hatte allerdings nie gesagt, warum es so kostbar war und wer diese »richtigen Männer« sein mochten.

Es hatte fünf Jahre gedauert, bis sie das Geheimnis des Buches errieten, und als dies geschah, bekreuzigten sie sich und beteten zu Gott. Denn die bloße Kenntnis von diesem Geheimnis war so verräterisch, dass es einen Mann in Lebensgefahr bringen konnte und er gegebenenfalls einem qualvollen Tod entgegensah. In dem Buch befand sich, vergraben zwischen den ausführlichen Informationen über das viele und verschiedenartige Hin und Her der englischen Garnisonen im Frankreich der 1440er Jahre, eine Angabe, aus der etwas höchst Bedeutsames hervorging: In dem Monat, als König Edward gezeugt wurde, war sein Vater Richard, Duke of York, in einer kleinen Stadt namens Pontours im französischen Südwesten, während sich seine Mutter zur selben Zeit in Rouen, in der Normandie also, aufhielt – zwei Orte, die mehr als eine vierwöchige Reise voneinander entfernt waren. Das Lagerbuch beweist also, dass König Edward nicht der Sohn seines Vaters sein kann, sondern ein Bastard ist, der kein Anrecht auf den Thron von England hat. Doch wer auch nur darüber nachdenkt, ob das wahr sein kann oder nicht, begeht bereits Verrat, und Sir John Fakenham hatte sehr anschaulich das Schicksal von Männern beschrieben, die eines solchen Verbrechens für schuldig befunden werden.

Sie hatten geglaubt, sie hätten das Buch sicher versteckt. Thomas war fest davon überzeugt gewesen. Aber dann war William Hastings gekommen, hatte die Hand hochgehalten, damit seine Männer noch warteten, und Thomas sowie Katherine ein weiteres, letztes Mal beiseitegenommen, um ihnen von einem zusätzlichen Auftrag zu erzählen, den sie für ihn ausführen könnten – nämlich genau dieses gottverdammte Lagerbuch zu finden.

»Sir Ralph Grey wusste davon«, teilte Hastings ihnen beiden mit. »Bevor der Axtschwinger ihn nach dem Fall von

Bamburgh erwischte, berichtete er seinem Priester von einer gebundenen Aufzeichnung, die ihm in die Hände gekommen war. Darin werden die Bewegungen der Armee in Frankreich zu der Zeit, als Richard, Duke of York, dort drüben Statthalter war, genau aufgeführt.«

»Das klingt nicht nach etwas ... Wertvollem, oder?«, gab Katherine zu bedenken, und Thomas war über sie und ihre Worte erstaunt. Doch dann erkannte er, dass es merkwürdig ausgesehen hätte, nicht einmal nach so etwas zu fragen. Natürlich äußerte sich Hastings anschließend mit voller Absicht unklar. Er erklärte nicht – er durfte nicht sagen –, was so bedeutsam an diesem Buch war oder weshalb er es haben wollte: nur, dass er es sehr dringend haben wollte.

»Und wo sollen wir mit der Suche überhaupt beginnen?«, wollte Katherine wissen. »Ich nehme an, es ist recht einfach, die Straße zu beobachten – doch im ... im ganzen Land nach einem Buch zu suchen? Und das von einem Ort aus, den wir nicht kennen?«

»Nun, wir haben zumindest eine Fährte, der wir folgen können«, antwortete Hastings. »Nachdem Bamburgh gefallen und er gefangen genommen worden war, erzählte Sir Ralph Grey seinem Beichtvater von der Aufzeichnung und deren Bedeutung. Sein Priester, der selbstverständlich ein Mann von Warwick war und sich nicht um seine Gelübde scherte, ging mit dieser Information geradewegs zu Warwick. Ihr könnt Euch vorstellen, was passierte, als der Earl davon hörte: Er kam sofort angelaufen. Aber dann sagte ihm Grey, er hätte das Lagerbuch verloren! Zunächst einmal glaubte ich, Warwick würde denken, dass Grey bloß spielte und weitaus mehr als nur seine Begnadigung gewinnen wollte, und Ihr wisst, wie Warwick ist: Niemand sagt einfach Nein zu ihm. Also verlor Grey seinen Kopf. Doch wenn ich jetzt darüber nachdenke, glaube ich nicht, dass Grey überhaupt gespielt hat. Ich bin der Ansicht, dass er es wirklich verloren hatte, dieses Lagerbuch, sonst ... Nun ja. Sicher, wenn man auf dem Block ist, versteht Ihr? Man gibt dann seine Geheimnisse preis, oder? Ich weiß, dass ich es tun würde.«

Er streckte seinen Hals vor, als wäre er selbst auf dem Block, und ahmte nach, wie sich die Hände langsam nach vorn bewegten, um dem Scharfrichter zu signalisieren, für den Enthauptungsschlag bereit zu sein. Dann riss er die Hände wieder zurück.

»Das scheint mir keine sehr gute Fährte zu sein, der wir folgen sollen«, erklärte Katherine.

»Sir Ralph Grey verlor die Aufzeichnung, als Bamburgh fiel«, fuhr Hastings fort. »Wenn sie also immer noch existiert, dann wurde sie von jemandem genommen, der zu jener Zeit in der Burg war, nicht wahr?«

Katherine stimmte ihm zu.

»Aber wenn sie so gewöhnlich ist, wie Ihr sagt, würde dann nicht derjenige, der sie genommen hat, sie benutzen, um, na ja, damit Feuer zu machen?«

Hastings musste eingestehen, dass dies möglich war.

»Aber wir müssen Gewissheit haben«, sagte er. »Wir können das nicht dem Zufall überlassen.«

»Also müssen wir herausfinden, wer mit Grey zusammen war, als die Burg fiel?«, fragte Katherine.

Thomas musste daraufhin all seine Kraft aufwenden, um sie nicht anzuschauen. Er konnte spüren, wie sich eine Schlinge um seinen Hals langsam zuzog.

»Aber damals herrschte dort Chaos«, warf er ein.

Hastings stimmte ihm zu.

»Die Männer in der Burg hatten es verständlicherweise eilig, ihre Waffen niederzulegen und sich davonzumachen«, sagte er. »Doch es handelte sich hauptsächlich um den Rest des Gefolges von Lord Roos und Lord Hungerford, nicht? Männer, die vom Schlachtfeld bei Hexham geflohen waren und sich nach Bamburgh Castle zurückgezogen hatten.«

Und dann gab Katherine ein kurzes, bellendes Lachen von sich, und Hastings grinste sie an, denn sie erkannte ihn – erkannte Hastings' Plan –, und einen Augenblick später erkannte Thomas ihn auch.

»Und dieses Herrenhaus«, begann er nachzuhaken, »dieses Senning – unser neues Zuhause – gehörte einst einem Mann aus dem Gefolge von Lord Hungerford, oder?«

Hastings besaß den Anstand, verlegen dreinzuschauen. Doch er war zufrieden mit dem ausgeklügelten Plan, und er war zufrieden, dass sie ihn erraten hatten, ohne dass er ihn erklären musste.

»Aber klar doch«, antwortete er. »Ja. Es gehörte in der Tat einem von ihnen.«

»Und es ist doch so, dass er seine Männer aus dem Umland zusammenrief?«

»Ich glaube, das war der Fall, ja.«

»Und so wären wir dort an einem idealen Platz, um die Straße zu beobachten und nach Boten von Warwick Ausschau zu halten, um die Gegend zu beobachten, ob es irgendwelche Anzeichen für Aufruhr unter der Bevölkerung gibt, um die Stimmung von Lord Montagu genau im Auge zu behalten, der inzwischen zum Earl of Northumberland ernannt wurde – *und* wir sollen unter diesen Leuten nach irgendwelchen Spuren von dieser … dieser Aufzeichnung suchen?«

»Und Eure Pacht bezahlen«, fügte Hastings hinzu.

Und das war es also. Es war genial, selbst Katherine musste dies zugeben.

»Was sollen wir machen, wenn wir diese Aufzeichnung von Euch finden?«, fragte Thomas.

Hastings hielt kurz inne und antwortete schließlich: »Nichts. Nur eine Nachricht schicken. Wer auch immer diese Aufzeichnung hat, dem muss sie weggenommen werden. Vollständig. Versteht Ihr? Wie Ihr möglicherweise eine ... eine Pusteblume nehmt: ganz und gar, ohne auch nur eine Spur von der Wurzel oder dem Samen zurückzulassen. Wir müssen wissen, wie der Betreffende an das Buch gekommen ist und was er darüber weiß. Wir müssen alles über ihn wissen. Wir müssen alles wissen, was er weiß – und jeden kennen, den er kennt. Wir müssen auch jeden kennen, der alles weiß, was er weiß – und der jeden kennt, den er kennt. Versteht Ihr das? Es ist so wichtig.«

Die einfachen Manieren waren abgefallen, und Hastings zeigte mehr seinen harten Kern als die weiche Schale. Thomas vermochte da zu erkennen, wie Hastings Kammerherr von König Edward hatte werden können, wie er bei Towton neben König Edward hatte kämpfen können.

Dann jedoch setzte er seine Ausführungen fort, womöglich mit der Absicht, die beiden zu beruhigen. Aber in Wirklichkeit erreichte er mit seinen Worten das genaue Gegenteil: Er tat nämlich etwas, von dem sie glaubten, dass es kaum etwas Schlimmeres für sie geben konnte – als sie davon erfuhren und sich ihnen das umfassende Ausmaß der Klemme enthüllte, in der sie steckten.

»Aber Ihr seid nicht die Einzigen, die diese Sache anpacken«, verriet er. »Ich habe noch einen anderen Mann, der für mich arbeitet: einen Klosterbruder, der in acht Sprachen reden kann. Er ist in Frankreich und versucht herauszufinden, wie es dazu kam, dass nach dem Fall von Rouen das Lagerbuch gestohlen wurde, wohin sein Weg führte und auf welchen verschlungenen Pfaden es dorthin gelangte, wo es Greys Beachtung fand. Er hat eine Nachricht geschickt, die besagt, dass er einem Händler auf der Spur ist, der sich auf ... auf solche Dinge spezialisiert hat, sich jedoch seiner Auffindung widersetzt, so als ob er unter Wasser verschwunden wäre. Doch mein Mann ist gut. Er ist wie ein Bluthund, wisst Ihr? Er wird diesen Händler schon aus seinem Versteck herauskitzeln, und dann werden wir sehen.«

Thomas war in dem Moment nicht imstande, einen Blick auf Katherine zu unterlassen. Er sah sie schlucken, als ihr klar wurde, was das bedeutete: Bald würde jemand den Ablasshändler finden. Bald würde jemand sie beide finden. Es waren für sie die schlimmstmöglichen Neuigkeiten.

Nichtsdestotrotz hatte Hastings noch einen weiteren, letzten Schlag, den er ihnen versetzte.

»Also verzweifelt nicht«, fuhr er fort. »Wenn die Aufzeichnung nicht dort ist, dann befindet sie sich eben irgendwo anders. Und so wahr Gott mein Zeuge ist, ich werde sie finden, bevor dieser Mistkerl Warwick Gebrauch davon macht.«

»Was meint Ihr damit – ›Gebrauch davon macht‹?«, fragte Katherine, und Hastings sah aus, als wäre er wieder dabei erwischt worden, ihnen schuldvoll eine weitere Verpflichtung auf die Schultern zu legen.

»Ich hätte es vorher sagen sollen«, gestand er. »Warwick hat bereits einen Mann dort oben. Er stellt alle möglichen Fragen und hat den Ruf, das aufzudecken, was ehemals verborgen gehalten wurde, und zwar mithilfe unbarmherzigster Mittel.«

»Unbarmherzigst?«

Hastings zuckte mit den Achseln.

»Ich weiß es nicht«, erwiderte er. »Ihr werdet Euch umhören und Dinge erfahren, nicht wahr? Er wird auf jeden Fall sehr gefürchtet.«

Hastings stieß einen langen, mutlosen Seufzer aus, und dann schaute er zum Himmel hoch. Die Wolken verdunkelten sich, und obwohl er das Gemälde des heiligen Christophorus aufgesucht hatte, schien es nicht so zu sein, dass er und seine Reisegesellschaft es trockenen Hufes bis nach Doncaster schaffen würden.

»Also, wir sind uns einig?«, fragte er.

Und sie nickten, denn was hätten sie anders tun können?

Und er war zufrieden.

»Wann könnt Ihr aufbrechen?«, fragte er.

Sie beide schauten sich an und nahmen danach den Anblick der beiden Söhne von Isabella in sich auf, die mit kaum verhohlenem Missfallen warteten. Schließlich antwortete Thomas: »Bald?«

Daraufhin stieg Hastings in den Sattel, blickte auf die beiden hinab und sagte: »Gut. Baldmöglichst ist am besten, denn wenn diese Aufzeichnung, dieses Lagerbuch, in die Hände von Mylord Warwick fällt, dann werden wir alle an Michaeli vor dem Block des Scharfrichters Schlange stehen.«

5. Kapitel

»Wir hätten es zerstören sollen, als wir die Chance dazu hatten«, sagt Thomas zu Katherine, und sie stimmt ihm abermals zu; denn dies ist das fünfte oder sechste Mal, dass sie dieses Gespräch führen, seit sie in Marton aufgebrochen sind.

»Wir hätten es verbrennen sollen«, fährt er fort; er kann sich nicht dazu bringen, damit aufzuhören. »Oder es ins Meer werfen sollen. Irgendwas.«

»Aber das würde uns immer noch nicht retten«, wiederholt Katherine. »Sobald Hastings erfährt, dass wir wissen, was drinsteht – oder auch nur, was *drinstand* –, sind wir tot.«

»Wir hätten Hastings erzählen sollen, dass wir es haben«, erklärt er und ignoriert ihre Worte. »Und zwar sofort, in aller Unschuld, um ihm zu zeigen, dass wir von seiner Bedeutung nichts ahnen. Oder zugeben sollen, dass wir davon wussten, das Buch jedoch zum Feuermachen benutzt hätten, da wir seinen Wert nicht kannten.«

»Ja«, meint Katherine, die dieses Gespräch ermüdet. »Das wäre am besten gewesen.«

»Aber jetzt können wir nichts mehr sagen, oder? Es ist nur ...« Thomas hält inne, schürzt die Lippen und stößt den Atem aus. »Bei Gott. Es ist niemals einfach, nicht?«

Sie lacht trocken.

»Du hast John gehört«, sagt sie und nickt zum Wagen, wo er mit seiner Armbrust sitzt, die er sich über die Knie gelegt hat. »Wir haben fünf gute Jahre gehabt. Und wir haben

Rufus. Vielleicht ist das ja alles an Glück, was man in einem Leben erwarten kann?«

Thomas kann als Antwort darauf nur grummeln. Oh Herr, fragt er sich, ist das wirklich so?

»Senning wird alles sein, was wir uns erhoffen«, sagt er zu ihr. »Dessen bin ich mir sicher.«

»Ich erinnere mich, wie ich mit Richard nach Cornford geritten bin und die gleichen Hoffnungen gehegt habe ...«, erwidert sie. Den Satz muss sie nicht beenden. Er weiß, wie es ausging.

»Dieses Mal wird es besser sein«, erklärt er. »Du hast Hastings gehört. Dort ist ein Haus, das auf uns wartet, mit allem, was wir je brauchen könnten. Ein Schmied! Ein Schreiner! Eine Bierbrauerin! Wir können Erbsen anbauen! Und es gibt Schafe. Und Hügel, hat er gesagt. Ich habe die Hügel vermisst, als wir in Marton waren. Es war so flach dort.«

»Ja«, sagt sie, und damit ist die Sache erledigt.

Außerhalb von York trennen sich ihre Wege und die des Salzhändlers. Danach jedoch ist die Reise mit Unheil behaftet. Am Wagen bricht ein Rad. Ein Pferd lahmt. Nettie wird von Fieberschüben und Schüttelfrost geplagt, und Katherine sagt, dass sie in einem Mönchskloster Halt machen müssen. Das allerdings bringt weitere Probleme mit sich, da Katherine die Schwelle nicht überqueren wird aufgrund irgendeiner unangebrachten Angst vor Entdeckung – trotz der Tatsache, dass sie sich stark verändert hat, seitdem sie vor fast zehn Jahren als Mädchen aus dem Kloster bei Haverhurst flüchtete. Also muss Jack Nettie den Mönchen vorstellen und ihnen Geld anbieten, damit sie sie in ihrem Hospital aufnehmen, während der Rest von ihnen Zimmer in einem Gasthof an der Straße mietet. Das Wirtshaus ist ein primitiv errichtetes

Gebäude, das kaum einen Tagesmarsch von York entfernt liegt und in dem sich erdrückend viele riesengroße Hunde befinden, die jedoch sanftmütig sind. Jede Nacht bleiben John und Thomas abwechselnd auf und behalten den Inhalt ihres Wagens im Auge, denn sie haben das Gefühl, dass jeder in dieser Gegend ihre Sachen stehlen will.

Als man glaubt, dass Nettie ausreichend genesen ist, um wieder reisen zu können, sagen die Mönche zu Jack, seine Frau könne sich glücklich schätzen, noch am Leben zu sein. Sie erzählen ihm, dass Nettie während ihres Deliriums die ganze Zeit nach einer Frau namens Katherine rief und dass er besser diese Katherine finden solle, als sein Eheweib in einem Hospital zu lassen, denn das nächste, das er an der Straße finden wird, ist für die Behandlung von Aussätzigen.

Als Nettie das hört, verschlechtert sich sogleich ihr Zustand, und sie müssen noch länger bleiben.

Doch dann brechen sie endlich auf und ziehen schweigend am Leprahospital vorbei. Sie genießen die wärmeren, längeren Tage, reisen wieder gen Norden und überqueren einige niedrige Hügel. Von dort kommen sie in ein Tiefland herab, das sich zu beiden Seiten weithin erstreckt und wo der Wind weniger scharf ist. Die Gegend hier ist übersät mit zahlreichen Klöstern und Ortschaften, wo sie sich nach dem Weg erkundigen können. Wenige wissen genau, wie man nach Senning gelangt. Doch die kleine Gruppe reitet weiter. Vor ihnen liegt nun ein dunkler Hügelkamm, und darüber brodeln Zusammenballungen von dicken weißen Wolken, unterhalb deren noch breite blaue Bereiche zu sehen sind. Und so wissen sie, dass es gleich zu regnen beginnt, auch wenn keine Saatkrähen oben am Himmel kreisen.

»Wie weit noch?«, ruft John Stumpf abermals vom Karren herab.

In einem schweren Regenguss, der einem die Sicht nimmt und so laut ist, dass man alles nur noch gedämpft hören kann, kommen sie drei Stunden später in Senning an. William Hastings hat recht: Der Gasthof – ein weiteres Wirtshaus, das Zum Weißen Hirsch heißt – ist an einer guten Stelle an der Straße errichtet worden, ganz in der Nähe einer Steinbrücke, unter der braunes Wasser brodelt, das von dem Hang dahinter herunterströmt. Auf der anderen Seite des Flusses steht eine kleine Herde Kühe, von deren Körpern Dampf aufsteigt und deren Augen zwischen zotteligen Stirnfransen aufschauen. Sie werden gehütet von einem Jungen in einem Umhang mit Kapuze von der Farbe umgegrabener Erde. Er sitzt im schwachen Schutz eines knospenden Apfelbaums und bewegt sich nicht.

»Ob er tot ist?«, fragt Jack, und John ruft dem Jungen etwas zu, der daraufhin den Kopf hebt, um zu ihnen zu schauen, jedoch nicht seine Hand bewegt, um auf ihr Winken zu antworten.

»Ein aufgewecktes kleines Arschloch, nicht?«, meint John.

Im Hof eilt der Stallknecht des Wirtshauses schnell herbei, und alles hier ist so, wie Thomas gehofft hat: Die Wände sind getüncht, die Dächer in tadellosem Zustand und sauber mit Reet gedeckt, und der Fußboden ist gefegt und trocken. Die zwei Jungen vom Stallknecht kommen barfüßig durch den herabprasselnden Regen herbeigerannt, um die Pferde zu nehmen und sie abzureiben und trocken zu rubbeln, während ein anderer Bursche den Wagen unter ein Schutzdach zieht. Dann erscheint ein weiterer Mann in einem langen Umhang aus Wachstuch und mit einer kegelförmigen Kopfbedeckung aus dem gleichen Material, und er ruft, dass jemand herkommen und helfen soll. Drei Mädchen mit sauberen Schürzen erscheinen im Türeingang und machen sich nützlich. Ihnen werden Taschen übergeben, und eine findet Gefallen an Rufus und er an ihr. Sie zeigt ihm, dass sie die gleiche Haarfarbe hat wie er, und Thomas muss unwillkürlich mit einem aufblühenden freudigen Strahlen lächeln. Sie werden ihre Sache hier ordentlich machen, sagt er sich in Gedanken. Sie werden sich gut schlagen. Es wird alles in Ordnung sein.

In der Halle lodert ein mit Holz gut genährtes Feuer, das vielleicht zwanzig Menschenseelen wärmt, die auf Bänken an Tafeln sitzen, und der Geruch ist so vertraut wie beruhigend: ungewaschene Körper, angesengte Wolle, Hammelfett und dazu ein schwarz-weißer Hirtenhund, der zusammengerollt, aber wachsam vor dem Feuer liegt. Das laute Summen der Gespräche lässt nach, als Thomas seine kleine Gesellschaft in den Raum hineinführt, und Gesichter drehen sich ihm zu. Doch sobald man Grüße ausgetauscht und Segenswünsche ausgesprochen hat, hebt der Lärm wieder an. Dann taucht der Gastwirt auf und führt sie zu einer langen Tafel, von der er einen dösenden Klosterbruder wohlgelaunt vertreibt.

»Wir haben Euch schon vor Wochen erwartet!«, sagt er zu ihnen.

»Es ist eine ziemlich lange Reise gewesen«, räumt Thomas ein.

»Doch jetzt seid Ihr hier«, sagt der Mann. »Kommt, ruht Euch am Feuer aus.«

Er heißt Campbell: ein runzliger, kleiner Mann mit dunklen, glänzenden Augen, die niemals stillstehen, und mit rötlich-gelbem Haar, das wie angeklatscht an seinem schmalen Kopf anliegt.

Jack lacht.

»Wie ein Otter in einer Mütze.«

Einen Moment lang sitzen sie da und lassen das Wasser von

ihrer Kleidung auf die unebenen Bodenfliesen hinabtropfen. Thomas schaut auf die anderen im Raum, in der Hoffnung auf ... ja was eigentlich? Er weiß es nicht. Die Leute hier sind zumeist Händler, die von ihren Dienern und Leibwächtern begleitet werden. Zudem gibt es zwei Klosterbrüder, der eine grau, der andere braun, und drei Pilger, die irgendwohin unterwegs sind – nach York vielleicht? Soweit Thomas das sehen kann, ist da niemand, von dem irgendeine Bedrohung auszugehen scheint, der irgendetwas anderes sein könnte als ein völlig normaler Mensch. Da ist niemand, den man in Zweifel ziehen sollte. Niemand, der Verdacht erregt.

Es ist kaum Zeit vergangen, als die beschürzten Mädchen – eine von ihnen ist sehr hübsch – zurückkehren und Krüge mit Bier, Schüsseln voller Suppe und breite Holzteller hereintragen, auf denen Roggenbrot liegt. Das Ale ist süß und stark, das Brot zumeist frei von festen Körnern und die Suppe dick, salzig und mit irgendwas gewürzt, und darin schwimmen auch Brocken aus gutem, fettem Schweinefleisch.

»Gütiger Himmel«, entfährt es Jack. »Das ist perfekt.«

Selbst John Stumpf lächelt.

»Nicht schlecht«, sagt er. »Wirklich nicht schlecht.«

Campbell kehrt zurück und setzt sich für einen Augenblick zu ihnen. Er ist froh, seine Beine ein wenig entlasten zu können.

»Ihr werdet heute Nacht hier schlafen, ja?«, fragt er. »Das Herrenhaus steht seit Mariä Lichtmess leer und muss, wie ich zu behaupten wage, erst vorbereitet und gewärmt werden. Ihr könnt morgen dort ein Feuer anzünden und die Räumlichkeiten durchlüften.«

Thomas erkundigt sich nach dem Anwesen.

»Wir sind über zweihundert Seelen«, sagt Campbell. »Und wir danken Gott für alles, womit er uns gesegnet hat.«

Bei Anbruch der Sperrstunde geleitet Campbell sie mit nach oben gereckter Binsenlampe die Treppe hoch zu ihrem Zimmer, das sich direkt unter dem Dach befindet. Die Dachsparren reichen bis in Hüfthöhe. Die Betten sind trocken, die Laken sauber, und sie brauchen sich den Platz nur mit einer einzigen anderen Person zu teilen, die auf ihrer Matratze in einem Gewirr von Decken bereits schläft. Außerdem ist da noch eine schwarze Katze mit weißem Kinn, die hier die Mäuse fernhalten soll. Als Rufus sich ihr nähert, schleicht sie tiefer in ihr Schattenreich am Rande des Obergeschosses hinein, wo sich das Dach so weit senkt, dass es den Boden berührt.

Thomas, der neben Rufus liegt, wird durch das Geräusch des Regens, der auf das Reetdach fällt, langsam eingelullt und fällt in einen tiefen Schlaf. Die Kirchenglocke weckt ihn beim ersten Hahnenschrei. Einen Moment lang bleibt er noch liegen, um sich an die Dunkelheit zu gewöhnen. Jetzt, wo der Regen aufgehört hat, hört er die Vögel singen und genießt die Wärme der weichen Wolldecken. Rufus liegt mit offenem Mund auf dem Rücken und schnarcht leise, seine Nachtmütze hat er verloren. Katherine ruht auf ihrer Seite und runzelt im Schlaf die Stirn. Thomas hebt den Kopf. Jack und Nettie liegen hinter seiner Frau, und da ist auch John, der sich jedoch so umhergewälzt hat, dass er nicht mehr zugedeckt ist. Er wedelt mit seinem rosaroten Armstumpf durch die Luft, als würde er sich an einer juckenden Stelle kratzen, die er freilich niemals berühren wird.

Für einen langen Moment bleibt Thomas einfach nur liegen und ist glücklich; er zwingt sich bewusst dazu, nicht an die beiden Söhne von Isabella oder an Lurcher zu denken. Als er dann aber auf den Beinen ist und seine Kleidung bindet, kommt ihm plötzlich ein Gedanke in den Sinn: Hat jemand diese Tasche dort durchsucht? Sie scheint durchstöbert, untersucht worden zu sein. Er tastet nach dem Geldbeutel mit den Münzen, den ihnen Hastings' Bote für die Reise und alle notwendigen Ausgaben gebracht hat. Ja, da ist das gute Stück – nicht gestohlen.

Er nimmt an, dass es in der vergangenen Nacht sehr dunkel war und daher alles Mögliche hätte geschehen können, während sie ihre Betten aufsuchten und schliefen; und er bedauert sein Misstrauen.

In der Halle unten gibt es Ale und warmes Brot, ein ständiges Hin und Her von Menschen sowie ein häufiges Schlagen von Türen, während die Leute kommen und gehen. Thomas und seine Gefährten beanspruchen wieder ihre Tafel und schauen zu, wie die Händler sich selbst und ihre Bediensteten wach machen, ihre Rechnungen begleichen und mit Segenswünschen für Campbell und seine Mädchen aufbrechen. Als die Hektik sich gelegt hat, kommt Campbell zu ihnen herüber und sagt, dass Evans, der Vogt, sich mit ihnen in ihrem neuen Haus treffen wird, wenn sie fertig sind.

Als sie den Gasthof verlassen, erleben sie einen strahlenden nordenglischen Morgen, mit einer frischen Brise in der Luft und rasch dahinziehenden Wolken am Himmel. Auf der anderen Seite des rauschenden Flusses hockt der Junge immer noch unter seinem Baum.

»Diesmal ist er definitiv tot«, sagt Jack.

»Es ist nicht derselbe wie gestern«, behauptet Katherine. »Der trug nämlich einen braunen Umhang.«

Auf Jacks Ruf hin dreht der Junge seinen Kopf, um sie abermals zu beobachten, und diesmal hebt er zur Erwiderung die Hand.

»Schon besser«, meint John.

Aber Thomas betrachtet den Jungen einen Moment länger.

Er könnte beinahe ein Klosterbruder beim Gebet sein, so wie er dort nach vorn gebeugt unter dem Baum hockt; allerdings hat er etwas Merkwürdiges an sich, wie Thomas findet. Kein anderer sieht jedoch etwas Ungewöhnliches, und so gehen sie nach einem Augenblick weiter und folgen dem Fluss in Richtung des Kirchturms, der wie ein grauer Stummel aufragt. Thomas vergisst den Kuhhirten, sobald sie die rhythmischen Hammerschläge des Schmiedes bei der Arbeit hören. Sie riechen die stechenden Dämpfe, die bei seiner Tätigkeit entstehen, und als sie an seinem Hof vorbeimarschieren, hören sie die Geräusche seines Blasebalgs. Dann begegnen sie verärgerten Gänsen, die von einem Mädchen mit gelbem Haar und weit aufgerissenen Augen den Weg hinuntergetrieben werden. Sie schwingt eine lange Gerte, ruft ihren Schützlingen fröhliche, gottlose Obszönitäten zu und ist anschließend beschämt, dass man sie dabei ertappt hat. Des Weiteren gibt es Schweine und Ziegen: Einige laufen frei herum und suchen zwischen den Grasbüscheln am Wegesrand nach etwas Essbarem, andere sind eingepfercht hinter nussbraunen Hürden und blicken finster. Der Erdboden unter ihren Füßen ist dunkel und fett, und alles ist grün und verheißungsvoll. Bald gelangen sie ans Flussufer, wo sie abermals zunächst Menschen bei der Arbeit hören, bevor sie sie sehen: das Klatschen des Wäscheklopfers, das Gemurmel von Gesprächen, das jederzeit in ein raues Gelächter ausbrechen kann. Es sind fünf Frauen: Drei sind im Wasser, die Röcke hochgerollt, die dicken Beine marmoriert von der Kälte des Wassers, die Klopfer hochgehalten mit kräftigen Armen; und zwei stehen am Ufer. Eine der beiden wringt ihre Wäsche am Stamm einer Weide aus, an der die Rinde geglättet worden ist – von Generationen von Frauen, die genau das Gleiche getan haben. Die andere befestigt Kleidungsstücke an den Dornen von Weißdornsträuchern. Das Gespräch endet, als Thomas und seine Gruppe näher kommen.

Zaghafte Grüße werden ausgetauscht.

»Wo sind Eure Männer, Goodwives?«, erkundigt sich John. Seine Frage wird so verstanden, dass sie nicht ohne einen bestimmten Beweggrund gestellt worden ist, und die Frauen lachen: eine Herabsetzung, die dazu führt, dass John errötet und herumschwadroniert.

Dann hebt eine ihren kräftigen Arm und zeigt nach hinten, wo die Sonne auf viele grasende Schafe scheint, die auf dem sich sanft wellenden Hang verstreut sind. Der Anblick ruft eine so angenehme Empfindung in Thomas hervor, dass er beinahe einfach weiter hochgegangen wäre – durch das Dorf und vorbei an dem Haus, der Kirche und den Äckern, deretwegen er doch eigentlich hergekommen ist –, nur um dort oben zu sein, allein mit sich und den Hügelkuppen.

Jack lacht.

»Schau sich einer den an«, sagt er. Doch auch er strahlt vor Freude über all das hier: über ihr neues Heim.

Für einen Moment fühlt sich Thomas wie der Prophet, der sein Volk aus der Wüste ins Gelobte Land geführt hat, ins Neue Jerusalem. Er wendet sich zu Katherine um, die zusammen mit Rufus geht – ihr Sohn ist ganz vertieft in den Anblick der Stockenten auf dem Fluss –, und in dem kühlen, klaren Licht ist ihre Haut ganz blass. In Verbindung mit ihrer blauen Kleidung und der Kopfbedeckung aus hellem Leinen sieht sie geradezu ätherisch aus, und für einen Augenblick verschlägt es ihm den Atem. Er fühlt, dass er sie nicht auf diese Weise anschauen sollte – dass diese Art zu sehen irgendwie ein Sakrileg darstellt. Doch dann dreht sie sich zu ihm, und sie lächelt ihn an, lächelt nur für ihn. Das Licht funkelt in ihren Augen, und ihm wird fast schwindelig vor lauter Liebe zu ihr – schwindelig vor Glückseligkeit. Er hat es geschafft. Sie haben es geschafft. Gemeinsam.

Beschwingten Schrittes gehen sie weiter, vorbei an Reihen von ordentlich mit Reet gedeckten Häusern, die aus Stein erbaut sind. Deren Gärten sind bereits ein wahrer Aufruhr aus erfrischendem Grün, und aus Löchern in den Dachtraufen schwebt blasser Rauch. Überall sind Hunde, Katzen, Ziegen, Schweine, Kinder. Im Dorf wimmelt es von Leben, ausgelassen und ungesittet, und Thomas kann riechen, dass alles so ist, wie es sein soll: frisch und schmutzig und grün.

Als sie das Haus erreichen, wird es sogar noch besser: eine Kopie von Marton Hall, jedoch in Stein. Und dort gibt es sogar schon einen Kamin, aus dem jetzt eine weiße Rauchsäule nach oben wirbelt. Im Schein der niedrig stehenden Sonne huschen Bienen durch die Schösslinge im Garten, und hoch oben kreisen Schwalben. Vor dem Haus bleibt die Gruppe auf der Pfadseite einer niedrigen Steinmauer stehen, und jeder kann sehen, dass dieses Anwesen ... Ja, es übertrifft selbst ihre kühnsten Hoffnungen.

»Hier werden wir leben?«, fragt Nettie ungläubig.

Jack legt einen Arm um sie herum.

»Unser Junge wird hier zur Welt kommen«, sagt er.

Selbst John wischt sich eine Träne aus dem Auge.

Die Tür, die aus neuen Eichenbohlen besteht, öffnet sich, und ein Mann kommt zum Vorschein, der so breit wie hoch ist. Er trägt eine alte rostbraune Jacke, die bis zu seinen Knien reicht, und sein argwöhnischer Blick verschwindet erst, als sie sich begrüßt haben. Das also ist Evans, der Vogt. Er trägt einen Stab wie ein Mann von einem Amt, denken sie, und er hat eine Menge zu erzählen, während er auf die Speisekammer, die Vorratskammer, die Schränke, die Lagerräume, die Feuerböcke sowie die Treppe zeigt, die nach oben zu den zwei Schlafzimmern führt, wo die Schnüre in den Bettgestellen immer noch straff sind. Er ist verwirrt angesichts ihrer Freude über alles, was er ihnen vorstellt, denn er hat sein ganzes Leben mit all dem hier verbracht. Anschließend geleitet er sie nach draußen und zeigt ihnen die Nebengebäude, den Holzstoß und den Abort, den man nahe beim Fluss errichtet hat.

»Oberhalb des Dorfes?«

Er lacht.

»Besser als unterhalb davon.«

Evans hat einen kleinen Hund, der kläfft. Er bindet ihn an einen Pfosten, der irgendeine Grenze markiert.

»Ihr werdet die Kirche sehen wollen«, sagt er, und das ist mehr oder weniger der Fall.

Der Geistliche ist einer von der muskulösen Sorte: Er steht oben auf einer Leiter, und mit einem grazilen Hammer macht er etwas an einem breiten Abschnitt der verbleiten Fensterscheiben. Als er hinabsteigt, bietet er ihnen eine Hand an, die so groß wie ein Teller und so dick wie eine Holzplatte für Brot ist. Selbst Jack zuckt beim Händedruck zusammen. Als der Priester erst Katherine und dann Nettie anschaut, wird er verlegen und sprachlos; er bekreuzigt sich zweimal und murmelt etwas über den Herrn oben im Himmel. Er klopft sich ab und führt die Neuankömmlinge in die Kirche hinein, wo sie niederknien und beten. Thomas nimmt sich einen Moment Zeit, um auf das Wandgemälde zu schauen, das die Vertreibung von Adam und Eva aus dem Paradies zeigt: Die Gestalten krümmen sich und springen über die verputzten, getünchten Wände; sie scheinen ganz neu und fast lebendig zu sein.

Thomas drückt seine Augen fest zu. Er bedankt sich mit solcher Inbrunst beim Herrn, dass er das Gefühl hat, er könne womöglich in Ohnmacht fallen.

Als der Kirchenbesuch vorüber ist, winkt ihnen der Priester zum Abschied zu und steigt wieder seine Leiter hoch.

»Das ist die von Jakob«, sagt er lachend.

Danach spazieren sie durch das Dorf zurück, jedoch auf einem anderen Weg, um den Backofen aufzusuchen, wo sie Brot von einem barfüßigen Mädchen in einem blauen Kleid kaufen, und um zur Brauerin zu gehen, bei der jeder von ihnen einen Krug Ale ersteht, das so frisch ist, dass es beinahe nach nichts schmeckt. Anschließend treffen sie einen alten Mann, der ihnen Äpfel verkauft, die so verschrumpelt sind wie seine Haut und die er auf seinem Dachboden über den Winter gebracht hat. Als Nächstes schlendern sie das Tal hoch, und Rufus sitzt dabei wieder auf den Schultern von Thomas. Sie schreiten nach oben in das hoch gelegene Weideland, wo der Wind gleichmäßig und ein wenig kalt bläst und wo es so wunderbar viele Schafe gibt: mit braunen Gesichtern, gewundenen Hörnern und dichter Wolle. Sie hören die Pfiffe der Schafhirten und begegnen einem Jungen mit einem Hirtenstab; mit absoluter Treffsicherheit zielt er mit Steinen auf den Stamm eines vom Wind verkrüppelten Weißdorns. Schließlich setzen sie sich auf einen Steinhaufen, essen und trinken und betrachten das Dorf unter ihnen. Als Thomas es sich in Gedanken als sein neues Königreich vorstellt, muss er lachen.

»Hier hat man alles«, muss John einräumen.

Thomas folgt mit seinen Augen dem Lauf des Flusses: vorbei am Herrenhaus, durch das Dorf und auf den Gasthof an der Straße zu. Er kann die Weide des Kuhhirten überblicken, und erst jetzt, von hier oben, sieht er, was vorhin merkwürdig an ihm war.

»Wo sind die Kühe?«, fragt er.

Und es stimmt: Die Kühe sind jetzt nicht da, und das waren

sie auch nicht am Morgen. Aber warum ist der Junge immer noch dort?

Sie gehen den Hügel hinab, lediglich verblüfft zum gegenwärtigen Zeitpunkt. Thomas fragt sich unterwegs, ob der Junge immer noch dort sein wird. Und er ist tatsächlich noch da: Er hält Wache über ein leeres Stück Weideland.

Thomas und Katherine lassen die anderen im Wirtshaus zurück und überqueren die Brücke, um mit dem Jungen zu reden. Er ist ungefähr zehn Jahre alt, sitzt dort in der Hocke und bewegt sich auch nicht, als sie sich ihm nähern. Er umklammert seine Weidenrute mit der nackten, knochigen Faust; und sie sehen, dass sein grob gewebter Umhang ganz durchnässt ist, als ob er sich seit längerer Zeit bei jedem Wetter draußen aufgehalten hätte. Als sie herankommen, blickt er so gut wie gar nicht in ihre Richtung. Erst als sie zwischen ihm und der Straße stehen, schaut er sie wieder richtig an.

»Du lieber Gott!«, entfährt es Thomas.

Die wächserne Haut des Jungen hat die Farbe von nassem Leinen, und unter jedem seiner braunen Augen gibt es einen dunklen Fleck.

»Ich hab die Augen nicht davon abgewandt«, platzt es aus ihm heraus, bevor Thomas oder Katherine etwas sagen können. »Die ganze Woche nicht. Und da ist nichts gewesen – außer jenem Seifenhändler, weshalb ich John geschickt hab, um ihm darüber zu berichten. Und jetzt Ihr. Und ich hab John auch deswegen geschickt. Seitdem hat es nichts Neues gegeben. Kein Neuer mehr. Ganz ehrlich. Nichts. Niemand ist vorbeigekommen. Nicht ein Einziger. Ich hab die Augen nicht davon abgewandt. Wie ich schon sagte. Nicht für einen einzigen Wimpernschlag. Fragt meinen Vater. Er wird es Euch sagen. Ehrlich, ich schwöre es im Namen Gottes.«

Thomas und Katherine tauschen Blicke. Dann stellt sich

Thomas hinter den Jungen, um zu sehen, worauf seine Augen gerichtet sind. Der Junge zuckt noch nicht einmal zusammen. Er ist so müde, dass er sich nicht mal die Mühe machen würde, sich zu wehren, falls Thomas ihm eine Ohrfeige gäbe. Er beobachtet die ganze Zeit die Straße, die etwa hundert Schritte von hier entfernt ist, und sonst nichts. Er hat einen guten Überblick über sie – von Osten nach Westen –, möglicherweise eine Strecke von drei oder vier Meilen in jeder Richtung.

»Von wem bist du zur Wache abgestellt worden?«, fragt Katherine.

Der Junge zögert; er begreift nun, dass er sie mit jemandem verwechselt hat.

»Von ihm höchstpersönlich«, antwortet er schließlich. »Selbstverständlich von ihm höchstpersönlich. Von keinem anderen. Wer sollte es sonst sein?«

Einen Moment lang schauen sie auf den Jungen. Er ist so in Angst und Schrecken versetzt, dabei gesehen zu werden, wie er »ihm höchstpersönlich« nicht gehorcht, dass er sich um die beiden herumbeugt, damit er weiterhin auf die Straße blicken und nicht beschuldigt werden kann, es eine Weile unterlassen zu haben. Wer auch immer dieser »Höchstpersönlich« ist, er hat dem Jungen eine Angst eingejagt, die ebenso groß ist wie die Furcht vor Gott.

»Wen meinst du mit ›ihm höchstpersönlich‹?«, will Katherine wissen.

Jetzt geht der Junge das Risiko ein, ein weiteres Mal zu ihnen hochzublicken. Er schüttelt den Kopf, als ob er ihnen bedeuten wollte, dass der Name womöglich Unglück bringen könnte.

»Sprich weiter, mein Sohn«, sagt Thomas. »Wir wollen es doch bloß wissen. Wir sind nicht hier, um dir etwas zuleide zu tun. Wir werden dir Brot holen, wenn du das möchtest, ja? Dicke Suppe? Etwas Bier?«

Die Augen des Jungen verändern ihre Form und werden weicher.

»Also?«, ermuntert ihn Thomas.

Immer noch zögert er. Aber dann lässt er seinen Mantel los, lässt es zu, dass sich das Kleidungsstück öffnet, und mit seinem langen, dünnen, knochigen Finger berührt er die Wange unter seinem rechten Auge. Er murmelt einen Namen, den keiner von beiden hören kann.

»Sag es bitte noch mal, ja?«

»Es ist Riven«, wispert er. »Edmund Riven.«

6. Kapitel

Edmund Riven.

Es ist ein Name aus einem Albtraum – der allerletzte, den sie hören möchten. Katherine wird es plötzlich kalt, und die Sonne reicht nicht mehr aus, um ihre Knochen zu wärmen. Thomas neben ihr sieht aus, als hätte er einen Hieb in den Unterleib bekommen, und ist ganz blass. Er hat seine Mütze abgenommen, und sie kann sehen, dass sein Haar vor lauter Schweiß glänzt. Es ist so, als würde man erfahren, dass die Pest gekommen ist.

»Du lieber Gott.« Das ist alles, was er sagt. »Du lieber Gott!«

Sie erhalten keine weiteren Informationen von dem Jungen, und daher verlassen sie ihn und schleppen sich zum Wirtshaus zurück.

Edmund Riven ist hier im Norden.

»Warum?«, fragt Thomas wieder und immer wieder. »Warum?«

Im Wirtshaus geht es geschäftig zu. Campbell kümmert sich um einen Pferdehändler, der eher Ware kauft als verkauft und einen Blick in die Ställe werfen möchte. Die Mädchen mit den Schürzen tragen Schüsseln und Holzteller zu einer Kaufmannsschar, während sie hierhin und dorthin eilen. Das Feuer ist angezündet, und die Männer trinken bereits. Jack sitzt in der Halle an ihrem inzwischen gewohnten Tisch. Er bringt Rufus ein Würfelspiel bei.

»Nein, nein.« Jack lacht. »Du brauchst nicht die Wahrheit

zu sagen.« Dann sieht er die Gesichter seiner beiden Freunde. »Was ist los?«

Thomas trinkt einen großen Schluck Ale, bevor er eine Antwort gibt.

»Edmund Riven«, sagt er. »Er ist hier.«

Einer von ihnen holt hörbar Luft.

»Hier?«

»Im County.«

»Warum? Warum ist er hier?«, entfährt es Jack.

Das ist eine gute Frage. Was macht Riven hier? Und warum hat er diesen Jungen dort abgestellt, um die Straße zu beobachten?

Eines der beschürzten Mädchen kommt und bringt mehr Ale.

Alle am Tisch schweigen, während sie einschenkt.

»Sehr ruhig heute, was?«, sagt sie.

Daraufhin fragt Katherine, ob sie Edmund Riven kennt.

Der Bierstrom schwankt, und das Ale kleckert über den Rand des Holzkelchs. Das Mädchen schaut sich um, ob jemand womöglich mithört, und sieht dann wieder zu Katherine.

»Warum fragt Ihr das?«, möchte sie wissen. Ihre Lippen bewegen sich kaum beim Sprechen, und ihre Stimme ist fast nicht zu hören. Sie wischt das verschüttete Ale mit ihrer Schürze fort.

»Er ist ein alter Freund«, behauptet Katherine.

Die Augenlider des Mädchens senken sich.

»Edmund Riven ist ein *Freund* von Euch?«

Ihre Äußerung klingt, als ob sie Gefährten des Teufels wären.

Genau in diesem Moment kommt Campbell, der besorgt aussieht.

»Mary?«, sagt er zu dem Mädchen, und sie wirft ihnen einen vielsagenden Blick zu, bevor sie sich umdreht und hinter die Schutzwand vor der Speisekammer entschlüpft. Campbell ist argwöhnisch.

»Ich kann nicht zulassen, dass Ihr meine Mädchen durcheinanderbringt«, meint er.

»Wir haben sie nach Edmund Riven gefragt«, erklärt Thomas.

Campbell zuckt vor Schreck zusammen und saugt an seinen Vorderzähnen.

»Was ist mit ihm?«

»Warum hat er einen Jungen abgestellt, um die Straße zu beobachten?«

Campbell schaut auf Thomas hinab, und Katherine kann erkennen, dass es ihm in den Sinn kommt, ihren Mann bloß als großes, begriffsstutziges Muskelpaket einzustufen, das starke Arme, aber wenig Gehirn hat. Sie hat früher schon Männer gesehen, die Thomas auf ähnliche Weise unterschätzt haben. Zum Glück für Campbell begeht er letztlich doch nicht diesen Fehler.

»Er will wissen, wer kommt. Wer geht. Ihre Namen. Ihre Angelegenheiten.«

»Weshalb?«

»Weshalb? Selbstverständlich wegen seiner Position«, antwortet Campbell.

Thomas hakt weiter nach.

»Aber was für eine Position hat er inne?«

»Oh«, sagt Campbell, »er erzählt uns, dass er Mylord Warwicks Träger des Hundeprüglerstabes ist. Aber das ist nur ein Witz von ihm. Er ist mehr ein … Fragensteller, wie man es vielleicht nennen sollte?«

Katherine spürt ein Krabbeln auf ihrer Wangenhaut und

ein Kribbeln an ihren Haarwurzeln. Sie dreht sich zu Thomas um.

»Riven gehört zum Haushalt des Earl of Warwick«, erklärt sie ihm. »Er ist *sein* Mann.«

Jetzt begreift es Thomas ebenfalls.

»Er ist Warwicks Mann?«, platzt es aus ihm heraus. »Der, von dem Hastings gesprochen hat?«

Sie starren sich an.

Campbell scheint überrascht zu sein, dass ihre Reaktionen so heftig ausfallen.

»Natürlich ist er ein Mann von Warwick«, sagt er. »So wie die meisten es hier in der Gegend auf die eine oder andere Weise sind – jetzt, wo Lord Hungerford tot und seine Familie enteignet worden ist.«

»Weiß er, dass wir hier sind?«, fragt Katherine.

Campbell öffnet den Mund, zögert dann aber. Vielleicht wünscht er sich, dass er den Mund nicht aufgemacht hätte. Doch er ist erwischt worden, und nach einem Moment nickt er.

»Ihr habt jemanden geschickt?«, bedrängt sie ihn.

»Den Bruder des Burschen«, räumt er ein, stellt sich auf die Zehen und weist mit hochgezogenen Augenbrauen in die Richtung des von hier aus nicht sichtbaren Kuhhirten. »Hätte ich es nicht getan, hätte Riven es sowieso herausgefunden und die Sache dem Jungen angelastet; und dann ...«

Campbell macht ein Geräusch, das jeder kennt: Es entsteht, wenn man einem den Hals so weit umdreht, bis das Genick bricht. Kann er das in buchstäblichem Sinne meinen? Sicherlich nicht. Doch jetzt scheint Campbell sich für seinen Verrat zu schämen – und für seine Pflichtverletzung als Wirt. Er wird nervös, redet im weiteren Verlauf recht schnell und tritt von einem Fuß auf den anderen; denn immerhin sind

Thomas und Jack und selbst John respekteinflößend und nicht die Sorte von Männern, die man ohne Not verärgert.

»Kann ich Euch noch irgendwas bringen? Mehr Ale?«, fragt er.

Katherine ignoriert die Fragen.

»Wird Riven persönlich kommen?«, hakt sie nach, und Campbell erkennt, dass er sich nicht aus der Angelegenheit herauswinden kann.

»Kann sein«, vermutet er. »Sir Edmund ... er ist unberechenbar.«

»Wie lange dauert es, bis er hier sein kann?«, fragt Thomas.

Campbell zuckt mit den Schultern und öffnet den Mund, um zu sprechen. Doch dann gewinnt mit einem Mal sein Blick an Schärfe, als ob ihm gerade etwas in den Sinn gekommen wäre, und er sagt etwas anderes, als er ursprünglich vorhatte.

»Schaut«, erklärt er nun, »möglicherweise ist er noch nicht einmal im County, soweit ich weiß.«

»Aber wenn er es doch ist?«

»Nun, wenn er sich in Middleham aufhält, wohin ich den Jungen geschickt habe, dann ... dann kann er vielleicht am Tag nach dem morgigen hier sein, nicht? Ja, doch. Es ist ein Tagesritt, und daher ... ja ... alsdann. Der Tag nach dem morgigen. Ach! Und jetzt kann ich riechen, dass Euer Mahl anbrennt.«

Er wendet sich ab und bewegt sich in Richtung der Schutzwand. Doch Thomas beugt sich nach vorn und bekommt seinen Arm zu fassen.

»Gibt es da draußen viele Männer so wie Riven, die im Auftrag des Earl of Warwick Fragen stellen?«, will er wissen.

Einen kurzen Moment denkt Campbell nach und stimmt dann zu, dass dies möglich ist, obwohl er von keinem mit Sicherheit weiß. Und mit einer ausholenden Bewegung seines freien Arms zeigt er an, dass angesichts des Umfangs der Welt da draußen jede Gewissheit unmöglich sei – und deutet danach auf die Dringlichkeit hin, ihr Mahl zu retten.

»Welche Art von Fragen stellt er?«, verlangt Thomas zu wissen.

»Jetzt haltet Euch fest.« Campbell versucht zu lachen, und sein Blick huscht zu den Fingern, die sein Handgelenk umklammern. »Ihr klingt nun genau wie er.«

»Doch welche Art von Fragen?«, bedrängt Thomas ihn.

»Nur ... nur ... Fragen«, stammelt der Wirt. »Wer wo gewesen ist und warum und so weiter. Ganz gewöhnliche Fragen zumeist. Kann ich jetzt gehen? Euer Mahl. Es ist ...«

Er hofft, dass er es geschafft hat, doch Thomas hat noch eine letzte Frage.

»Und geschah es in seinem Auftrag, dass Ihr letzte Nacht unsere Taschen durchstöbert habt?«

Jetzt ist Campbell festgenagelt. Er leugnet zwar, dass das geschehen ist. Doch das Abstreiten ist so wenig überzeugend, dass es wie ein Geständnis daherkommt.

»Was habt Ihr gesucht?«, fährt Thomas fort.

»Nichts«, erwidert Campbell. »Nichts. Im Speziellen.«

»Nicht ein Buch?«

Campbell öffnet den Mund und schließt ihn wieder.

»Euer Mahl«, platzt es dann aus ihm heraus. »Es verbrennt.«

Und jetzt, wo jegliche Vortäuschung von Normalität dahin ist, reißt er mit einem Ruck seinen Arm los, dreht sich um, rennt weg und verschwindet. Katherine lehnt sich zurück und versucht nachzudenken, doch genau in diesem Moment klettert Rufus auf ihren Schoß. Sie nimmt ihn, drückt ihre Nase an seine Leinenmütze und atmet seinen süßen Duft ein, der mit der Geruchsnote »Es ist an der Zeit, ihn zu waschen« vermischt ist. Katherine versucht, über das Lagerbuch nachzudenken und darüber, ob Campbell in ihren Taschen danach suchte und ob er, wenn dies der Fall war, solche Durchsuchungen bei all seinen Gästen vornimmt; aber sie schafft es nicht.

Edmund Riven. Inzwischen hat sie seit zwei oder drei Jahren seinen Namen nicht mehr laut ausgesprochen gehört; denn wann immer er erwähnt wurde, erlitt Sir John plötzlich einen mehr als hitzigen Wutanfall, den nur Isabella mit langen Stunden leisen Murmelns und vielleicht mit einer Gallone Gewürzwein lindern konnte. Doch der Name ist niemals weit von Katherines Bewusstsein entfernt gewesen. Edmund Riven. Sie versetzt sich in den Moment zurück, wo sie ihn das erste Mal sah oder er sie: in dem Roggenfeld – dieses Stück Land hatten die Laienbrüder den Sumpfgebieten abgerungen und trockengelegt –, das sich vor dem Bettlertor der Schwestern des Klosters St. Mary in Haverhurst befindet. Sie kehrte gerade zusammen mit Schwester Alice – Gott sei ihrer Seele gnädig! – von dem Abort außerhalb des Klosters zurück, als eine Gruppe von Reitern mit lautem Gebrüll, so als wären sie einem Wildschwein hinterhergejagt, von der Straße herangesprengt kam. Seit jenem Tag hat sich Katherine immer wieder gefragt, was diese Kerle damals im Sinn hatten; denn die Männer konnten doch um Gottes willen nicht tatsächlich beabsichtigt haben, sie und Alice zu vergewaltigen, oder? Es waren allerdings die ersten Männer, die Katherine, eine Schwester des Gilbertinerordens, in ihrem Leben zu Gesicht bekam. Und in ihrer Furcht schleuderte sie den Eimer, den sie damals trug, dem vordersten Reiter ins Gesicht, der daraufhin vom Pferd stürzte und eines seiner Augen verlor. In jenem unwiderruflichen Augenblick veränderte sie die Lebensläufe aller, die bei diesem Ereignis zugegen waren.

Sie sah ihn erneut in Wales bei der Rückkehr von Kidwelly, als sie von Schuldgefühlen und Sorge gequält wurde – wegen des Todes von Margaret Cornford, des Todes von Walter, von Dafydd und von Owen. Damals wollte sie Riven umbringen, denn er war auf die eine oder andere Weise verantwortlich für den Tod all dieser Menschen. Doch sie war natürlich machtlos, und nur dank Gottes Gnade – und der Hilfe von William Hastings – gelang es ihr und Thomas, ihrem Widersacher lebend zu entkommen.

Sir Edmund und sein Vater. Sie waren wie Pestbeulen, die mit unerbittlicher und erschreckender Bösartigkeit ausbrachen – um Richard Fakenham blind zu machen; um Liz Popham umzubringen; um eine Jury mit eigenen Leuten zu besetzen und sie, Katherine, des Mordes anzuklagen; um dann letztendlich, an jenem Tag in Bamburgh, den Tod von Rufus' Zwillingsschwester herbeizuführen: Damals trat ihr Giles Riven in den Bauch, als sie auf dem Boden lag, was eine Fehlgeburt hervorrief; sie verlor das kleine Mädchen, das sie nie in ihren Armen halten und nicht beweinen konnte, weil sie dafür viel zu krank war. Thomas hatte dann Giles Riven mit dessen eigener Mordaxt getötet, und als sie später davon hörte – da lag sie immer noch im Kindbett –, verspürte sie eine tief empfundene Erleichterung, als hätte man sie emporgehoben und von einer gewaltigen Last befreit. Aber nun ist, wie es scheint, der Sohn von Giles Riven wieder in ihr Leben zurückgekehrt.

Die ganze Zeit über haben Jack und John Stumpf hier im Wirtshaus zugeschaut, ohne recht zu verstehen, worum es geht. Sie kennen natürlich Edmund Riven, und sie wissen ein wenig von dem Lagerbuch, doch keiner von beiden hat bis jetzt mitbekommen, dass Riven es inzwischen sucht. Thomas erklärt ihnen den Sachverhalt mit wenigen, leise gesprochenen Worten.

Nachdem Jack das gehört hat, ist er fassungslos. Er schmeißt die Würfel über die Tafel, sodass sie auf der anderen Seite in die Binsen hinunterfallen.

»Doch nicht schon wieder dieses verdammte Lagerbuch, oder? Ich dachte, du hättest es verbrannt oder irgendwie anders vernichtet. Du hast gesagt, das würdest du machen, Thomas, schon vergessen?«

Thomas nickt abermals. Ein Anflug von Schuldgefühl.

»Das hätte nichts geholfen«, erwidert Katherine. »Man würde immer noch wissen, dass wir es mal besaßen und dass wir einst sein Geheimnis in Erfahrung gebracht haben. Nur zu wissen, dass es existiert hat und was es beweist – das allein reicht schon aus.«

John lehnt sich auf seinem Platz zurück.

»Ich hab es euch gesagt«, hält er ihnen vor. »Fünf Jahre. Das ist alles, was man bekommt.«

Rufus verlässt Katherine und geht zu Nettie hinüber, die am anderen Ende der Tafel sitzt und Brot isst. Er liebt Nettie; er ist fasziniert von ihrem größer werdenden Bauch, worin, wie er glaubt, ein Spielgefährte den Plan ausheckt, zum Vorschein zu kommen.

»Edmund Riven muss seit dem Fall von Bamburgh mit Warwick zusammen gewesen sein«, vermutet Katherine. »Vergesst nicht – er war mit ihm zusammen, während sein Vater sich beim alten König Henry aufhielt, sodass die Familie nicht verlieren würde, welche Kriegspartei auch immer gewinnen sollte.«

»Wird er uns wiedererkennen?«, fragt Jack. »Falls er kommt?«

Das ist eine gute Frage.

»Er würde wohl keine Sekunde brauchen, um zu wissen, wer wir sind«, nimmt Katherine an. »Und woher wir gekommen sind. Und sobald er das entdeckt ... Na ja. Man kann nicht wissen, was er dann womöglich macht. Ihr seht doch, wie er jeden hier in Schrecken versetzt hat, oder? Sie haben Todesangst vor ihm.«

Die zweite beschürzte Schwester erscheint, die gemäß John Stumpf die hässlichste von den drei Mädchen ist. Sie ist verstohlen und besorgt, dass jemand – ihr Vater vielleicht? – sie sieht.

»Ihr kennt Edmund Riven?«, fragt sie.

»Aus der ferneren Vergangenheit«, antwortet Katherine ihr.

»Ihr habt Grund, ihn zu fürchten?«

Sie schauen sich alle an, bevor sie die Frage bejahen.

»Dann müsst Ihr fortgehen«, sagt sie ihnen. Sie spricht in einem wütenden, drängenden Ton, äußert ihre warnenden Worte mit barscher Stimme. »Beachtet meinen Vater nicht. Er wünscht, Euch hierzubehalten, und zwar für ... für ihn. Für Riven.«

Ihr ängstlicher Blick huscht zu Rufus. Man kann sehen, wie sie sich vorstellt, dass dem Kind entsetzliches Leid geschieht.

»Ihr müsst gehen!«, mahnt sie erneut. »Er ist der Teufel. Oder vom Teufel geschaffen. Er nimmt immer zwei. So sagt er es uns. Gibt damit an. Ein Mann und seine Frau. Oder Mutter und Sohn.«

»Weshalb?«

»Um den einen der beiden zu verbrennen, direkt vor den Augen des anderen. Er nimmt ein glühendes Stück Kohle und legt es auf die Haut des Ersten, und der Zweite plaudert seine

Geheimnisse aus, da er den Ersten liebt oder Angst hat, selbst verbrannt zu werden.«

»Jane!«

Das ist Campbell, der jetzt neben der Schutzwand steht. Die Unterhaltung in der Halle kommt zum Erliegen. Mit einem flehenden Gesichtsausdruck wendet sich Jane ab und verschwindet. Campbell blickt die kleine Gruppe finster an, als ob sie es gewesen wären, die etwas Falsches getan haben; dann dreht er sich um und folgt dem Mädchen hinter die Schutzwand. In der Halle werden die Gespräche wieder aufgenommen.

»Verfluchter Riven«, sagt Jack. Ihm ist klar geworden, dass dies hier nicht der Ort ist, wo sein Sohn schließlich zur Welt kommen wird.

»Weiß er, dass du seinen alten Herrn mit deiner Axt getötet hast, Thomas?«, fragt John.

Thomas schüttelt den Kopf.

»Wenn er das wüsste, wäre er meinetwegen mir nach Marton gekommen. Gewiss doch, oder?«

Es folgt ein langes, nachdenkliches Schweigen.

Dann fragt Jack, ob Riven weiß, dass sie das Lagerbuch haben.

»Ich meine, du hast es doch nicht ... du hast es doch nicht *hierher mitgenommen*, oder?«

Thomas schüttelt abermals den Kopf.

Katherine denkt an das Buch, sicher vergraben unter dem Herdboden ihres Hauses in Marton

»Nun, ein beschissenes Dankeschön wenigstens dafür«, murmelt John. »Doch warum, um Gottes willen, hast du uns hierhergebracht, Thomas? Ausgerechnet an diesen Ort? Wir dachten, du wärst wie jener Jude und bringst uns aus der verdammten Wüste ins Gelobte Land. Aber so einer bist du nicht. Du bist der verfluchte Daniel, nicht? Führst uns in die Löwengrube!«

Das ist möglicherweise als derber Scherz gemeint.

»Das ist nicht meine Entscheidung gewesen«, erklärt Thomas ihnen. »Lord Hastings will, dass wir ebenfalls nach dem Lagerbuch suchen.«

»Aber du weißt doch, wo es ist!«, entgegnet John und schlägt mit der Faust auf den Tisch.

»Hastings weiß das nicht!«, erwidert Thomas. »Und wir können es ihm nicht sagen, weil er dann wüsste, dass wir von dem Lagerbuch wissen, und wenn er wüsste, dass wir wissen ...«

Thomas lässt den Satz unbeendet und wiederholt Campbells Geräusch, mit dem das Brechen eines Genicks angedeutet wird. John trinkt einen Schluck.

»Weshalb will Hastings es haben?«, fragt er, als er den Becher abgestellt hat.

»Er möchte verhindern, dass Warwick es bekommt.«

»Warwick will es?«, ruft Jack. »Grundgütiger. Klar, natürlich will er es.«

Jetzt begreifen sie die Lage. John reibt sich über den Armstumpf.

»Oh Gott, was für eine Scheiße, Thomas«, sagt er. »Du steckst in der Klemme, nicht? In der Klemme zwischen diesen beiden. Zwischen Baum und Borke! Zwischen Hammer und Amboss! Lieber Gott! Das beschreibt es nicht mal ansatzweise. Du bist – wir sind – am Arsch.«

Nach einem Moment nickt Thomas.

»Himmel«, fährt John fort. »Ist es nicht immer so? Immer. Wir stecken in der Zwickmühle – zwischen zwei Arschlöchern, die mehr Zeit und Geld als Vernunft haben: mit der Macht, uns herumzukommandieren, uns andere Arschlöcher hinterherzuschicken, uns von Pontius zum verfluchten Pilatus zu jagen. Es ist immer die gleiche verdammte Scheiße!«

An dem, was er sagt, ist etwas Wahres. Aber was die unmittelbare Zukunft anbelangt, hilft ihnen das nicht weiter.

»Was können wir also tun?«, fragt Jack. »Warten, dass er kommt?«

Katherine denkt über das nach, was das zweite Mädchen gesagt hat. Riven nimmt zwei. Einen Mann und seine Frau. Oder eine Mutter und ihren Sohn. Sie will nicht genommen werden, und sie will auch nicht zulassen, dass Rufus genommen wird.

»Nein«, verkündet sie, »er darf uns nicht finden.«

Thomas schaut sie ruhig an. *Nein.* Er stimmt mit ihr überein.

Katherine spürt, wie ihr der Mut sinkt. Sie schaut sich in der Halle des Gasthofs um, und sie denkt an das Dorf oben auf dem Hügel und an das Haus, von dem sie gehofft hat, dass Rufus darin groß werden könnte, dass er darin vor genau solchen Männern wie Riven geschützt wäre. Und jetzt ist der Kerl hier! Die schlimmstmögliche Person. Schlimmer als die Schlange im Garten Eden. Riven. Hier.

»Ich schätze, wir haben Glück, dass wir noch nicht ausgepackt haben«, merkt Jack an.

Sie schauen sich an, und Thomas lässt den Kopf hängen. Auch er hat seine Hoffnungen auf diesen Ort gesetzt, wie Katherine weiß, und jetzt ist die Straße alles, was auf sie wartet. Sie streckt eine Hand aus und berührt ihn am Rücken.

»Es wird alles gut gehen«, sagt sie.

Er blickt zu ihr hoch.

»Am Morgen, ja? Bei Tagesanbruch?«

Alle nicken.

Campbell kehrt zurück und rückt drohend vor ihnen ins Blickfeld – beobachtend, argwöhnisch, wissend.

»Ihr reist doch nicht ab?«

»Wir müssen«, erwidert Thomas.

»Meine Töchter«, sagt Campbell und wedelt mit der Hand in Richtung Küche und Vorratskammer, wo sie bei der Arbeit sind. »Sie übertreiben. Edmund Riven: Er ist kein schlechter Mensch. Er ist ganz anders, als sie ihn darstellen.«

Thomas schüttelt den Kopf.

»Es gibt eine gemeinsame Vergangenheit mit Edmund Riven«, erklärt er Campbell.

»Eine gemeinsame Vergangenheit? Ihr seid alte Freunde!«

»Nicht ganz«, antwortet Thomas.

»Oh, ich bin sicher, dass Ihr nichts von ihm zu befürchten habt«, beteuert Campbell.

»Es geht nicht bloß um ihn«, sagt Jack. »Da ist das halbe Dutzend Männer, mit dem er eintreffen wird.«

Es werden jetzt wohl eher ungefähr zwei Dutzend sein, denkt Katherine. Und sobald Campbell Riven mehr über sie erzählt und zudem noch erwähnt, dass es eine alte Verbindung gibt, werden es wohl eher ungefähr fünf Dutzend sein.

»Nun ja, wenn Ihr müsst«, meint Campbell. »Auf jeden Fall werde ich dafür sorgen, dass Ihr einen schönen letzten Tag habt. Ich habe Schweinefleisch, das seit dem letzten Jahr eingelegt ist.«

»Wir werden morgen bei Sonnenaufgang abreisen«, teilt Thomas ihm mit.

»Bei Sonnenaufgang? Nein, nein, nein. Das ist doch nicht nötig, gewiss nicht. Riven kann nicht vor dem späten Nachmittag hier sein, selbst wenn er die ganze Nacht durchreitet.«

»Wir haben eine lange Reise vor uns«, sagt Thomas.

»Aber da ist ein Dunstschleier vor dem Mond; habt Ihr das gesehen?«, versucht Campbell ihn umzustimmen. »Es wird den ganzen Morgen regnen.«

Katherine weiß, dass da kein Dunstschleier ist. Als sie hereinkamen, war der Himmel klar, und die dünne Mondsichel war von Sternen umgeben, die wie Kopfschuppen auf Schultern aus blauem Samt aussahen. Wenn überhaupt, dann würde es Frost geben.

»Außerdem lahmt eines der Pferde, und zwar der Wallach«, fährt Campbell fort, der nunmehr auf komische Art verzweifelt ist. »Ich kann mich am Vormittag darum kümmern. Wir haben Öl für so was. Der Schmied kann ein neues Hufeisen machen. Und wohin werdet Ihr überhaupt reisen? Zurück in den Süden? Nach Lincoln?«

»Nach Norden«, lügt Thomas. »In den nördlichen Teilen Englands gibt es Menschen, die uns wohlgesinnt sind. In der Nähe von Newcastle.«

Campbell nickt. Er denkt rasch nach. Seine Augen bewegen sich so schnell, dass sie funkeln.

»Newcastle, was?«, sagt er. »Dann solltet Ihr die Landstraße nach Osten nehmen. Diese Strecke ist sicherer.«

»Sicherer?«

»Ja. Es gehen Gerüchte um, dass es oben im Norden Ärger gibt. An der westlichen Straße.«

»Was für eine Art von Ärger?«, hakt Thomas nach.

»Jemand zieht unter dem Banner von König Henry Männer zusammen. Das heißt, unter dem des ehemaligen Königs Henry.«

Thomas blickt zu Katherine. Das ist die Art von Informationen, die Hastings in Erfahrung zu bringen wünscht.

»Wer ist er? Dieser Jemand?«

»Er nennt sich selbst Robin of Redesdale«, erzählt ihnen

Campbell, der erfreut darüber ist, etwas gefunden zu haben, um ihre Abreise zu verzögern, wenn auch nur für einen Moment oder zwei. »Und es gibt ein Gerücht – nur ein Gerücht, wohlgemerkt –, dass er in Verbindung mit niemand Geringerem als dem Earl of Warwick steht.«

Einen Augenblick lang herrscht Stille, die dann von Katherine beendet wird.

»Jeder steht in einer Verbindung mit dem Earl of Warwick.«

»Nicht jeder«, entgegnet Campbell. »Robin of Holderness nicht, oder? Im vorigen Jahr erhob auch er sein Banner, genau wie jetzt Redesdale. Doch weil er in keiner Verbindung zu Warwick stand, hatte er nicht dessen Rückendeckung, und so hackte der Earl of Northumberland ihm den Kopf ab.«

»Wäre Northumberland gegen diesen ersten Robin vorgerückt, wenn er Warwicks Rückendeckung gehabt hätte?«, fragt Thomas.

»Vielleicht«, meint Campbell. »Vielleicht nicht.«

»Aber dieser Robin of Redesdale *steht* in Verbindung mit Warwick, und daher wird Northumberland nichts gegen ihn unternehmen? Wird ihm nicht den Kopf abhacken?«

»Aah«, sagt Campbell, »das ist die Frage, die wir uns alle selbst stellen müssen, nicht wahr? Wenn Northumberland gegen ihn vorgeht, dann ist für Robin alles vorbei. Sein Kopf wird noch vor Ende der Woche auf einem Spieß stecken. Aber was ist, wenn Northumberland nichts macht? Was ist, wenn er dasitzt und Däumchen dreht und Robin of Redesdale den Weg freigibt? Ihn laufen lässt? Was wird dann passieren? Wer weiß das schon?«

Hastings hat recht, denkt Katherine. Ein Wirtshaus ist der Ort, wo man am meisten erfahren kann. Und Campbell redet weiter, er tratscht regelrecht wie eine Frau, die ihre Wäsche auswringt, und gibt Unterhaltungen wieder, die er viele Male zuvor gehört hat.

»Doch es gibt ein drittes Szenario, nicht wahr?«, fährt er fort. »Was ist, wenn Warwick Montagu überredet, sich diesem neuen Robin *anzuschließen*, gell? Dann würden der Earl of Warwick und der Earl of Northumberland mit Robin of Redesdale vereint sein und sich gegen König Edward erheben; und es gibt nur eine einzige Möglichkeit, wie das enden wird. Außer – und das nehme ich nicht an – Edward lässt sie im Tower verrotten, so wie er es mit dem alten König Henry gemacht hat, was? Sie werden Edward schnellstmöglich den Kopf abhacken und ihn auf einen Spieß stecken.«

Thomas schaut erneut zu Katherine und danach wieder zu Campbell.

»Wie viele Männer hat dieser Robin of Redesdale?«, will er wissen.

Campbell zuckt mit den Achseln.

»Ausreichend viele, wie man sich erzählt, und mit jedem Tag werden es mehr.«

»Und wo sammeln sie sich?«, fragt Thomas weiter.

Campbell zuckt abermals mit den Achseln.

»Es ist so, wie ich es sage«, betont er. »Irgendwo in dem Tal, dem Vale of Mowbray dort drüben, durch das die westliche Straße führt, versteht Ihr? Aus diesem Grund sage ich Euch ja, dass Ihr die Landstraße nach Osten nehmen müsst.«

Er ist zufrieden, dass er wieder an den Anfang seiner Argumentationskette gelangt ist.

»Und Ihr habt keine Ahnung, wie sie disponiert sind? Wer sie sind? Ob sie Schusswaffen haben und so weiter?«

Campbell runzelt die Stirn.

»Disponiert? Das ist ein sehr spezifischer Ausdruck, Master. Jetzt beginnt Ihr selbst, wie ein Spion zu klingen.

Ach, das hab ich ja vergessen. Ihr seid ein Mann von Lord Hastings, nicht?«

Thomas wird tatsächlich rot.

»Darum geht es jetzt nicht«, lügt Katherine für ihn. »Wir suchen ein paar Freunde. Fragen uns, wer von ihnen vielleicht darin verwickelt ist.«

»Ach ja?«, erwidert Campbell, der jetzt möglicherweise glaubt, dass er sie hat. »Wer denn?«

»John«, antwortet sie. »John Horner.«

Sie erinnert sich daran, dass Horner ein guter Mann war. Nach Hexham hat ihn keiner mehr gesehen. Daher ist er vermutlich tot, denn er war nicht der Typ, der desertiert. Campbell hat nie etwas von ihm gehört und ist noch immer nicht überzeugt.

»Nun ja«, sagt er und kommt wieder auf sein Thema zurück, »er ist kein so schlechter Mann, dieser Edmund Riven, ungeachtet dessen, was meine Töchter erzählen. Doch wenn Ihr zur Abreise entschlossen seid, dann vergesst eines nicht: die östliche Straße.«

Katherine betrachtet ihn aufmerksam. In dieser Düsternis ist es schwierig zu erkennen, ob er die Wahrheit sagt oder sie in eine Falle schickt. Es kommt ihr so vor, als ob Campbell sich selbst dessen nicht sicher wäre. Vielleicht trifft ein bisschen von beidem zu?

»Na schön«, fährt er fort. »Ich werde Euch jetzt allein lassen. Wir werden dieses Schweinefleisch bei Tagesanbruch kochen, um Euch mit unseren Segenswünschen auf Euren Weg zu schicken.«

Als er fort ist, fragt Thomas seine Frau, ob sie glaubt, dass Campbell die Wahrheit über das Zusammenziehen von Männern und über Robin of Redesdale gesagt hat. Ihr fällt kein Grund ein, weshalb der Wirt in dieser Hinsicht lügen sollte.

»Doch wir brauchen etwas mehr als bloße Gerüchte, wenn wir Hastings etwas bringen wollen. Wir brauchen … Ich weiß nicht. Tatsachen. Namen. Zahlen. Informationen über Geschütze. Solche Dinge. Wo sie sich aufhalten, wohin sie sich bewegen und so weiter. Wir können nicht einfach zu ihm gehen und sagen: Ein Mann namens Robin, der vielleicht oder vielleicht auch nicht in irgendeinem Zusammenhang mit dem Earl of Warwick steht, sammelt gerade irgendwo Männer.«

Einen Moment lang beobachtet Katherine Campbell, während er sich mit anderen Gästen des Wirtshauses beschäftigt, das Feuer ein wenig anfacht, von Tisch zu Tisch geht, in der zunehmenden Düsternis seine Hand auf die Schultern von Männern legt und sich über sie beugt. Sie sieht, wie diese Leute sich umdrehen, um ihn anzuschauen; sie sieht ihn lachen und Witze erzählen, um seine Gäste zu erfreuen; sie sieht, wie er seine Töchter hin und her schickt; und sie denkt, dass er wahrscheinlich ein ebenso guter Mensch ist wie die meisten – besser als einige, schlechter als andere. Dennoch hat er etwas an sich, dem sie nicht ganz vertraut; da ist ein gewisser Zweifel, der bleibt.

Und so hätte sie nicht überrascht sein dürfen, als während der dunklen, kurzen Stunden des nächsten Morgens Sir Edmund Riven mit einem Dutzend in Wappenröcke gekleideten Männern, die wie zu einem Krieg gerüstet waren und in Schlachtordnung ritten, unter dem Geklapper von Hufen in den Hof des Wirtshauses kam – wo das Licht des zunehmenden Mondes allen einen blassblauen Farbton verlieh.

7. Kapitel

Doch in der Zwischenzeit sind sie verschwunden.

Es war das dritte beschürzte Mädchen – die mit der gleichen Haarfarbe wie Rufus –, das sie rettete. Im kalten, klaren Mondlicht war sie zu John Stumpf gekommen, gerade als er vom Abort am Fluss zurückkehrte und mit einer Hand seine Kleidung festzubinden versuchte. Daher bemerkte er das Mädchen erst, als es bei ihm war. Er keuchte auf, als sie seinen Arm ergriff, und dann kam ihm der Gedanke: Nun ja, weshalb schließlich nicht, denn … Aber hinter so etwas war sie nicht her. Sie erzählte ihm, dass ihr Vater sie angelogen hatte: dass Edmund Riven nicht in Middleham Castle war, wie ihr Vater behauptet hatte, sondern in Pickering Castle.

»Was einen halben Tagesritt östlich von hier liegt«, fügte sie hinzu.

»Östlich!«, rief Jack. »Also schickt uns dein Vater direkt zu ihm hin!«

»Ihr überseht das Wichtigste«, warnte sie. »Pickering ist einen halben Tagesritt entfernt. Einen *halben* Tagesritt. Wenn Riven kommt, wird er vor dem Morgengrauen hier eintreffen.«

Und dann verstand John, was sie meinte, und rannte zu den anderen. Sie kletterten aus ihren Betten, banden ihre Kleidungsstücke fest und zogen ihre Stiefel an. Im Licht von Binsenlampen sattelten sie ihre Pferde und rollten den Wagen, der immer noch mit ihren Truhen beladen war, hinaus in den Hof. Und als Campbell zum Vorschein kam und wegen seiner Furcht vor Feuer lauthals schrie, hob Thomas eine Faust und sagte ihm, dass sie ihn eigentlich töten sollten. Doch der Gastwirt war im Schlamm förmlich zusammengesackt und weinte, sodass Thomas ihn schlussendlich nicht einmal treten konnte.

Rasch spannten sie das verwirrte Packpferd vor den Wagen. Katherine mummelte Rufus oben auf dem Sitz, den sie dort gemacht hatten, dick ein, und Nettie nahm den Jungen in ihre Arme. Sie wendeten zur Straße hin, als das dritte beschürzte Mädchen erneut auftauchte; und diesmal hatte sie einen dicken Mantel, den sie von ihrem Vater gestohlen haben musste, sowie ein Bündel bei sich, und sie sagte: »Nehmt mich mit.«

Nach einem Augenblick des Zögerns, in dem John zuerst auf Thomas und dann auf Jack schaute, als ob er um Erlaubnis fragen würde, nickte er, und das Mädchen schwang sich zu ihm aufs Pferd. Und so sind sie jetzt hierhergekommen: Sie bewegen sich zu Pferde, so schnell sie es wagen können, auf einer äußerst holprigen Straße in westlicher Richtung, und die Räder des Karrens hüpfen und mahlen über den Schotter unter ihnen. Ihre verblassenden, vom Mondlicht geworfenen Schatten huschen über die Kieselsteine und die Steinbrocken auf der Straße, und am Himmel zeigt sich bereits die winzige, fahle Andeutung von Morgendämmerung.

Die dritte Schwester ruft plötzlich laut, dass sie niemals wegkommen werden.

»Nicht mit dieser Karre. Rivens Männer werden zu schnell herankommen.«

Thomas weiß, dass sie recht hat. Sie hätten den Wagen zurücklassen sollen. Aber wie sonst hätten sie es geschafft, mit Rufus zu reisen? Mit der schwangeren Nettie? Diesem

Mädchen mit der Schürze und in dem Mantel ihres Vaters? Er sieht sich um.

»Können wir sie vielleicht zurückschlagen?«, fragt er. »Einen oder zwei von ihnen erschießen? Oder selbst Riven erschießen?«

John runzelt die Stirn.

»Glaubst du, dass du ihn herauspicken könntest?«

Beide drehen sich um und blicken vorsichtig in die Morgenröte hinein, die im Osten soeben in voller Schönheit erstrahlt. Die Sonne wird zuerst auf Thomas und seine Gefährten scheinen. Doch sie könnten Riven und seine Männer vorbeilassen und ihnen dann in den Rücken schießen. Das würde allerdings nur funktionieren, wenn Riven weiterreitet. Und dann auch nur, wenn er nicht zu viele Leute bei sich hat.

»Seid keine Dummköpfe«, sagt Katherine, die neben ihnen auftaucht. »Ihr könnt nicht zehn Männer erschießen ... Oder vielleicht könnt ihr es, aber dort, woher sie gekommen sind, dürfte es bestimmt noch weitere hundert von ihnen geben. Sie werden uns bis zu den Pforten der Hölle verfolgen.«

»Aber ihr könnt es versuchen«, meint die dritte Schwester.

»Wohin führt diese Straße?«, fragt Katherine sie.

»Kirby«, antwortet das Mädchen. »Dann weiter nach Thirsk und was weiß ich wohin.«

»Wären wir in Kirby sicher?«

Das Mädchen glaubt es, Katherine jedoch ist nicht davon überzeugt.

»Gibt es dort irgendwelche Viehtriebpfade?«, fragt sie und richtet ihre bleiche Hand auf die Hügel im Norden. »Irgendwas, das wir nehmen könnten, um von dieser Straße wegzukommen?«

Das Mädchen scheint es nicht zu wissen. Sie glaubt, dass

es dort nichts gibt. Thomas kann das Weiße in ihren Augen sehen, als ihr Blick über die Straße und die aufragenden Hügel im Norden huscht. Inzwischen ist der Himmel oben heller, hat eine Farbschattierung wie vielleicht schmutziger Lavendel, sodass Thomas die Hügelkuppen erkennen kann. Ganz gewiss, denkt er, gibt es dort irgendeinen Weg, der von dieser Straße abzweigt.

Als sie einen Felsvorsprung umrundet haben, entdecken sie tatsächlich einen Pfad: eine vorher nicht erkennbare Lücke im Ginster, wo der Gesang von Vögeln bereits laut wird. Beim Blick durch die Bresche zeigt sich ein heller Streifen aus sandiger Erde, der dadurch entstanden ist, dass im Laufe etlicher Jahre viele Tausende von Schafen hier hindurchgegangen sind, und der anschließend im Schatten eines schmalen Engpasses zwischen den Hügeln verschwindet. Man kann sich leicht vorstellen, dass der Pfad sich zur nächsten Kuppe hochschlängelt und dahinter weitergeht.

»Wir werden den Wagen niemals dort hinaufbekommen«, gibt Jack zu bedenken.

»Nein«, stimmt das Mädchen ihm zu. »Ganz genau.«

»Vergesst den Wagen«, sagt John.

»Das ist alles, was wir besitzen«, entgegnete Jack. »Und Nettie wird ohne ihn nicht weit kommen. Nicht zu Fuß.«

Thomas schaut zu Nettie hinüber. Sie hat ziemlich stark geweint, seit sie aufgeweckt worden ist, und inzwischen wimmert sie leise.

»Wir könnten sie irgendwo in Kirby wiedertreffen«, schlägt das Mädchen vor.

»Wie weit ist das von hier?«, erkundigt sich Thomas.

Erneut gibt das Mädchen nur eine vage Antwort.

»Ich werde sie nicht allein lassen«, erklärt Jack.

»Nein«, sagt Thomas.

»Riven sucht doch nach einer Reisegruppe mit sieben Personen«, gibt Katherine zu bedenken. »Wenn wir nun keine sieben Leute sind . . . ?«

»Uns aufteilen?«, fragt Thomas.

»Nein«, widerspricht das Mädchen. »Das wäre dumm. Er würde euch trotzdem finden.«

Jack geht auf diese Worte nicht ein.

»Du hast recht«, antwortet er Katherine. »Riven kennt mich überhaupt nicht. Ich könnte nach Kirby weiterfahren. Zusammen mit Nettie. Du und Thomas, ihr könnt den Pfad nehmen. Immerhin seid ihr es, die er kriegen will.«

Thomas gibt Jack in Gedanken recht.

»Und du, John? Möchtest du mit uns kommen?«, fragt Jack.

John überlegt einen Augenblick, bevor er zustimmt.

»Ist das für dich in Ordnung?«, fragt er Thomas.

»Mir gefällt das nicht«, sagt das Mädchen.

Thomas ist sich immer noch nicht so ganz sicher. Womöglich hat das Mädchen doch recht. Sollten sie nicht einfach gemeinsam versuchen, nach Kirby zu gelangen? Einen Hof oder etwas Ähnliches zu finden? Die Stadtbewohner dazu zu bringen, ihnen zu helfen? Aber was hat das mit diesem Mädchen zu tun? Und überhaupt, welche Wahl haben sie denn? Er hat nicht die Absicht, Jack noch mehr in diese Sache hineinzuziehen, als er es ohnehin bereits getan hat. Lass sie frei von dannen ziehen.

»In Ordnung«, sagt er zu Jack. »Nimm den Wagen. Fahrt weiter in dieses Kirby. Und dann nach Süden, ja? Nach York, falls ihr könnt. Reist den ganzen Tag. Solange die Pferde das durchstehen. Wir werden euch dort treffen. In drei Tagen von jetzt an. Um die Mittagszeit, sagen wir mal, unter diesem Tor, wo sie die Köpfe aufspießen. Wenn wir nicht dort sind oder ihr nicht da seid, versuchen wir es am nächsten Tag noch mal. Und dann … Ich weiß es nicht. Aber wartet auf uns.«

Er denkt, dass sie vielleicht bis zu eine Woche warten sollen. Jack und John schauen sich an. Nach einem Moment nicken beide. Sie machen den Eindruck, dass auch sie sich schuldig fühlen, und als Thomas dies sieht, fühlt er sich selbst weniger schuldig. Vielleicht gehen Katherine und er das größere Risiko ein?

Katherine gleitet aus dem Sattel und nimmt das schlafende Kind von der Ladefläche des Wagens.

»Bist du dir dessen ganz sicher?«, fragt er sie.

Natürlich ist sie es nicht – doch was für eine andere Wahl haben sie?

Das Mädchen späht voller Angst nach hinten in Richtung der aufgehenden Sonne. Jede Minute kann Riven da sein. John schaut immer noch grimmig drein.

»Was ist, wenn er euch erwischt?«, gibt er zu bedenken. »Was, wenn er nicht darauf hereinfällt? Dann stehen nur du und Katherine allein gegen ihn und seine Männer. Er wird … Verstehst du?«

Thomas denkt an Rufus und Katherine – daran, dass die Haut von beiden unter einem Stück glühender Kohle Blasen werfen wird – und schätzt sich glücklich, dass er nicht imstande ist, sich das bildlich vorzustellen.

»Fahrt weiter«, sagt Thomas. »Hört auf, euch zu sorgen. Uns wird es gut gehen. Ihr seid es, um die ich mir Sorgen mache.«

Er holt seinen Bogen vom Wagen. Nach einem Moment des Zögerns lässt er seine Mordaxt dort. Doch Katherine schüttelt den Kopf. Sie ist plötzlich sehr bestimmt.

»Du musst sie mitnehmen«, beschwört sie ihn. »Es bedeutet Unglück, von ihr erneut getrennt zu sein.«

Und daher holt er die Waffe heraus und wird abermals beinahe nervös in ihrer Gesellschaft. Es ist ein verblüffendes Ding, denkt er im Stillen, entwickelt für einen entsetzlichen Zweck und mit einer eigenen Aura ausgestattet; und selbst jetzt in der graublauen Düsternis zieht es die Augen aller auf sich. Er schaudert fast, als er die Waffe quer über den hinteren Teil des Sattels legt und sie dort zusammen mit seinem Bogen sowie dem Beutel mit den Pfeilen befestigt.

»Beeilung!«, ruft Jack.

Bevor er loszieht, nimmt Thomas eine Hand voll Münzen aus seinem Geldbeutel und drückt sie Jack in die Hand.

»Nein«, sagt Jack. »Ich habe genug Geld.«

»Nimm es«, beharrt Thomas.

Es ist Blutgeld, eine Linderung für Thomas' Gewissen, und er empfindet eine gewisse Zufriedenheit, dass er es geben kann. Er steigt wieder auf sein Pferd und hebt die Hand als Abschiedsgeste für die anderen. Zur Erwiderung heben auch sie die Hände, und ihre Gesichter wirken wie bleiche Scheiben. Aus irgendeinem Grund flüstern sie, als sie sich gegenseitig alles Gute und Gottes Segen auf der Reise wünschen. Thomas ist dankbar, dass der Abschied schnell erfolgen muss und dass es noch dunkel ist: Denn er spürt, wie Furcht über seinen Rücken streicht beim Gedanken an Warwicks Männer, und er stellt sich vor, wie deren harte Gesichtszüge sich zu einer grimmigen Miene verzerren, während sie unter Führung von Riven durch die Nacht reiten. Und dann spürt er, wie ihn auf Übelkeit erregende Weise Schuldgefühle packen.

Das Mädchen sieht sich immer noch um, der Blick ist ängstlich. Thomas bemerkt, dass sie ihn eingehend mustert, als ob sie zu entscheiden versuchte, mit wem sie reisen soll. Thomas möchte sie nicht auch noch auf dem Gewissen haben.

»Geh mit ihnen«, fordert er sie auf. »Geh mit Jack.«

Sie verzieht das Gesicht zu einer Miene, die er nicht zu deuten vermag. Und mit einem letzten, zögernden Blick auf sein Pferd, als ob es das gewesen wäre, was sie sich am allermeisten gewünscht hat, dreht sie sich um und schreitet dort hinüber, wo Jack sie nun erwartet.

»Können wir sie wirklich einfach so verlassen?«, fragt Thomas seine Frau.

»Wir müssen es tun«, antwortet sie. »Und zwar schnell. Riven wird sie nicht haben wollen. Er wird nur uns wollen.«

Sie wendet und treibt ihr Pferd mit den Fersen von der Straße. Nachdem Thomas noch einen Augenblick zugeschaut hat, wie der Wagen den Weg entlangrollt, folgt er ihr nach unten in eine dunkle Bodensenke hinein, die von oben so aussieht, als würde sie womöglich niemals enden. Aber dann geht es wieder hoch, und sie finden den alten Viehtriebpfad. Der Weg ist an den Stellen recht schmal, wo die Schafe die Erde abgerieben haben, die sich einst um die Steine herum befand. In der Dunkelheit ist das nicht gut für die Pferde, und sie müssen erneut absteigen. Doch bald schon ist Thomas dankbar für den sich dahinschlängelnden Pfad und die vom Wind geplagten Weißdornbüsche, die sich zu beiden Seiten erheben und sie vor unliebsamen Blicken schützen.

Eine Zeit lang geht es für sie weiter aufwärts, fort von Jack, John und Nettie und dem beschürzten Mädchen. Thomas, der hinter Frau und Kind marschiert, kann hören, wie Katherine Rufus aufmuntert, der gerade im Begriff ist, wieder einzunicken und fast aus dem Sattel zu fallen.

»Ich werde ihn tragen, wenn du möchtest«, bietet er an.

Thomas nimmt Rufus auf seine Arme. Der Junge wiegt nichts. Er ist wie ein kleiner Wicht. Rufus vergräbt sein Gesicht an der Schulter von Thomas und legt ihm die Arme um den Hals. Da der Junge immer noch beinahe schläft, hält

Thomas ihn eine Weile so, wie jeder Vater und jede Mutter es unter glücklicheren Umständen tun würden. Im Licht der Morgendämmerung sieht er, dass Katherines Wangen vor lauter Tränen glänzen. Tief in seinem Innern empfindet er schmerzhaft Scham.

»Bei ihnen wird alles in Ordnung sein«, tröstet er sie.

Sie nickt und schnieft.

»Ich weiß«, sagt sie. »Ich weiß.«

»Dann los«, meint er. »Lass uns weitergehen.«

Anschließend sprechen die beiden eine ganze Weile lang kein Wort mehr, während sie weiter nach Norden marschieren, die ansteigende Heidelandschaft hinaufeilen – fort von Riven und fort von ihren Freunden. Thomas schmeckt Asche in seinem Mund. Oben auf dem ersten Hügel bleiben sie erneut stehen: dort, wo der Pfad nicht mehr ansteigt und die Vögel laut sind, hochfliegen und voller Angst umherflattern. Sie können die Straße wieder sehen; doch es gibt keinerlei Anzeichen von Jack und John Stumpf sowie den beiden Frauen, auch nicht von Riven und seinen Männern.

»Vielleicht haben sie es ja bis zu diesem Kirby geschafft.«

»Beten wir dafür zu Gott«, sagt sie.

Sie stehen da und betrachten die Landschaft. Die Sonne geht so schnell auf, dass man sehen kann, wie ihre von Wolken abgemilderten Strahlen sich ausdehnen, das Morgengrauen durchschneiden und die Nebelschwaden ausleuchten, die zwischen den Bäumen und unten in den Mulden und Talsenken hängen. Die Strahlen fallen flach über die Hügel und verfangen sich in Katherines Gesicht mit den hohen Wangenknochen. Thomas, der die Neigung ihres Kinns, den Winkel ihres Kopfes und ihren herausfordernden Gesichtsausdruck sieht, kann sich trotz allem, trotz aller Rückschläge, nicht vorstellen, ohne sie hier – mit all dem Unglück um sie herum – in der aufgehenden Sonne zu stehen. Er lächelt sie an, und sie lächelt beinahe ihn an, und er spürt, wie Rufus sich an seiner Brust windet. Dann erinnert er sich an etwas, das John Stumpf gesagt hat und das schon Monate zurückzuliegen scheint: dass dieses Maß an Glück – diese fünf Jahre – recht gut das sein könnte, was einem Menschen für ein einziges Leben zuteilwird. Und Thomas nimmt an: Wenn diese Worte im Grunde genommen stimmen, dann darf er sich nicht über sein Glück beklagen.

»Komm«, sagt er. »Riven könnte überall sein.«

Also setzen sie ihren Marsch fort. Sie gehen weiter den Hügel hoch, bis der Pfad schließlich oben auf dem steilsten Hang aus den verkrüppelten Weißdornen hervorkommt und auf einem Plateau mit einer ausgedehnten Hochweide verschwindet. Überall grasen Schafe mit braunen Gesichtern und eng gewundenen Hörnern. Hier ist auch die Heimat der Feldlerchen, die wegfliegen, und verschiedener Fluginsekten; es gibt helle Flecken, wo sie Sonne tanken. Rufus wird wach und zappelt herum, damit er etwas sehen kann, und er ist entzückt. Thomas setzt ihn wieder in den Sattel.

»Flöten«, stellt Rufus fest.

Und tatsächlich können sie wenig später das dünne Pfeifen einer Hirtenflöte hören, die eine einfache kleine Weise spielt. Sie schauen sich nach dem Hirten um, doch er befindet sich vielleicht im Schatten von irgendwelchen Schobern, und sie können ihn nirgends erblicken. Also machen sie sich wieder auf den Weg. Das Gras ist lang und glänzt silbrig vom Tau; es schlägt gegen ihre Beine, während sie weiter nach Norden ziehen. Den ganzen Morgen reiten sie zwischen den Schafen durch das lange Gras, und mal geht es rauf, mal geht es runter. Sie begegnen niemandem, nicht einer einzigen Seele.

Schließlich können sie zurückschauen und sehen, von wo

sie gekommen sind. Auf dem Pfad ist kein Mensch. Sie werden nicht verfolgt. Riven ist Jack und John Stumpf sowie Nettie und der beschürzten Schwester hinterhergeritten. Thomas hat das Gefühl, dass sich seine Schuld verdoppelt hat; und er kann Katherine kaum anschauen und auch nicht irgendetwas sagen. Schweigend reiten sie weiter.

Mit jedem Schritt wird die Hitze schwüler. Für Thomas ist es wie eine warme Hand im Nacken. Rufus bekommt Hunger. Thomas hat ein wenig trockenes Brot in seinem Beutel, das er dem Jungen gibt, aber wahrscheinlich genügt das nicht. Er wünschte, er hätte einen Strohhut anstatt dieser Wollmütze. Auch fragt er sich, wie Katherine es in diesen Röcken aushalten kann, doch vermutlich ist sie es inzwischen gewohnt. Wegen seines Heuschnupfens muss Rufus bereits niesen, eine kleine Explosion, bei der die Ohren seines Pferdes zu zucken beginnen.

Sie stoßen auf einen anderen Pfad, der zu einem Tal hinabführt, das dort unten beginnt und sich von Nordwesten nach Südosten erstreckt. Im Talgrund ist ein munter dahinplätscherndes Rinnsal aus kaltem, klarem Wasser, wo sie die Pferde saufen lassen. Sie waschen sich, trinken ebenfalls und wünschten, sie hätten etwas mehr Brot dabei. Thomas kann sehen, dass seine Haut einen Sonnenbrand bekommt; sie wird rosarot und heiß. In der Sonne ist auch das Wasser: Es ist zwar gut; doch bei allen Heiligen – es ist so heiß! Sogar hier unten.

Katherine bleibt still und nachdenklich. Sie beobachtet Rufus, der ein kleines Stück fortschlendert und die vom Bach mit Wasser gespeisten Teiche erforscht, in denen einige winzige schwarze Fische schwimmen. Die Pferde hinter ihnen fressen Gras, ihre Lippen sind blauschwarz und erstaunlich beweglich.

»Also, wo geht's jetzt hin?«, fragt Katherine.

Thomas hat Schwierigkeiten, sich zu konzentrieren.

»Wir gehen nach Westen und schlagen einen Bogen«, antwortet er.

»Und dann kehren wir in südlicher Richtung zurück, nach York? Das scheint ein weiter Weg zu sein.«

Thomas stimmt ihr zu.

»Ich habe nachgedacht«, sagt er.

»Worüber?«

Er versucht, sich zu erinnern, woran er gedacht hat. Dann fällt es ihm ein.

»Campbell hat gesagt, dass Robin of Redesdale im Vale of Mowbray Männer um sich schart, nicht wahr? Dieses Tal liegt in westlicher Richtung.«

Er zeigt nach Osten. Katherine korrigiert ihn; ihr Finger weist bergaufwärts und nach Westen. Der Gedanke an eine Kletterei erschreckt Thomas. Er spritzt sich zwei Hand voll Wasser aus dem Bach ins Gesicht, das jedoch anschließend nur noch heißer zu sein scheint. Dann stellt er sich vor, dass Dampf von seinem Rücken aufsteigt. Er spürt, dass er träge ist, und sein Körper strahlt Hitze aus.

»Geht es dir gut, Thomas?«, erkundigt sich Katherine.

Er nickt schwach. Sein Kopf fühlt sich an, als wäre er mit Wolle vollgestopft, und er ist so heiß. Zu heiß, um zu denken. Schweiß in seinen Augen. Das Land scheint zu schwimmen.

»William Hastings«, sagt Thomas. »Er wird wollen, dass wir etwas mehr über diesen ... diesen Robin of Redesdale in Erfahrung bringen, nicht? Was, wenn wir die Zahl seiner Männer in Erfahrung bringen könnten? Seinen Aufenthaltsort. Wer bei ihm ist. So was in der Art.«

Katherine betrachtet ihn immer noch besorgt.

»Wir können womöglich sogar herausfinden, ob er die

Rückendeckung von Warwick hat«, nimmt er an. »Solche Nachrichten wären mit Sicherheit für Hastings von Interesse.«

»Aber wenn er dort Männer sammelt«, wirft Katherine ein, »wollen wir dann da hineingezogen werden? Du weißt doch, wie das ist mit solchen Armeen.«

»Wir brauchen doch nur ein paar Fragen zu stellen. Einen Blick auf sie werfen, meine ich. Nachsehen, ob es da welche gibt, die einen Wappenrock des Earl of Warwick tragen. Oder einen des Earl of Northumberland.«

Er kann erkennen, dass ihr das nicht gefällt. Irgendwo in der Nähe von Soldaten zu sein, die zusammengezogen werden, ist stets gefährlich – insbesondere dann, wenn sie zu einer Rebellion zusammengerufen werden.

»Wir müssen ihm etwas erzählen können«, fügt er hinzu.

Sie nickt. Schweigend sitzen sie auf und reiten weiter, jetzt in westlicher Richtung, unter einer erbarmungslos herabbrennenden Sonne, die vor allem auf ihren linken Schultern zu spüren ist. Hoch über ihren Köpfen kreisen Bussarde, deren Schreie trotz Sonne und Hitze seltsamerweise kalt sind. Die Landschaft wabert im Hitzeschleier, und es hat den Anschein, dass sie den ganzen Nachmittag geritten sind. Der Schweiß, den die Pferde absondern, sammelt sich zu cremefarbenen Girlanden auf ihrer Haut. Ähnliches geschieht auch bei Thomas. Schließlich stoßen sie auf einen nur ganz schwach ausgetretenen Pfad. Und dann, nach einer langen Zeitspanne, in der immer noch kein Wort gesprochen wird, treffen sie auf weitere Schafe, die im Schatten einiger Espen zusammenstehen. Der Pfad wird deutlicher erkennbar, und der Blick voraus zeigt, dass dort Steinmauern errichtet worden sind, die sich in einem guten Zustand befinden. Es gibt noch mehr Schafe, die kürzlich geschoren wurden und aus ihrem schützenden Schatten aufblicken. An einer Seite steht ein Gestell für die Schafschur. Allem Anschein nach nähern sich die drei einem Dorf.

Und tatsächlich erblicken sie, nachdem sie eine Anhöhe erklommen haben, unten im Tal eine Ansammlung von verstreut errichteten niedrigen Steinhäusern, in deren Mitte eine untersetzt wirkende, kleine Kirche steht. All diese Gebäude sind umringt von Gehegen aus den gleichen Trockenmauern. Die Luft flimmert in der Hitze, und es gibt dort Leute, so wie es sein sollte: Männer und Frauen gehen ihren Geschäften nach, allerdings wegen der hohen Temperatur recht langsam. Die drei können hören, wie Hunde träge bellen. Und die Sonne ist so heiß. So heiß.

Thomas fühlt sich wie ausgetrocknet und ist erschöpft. Er sitzt zusammengesunken im Sattel und kann sich kaum auf etwas konzentrieren. Er kann fast nicht sein Reittier mit Tritten antreiben. Hätte er doch Rufus nicht getragen, denn der Junge ist gleichfalls so schwer und so heiß.

Sie reiten nach unten. Der Pfad wird breiter und zu einem gut ausgetretenen Durchgangsweg. Ein Schweinehirt sitzt im Schatten einer Mauer und lacht, als er sieht, dass Thomas so stark sonnenverbrannt ist. Hunde bellen, doch zur Begrüßung. Thomas allerdings sitzt nur gerade und hält sein Pferd mit den Absätzen unter Kontrolle; das ist alles, was er noch fertigbringt. Sie reiten in den kühlen Schatten des Turms hinein, wo Schweine schnaufend herumliegen, zwischen denen sich Gänse und Hühner tummeln. Es gibt einen blauäugigen Hund, der in seiner Hütte angekettet ist und die Neuankömmlinge durch drei Gitterstäbe still anschaut, als stünde er am Pranger. Geistesabwesend kommt Thomas in den Sinn, dass der Hund so aussieht, als ob er gerade einen schrecklichen Racheplan aushecken würde.

»Ale«, sagt Thomas.

Es gibt eine Bierbrauerin, bei der ein Besen draußen vor dem Haus steht, um anzuzeigen, dass sie Ale zu verkaufen hat. Thomas kann sein Bein fast nicht aus dem Sattel schwingen; aber das Ale ist kalt, und es kümmert ihn nicht, wie viel es kostet. Er trinkt drei Becher leer, und das nahezu in einem Zug. Die Dienstmagd der Brauerin ist ein hübsches Mädchen, und sie lacht ebenfalls darüber, dass die Haut von Thomas so rot ist. Die Bierbrauerin ist besorgter, ebenso wie Katherine. Nachdem Thomas ein viertes Ale getrunken hat, sagt er ihnen, dass er spürt, wie Dampf hochsteigt, er sich jedoch besser fühlt. Dann aber krümmt er sich, weil ihm plötzlich übel wird – die anderen treten von ihm zurück; und er erbricht jedes Schlückchen Ale. Er schafft es noch, zwei Schritte von dem Erbrochenen wegzugehen, bevor er zu taumeln beginnt und auf dem Boden zusammenbricht.

»Das ist lediglich die Hitze«, sagt Katherine zu den anderen.

Man hat Thomas dazu gebracht, draußen auf einer Stelle liegen zu bleiben, die sich im Schatten von hohen Steinwänden befindet. Diese gehören zum überraschend großen und komfortablen Herrenhaus des Ehemannes der Bierbrauerin. Thomas ist ohne Kopfbedeckung und trägt lediglich seine Beinlinge, das Hemd, das hochgerollt worden ist, sowie sein aufgeschnürtes Wams. Vor lauter Schweiß, der von seiner mit Blasen bedeckten Haut förmlich hinabzuströmen scheint, wirkt diese dunkel und glänzend. Seine nackten Füße befinden sich in einem Eimer mit kaltem Wasser, und an seiner Seite steht in einem großen Krug noch mehr Ale, obgleich Thomas es nicht anrühren wird, damit er sich nicht eventuell erneut übergeben muss.

Die Bierbrauerin – Goodwife Watkins – und ihr Mann halten etwas Abstand zu ihm und beäugen ihn besorgt. John Watkins, ihr Ehemann, ist unerwartet erschienen und nicht der Typ Mann, von dem Katherine annehmen würde, dass er so viel Land besitzt. Er ist vielleicht knapp vierzig Jahre alt, groß und dick mit einem ausgeprägten Fettansatz. Seine Gesichtshaut ist fleckig, und er hat am Kinn eine dunkelviolette Narbe, die schnurgerade und mit scharf gezogenen Rändern durch seinen Backenbart verläuft. Wenn sie nicht wüsste, dass er dieses Herrenhaus und all das Land besitzt, würde sie ihn für einen gemeinen Bauern halten. Doch hier steht er, in einer gut passenden Samtjacke, die für ihn geschneidert worden sein muss, als er noch jünger war.

»Wenn es nach mir ginge, würde ich ihn nie und nimmer reinlassen!«, bellt Watkins.

Doch es ist die Hausherrin, Goodwife Watkins, die hier diese Art von Entscheidungen trifft, während Watkins trinkt und mit Schweinsaugen auf den Kranken schaut.

»Wird es ihm wieder gut gehen?«, erkundigt sich Goodwife Watkins.

»Es wäre verdammt noch mal besser«, ruft Watkins aus, bevor seine Frau eine Antwort erhält, »wenn er nicht in meinem Haus stirbt!«

Katherine fragt, ob sie für Thomas eine Matratze haben kann. Diener bringen daraufhin eine Strohmatratze und legen sie neben das nicht angezündete Feuerholz beim steinernen Kamin. Sie werden Katherine nicht unterstützen, wenn sie Thomas hilft, auf die Beine zu kommen und in die Halle zu gehen. Diese Menschen sind zu ängstlich. Wer weiß schon, was das für eine Krankheit ist? Sie pflichten ihrem Herrn bei: Man hätte den Kranken niemals auf den Hof lassen sollen, geschweige denn ins Haus. Rufus, der abermals stumm und verängstigt ist, schaut zu. Katherine schenkt ihm ein Lächeln.

»Morgen früh wird er wieder in Ordnung sein«, beruhigt sie ihn.

Sie legt Thomas nieder. Seine Augen sind geöffnet, und er ist in der Lage, ihr zu danken.

»Tut mir leid«, entschuldigt er sich.

»Das ist nichts. Ist nicht dein Fehler. Die Sonne. Komm, schließ die Augen. Schlaf etwas.«

Rufus sagt seine Gebete auf und legt sich dann neben Thomas hin, jedoch ein kleines Stück von ihm entfernt, denn, so erklärt der Junge, sein Vater ist zu heiß heute Nacht. Sie küsst Rufus und streicht ihm über die Stirn. Sofort schläft auch er ein, und sie segnet ihn und geht zu einem Schemel am Tisch, wo sie mit Watkins und seiner Frau essen soll. Plötzlich hat sie trotz der Hitze einen Riesenhunger.

Goodwife Watkins ist eine schlichte, gottesfürchtige Seele, die wie ihr Mann in so einem feinen Herrenhaus fehl am Platz zu sein scheint. Sie nimmt sich Zeit für ihre Gebete vor dem Abendessen, doch Watkins ist weniger gewissenhaft. Als die Speisen gebracht werden – eine Ente, die gebraten und mit gewürzter Marmelade aus roten Früchten glaciert wurde, sowie eine Schüssel mit grünem Gemüse und Eiern –, bedient er sich rasch selbst und löffelt sich das Essen in den Mund, als hätte er den ganzen Tag gepflügt. Auch beim Trinken verhält er sich so, und nachdem er genug Ale heruntergeschluckt hat, wendet er sich Katherine zu, und sie bemerkt, dass er ihr gegenüber schüchtern ist.

»Also, was führt Euch und ihn dort in unsere Gegend?«, verlangt er zu wissen, wobei er ihr nicht in die Augen schaut, sondern nach einer Speise aus Milch und Mandeln greift.

Katherine sieht keinen Grund, ihm nicht die Wahrheit zu erzählen.

»Enttäuschung, um ehrlich zu sein«, antwortet sie. »Wir

hofften, etwas südlich von hier eine Arbeitsstelle zu bekommen, doch ... doch es sollte nicht sein.«

Watkins brummt vor sich hin.

»Und so reitet Ihr umher, um zu sehen, welche Gelegenheiten der Herr Euch unterwegs eröffnet.«

»Sozusagen«, stimmt sie ihm zu.

Er grummelt erneut und trinkt weiter. Sie fragt sich, was man sonst noch sagen könnte. Dann kommt ihr in den Sinn, dass Watkins etwas Nützliches über diesen Robin of Redesdale wissen könnte.

»Obwohl wir uns dafür allem Anschein nach die falsche Zeit ausgesucht haben, oder?«, bohrt sie nach.

»Ja, gewiss«, antwortet Watkins. »Das könnt Ihr laut sagen.«

Er isst seinen Pudding, trinkt noch mehr Ale, wobei sein Gesicht von dem großen Henkelbecher verdeckt wird; doch sie kann sehen, wie seine Schweinsäuglein blinzeln. Vielleicht sprichst du ja nicht beim Abendessen über solche Themen?, fragt Katherine sich im Stillen. Doch Sir John hat das immer getan. Oder hält sich Watkins vielleicht zurück, weil sie eine Frau ist? Und so fährt sie fort.

»Wir haben gehört, dass sich Männer unter dem Banner des alten Königs sammeln.«

Watkins stellt seinen Becher ab. Er schaut zu seiner Frau, die den Kopf neigt, als ob sie ihm mitteilen würde: Sprich mit ihr.

»Oh, gewiss«, murmelt Watkins. »Verdammter Robin of Redesdale. Nur dass er sein Banner nicht für den alten König Henry erhebt, oder? Er hebt es für den Earl of Warwick. Er ist ein Cousin von ihm oder so was, der dort aufgestellt ist wie der Finger eines Bogenschützen im Wind, um zu testen, was für eine Richtung der Earl of Northumberland einschlagen wird, wenn Warwick hervorkommt, um gegen König Edward zu rebellieren.«

»Aber Warwick und Northumberland sind Brüder, nicht wahr?«, gibt sie zu bedenken. »Gewiss würde ein Bruder immer zugunsten von einem Bruder hervorkommen, oder etwa nicht?«

Watkins tippt sich an die Nase.

»Das könnte man meinen«, antwortet er. »Doch der Earl of Northumberland schuldet König Edward enorm viel, nicht wahr? Es war König Edward, der ihn in solche Höhen erhoben hat.«

»Aber würde Warwick ihn nicht sogar noch etwas größer machen, sollte er sich ihm anschließen?«

Watkins denkt darüber nach.

»Es gibt nicht viel Größeres, was Warwick ihm anbieten könnte«, antwortet er nach einem Moment. »Oder was er sich wünschen könnte. Der Earl of Northumberland zu sein bedeutet hier oben alles, wisst Ihr? Und ich weiß, wie er so ist – aus der Zeit, als er Lord Montagu war, versteht Ihr? Fünf Jahre lang habe ich unter ihm gedient, was inzwischen eine ganze Weile her ist; und ich werde Euch sagen, wie er ist: Er ist wie Carlisle. Seid Ihr jemals in Carlisle gewesen? Nein? Nun, das macht auch nichts, verdammt noch mal. Aber genau so ist er. Wie das verfluchte Carlisle.«

Katherine hat keine Ahnung, was dieses widerwillige Lob bedeuten soll. Watkins nimmt einen weiteren langen Schluck Ale.

»Er wird sich also Warwick nicht anschließen?«, hakt sie nach.

»Das habe ich nicht gesagt«, erklärt Watkins.

»Also, dann wird er es tun?«

»Das habe ich auch nicht gesagt.«

Sie versucht es anders.

»Und wie viele Männer hat er, dieser Redesdale?«, fragt sie.

»Das weiß ich doch nicht!«, schnauzt Watkins. »Wer seid Ihr? Irgendeine Art Spionin oder so was?«

»Mein werter Gatte!«, blafft Goodwife Watkins.

»Das bin ich nicht, das versichere ich Euch«, lügt Katherine. »Ich bin bloß ... besorgt; denn ich möchte nicht, dass mein Mann in irgendwelche ... irgendwelche Kampfhandlungen verwickelt wird.«

Watkins schlägt mit seiner Faust auf den Tisch.

»Oh, wir sind alle deswegen besorgt!«, ereifert er sich. »Während dieser verfluchte Robin of Scheiß-Redesdale damit herumalbert, gegen blöde Armleuchter anzutreten, wird jedermann hier in der Gegend zu seiner Fahne eilen – nur wegen der Aussicht auf ein bisschen Spaß und ein paar blutige Spielchen unten im Süden, nicht wahr? Und so wird die verdammte Ernte nicht eingebracht, was? Und ich werde das Doppelte bezahlen müssen – *das Doppelte*, habt Ihr das gehört? –, um jemanden mit ausreichend vielen Fingern zu bekommen, der ein einziges meiner verfluchten Schafe zu scheren vermag! Das ist der Grund, weswegen *ich* besorgt bin!«

Er versinkt in Schweigen, und die Dienerin kommt erneut mit irgendeinem süßen Kuchen und einem weiteren Krug Ale. Katherine fällt nichts ein, was sie sagen könnte. Sie wünschte, es würden alle zu Bett gehen, doch die Kerzen – es sind drei – sind angezündet, und Watkins verlangt, dass auch das Kaminfeuer angemacht werden soll. Anschließend geht er nach draußen – er ist recht unsicher auf den Beinen –, um sich zu erleichtern.

»Er ist schlecht gelaunt«, erklärt Goodwife Watkins. »Wir

haben bereits Männer an Redesdale verloren. Sie scheinen in Scharen zu ihm zu strömen. Unter seiner Fahne, meine ich. Von nah und fern. Man hört, dass es Tausende von Männern im Vale of Mowbray gibt, die alle nur auf eine Nachricht warten.«

»Tausende?«

»Oh ja, das will ich meinen. Es ist eine Schande, dass wir so abgelegen sind; ansonsten würde ich mein Ale fassweise verkaufen.« Sie lacht traurig. »Wie dem auch sei«, fährt sie fort, »kümmert Euch nicht um den alten Watkins. Hunde, die bellen, beißen nicht. Doch die Sache ist, dass er es fühlt, versteht Ihr? Er war mit Lord Montagus Männern oben im Norden. Auf diese Weise ist er zu seinem Kinn gekommen.« Mit dem Finger zeichnet sie die Narbe ihres Mannes in ihrem eigenen Gesicht nach.

Katherine sagt zu ihr, dass sie wohl nicht so viele Fragen hätte stellen sollen.

»Aber nein«, erwidert Goodwife Watkins. »Er unterhält sich gern.«

Sie lächeln beide. Thomas beginnt zu husten, und Katherine geht zu ihm hinüber. Er liegt wie betäubt da, ohne Bewusstsein von irgendetwas, und hechelt wie ein Hund in der Hitze. Sie befeuchtet seine Lippen mit Ale. Er leckt es ab, und daher setzt sie ihn auf und bringt ihn dazu, etwas zu trinken. Er ist wie ein totes Gewicht. Seine Augen bewegen sich jedoch, und er nimmt wieder etwas bewusst wahr und trinkt weiter.

»Gott segne dich«, krächzt er.

Sie lächelt und legt seinen Oberkörper wieder auf die Matratze. Er schließt die Augen und ist von Neuem eingeschlafen, noch bevor Watkins zurückkehrt. Der Hausherr dreht seinen Sessel herum, damit sein Gesicht dem Feuer zugewandt ist. Er wirkt ruhiger als zuvor, so als hätte es ihn beschwichtigt, sich zu erleichtern; und sein Dialekt, der vor dem Abendessen recht schwankend war scheint sich wieder in der rauen, ehrlichen Umgangssprache seiner Jugend eingewöhnt zu haben.

»Ich sag Euch jetzt was«, verkündet er. »Ich hoffe, dass Northumberland diesem Redesdale nicht auf den Leim geht.«

Seine Worte haben einen gewissen Tonfall, so als ob er wollte, dass sie nachhakt.

»Warum nicht?«, fragt sie.

»Warum nicht? Ich werde Euch sagen, warum nicht. Weil ich dem alten Mistkerl immer noch vertraglich verpflichtet bin, nicht? Irgendwo habe ich noch seinen verfluchten Wappenrock, falls die Mäuse ihn sich nicht inzwischen geholt haben. Vom letzten Mal, als ich mit ihm draußen im Feld war.«

Er streicht sich über die Stoppeln am Kinn, und man kann am glasigen Ausdruck seiner Augen erkennen, dass er in Gedanken weit weg ist.

»Das war, als ich das hier bekommen hab. Ist bloß ein Kratzer, ich weiß, nicht mehr als eine Kerbe – doch, bei Gott, sie hat förmlich Blut gepisst … Verzeiht meine Ausdrucksweise.«

»Oh John, red nicht weiter. Goodwife Everingham will bestimmt nicht deine alten Geschichten hören.«

»Aber nein«, widerspricht Katherine. »Ich höre so was gern.«

Watkins schenkt dem kurzen Wortwechsel keine Beachtung.

»Es war ein großer Bursche, der das getan hat«, beginnt er zu erzählen. »Geschickt mit seinen Fäusten in einer Kneipe – darauf würde ich schwören –, doch wir waren in einer Kohlengrube, nicht? Könnt Ihr das glauben? Eine verdammte Kohlengrube. Das war im Jahr vierundsechzig, nach der Schlacht von Hexham. Habt Ihr jemals davon gehört?«

Katherine nickt. Sie erinnert sich an Hexham und daran, wie sie mit Thomas von der verheerenden Niederlage wegrannte und dass sie damals kränker war als jemals zuvor und danach.

»Es passierte allerdings hinterher«, fährt Watkins fort. »Als wir darauf aus waren, Somersets Ausreißer niederzureiten – und bei Gott, von denen gab's mehr als genug –, und wir einer Gruppe von Reitern auf der Spur waren, und zwar oben in Tynedale, dort im Wald. Weiter im Norden.«

Er gestikuliert, und sie nimmt an, dass sie diese Waldgebiete kennt. Vielleicht sind es ja genau die, durch die sie selbst hatten reiten müssen, nachdem sie an jenem Tag von Hexham weggerannt waren? Thomas würde es wissen, doch er schläft; sein Atem geht schleppend, aber regelmäßig. Seltsam, wenn man daran denkt, dass Watkins damals möglicherweise versucht hat, sie beide niederzureiten.

»Wir folgten denen durch endlos viele Scheißbäume«, erzählt Watkins weiter, »mit endlos vielen Scheißblättern. Doch denen ist niemals der Gedanke gekommen, ihre Spuren zu verbergen, nicht? Es war so, als würden wir einem Ochsengespann und einem verdammten Pflug nachstellen. Daher war es nicht schwer, und sie kamen langsam voran, denn sie waren ja mit solcher Bürde belastet.«

Den merkwürdigen Ausdruck »mit solcher Bürde belastet« spricht er so langsam und betont aus, als ob er ihn bloß bei besonderen Gelegenheiten benutzen würde, vielleicht nur, wenn er diese Geschichte erzählt. Goodwife Watkins seufzt, als ob sie sie schon tausend Mal gehört hätte, legt ihren Kopf in die Hand und stützt den Ellbogen auf den Tisch.

»Also sind wir auf sie getroffen«, fährt Watkins mit seiner Schilderung fort. »Sie stehen mitten auf einer Lichtung herum und streiten über irgendwas; und da ist ein Aristo, der die anderen anschreit, wie das immer, verdammt noch mal, so der Fall ist, und er erzählt ihnen dieses und jenes. Sie sind ungefähr zu zehnt, und alle haben sich dort mit ihren Pferden versammelt, und sie haben eine Reihe von Maultieren bei sich, nicht wahr?«

Er erlebt die Geschehnisse tatsächlich im Geiste noch einmal, macht jetzt aber eine Pause, um zu trinken. Seine Augen sind feucht wegen irgendeiner Empfindung ... Scham vielleicht? Reue? Katherine kann es nicht erkennen.

»Jetzt«, erzählt er weiter, »haben wir genügend Zeit, um uns aufzustellen, weil der Aristo so viel brüllt und die anderen zurückschreien. Und so umzingeln wir sie, und dann fallen wir über sie her und überrumpeln sie. Wir haben bei dem Kampf ein paar Männer verloren, Gott hab sie selig, doch wir haben alle Feinde getötet. Oder so glaubten wir es jedenfalls. Doch als die Sache erledigt war und all diese Leichen auf dem Boden herumlagen, kam uns ein Gedanke: Hier ist etwas recht merkwürdig. Die Maultiere sind nicht mehr mit ihrer Bürde belastet, nicht wahr? Und wohin ist dieser Aristo verschwunden?«

»Ein Mysterium«, murmelt Goodwife Watkins.

»Ja, gewiss«, stimmt Watkins zu. »Erst dann sehen wir diese Spuren, die in etwas hineinführen, das wie eine Art Höhle aussieht. Einer der Burschen sagt, dass es sich um eine Kohlengrube handelt, und somit wissen wir, dass wir den Kerl haben – und auch das, was auch immer die Mulis getragen haben.«

»Und was haben sie getragen?«, fragt Katherine.

Er hält seine dicke Hand hoch.

»Alles zu seiner Zeit«, erwidert er und trinkt erneut. »Wir beginnen, nach ihm zu rufen, und fordern ihn auf, herauszukommen, doch er will nicht, was? Er weiß, was ihn erwartet. Also müssen wir hineingehen. Und zwar auf der Stelle. Niemand möchte gehen, daher müssen wir Strohhalme ziehen. Und wer zieht den kürzesten?«

Er zeigt auf sich selbst.

»Also muss ich zuerst gehen. Ein schnelles Gebet an die heilige Barbara, von der jemand behauptet, sie ist die Heilige, zu der die Leute beten, die Kohle abbauen. Und dann gehe ich auf Händen und Knien hinein. Es ist nicht ganz stockfinster, denn es gibt ein Licht: ein Loch in der Höhlendecke, Gott oder der heiligen Barbara sei Dank – sucht Euch was davon aus. Doch bevor ich irgendwas richtig erkennen kann, sehe ich diese Gestalt, nicht? Der Mann geht mit einer Hippe auf mich los, schreit und macht alles Mögliche. Doch seine Waffe bleibt an etwas hängen, oder der Herr in seiner barmherzigen Weisheit lenkt sie ab, und die Klinge saust so herunter ...« Er streicht mit einem Finger an seinem Kinn entlang.

»Ein Wunder«, intoniert seine Frau.

Er wirft ihr einen Blick zu, bevor er die Geschichte wieder aufgreift.

»Also: Ich hatte einen Nierendolch«, sagt er, »und in einem Raum wie jenem – einer Kohlengrube, Ihr erinnert Euch –, da gibt es, nicht viel, was besser als ein Nierendolch ist. Das kann ich Euch sagen, denn Herrgott im Himmel, ich habe mich davon selbst überzeugt. Ich muss hundert Mal zugestochen haben. Eintausend Mal. Ich hatte solche Angst.«

Er muss abermals trinken.

»Als es vorbei war, schaute ich auf, und ich konnte erkennen, dass noch einer von ihnen da war, der sich in der Höhle versteckte. Sein Gesicht lag in dem Kreis aus Licht, das von oben hereinfiel, und ich wusste auf Anhieb, dass das der Aristo war – der Mann, der die Gruppe angeführt hatte, der, der gebrüllt hatte. Und ich dachte: Oh Gott, er wird mich jetzt umbringen. Denn Ihr wisst ja, was für eine Art Männer das sind: Sie üben den ganzen Tag das Kämpfen. Und daher wollte ich gerade die anderen zu Hilfe rufen, als er sich einfach … ergab. Einfach so. Er setzt sich überhaupt nicht zur Wehr. Also sag ich ihm, dass er herauskommen soll, und er macht's. Und dann, als er an mir vorbeigegangen und wieder an die frische Luft hochgestiegen ist, steht er da auf der Lichtung, umgeben von Männern, die ihn womöglich niederhacken, kaum dass sie ihn gesehen haben. Und er verlangt – Ihr wisst, wie die so sind … er *verlangt* tatsächlich, dass er noch in diesem Moment zu Lord Montagu gebracht wird. Also fragen wir ihn, wer er überhaupt ist, und er antwortet uns, dass er Sir William Tailboys ist. Jemals von ihm gehört?«

Katherine erinnert sich vage an den Namen. Im Lager war er stets der Distanzierte, oder? Der mit den besten Zelten; der, dem all die anderen grollten. Ihre einzigen Erinnerungen an jene Zeit waren jedoch die, wie sie kränkelte, wie sie sich erbrach und wie sie immer nur schlafen wollte. Alle anderen Erinnerungen sind wie in Nebel gehüllt, tauchen die Geschehnisse in ein beschönigendes Licht oder in eine Aura der Wut wegen des Zorns auf alles.

Und jetzt erzählt Watkins weiter, wie sie zu dem Entschluss gelangten, dass sie diesen Tailboys nicht töten, sondern ihn gegen Lösegeld freilassen und ihre Geldbeutel mit diesen Einnahmen füllen würden, auch wenn der Gedanke, sich durch den Freikauf eines Engländers zu bereichern, ihnen gegen den Strich ging.

»Doch es sollte nicht sein«, sagt Watkins in fast traurigem

Tonfall, »weil der Earl of Warwick dazu tendierte, Tailboys den Kopf abzuhacken. Also hätten wir sowieso niemals unser Geld bekommen. Aber in der Zwischenzeit kümmerten wir uns eh nicht mehr um irgendeinen Anteil an einer lächerlich geringen Lösegeldsumme, nicht wahr?«

Watkins schaut jetzt Katherine scharf an, als ob er sehr klug gewesen wäre.

»Nein?«, fragt sie.

»Nein«, antwortet er, »nein, es kümmerte uns nicht. Denn wisst Ihr, was auf den Maultieren war?«

Gegen ihren Willen ist sie jetzt gefangen von der Geschichte.

»Erzählt es mir«, bittet sie ihn.

Und Watkins beugt sich in seinem Sessel weit nach vorn, blickt ihr eindringlich in die Augen und antwortet: »Dreitausend Mark!«

Katherine weiß zunächst nicht, was sie sagen soll. Dreitausend Mark. Es ist unmöglich, solch eine Summe zu begreifen. Gibt es überhaupt so viel Geld auf der ganzen Welt?

»Dreitausend Mark?«, hakt sie nach. »*Dreitausend* Mark?«

Watkins gackert.

»Woher ... woher ist das gekommen?«, will sie wissen.

»Das war die Kriegskasse vom alten König Henry, nicht? Tailboys hatte sie nach der vernichtenden Niederlage von Hexham auf die Maultiere laden und in die Wälder wegschleppen lassen, damit sie nicht in unsere Hände fallen sollte, was? Ich weiß nicht, ob es die ganze Zeit seine Absicht gewesen war, sie in der Kohlengrube zu verstecken und sie dann – Gott weiß, wann – wieder abzuholen. Aber wenn dem so war, dann haben wir das unterbunden, nicht wahr?«

»Und ... und was habt Ihr mit so viel Geld gemacht?«

Watkins schaut nach oben zu den dunklen Balken der

Halle und zeichnet mit der Hand einen großen Kreis in die Luft, um auf das gesamte Herrenhaus zu verweisen und zu verstehen zu geben: das alles hier.

»Wir haben es unter uns aufgeteilt, und der alte Lord Montagu, der er damals war, stand daneben und sagte, es wäre eine Linderung für all unsere Unannehmlichkeiten. Er ist ein guter Mann, wie ich schon sagte. Wie Carlisle. Und so erhielt jeder von uns genug Geld – einige, um ihre Lebtage in großer Behaglichkeit zu verbringen, andere, um sich in ein frühes Grab zu trinken. Alles jedoch, was Ihr hier seht: dieser Tisch, dieses Geschirr, dieser Salzstreuer, diese Kleidungsstücke sogar – das alles rührt von diesem einen Tag her. Er hat mein Leben verändert. Hat mich zu dem gemacht, was ich heute bin, und er ist der Grund, weshalb ich nie wieder zum Kriegshandwerk zurückkehren werde. Jene Tage werde ich niemals übertreffen. Niemals.«

Es ist schon spät, und das Feuer ist heruntergebrannt. Die Kerzen haben sich selbst gelöscht, und Goodwife Watkins schnarcht leise vor sich hin. Ihr Kopf ruht im schwachen, bernsteinfarbenen Licht auf ihren molligen Armen, die sie auf dem Tisch übereinandergelegt hat. Watkins trinkt sein Bier aus und knallt den Becher hart auf die Tafel, damit seine Frau wach wird. Anschließend kommen die Bediensteten und bereiten ihren Herrn und ihre Herrin für das Bett vor; und die beiden schaffen es, zu ihrem Zimmer am oberen Ende der Treppe hochzusteigen. Danach rollen die Diener die Matratzen aus. Zum Schluss wird die glockenförmige Abdeckung auf die glühende Asche gelegt, und Dunkelheit senkt sich herab.

Katherine liegt wach, und ihre Gedanken biegen auf die Straße ab, die Jack und John Stumpf und Nettie genommen haben. Sie betet für die Freunde und hofft, dass sie bereits in

York sind. Oder vielleicht in einem Wirtshaus an ihrer Strecke. Es dauert jedoch nicht lange, bis sie anfängt, über das Glück nachzudenken – vor allem darüber, dass einige es haben und andere nicht. Und sie ist keine so gute Seele, dass sie eines nicht übelnehmen würde: dass nämlich das Rad der Fortuna sich andauernd gegen sie kehrt, während es sich zugunsten eines solchen Mannes wie Watkins dreht. Sie versucht, sich vorzustellen, wie es sein würde, dreitausend Mark in einem Erdloch im Wald zu finden. Langsam schlummert sie ein, während sie sich fragt, ob sie Thomas die Geschichte von Watkins erzählen soll oder nicht. Und dann entscheidet sie, es wahrscheinlich nicht zu tun: Im Augenblick ist Thomas verärgert, wenn es um das Thema Geld geht, und diese Geschichte würde ihn nur noch mehr aufbringen. Und vor allen anderen Dingen möchte sie, dass er glücklich ist – sofern das überhaupt möglich ist.

8. Kapitel

Bei Tagesanbruch schreckt Thomas aus dem Schlaf hoch. Wo bin ich?, fragt er sich. Katherine ist bei ihm und Rufus ebenfalls; beide sind gesund und wohlauf. Doch er hat keine Ahnung, wo er sich befindet und wie er hierhergekommen ist. Er erinnert sich an den vorherigen Tag, nicht aber, wie er endete. Er weckt Katherine. Sie setzt sich auf. Gibt Erklärungen. Er legt sich wieder nieder und drückt die Hände auf sein Gesicht.

»Du lieber Gott«, sagt er.

Die beiden stehen auf, sprechen ihre Gebete und kleiden sich an. Dann zieht Katherine Rufus an, während überall um sie herum der Haushalt der Watkins sich bereitmacht für den neuen Tag. Und nach einem Frühstück aus Brot und Ale machen sie sich auf den Weg mit einer zusätzlichen Flasche Bier von Goodwife Watkins und einer schroffen Entschuldigung von Watkins persönlich.

»Entschuldigung, dass ich gestern Abend so geredet habe«, sagt er zu Katherine. »Mein Weib hat mich bereits zusammengestaucht.«

»Nein.« Sie lacht.

Thomas wundert sich, worüber sie da sprechen, und nachdem sie sich bedankt und Lebewohl gesagt haben, fragt er seine Frau nach dem gestrigen Gespräch.

»Oh, das war nichts«, antwortet sie. »Er hat von seiner Zeit in der Armee von Lord Montagu erzählt. Er war in Hedgeley Moor und Hexham dabei, weißt du? Allerdings nicht als

Bogenschütze, daher kann er nicht schuld an Jacks Bein sein.«

Eine kleine Weile reiten sie weiter.

»Das ist seltsam, nicht wahr?«, meint Thomas. »Dass er uns Essen und Ale gegeben hat und uns an seinem Feuer hat schlafen lassen, wo wir doch erst vor relativ kurzer Zeit versucht haben, uns gegenseitig umzubringen.«

»Wäre es dir lieber, wenn er sich weiterhin feindlich verhalten hätte?«, fragt sie.

Wohl kaum, denkt Thomas. Nach seiner Krankheit am Tag zuvor fühlt er sich heute Morgen reumütig und nachdenklich. Es wird wieder ein heißer Tag, und ihre Schatten zeichnen sich bereits scharf auf dem von Schafen abgeweideten Straßenrand ab. Thomas ist ziemlich besorgt. Aber dann stoßen sie am Rand des Dorfs auf ein rothaariges Mädchen mit einer besonderen Fähigkeit: Sie kann an Ort und Stelle mit ihren geschickten Fingern Binsen so ineinanderflechten, dass breitkrempige Hüte entstehen, die perfekt auf ihre Köpfe passen. Für jede Kopfbedeckung braucht sie nicht länger als zehn Ave Marias, wie man sagen könnte. Während sie warten, ertönt die Kirchenglocke, woraufhin Tauben hochflattern; und das Mädchen erzählt ihnen, dass für die Apostel Peter und Paul geläutet wird, deren Gedenktag heute ist.

»Die Zeit vergeht, was?«, sagt sie. »Die Nächte werden bald schon wieder länger.«

In dieser Hitze ist es unmöglich, sich vorzustellen, wie die Winter hier oben sein können.

Als das Mädchen mit der Arbeit fertig ist, setzt sie Rufus den Hut auf den Kopf und kitzelt den Jungen unter dem Kinn. Danach reiten sie weiter westwärts, und ihre Gesichter sind nun geschützt durch ihre neuen, Schatten spendenden Kopfbedeckungen. Sie folgen der Straße, so wie sie sich durch das Tal windet, und halten auf eine Lücke zwischen den fernen Hügeln zu.

Sie reiten den ganzen Morgen, und Thomas ist sich bewusst, dass Katherine ihn stets im Auge behält. Er selbst fühlt sich nicht gut, um die Wahrheit zu sagen, und das Pferd ist so heiß, doch sie setzen ihren Weg fort. Um die Mittagszeit reiten sie hoch zu dem am westlichsten gelegenen Pass durch die Hochmoore und überqueren ihn. Unten, wo die Hügel abfallen und enden, breitet sich vor ihnen wie ein weites Tuch eine Ebene aus, die sich über viele Meilen hin zu einer blau schattierten Hügelkette am Horizont erstreckt. Über der Ebene, dem Anschein nach auf gleicher Höhe wie Thomas' Augen, hängen weiße Wolkenkugeln, die auf einer sanften Brise behäbig nach Süden treiben.

»Wie Schafe, die durch ein Tor gehen«, merkt Thomas an.

Sie bleiben eine Weile stehen und beobachten die Schatten der Wolken, die über die sanfte Landschaft unter ihnen hinwegziehen. Es ist sehr grün dort unten und fast überall bewaldet, abgesehen von einem Rauchfleck in der Ferne über einem spinnenförmigen Netzwerk aus Straßen und Pfaden, die in einer großen Ansammlung von Gebäuden zusammenkommen: Dort muss eine Stadt sein. Ein kleines Stück dahinter befindet sich vermutlich ein Fluss, und entlang seines Laufs gibt es zwei oder drei kleinere Dörfer. Andernorts erkennt man das Geflecht von Wäldern und Äckern, von Feldern und Gehegen – es schaut vertraut, verständlich, herzerfrischend aus.

Doch Thomas kann keinerlei Anzeichen von einer Armee sehen, die sich Unterkünfte gesucht hat: keine Rauchsäulen, keine Zelt- oder Pferdereihen und auch keine Kolonnen dahinstapfender Männer. Da sind keine Wagen, keine Unmengen von Trossleuten.

»Bist du sicher, dass Redesdale da unten ist?«, fragt Katherine.

»Falls er nicht weitergezogen ist. Oder haben wir uns verirrt?«

»Und was ist mit Riven?«, will sie wissen. »Ist er da unten?«

»Es gibt nur einen Weg, das herauszufinden«, antwortet Thomas.

Er schwingt das Bein von seinem Pferd, lässt Rufus allerdings im Sattel hocken. Dann löst er die Knoten um die Mordaxt und nimmt seinen Bogen. Als er einen Pfeil anlegt und die Sehne durchzieht, ächzt er vor Anstrengung. Die Krankheit, was immer das war, hat ihn geschwächt. Er hofft, dass er das Ding hier nicht benutzen muss, wenn er zornig ist. Seit Wochen hat er die Waffe nicht gezogen, aber jetzt, mit angelegtem Pfeil, ist sie in seinen Händen wieder lebendig; sie summt vor kraftvoller Energie. Er fragt sich, ob er einen Pfeil abfeuern und nur aus Spaß am Schießen einbüßen soll. Dann erinnert er sich daran, was jeder Pfeil kostet, und an die Bedrohung durch Riven. Er denkt im Stillen: Was ist, wenn du unter Umständen nur einen weiteren Pfeil benötigst – stell dir das mal vor.

Katherine beobachtet ihn mit einer hochgezogenen Augenbraue.

Also befestigt er den Bogen wieder am Sattel, und zwar so, dass er ihn rasch ergreifen kann, und mit kräftigen Schritten macht er sich im schnellstmöglichen Tempo auf den Weg. Katherine und Rufus folgen ihm zu Fuß hinab in die kühlenden Schatten des Tales – dorthin, wo Gott allein weiß, was sie erwartet.

Als der Boden sich nicht mehr hügelabwärts neigt, steigen sie wieder auf die Pferde. Sie finden einen Pfad, auf dem sich der Bach durchqueren lässt, und reiten durch das Wasser, das dabei so stark spritzt, dass Rufus vor Vergnügen gluckst. Anschließend sind sie in einem dichten Wald, wo sie riechen können, dass irgendwo in der Nähe Köhler ihrer Arbeit nachgehen. Aber sie können niemanden sehen. Nach einer Weile hält Thomas an, und sie starren hinunter auf den dicht von Bäumen gesäumten Pfadabschnitt, wo der Schatten gesprenkelt ist und die Vögel zwitschern, es ansonsten jedoch still ist.

Sie schauen sich an, zucken mit den Schultern und treiben die Pferde wieder an. Nach einer Weile bringt der Pfad sie zu einer Straße, die mit alten Steinen ausgelegt ist. Sie verläuft von Norden nach Süden durch das Tal und ist menschenleer. Thomas ist schon im Begriff, das Pferd auf sie zu lenken, als er dort unten zwischen dem Schotter etwas sieht. Er zieht an den Zügeln. Das Pferd tritt zurück. Er steigt ab. Vor seinen Füßen, im Staub und Schmutz der Straße, sind viele Hufabdrücke: Alle führen nach Süden, und jeder davon ist erst vor Kurzem entstanden. Zwischen ihnen befinden sich auch lange, gewundene Linien, die von Radbeschlägen stammen; und dann sind da noch zwei breite Furchen mit vermischten Fußabdrücken. Zusammengenommen können diese Spuren nur eines bedeuten: Männer, die als eine Armee durchs Land ziehen.

Thomas und Katherine schauen sich an.

»Wie viele?«, fragt sie.

»Hunderte?«, vermutet er.

»Ist das die Armee von Robin of Redesdale?«

»Ich hätte gedacht, es wären mehr«, antwortet er.

Ein Teil von Thomas verspürt eine gewisse Ernüchterung. Hastings wird nicht übermäßig interessiert sein, wenn er hört, dass sie eine Armee gefunden haben, bei der die Zahl der

Männer in die Hunderte geht. Eine solche Zahl von Soldaten begleitete ihn, als er nach Marton kam, und das war für einen Ritt durch die Provinz. Nein. Das ist klar: Wenn das hier die Armee von Redesdale ist, dann stellt er keine Bedrohung für das Reich dar.

»Nun«, sagt Thomas, »vielleicht wird Hastings ja über gute Neuigkeiten froh sein?«

Katherine nickt und zeigt ihm ein verkniffenes halbes Lächeln.

»Dann komm«, fordert sie ihn auf. »Wir sollten am besten aufbrechen. Losreiten und Jack und John finden.«

Thomas will gerade den Fuß wieder in den Steigbügel setzen, als Rufus sagt: »Hört nur.«

Sie schauen zu ihm hoch. Auf seinem Gesicht zeigt sich ein erwartungsvolles Lächeln, und so lauschen sie.

»Getrommel«, stellt Rufus fest.

Sie sind regungslos, stehen kerzengerade und strengen sich an, etwas zu hören. Und jetzt – da ist es, herbeigetragen vom Wind: ein unmelodisches, leises Klopfen von Stöcken auf gespannter Haut. Eine Trommel. Mehr als eine. Aus dem Norden. Katherine dreht sich mit weit aufgerissenen Augen zu Thomas um. Sie wissen, was das bedeutet: Soldaten. Es sind die einzigen Menschen, die auf diese Weise Trommeln folgen. Männer, die unter einem Befehl stehen.

Thomas schwingt sich in den Sattel. Er wendet sein Pferd, und sie reiten zurück. Das Wasser spritzt erneut, als sie die Furt durchqueren, und dann geht es weiter den Pfad entlang. Dabei machen sie sich so klein wie möglich, drücken ihre Nasen an die Widerriste ihrer Pferde, bis sie in den Abschnitt des Waldes kommen, wo die Köhler arbeiten. Thomas gleitet aus dem Sattel und führt die Pferde vom Weg fort. Sie bücken sich unter den niedrigen Ästen eines Lorbeerbaums hindurch, schleichen sich einen dunklen Pfad entlang, der sich ins grüne Herz des Waldes hineinschlängelt.

Sie folgen dem Waldweg bis zum Lager der Köhler: ein großer Baumstumpf, in dem ein Beil steckt; ein paar geschwärzte Töpfe und ein Haufen mit Kram unter einer Decke aus rußbeschmutztem Leinen – sauberer und ordentlicher, als Thomas es sich vorgestellt hat aufgrund der Geschichten, die über Holzkohlebrenner erzählt werden. Und die zwei Männer, die mit ihren gezogenen Klingen dort stehen, sehen nicht annähernd so aus wie die Gestalten aus den Schauergeschichten, die man in Wirtshäusern hört. Sie sind spindeldürr, gespenstisch, haben Segelohren und fürchten sich mehr, als dass sie selbst furchteinflößend wirken. Der eine trägt nur das Wams eines Soldaten, das ihm bis zu den sehr großen, nackten Knien herabhängt, der andere ein Paar Beinlinge, die an den Fußknöcheln hochgerollt sind.

Es folgt ein Moment der Anspannung.

»Gott segne Euch«, sagt Thomas.

Die Trommel schlägt immer noch. Wird lauter. Kommt näher.

Die Köhler hören sie ebenfalls und sind gleichermaßen besorgt: Sie blicken sich rasch an und halten ihre Waffen fester umklammert. Thomas gestikuliert und bittet, durch ihr Lager gehen zu dürfen. Sie starren ihn bloß an. Er nimmt an, dass sie mit ihrem Verhalten unausgesprochen ihre Einwilligung gegeben haben, und führt sein Pferd auf die andere Seite des Waldes zu. Dort hofft er, eine Stelle zu finden, von der er auf die Straße und die dort marschierenden Männer blicken kann. Katherine folgt ihm, vorbei an Haufen aus bereits verkohlten Ästen, vorbei an der großen rauchenden Kuppel ihres im Innern verborgenen Feuers und dann hinaus unter einen klareren Himmel. Sie bewegt sich auf den südlichen

Waldrand zu, wo die Bäume zurückgeschnitten worden sind. Der Bach windet sich um dieses Randstück herum, umschließt es hübsch, und in seinem trüben Wasser angeln zwei Kinder. Beide sind nackt und voller Schmutz und Ruß von der Holzkohle. Ihre Bäuche sind angeschwollen und ihre Beine krumm; sie blicken mit großen Augen auf und sagen kein einziges Wort.

Thomas schaut über ihre Köpfe hinweg nach Westen, zu der Straße, die gen Süden führt. Die Trommel schlägt noch immer, aber jetzt kann er mehr als nur eine hören, und dazu den Klang von Flöten. Eine blasse Staubwolke windet sich vor dem nachmittäglichen Himmel dahin.

Und dann erblickt er sie. Eine ganze Kolonne von Menschen und Pferden.

»Herr im Himmel«, flüstert er. »Schau sie dir an. Das müssen Tausende sein.«

»Woher sind sie gekommen?«, fragt Katherine.

Er weiß es nicht.

»Kannst du sehen, wer sie sind?«

Sie hat bessere Augen als Thomas.

»Rot«, sagt sie. »Weiß. Kleine Teile davon. Blau auch, aber ... Sie sind meistens ... Du weißt schon. Eine Mischung. Rostbraun. Weißwaren. Eigentlich nichts. Keine Fahnen. Sie sind bloß ...« Sie zuckt mit den Achseln.

»Wer sind sie dann? Es können doch nicht Warwicks Leute sein, oder? Nein. Nein. Seine Männer ... Na ja, das sind richtige Soldaten. Die von Montagu sicherlich auch, nicht? Erinnerst du dich an sie? Die hier ... Die müssen von Redesdale sein.«

Sie beobachten, wie die Männer in Reih und Glied die Straße entlangmarschieren, wie das Sonnenlicht hier von einem Helm reflektiert wird und da von einer Hippe. Thomas kann sich diese Männer vorstellen – sich vorstellen, wie gemischt ihre Gefühle sind und wie dies ihren Gang beeinflusst. Ein Mann stolziert einher, wenn er von der Sache ganz gefangen ist, oder bewegt sich schlurfend vorwärts, wenn er sich gerade fragt, in was für eine Situation um Himmels willen er sich gebracht hat.

»Aber Watkins hat doch gesagt, dass Redesdale niemals in die Schlacht ziehen würde, dass er all das nur macht, um Northumberland dazu zu bringen, sich für die eine oder die andere Seite zu entscheiden.«

»Na ja, Gott, sieh sie dir an. Sie meinen es ernst. Schau auf die Wagen. Sie sind schwer beladen mit weiß Gott was.«

Doch er kann sich vorstellen, was in ihnen ist: Eisenbarren, Wetzsteine, Tierhäute, Weizen, Ale. Alles Mögliche. Sogar Kanonen. Lange schauen die beiden zu; sie stehen trübsinnig da zusammen mit den Kindern, die wiederum sie beobachten. Während die Männer auf der Straße vorbeistapfen und die Trommeln laut geschlagen werden, weicht bei Thomas allmählich die Angst; nur eine merkwürdige Traurigkeit ergreift von ihm Besitz. Katherine geht es genauso.

»Also beginnt alles wieder von vorn«, stellt er fest.

Sie legt ihm eine Hand auf die Schulter.

»Du wirst nicht dabei sein müssen«, versucht sie ihn schließlich zu trösten.

Er fühlt ... Was genau? Traurigkeit über all dies, aber auch Erleichterung. Jetzt hat er etwas, das er Hastings berichten kann.

»Hastings«, sagt er. »Wir müssen ihm davon erzählen.«

»Wir müssen zunächst an denen vorbei«, gibt sie zu bedenken, während sie in Richtung Straße nickt. »Du weißt doch, wie sie sind, diese Armeen, oder? Erinnerst du dich noch, als Königin Margaret nach London gekommen ist? An die Zeit, als sie Warwick auf dem Schlachtfeld besiegte? Alle fünfzehn Meilen hat ihr Heer zu beiden Seiten der Straße geplündert.«

»Wie sollen wir es dann machen?«

»Vielleicht … vielleicht könnten wir uns ihnen anschließen?«

Sie zeigt auf den stolpernden Tross, der auf der Straße in ihr Blickfeld gerückt ist und sich darum müht, mit seinen Ochsen und Karren weiterzuziehen, auf denen die Zelte, die Töpfe und die Beutel mit Hafer transportiert werden. Neben den Soldatenfrauen und ihren Kindern ziehen dort Bäcker und Metzger und Bierbrauer, Bogenbauer, Pfeilmacher und Seiler mit. Aber auch Glücksritter und Diebe, Priester, Ablasshändler und Beutelschneider. Es wird dort das ganze Allerlei menschlichen Lebens geben, in das ein Mann und seine Frau sowie ihre Kinder recht einfach eintauchen können, wenn besagter Mann den passenden Wappenrock trägt oder Freunde hat, die für ihn bürgen.

Doch selbst eine Kolonne wie diese dürfte Lanzenreiter haben, die auf ihren Pferden ständig hin und her reiten; ein jeder von ihnen hält dabei die lange Lanze hoch, von der sie ihren Namen haben. Wenn diese Männer jemanden wie Thomas nicht für einen Spion halten, der sich unter die Menschenmenge gemischt hat, werden sie ihn in ihr eigenes Fähnlein zwingen; und er hat lange genug in dieser Situation gelebt.

Er denkt gerade darüber nach, wie er daran vorbeikommt, als auf der Straße eine Störung eintritt: eine gellende Trompete, die kräftig geblasen wird. Eine Standarte wird in die Höhe gehalten. Es ist irgendein Edelmann, der versucht, eilends auf der Straße voranzukommen: Die eine Hälfte seines Gefolges macht ihm den Weg frei, die andere folgt ihm als Nachhut. »Kannst du die Farben erkennen?«, fragt Thomas.

»Blauer Grund«, antwortet sie, »mit ein paar gelben Kringeln wie der hier.«

Sie zeichnet einen Umriss in der Luft. Aber auch das sagt ihm nichts.

Die Kolonne windet sich weiter an ihnen vorbei. Inzwischen sind die Kinder der Köhler durch den Bach zurückgegangen, das Ufer hochgeklettert und hinten zwischen den Bäumen verschwunden. Das Pferd von Thomas entleert seinen Darm, und es duftet nach »Äpfeln«. Katherine hört, wie hinten im Lager der Köhler ein Topf klappert. Rufus sagt, dass er hungrig ist. Plötzlich hat sie ebenfalls großen Hunger.

»Gibt es eine andere Straße nach Süden?«, fragt sie. »Einen Pfad oder so was?«

»Vielleicht wissen das ja die Leute hier«, antwortet Thomas und gestikuliert in Richtung der Holzkohlebrenner. »Möglicherweise irgendeinen Geheimpfad?«

Er fragt die Leute. Allem Anschein nach sprechen die Köhler kein Englisch oder nur eine merkwürdige Form davon. Sie deuten viel in irgendwelche Richtungen; aber wenn sie wirklich eine andere Straße nach Süden kennen, dann sind sie nicht in der Lage, zu sagen, wo dieser Weg sich befindet. Es ist hoffnungslos.

»Möge der Herr Euch einen schönen Tag schenken«, sagt Thomas, der bestrebt ist, von hier wegzukommen. Da liegt ein Geruch in der Luft, der sich in seiner Kehle festsetzt und dazu führt, dass ihm schlecht wird. Katherines Aufmerksamkeit wird jedoch von etwas anderem gefesselt: Die Kinder vom Bach sind wieder unter dem Leinenschutz. Als Zelt kann man das nicht bezeichnen; dafür ist es viel zu primitiv. Die Kinder haben sich über etwas auf dem Boden gebeugt, über irgendeinen Klumpen, und ihre Haltung ist flehend und quengelig, als ob sie wegen irgendetwas oder irgendwem besorgt wären. Sie bieten etwas an, halten es ausgestreckt vor sich. Kann es einer der Fische sein, die sie gerade gefangen haben? Und kann es sein, dass ... da noch jemand ist? Da kommt Thomas ein Gedanke: die Mutter. Wo ist sie?

Katherine geht zu den Kindern hinüber, um zu schauen, was sie machen. Die zwei Köhler folgen ihr mit Blicken. Es kommt zu einem Wortwechsel. Der eine ist aufgeregt, der andere spricht beruhigend. Thomas kann nicht erkennen, wie gefährlich sie sind. Doch er macht sich mehr Sorgen wegen Katherine. Er dreht sich um – und stöhnt beinahe auf. Sie hat jemanden gefunden, der ihre Hilfe braucht. O Gott! Was ist es diesmal? Er geht hinüber; mit einem Auge behält er die zwei Köhler im Blick, mit dem anderen Katherine.

Er sieht, dass sie sich um den Kopf eines Menschen geschart haben: Wie sich herausstellt, handelt es sich um eine auf dem Rücken liegende Frau, die so reglos ist, dass sie tot sein könnte. Die Kinder halten ihr weiter den Fisch hin, der in der Dunkelheit silbern glänzt, doch nun schauen sie zu Katherine hoch. Der Geruch unter der Plane lässt Thomas zurückschrecken: verfaulendes Fleisch und Exkremente über Exkremente. Die Kinder ziehen sich zurück, schieben sich auf ihren Fersen nach hinten. Sie sind beide immer noch nackt. Eine Schmeißfliege stößt gegen seine Lippen, bevor er eine Hand fest auf seinen Mund drücken kann.

Er beobachtet Katherine mit nachlassendem Interesse, als sie sich neben der Frau hinhockt. Schließlich bewegt sich die Frau; wimmernd zieht sie ihre Zehen zurück. Also nicht tot. Jetzt legt sie sich auf die Seite. Ihre Kleidungsstücke sind schwarz. Ihre Haut ist schwarz.

»Was ist los?«, fragt Katherine die Kranke.

Es dauert einen Augenblick, bis Thomas erkennt, dass die

Frau ihre dreckige Wange mit beiden Händen umschließt. Die Wange ist dick wie eine Knolle. Sie ist so angeschwollen, dass sie beide Hände ausfüllt und das Auge darüber schließt. Aus ihm sind Tränen geflossen, die Dreck weggespült und Spuren im Ruß hinterlassen haben. Das andere Auge ist offen und so blau wie der Himmel; wütend starrt es empor. Katherine setzt dazu an, die Hände zu bewegen, doch die Frau zischt etwas und schwenkt ihren Ellbogen nach oben. Katherine blickt zu den Kindern hoch. Mit weit aufgerissenen Augen, in denen das Weiße deutlich zu sehen ist, starren sie sie an. Keiner hat jemals versucht, ihre Mutter anzufassen.

Katherine versucht es erneut.

»Ich kann helfen«, verspricht sie.

Doch wieder geht der Ellbogen der Frau nach oben.

Plötzlich ist einer der Köhler unter der Zeltplane. Thomas greift nach seinem Messer, doch der Mann stellt keine Bedrohung dar. Er hat sich gebückt und blickt Katherine fragend an. Sein Wams klappt auf, und – ogottogott! – er ist ebenfalls nackt. Es ist grotesk. Katherine achtet nicht darauf und vollführt langsame Handbewegungen.

»Ich kann helfen«, wiederholt sie. »Ich habe Arznei. Arznei?«

Möglicherweise versteht der Mann nicht genau, was die Worte bedeuten, doch immerhin versteht er genug. Er sagt etwas zu der Frau. Sie protestiert ächzend. Er ist schroff zu ihr. Dann beugt er sich vor, packt ihre Ellbogen und zieht die Arme weg. Die Frau jammert vor Schmerzen, und es hat den Anschein, der Mann könnte sie jeden Augenblick schlagen. Katherine sagt etwas Beruhigendes. Der Mann hält daraufhin die Hände der Frau fest, kniet dann auf ihnen, ergreift ihr Gesicht und dreht es zu Katherine. Er steckt seine schwarzen Finger in den Mund der Frau und öffnet ihn mit Gewalt. Die

Frau versucht, die Zähne zusammenzubeißen. Sie kämpfen gegeneinander, ohne sich zu bewegen. Jeder Muskel in ihren Körpern ist angespannt bei dieser Auseinandersetzung.

Katherine späht in den Mund hinein. Selbst Thomas kann sehen, dass die Zähne der Frau in einem fürchterlichen Zustand sind. Das Zahnfleisch ist schwarz und angeschwollen. Unwillkürlich entschlüpft ihm ein gemurmelter Ausdruck der Abscheu.

»Katherine«, sagt er, »können wir nicht einfach ...?«

»Sie hat Schmerzen, Thomas«, betont Katherine.

»Das kann ich sehen«, erwidert er. »Aber du bist kein Zahnreißer, und wir –«

»Ich habe eine Salbe«, unterbricht sie ihn. »Und einen Schlaftrunk.«

»Wirklich?«

»Von einem Apotheker in Lincoln. Isabella hat ihn bezahlt, als sie wusste, dass wir fortgehen würden. In einem Bündel in der Tasche auf meinem Pferd.«

Das Bündel, das in der Satteltasche steckt, ist neu und aus Kalbsleder. Darin befinden sich fünf kleine Flaschen mit Holzstöpseln, die mit Lederstreifen befestigt sind. Darüber hinaus enthält es einige in Stoff gewickelte Päckchen mit verschiedenen Pülverchen und zwei Messer, die in Lederscheiden stecken. Der Geruch ist scharf und reinigend.

Die Frau wehrt sich immer noch.

»Ich wünschte, ich hätte ein paar ... ein paar Werkzeuge. Eine Kneifzange. Oder so was Ähnliches. Dann könnte ich den Zahn ziehen. Die Wunde reinigen.«

»Dafür haben wir keine Zeit«, sagt er ihr.

Thomas kann keinen Augenblick länger unter dem Leinenschutz stehen – mit den summenden Fliegen, dem kämpfenden Mann und der sich wehrenden Frau sowie dem

Gestank aus ihrem Mund. Er kann nicht verstehen, wie Katherine das erträgt.

»O Gott!«, ruft er aus. Er dreht sich um und entdeckt Rufus, der sich auf die Zehenspitzen gestellt hat und versucht, der Frau in den Mund zu gucken. »Nicht du auch noch«, murmelt Thomas.

Er fragt sich, was Katherine wohl über das Reißen von Zähnen weiß. Was gibt es überhaupt darüber zu wissen? Nichts. Man muss einfach den Zahn herausziehen. Doch sie scheint ihn nicht zu fassen zu bekommen. Ihre Finger sind nicht kräftig genug. Thomas überlegt einen Augenblick, ob er irgendetwas hat, das einer Kneifzange ähnelt. Natürlich nicht. Was kann man noch machen? Er erinnert sich, wie er einmal mit Jack einen Baumstumpf aus dem Boden geholt hat. Sie haben dafür ein Seil und einen Ochsen benutzt. Haben den Wurzelstock auf diese Weise herausgerissen: Einer von beiden hat um den Stumpf herum gegraben und ihn gelockert, während der andere den Ochsen angetrieben hat. Hat vielleicht einen Morgen lang gedauert. Thomas schlendert wieder zum Bach zurück, wo er sieht, dass die Kolonne immer noch marschiert. Wie lange jetzt schon?, fragt er sich. Die Sonne steht noch hoch. Zwei Stunden? Die Leute auf der Straße bewegen sich langsam. Er erinnert sich, wie Katherine ihm einmal erzählt hat, dass man einen ganzen Tagesritt brauchte, um bei der Kolonne aus Menschen und Wagen, die zur Schlacht von Towton zog, von einem Ende zum anderen zu gelangen.

Katherine kommt zu ihm und klettert das Ufer hinab, um sich das Blut von den Händen zu waschen. Sie hat ein gerötetes Gesicht und ist verärgert.

»Wie sieht die Heilbehandlung aus?«, erkundigt sich Thomas. Er übt sich in Geduld.

Sie seufzt.

»Ich habe ihr etwas Bilsenkraut gegeben und ein bisschen Mohnsamensaft. Doch sie hat ein Loch unten am Zahn. Das oder einen Wurm.«

»Was also ist als Nächstes zu tun?«

»Ein eiserner Nagel, auf dem die Wörter *Agla Sabaoth Athanatos* eingraviert sind, sollte unter dem Zahn eingesetzt werden.«

»Was soll das bringen?«, fragt Thomas.

»Nichts, wenn nicht anschließend der Nagel in eine Eiche hineingeschlagen und ein Gebet gesprochen wird.«

»Hast du einen Eisennagel?«

»Nein. Ich habe auch keinen Laubfrosch, der vielleicht ebenfalls funktionieren würde.«

»Einen Laubfrosch? Wir könnten einen finden. Ich wette, dass die Köhler aus diesen Tieren Suppe machen.«

Sie wedelt mit der Hand.

»Ich glaube nicht, dass diese Dinge eine Wirkung haben. Nun ja. Vielleicht steckt im Laubfrosch irgendwas Unbekanntes, das ihre Körpersäfte ins Gleichgewicht bringen wird, doch ich komme nicht an den Zahn heran, um ihn zu ziehen.«

Er erzählt ihr von dem Baumstumpf und dem Ochsen.

»Wir haben kein Seil«, entgegnet sie. »Und keinen Ochsen.«

»Ich habe eine Bogensehne«, sagt er.

Sie hört auf, die Hände ins Wasser zu halten, und schaut ihn an. Er wickelt eine Bogensehne von seinem rechten Handgelenk ab und streckt sie ihr entgegen. Katherine nimmt sie, verdreht sie und macht eine Schleife; dann kehrt sie zum Zelt zurück. Thomas folgt ihr. Er schaut zu, wie sie in die Hocke geht, den Rücken nach vorn beugt und im Mund der Frau herumfummelt. Zweimal flucht sie, dann drückt sie ein

Knie auf die Brust der Kranken und zerrt schließlich die Bogensehne nach hinten. Thomas hört das Geräusch, und danach kreischt die Frau und schlägt wild um sich. Doch ein schwarzer Brocken wirbelt durch die Luft, und Katherine duckt sich rasch weg. Die Frau tritt mit ihren Füßen aus und ruft und brüllt noch ein wenig, aber inzwischen haben das Bilsenkraut und der Saft aus Mohnsamen ein bisschen gewirkt.

Thomas geht zurück, um die Straße zu beobachten. Jetzt hat er kein Gefühl von Unsicherheit, als er Katherine allein in der Gesellschaft der Holzkohlebrenner zurücklässt. Sie sind wie Waldtiere, denkt er: wie Eichhörnchen, die von Köhlern angeblich gegessen werden, oder wie Dachse. Vielleicht wegen der weißen Augen in ihren scharf geschnittenen schwarzen Gesichtern? Und während sie ihrer Arbeit nachgehen, verständigen sie sich mit seltsamen Geräuschen – Tönen, die eher wie die von Waldgeschöpfen klingen als wie Laute von Menschen. Mein Gott, sie sind echt merkwürdig. Als er zu den Leuten zurückkehrt, sitzt Katherine neben der Frau, und die Kinder bieten ihr diesen Fisch an, den sie nicht annehmen kann. Doch dann bringt ihr einer der Männer etwas in einer Schüssel, und sie glaubt, dass die Köhler ihr vorschlagen, es zu essen. Es gibt auch etwas für Thomas: einen Brocken von etwas, das eine dichte Beschaffenheit hat, kalt ist und einen leicht pilzartigen Geruch verströmt. Die Leute essen das Zeug allerdings wie Brot, und so folgt Thomas ihrem Beispiel. Mit seinen Fingern bricht er es entlang hölzerner Fasern auseinander, und am Ende stellt sich heraus, dass es tatsächlich irgendeine Art von Pilz ist.

Als sie schließlich aufgegessen haben, hat sich die Frau aufgesetzt, und die Marschkolonne der Soldaten und der Tross sind vorbeigezogen.

»Na ja«, sagt Thomas. »Damit ist die Sache wohl erledigt.«

Er verspürt eine eigentümliche Verzweiflung.

»Wir können sie jederzeit einholen«, meint Katherine.

Sie zieht Rufus zu sich heran, und die drei machen sich daran, das Lager der Köhler zu verlassen. Aber einer von den beiden – der Mann mit dem Wams – ist nun auf den Beinen. Auf der Suche nach etwas Bestimmtem durchstöbert er seine wenigen Habseligkeiten. Wonach kramt er?, fragt sich Katherine. Es ist, als wolle er ihnen ein Geschenk geben, etwas, um ihr für die Behandlung seiner Frau zu danken. Er findet schließlich, was er dort zwischen seinen Sachen sucht, und hält es ihnen ehrfürchtig hin, als ob es für ihn etwas äußerst Kostbares wäre. Sie kann sehen, warum. In einer Welt von schwarzen Sachen gibt es hier etwas Rotes. Ein zusammengefaltetes Kleidungsstück aus dunkelrotem Leinzeug, das seit dem Tag, als der Köhler es erworben hat, auf diese Weise aufbewahrt worden ist, wie Katherine sich vorstellen kann. Er hält es ihr hin, und seine schwarzen Daumen machen es schmutzig; dann schüttelt er es auseinander und lässt es von seinen ausgestreckten Händen herunterhängen. Es ist ein Teil einer Livree: ein einfacher Wappenrock – zwei Stücke Stoff, die an den Hüften und den Schultern zusammengenäht sind –, groß genug, um Thomas zu passen. Der Wappenrock hat allerdings noch einen Flicken aus weißem Stoff, der im Brustbereich aufgenäht worden ist: ein Baumstumpf. Das Abzeichen des Earl of Warwick.

Katherine blickt zu Thomas und er zu ihr. Er lächelt.

»Das sollte helfen«, sagt er.

Der unvermeidliche Blutfleck befindet sich auf dem Rückenteil. Das Loch, um das herum das Blut am Stoff haftet, ist rund und an den Rändern eingerissen: verursacht durch einen Pfeil, der den Mann wahrscheinlich ein kleines Stück rechts vom Rückgrat erwischt hat. Katherine fragt sich, wie der Köhler zu dem Wappenrock gekommen ist. Hat er die Leiche gefunden und ihr den Rock abgestreift? Falls ja, dann ist es seltsam gewesen, ausgerechnet den Rock zu behalten, wenn man an all die anderen Kleidungsstücke denkt, die der Tote getragen haben muss. Dann begreift sie: Dies ist der Wappenrock, der über dem Soldatenwams getragen wurde, das der Mann jetzt anhat. Als sie ihren Finger durch das Loch steckt und auf sein Wams deutet, zeigt er ein zahnloses Grinsen und dreht sich um. Und tatsächlich: Zwischen all dem Schwarz ist dort ein noch schwärzerer Fleck rund um einen Riss in dem Wams, und man erkennt, dass an dieser Stelle einige Flachsbüschel hervorgekommen sind. Dann zeigt er in die Ferne und sagt etwas, das darauf hindeutet, dass die Sache weit weg von hier passierte und nichts mit ihnen zu tun hatte; sie haben den Leichnam bloß gefunden, und vielleicht haben sie ihn sogar beerdigt.

»Ich wette, dass sie ihn aufgegessen haben«, mutmaßt Thomas.

Er dankt dem Mann und nimmt den Wappenrock. Der Köhler nickt heftig und grinst. Staub steigt von seinen Stirnfransen auf, und das Fleisch rund um seine verfaulten Zähne ist ganz rosarot.

»Wir können vorgeben, dass ich Nachrichten überbringe«, sagt Thomas zu Katherine. »Einem Boten werden sie doch sicherlich auf der Straße Platz machen, oder?«

Er streift sich den Wappenrock über und bewegt heftig seine Schultern, bis das Kleidungsstück passt. Es sitzt recht locker, da er nicht das gepolsterte Wams eines Bogenschützen trägt; und er sieht ganz und gar nicht so aus, wie er sich einen Boten des Earl of Warwick vorstellt. Dann führt er die Pferde von den Köhlern fort; die Frau ist jetzt auf den Beinen und grinst träge, ihr Sabber und das Blut haben ihr Kinn gesäubert. Die Holzkohlebrenner folgen ihnen bis zum Waldrand, wo sie zuschauen, wie Thomas seinen Sohn in den Sattel hievt und sich dann hinter ihm auf das Pferd schwingt. Thomas und Katherine halten einen Moment inne, um den Köhlern zu danken; es ist allerdings schwierig, sie am Ende dieses sonnigen Nachmittags in der Düsternis unter den Bäumen zu erkennen.

Sie reiten denselben Weg zurück, auf dem sie gekommen sind, und überqueren die Furt. Nach einer Weile erreichen sie die Straße, in der sich nun, nachdem die Armee und ihr Tross hier vorbeigekommen sind, tiefere Spuren befinden. Dann wenden sie sich gen Süden und folgen dem Heer auf der alten Straße.

»Wir müssen sie genau dann passieren, wenn sie gerade einen Lagerplatz für die Nacht gefunden haben«, sagt Thomas zu seiner Frau. »So können wir uns vielleicht unbehelligt an ihnen vorbeischieben.«

Es scheint eine sinnlose Hoffnung zu sein, denn kein Bote des Earl of Warwick würde mit Weib und Kind reiten. Bei der ersten Frage, die man ihnen stellt, würde offensichtlich sein, dass ihre Tarngeschichte falsch ist. Aber das ist fast das Einzige, was sie tun können: hoffen.

Als der Nachmittag in den Abend übergeht, erreichen sie einen langen, schnurgeraden Abschnitt der Straße. In der Ferne sehen sie, dass der Weg vom Ende des Trosses blockiert wird. Doch sie haben Glück, denn die Leute dort sind mit irgendetwas beschäftigt, und Thomas glaubt, das kann nur bedeuten, dass sie die richtige Stelle gefunden haben, um ihr Lager aufzuschlagen. Also steigen er und Katherine ab und warten ein paar Augenblicke, um die Pferde im Schatten einer großen Kastanie am Straßenrand weiden zu lassen. Sie beobachten, wie die Karren und Wagen zu einer Seite geschoben, Zelte und Kochtöpfe abgeladen werden. Dies ist die Zeit, wo jeder aus dem Tross um einen guten Platz kämpft, darum zankt, in der Nähe des Wachzeltes zu sein – nahe dem Hauptfeuer –, darum zankt, nicht zu nahe an dem Bereich zu landen, wo sich die ganze Nacht hindurch und am Morgen die Leute höchstwahrscheinlich erleichtern werden.

Jetzt wird es jeden Augenblick eine Ruhepause geben – zwischen dem Zeitpunkt, wenn die Lanzenreiter hereinkommen, und dem Moment, wenn die Feldposten hinausgeschickt werden: die Spanne zwischen Sonnenuntergang und vollständiger Dunkelheit. Und das wird die richtige Zeit sein, um auf der Straße vorbeizureiten, als ob man eine dringende Angelegenheit zu erledigen hätte.

»Also«, sagt Thomas und wappnet sich für das anstehende Unterfangen, »los geht's!«

Katherine legt eine Hand auf seinen Arm und spricht so, dass Rufus nichts hören und auch keine Angst bekommen kann.

»Thomas«, mahnt sie, »sind dir die Risiken bewusst, die du eingehst?«

Er zieht an dem roten Tuch des Wappenrocks.

»Das hier?«

Sie nickt.

»Sie werden wissen, dass du kein Mann von Warwick bist, und dich als Spion aufhängen.«

»Was sollen wir sonst tun?«, fragt er sie. »Das hier ist uns gegeben worden wie … wie ein Geschenk Gottes. Es ist, als wäre uns ein Passierschein ausgestellt worden. Wir müssen das ausnutzen.«

»Seit wann sind Holzkohlebrenner Stellvertreter Gottes?«

»Es wird schon gut gehen«, erwidert er. »Alles wird gut.«

Sie nickt erneut, und er legt seinen Arm um sie und zieht sie fest an sich. Einen langen Moment verharren sie in dieser Haltung, bis sie ihm sagt, dass sie nicht mehr atmen kann.

Er lässt sie los, und sie steigen auf die Pferde.

»Soll ich dich nehmen?«, fragt Katherine Rufus und fügt dann, zu Thomas gewandt, hinzu: »Es wird ... geziemender aussehen, nicht?«

Thomas nickt.

»Du reitest mit deiner Mutter«, sagt er dem Jungen. »Und schau genau zu, wie ich die Männer auseinandertreibe.«

Er reicht Rufus hinüber, und sie setzt ihn auf ihren Sattel. Er lächelt sie an.

»Auf geht's!«, ruft Thomas. »Jetzt ist der rechte Zeitpunkt dafür. Ich habe eine dringende Botschaft zu übermitteln, und zwar im Auftrag dieses Mistkerls, des Earl of Warwick, dessen Nachrichten unverzüglich zu überbringen sind.«

Katherine lacht, um ihn bei guter Laune zu halten.

»Also ruhig Blut jetzt«, fährt er fort, »aber schnell, ja? Wir haben zwar nicht die Absicht, die Pferde zu ermüden, doch wir wollen noch vor Einbruch der Nacht zum nächsten Gasthaus kommen – oder besser noch zu den nächsten Ställen.«

Er schiebt Rufus' Binsenhut nach hinten und reibt dem Jungen über den Kopf, anschließend setzt er ihm den Hut wieder auf. Erneut lächelt er und blickt Katherine in die Augen, dann dreht er sich um. Bevor sie sich in einem angemessenen, selbstsicheren Tempo wieder auf den Weg machen, bekreuzigt er sich, und Katherine folgt seinem Beispiel.

Er reitet voran; Katherine und Rufus bleiben ein wenig seitlich hinter ihm, sodass sie sich nicht direkt in einer Sichtlinie befinden. Obwohl die Pferde den größten Teil des Tages in Bewegung gewesen sind, machen sie noch einen frischen

Eindruck, und sie genießen den leichten Galopp. Als sie näher herankommen, sieht Thomas über die stehenden und umgelegten Hecken hinweg, dass sich die Menschen auf einem wenige Achtelmeilen großen Areal zusammendrängen: Einige stellen gerade ihre Zelte auf, und Rauch steigt dort nach oben, wo andere bereits ihre Feuer angezündet haben, während wieder andere damit anfangen, einen Schuppen niederzureißen, um an Brennholz zu gelangen. Sein Blick huscht über die Szenerie. Sie ist ihm vertraut, dennoch gibt es nichts, was er wiedererkennt: keine Wappenrockfarbe, kein Banner und auch keine Fahne.

Es sind immer noch einige Menschen auf der Straße; sie stehen verstreut herum und schauen zu, während andere sich um die letzten Ochsen kümmern, die für die Nacht vom Weg runtergebracht worden sind. Die Leute drehen sich um, schauen Thomas und seiner Begleitung entgegen und zögern einen Augenblick lang verwirrt. Jeder blickt zu seinem Nachbarn, um einen Hinweis zu erhalten, und jetzt passiert es: Jetzt kommt der Zeitpunkt, wo die Situation sich entweder in die eine oder die andere Richtung entwickeln wird. Und alles, was es schlimmstenfalls braucht, ist irgendein glatzköpfiger Terrier von einem Mann, der aus lauter Sturheit dazwischengehen will und rasch zu einer Kampfansage herbeieilt. Der sich mitten auf der Straße breitbeinig hinpflanzt, der seine Arme ausstreckt und das Wagnis eingeht, von Thomas über den Haufen geritten zu werden. Und der etwas schreit, und all die anderen werden herbeilaufen und sich neben ihm aufstellen, und dann … dann wird es vorbei sein.

»Tretet zur Seite!«, ruft Thomas, als sie etwa zwanzig Schritte vom Nächststehenden entfernt sind, der noch zögert. Thomas gestikuliert, winkt die Leute zur Seite. »Tretet zur Seite! Ich habe eine Botschaft vom Earl of Warwick!«

Einige Sekunden lang spähen die Menschen, die sich umgedreht haben, regungslos zu Thomas hin, um zu erkennen, was er trägt. Ihm kommt der Gedanke: Sie werden nicht sehen, dass ich ein Abzeichen von Warwick trage, weil es vom Kopf des Pferdes verdeckt wird. Also beginnt er, ein wenig schräg zur Straße hin zu reiten und die Brust rauszustrecken, um die Leute einen Blick auf seinen Wappenrock und das Abzeichen erhaschen zu lassen. Allem Anschein nach ist keiner unter ihnen, der ihn aus reinem Mutwillen aufhalten möchte, denn sie gehen vor ihm auseinander. Als die drei an den Menschen dort vorbeireiten, erkennen diese das Abzeichen und rufen: »Ein Warwick! Ein Warwick!« Es ist in der Tat einige Zeit vergangen, seitdem Thomas so etwas das letzte Mal vernommen hat. Und dann hört er, wie Katherine hinterhergepfiffen wird, und er denkt: Um Himmels willen, sie hat doch ein Kind dabei!

Aber sie sind durch das Knäuel von Menschen hindurch. Sie setzen ihren Weg fort, wie es sein muss. Lediglich Rufus dreht sich um und schaut zurück, Katherine und Thomas hingegen wissen, dass dies nicht nötig ist.

Sie reiten weiter. Thomas lacht.

»Hast du ihre Gesichter gesehen?«

»Und zumindest können wir gewiss sein, dass sie Warwick zu ihren Freunden zählen!«, ruft sie.

Dann aber schwindet ihr Hochgefühl, denn wie aus dem Nichts – hinter einer Gruppe von Eichen und drei kleinen Häusern – taucht ein berittener Feldposten auf. Die Straße vor ihnen ist versperrt. Es gibt kein Vorwärts, und es gibt kein Zurück.

9. Kapitel

Sie sind zu sechst. Zwei bleiben vorne, zwei sind hinten auf ihren Pferden, und zwei steigen ab. Sie machen das hier nicht das erste Mal, kommt Katherine in den Sinn. Die zwei Soldaten am Boden – der eine ist groß, der andere klein – zeichnen sich durch jenen bedächtigen, selbstbewussten Schritt von Männern aus, die wissen, dass sie am längeren Hebel sitzen. Zunächst behält Thomas die Nerven und spielt seine Rolle so gut wie jeder andere Mime. Er erzählt den Männern, dass er eine dringende Botschaft vom Earl of Warwick hat, doch der größere der beiden, der ein hageres, scharf geschnittenes Gesicht hat, lacht einfach.

»Eine persönliche Botschaft, was? Kommst direkt aus Middleham, nicht wahr?«

Thomas erkennt nicht, dass ihm eine Falle gestellt wird.

»Ja«, antwortet er.

Und der Mann lacht erneut. Die anderen fallen in sein Lachen ein.

»Ist aber komisch, dass der Earl of Warwick gar nicht in Middleham ist, was, hä? Komisch, dass er in Frankreich ist.«

Thomas macht einen Rückzieher.

»Eine Botschaft in seinem Namen«, sagt er.

»Nein, nein«, entgegnet der Mann und wendet sich seinem kleineren Kameraden zu. »Du hast ihn gehört, nicht, John? Hat behauptet, er wär geradewegs von der Bettkante des Earl höchstpersönlich gekommen. Holt ihn von seinem verdammten Pferd runter!«

Daraufhin packt der andere Mann – der kleinere, bei dem eine Augenbraue die Form eines Hakens hat und dessen Nase, die einst gebrochen wurde, in der Form eines Kopfsteins geheilt ist – Thomas am Arm. Mit einem Ruck reißt sich Thomas los, doch augenblicklich ist eine Schwertklinge an seinem Gesicht. Einen langen Augenblick rührt er sich nicht, und Katherine erkennt, dass er sich fragt, ob er es schaffen kann: zu kämpfen und sich zu befreien. Sie schaut in das Gesicht des Mannes, der die Klinge hält, und sie kennt solche Kerle; und sie weiß, dass es fast nichts gibt, was er lieber tun würde, als Thomas das Schwert quer übers Gesicht zu ziehen. Und sie denkt: Großer Gott, nein, Thomas, tu's bitte nicht – denn auf diese Weise kannst du die Männer nicht besiegen. Du bist das Kaninchen oder der Bär, und sie sind die Frettchen oder die Hunde.

Thomas trifft die richtige Entscheidung.

»Ich werde absteigen«, sagt er ihnen.

Der erste Mann wendet sich Katherine zu.

»Ihr auch, Mistress«, befiehlt er. »Runter von Eurem Pferd.«

Sie vermag sich kaum zu bewegen. Sie kann Rufus nicht loslassen.

»Was wollen die?«, fragt Rufus.

Der Mann wirft dem Jungen einen böswilligen Blick zu.

»Was wollen wir?«, äfft er Rufus nach. »Ich werde dir sagen, was wir wollen. Wir wollen wissen, was dein Vater und deine Mutter eigentlich tun, während sie durch die Gegend reisen – so gekleidet, als zählten sie zu der einen Seite, wo ich doch glaube, dass sie einer anderen angehören.«

»Die schwarzen Männer haben meinem Vater den roten Wappenrock gegeben«, erklärt ihm Rufus.

Katherine spürt, wie ihr der Mut sinkt. *Nein, Rufus, du sollst lügen.*

»Ist das so?« Der Mann lacht. »Die schwarzen Männer, was?«

»Lasst meine Frau ziehen«, sagt Thomas zu ihm.

Der Mann geht auf ihn los. Er ist starr vor Wut.

»Es ist nicht an dir, zu sagen, was geschehen soll!«, faucht er. »Wenn du das, verflucht noch mal, also noch mal machst, werde ich dich von den Eiern bis zur Visage zweiteilen. Und zwar damit.«

Wie durch Zauberei erscheint ein Schlachtermesser in seiner Hand.

»Kapiert?«, fragt er. »Hast du das kapiert, verdammt noch mal?«

Thomas zwingt sich, keine Miene zu verziehen, selbst dann nicht, als die Klinge über seine Lippen streift.

»Wir sollten sie hier erledigen«, meint der Kleinere der beiden. »Jetzt sofort. Hier. Schau – in dem Graben. Dort.«

Seine Augen glänzen wie die eines Frettchens im Kaninchenbau, und er hüpft fast bei dem Gedanken an das, was er tun möchte. Der Größere denkt darüber nach; widersprüchliche Überlegungen spiegeln sich in den zuckenden, sehnigen Muskeln seines Gesichtes. Er schaut sich um: zuerst zum Graben, dann auf die kleine Menschenmenge, die sich zu versammeln beginnt. Männer in Rostrot und Braun, alle bewaffnet mit primitiven Hippen, und zwei Frauen in blauen Kleidern, deren Schnürbänder so locker sind, wie sie es nur sein können. Der Größere nimmt seinen Hut ab. Sein Haar ist an den Seiten abrasiert, oben hat er es jedoch lang und glatt gelassen, sodass es wie niedergetrampeltes Straußgras aussieht.

»Nein«, erwidert er schließlich. »Sie haben eine Geschichte zu erzählen, und die wird jemand zuvor hören wollen.«

Der Kleinere ist enttäuscht.

»Und *danach* werden wir sie erledigen!« Der Größere lacht.

»Das Kind und so?«

»Nein, du verdammter Blödmann. Nicht das Kind. Niemand tötet ein verfluchtes Kind. Herrgott.«

Die Menge teilt sich, um sie auf das Feld durchzulassen, wo die Leute immer noch zugange sind, das Lager aufzuschlagen. Der Kleinere der beiden geht voran, der Größere folgt mit den Pferden und seinem Messer hinten. Männer, Frauen und Kinder schauen von ihren jeweiligen Tätigkeiten auf – Zelte aufstellen, Wasser herbeibringen, Feuer anzünden, Kaninchen häuten –, um den Trubel zu beobachten. Katherine umklammert die Hand von Rufus. Ihr ist ganz schwach in den Beinen. Die Situation erinnert sie an die Zeit, als die Männer des Earl of Warwick sie wegen Fahnenflucht aus seiner Armee beinahe aufgehängt haben. Das ist jetzt schon lange her. Nur das hier ... das hier ist schlimmer.

»Sagt nichts«, murmelt Thomas an ihrer Seite. »Kein einziges Wort, klar? Habt ihr verstanden? Rufus? Du auch, ja?«

Rufus nickt. Es ist nicht klar, ob er weiß, was gerade geschieht.

»Bist ein braver Junge«, sagt Thomas.

»Halt die verdammte Klappe!«, schnauzt ihn der Große an.

Thomas bleibt stehen und dreht sich zu ihm um.

»Sprich nicht so mit mir«, entgegnet er.

»Leck mich am Arsch!«, herrscht ihn der Kerl an.

Thomas schaut ihn lange an.

»Was denn? Was denn?«, verlangt der Große von ihm zu wissen. »Setzt du mich gerade auf deine Liste von Leuten, die du umbringen wirst? Ist es das? Also, da kannst du dich ans Ende der beschissenen Schlange stellen, Freundchen; das ist die reine, verdammte Wahrheit, denn ich bin schon auf Hunderten solcher Listen gewesen. Und weißt du, was sie alle miteinander gemein haben? All diese Listen? Ich will's dir sagen: Sie sind alle ungültig geworden, weil jeder Mistkerl, der mir in die Quere gekommen ist, auf diese Weise geendet ist, nicht? Wenn du also heute Abend noch aus einem Loch scheißen willst – und nicht aus zweien –, würd ich mich jetzt, verflucht noch mal, wieder in Bewegung setzen.«

Ein weiteres Messer taucht in seiner Hand auf. Ein Scheibendolch: eine lange, dünne Stahlklinge mit einem Knauf, an dem sich vorn eine tellerförmige Scheibe befindet, die nicht nur zum Parieren dient, sondern auch als Auflage für die Faust, damit die Waffe leichter mit großer Wucht nach unten oder nach oben ins Fleisch eines anderen Menschen gestoßen werden kann.

Thomas hat keine Wahl. Er dreht sich um, und sie gehen weiter. Sie haben eine Eskorte, die ihnen jetzt folgt. Diese besteht aus Männern und den zwei Frauen, die ihren Freunden im Lager zurufen, dass sie sich ihnen anschließen sollen. Weiter voraus stehen die größeren Zelte.

»Hört zu«, sagt Thomas. »Ich bin bloß ein gewöhnlicher Mann, der versucht, nach Hause zu kommen, der versucht, seine Frau und sein Kind in Sicherheit zu bringen. Wir stellen keine Bedrohung für Euch dar.«

»Weshalb tragt Ihr dann diesen alten Wappenrock?«, fragt jemand.

»Es ist so, wie der Junge sagt«, antwortet Thomas. »Wir haben ihn von den Köhlern bekommen.«

»Er ist bei einer Plünderung gestohlen worden«, behauptet ein anderer Mann. »Schaut nur.«

Sie zeigen auf das Loch im Rückenteil.

»Wir haben nicht gefragt, wo sie ihn gefunden haben«, verteidigt sich Thomas.

»Warum habt Ihr ihn angelegt?«

»Weil ich gehofft habe, wir würden damit an Eurem Feldposten vorbeikommen.«

»Nun, das hat nicht gerade fantastisch funktioniert, was?«

Damit hat der Mann die Lacher auf seiner Seite.

»Seid Ihr ein Spion?«, fragt jemand anders. »Wolltet losrennen und König Edward melden, wie viele wir sind, was?«

»Nein«, lügt Thomas. »Ich bin genau der Mann, den Ihr vor Euch seht. Versuche einfach, meine Frau und mein Kind in die Sicherheit ihres Zuhauses zu bringen.«

»Täuscht nicht vor, dass Ihr kein Bogenschütze seid. Schaut Euch doch an. Habt Euer halbes Leben am Scheibenstand zugebracht.«

»Wir haben alle unser halbes Leben am Scheibenstand zugebracht«, erwidert Thomas.

»Ich nicht«, wirft eine der Frauen ein.

Damit hat auch sie die Lacher auf ihrer Seite.

»In Ordnung, das reicht, verflucht noch mal«, sagt der längere der zwei Feldposten zu den Leuten. Sie sind inzwischen bei den größeren Zelten angekommen: simple Unterkünfte aus Leinen, jedes groß genug für zehn Mann, fleckig vom Gebrauch und Verschleiß. Der größere der beiden Wachposten streicht sein Wams glatt, räuspert sich und öffnet dann die Leinenklappe, die als Zelttür dient. Er tritt ein und lässt sie hinter sich zufallen. Im Innern des Zelts wird gesprochen. Der Kleinere der beiden grinst Katherine anzüglich an, und sie fühlt sich schwach und packt die Hand von Rufus nur noch umso fester. Sie weiß, sie erhält nun mehr Unterstützung von ihm als er von ihr. Thomas legt ihr seine Hand auf die Schulter.

»Es war eine gute Idee«, sagt er, »und wir sind noch nicht untergegangen.«

Doch sie denkt: Herrgott, wir sind untergegangen. Wir werden von den Ästen der Bäume herabbaumeln, die dieses Stück Gemeindeland säumen, noch bevor zum Zapfenstreich geläutet wird. Unwillkürlich legt sie ihre Hand an die weiche Haut ihres Halses. Was wird dann mit Rufus passieren? Lieber Gott …

Dann öffnet sich die Zelttür. Der große Wachposten erscheint als Erster. Er sieht zufrieden aus. Ein schlechtes Zeichen. Er hält die Zeltklappe auf, und nach einem Augenblick kommt der Kommandant geduckt durch sie nach draußen.

Der Mann richtet sich auf: Er ist groß, hat breite Schultern, ein längliches Gesicht, keine Kopfbedeckung. Und ist Katherine bestens bekannt.

Es ist – ausgerechnet – John Horner.

Er starrt die drei mit offenem Mund an. Seine Augen werden größer, und Katherine kann fühlen, wie sich ihr die Nackenhaare sträuben.

»Mein Gott!«, flüstert er. »Mein Gott!«

Sein Gesicht teilt sich zu einem breiten Grinsen.

»Der verfluchte Thomas Everingham!«, brüllt er laut. »Der verfluchte Thomas Everingham! Und ich dachte, du wärst tot!«

Er tritt vor und nimmt Thomas in die Arme. Und Thomas legt seine fest um Horner. Sie klopfen sich gegenseitig so heftig auf den Rücken, dass Staub von ihrer Kleidung hochgewirbelt wird. Der Wachposten kräuselt angewidert die Lippen. Nach einem Augenblick schiebt Horner Thomas von sich weg, sodass er ihn sich genauer anschauen kann. Katherine fällt auf, dass Horner einen blauen Wappenrock mit einem merkwürdigen gelben Fleck auf der Brust trägt, der wie eine Schmierspur aussieht. Sie hat einige dieser Art in der Menschenmenge gesehen. Wem gehören die Soldaten hier an?

»Bei allem, was heilig ist!«, ruft Horner laut.

Jetzt kann Katherine das Schluchzen in ihrer Kehle nicht mehr aufhalten, und die Tränen rinnen ihr die Wangen hinunter.

Horner wendet sich ihr zu.

»Goodwife Everingham! Es besteht kein Grund für Tränen! Das ist ein glückliches Ereignis!«

»Es tut mir leid«, entschuldigt sie sich. »Ich bin so, seit … seit Rufus zur Welt gekommen ist.«

Bevor Horner dazu ansetzt, sie zu küssen, hält er inne; dabei schaut er auf Rufus hinab und stößt einen Ruf der Freude aus.

»Er ist ja wie aus dem Gesicht geschnitten!« Er lacht. »Wie aus dem Gesicht geschnitten. Doch ich kann nicht sagen, wem er wie aus dem Gesicht geschnitten ist! Er ist ein junger Kit! Genau, das ist er!«

Jetzt küsst Horner sie, und sie bemerkt, dass an den Seiten seines Mundes tiefe Falten entstanden sind, und sein Haar ist an den Schläfen grau geworden. Sie spürt, wie seine Augen über ihr Gesicht wandern und die Veränderungen in ihrem Aussehen wahrnehmen. Einen Moment lang macht sie sich Gedanken darüber, ob er sich immer noch fragt: Ist sie Kit, oder ist Kit sie? Doch zu welcher Schlussfolgerung er auch kommen mag, spielt wohl kaum eine Rolle, weil er nichts beweisen kann, selbst wenn er es wollte.

Als Nächstes geht er in die Hocke, sodass er auf gleicher Höhe mit Rufus ist, und schaut dem Jungen in die Augen.

»Wir sind alte Freunde, dein Vater und ich«, erzählt er dem Kind. »Wir waren lange Zeit in einer riesengroßen Burg eingesperrt, und dann sind wir gemeinsam in die Schlacht gezogen, um für das Recht von König Henry zu kämpfen, sein Reich zu regieren. Wir haben seinerzeit verloren, aber diesmal werden wir nicht verlieren. Wart's nur ab.«

Rufus schaut besorgt drein, sagt aber kein Wort. Nach einem Moment richtet sich Horner wieder auf und tätschelt ihm kurz den Kopf.

»Du bist ein braver Junge«, lobt Horner ihn. »Du siehst freilich wie dein Onkel aus. Bist du ihm jemals begegnet? Er ist ein guter, guter Wundarzt. Der beste, von dem ich je gehört habe.«

Katherine spürt, wie Angst in ihr aufflammt; doch Rufus schüttelt bloß langsam den Kopf. Seine Augen sind groß und rund, und gemäß der Anweisung bleibt er stumm, und das ist für den Augenblick völlig ausreichend.

»Wir hielten dich für tot nach der verheerenden Niederlage bei Hexham«, sagt Thomas zu Horner. »Daher machten wir uns auf den Weg zurück nach Bamburgh. Wir nahmen an, dass du auch dorthin kommen würdest, falls du überlebt haben solltest.«

Horner ist vorsichtig. Ihm entgeht nicht, dass die Zuschauer immer noch abwartend in der Nähe stehen.

»Kommt rein«, fordert er die drei auf. »Ich werde für euch Bier auftreiben. Und vielleicht etwas zu essen. Wir werden zusammensitzen und uns unterhalten. Los! Kommt!«

Er öffnet die Zeltklappe und hält sie ihnen auf, während sie nacheinander hineingehen. Drinnen gibt es eine Truhe, einen Hocker, drei Schaffelle, einen Krug Ale. Zwei Becher. Ein wenig altes Brot in einer Schüssel. Und da ist ein Junge, der an einem flachen Stück Metall herumhantiert, und es gibt ein paar Binsenlampen, die noch nicht angezündet sind. Außerdem ist in dem Zelt ein Brett, das auf Stützböcken ruht und auf dem viele Rollen Papier liegen, auf denen zahlreiche Namen geschrieben stehen. Genau wie im Lagerbuch, fährt es Katherine durch den Kopf.

Sie setzen sich hin, wo sie mögen. Thomas und Katherine

nehmen jeweils auf einem Schaffell Platz, Rufus auf dem Schoß seiner Mutter; den Hocker überlassen sie Horner. In dem Moment, als die Zeltklappe fallen gelassen wird, sind die drei von den zwei Feldposten getrennt. Katherine kann allerdings hören, wie die beiden und auch andere sich immer noch über irgendetwas beklagen und Horner daraufhin seine Stimme erhebt: Er befiehlt ihnen, die Pferde zu den anderen Reittieren zu bringen, und fügt hinzu, dass einer von ihnen – Taplow? – zur Rechenschaft gezogen wird, falls eines davon am nächsten Morgen fehlen sollte.

Als Horner ins Zelt zurückkehrt, schickt er den Jungen fort, um mehr Ale und Becher zu besorgen, und lässt sich auf einem Fell nieder.

»Tja, da wären wir also!«, sagt er. Er fragt sie, was nach der Schlacht von Hexham passiert ist.

Thomas schildert den Fall von Bamburgh und erzählt, wie Sir Ralph Grey, der damals der Herr von John Horner war, nach einem Treffer durch eine steinerne Kanonenkugel das Bewusstsein verlor.

»Und dieser verdammte alte Mistkerl Neville of Brancepeth hat ihn ausgeliefert, was?«, fragt Horner. »Mein Gott. Oh mein Gott, ich wünschte, ich wäre dort gewesen. Ich hätte es verhindert.«

Trotz allem mag Horner Grey immer noch. Thomas erzählt ihm nicht, dass er selbst es war, der Grey auf sein Pferd band und ihn zur Burg hinausschickte. Stattdessen berichtet Thomas in sehr wenigen Worten, wie sie in den letzten fünf Jahren gelebt haben, und danach fragt er abermals, was mit Horner bei der Schlacht von Hexham geschehen ist. Als Horner weiteres Ale eingeschenkt worden ist, gesteht er, dass er sich von Sir Ralph Greys restlichen Männern absetzte und dann einfach immer weiter lief. Er legte seine Rüstung ab und warf seinen Wappenrock in den Fluss, und anschließend suchte er Zuflucht im Kloster. Er kletterte in den Glockenturm, erzählt er ihnen, und dann hinaus aufs Dach.

»Irgendwann am zweiten Tag«, berichtet er, »brachten sie den Duke of Somerset hinaus auf den Platz, und der Henker tötete ihn.«

Danach, so erzählt er weiter, wurde er krank. Er glaubte, dass es sich um etwas handelte, das er sich von den Tauben geholt hatte, um irgendeine Ausdünstung. Er dachte, er würde sterben, und er wäre glücklich gewesen, wenn sein Leben geendet hätte. Doch ein Priester fand ihn und pflegte ihn, bis er wieder gesund war. Inzwischen aber hatte er alles gründlich satt; und am allermeisten widerte ihn die Vorstellung an, zurückzugehen und nach Grey zu suchen, falls der noch am Leben war, was er stark bezweifelte. Daher kehrte er nach Hause zurück.

»Und als ich dort eintraf, hatte ich nichts. Weniger als nichts. Und dann kamen plötzlich die Männer von Lord Montagu durch den Ort, und jeder von ihnen war so reich wie Krösus. Sie stolzierten herum und prahlten, sie kauften Land und bauten Häuser. Und da, bei Gott, wusste ich, dass ich, verflucht noch mal, auf der falschen Seite gewesen war.«

Horner streckt seine langen, steifen Beine aus. Er ist dünn, wie Katherine auffällt, so als habe er in den letzten Jahren einen gesellschaftlichen Abstieg erlitten. Obendrein ist seine Kleidung abgetragen und geflickt – mit wenig Geschick, also hat er vielleicht bis jetzt noch keine Frau –, und seine Stiefel bedürfen sehr der Zuwendung eines Schusters. Mit dem Jungen kommt auch das Essen: frisch gebackenes Brot und eine gute Gemüsesuppe mit Bohnen und Schinkenspeck, die sie mit ihren Löffeln direkt aus der gemeinschaftlichen Schüssel essen.

»Doch wie ist es gekommen, dass du hier bist?«, fragt Thomas und wischt sich über den Mund.

»Als mein Vertrag mit Grey endete, weil er tot war, brauchte ich das herrschaftliche Wohlwollen eines anderen; und der Mann, den wir Robin of Redesdale nennen, bemühte sich gerade darum, seinen Einfluss auszuweiten. Also … war ich erfreut, als das Angebot kam. Ich dachte: Hier ist meine Chance. Um das ungeschehen zu machen, was ich getan habe, und um es Lord Montagu und seinen umherstolzierenden Mistkerlen heimzuzahlen. Ich sage euch, es sind ein paar harte Jahre gewesen.«

Das erklärt die Falten in seinem Gesicht, denkt Katherine.

»Und hast du es getan?«, hakt Thomas nach. »Es Montagus Männern heimgezahlt?«

»Na ja«, antwortet Horner, »wir werden sehen. Im Moment sitzt er da und dreht Däumchen, nicht? Seit man ihn zum Earl of Northumberland erhoben hat, ist die Wahrscheinlichkeit geringer, dass er zum Kommando des Earl of Warwick eilt; doch Redesdale hat ihn verwirrt, denke ich. Er hat wirklich jeden verwirrt.«

Katherine ist froh, endlich zu erfahren, dass dies hier definitiv das Heer von Robin of Redesdale ist. Wenn Horner sie nicht aufhängen lässt, dann ist das eine gesicherte Information, falls sie Hastings jemals wiedersehen.

»Aber wo ist Redesdale?«, fragt Thomas.

»Er ist bereits nach Süden gezogen«, antwortet Horner. »Wir sind die Nachhut oder, besser gesagt, die Nachzügler. Er ist ein ungeduldiger Mann, dieser Robin: ganz erpicht darauf, fortzukommen.«

»Und wie viele Männer hat er?«, erkundigt sich Thomas weiter.

Horner zuckt mit den Achseln.

»Viertausend? Und wir haben vielleicht ein bisschen weniger als die Hälfte davon.« Er zeigt zu den Papierrollen auf der Truhe.

»Zusammen also ...?«

»Keine unwesentliche Zahl«, sagt Horner und zeigt die Andeutung seines alten Lächelns. »Und mit jedem Tag ziehen wir mehr Leute an.«

Katherine erinnert sich an den John Horner in Bamburgh: Immer war er so optimistisch; immer hoffte er, dass ein Funke im ganzen Land das Feuer gegen König Edward entfachen würde; nicht ein einziges Mal gestand er ein, dass es keine Hoffnung für ihre Sache gab, weil König Henry untauglich war. Jetzt scheint es, dass Horners Loyalität gegenüber dem alten König sich abgenutzt hat wie seine Kleidung; und er hat sich der Sache angeschlossen, König Edward abzusetzen, ohne dass es ihn kümmert, wer dessen Platz einnehmen wird.

Rufus ist müde geworden. Er liegt jetzt auf dem Schaffell neben Katherine, und alle Erwachsenen schauen glücklich und still zu, wie er einfach in den Schlaf sinkt.

»Und was ist mit euch?«, will Horner wissen. »Du reitest nicht wirklich für den Earl of Warwick, nicht wahr, Thomas? Du bist nicht auf unserer Seite, oder?«

»Nein«, gesteht Thomas. »Es ist so, wie Rufus gesagt hat. Wir haben ein paar Köhlern geholfen, die mir den Rock hier gegeben haben. Ich habe ihn angelegt in der Hoffnung, dass dadurch meine Weiterreise reibungsloser verlaufen würde.«

»Ah, da hast du die Rechnung ohne den Taplow gemacht. Mein Gott, das ist ein übler Kerl. Doch ich trage die richtigen Kampfhandschuhe, um mit ihm fertig zu werden; das kann ich dir sagen.«

Einen Moment lang herrscht unbehagliches Schweigen.

»Also, wohin seid ihr unterwegs?«, erkundigt sich Horner.

Katherine erzählt ihm, dass sie nach Norden geritten waren in der Hoffnung, einen Ort zum Leben zu finden.

»Doch daraus ist nichts geworden, und daher kehren wir nach Lincolnshire zurück, wo wir auf die Wohltätigkeit anderer angewiesen sein werden.«

»Schließt euch uns an!«, fordert Horner sie auf. »Bei Gott! Alles, was wir jetzt noch brauchen, sind Kit und diese anderen zwei – den einarmigen Burschen –, und es wird wie in alten Zeiten sein.«

Thomas zuckt zusammen, dann verwandelt sich seine Reaktion in ein maßvolleres Stirnrunzeln. Er schüttelt den Kopf.

»Ich würde mich euch anschließen«, erwidert er, »doch wir hatten Glück, in Hexham mit dem Leben davonzukommen, und dann ein weiteres Mal, als Bamburgh fiel ... na ja. Es war erneut nur Gottes Gnade zu verdanken, dass wir verschont wurden, und selbst das ... geschah nicht, ohne dass wir einen Preis dafür zu bezahlen hatten.«

Katherine spürt, wie sein Blick über sie gleitet, und sie verschließt ihr Bewusstsein vor der Erinnerung an den Tritt von Giles Riven.

»Es ist nicht meinetwegen, weshalb ich Angst habe«, fährt Thomas fort. »Das habe ich zweimal, dreimal, viermal bewiesen. Aber Katherine und Rufus in Gefahr bringen, wenn es nicht notwendig ist: Das kann ich nicht mit meinem Gewissen vereinbaren.«

»Später vielleicht?«, fragt Horner. »Wenn du für sie bei diesen Leuten in Lincolnshire eine Zuflucht gefunden hast? Wir haben den Männern nicht die Erlaubnis zum Plündern gegeben – wie Königin Margaret es vor Towton tat –, um den

Süden nicht gegen uns aufzubringen. Doch es wird das übliche Drittel von allem geben, was in der Schlacht für uns abfällt. Und danach wird sich die Gelegenheit für einen wirklich großen Aufstieg ergeben! Dieses Mal – dieses Mal – werden wir gewinnen.«

»Du klingst sehr sicher«, sagt Thomas, und Katherine beginnt, sich unbehaglich zu fühlen: Sie versuchen von Horner Informationen zu erhalten, um sie gegen ihn zu verwenden. Man stelle sich nur vor, dass irgendwann in ferner Zukunft Thomas sich auf dem Schlachtfeld plötzlich Horner gegenübersieht! Wie würden sie sich dann fühlen?

Horner beugt sich vor und spricht nun in einem verschwörerischen Tonfall.

»Ich habe mit Robin of Redesdale geredet«, vertraut er ihnen an. »Und er sagt, dass der Earl of Warwick im Begriff steht, von Calais aus eine öffentliche Erklärung abzugeben, in der er das ganze Land dazu aufruft, sich gegen König Edward zu erheben. Er wird die Männer von Kent aufstellen, und ein Mann namens Tudor landet in Wales, um dort Soldaten auszuheben. Das ist er, seht ihr das nicht? Der Funke!«

Es ist unglaublich. Katherine kann es sich nicht vorstellen. Das würde bedeuten, dass der Earl of Warwick alles zunichtemacht, was er in den letzten zehn Jahren aufgebaut hat.

»Also hat er sich öffentlich gegen König Edward ausgesprochen?«

»Ja! Obwohl, nun ja ... er ist nicht selbst zu einer Schlacht angetreten, noch nicht jedenfalls. Weil er in Calais ist.«

»Wenn er sich jedoch in offener Rebellion befindet – sollte er dann nicht hier in England sein?«, fragt Katherine.

Horner grinst.

»Aber das ist es doch!«, sagt er. »Das ist es, versteht ihr? Ihr werdet niemals erraten, was er in Calais macht!«

»Er gibt diese öffentliche Erklärung ab?«

»Abgesehen davon. Nein, ihr erratet es nicht? Gut, ich will es euch erzählen, obwohl es nicht ausgesprochen werden darf bis ... bis später. Er verheiratet seine Tochter mit dem Duke of Clarence! Gegen das ausdrückliche Verbot von König Edward!«

Das ist zu verwirrend. Katherine öffnet den Mund, um zu versuchen, alles fein säuberlich voneinander zu trennen, doch Thomas beginnt vor ihr zu sprechen.

»Das also soll das Ausmaß seiner Rebellion sein?«, fragt er. »Während ihr zur Schlacht antretet und Leib und Leben riskiert, nimmt er an der Eheschließung seiner Tochter mit dem Bruder von König Edward teil?«

Horner setzt sich mit einem listigen Lächeln zurück.

»Es mag ja nicht nach viel klingen«, räumt er ein, »doch da ist noch etwas anderes. Etwas ... etwas, das ich euch nicht erzählen kann – nicht erzählen sollte: Ein umfassenderer Plan ist in Vorbereitung.«

»Worum geht's?«

»Ein Gerücht, das im Umlauf ist ...«, beginnt Horner und hält dann inne; er dreht sich um und schickt den Jungen nach draußen. Der Bursche sieht aus, als sei er einer jener Kerle, die in solchen Fällen lediglich hinter das Zelt gehen, um auf der anderen Seite der Leinwand zu lauschen. Doch Horner hat sich in die Idee hineingesteigert, dass Thomas sich ihm anschließt. So stark wünscht er sich dies, dass er töricht geworden ist. Als der Junge hinausgegangen ist, fährt Horner fort.

»Das Gerücht, dass König Edward ein Bastard ist.«

Sowohl Katherine als auch Thomas täuschen vor, dass sie schockiert sind und es nicht glauben können.

»Nein!«

»Doch«, sagt Horner. »Und es gibt dafür einen Beweis.«

Thomas zögert einen Augenblick, bevor er hustet und fragt: »Was für einen Beweis?«

Und mit einer Handbewegung in Richtung der Papierrollen auf der Truhe, dieser Listen mit den Namen der Dienstmänner, erzählt ihnen Horner von einer Aufzeichnung über Truppenbewegungen in der letzten Phase der englischen Herrschaft über die Normandie – von einem Dokument, aus dem hervorgeht, dass Richard, der damalige Duke of York und angebliche Vater von König Edward, weiter als einen Monatsritt von Edwards Mutter entfernt war, als diese den Jungen empfing.

Katherine spürt, wie sie plötzlich ganz rot im Gesicht wird.

»Und ist dieser Beweis ... zur Hand?«, fragt sie.

Horner runzelt die Stirn.

»Nicht ganz«, gesteht er ein. »Doch wir suchen danach, und wir sind ganz dicht dran. Wenn das Dokument gefunden ist, wird man es den Mitgliedern des Ober- und Unterhauses vorlegen, und es wird zeigen, dass Edward ungeeignet ist für den Thron. Und wer soll dann seinen Platz einnehmen? Sein Bruder George, Duke of Clarence, mit dem – selbstverständlich – Warwick seine Tochter verheiratet hat.«

Er lacht über diese Raffinesse.

Katherine fällt nichts ein, was sie dazu sagen könnte.

»Also, versteht ihr das?«, fährt Horner fort und wendet sich wieder Thomas zu. »Am besten schließt du dich uns an! Dann bist du von Anfang an dabei, und es lässt sich nicht vorhersagen, was du letzten Endes noch werden kannst! Ein Ritter! Ein Lord! Ein Earl!«

Katherines Gedanken überschlagen sich.

»Aber wenn dem so ist – wenn Warwick auf diese Weise

Edward vom Thron stoßen kann, warum marschiert ihr dann nach Süden mit einem Heer von solcher Größe?«

Horner wird nachdenklich.

»Ich glaube nicht ... Ich glaube nicht, dass Warwick davon ausging, dass Robin of Redesdale so ... so rührig sein würde. Ich glaube nicht, dass er dachte, dass wir eine so große Zahl von Männern für uns gewinnen und in der Lage sein würden, uns so schnell in Bewegung zu setzen. Als er Redesdale nahelegte, sich als Gegner von König Edward zu zeigen, dachte er – wie ich glaube –, Redesdale würde in Richmondshire bleiben und dessen Anwesenheit könnte Montagu auf die eine oder andere Weise zum Handeln zwingen. Außerdem haben wir trotz unserer Bemühungen diese Aufzeichnung, die Edwards illegitime Herkunft beweist, noch nicht gefunden; und so ...«

Er verstummt mit einem Achselzucken. Katherine spürt einen Kloß im Hals, und sie kann nicht schlucken. Thomas hingegen fragt, welche Schritte unternommen werden, um das Dokument zu finden; und als Horner ihnen erzählt, dass Edmund Riven damit beauftragt ist, es zu finden, stellt er eine Verbindung her.

»Er ist der Sohn des Mannes, den Kit damals in Bamburgh am Rücken aufgeschnitten hat, um die Pfeilspitze herauszuholen! Erinnert ihr euch? Sir Giles Riven, erinnert ihr euch? Ein übler Kerl, sollte man meinen – aber der Sohn erst! Gott erlöse uns von dem Übel! Dieser Sohn ist wie aus einem Albtraum. Er hat eine alte Wunde – hier –, aus der stinkender Eiter tränt. Und wenn er spricht ... Im Innern seiner Backe ist irgendwas losgeschnitten worden, das sich wie ein Lappen bewegt, irgendein Stück Haut. Kit hätte es in einem Moment vernäht, dessen bin ich mir sicher. Aber niemand hat irgendetwas für ihn getan, und das hat ihn bitter wie Galle gemacht.«

Es wird jetzt dunkel, und das Feuer draußen wirft seinen flackernden Schein auf die Zeltwand; die Binsenlichter sollten angezündet werden. Horner beugt sich vor, trinkt einen Schluck und fährt dann fort.

»Wie dem auch sei«, sagt er, »Riven ist jetzt auf der Suche nach dem Beweis – diesem Lagerbuch –, und zwar bei den Leuten, die in den letzten Tagen von Bamburgh mit Ralph Grey zusammen waren. Denn genau dort ist es das letzte Mal gesehen worden.«

Eine Weile sind sie stumm. Dann schaut Horner mit einem mürrischen Blick auf.

»Aber … ihr seid doch ebenfalls dort gewesen, nicht wahr?«, fragt er. »Ich meine, ihr seid dorthin zurückgekehrt, oder?«

»Genau«, antwortet Thomas. Er bemüht sich, möglichst gleichgültig zu klingen.

»Und habt ihr ein … ein Lagerbuch gesehen? Oder jemanden mit irgendwas, das so etwas sein könnte?«

Thomas schüttelt den Kopf.

»Was hat denn Grey gesagt, wie es aussieht?«, fragt Katherine.

Horner gibt ein paar missbilligende Laute von sich.

»Er war nicht mehr bei Verstand, entsinnt ihr euch noch? Daher konnte er sich fast an nichts erinnern, was das Lagerbuch anbelangte. Er konnte Warwick nur sagen, dass er es besessen, dann aber verloren hat. Er konnte ihm noch nicht einmal erzählen, woher er es hatte. Nun ja, eigentlich hat er das schon gesagt; er hat behauptet, er hätte es von Giles Riven bekommen. Das kann selbstverständlich nicht der Fall sein, weil dann Edmund Riven bestimmt davon wissen würde, oder? Aber das war es, was er offensichtlich sagte.«

Als Katherine dies hört, spürt sie eine riesige Welle der

Erleichterung in sich aufsteigen. Wenn Grey Warwick gesagt hätte, das Buch habe ihm sein Wundarzt gegeben, hätte der Earl diese Information an Edmund Riven weitergegeben. Und Edmund Riven hätte gewusst, dass er, um diesen Feldscher zu finden, nach Thomas Everingham suchen müsste, der damals diesem »Wundarzt« assistierte. Aber was Grey sagte, entsprach der Wahrheit: Er bekam das Buch wirklich von Giles Riven, aber nur, weil der es Katherine faktisch gestohlen hatte. Sie nimmt sich einen Augenblick, um dem Herrn für Greys krank gewordenes Gedächtnis zu danken. Allem Anschein nach beschützt Gott sie und ihre kleine Familie doch noch, auf seine eigene Art und Weise, prüft sie aber auch im Feuer des Unglücks.

»Es bleibt ein Mysterium«, sagt Thomas, als ob dies die Angelegenheit beenden könnte. Doch Horner ist weniger pessimistisch.

»Oh, er wird es finden«, meint er, »falls es nicht verbrannt worden ist oder so. Und selbst wenn dem so sein sollte, Edmund Riven wird es finden. Er hat sich bei den Männern von Robin of Redesdale umgehört, als sie sich in Richmond gesammelt haben, wisst ihr? Viele von ihnen sind Soldaten von Hungerford und Roos gewesen, die mit Grey zum Schluss dort waren.«

Er schaut sie jetzt aufmerksam an.

»Ich bin überrascht, dass er nicht angefangen hat, nach euch zu suchen«, sagt er, »doch dieses Vergnügen werdet ihr haben, wenn wir nach York kommen.«

10. Kapitel

»Riven ist in York!«, wiederholt Katherine.

Es ist der nächste Morgen, und sie waschen sich in dem Bach oberhalb des Lagers. Es ist das erste Mal, dass sie lange genug allein sind, um irgendetwas Wichtigeres zu wechseln als nur sehr kurze, bedeutungsvolle Blicke.

»Er kann nicht dort sein«, widerspricht Thomas. »Das kann einfach nicht sein. Er ist in Pickering.«

Doch in gewisser Hinsicht hofft er, dass er sich irrt. Wenn Riven in York ist, dann dürften zumindest Jack, John und Nettie der Gefangennahme entkommen sein. Doch dann gehen Katherine und er ebenso wie Jack und John geradewegs Riven ins Netz.

»Wir können mit Horner bis York reiten und uns dann davonschleichen«, nimmt Thomas an. »Horner hat sich damit abgefunden, dass wir nicht die Absicht haben, uns ihm anzuschließen.«

»Hat er das wirklich? Hast du seinen Gesichtsausdruck gesehen? Und dieser Mann mit dem scharf geschnittenen Gesicht: Er ist ständig gegenwärtig. Er würde dich eher umbringen, als dich fortgehen zu lassen.«

Taplow ist stets in der Nähe, das ist wahr. Doch ist es möglich, dass Horner ihn aufgefordert hat, Thomas im Auge zu behalten? Oder ist es eine persönliche Sache? Etwas, das Thomas gesagt hat und das nach Vergeltung verlangt? Aber sei's drum, sicherlich werden sie in der Lage sein, sich von Horners Kolonne zu entfernen – in dem Gewirr von Wegen und Gassen, die hinter Yorks Nordtor von der Straße abzweigen. Die Gegend dort wird für diesen Zweck die beste sein, solange Taplow nicht da ist, beobachtend und abwartend hinter ihren Schultern – eine Bedrohung.

Also reiten sie mit Horner, während die Kolonne, die er befehligt, sich gen Süden durch das Vale of Mowbray bewegt. Das Tempo gibt der langsamste Ochse vor, der die schwerste Last zieht: eine große Kanone, bei der achtzehn Männer benötigt werden, um sie mit Seilen von der Stelle zu bewegen. Essen gibt es reichlich, ebenso Ale, und unterwegs schließen sich ihnen noch mehr Männer an. Die Neuankömmlinge haben sich an der Straßenseite versammelt, als hätte man sich zuvor verabredet. Als sie schließlich York sehen, ist die Zahl derer, die zu einem Kampfeinsatz gerufen werden könnten, auf zweitausend oder mehr angestiegen, und ebenso viele haben sich hinten hinzugesellt. Die Reise ist belebt worden durch Kämpfe zwischen den verschiedenen Gefolgen, obgleich sie klein sind; und Horner hat täglich dazwischengehen müssen.

»Ich würde ein paar aufknüpfen, wenn ich glaubte, es würde etwas nützen«, sagt er.

Sie sind ein zusammengewürfelter Haufen von Männern, und nur wenige haben den gleichen Wappenrock an. Zwar sehen die meisten wie Männer aus, die in Schenken am Wegesrand und an ähnlichen Orten kämpfen können, aber das ist nicht das Gleiche wie das Kriegshandwerk der Soldaten. Und so fragt sich Thomas, was aus diesem Haufen werden wird, sollten sie gegen König Edwards Gefolgsmänner zur Schlacht antreten. Er hofft, dass es für sie alle ohne Kampf abgehen wird, selbst für Taplow, der ihnen kaum von der Seite gewichen ist – allerdings vielleicht nicht für dessen Kumpan, der jetzt Katherine anstarrt, als ob er die Absicht hätte, sie in Stücke zu reißen. Thomas weiß immer noch nicht so recht, wie er den beiden entkommen wird, wenn es an der Zeit ist.

Doch als sie sich den Stadtmauern nähern, trifft für Horner ein Bote von Robin of Redesdale ein. Horner, der immer noch im Sattel sitzt, nimmt die Botschaft entgegen und liest sie, ohne die Lippen zu bewegen. Als er mit der Lektüre fertig ist, schaut er düster und gibt das Papier dem Boten zurück, damit man es wiederverwenden kann.

»Er ist bereits weitergezogen«, erzählt Horner ihnen. »Nach Süden.«

Er ist niedergeschlagen, ja sogar verwirrt, Thomas hingegen kann nicht aufhören zu lächeln: Riven ist nicht in York.

In dieser Nacht lagern sie auf dem Gemeindegrund im Norden der Stadt, und zwar draußen vor dem Tor Bootham Bar mit dem Fluss zu ihrer Rechten und neben ein paar Windmühlen, die Rufus begeistern. Zum Angelus unterbrechen sie alle ihre jeweilige Tätigkeit, um den großen Glocken zu lauschen, deren Geläut über die Flussauen hinweg erschallt.

Am nächsten Morgen, nachdem man Brot und Ale ausgegeben und die Messe gelesen hat, trifft Thomas Horner in voller Rüstung an; er bereitet sich darauf vor, seine Rolle für die Stadtbevölkerung von York zu spielen. Der Junge bindet gerade einen von Warwicks roten Wappenröcken um Horners stahlbewehrte Taille fest.

»Hübsch«, meint Thomas.

»Danke«, erwidert Horner.

»Wir werden dich hier verlassen, John, wenn du nichts dagegen hast«, verkündet Thomas.

Horner schaut ihn mit einem sehr feierlichen Gesichtsausdruck an. Das bewirkt die Rüstung. Thomas hat es früher schon gesehen: Horner spricht dann sogar mit mehr Gravität.

»Wenn du musst, dann musst du, Thomas«, erklärt er.

»Aber ich hoffe, dass ich dich wiedersehe. Robin of Redesdale zieht nach Leicester. Ich weiß, du willst deine Gattin absetzen, und ich beneide dich um diesen Luxus. Doch es würde mir viel bedeuten, wenn du dich dort uns anschließen wolltest. Ich fühlte mich stets sicher mit dir in meinem Rücken, als wir in Bamburgh waren, Thomas.«

Der Junge hört damit auf, den Wappenrock festzubinden; Horner streicht diesen an den Hüften glatt und lässt sich dann von dem Burschen die zwei Gürtel umschnallen, von denen seine verschiedenen Schwerter und Dolche herabhängen werden. Anschließend streckt Horner seine Hand aus und ergreift die von Thomas, der beinahe ebenso gerührt ist und die seines Gegenübers genauso fest umklammert. Sie blicken sich in die Augen.

»Versprich mir, Thomas«, sagt Horner, »versprich mir, dass du dort sein wirst. Schwöre es vor Gott, schwöre es beim heiligen Georg und auf das Leben deines Kindes.«

Thomas ist überrumpelt. Auf das Leben seines Kindes? Auf das Leben von Rufus? Aber da ist kein Platz, um sich aus dieser Sache herauszureden. Kein Platz, um zu lügen. Horner ist zu dicht bei ihm. Er wird es an seinen Augen erkennen, selbst wenn Thomas nur einen kurzen Moment wegschaut. Was also kann er antworten?

»Ich schwöre es«, erklärt er. »Ich werde dort sein.«

Er spürt, wie ihn grenzenlose Panik überfällt. *Ich schwöre es nicht. Ich werde nicht dort sein.*

Horner nickt energisch.

»Gut«, sagt er, wendet sich ab und schwingt sich in den Sattel. Von dort schaut er auf Thomas hinab. »Gott segne euch, Tom. Ich sehe dich in Leicester.« Und er stochert mit diesen langen Sporen, die er in Ripon neu gekauft hat, auf sein Pferd ein und reitet aus dem Lager hinaus.

Thomas blickt ihm eine Weile hinterher, bevor er weggeht, um sich nach seinem Pferd umzuschauen. Er hat das Gefühl, dass der Boden unter seinen Füßen nicht mehr so stabil ist. Einem Mann fest in die Augen zu sehen und einen Schwur wie diesen zu leisten … Aber, mein Gott, welche Wahl hatte er denn? Als er sein Pferd entdeckt, steht Taplow direkt daneben; und eine Hand liegt auf dem Hinterteil des Tieres. Besitzergreifend begutachtet er die Mordaxt, die er aus dem eingeölten Leinensack herausgenommen hat.

»Verdammt, mit dem Ding kann man einen Menschen ganz schön verletzen«, sagt er.

»Nimm die Finger von meinem Pferd«, herrscht Thomas ihn an.

Taplow lässt den Sack auf den Boden fallen.

»Ich hab das ernst gemeint, was ich gesagt hab, weißt du. Durch Horners Gunst kannst du herumstolzieren, als würde dir hier alles gehören. Aber gib mir nur einen Augenblick, und ich werde dich, verdammt noch mal, ausweiden wie ein Schwein am Martinstag.«

Thomas sieht ihn an. Der Kerl ist so einfältig wie ein Hund.

»Taplow«, beginnt er, »warum muss es immer so sein? Warum kannst du nicht einfach – ich weiß nicht – normal sein?«

Taplow mustert ihn mit kleinen, blassen Augen von oben bis unten.

»Du denkst, du verdienst das alles, nicht?«, erwidert er. »Dein Pferd, deine Frau, deine Kleidung, all das. Und du denkst, du verdienst es, sicher und geschützt unterwegs zu sein, überall wo du hingehst. So als wärst du in Gottes Hand höchstpersönlich. Doch was ist mit dem Rest von uns? Was ist mit mir? Was mit Gradle dort? Wir sind nicht mehr als

Büsche für dich und deinesgleichen, was? Bloß 'ne beschissene Kulisse. Dinge, um die man herumgeht. Oder drüber hinweg. Oder mittendurch.«

Thomas weiß nicht, was er darauf antworten soll. Er hat nicht erwartet, dass Taplow überhaupt zu solchen Gedanken fähig ist … womit er natürlich recht hat. Doch … Mein Gott!, denkt Thomas. Man stelle sich nur vor, dass jeder so über mich denkt, mit meinem geliehenen Pferd und meiner leeren Geldbörse.

»Wenn du wüsstest –«, beginnt er.

»Ach, verpiss dich!«, unterbricht ihn Taplow. »Es kümmert mich einen Scheißdreck. Doch denk einfach an mich, wenn wir zur Schlacht antreten.«

Das ist schon besser – mehr das, was zu erwarten gewesen ist: eine simple Drohung.

»Weißt du, was mit dem letzten Mann passiert ist, der mir gedroht hat?«, fragt Thomas.

»Hast du deinem Priester von ihm erzählt?«

Thomas denkt an Giles Rivens schottische Mörder, die er und Jack in jener widerlichen, kleinen Wachstube bei dem Ausfalltor in Bamburgh Castle töten mussten. Er erinnert sich an die Blutspritzer an der steinernen Decke und an den in Todesqualen zuckenden Mann auf den Bodenfliesen.

»Das habe ich«, antwortet Thomas, »jedoch erst, nachdem er tot war.«

Taplow ist erfreut.

»Du Arschloch«, sagt er. »Aber denk einfach dran: Wenn es dazu kommt, werde ich da sein. Nur ich und das hier.«

Ein drittes Messer taucht in seiner Hand auf, abermals wie aus dem Nichts: eine kurze dunkle Klinge, die lediglich zu einer Sache taugt. Er grinst Thomas an und macht etwas mit der Zunge, das Thomas nicht ganz versteht. Dann versteckt er das Messer irgendwo und geht rückwärts weg, wobei er immer noch frech grinst; seine Zähne sind lang und gelb und in überraschend gutem Zustand.

Thomas fragt sich, ob ein Mann wie Taplow jeden bedroht, der ihm begegnet, und ob er so bösartig geworden ist, weil er so bösartig aussieht – oder ob er ein so bösartiges Aussehen bekommen hat, weil er so bösartig ist. Gibt sein Gesicht seinen Charakter wieder oder sein Charakter sein Gesicht?

Horners Heer an Trossleuten sammelt sich zum Aufbruch. Die Karren sind beladen und die Ochsen davorgespannt, und jeder ist an diesem Morgen ein wenig aufmerksamer, denn nur wenige haben zuvor schon einmal eine Stadt wie York gesehen – oder gar sich innerhalb solcher Mauern aufgehalten. Während sie näher herankommen, sind sie beinahe verstummt angesichts der Massivität und atemberaubenden Größe des Münsters, dann aber verwirrt angesichts der vielen Kirchtürme dahinter.

»Wo ist Eure Kirchengemeinde?«, fragen sie die Leute. »Wo hört man die Messe? Wohin geht man, um zu beten? Um seinen Priester aufzusuchen? Ist das hier? Oder dort? Ist das die Kirche St. Martin? St. Helena? Oder ist das die Allerheiligenkirche? Man weiß es einfach nicht, oder?«

Thomas hat Rufus in den Sattel gesetzt und geht nebenher, führt das Pferd durch die engen Straßen und die dicke Luft der Stadt. Es hat sich herausgestellt, dass die Bewohner hier zwar zuschauen, wie die Kolonne vorüberzieht, davon jedoch nicht beeindruckt sind: Denn es ist das zweite Mal innerhalb einer Woche, dass sie sich eine Armee beim Zug durch die Stadt ansehen können, und die zweite ist kleiner als die erste und hat vergleichsweise mehr zu erdulden. Mitleid für diese Kolonne scheint das vorherrschende Gefühl der Stadtbewohner zu sein.

»Die Leute erwecken stark den Eindruck, als würden sie sich … mit allem abfinden?«, deutet Thomas an. »Als ob es sie weder auf die eine noch auf die andere Weise kümmern würde.«

»Ich nehme an, sie haben das alles schon mal erlebt«, sagt Katherine. »Das hier ist der Ort, in den alle nach der Schlacht von Towton kamen.«

Daran erinnert er sich natürlich nicht.

Er beginnt, nach Jack und John Ausschau zu halten, als sie den Fluss überqueren und die Micklegate erreichen: eine Straße, die zu den Stangen führt, wo die Köpfe der Hingerichteten aufgespießt werden. Das ist auch die Stelle, wo der Duke of Somerset die Köpfe vom Bruder und vom Vater König Edwards hat aufstecken lassen. Thomas fragt sich, ob sich Horner daran erinnern wird, wenn er daran denkt, dass der Duke of Somerset auf dem Marktplatz von Hexham getötet wurde.

»Was ist, wenn sie nicht hier sind?«, fragt er Katherine.

»Dann werden wir uns eine Unterkunft besorgen müssen«, antwortet sie, »und bis morgen warten.«

Thomas zuckt zusammen und denkt abermals über Geld nach. Eine weitere Sorge, an der er zu knabbern hat, wo es doch noch andere Dinge gibt, über die er sich den Kopf zerbricht.

Die Micklegate ist nur ein paar hundert Schritte lang, und als sie die Stangen erreichen, unter dem Schatten des dortigen Tores hindurchgehen und das Vorwerk betreten, weiß er, dass Jack, John und Nettie nicht da sind.

»Es ist noch nicht Mittag«, gibt Katherine zu bedenken.

Und genau in diesem Augenblick sehen sie die beschürzte

Schwester. Sie steht am Straßenrand auf der Ladefläche ihres Wagens, auf dem sich die Truhen, Beutel und alle anderen Dinge befinden, die sie besitzen; und sie ist allein und wartet. Müde sieht sie aus, und sie hat einen Bluterguss unter ihrem rechten Auge. Als sie die drei sieht, scheint sie einen Schritt zurückzuweichen und schluckt. Augenblicklich denkt Thomas: O Gott! Sie sind tot.

Doch das sind sie nicht.

»Riven hat sie ergriffen«, erzählt ihnen das Mädchen, bevor sie auch nur eine Frage stellen können. »Er ging auf uns los, noch bevor wir Kirby erreichten. Er war hinter diesem Buch her, von dem er ständig sprach, und Jack behauptete, nicht zu wissen, wovon er redete. Aber Riven hatte einen Mann bei sich, der John wiedererkannte – seinen Armstumpf wiedererkannte. Sagte, er wäre in irgendeiner Burg gewesen und hätte gesehen, wie der Arm von einem Jungen mit einem Küchenmesser abgenommen worden wäre. Sagte, er hätte es mit eigenen Augen gesehen. Und dass dies passiert wäre, als das Buch verloren ging, nach dem sie suchen.«

»Aber es ist doch erzählt worden, Riven sei bei Robin of Redesdale!«, wirft Thomas ein.

»Na ja, er mag ja bei ihm gewesen sein, und er kann jetzt auch wieder bei ihm sein. Aber an jenem Abend dürfte das nicht der Fall gewesen sein. Er war offensichtlich auf der Straße nach Thirsk mit diesem verfluchten Schweinehund von einem Riesen, der zu ihm gehört.«

»Er hat einen Riesen bei sich?«, hakt Katherine nach.

»Ja, gewiss«, antwortet das Mädchen. »Er hält ihn sich wie einen Bären, nur dass er schlechter riecht als ein Bär.«

»Sein Vater hat sich ebenfalls einen gehalten«, sagt Katherine. Bei dieser Erinnerung wird sie aschgrau im Gesicht. »Er war ein Monster.«

»Es kann gewiss nicht derselbe sein, oder?«, meint Thomas.

»Er ist jung, würde ich sagen«, berichtet das Mädchen. »Aber ein Monster ist er ebenfalls.«

»Weshalb hat Riven ihn bei sich?«, fragt Thomas.

»Um seine Befehle auszuführen«, erwidert das Mädchen achselzuckend.

»Aber wohin hat er sie denn gebracht?«

»Nach Middleham«, vermutet das Mädchen. »Dort hält er seine Gefangenen in Haft.«

»Was ist mit dir?«, fragt Katherine. »Warum haben sie dich nicht mitgenommen?«

»Riven kennt mich«, erklärt das Mädchen. »Kennt meinen Vater.«

»Und was ist mit deiner Wange passiert?«

Das Mädchen kneift die Augen zusammen und neigt das Kinn in Katherines Richtung. Sie sieht grimmig aus dort oben auf dem Wagen, trotz ihrer zerrissenen Kleidung und des lädierten Gesichts.

»Er hat getan, was Männer seines Schlages immer tun«, erwidert sie.

Es folgt ein langes Schweigen.

Dann lächelt das Mädchen zu Rufus hinab.

»Hallo, mein Junge«, grüßt sie.

»Hallo, Liz«, antwortet er.

Das also ist ihr Name.

»Wie sieht Middleham aus?«, erkundigt sich Thomas.

»Ich bin natürlich noch nie dort gewesen – denn weshalb sollte ich? Mein Vater jedoch sagt, sie ist wie jede Burg, außer dass sie vielleicht größer als andere ist.«

»Ist es ... leicht, dort hinzukommen und von da wegzugehen? Hinein und hinaus, meine ich.«

Er ist sich nicht sicher, was er vorhat. Er kann nur daran denken, dass Jack und John und Nettie in einer Burg sind, dass sie seinetwegen dort gefangen gehalten werden, dass sie seinetwegen leiden.

»Thomas«, mahnt Katherine, »du kannst doch nicht die Absicht haben, da … Du kannst doch nicht die Absicht haben, da hineinzugehen und … was zu tun? Sie retten?«

»Ihr werdet keinen Erfolg damit haben«, sagt Liz zu ihm. »Nein, nein.«

»Gewiss nicht«, stimmt Katherine ihr zu, ihr Tonfall ist beinahe flehentlich. »Du darfst noch nicht einmal daran denken. Großer Gott. Du weißt doch, wie solche Bauwerke sind. Wir können nur … Wir können nur hoffen, dass … dass Robin of Redesdale besiegt wird und dass Warwick ebenfalls besiegt wird. Nur dann. Nur dann können wir hoffen, dass wir sie herauskommen sehen.«

»Bis dahin werden sie tot sein!«

»Jau, vielleicht«, pflichtet Liz ihm bei. »Aber bei allem anderen, was Ihr, ganz auf Euch allein gestellt, jetzt in der Sache tun könnt … dabei kann nur Scheiße rauskommen.«

Sie starren sie erstaunt an. Sie starrt zurück, und dann dreht sie sich um und lächelt wieder zu Rufus hinab.

»Na, hast du eine schöne Zeit gehabt, mein Junge? Hast du auf dem Weg in die Stadt hinein die Windmühlen gesehen? Ich hab'se selbst gesehen und dabei an dich gedacht.«

Rufus' Augen funkeln vor Freude.

»Aber was … was ist, wenn das Heer von Robin of Redesdale die von König Edward schlägt?«, fragt Thomas. »Was dann?«

»Nun«, meint Katherine, »wir werden beten müssen.«

»Ha!«, ruft Liz. »Das wird Euch ja echt viel bringen.«

»Also ...« Thomas wendet sich zu ihr um. »Was schlägst du vor?«

»Ihr könnt jetzt einen oder zwei von denen töten«, antwortet sie. »Den einen da. Man muss nur einen Blick auf den werfen, um zu wissen, dass er ein Mistkerl ist, der eine Klinge in seinem Ärmel versteckt hat.«

Er dreht sich dorthin, wo das hinterherzottelnde Ende von Horners Kolonne vorbeizieht, und er bemerkt, dass sie auf Taplow zeigt.

»Ihr könnt mit Eurem großen Bogen denen folgen, und Ihr könnt einen nach dem anderen abschießen.«

Gedankenverloren versucht er sich das vorzustellen. Wie lange würde es dauern? Wie viele Pfeile bräuchte er?

Aber Katherine hat recht. Das Einzige, was er tun kann, ist, Hastings und König Edward zu warnen. Wenn er es schafft, dass Männer wie John Brunt, der Pate von Rufus, in den Kampf ziehen, dann besteht die Chance, dass er und König Edward diese gewaltige Menge von Mordgesellen schlagen können.

»In Ordnung«, sagt Thomas. »In Ordnung. Aber dann müssen wir jetzt gehen. Nach London, um Hastings aufzusuchen. Und wir werden schnell reiten müssen, um diesen Haufen zu überholen – und auch noch Redesdale.«

»Und wie werden wir das schaffen?«, will Liz wissen.

»Wir?«

»Ja«, sagt sie. »Wir. Es sei denn, Ihr habt die Absicht, all das hier zurückzulassen ...« – sie stampft mit einem Holzschuh auf eine Truhe – »und es ist Euch egal, wenn ich es auf den Markt bringe und mich selbst als feine Dame einrichte.«

Er schaut auf den Wagen. Dort befindet sich all sein – all ihr – irdischer Besitz.

»Damit im Schlepptau werdet Ihr nicht schnell genug reisen«, fährt Liz fort. »Also müsst Ihr es irgendwohin bringen, nicht wahr?«

»Marton«, antwortet Katherine. »Wir müssen es nach Marton zurückbringen.«

Liz sieht aus, als wäre sie froh darüber, dass jemand etwas Vernünftiges von sich gibt.

»Genau«, stimmt sie zu. »Wo ist denn dieses Marton? Ist es weit weg?«

Sie sagen es ihr.

Thomas weiß, was als Nächstes gesprochen und gemacht werden muss, doch er kann sich nicht dazu überwinden, es vorzuschlagen. Liz allerdings kann es.

»Werdet Ihr dann mit mir kommen, Goodwife? Ihr und Rufus? Wir könnten Thomas hier zurücklassen, damit er mutterseelenallein nach seinem feinen Lord sucht. So geht das schneller und auch sicherer.«

Katherine lächelt unwillkürlich Liz an.

»Du hast alles so gut arrangiert«, lobt sie.

»Macht keinen Sinn, alles durcheinander zu lassen, oder?«

Thomas steht da und fragt sich, was er noch hinzuzufügen hat.

»Ich habe einen Laib gekauft«, sagt Liz. »Zwei eigentlich. Einen für Euch und einen für uns. Dieser Bursche Jack hat mir zudem sein Geld gelassen. Wollt Ihr es zurück?«

Und sie streckt Thomas eine Hand voll Münzen entgegen. Dieselben, die er Jack gab. Und damit hat sie es geschafft, dass er ihr felsenfest vertraut.

Thomas verabschiedet sich von Katherine und Rufus, während Liz ihnen den Rücken zukehrt und vortäuscht, etwas am Pferd zu machen, das vor den Wagen gespannt ist.

»Wirst du auch klarkommen?«, fragt Thomas.

Katherine verdreht die Augen und schaut auf den Rücken von Liz.

»Das erwarte ich«, antwortet sie. »Ich habe das Gefühl, dass man uns abkommandiert hat.«

Er bietet an, mit ihnen nach Marton zurückzureiten.

»Nein«, sagt Katherine. »Sie hat recht. Du musst Hastings finden. Und London ist wie viele Tagesritte entfernt? Fünf? Sechs?«

Er zuckt mit den Schultern. Er weiß es nicht mit Sicherheit. Es muss ungefähr so viel sein.

»Und wie dem auch sei ...«, fährt sie fort. »Man kann nicht vorhersagen, ob Isabella oder ihre Söhne uns wieder zurückhaben wollen.«

Sie lässt den Gedanken unausgesprochen im Raum hängen, dass die Wahrscheinlichkeit, in Marton bleiben zu dürfen, geringer sein wird, wenn Thomas bei ihnen ist. Thomas nickt und zeigt so, dass auch er diese Annahme für richtig hält.

»Du kennst die Route?«

»Wir folgen diesem Haufen in südlicher Richtung bis nach Doncaster, und von dort, glaube ich, kenne ich inzwischen den Weg.«

»Und du wirst Isabella alles erklären? Ihr erzählen, was geschehen ist?«

»Natürlich.«

»Sie wird dich wieder aufnehmen, das weiß ich.«

»Sie ist eine gute Frau.«

»Und sobald ich Hastings gefunden habe ...«, beginnt er, hält dann jedoch inne. Er weiß nicht, was Hastings sagen wird, wenn er ihn findet, obgleich das nicht schwer zu erraten ist.

»Ich werde dorthin reiten und zu euch kommen«, verspricht er, »sobald ich kann.«

Sie nickt.

»Ich werde auf dich warten«, sagt sie. »Jeden Tag. Rufus und ich. Wir werden zur Straße gehen, um nach dir Ausschau zu halten.«

Thomas lacht.

»Thomas«, mahnt sie ihn. »Lass dich nicht in irgendwas hineinziehen um William Hastings' willen. Lass dich nicht in irgendwelche Kämpfe hineinziehen. Das ist nicht dein Kampf. Und Gott möge verhüten, dass dir irgendwas widerfährt! Ich werde nicht dort sein, und du wirst auf diese Weise Jack und John und Nettie nicht helfen.«

Jetzt ist er es, der nickt.

»Also geh jetzt«, sagt sie. »Geh, und komm wohlbehalten zurück. Gott sei mit dir.«

Teil 3

Nach Mariä Heimsuchung, Sommer 1469

11. Kapitel

Thomas nimmt eine andere Straße als die, auf der Horner und seine Armee unterwegs sind: eine, die ihn weiter westlich führt, sodass er die Kolonne und, wie er hofft, Robin of Redesdale überholen kann, um dann weiter im Süden auf die Straße nach London zu gelangen. Thomas reitet schnell, und bald schon verschwindet die Stadt hinter ihm. Doch dann übermannt ihn schleichendes Entsetzen. Eine ganze Weile reitet er mit Tränen in den Augen, und das hat nichts mit dem Wind zu tun. Er glaubt, dass er weint, weil er Katherine zurückgelassen hat. Aber auch das ist nicht der eigentliche Grund. Denn dieses merkwürdige Empfinden überkommt ihn dann am stärksten, wenn er auf die Äcker und Felder um ihn herum schaut, auf die Bäume und das sich sanft wellende Land. Als er den Scheitel einer Anhöhe erreicht, wirft dieses Gefühl ihn beinahe vom Pferd, und er bringt kaum noch die Kraft auf, zu atmen; denn sein Brustkorb ist wie eingedrückt.

Auf einmal wird ihm bewusst, dass er aus dem Sattel steigt und dann die Straße entlangtaumelt. Westwärts bewegt er sich, auf den Rand eines Steilhangs zu, wo dieser schroff in ein tiefes, kleines Tal abfällt. Das Gras unter seinen Füßen ist saftig und lang, und er steht dort, während diese Tränen seine Augen überschwemmen und seine Wangen hinunterströmen. Er starrt hinab in das Tal und auf den sich schlängelnden Wildbach, der sich mühsam seinen Weg zwischen krummen Weißdornsträuchern und Erlen sucht. Ein leichter Wind weht aus südlicher Richtung, und in den Baumkronen sitzen feiste Raben und Krähen. Aber er sieht nichts von alldem und verspürt nur einen verzweifelten Kummer von der Art, die ihn auf die Knie niederdrücken und dazu bringen könnte, laut zu beten. Und es wird nicht besser, je länger er dableibt, also dreht er sich um und macht sich stolpernd und ergriffen auf den Weg zurück zu seinem Pferd. Er strauchelt über etwas, das im Gras liegt, und fällt auf die Knie; daraufhin dreht er sich um und will den Gegenstand aufheben. Es ist ein verbogener, verrosteter Metallstreifen – ein Stück aus einer alten Rüstung – mit einer großen Delle in der Mitte. Als es sich aus dem Boden löst, wird ein alter, alter Geruch freigesetzt. Thomas blickt sich um: auf die leicht abschüssige Weide und den einzelnen Weißdorn. Und dann schleudert er das Metallstück weg, steigt wieder in den Sattel und bringt sein Pferd zum Traben. Er reitet den Hügel hinab, weg von dem düsteren Ort und auf einen Weiler zu, dessen Gebäude sich um eine winzige Kirche scharen.

Dort ist ein Junge, der ihm sagt, dass dieses Dorf Lead heißt.

»Und was ist da oben?« Thomas zeigt zu den Weiden, durch die er gerade geritten ist.

»Das ist der Weg nach Towton«, antwortet der Junge. »Wir gehen nicht dorthin. Nicht mehr.«

Am späten Nachmittag erreicht Thomas Doncaster. Neuigkeiten über Robin of Redesdale hört er von den Karmelitern, die ihm ein Bett für die Nacht geben.

»Wie viele Männer?«, fragt er ihren Almosenier.

»Fünftausend«, gibt ihm der Mann zur Antwort, als er im Austausch dafür eine der letzten Münzen von Thomas erhält.

»Das ist insgesamt?«

»Das ist nur die kämpfende Truppe. Alle zusammen sind es vielleicht zehntausend.«

Thomas weiß nicht, ob er das glauben soll, doch er hat keinen Grund, es nicht zu tun.

»Wohin sind sie unterwegs?«, fragt er.

»Woher soll ich das wissen?«, entgegnet der Mann. »Doch bei der Kirche St. Sepulchre sind sie aufgebrochen und haben die Straße genommen, die nach Westen führt.«

Westen? Thomas versteht nicht, weshalb Redesdale nach Westen ziehen sollte, wenn sein Ziel sich im Süden befinden muss. Doch es freut ihn, denn es bedeutet, dass die Straße für ihn frei ist, um Hastings zu finden. Also reitet er durch das Südtor von Doncaster und hinaus auf die Straße nach London. Während er einer kleinen Reisegesellschaft von Pilgern auf ihrem Weg nach Lincoln folgt, versucht er, die Sache zu enträtseln. Horner sagte etwas über irgendjemanden ... Tudor? War es das? Der Name ist vertraut ... Jemand, der Wales in Aufruhr versetzt gegen König Edward. Und womöglich haben Robin of Redesdale und dieser Tudor die Absicht, sich zu vereinen und aus dem Westen nach London zu ziehen. Ist das wahrscheinlich? Sogar machbar? Thomas hat keine Ahnung. William Hastings wird es wissen, denkt er, oder er wird jemanden kennen, der das weiß.

Die Pilger biegen nach Osten ab, auf Gainsborough zu – genau auf die Straße, die nach Marton führt. Er jedoch reitet weiter gen Süden, den ganzen frühen Nachmittag hindurch, bis er Newark erreicht. In dieser Stadt wird er, wie er glaubt, sein Pferd wechseln müssen. Aber noch bevor er die neue Holzbrücke überquert, kann er sehen, dass dort irgendetwas im Gange ist. Da sind Männer auf den Burgzinnen, die eine Fahne aufziehen. Und am anderen Ende der Brücke stehen ein Haufen Männer in blauen und braunroten Wappenröcken: mehr Soldaten, als man für eine übliche Stadtwache braucht – und sie sind zudem weitaus besser bewaffnet. Es handelt sich um Männer von König Edward.

Thomas ist halb erleichtert und halb enttäuscht. Er hat sich gewünscht, dass seine Nachricht eine überraschende Neuigkeit sein würde, doch allem Anschein nach muss König Edward schon davon wissen.

»Was macht Ihr hier?«, fragt er. Vor ihm befinden sich fünf oder sechs Soldaten: große, brauchbar aussehende Männer von der Sorte, die er gut kennt; und sie sind schwer bewaffnet. Aber da ist auch etwas Gemächliches an ihnen, als ob sie bei einem sonntäglichen Schießen auf Zielscheiben wären – und nicht, als ob sie nach Norden ziehen würden, um eine bewaffnete Rebellion gegen ihren König niederzuschlagen.

»Könnte Euch die gleiche Frage stellen«, erwidert einer von ihnen – es ist der, dem die anderen untergeordnet sind. »Wollt Ihr nicht von dort herunterkommen?«

Thomas schwingt das Bein über den Rücken seines Pferdes und steigt ab. Sie tragen alle neu angefertigte Wappenröcke, und ihre Helme sind poliert, als wären sie funkelnagelneu. Vielleicht ist das so bei den Männern von König Edward. Einer von ihnen hebt das Kinn, um auf den Bogen und die Mordaxt von Thomas zu deuten.

»Ein Kämpfer seid Ihr, nicht wahr?«, fragt er.

Thomas erzählt ihnen, dass er ein Mann von William Hastings ist.

»Nun, er ist nicht hier«, teilen sie ihm mit.

»Wo ist er?«

Sie wissen es nicht und sind sogar verblüfft, dass er sie das fragt. Doch er sollte hier sein, wie Thomas weiß, wenn König

Edward nach Norden zieht, um gegen Robin of Redesdale zu kämpfen.

»Aber König Edward ist hier?«

»Ja«, antwortet der Mann. »Wenn Euch das interessiert?«

Thomas erzählt ihnen, dass er heute Vormittag von Doncaster hierhergeritten ist.

»Ich habe die Armee von Robin of Redesdale gesehen.«

Ein anderer lacht.

»Oh, dieser Schurke! Man hat uns aufgestellt, um ihm den Arsch zu versohlen!«

»Wie viele seid Ihr?«, fragt Thomas.

»Mehr als tausend«, streicht der Jüngste heraus. »Und weitere sind im Anmarsch.«

»Aber Robin of Redesdale hat eine Armee von fünf- ... nein, siebentausend Soldaten. Waffenknechte und Bogenschützen.«

Einen Moment lang sind ihre Münder so weit aufgerissen wie ihre Augen.

»Beim Blute Christi! Das meint Ihr doch ... nicht im Ernst?«

»Sie sind direkt auf der anderen Seite des Flusses«, berichtet Thomas. »Das *wisst* Ihr ... nicht?«

Jetzt sind sie rühriger. Thomas wird mitgenommen zu einem Offizier – hochgewachsen, jung, gut gekleidet, blasse Haut, jemandes Sohn. Der junge Mann nimmt die Neuigkeiten zuerst ungläubig auf. Diese Einstellung weicht dann der Skepsis und verwandelt sich schließlich in wilde, hektische Panik. Thomas wird die Befehlskette weiter hochgereicht zu irgendeinem Steward, der in Begleitung von sechs gelangweilten Männern in braunroten und blauen Wappenröcken umherspaziert; jeder von ihnen ist mit einer gleich aussehenden Hippe bewaffnet. Erneut lösen die Neuigkeiten von

Thomas zunächst ungläubigen Spott, dann Zweifel und schließlich Panik aus. Und so wird er zu einem weiteren Steward hochgereicht – der sogar noch jünger ist, der sich höchst prächtig in enge rote Beinlinge, spitz zulaufende Schuhe und sich bauschende Seidenärmel gekleidet hat und der Thomas an einen von Isabellas Söhnen erinnert. Dieser Mann nun berichtet Thomas, dass König Edward den Nachmittag mit seinen Habichten verbringt.

Zehn Männer in makellosen braunroten und blauen Wappenröcken begleiten Thomas zu seinem Pferd zurück und dann hinaus zu den Auen flussaufwärts, um König Edward aufzusuchen. Selbstverständlich ist er nervös, weil er gleich dem König begegnen wird. Zwar hat er ihn schon früher gesehen und mit ihm gesprochen – er ist sogar von diesem Mann umarmt worden, wie man ihm berichtet hat –, doch er kann sich an nichts davon erinnern. Und während sie jetzt über morastige Flussniederungen hinwegreiten, packt Thomas die Angst.

Sie finden den König hoch zu Ross auf einem von Schilf gesäumten, von schwarzem Schlamm bedeckten Inselchen. Er ist umgeben von einer Schar Gentlemen, und ein Stück weit entfernt steht eine weitere Schar von weniger bedeutsamen Gentlemen. Noch weiter weg ist ein kleines Heer von Bediensteten, die Beutel, Weidenkisten und spezielle Gestelle für die Habichte tragen. Auch Hundeführer stehen dort herum, und ihre schmutzigen Schützlinge schwimmen durch das trübe Wasser, tauchen an den Ufern auf und schütteln sich. Während einige dies halbwegs unterhaltsam finden – wer wird gleich klatschnass sein? –, konzentrieren sich andere auf den Himmel und folgen den fernen Punkten der Habichte, während diese ihrer Arbeit nachgehen. Der Nachmittag ist schwül und warm, und Insekten formieren sich zu Wolken in der Luft.

Thomas wird gesagt, dass er warten soll, wo er ist, denn er darf sich dem König nicht einfach so nähern. Geduldig sitzt er da, während verschiedene Verhandlungen geführt werden von Mitgliedern der einen Gruppe, die zur nächsten gehen. Jedes Mal sieht er ihre ungläubigen Mienen und ihre emporgereckten Köpfe, während sie ihn mustern. Dann kommen Wasser spritzend die feineren Gentlemen nacheinander zu ihm herüber, um ihm die stets gleichen Fragen zu stellen, bis zu guter Letzt jemand König Edward alarmiert. Dieser sitzt oben im Sattel seines wunderschönen, mit Schlamm bespritzten Pferdes, ist größer als all die anderen und beschattet mit einer behandschuhten Hand seine Augen. Auf dem Kopf trägt er eine Mütze von der Größe eines Frauenkissens mit einer extravaganten Feder.

Er dreht sich im Sattel um, als er vernimmt, was gesagt wird; und er verlangt eine Wiederholung der Worte, bevor er herüberschaut. Erneut muss er seine Augen beschatten; doch als er Thomas erblickt, zuckt er irgendwie zusammen. Dann gibt er mit Gesten zu verstehen, dass sich Thomas in seine Gegenwart begeben soll, und zwar auf der Stelle. All die Diener, geringeren Gentlemen und feineren Gentlemen treten zurück, sodass sie quasi eine Allee bilden. Thomas bewegt sich spritzend durch den Schlamm vorwärts, und König Edward kommt ihm auf halbem Wege entgegen. Englands Herrscher beugt sich nach vorn – die Habichte sind vergessen –, und sein Gesichtsausdruck ist konzentriert und grimmig.

»Du lieber Gott!«, ruft König Edward. »Ich kenne dich.«

Thomas nickt, da er weiß, dass dies wahr sein muss, obwohl er sich selbst nicht daran erinnern kann.

»Euer Hoheit«, sagt er, und er weiß, dass und wie er seinen Hut abnehmen und ihn gegen die Brust drücken muss, während er den Kopf beugt: eine Nachahmung des Verhaltens all der anderen Diener und weniger feinen Gentlemen. König Edward schwingt sein Bein vorne über den Sattel und springt schwer in den Schlamm. So wie er sitzen alle anderen ab. Er ist ein großer Mann, dieser König Edward – sogar größer als Thomas –, und breitschultrig. Zudem ist er gut gepolstert mit Muskeln, doch auch mit einer Fettschicht, die von den Zeiten kündet, die er an der Essenstafel zubringt. Seine Augen wirken klein in seinem breiten Gesicht, und das gilt auch für seinen Mund, dessen weiche Lippen ein wenig geschürzt sind, als wäre er mittendrin in einem selbstironischen Witz. Und dennoch ist er der Sieger von Towton – ein Kriegerkönig, wie Sir John zu sagen pflegte: einer, der den Siegern von Agincourt und von all diesen anderen gewonnenen Schlachten während der französischen Kriege gleichkommt.

Doch sieht er auch aus wie ein Bastard?, fragt sich Thomas. Wie der Sohn eines Mannes, der nicht sein offizieller Vater ist?

»Thomas Everingham«, sagt König Edward. »Mein Gott. Ich bin froh, dich lebend zu sehen.«

Er streckt eine behandschuhte Hand aus, die mit Ringen übersät ist, und Thomas weiß nicht, ob er sie schütteln oder küssen soll. Er entscheidet sich für Ersteres, und König Edward scheint recht zufrieden damit zu sein. Ein Kreis von Gesichtern hat sich um sie beide gebildet. König Edward zieht eine Augenbraue hoch.

»Nun«, fragt er, »was hast du für mich?«

Thomas berichtet von der großen Zahl an Leuten, die Robin of Redesdale um sich versammelt hat.

König Edward ist ebenso bestürzt wie die anderen, die sich anschauen, um jemanden auszusuchen, dem man die Schuld geben kann.

»Das sind ja mehr als drei Mal so viele, wie man uns gesagt hat!«, erklärt er. »Wie ist das möglich?«

Niemand weiß darauf eine Antwort.

Dann: »Es ist bloß schlimmer als befürchtet«, meint einer.

»Mehr als *drei* Mal schlimmer!«, ruft König Edward. »*Drei* Mal! Großer Gott!«

»Wir können mehr Männer aufbringen, Euer Hoheit, wenn wir schnell handeln. Und dann können wir diesen Robin of Redesdale zerschmettern und seinen Kopf auf einen Spieß stecken, noch bevor der Monat vorbei ist.«

König Edward schaut den Sprecher lange an, beruhigt sich und schöpft Mut aus den Worten des Mannes. Dann dankt er ihm für seine Siegesgewissheit und nennt ihn dabei William. Es handelt sich um einen großen Mann mit Vollbart und rissigen Wangen, die vom Wetter gegerbt sind, was ungewöhnlich wirkt in solch einer Ansammlung von Edelmännern mit glatter Haut.

Ein anderer beginnt zu reden: ein eleganter kleiner Mann mit einem Seidenhut und dunklen Augen, die sich mit einem Ausdruck des Missfallens auf diesen ersten, bärtigen Sprecher heften.

»Wie viele Männer, Mylord Pembroke, hofft Ihr in so kurzer Zeit aufbringen zu können?«, fragt er.

Der große, bärtige Mann – Pembroke – erwidert daraufhin, dass er bereits Befehle zu seinen Ländereien geschickt habe, um zweitausend Mann aufzustellen; doch jetzt, wo er von der Schwere der Krise erfahren hat, habe er vor, ein weiteres Tausend auszuheben, also insgesamt dreitausend Mann.

»Waffenknechte?«

»Größtenteils.«

»Dann werde ich eine gleich große Anzahl von Bogenschützen zur Verfügung stellen«, sagt der elegante kleine Mann mit einer Art Verbeugung vor König Edward.

Der ist erneut dankbar und bringt dies auch zum Ausdruck; den Mann spricht er dabei als Mylord Devon an.

Andere bieten nun ihre Männer an, doch nur wenige können eine vergleichbare Anzahl zur Verfügung stellen. Nach einem Moment bittet Pembroke, ihn zu entschuldigen, denn er möchte augenblicklich aufbrechen, und König Edward gestattet es ihm. Der Elegante, Devon, folgt Pembrokes Beispiel.

»Beeilt Euch«, sagt ihnen König Edward. »In zehn Tagen von jetzt an werden wir uns bei Nottingham sammeln, sofern ich nicht eine Nachricht anderen Inhalts schicke.«

Thomas schaut zu, wie Devon und Pembroke davoneilen; Wasser spritzt hinter ihnen auf. Für jeden von ihnen löst sich eine Entourage aus der Gruppe der geringeren Edelleute und aus der Schar der kriecherischen einfachen Leute.

König Edward wendet sich einem weiteren Mann zu.

»Schickt noch heute Briefe ab«, sagt er. »Schickt sie sofort ab. An alle, die Euch einfallen. Auch an Städte. Coventry. Gloucester. Norfolk. Überallhin. Richtet ihnen aus, dass sie Männer schicken sollen, und zwar nach Nottingham, wo ich sein werde. Ich brauche Bogenschützen. Jeweils einhundert Mann – und auch mehr, wenn sie können. Die Männer sollen unverzüglich zu mir geschickt werden. Und zur Hölle mit den Kosten. Ihr wisst, wie dies zu formulieren ist.«

Der Angesprochene nickt und reicht seinen Habicht einem anderen Mann; dann hastet er davon, gefolgt von drei Dienern.

»Was ist eigentlich mit Mylord Northumberland?«, will König Edward wissen. »Er ist nicht gegen diesen ... diesen Schurken Redesdale ausgerückt, und er hat auch keine Botschaft geschickt.«

»Es heißt, dass er bloß dasitzt und nichts tut«, sagt Thomas zu ihm.

»Undankbarer Mistkerl«, empört sich König Edward. »Ich werde ihn dahin zurückbefördern, wo er hingehört.«

Es ist nun drückend heiß in der Sonne. Angelockt von ihren Falknern, kehren die Vögel mit schlagenden Flügeln zurück, und man setzt ihnen Hauben auf. Die Nachricht, dass der sportliche Teil des Tages vorüber ist, hat sich verbreitet. Doch es scheint, dass die Leute nichts von Warwicks Verwicklung wissen.

»Männer in seinem Wappenrock bewegen sich ungehindert zwischen den Soldaten von Robin of Redesdale«, berichtet Thomas weiter. »Es ist beinahe so, als ob er auf ihrer Seite stehen würde.«

König Edward ist bestürzt.

»Nein!«, ruft er aus. »Kann das denn wahr sein? Mylord Warwicks Männer gehen zwischen ihnen umher?«

Einen langen Moment schaut Thomas ihn an und versucht, etwas aus diesen ausweichenden Augen herauszulesen. Er erinnert sich an etwas, das Hastings ihnen erzählt hat, und es scheint ihm, als wären seitdem viele Jahre vergangen: Damals erwähnte Hastings, dass König Edward nicht hören wollte, dass irgendetwas Schlechtes über den Earl of Warwick gesagt wurde. Hat deshalb vielleicht keiner dem König etwas davon erzählt? Weiß er überhaupt, dass Warwick seine Tochter mit dem Duke of Clarence, dem Bruder von König Edward, verheiratet hat? Dass Warwick im Begriff steht, einen Aufruf bekanntzugeben, in dem es heißt, das Land soll sich gegen die Berater von König Edward erheben? Dass Warwick kurz davor ist, in Sandwich an Land zu gehen und die Männer von Kent einzuberufen? Hat denn keiner König Edward irgendetwas gesagt?

»Euer Hoheit«, beginnt Thomas, und dann berichtet er ihm alles, was er gehört hat: über die Hochzeit zwischen seinem Bruder, dem Duke of Clarence, und der Tochter von Warwick und über die Erklärung, die in Calais veröffentlicht wurde. Bei den Ausführungen von Thomas steht König Edward stumm da, während seine Gentlemen hinter ihm schnaufen und seufzen, ihre Stiefel aus dem Schlamm ziehen und von einem Fuß auf den anderen treten. Doch Thomas erzählt weiter. Die Gesichtszüge von König Edward verhärten sich: Sein Mund wird schmal wie ein Knopfloch, und seine Augen verengen sich, sodass ihre Blicke nur noch Nadelstiche steinharten Zorns sind. Außerdem scheint seine Gestalt zu wachsen, förmlich anzuschwellen und sich vor Thomas aufzutürmen. Das, denkt Thomas, das nun *ist* der Sieger von Towton: der Mann, der so rücksichtslos war, den Befehl zu geben, nicht das Leben der gemeinen Leute zu schonen; der Mann, der Engländer dazu brachte, andere Engländer umzubringen, bis es dafür zu dunkel war. Schockartig verspürt Thomas heißes Entsetzen in sich aufsteigen, und er tritt einen Schritt zurück.

Doch König Edward geht sogleich einen Schritt auf ihn zu. Seine Hand liegt am Heft seines Dolches, und Thomas erkennt eines: Englands Herrscher ist so wütend, dass er ihn auf der Stelle töten und das Messer gegen jeden Mann wenden könnte, der etwas sagt, um den König aufzuhalten. Thomas schluckt und spürt schon den Schmerz der Stichverletzung, denn er weiß, dass er sich nicht dagegen verteidigen kann – und darf. Doch dann tritt bei König Edward an die Stelle der schlichten Wut ein kälterer, härterer, grausamerer, berechnenderer Ausdruck, der noch furchteinflößender ist; und Thomas fühlt sich nackt und bloß vor der Macht dieses Mannes. König Edward bewegt seine Hand langsam von dem Messer weg. Dann starrt er Thomas an, dessen Reaktion ihn jetzt interessiert, und sagt sehr langsam, sehr ruhig und sehr klar durch zusammengepresste Lippen:

»*Weißt* du eigentlich, was bei uns die Strafe für Volksverhetzung ist?«

Nun sind alle still. Das ist nicht länger eine verfahrene Situation zwischen zwei Männern im Morast. Dies ist ein Mann gegen einen König. Thomas spürt, wie in seinem Mund der Speichel wegtrocknet. König Edward wartet auf eine Antwort, sein Blick nagelt Thomas fest.

»Also, ich höre?«

Thomas ist im Begriff, den Kopf zu schütteln, weil er, um Himmels willen, noch nicht einmal weiß, was Volksverhetzung ist. Trotzdem muss er eine Antwort geben, und ihm ist klar, dass sein Leben von ihr abhängt, welche Worte er auch immer wählen wird. Er überlegt, was er sagen soll, und entscheidet sich für die Wahrheit.

»Es ist die Wahrheit, Sir – so, wie man es mir gesagt hat.«

König Edward steht eine Handspanne von ihm entfernt. Er ist starr vor Zorn, sein Gesicht rosarot vor Wut. Thomas hat das Gefühl, als ob er in die Augen eines jener für die Bärenhatz gezüchteten Hunde blicken würde, und er erinnert sich, was in einer solchen Situation geboten ist: Nur die Ruhe bewahren! Keine Angst zeigen. Also schaut er König Edward an – Auge in Auge. Und er denkt: Bloß weil du mich mit einem Schnipser deiner Finger töten lassen kannst, wirst du es nicht tun, weil du weißt, dass es eine Sünde wäre. Und König Edwards starrer Blick, der so beständig gewesen ist, huscht nun über sein ganzes Gesicht, als ob er Thomas zum ersten Mal mustern, ihn noch einmal völlig neu anschauen und sich dabei ertappen würde, dass er überrascht ist über das, was er da vor sich sieht. Für den Moment jedoch ist die Konfrontation vorüber. Thomas fühlt nicht bloß Erleichterung, sondern eine Art Triumph.

König Edward zeigt auf die Stelle an Thomas' Kopf, wo weißes Haar wächst.

»Was ist das?«, fragt er.

»Ein Andenken von Towton«, antwortet Thomas.

König Edward nickt. Doch nach einer Weile merkt er dazu an:

»Ich habe Schlimmeres gesehen.«

Thomas antwortet nichts darauf. Er hat noch nie damit geprahlt.

»Du kommst also hierher«, fährt König Edward fort, »um Lügen von dir zu geben: Lügen über meine Freunde und meine Angehörigen und über ... über öffentliche Erklärungen. Und es ist, als wärst du imstande, in die Zukunft zu sehen, oder?«

»Ich sage nur, was man mir gesagt hat. Es kann sein, dass es sich nicht so ereignet. Mehr weiß ich nicht. Ich weiß nichts darüber, wie es sein könnte, wie es sein sollte, was irgendetwas von alldem überhaupt bedeutet. Ich sage Euch nur, wie mir gesagt worden ist.«

»Also behauptest du es weiterhin«, merkt einer der Gentlemen von König Edward an. Auf der Faust hält er immer noch seinen Vogel, dessen Brust blutig ist und der rosarote Fleischfetzen in seinen Krallen hat. Er und der Vogel sehen irgendwie gleich aus; beide haben dunkle Augen und eine hakenförmige Nase.

»Was sollen wir mit ihm machen, Mylord Worcester?«, fragt König Edward.

»Um die Wahrheit herauszubekommen, Sir? Oder um ihn zu bestrafen?«

Thomas ist erstaunt.

»Ich sage Euch nur, was man mir gesagt hat«, wiederholt er. Plötzlich hat er das Gefühl, sehr dumm zu sein. Es gibt hier etwas, das er nicht versteht. Du lieber Gott! Er wünschte, er wäre niemals hergekommen, hätte niemals zu helfen versucht. König Edward schaut weiter Thomas an.

»Nein«, sagt er nach einem Augenblick, »wir werden die Sache ein paar Tage lang auf sich beruhen lassen. Ich entsinne mich, dass du ein Mann von William Hastings bist. Wir werden seine Ankunft abwarten und sehen, was er vorschlägt.«

Der Mann mit dem Habichtsgesicht, der in eine merkwürdige Jacke aus geschichteten Lederstreifen gekleidet ist, die wie Vogelfedern an seiner Brust herabhängen, sieht enttäuscht aus. Er hat seine Beute verloren. König Edward gibt ein paar diskrete Zeichen, die Thomas nicht sieht. Plötzlich ist Thomas umzingelt von großen Männern in blauer und braunroter Livree; stumm pressen sie sich gegen ihn, sodass er noch nicht einmal seine Arme bewegen kann. Sie umringen ihn, während König Edward und seine Gentlemen in ihre Sättel steigen und durch den Schlamm und das Wasser zum trockenen Untergrund an der Burg zurückreiten.

Zuerst wird er in die Ecke einer weiß getünchten Wachstube im Torhaus der Burg gebracht. Dort bleibt er allein sitzen, während draußen im Hof viel gelaufen und gerufen wird. Türen werden zugeknallt. Pferdehufe klappern auf den Pflastersteinen, Männer kommen und gehen. Thomas versucht darüber nachzudenken, weshalb alles so schlecht gelaufen ist.

»Hast dein Stöckchen in ein Wespennest gesteckt, was?«, sagt einer der blau und braunrot gekleideten Wachen zu ihm, als sie mit Brot und Ale hereinkommen. »Trotzdem, der freundliche alte Worcester hat dich nicht fortgeschafft. Er hätte aus deinen Gedärmen eine Bogensehne gemacht.«

Thomas erhält eine Decke und schläft auf dem Steinboden.

Am nächsten Tag bringen sie sein Pferd zurück, allerdings sind der Bogen und die Mordaxt am Sattel eines anderen Mannes befestigt. Dann macht er sich mit den anderen hoch zu Ross auf den Weg nach Nottingham. König Edward ist auch mit dabei, jedoch weit vorn in der Kolonne, und Boten reiten in kurzem Galopp hin und her. Es wird eine Trommel geschlagen, und die Atmosphäre ist schon besser, wie Thomas glaubt. Doch, großer Gott, wie gerne wäre er irgendwo anders.

Er denkt an Katherine und Rufus und hofft, dass sie sicher in Marton sind. Auch versucht er, sich vorzustellen, wie es sein würde, wenn sie mit ihm hier wären. Hätte Katherine gewusst, dass man den König nicht bedrängen sollte? Wahrscheinlich. Danach wandern seine Gedanken zu Jack und Nettie und John Stumpf, und er schaudert fast, wenn er an Edmund Riven und an all das denkt, was er über den Kerl gehört hat. Anschließend versucht er sich vorzustellen, was er womöglich hätte machen sollen, um seine Freunde zu retten. Aber bestimmt war das hier der einzige Weg, oder? Man hätte nicht erwarten können, dass der König so reagieren würde, nicht wahr? Oder etwa doch? Und so kehren seine Gedanken ständig zu ihm selbst und seiner eigenen misslichen Lage zurück.

Spät am Tag erreichen sie Nottingham, und sie reiten zur Burg hoch, die man oben auf einem Felsvorsprung errichtet hat. Abermals wird Thomas in der Wachstube eines Torhauses untergebracht. Inzwischen beachtet man ihn zumeist überhaupt nicht, da er ungefährlich ist. Die Wachsoldaten kommen und gehen, und ihre Gespräche sind vertraut und beruhigend. Thomas hört ihnen zu und weiß beinahe aufs Wort genau, was ein jeder als Nächstes sagen und welche Antwort er von den anderen erhalten wird. Sie tratschen und spekulieren natürlich über die Mägde, und sie hänseln die Jungfrau unter ihnen, und sie prahlen mit ihren diversen sexuellen und kriegerischen Fähigkeiten. Danach sprechen sie über die jeweiligen Vorzüge ihrer Städte und Countys – sie kommen aus zum Teil weit voneinander entfernten Gegenden des Landes – und anschließend über das, was ihrer Ansicht nach als Nächstes passieren wird: wohin man sie schicken wird, gegen wen sie bald kämpfen müssen und was sie den Männern antun, auf die sie in der Schlacht treffen werden.

Während dieser erste Tag in den Abend übergeht, dann Letzterer in die Nacht und diese in den nächsten Morgen, hört Thomas, wie die Dinge stehen. Er erfährt, dass König Edward Späher über den Fluss vorausgeschickt hat, um zu überprüfen, ob die Gerüchte stimmen. Als nach dem Mittag die Späher mit der Nachricht zurückkehren, dass sie keine Spur von irgendeiner Armee entdecken können, geschweige denn von einer großen, lachen die Wachmänner, halb erleichtert und halb enttäuscht. Dann entsinnen sie sich, dass Thomas die Quelle der Gerüchte war, und so wenden sie sich ihm zu und verspotten ihn; sie sagen einen Besuch von diesem Earl of Worcester voraus, vor dem sie alle große Angst haben. Thomas jedoch bleibt hartnäckig, und nach einiger Zeit scheinen sie sich damit abzufinden und halten ihn für irgendeinen Geisteskranken, der vielleicht durch den Mond verrückt geworden ist. Sie geben ihm Brot und Ale, und sie fangen an, ihn wie ein schwachköpfiges Maskottchen oder wie ein Haustier zu behandeln. Oder Männer werden in den Raum geholt, um ihn anzuschauen, so wie er dasitzt; und womöglich hätte man ihm sogar das Haar zerzaust, wäre er nicht so groß.

Die Wachmänner sind erfreut, als später am Abend waghalsigere Späher zurückkehren, die weiter entfernt unterwegs waren und eine Armee entdeckt haben – nur dass diese keineswegs so groß ist wie befürchtet. Der Gedanke, es mit diesem Gegner aufzunehmen, ist für die Soldaten sehr angenehm. Später kommen noch zwei weitere Späher und bringen die Nachricht, dass dieses kleine Heer nur die Nachhut einer viel größeren Armee ist. Daraufhin sind die Wachen niedergeschlagen.

Thomas fühlt sich bestätigt. Am nächsten Abend ist er jedoch immer noch in der Wachstube, und seine Beliebtheit unter den Männern sinkt kontinuierlich, als ihnen zu dämmern beginnt, dass sie definitiv gegen diese große Armee werden kämpfen müssen. Die Älteren unter ihnen äußern die Hoffnung, dass die Earls of Devon und of Pembroke mit ihrer versprochenen Verstärkung zurück sein werden, bevor dieser Robin of Redesdale seine Männer nach Süden schwenken lässt.

»Was glaubst du, Thomas? Du scheinst ja alles zu wissen?«

Selbstverständlich weiß er nicht alles. Aber trotzdem fragen sie ihn; und er beginnt, eine seltsame magische Rolle in ihrer Gesellschaft zu übernehmen.

»Und was ist mit dem Earl of Warwick? Wird er seine Männer bringen?«

Thomas weiß auch das nicht; und selbst wenn er mit Sicherheit sagen könnte, dass Warwick seine äußerst gefürchteten Soldaten bringen oder nicht bringen werde, könnte er doch nicht mit Sicherheit sagen, auf welcher Seite sie kämpfen werden. Niemand in den Wachstuben kann glauben, dass der Earl of Warwick sich des Verrats schuldig machen könnte, wie die Gerüchte behaupten – und gewiss nicht die Älteren unter den Soldaten hier, die den Earl schon gekannt haben, als er an der Seite von König Edward bei Northampton und Towton kämpfte.

Doch einer der jüngeren Männer hat Wache gestanden mit einigen Soldaten jenes großen, bärtigen Earl of Pembroke und er erzählt, dass sie alle darüber sprechen würden, wie sehr der Earl of Warwick die Ehegattin von König Edward und ihre ganze Familie hasst, insbesondere ihren Vater und ihren Bruder. Und auch davon, dass der Earl of Pembroke Warwicks Pläne in Wales durchkreuzt hat, während der Earl of Devon irgendwo anders etwas gemacht hat, das schrecklich für Warwicks Interessen ist.

»Also ist es ein ständiges Hin und Her.«

Und Thomas bleibt nichts anderes übrig, als sich im Stillen zu fragen, was all dies in Gottes Namen zu bedeuten hat.

Am nächsten Morgen erscheint ein gerade angekommener Bote, der nach Ale und etwas zu essen sucht, in der Wachstube. Er ist von der Sonne gerötet und vom Ritt verschwitzt. Mit einem Schulterzucken streift er seinen Umhang ab und lässt sich schwer auf einen Hocker fallen. Er beachtet Thomas nicht, während er aus seinem eigenen Lederbecher trinkt. Und so dauert es einen Augenblick, bis Thomas erkennt, dass bei dem Mann das vertraute Abzeichen mit dem schwarzen Bullenkopf in die Falten seines Gewandes genäht ist.

»Ihr seid ein Mann von Hastings?«

Er schaut zu Thomas hinüber und brummt zustimmend.

»Bin aus London gekommen mit einer Botschaft für den König«, erklärt er. »Leck mich am Arsch, ist das heiß.«

»Ist Hastings hier?«, erkundigt sich Thomas.

Der Mann schüttelt den Kopf.

»Kommt morgen«, sagt er. »Hat noch zu viel zu tun in London, auf mein Wort.«

Bevor er das weiter erläutern kann, kommt einer der anderen Wachsoldaten zurück.

»Mitkommen, du«, befiehlt er Thomas. »Man verlangt nach dir.«

Zwei weitere Männer in Braunrot und Blau warten auf ihn, um ihn durch den Burghof zur Halle zu geleiten. Dort wird Thomas einem anderen Steward übergeben und anschließend noch einem anderen. Letzterer führt ihn zu einer Tür, gegen die er klopft und die er dann ein kleines Stück öffnet. Der Steward steckt den Kopf durch den Spalt, und nach einem Gespräch im Flüsterton drückt er die Tür weit auf. Im Innern des Raumes sind einige der Männer von jener Jagd zu sehen, die durch Thomas' Neuigkeiten so abrupt beendet wurde; wenngleich ihre Zahl geschrumpft ist. König Edward steht abseits von ihnen und starrt zum Fenster hinaus; in seiner nach unten gesenkten Hand hält er ein Blatt Papier. Alle drehen sich um und blicken Thomas starr an, als er hereinkommt.

»Aah«, entfährt es König Edward. »Thomas Everingham.«

Er schreitet rasch zu ihm hin. Heute ist er in Blau gekleidet, dazu trägt er schwarze Halbschuhe, die vorne nicht zu spitz sind, und an seinem Gürtel ist ein Schwert in einer langen roten Scheide befestigt. Die Waffe hier im Innern des Gebäudes wirkt merkwürdig, denkt Thomas, doch vielleicht ist es als Zeichen der Entschlossenheit gemeint.

»Ich wollte, dass Ihr hier seid«, sagt er, »wenn ich die Nachrichten übermittle, die am heutigen Tag Unser vielgeliebter William, Lord Hastings, aus London gesandt hat.«

Er wedelt mit dem viereckigen Blatt Papier. Es stehen nur wenige Zeilen darauf. Kein Siegel. Thomas weiß, was das bedeutet: Der Text ist in großer Eile geschrieben worden.

»Also, Mylords«, fährt der König fort, wendet sich seinen Gentlemen zu und schlägt leicht mit der Rückseite seiner

Finger gegen das Papier. »Unser Lord Hastings schreibt Uns am heutigen Tag bedeutsame gute Nachrichten, von denen Wir dank Unseres sehr loyalen Freundes Thomas Everingham hier bereits Andeutungen erhalten haben. Diese Neuigkeiten haben den in London weilenden Lord Hastings aus Unserer Stadt Calais erreicht, wo in dieser Woche, wie es scheint, Unser Bruder George, Mylord Clarence, in den gesegneten heiligen Stand der Ehe getreten ist!«

Die Gentlemen vermeiden es, sich anzuschauen, und König Edward muss lange warten, bis das erste dumpfe Gegeneinanderschlagen von Händen eine förmliche Bekundung ihrer Freude über diese Neuigkeit anzeigt.

»Und wer ist die glückliche Braut?«, fragt König Edward rhetorisch. »Na, so was – niemand anders als Lady Isabel Neville, Tochter Unseres höchst treuen Cousins, Mylord Warwick. Ich nehme an, Wir müssen Uns jetzt daran gewöhnen, sie die Duchess of Clarence zu nennen.«

Die Anwesenden legen die Stirn in Falten.

»Aber Euer Hoheit«, merkt der Earl of Worcester an, der immer noch die Jacke trägt, die aussieht wie das Federkleid einer Habichtsbrust, »Ihr habt diese Partie doch ausdrücklich untersagt.«

»Ja, ja, Mylord, ich dachte, das hätte ich getan; aber augenscheinlich habe ich mich nicht klar genug gegenüber allen involvierten Parteien ausgedrückt.«

König Edwards Lächeln ist wie aus Glas.

»Und der Papst hat Dispens erteilt?«, fragt Worcester. »Ohne ihn ist –«

»Im März«, unterbricht König Edward ihn und hält das Blatt Papier hoch. »Er wurde im März erteilt.«

»Im *März!*«, haucht Worcester. »Vor vier Monaten, und ... Herrgott! Und wer hat sie verheiratet?«

König Edward ist erfreut über die Frage.

»Ach«, antwortet er, »das dürfte der Onkel der Braut gewesen sein, Mylord Erzbischof von York.«

»Und ist Earl Warwick dabei gewesen?« Die Frage kommt vom Jüngsten aus der Gruppe der anwesenden Gentlemen.

»Der Vater der Braut würde sich dieses Ereignis wohl kaum entgehen lassen, meint Ihr nicht auch?«

Einen Moment lang gibt es Gemurmel in der kleinen Schar.

König Edward dreht sich zu Thomas um.

»Also, mein Freund, es stellt sich heraus, dass Ihr recht hattet«, sagt er. »Und ich habe mich geirrt, es tut mir von Herzen leid. An dem Tag, als wir uns zuletzt begegnet sind, habe ich Euch fälschlicherweise eines Vergehens beschuldigt, und ich bin, obgleich der König, demütig genug, vor den Anwesenden meinen Fehltritt zu bekennen. Ich hoffe, dass Gott mir meinen Stolz und meinen Zorn vergeben wird und dass Ihr mir jegliche Unannehmlichkeit vergeben werdet, die man Euch bereitet hat. Ich würde es Euch nicht verdenken, wenn Ihr Euch jetzt dazu entschließen solltet, Euch umzudrehen und weiter Eures Weges zu gehen, zumal Ihr mir bereits einen großen Dienst erwiesen habt. Doch mir wäre es willkommen, wenn ich die Chance erhalte, Wiedergutmachung zu leisten und Euch für Euren Dienst in irgendeiner Form zu belohnen.«

Thomas spürt, dass sein Gesicht vom Lächeln ganz breit wird.

»Nicht mit einem Gedanken dachte ich an eine Belohnung bei dem, was ich tat«, lügt er.

König Edward durchschaut ihn ohne große Mühe.

»Nun denn«, sagt er, »wir werden dies zu einem angenehmeren Zeitpunkt besprechen. Doch bitte, Sir, Ihr erwähntet … eine öffentliche Erklärung?«

Thomas hat zu diesem Thema nur wenig mehr hinzuzufügen, aber der Earl of Worcester tritt vor, um ihn zu fragen, wann er von dieser Erklärung gehört und wie er davon erfahren hat. Obwohl sich Thomas müde und hungrig fühlt, ist er beschwingt von der Anerkennung, die ihm nun zuteilwird. Daher redet er, ohne darüber nachzudenken, wie jeder Satz enden wird, ohne darüber nachzudenken, wie jedes Satzende eine Geschichte aufbauen und wie diese Geschichte enden wird. Er steht da vor diesem dunkeläugigen, grimmigen kleinen Mann mit der Habichtsnase, und er redet und redet. Auch entgeht ihm, wie der Gesichtsausdruck des kleinen Mannes schärfer wird, als er den Anwesenden die Geschichte seiner wenige Tage dauernden Reise im Norden erzählt, und er achtet genauso wenig auf den Schreiber, der an Worcesters Seite steht und die Namen Horner, Riven und sogar Campbell festhält. Dann will Worcester wissen, wo sich Katherine befindet, wo Jack, Nettie und John Stumpf sind, und Thomas erzählt es ihm. Es ist fast zu spät für irgendeine Form des Rückzugs, als Worcester schließlich mit einem Lächeln fragt:

»Weshalb seid Ihr so jäh aus dem Wirtshaus geflüchtet?«

Daraufhin muss Thomas ihm antworten, dass sie Angst vor Edmund Riven hatten.

»Aber *weshalb* hattet *Ihr* solche Angst vor Edmund Riven?«

»Er ... er fügt Leuten Verbrennungen zu«, stammelt Thomas. »Er nimmt zwei – eine Mutter und ihren Sohn, sagen wir mal –, und er fügt der einen Person Brandwunden zu, um die andere zum Sprechen zu bringen.«

Worcester legt eine kleine Pause ein, um sich die Szene bildlich vorzustellen, und lächelt anschließend genüsslich.

»Oh ja«, sagt er. »Das ist gut. Aber macht dieser Edmund

Riven so etwas mit jedem, dem er begegnet? Sicherlich nicht! Mensch, wenn er das täte, wäre er der am härtesten arbeitende Mann der Christenheit.«

»Nein«, stimmt Thomas ihm zu. »Nicht mit jedem.«

»Was also ist an Euch so besonders«, bohrt Worcester nach, »dass Riven Euch Verbrennungen zufügen könnte?«

Nun endlich erkennt Thomas die Falle, die er sich selbst gestellt hat, doch es ist zu spät. Jetzt scheint Worcesters fester Blick ihn zu häuten, ihn jeglichen Schutzes zu entkleiden, und die Stimme des Earl scheint sich zwischen seine Gelenke zu schieben und an seinen Nerven zu kratzen.

»Nun?«

»Ich weiß es nicht«, räumt Thomas ein. »Ich hatte einfach Angst vor ihm. Ich hatte eine Frau und ein Kind bei mir.«

»Eine Frau und ein Kind. Und habt Ihr während Eurer Zeit in den nördlichen Teilen des Landes in Erfahrung gebracht, nach wem – oder was – dieser Edmund Riven gesucht hat?«

Jetzt wünscht sich Thomas, dass er, bei Gott, mit Katherine zu Hause oder sie mit ihm hier wäre, denn sie würde wissen, was er sagen muss. Außerdem wünschte er, dieser ... dieser *Raubvogel* würde nicht über ihm kreisen – mit seiner blutverkrusteten Brust und den rosafarbenen Fleischstreifen, die wie Würmer in seinen Krallen baumeln, und mit diesem Blick in den Augen.

»Das habe ich nicht«, haucht Thomas. »Ich habe mich mehr darum gekümmert, in Erfahrung zu bringen, ob dort wirklich eine Armee war, um eine Rebellion gegen König Edward anzuzetteln.«

Worcester öffnet den Mund, um etwas schrecklich Sarkastisches zu sagen, doch König Edward hat genug von seinen Fragen.

»Lasst ihn in Ruhe, Worcester«, sagt er. »Ihr fangt an, selbst mich zu erschrecken.«

»Aber, Sir …«

König Edward hebt die Hand. Genug.

Und natürlich erkennt Thomas, dass Worcester seine Absicht nicht genauer erklären kann, weil König Edward nichts von dem Lagerbuch und dem Geheimnis weiß, für dessen Bewahrung sie alle kämpfen. Doch er, Worcester, weiß davon.

An diesem Abend ist es Thomas gestattet, die Wachstube als freier Mann zu verlassen. Ein Diener kommt, um ihn zur Tafel in der großen Halle zu bringen, wo es reichlich Fleisch und Fisch gibt, die süß gewürzt sind. Dazu wird leuchtend roter Wein serviert, der zuerst scharf wie eine Nessel ist, doch Thomas gewöhnt sich ziemlich schnell daran. Er sitzt zwischen zwei Gentlemen, die am Tag der Jagd möglicherweise in der zweiten Gruppe der Falkner waren, also zu denen gehörten, die nicht die Erlaubnis besaßen, sich dem König zu nähern. Anfänglich sind sie beleidigt, dass man ihnen einen Platz neben einem Mann zugewiesen hat, der Reisekleidung trägt, in der er offensichtlich geschlafen hat, während sie einige Anstrengungen unternommen haben, was ihr Äußeres anbelangt. Doch sie lenken bald ein und horchen Thomas über die Armee von Robin of Redesdale aus. Beide bekommen Angst bei dem Gedanken, gegen ein Heer in die Schlacht zu ziehen, das dreimal so groß ist wie das eigene.

»Aber was ist mit den Earls, von denen ein jeder dreitausend Männer versprochen hat?«, fragt Thomas.

»Wenn die Mylords Pembroke und Devon diese Anzahl

von Soldaten ausheben, werden sie sie nur gegeneinander aufstellen«, antwortet der eine, und der andere stimmt ihm zu.

Es ist kein Wunder, dass die Stimmung im Raum gedämpft ist. Thomas schaut zu König Edward hinüber, der am Ende der Halle Platz genommen hat. Wie üblich sitzt er auf einem Podium und hat somit eine erhöhte Position inne. Er wird durch das Tafelsilber halb verdeckt und ist umgeben von seinen Gentlemen sowie den Dienern, die nicht von seiner Seite weichen, während er in seinem Essen herumstochert und bedrückt schweigt. Zu seiner Rechten sitzen die jüngsten seiner Gentlemen und ein kleines Stück weiter sitzt der Edelmann mit der Habichtsnase, der Earl of Worcester. Nach der Hälfte des Mahls lässt König Edward Thomas eine Speise bringen – Rinderknochen in Zimt – und hebt seinen Pokal zu einem Toast. Thomas fühlt sich geehrt. Doch bei einer ruckartigen Bewegung erhascht er Worcesters Blick und wendet sich rasch ab. Ohne noch einmal hinzublicken, weiß Thomas, dass Worcester vor sich hin lächelt und dass er sich verraten hat. Anschließend sitzt Thomas da und betrachtet das Rindergericht. Er fühlt sich nackt und bloß und hat Angst vor dem, was Worcester jetzt vorhat.

Außerdem – soll das hier die ganze Belohnung sein, die König Edward ihm versprochen hatte? Eine Schüssel mit Rinderknochen?

Der Mann neben ihm scheint ihn zu verstehen.

»Schöne Worte machen den Kohl nicht fett«, sagt er, beugt sich vor, um in einen Batzen Fleisch von der Größe einer Faust hineinzustechen, und befördert ihn in seine eigene Schüssel.

Am nächsten Morgen bricht wieder ein schöner Tag an, und Thomas will Nottingham verlassen, um nach Marton zurückzureiten und von Worcester fortzukommen. Doch er wird aufgehalten, da er sein Pferd suchen muss. Als er es dann endlich gefunden hat – nicht in den Ställen, sondern zwischen den Reihen von Pferden im Burghof –, muss er mit einem leicht aufgebrachten Stallburschen verhandeln, der nicht gewillt ist, ein Reittier herauszugeben. Anschließend muss Thomas noch seinen Bogen, den Beutel mit Pfeilen und seine Mordaxt suchen, ohne die er nicht aufbrechen wird: Denn nur ein Dummkopf würde unbewaffnet auf die Straßen gehen, wenn dort Armeen umherziehen. Und wie dem auch sei, er kann sich nicht vorstellen, wo er das Geld für eine neue Mordaxt auftreiben soll.

Als er schließlich alles beisammen hat, herrscht Chaos in der Burg: Menschen kommen und gehen, und an den Toren staut sich der Verkehr ebenso wie unten auf den Straßen – den ganzen Weg bis zu der Brücke, die nach Süden hin den Fluss überspannt. Dort sind die Straßen unpassierbar geworden aufgrund der vielen Wagen, die Material herbeischaffen, das eine Armee benötigt, um Krieg zu führen. Daneben versperren Schaf- und Rinderherden sowie gelangweilte und besorgte Soldaten mit geschärften Waffen und Bier in ihren Bäuchen die Wege.

Auf dieses Durcheinander trifft Lord William Hastings, der zusammen mit fünfhundert Männern auf guten Pferden aus dem Süden herangeritten kommt. Aufgrund des Gedränges im Innern der Burg und um sie herum muss Hastings die meisten seiner Leute auf der anderen Seite der Brücke zurücklassen, wo sie auf dem Gemeindeland ihr Lager aufschlagen. Nur in Begleitung einer Hand voll Männer bahnt er sich durch die Menschenmengen einen Weg nach oben. Als er sich durch das Torhaus gezwängt hat, sieht er gequält und verärgert aus – und genau in dem Moment versucht Thomas, aus der Burg hinauszugelangen.

Die zwei Männer starren sich an.

»Mylord«, grüßt Thomas. Er muss seine Stimme erheben, um trotz des Lärms der Männer und Pferde gehört zu werden.

»Thomas!«, ruft Hastings. »Was in Gottes Namen macht Ihr denn hier?« Er drängt sein Pferd durch die Menge.

»Ich bin gekommen, weil ich Euch suchte«, antwortet Thomas. »Aber stattdessen habe ich den König vorgefunden.«

Hastings steigt vom Pferd und reicht die Zügel einem Diener.

»Ihr habt Neuigkeiten?«

»Keine, die Ihr nicht bereits gehört habt«, erwidert Thomas. »Außer dass der Earl of Warwick im Begriff sein soll, in Calais eine öffentliche Erklärung abzugeben, in der er alle echten Männer von England dazu aufruft, sich gegen König Edward zu erheben.«

Hastings nickt.

»Ich habe sie hier«, sagt er und zeigt auf den Beutel, den sich einer aus seiner Begleitmannschaft über die Schulter geworfen hat. Er blickt grimmig. »Wie hat König Edward die Neuigkeit über den Duke of Clarence aufgenommen?«, erkundigt er sich.

»Er hat mich der Volksverhetzung beschuldigt.«

Hastings' Augen werden ganz rund.

»Volksverhetzung!«, wiederholt er. »Ist etwa Mylord Worcester hier?«

»Ja.«

»Doch es steht Euch frei zu gehen?«

»Die Neuigkeiten, die ich brachte, sind bestätigt worden,

und der König hat mir gestern Abend mit Wein zugeprostet.«

Hastings lacht.

»Ihr seid wie immer ein Glückspilz, Thomas. Doch wo ist nun der König?«

Thomas zeigt in Richtung der Halle, wo er ihn vermutet.

»Kommt mit, Thomas«, befiehlt Hastings. »Ich möchte mir Euer Glück zunutze machen.«

Thomas versucht zu erklären, weshalb er gleich abreisen will.

»Es hat keinen Sinn, jetzt wegzureiten«, entgegnet Hastings. »Ihr werdet niemals durch die Stadt kommen. Ein Wagen ist auf der Brücke eingeklemmt worden, und eine seiner Radnaben ist gebrochen. Der Fuhrmann wird nicht zulassen, dass irgendjemand seinen Karren über die Brücke in den Fluss kippt, bevor man ihm nicht den Wagen und die Ladung Gänsefedern bezahlt.«

Thomas zögert. Er möchte Worcester nicht erneut gegenübertreten.

»Werden sie nicht auf dem Wasser schwimmen?«, fragt er.

Hastings lacht abermals.

»Kommt, bitte. Tragt meinen Wappenrock. Bloß für diesen Tag. Das wird mich unbezwingbar machen!«

Er befiehlt dem Mann, der die Botschaften trägt, den Beutel und seinen Waffenrock an Thomas zu übergeben. Dann wartet er, bis Thomas den Rock angelegt hat, und anschließend gehen sie zusammen die Stufen hoch, um König Edward zu suchen. Vor ihnen stehen die Leute dicht an dicht, und sie müssen sich hindurchzwängen.

»Das ist wie in alten Zeiten, Thomas«, sagt Hastings. »Ich erinnere mich, dass ich mit Euch und mit dem alten Sir John Fakenham – Gott hab ihn selig! – in Westminster gestanden und auf eine Audienz bei König Edwards verstorbenem Vater gewartet habe. Entsinnt Ihr Euch auch? Es war der Abend, an dem der Earl of Rutland Warwick sagte, er soll Ruhe geben. Ha! Das ist mittlerweile schon lange her. Ah, endlich sind wir da.«

Doch er zögert.

»Oh«, sagt er, als ob ihm gerade noch etwas eingefallen wäre. »Bevor wir hineingehen ... Thomas, habt Ihr irgendeine Information gefunden zu der anderen Angelegenheit, die wir besprachen?«

Das Lagerbuch. Herrgott noch mal, denkt Thomas, warum geht es nur immer wieder um das Lagerbuch?

»Nein«, antwortet er und schüttelt betrübt den Kopf. Ihm entgeht nicht, dass sich die Falten zwischen den Augenbrauen von Hastings vertiefen.

»Nein? Seid Ihr sicher?«

Thomas nickt.

»Gewiss, Sir. Wir sind nicht lange genug in Senning gewesen.«

Jetzt ist es Hastings, der nickt. Aber da ist ein Anflug von Kummer in seinem Gesicht, und Thomas bemerkt, dass Hastings ihm nicht recht glaubt. Und so wird alles noch ein wenig schlimmer. Einer von Hastings' Männern öffnet die Tür, und sie setzen ihr Gedrängel fort, um in die Mitte des Raums zu gelangen. Dort findet sich Thomas abermals in der Situation wieder, dass er vor König Edward das Haupt beugt – das zweite Mal innerhalb von zwei Tagen. Diesmal jedoch steht er dabei ein kleines Stück hinter Hastings' rechter Schulter. Sonnenlicht scheint durch die hohen Fenster und fällt in roten und blauen Tönen auf König Edward sowie seine Gentlemen, die angespannt und nervös in Gruppen dicht beisammensitzen.

»William!«, ruft König Edward, schreitet die Stufen hinunter und umarmt seinen alten Freund. Man kann erkennen, dass bei diesem Wiedersehen etwas von seiner Leichtigkeit zurückkehrt. Hastings grüßt die anderen Gentlemen, einschließlich eines Jugendlichen, den er als Duke of Gloucester anredet, und natürlich auch den Earl of Worcester, der ihn anlächelt und seine Hand ein wenig zu lange festhält, sodass Hastings sie ihm mit einem Ruck entwinden muss.

»Habt Ihr die öffentliche Erklärung mitgebracht?«, fragt König Edward.

»Das habe ich.«

Thomas holt sie aus dem Beutel heraus, der ihm gegeben worden ist, und streckt sie Hastings entgegen. Es handelt sich um ein breites Blatt Papier von guter Qualität, das weich geworden ist, weil man es in jüngster Zeit so oft in Händen gehalten hat. Hastings nimmt es und reicht es an König Edward weiter, der das Blatt auseinanderrollt und stumm zu lesen beginnt, wobei sich seine Lippen rasch bewegen. Er runzelt die Stirn, und die Falten dort werden tiefer.

»Dieser gottverdammte kleine Verräter«, empört sich König Edward. »Ich werde mit ihm abrechnen. Oh ja. Ich werde mit ihm abrechnen. Selbst wenn es das Letzte ist, was ich in meinem Leben tue. Ich werde mit ihm abrechnen.«

»Es ist die Handschrift von Warwick, nicht wahr?«, fragt Hastings nach.

»Natürlich ist es seine Handschrift! Habt Ihr es gelesen? Seht Euch die Erklärung an! Sie ist so wie die, die Wir damals 1460 verkündeten, als Wir aus Calais zurückkehrten und wollten, dass sich die Engländer von niedrigem Stand gegen den verdammten alten König Henry erheben. Ja, ja. ›Wir kommen nicht, um den König gewaltsam zu vertreiben, sondern seine betrügerischen und habsüchtigen Berater, die er in den letzten Jahre höchst freigebig begünstigt hat ...‹ – als ob ich ihm nicht alles gegeben hätte, was ich konnte, und noch mehr! – ›... und weil deswegen das Land in Aufruhr gestürzt worden ist sowie Gesetz und Ordnung zusammengebrochen sind ...‹ Dabei ist doch *er* für diesen Zusammenbruch verantwortlich, dieser kleine Kacker! Ja. Ja. Das steht alles hier auf dem Papier. Und seht nur! Seht Euch diese Bedingungen an! Man kann mir nicht weismachen, dass irgendein ungehobelter Kerl aus Yorkshire mit einem erfundenen Namen wie Robin of Redesdale sich um jemanden schert, der die Import- und Exportzölle zweckentfremdet! Er allein steckt dahinter! Natürlich ist er das, diese merkantile, hinterhältige, sich windende kleine Scheißschlange!«

König Edward knüllt das Papier zusammen und schleudert es auf den Boden, dann stößt er es mit dem Fuß auf das Feuer zu.

»Es gibt da noch etwas, wie ich leider erwähnen muss«, sagt Hastings. »Einen Anhang.«

Er öffnet den Beutel, den Thomas in Händen hält, und holt ein kleineres Blatt Papier heraus, das er mit einem Zucken, einer Geste des Bedauerns, dem König entgegenstreckt.

»Es ist nichts, was wir nicht schon vermutet hätten«, meint er.

König Edward nimmt es, rollt es auf, liest einmal die wenigen Worte, runzelt die Stirn und schaut erneut darauf. Dann wirkt er einen Augenblick lang so, als könne er das Gelesene nicht glauben; er hält das Papier schlaff in der Hand und schaut mit leerem Blick in die Ferne.

»Großer Gott im Himmel«, murmelt er. »Großer Gott im Himmel. George! Was hast du nur getan? Du ... du verdammter Narr.«

Keiner sagt ein Wort. Sie warten ab.

Nach einem Moment reißt König Edward sich zusammen und dreht sich zu Hastings um.

»Ihr habt das auch gelesen?«

Hastings nickt.

Dann blickt der König zu dem Jugendlichen, dem Duke of Gloucester, und sagt zu ihm:

»Es ist wieder George.«

Und der Junge – er ist in Wirklichkeit nicht so jung, wie er aussieht, sondern nur klein – schüttelt traurig den Kopf.

»Was ist es diesmal?«, fragt er.

»Ich denke, das dürfte das bislang Schlimmste sein«, antwortet König Edward. »Unser Bruder George hat sich mit Mylord Warwick zusammengetan, und gemeinsam haben sie die Absicht, mit ihren Armeen herzukommen und mich zu zwingen, diese ... diese Bedingungen zu akzeptieren.« Er verpasst dem ersten Blatt Papier, das zwischen den Binsen liegt, einen weiteren Tritt.

»Was werden wir tun?«, will Gloucester wissen.

König Edward ist einen Moment lang stumm, denn – so verärgert er auch ist – er kann sich nicht dazu durchringen, einem seiner Brüder zu sagen, dass sie beide den anderen Bruder töten müssen.

12. Kapitel

In Gainsborough überqueren Katherine und Rufus sowie ihre wiedergefundene Gefährtin Liz den Fluss bei strahlendem Sonnenschein und einer leichten Brise. Katherine feilscht mit dem Fährmann und bekommt einen guten Preis, denn der Mann sieht, dass es sich um zwei Frauen handelt, die auf sich allein gestellt sind. Aber Liz ist damit nicht einverstanden, und nach einem weiteren Wortwechsel ist der Preis noch weiter gefallen. Der Fährmann bietet an, den Wagen auf sein Gefährt zu steuern, doch Liz sagt ihm, sie würde lieber mit einem Schwein schäkern, als die Zügel an ihn abzutreten. Danach hat er keinen Blick mehr für sie übrig, während sie ihr Pferd und den Wagen an Bord bringen. Andere jedoch zeigen mehr Bewunderung für die Frauen und bringen dies gerne mit Worten zum Ausdruck, bis Liz auf sie losgeht. Danach drehen die Männer ihnen den Rücken zu, beobachten den Fluss, der an ihnen vorbeiwogt, und machen keine Bemerkungen mehr.

Katherine starrt ebenfalls auf das wirbelnde, schmutzige Wasser, bis Liz ihr sagt, sie solle sich wegen Thomas keine Sorgen machen.

»Er scheint tüchtig zu sein«, fügt sie hinzu. »Ist bestimmt in der Lage, alles selbst auf die Reihe zu kriegen.«

Katherine ist sich da nicht so sicher.

»Das letzte Mal, als ich ihn so wie jetzt habe weggehen sehen, habe ich ihn zwei Jahre lang verloren.«

»Doch am Ende ist er zurückgekommen«, erwidert Liz. »Viele tun das nicht.«

Und Katherine nimmt an, dass dies wohl stimmt.

Liz hat ihr bereits erzählt, wie Riven die kleine Gruppe damals aufgegriffen hatte. Zwanzig gut bewaffnete Männer auf großen, schnellen Pferden hatten sie problemlos eingeholt, so wie sie befürchtet hatten. Jack und John Stumpf versuchten noch nicht einmal, sich zu wehren. Sie wurden einfach eingesackt.

»Jack versuchte, sie davon abzuhalten, mich in die Büsche zu zerren, doch Edmund Riven hielt dem schwangeren Mädchen eine Klinge an die Kehle und stellte ihn vor die Wahl: entweder mich oder sie. Am Ende habe ich mich selbst angeboten, nur damit sie zu weinen aufhörte und um ihm zu ersparen, eine Wahl treffen zu müssen. Es war nicht das erste Mal, also wusste ich, was mich erwartete. Und schlussendlich war es bloß einer von ihnen – ein richtiger Drecksack. Doch zumindest war es nicht dieser verfluchte Riese von Riven.«

»Hält er sich den Riesen zum Andenken an seinen Vater oder so?«, fragt Katherine.

»Vielleicht ist es eine Familientradition«, glaubt Liz. »Du weißt ja, wie solche Familien sind.«

»Sticht er ... sticht er Leuten die Augen aus?«

Liz runzelt die Stirn.

»Der Riese? Nicht dass ich wüsste. Aber Riven ist dafür bekannt, Nasen aufzuschlitzen.« Mit dem Finger streicht sie der Länge nach über ihre Nase.

»Du hattest Glück«, sagt Katherine.

»Ja«, stimmt Liz ihr rasch zu. »Aber er weiß, dass ich bloß eine Ortsansässige bin, da ihm mein Vater halt bekannt ist, und daher war er nicht so begeistert, mich dort vorzufinden. Aber er hat sich über die anderen total aufgeregt, und als er herausgefunden hat, dass ihr ihm durch die Finger geschlüpft seid ... Na ja. Er ... So etwas habe ich noch nie erlebt.«

Katherine muss schwer schlucken. Du lieber Gott.

»Aber es hat keinen Sinn, wenn du dir Sorgen machst«, erklärt Liz. »Du hast getan, was du konntest. Alles andere liegt bei ihnen. Sie haben das verstanden.«

Katherine nickt und wünschte, sie könnte ihr glauben.

»Also, was ist das für ein Anwesen, zu dem wir bald hinkommen, Kate?«, erkundigt sich Liz.

Keiner zuvor hat sie jemals Kate genannt. Es fühlt sich merkwürdig an, aber, von Liz ausgesprochen, auch beruhigend.

»Es ist unser Zuhause«, sagt Rufus zu Liz. Er hält den kleinen Bogen, den John Brunt ihm gegeben hat, fest umklammert. In seiner blauen Jacke und mit seinen rostbraunen Beinlingen sieht er wie eine kleine, faltenfreie Version von Thomas aus. Katherine legt eine Hand auf seinen mit einer Mütze bedeckten Kopf.

»Sie ist seltsam gewesen, diese Reise, nicht wahr, Rufus?«

Er nickt, sagt aber nichts. Sobald sie von der Fähre runtergefahren sind, wenden sie sich nach Süden, vorbei an einem großen, neu erbauten Herrenhaus. Männer starren auf die zwei Frauen, die in Begleitung eines Kindes einen Wagen kutschieren, und sie öffnen ihren Mund, um etwas zu sagen. Doch Liz ist für gewöhnlich die Erste, die sich äußert. Einmal begegnen sie einem Mönch, der mit einem Maultier unterwegs ist und sich gerade im Schatten einer Eiche ausruht. Er ruft ihnen zu, dass er sich wundert, solch einen Anblick zu sehen, obschon er sich fragt, ob das gottgefällig ist. Liz erwidert, dass er sofort verschwinden und sich den Sack waschen soll.

Sie folgen dem mäandernden Fluss, bis sie Marton erreichen. Alles ist voller prallem Leben, förmlich durchtränkt davon, alles sprießt und grünt. Überall am Wegesrand stehen

Hundsrosen und Erlen, unten fliegen Schmetterlinge und oben Schwalben. Die warme Luft ist erfüllt vom Duft der Linden und von Mädesüß. Rufus ruft laut, dass er einen Eisvogel gesehen hat.

Doch Katherine spürt ein Unbehagen in ihrem Innern hochquellen, wie eine Art von Übelkeit. Wird Isabella ihnen die Rückkehr erlauben? Sie wird sich vom Leben zurückgezogen haben, und zwar ordnungsgemäß, vollständig und endgültig, so wie sie es verkündet hat; und sie wird es ihren Söhnen überlassen haben, hier alle Entscheidungen zu treffen. Was werden sie sagen, wenn die Frau und das Kind des Mannes, der ihre Jagdhunde getötet hat, im Wagen zurückkommen und um Barmherzigkeit flehen? Und was ist mit Borthwick? Isabellas Söhne haben ihn fortgeschickt, nachdem ihre Hunde getötet wurden, da es nichts mehr für ihn zu tun gab. Aber vielleicht haben sie neue Hunde und haben ihn zurückgerufen?

Von Norden aus gelangen sie ins Dorf und kommen an der Windmühle vorbei, die Sir John auf einer kleinen Anhöhe oberhalb des Flusses hatte erbauen lassen. Rufus fragt, ob sie anhalten können, um mit dem Müller zu sprechen, so wie er es in der Vergangenheit getan hat. Katherine ist für gewöhnlich entzückt von dem Vergnügen, das ihm Windmühlen bereiten, auch wenn sie diese Freude nicht zu teilen vermag; denn aus der Nähe scheinen ihr die hoch emporragenden Leinensegel lebendig zu sein und erinnern sie an die Drachenflügel auf einem Wandbild, das sie einst in einer dem heiligen Georg geweihten Kirche sah. Thomas war natürlich auch da und erklärte ihr, dass es genau andersherum war: Diese Flügel sollten sie an die Segel erinnern, weil der Maler die Flügel so dargestellt hatte, dass sie wie Segel aussahen.

Heute jedenfalls stehen die Segel still, und als sie näher kommen, ist der Müller nicht da.

»Wo ist er?«, fragt Rufus.

»Ich weiß es nicht«, antwortet Katherine. Allerdings sollte er an einem Tag wie diesem sicherlich bei der Arbeit sein und sein Korn mahlen, oder?

Sie stehen auf dem kleinen Hügel, während Liz unten beim Wagen wartet; und sie blicken hinaus über das, was einst Sir Johns Ländereien gewesen sind. Dabei springen Katherine merkwürdige Dinge ins Auge. Die Erbsenpflanzen: Sie sind nicht geerntet, und die heruntergebrochenen braunen Pflanzenskelette sind umlagert von Vögeln, wo doch ein Junge da sein sollte, der sie mit einem Stock fernhält. Auf den Wiesen dahinter liegt das Gras – inzwischen sollte es doch gewiss gemäht worden sein, nicht wahr? – einfach niedergedrückt da auf der Erde, wo es gewachsen ist; teilweise ist es vertrocknet, andernorts verfault. Und wo sind die Ochsen? Katherine denkt angestrengt darüber nach, wie viel Zeit vergangen ist, seit sie den Ort hier verlassen haben. Es scheint eine Ewigkeit her zu sein, denn sie haben seitdem so vieles durchstehen müssen: Doch es kann bestimmt nicht länger als ein Monat gewesen sein, oder? Und dennoch ... Schau sich einer nur das Land hier an: Es ist völlig vernachlässigt, und zwar genau zu der Zeit des Jahres, wo am meisten zu tun ist. Katherine schützt mit der Hand ihre Augen und späht zu den Bäumen hin, die aus dieser Richtung das Herrenhaus verdecken. Sie ist erleichtert, als sie den bleichen Dunst von Holzrauch sieht.

»Komm«, sagt sie zu ihrem Sohn. »Lass uns weitergehen und Isabella suchen.«

Als sie das Herrenhaus erreichen, ist sie völlig verblüfft.

»Wo sind denn nur alle?«

Die Türen der Ställe sind geschlossen, genauso die des Haupthauses; und über dem Anwesen liegt eine Atmosphäre von trockener, staubiger Verlassenheit, als ob seit Monaten niemand hier gewesen wäre. Doch eine dünne Rauchfahne weht aus dem Kamin, dessen Bau Thomas, Jack und John so viel Freude bereitet hat; und daher muss jemand da sein. Katherine klopft an. Es folgt ein langer Moment spannungsgeladener Stille.

Katherine ruft laut.

»Ich bin's, Katherine Everingham. Wer ist da drin?«

Danach ist das Geräusch von schlurfenden Schritten zu hören; es folgt ein Knarren, und der Türbalken wird zurückgezogen. Jemand fummelt an etwas herum, und zwar recht zögerlich, oder dieser Jemand kann nur schwach herumtasten, und es kostet ihn einige Mühe. Und dann wird die Tür auf seufzenden Angeln geöffnet, und in dem Spalt erscheint ein Gesicht. Es ist Isabella, die selbst die Tür aufmacht. Ihr Gesicht ist bleich, und ihre ausdruckslosen weißen Augen sind rot umrandet vom Weinen. Sie keucht auf, als sie Katherine erkennt, so als könnte sie nicht wirklich glauben, wer da vor ihr steht. Dann macht sie die Tür weit auf, zieht Katherine zu sich heran und umarmt sie verzweifelt.

»Isabella! Was ist nur los? Was ist passiert?«

Isabella umklammert sie wie eine Ertrinkende, und sie schluchzt ungeniert.

»Katherine, Katherine«, sagt sie. »Oh großer Gott im Himmel. Danke, dass du gekommen bist.«

Nachdem sie Isabella ein wenig beruhigt hat, geht Katherine ins Gebäude, wo alles noch so ist wie am Tag ihres Weggangs – fast exakt so. Nichts hat sich verändert, nichts ist irgendwo anders hingestellt oder fortgeräumt worden. Die Luft ist stickig. Es sind nur noch wenige Scheite Brennholz von dem großen Haufen übrig geblieben, der das Gestell für gewöhnlich füllte. Außerdem gibt es nur noch ein paar alte Brotrinden, die klein, verbrannt und schlecht sind und eher

Walnussschalen ähneln; sie verschimmeln auf dem Tisch, der in der Vergangenheit der Schauplatz von so großartigen Festen und Gesprächsrunden war. Isabella selbst wirkt wie eine geschrumpfte Faser, die möglicherweise durch irgendeine Krankheit gebeugt und ausgetrocknet wurde. Sie wendet sich von Katherine ab und bedeckt sich, als ob sie nicht möchte, dass man sie sieht, dass man sie anschaut.

»Oh Isabella«, sagt Katherine und nimmt sie in die Arme. »Was ist los? Was ist passiert? Warum bist du hier allein? Wo sind denn alle?«

Rufus kommt an die Tür, bleibt jedoch im Rahmen stehen. Er ist erschüttert über den Anblick, der sich ihm im Innern des Hauses bietet, und über den Geruch hier. Liz taucht hinter ihm auf.

»Komm, mein Junge«, sagt sie. »Wir wollen die beiden mal allein lassen. Inzwischen führst du mich hier herum.«

Doch Rufus reißt sich los, rennt zu Isabella und schlingt seine Arme um sie. Sie fällt beinahe um, doch Katherine hält sie fest; Rufus allerdings hat die alte Frau dazu gebracht, dass sie nur noch lauter weint. Sie führen Isabella zu dem Sessel, in dem Sir John zu sitzen pflegte, und lassen sie langsam daraufsinken. Ihre Knochen sind wie die eines Vogels, und Katherine kann spüren, wie unter ihren Händen die Gelenke der gebrechlichen Frau knacken und aneinanderreiben.

Liz schaut einen Augenblick zu und wendet sich dann ab; und Katherine weiß, dass sie Ale und Brot vom Wagen holt. Isabella murmelt etwas. Es bedarf sanfter Überredungskunst, um sie dazu zu bringen, das Gesagte zu wiederholen, damit Katherine es hören kann.

»Ich schäme mich so«, flüstert Isabella.

Katherine muss ihre Tränen wegblinzeln.

»Warum?«, fragt sie. »Was ist denn überhaupt passiert?«

Katherine hockt sich neben der alten Dame hin, die nun mit Fingern, die so knorrig wie Wurzeln sind, eine Kette aus dunklen Rosenkranzperlen in ihrem Schoß drangsaliert. Währenddessen fallen Tränen auf den verstaubten dunklen Stoff ihres Kleides. Und Katherine weiß, wer an dieser Situation schuld ist.

»Wo sind sie?«, fragt sie. »Wo sind William und Robert? Wohin sind sie gegangen?«

Die Fragen lösen erneut ein Schluchzen aus. Während der nächsten paar Stunden kommt die Geschichte langsam ans Licht. Als Thomas verschwand, verschwanden mit ihm auch das Wissen über das Land und sein müheloser Umgang damit sowie die zwanglose Behandlung der Pächter. Obendrein war er durch den Jagdhundeführer Borthwick ersetzt worden – von allen Männern ausgerechnet durch ihn –, der nicht dafür geeignet war, in irgendeiner Form als Vogt tätig zu sein. Dann sickerte durch, dass ihre Söhne Parzellen von Sir Johns Ackerland und zudem einige – oder viele – von all seinen Beteiligungen schon vorher verkauft hatten, einschließlich der Windmühle, der Fischteiche und der Ochsen. Als dann der Johannistag kam, gab es kaum noch irgendwelche Pachteinnahmen, die man einsammeln konnte, denn die Burschen hatten bereits einen großen Teil des Grund und Bodens verkauft. Überdies stellte sich heraus, dass jedes Geldstück, das man noch erhielt, jemand anderem geschuldet war: für Falken und für prachtvolle Kleidung und bei Männern in London für Dinge, über die Isabella nur rätseln konnte.

Ihre Söhne hatten alle möglichen Forderungen an den Geldbeutel von Isabella gestellt, denen sie nachgekommen war. Aber als sie sich nach der Erbsenernte und dem Heumachen erkundigte, schrien die zwei sie an, dass dies sie einen feuchten Kehricht anginge.

»Sie sind wie Heuschrecken«, sagt Isabella. »Eine Landplage. Sie haben alles genommen, was sie nehmen konnten, und es für prachtvolle Kleidung und Rüstungen ausgegeben. Rüstungen! Was glauben sie, wofür sie die brauchen werden? Ich weiß es jedenfalls nicht. Ich habe mir nie vorstellen können, dass sie diese Sorte von Jungs wären. Sie, nun ja … Und all die Arbeit von Sir John und all die Arbeit von euch! Alles ist einfach … Nichts ist mehr übrig, mit Ausnahme seines Hauses und seiner Gärten.«

Isabella ist nicht so sehr traurig wegen des Verlustes jener verstreut liegenden Äcker und Grundstücke, die Sir John im Laufe seines Lebens gesammelt hatte, denn sie stellten bloß Einkünfte dar. Vielmehr schämt sie sich wegen der Art und Weise, wie die Pächter behandelt wurden und wie man sie, Katherine, sowie Thomas vertrieb, wofür Isabella sich selbst die Schuld gibt. Außerdem fühlt sie sich dadurch gedemütigt, dass ihre Söhne so gleichgültig mit ihr umgegangen sind. Das Verhalten ihrer Söhne hat jegliche Ansicht zerstört, die sie wertgehalten hatte, erzählt sie ihnen. Sie schluchzt ununterbrochen, und die Rosenkranzperlen, die sie unaufhörlich umdreht, dienen mehr als Trost denn als Gebetshilfe.

Außerdem hat sich ihr Augenlicht verschlechtert, und es scheint, dass die Katarakte inzwischen wie Milchflecken auf ihren Pupillen liegen, dorthin platziert von einem unnötig grausamen Gott.

»Ich kann immer noch ein bisschen sehen«, sagt Isabella, »und es macht mir nichts aus, so es mir weitere Leiden im Fegefeuer erspart. Es ist nur, dass ich es vermisse, zu sehen, wie beim Gottesdienst die Hostie hochgehalten wird. Und ich vermisse es, auf das Gemälde des heiligen Christophorus zu schauen, das wir in der Kirche haben machen lassen.«

Und dennoch, was hat sie sonst noch nicht mitbekommen? Das Herrenhaus ist schmutzig; das ist das eine, doch das andere ist, dass unter der gealterten Haut von Isabellas Händen, insbesondere an ihren Handgelenken, blaue und grüne Blutergüsse blühen. Sie behauptet, sie würde ständig gegen Dinge stoßen, doch Liz schüttelt den Kopf, als sie die Prellungen sieht. Sie sagt zu Katherine, dass es Daumenabdrücke sind, die sich dort gebildet haben, wo Isabella hart angefasst worden ist. Dann zeigt Liz ihr einen solchen Abdruck am eigenen Handgelenk, den sie bekommen hat, als sie von Riven gepackt wurde, und der jetzt verblasst.

Katherine überlegt, ob es irgendetwas gibt, das man deswegen unternehmen könnte: etwas anderes, als nur auf die Bewegungen der alten Dame gut aufzupassen. Sie erinnert sich, dass Mayhew ihr davon erzählt hatte, wie man durch einen Starstich die Katarakt beheben kann. Doch sie hatte ihm nicht allzu aufmerksam zugehört, denn sie waren damit beschäftigt gewesen, Pfeile aus den Verwundeten zu entfernen. Auch hatte er gesagt, dass nur in zwei von zehn Fällen die Blindheit geheilt würde.

Doch immerhin.

Isabella erkundigt sich nach Thomas und fragt, weshalb sie zurückgekehrt sind. Sie schlägt sich beide Hände an die Wangen, als sie an Jack und John Stumpf denkt, die zur abendlichen Stunde ergriffen wurden, doch vor allem natürlich an Nettie, die bald in ihrem Kindbett sein wird. Isabella hat von Edmund Riven gehört, aber nie über ihn gesprochen, da Sir John das nicht gestattet hätte.

»Was können wir tun?«, fragt sie.

Katherine erzählt ihr von Thomas und seiner Mission.

Isabella ist von der Sache nicht überzeugt. Doch ihr Zustand hat sich so verschlechtert, dass sie nur einen traurigen

Laut ausstoßen und murmeln kann, sie würde es bedauern, so lange auf der Welt zu sein, um Derartiges erleben zu müssen. Aber nach einem Moment hat sie eine bessere Idee.

»Ich werde meinem Cousin eine Nachricht schicken«, sagt sie schließlich. »Na ja, er ist eigentlich der Cousin meines Mannes: Baron Willoughby. Er ist ein enger Verbündeter des Earl of Warwick. Ich werde ihn dringend um Informationen über sie bitten, und ich bin sicher, dass er helfen wird, wenn er kann.«

Also verfassen sie zusammen einen Brief an diesen Baron Willoughby, der in Tattershall Castle im County of Lincoln residiert. Aber da sie niemanden haben, der ihn persönlich überbringen kann, nachdem er zu Ende geschrieben worden ist, muss Katherine zur Straße nach Süden gehen und Ausschau halten, ob jemand in diese Richtung unterwegs ist, und, falls ja, fragen, ob der Betreffende bereit ist, eine Botschaft mitzunehmen. Die Sache ist mit großen Unsicherheiten behaftet, aber es gibt keine Alternative, außer sie bringt den Brief selbst zum Empfänger. Katherine wartet, lässt eine Gruppe von Soldaten passieren, bevor sie einen Saumtierführer mit einer langen Reihe von Maultieren und Eseln, die Gott weiß was tragen, für ihre Zwecke einsetzt. Sie hat den Mann schon früher auf den Straßen hier gesehen und angenommen, sie könnte ihm erneut begegnen. Er willigt ein, die Nachricht mitzunehmen, und vermutet, dass es drei Tage dauern werde, bis er sie in Tattershall abliefern kann – »weil die Straßen dort unten nass sind«.

In den folgenden Tagen machen sich Katherine und Liz daran, das Haus wieder in Ordnung zu bringen: teils, weil es getan werden muss, teils, um eine Beschäftigung zu haben. Während der Arbeit allerdings kann Katherine manchmal nicht anders, als plötzlich damit aufzuhören und den Pfad zur Straße hinunterzureiten, um auf Thomas zu warten und Reisende abzupassen, die sie nach Neuigkeiten aus dem Süden oder über diesen Baron von Isabella befragt. Aber auf diesen täglichen Ausflügen sieht sie weder Thomas noch den Saumtierführer, und sie erfährt auch nichts von alldem, was andernorts im Land passiert. Zu den Gebetszeiten ist Thomas' Name niemals weit von ihren Lippen entfernt; und wann immer sie draußen ein Geräusch vernimmt, keimt in ihr ein kleines bisschen Hoffnung auf, dass er das ist und gerade zurückkommt. Oder dass es zumindest der Saumtierführer mit Nachrichten ist.

Nach einigen Tagen ist das Herrenhaus dank ihrer Arbeit wieder so, wie Katherine es in Erinnerung hat. Sie und Liz haben es geschafft, dass das Spinnrad wieder funktioniert; und jetzt sitzen sie in der Sonne und versuchen, Garn zu spinnen. Das ist jedoch ein hoffnungsloses Unterfangen, denn die Wolle besteht überwiegend aus Grannenhaaren. Isabella sitzt auf ihrem gewohnten Platz im Schatten. Sie haben wieder einmal über ihre zwei Söhne William und Robert gesprochen: unter anderem darüber, dass Isabella glaubt, der Vater von den beiden, der getötet wurde, als er in der ersten Schlacht von St. Albans für König Henry kämpfte, sei an ihrer fehlenden Güte schuld.

»Er war ein grimmiger Mann«, berichtet sie. »Wutentbrannt, wenn er etwas nicht verstand, und stolz darauf, nur in einer einzigen Sache gut zu sein, nämlich im Kämpfen.«

»Und in Wirklichkeit war er nicht allzu gut darin, was?«, meint Liz. »Wenn er dabei selbst getötet wurde.«

Einen Augenblick lang herrscht Schweigen, während sie die Wolle prüfen.

Dann erzählt Liz von ihrer eigenen Familie: davon, wie ihre Mutter im Kindbett starb und dass ihr Vater nicht wieder heiratete, weil er, wie er erklärte, mit vier Töchtern genug Frauen in seinem Leben hätte. Allerdings starb eine von ihnen ebenfalls, als sie ein schlechtes Jahr hatten und der Roggen in der Scheune nass und ihr Bein bei einem Sturz verletzt wurde. Dennoch hat Liz ihren Vater gern; das ist offensichtlich.

»Hast du Familie, Katherine?«, fragt Isabella.

Katherine ist überrumpelt. Das hat sie nicht vorhergesehen.

»Ich habe Thomas und Rufus«, antwortet sie ihr.

»Nein«, hakt Isabella nach. »Ich meine deine Leute. Deine Eltern? Woher kommst du?«

Katherine erwidert darauf, dass sie es nicht weiß. Als sie es sagt, spürt sie ein Rauschen in ihren Ohren – wie sich im Innern Druck aufbaut –, das sich während des anschließenden langen Schweigens beinahe zu einem Dröhnen steigert. Sie hat das Gefühl, sie könnte schreien oder umkippen, nur um das Gespräch zu beenden; zumal sie weiß, was nun kommt. Sie hat das früher schon erlebt – mit Thomas, wenn er andeutete, nachhakte, sich Gedanken machte, vorschlug, dass sie ihre Familie suchen sollte. Und im Augenblick wäre sie lieber irgendwo anders, nur nicht hier: Allein, sie kann nicht weggehen. Nicht etwa, weil sie das Garn hält (obgleich sie dies tut), sondern weil Isabella so gebrechlich ist. Die alte Frau macht den Eindruck, als würde sie bei jedem harten Wort zerbrechen, insbesondere wenn es von ihr, Katherine, kommen sollte, die beinahe alles geworden ist, was Isabella im Augenblick auf der Welt noch hat.

Und jetzt sitzt Isabella vor ihr und schaut sie mit diesen schrecklichen, traurigen Augen an. Katherine weiß, dass Isabella gleich etwas Kluges sagen wird. Sie ist im Begriff, etwas weiterzugeben, das sie durch hart erkämpfte Erfahrungen gelernt hat. Katherine weiß überdies, dass die alte Dame vermutlich recht haben wird; doch sie kann es nicht verkraften, falls es um ihre eigene Familie geht, von der sie immer noch träumt, wenn sie extrem erschöpft ist: Dann hat sie diesen stets gleichen verdammten wiederkehrenden Traum, der sie nirgendwohin bringt. In dem es diesen steinernen Kaminofen und das verglaste Fenster gibt und dann die Übergabe eines Beutels mit Briefen sowie einer Geldbörse an eine alte Frau in Schwarz, von der sie weiß, dass es die Priorin vor *ihrer* Priorin gewesen sein muss, die allem Anschein nach gereizt, aber freundlich war. Die sie ins Kloster aufnahm und dann ... nichts. Nur entsetzliche, gähnende Leere.

Daher ergreift Katherine so etwas wie Entsetzen, als Isabella sie weiter anschaut und Liz munter dazwischenplappert. Sie erzählt, dass sie glaubt, eine Frau müsse ihre eigene Mutter kennen, wenn sie nicht die gleichen dummen Fehler begehen will wie ihre Erzeugerin – beispielsweise einen Mann heiraten, der wie ihr Vater einen eingefallenen Brustkorb hat. Katherine hofft, dass dies ausreicht, um die Anspannung zu lösen, die sie verspürt. Aber das geschieht nicht. Isabella schaut sie immer noch mit diesen Augen an, und Katherine kann es nicht länger ertragen.

»Ich wurde als Laienschwester aufgezogen«, sagt sie. »Meine Mutter und meinen Vater habe ich nie gekannt.«

Da. Sie hat es ihnen gesagt. Es jemandem gesagt. Und für einige wenige Herzschläge ist sie frei. Diese Sache, die sie so lange verborgen hat, ist nun aus ihrem Versteck heraus, und es hat keinerlei Bedeutung. Die große geheim gehaltene Schande, die sie niedergedrückt hat, die sie vor sich selbst wie vor anderen versteckt hat – all deren Macht ist verschwunden. Katherine ist wie alle anderen. Wie alle anderen.

Doch Isabella beugt sich vor und wispert:

»Du armes Kind.«

Das erträgt Katherine nicht. Sie schleudert die Wolle von sich fort und stolziert über den Hof davon; sie lässt die Spule auf dem Boden liegen und die zwei anderen Frauen stumm zurück. Sie geht zu dem Haus, das sie und Thomas gebaut haben. Es steht jetzt leer, drinnen ist jedoch alles noch in Ordnung und trocken. Sie schiebt die Tür auf und ist endlich allein mit ihren Gedanken und dem Staub und den Spinnen und den getrockneten Blättern, die hineingeweht worden sind. Katherine bleibt dort für den Rest des Tages: bis sie, blechern und entfernt, das Angelusläuten hört und Liz sie suchen kommt.

Sie erwähnt nicht, was geschehen ist. Zusammen suchen sie Rufus und finden ihn, wie er gerade ein paar rote Schmetterlinge beobachtet, die auf den unteren Zweigen eines blühenden Strauchs mit leuchtenden Blättern sitzen. Er erzählt Katherine, dass sie im Dorf gewesen sind, um Ale zu kaufen, doch dass die normalerweise für so etwas zuständige Frau tot ist. Daher müssen sie jetzt lernen, es selbst zu brauen, und bis dahin müssen sie Wasser trinken.

»Es ist nicht so schlecht«, meint er.

Aber an diesem Abend gibt es zur Gemüsesuppe Wein, von dem Sir John einige Flaschen so versteckt hatte, dass Isabellas Söhne sie nicht gefunden haben: fast so, als ob er gewusst hätte, dass ein Abend wie dieser kommen würde. Sie zünden Kerzen an, sitzen beieinander, essen und trinken, und Katherine ist eine Weile entspannt. Dann aber beginnt sie, die langsame Zunahme jener kleinen Pausen – jener kurzen Befangenheit – zu spüren, während der Wein Isabella und Liz dazu bringt, mit ihrer Meinung zu dem, was heute passiert ist, nicht mehr hinterm Berg zu halten. Und schließlich ist das Schweigen, das sich auf sie herabsenkt, zu tief, um länger ignoriert werden zu können.

»Also …«, sagt Liz.

Katherine weiß, dass sie sich entschuldigen und ihr Verhalten erklären sollte, aber sie wird es nicht tun. Es ist etwas, über das sie nicht sprechen wird. Nur dass Liz das anders sieht.

»Was hat dich dazu gebracht, einfach so fortzulaufen?«, fährt sie fort. »Birgt deine Vergangenheit ein Geheimnis oder so? Bist du die Tochter eines Priesters? Ist es das? Eines Priesters und einer Nonne? Obwohl, wenn man dich so ansieht, würde ich sagen: eines Bischofs und einer Äbtissin. Aber die tun auch die ganze Zeit nichts anderes, denn sie haben keine richtige Arbeit, mit der sich ihre Hände und Gedanken beschäftigen könnten.«

Isabella gibt vor, sie wäre schockiert, doch sie kann ein schwaches Lächeln nicht unterdrücken

Katherine sagt nichts. Sie fühlt sich eingepfercht, gegen eine Wand gedrängt.

»Bitte …«, beginnt sie.

Doch Isabella sieht natürlich nicht ihren Gesichtsausdruck und bleibt bei dem Thema.

»Heutzutage ist es selten«, sagt sie, »dass ein Kind einem Kloster übergeben wird.«

»Weshalb tut das jemand?«, fragt sich Liz. »Stellt euch vor, wir würden Rufus jetzt wegschicken, damit er von Leuten wie denen versorgt wird.«

»Es wird nur unter außergewöhnlichen Umständen gemacht«, sagt Isabella.

»Unter welchen denn?«, bohrt Liz nach.

Und jetzt sträubt sich Isabella, Vermutungen anzustellen, denn solche Spekulationen stellen beinahe eine Anschuldigung dar.

»Ich weiß es nicht«, erwidert sie. »Es könnte sein, dass ein Kind geboren wird, das nicht gewollt ist.«

»Aber viele werden unehelich geboren«, gibt Liz zu bedenken. »Das spielt wohl kaum eine Rolle.«

»Nein«, entgegnet Isabella. »Es spielt kaum eine Rolle in manchen Orten, in manchen Gegenden. Doch in anderen schon. Aber das ist es womöglich nicht. Es kann sein, dass ein Kind einfältig oder der Gedanke an ein weiteres Mädchen zu viel ist; oder die Mutter ist vielleicht im Kindbett gestorben. Es kann alles Mögliche sein.«

Katherine hat an alldem kein Interesse. Die Blockade, die sie ihren Gedanken auferlegt hat – darüber, wer sie ist und warum sie ist, wie sie ist und weshalb sie dort ist, wo sie ist –, ist viel zu hartnäckig, als dass sie durch ein Gespräch von zwei Frauen beim Wein fortgeschoben werden könnte.

»Interessiert dich das denn gar nicht, und sei es nur wegen Rufus?«, fragt Isabella.

Katherine hat daran nicht gedacht. Sie denkt: Ich schiebe es einstweilen beiseite, werde aber später darauf zurückkommen, vielleicht wenn Thomas wieder da ist. Wenn er denn zurückkehrt.

»Weißt du überhaupt, ob Kate dein wirklicher Name ist, Kate?«, fragt Liz.

»Bitte«, sagt Katherine. »Ich möchte nicht darüber nachdenken. Nicht jetzt.«

»Also weißt du es nicht?«, fährt Liz fort.

»Für gewöhnlich gaben sie dem Kind den Namen der Mutter«, sagt Isabella zu Liz, so als ob Katherine gar nicht da wäre.

»Und ist Katherine ein gebräuchlicher Name unter Leuten wie denen?«

»Denen?«

»Denen, die es sich leisten können, ein Kind in ein Nonnenkloster zu geben. Man muss dafür bezahlen, hab ich recht?«

»Das stimmt. Daran habe ich gar nicht gedacht«, räumt Isabella ein. »Lediglich die Allerreichsten können sich das wohl leisten, und da diese Praxis von der Kirche so stark missbilligt wird, müssen sie Einfluss gehabt haben auf die Person, die dich im Kloster aufgenommen hat, wer auch immer sie gewesen sind.«

»Das ist wirklich ziemlich spannend«, sagt Liz. »Wohin hat man dich gesteckt, Kate?«

Die zwei Frauen schauen Katherine an und warten auf eine Antwort: Liz mit ihrem scharfen, festen Blick; und Isabella glotzt durch die Wolken in ihren Augen und lauscht mehr, als dass sie sieht.

Katherine sagt nichts. Sie empfindet nur eine eigentümliche Leere.

»Wirst du es uns erzählen«, hakt Liz nach, »oder was?«

Katherine holt tief Luft.

»Es war das Kloster St. Mary bei Haverhurst.«

Liz schüttelt den Kopf und schürzt die Lippen.

»Nie davon gehört«, sagt sie, als ob Katherine dafür etwas könnte.

Isabella hingegen hat von dem Kloster gehört.

»Großer Gott im Himmel«, haucht sie. »Wäre es ihre Absicht gewesen, dich an einem trostloseren Ort unterzubringen, dann hätten sie keinen finden können. Selbst die Zisterzienser sind von dort geflohen.«

»Wie bist du dort rausgekommen?«, fragt Liz.

»Ich bin weggelaufen«, antwortet Katherine. Sie erzählt ihnen nicht das Wie und Warum. Sie hat noch nie darüber gesprochen, es nie anderen mitgeteilt. Und jetzt ist es so, als ob der Zugang zu den Erinnerungen an jene Zeiten verkalkt wäre. Oder überwachsen oder zugerostet. Sie kann lediglich den Kopf schütteln, als die beiden sie weiter bedrängen. Dann merken Liz und Isabella, dass sie weint, und es wird nicht mehr darüber gesprochen.

In dieser Nacht träumt Katherine von dem Kloster. Es ist nicht das erste Mal, dass dies geschieht, seitdem sie es zum zweiten Mal verließ. Aber in dieser Nacht sind die Träume lebendiger und kehren zu einer früheren Phase ihres Lebens zurück, nämlich zu ihrer Kindheit. Und es ist, als ob ihr jetzt eine klarere Sicht auf jene Zeiten gewährt würde. Sie sieht, wie sie übergeben wird, und sie sieht, was sie trägt, und sie sieht, wie die Briefe ausgehändigt werden, und auch viele nebensächliche Einzelheiten. Doch am Morgen, nachdem sie aufgewacht ist, erinnert sie sich an nichts mehr.

Als sie Isabella erblickt, fragt sie sich, warum sie noch immer nichts vom Cousin der alten Dame gehört haben, dem angeblich engen Verbündeten des Earl of Warwick.

»Weshalb suchen wir diesen feinen Gentleman nicht auf«, schlägt sie vor, »sodass wir ihm alles persönlich erzählen können?«

»Oh, aber er lebt südlich von Lincoln«, erwidert Isabella, als ob damit das Vorhaben erledigt wäre.

»Aber wir haben ein Pferd und einen Wagen«, sagt Liz zu ihr. »Wir könnten dich mitnehmen.«

Katherine schaut auf Liz. Sie ist in mancher Hinsicht ein erstaunliches Mädchen.

»Aber was ist mit den Straßen? Es soll dort Ärger geben.«

»John hat seine Armbrust dagelassen«, erwidert Liz. »Man braucht dafür zwar ein bisschen Kraft, doch sobald sie gespannt ist, kann man damit einen Bolzen durch einen Baum jagen. Fuchtle damit herum, und niemand wird sich näher als fünfzig Schritte heranwagen.«

»Aber meine Augen«, gibt Isabella zu bedenken.

»Du wirst nicht den Karren lenken oder den Bolzen abschießen müssen.«

»Wir müssen etwas für Jack, John und Nettie tun«, sagt Katherine zu Isabella. »Stell dir nur vor, was sie erdulden, wenn das alles wahr ist, was wir über Raven gehört haben!«

»Und es ist wahr, Kate«, hebt Liz hervor. »Also los! Was haben wir schon zu verlieren, außer Zeit?«

Schließlich stimmt Isabella der Idee zu, eine kleine Reise zu unternehmen, und sie brechen am nächsten Morgen auf: ein grauer Tag mit Sprühregen aus dem Osten, doch sie hoffen, dass es bis Mittag aufklaren wird. Im Wagen sitzt Isabella auf Sir Johns alter Truhe; und gemeinsam beäugen die drei Frauen Johns Armbrust, so wie sie womöglich eine zusammengerollte Schlange argwöhnisch betrachten würden. Die Waffe ist gespannt und schussbereit, daneben liegen ein Ziegenfuß als Spannhilfe und eine Tasche mit Bolzen.

»Gegen Mittag werden wir in Lincoln sein«, sagt Katherine den anderen, und dann rollen sie die Straße entlang.

Halb hofft Katherine, dass Thomas ihnen entgegenkommt und sie ihn treffen werden, aber das geschieht nicht. Genau als zur Sext geläutet wird, erblicken sie die Spitzen der Kathedrale und den Bergfried. Sie fahren unter dem Tor Newport Arch hindurch, wo Isabella einem sehr kleinen Mann mit nur einem Zahn im Mund den Stadtzoll bezahlen muss. Eine Gruppe von Männern mit angerosteten Schallern und Hippen – sie bildet die Wache – sieht aufmerksam zu. Als sie die geschäftige Bailgate entlangfahren, begegnen sie fünf Männern in grünen Wappenröcken. Einer von ihnen trägt eine Fahne, und sie machen den Weg frei für eine überdachte Kutsche.

»Macht Platz!«, rufen sie, und sie erwarten, dass man ihnen

gehorcht: nicht nur weil sie Pferde und scharfen Stahl haben, sondern weil jedermann das für gewöhnlich macht.

Für einen Moment glaubt Katherine, dass Liz nicht dem Befehl Folge leisten wird, dass sie irgendein gleiches oder vorrangiges Recht für die Durchfahrt geltend machen will. Aber nein: Nach einem Augenblick lenkt Liz den Wagen zur Seite und ruft einem Straßenhändler zu, er solle sich in Bewegung setzen, wenn er nicht plattgestampft werden möchte. Anschließend schauen sie zu, wie die Soldaten vorüberziehen und die eisernen Radbeschläge der Kutsche vorbeimahlen, die ganz frisch in Grün und Gelb gestrichen ist. Das Dach der Kutsche ist aus einem blassen, hauchdünnen Material, das sich wie Seide bauscht. Drinnen sitzen drei Frauen, die vielleicht genau wie sie selbst, Liz und Isabella unterwegs sind, jedoch in die entgegengesetzte Richtung reisen. Dahinter folgen weitere fünf Männer hoch zu Ross und noch ein Wagen, der von vier Pferden gezogen wird.

Liz lacht.

»Könnten eure Schwestern sein.«

Katherine sagt nichts dazu. Sie kehren wieder auf die Straße zurück und fahren zwischen den eng beieinanderstehenden Häusern weiter zum Viertel zwischen Burg und Kathedrale. Dort ist Liz gehörig erstaunt, bekommt sogar Angst, als ihr Blick von der breiten Basis der Kathedrale bis hin zur vollen Höhe der emporragenden Turmspitzen gleitet, die so hoch sind, dass ihre Wetterfahnen sich in den Wolken verlieren. Die Straßen um sie herum sind voller Mönche und Priester. Isabella ist entschlossen, ihre Gebete in der Kathedrale zu sprechen und für Thomas, für Jack und Nettie sowie für John Stumpf jeweils eine Kerze anzuzünden.

Also lassen sie den Wagen bei einem Jungen zurück, der halbwegs vertrauenswürdig aussieht, und gehen durch das

Viertel und dann die Stufen zur Kathedrale hoch. Durch das Westtor treten sie in die gewaltige, duftende Düsternis des Kirchenschiffs ein, wo Hunderte von Männern in Schwarz, Grau und Weiß kommen und gehen. Liz und Rufus stehen wie verloren inmitten der umhereilenden Menge; sie sind überwältigt von dem Licht, das durch die Rosettenfenster fällt. Der Mund von Liz steht weit offen, als ob sie irgendeine einfältige, von weit hergekommene Pilgerin wäre.

Nach einem Augenblick tritt ein Mann an Isabella heran, nimmt seinen Hut ab und versucht, sie in ein Gespräch zu verwickeln. Liz wird durch den schlechten Geruch des Mannes aus ihrer Erstarrung gerissen; auch sieht er nicht so aus, als hätte er sich in den letzten vier Wochen gewaschen. Liz geht auf ihn los und flüstert ihm heftige Worte ins Gesicht. Er taumelt zurück wie ein geschlagener Hund und verschwindet irgendwo im Dunkeln.

»Wer war das?«, fragt Katherine.

»Einer, der von Rechts wegen gehängt werden sollte«, antwortet Liz.

»Du kennst ihn?«

»Ich kenne Kerle seiner Art. Seinem Aussehen nach zu urteilen, beansprucht er höchstwahrscheinlich Kirchenasyl wegen seiner Schulden.«

Sie finden eine Seitenkapelle, in der Isabella vier überteuerte Talgkerzen kauft, die sie mithilfe einer Reihe bereits brennender Lichter anzünden. Anschließend stellen sie ihre Kerzen vor dem kleinen Altar und einer Statue der Jungfrau Maria auf. Überwacht von einem Mönch, knien sie sich nieder und beten für den vermissten Ehemann und Vater sowie für die verschollenen Freunde.

Sie sehen nichts mehr von dem Mann, der um Kirchenasyl nachsucht, und als sie mit den Gebeten fertig sind, gehen sie wieder hinaus in die Stadt. Katherine erinnert sich unwillkürlich daran, wie sie das erste Mal hier eintraf; daran, wie sie immer noch entsetzliche Angst hatte vor den Geistlichen und vermutete, sie könnten ihre schäbige Verkleidung durchschauen. Sie entsinnt sich auch, dass die Stände der Buchhändler direkt an der Mauer errichtet waren, und sieht, dass sie immer noch da sind. Dort geht es jetzt womöglich geschäftiger zu als jemals zuvor: mit Vertretern neuer Berufe wie den Tintenverkäufern und Schreibfederhändlern, die alle mit ihren Bauchläden umherschlendern und ihre Waren laut anpreisen. Bald sind sie an derselben Stelle, wo Thomas einst ein Buch von einem alten Händler kaufte. Der Mann handelte mit Büchern aus Brügge, erinnert sich Katherine, und schnaubte, als sie ihm das Lagerbuch zeigten. Er erklärte, es wäre nicht mehr als das Papier wert, doch er versuchte, Thomas seine Zeichnung von dem Rosettenfenster in der Londoner St.-Pauls-Kathedrale abzukaufen. Katherine begrüßt diese gedankliche Rückkehr als ein schmales Glied in der langen Kette zu ihrem abwesenden Ehemann.

Sie lässt Rufus bei Liz und führt Isabella zu dem gerade erinnerten Verkaufsstand, um zu sehen, ob jener Mann sich noch dort befindet. Aber er ist nicht da, nur ein sehr viel jüngerer Bursche, der in einen schlecht gefärbten schwarzen Mantel gekleidet ist, der teilweise grüne Stellen aufweist. Sein Warenbestand ist jedoch genauso vielfältig: Er hat ein oder zwei schön verzierte Einbände, ein paar einfacher gestaltete Bücher und viele Broschüren mit Fadenheftung. Katherine hat sich noch nie angezogen gefühlt von der unfertigen Beschaffenheit derartiger Gegenstände, die ihrer Meinung nach nur Teil eines anhaltenden Gesprächs sind. Wenn ein Mensch ein Buch bindet und es in feste Einbände klatscht, dann ist es für sie so, als ob er sagen würde: Hier, das ist mein letztes Wort zu dieser Angelegenheit, und ich habe recht. Und das in Anbetracht dessen, dass die Sachen, die man in solchen gebundenen Büchern liest, sehr oft falsch sind, wie Katherine findet.

»Aah!«, ruft der Buchhändler, der bemerkt, dass sie auf seinen Tisch blicken und hin und her überlegen. »Ja, ich sehe, Ihr habt einen guten Geschmack.«

Der Händler sagt ihnen, was er hat und was ihnen gefallen könnte, wobei er natürlich mit dem zweitteuersten Buch beginnt, der Kopie eines Stundenbuchs im flämischen Stil. Danach geht es hinunter zu den derberen Texten, deren Blätter bloß zusammengeheftet sind, und zwar mit etwas, das wie eine Bogensehne aussieht. Die ganze Zeit über lässt er das schönste und teuerste Buch unerwähnt, das dort in einem Nest aus dunklem Samt ruht. Und mit jedem Moment, der verstreicht, nimmt es eine größere Bedeutung an. Isabella bemüht sich, es genau zu erkennen; aus größter Nähe späht sie darauf, und dann guckt sie von der Seite in dem Versuch, um die verdammte Hornscheibe in ihrem Auge herumzugucken. Der Buchhändler redet und redet. Über neue Herstellungsverfahren. Über Kurzreisen nach Brügge. Über die verbesserte Papierqualität – wie sie an seinem Warenbestand erkennen können – und über den Mangel an gutem Pergament heutzutage. Nichts von alldem hört Isabella. Zum Schluss fragt sie, was das für ein Buch ist, und der Buchhändler kann ein Lächeln nicht unterdrücken.

»Habe ich es nicht gleich gesagt?«, sagt er. »Ihr habt einen ausgezeichneten Geschmack.«

Mit übertriebener Sorgfalt nimmt er es von seinem Platz. Es ist ein Brevier. Kleiner als das erste, von der Größe einer Frauenhand, mit Ulmenholzeinband. Mit kunstvollen Scharnieren und Klemmen aus poliertem Silber. Das Papier im

Buchinnern ist sehr fein. Die Farben sind strahlend, die Szenerien wundervoll gemalt. Der Schriftzug ist regelmäßig, präzise und fließend.

»Ein Objekt von großer Schönheit, nicht wahr?«, sagt der Buchhändler.

Katherine kann sehen, dass Isabella von Schmerz erfüllt ist.

»Was gibt's?«, will Katherine wissen.

»Es ist meins«, schluchzt Isabella. »Sir John ... Er schenkte es mir, als wir vermählt wurden. Ich dachte, ich hätte es sicher versteckt.«

Das Buch scheint in der Luft zu verschwinden, und die Miene des Händlers hat sich sofort verschlossen.

»Was redest du da, du blinde alte Hexe? Nennst du mich etwa einen Dieb?«

Isabella ist halb zusammengebrochen. Katherine muss sie aufrecht halten.

»Es war einer der Jungs«, jammert Isabella. »Sie werden es gestohlen und verkauft haben – um ihre ... ihre Würfelschulden oder ihre Falken zu bezahlen.«

Der Buchhändler, der erkennt, dass man ihn nicht länger beschuldigt, wird zugänglicher.

»Es war ein junger Mann mit einem dünnen Bart«, berichtet er und zeigt auf sein Kinn. »Gekleidet wie ein Prinzchen oder wie ein Doge.«

Und Isabella schluchzt erneut.

»Wie konnte er nur? Es war ein Hochzeitsgeschenk.«

»Ich habe einen angemessenen Preis dafür bezahlt«, sagt der Buchhändler.

Sie können es sich jedoch nicht leisten, das Brevier zurückzukaufen, wenngleich er es ihnen zu dem Preis anbietet, zu dem er es erworben hat.

»Bewahrt es für uns auf«, bittet Katherine.

Er antwortet, er werde es für zwei Wochen tun – bis zum Jakobstag am Ende des Monats.

»Ich muss meinen Lebensunterhalt verdienen.«

Die beiden Frauen machen sich wieder auf den Weg, doch er ruft Katherine noch mal zurück.

»Ich habe da etwas, das Euch in der Zwischenzeit interessieren könnte«, meint er und gibt ihr eine Hand voll grob gebundener Blätter mit gezackten Rändern. Jede Seite – von der ersten bis zur letzten – ist von ganz oben bis ganz unten mit winzigen Buchstaben bedeckt. Bis auf die fünfte oder sechste Doppelseite, auf der sich die Zeichnung eines menschlichen Auges befindet. Oder vielleicht handelt es sich auch um das Auge einer Ziege; die Darstellung ist in dieser Hinsicht nicht sehr deutlich. Der Mann oder die Ziege hat etwas, das wie eine Teufelszunge aussieht; aber wirklich interessant ist, dass überall um das Auge herum Kreise sind, in denen unterschiedliche Bezeichnungen stehen.

»Eine Abhandlung über Erkrankungen des Auges«, erklärt der Mann.

Isabella steht stumm da. Sie ist immer noch zu sehr geschockt, um sich mit irgendetwas zu beschäftigen, das gesagt wird, geschweige denn, um selbst zu reden. Katherine blickt von den Blättern zu Isabellas Augen, diesen trüben Scheiben darin, und dann wieder auf das Papier.

»Wie viel?«, fragt sie.

Er nennt einen Preis. Sie spürt, wie sich in ihr ein Gefühl von Zielstrebigkeit einstellt, und sie empfindet sogar eine gewisse Aufregung. Sie zahlt dem Mann die Hälfte von dem, was er fordert, und er akzeptiert die Summe. Dann läuten die Turmglocken zur vollen Stunde, und tausend Tauben flattern aufgeschreckt in den Himmel hoch. Katherine führt Isabella zum Wagen zurück, wo Liz bereits aufgestiegen ist und auf die beiden wartet. Sie hilft der alten Dame auf den Karren, und sie wollen gerade das Pferd antreiben, damit es sich in Bewegung setzt, als Katherine plötzlich etwas einfällt. Sie kehrt zu dem Buchverkäufer zurück.

»Ich werde es nicht zurücknehmen«, erklärt er, noch bevor sie zu sprechen beginnt.

Aber das will sie gar nicht. Vielmehr will sie wissen, was mit dem alten Buchhändler passiert ist, der früher hier war.

»Mein Vater«, sagt der Mann. »Es freut mich, dass Ihr Euch an ihn erinnert. Er hat ein sehr gutes Auge für Bücher.«

»Weilt er immer noch unter uns?«

Der Händler lächelt.

»Ja, in der Tat. Er ist jenseits der Schmalen See, und zwar in Straßburg. Auf der Buchmesse.«

»Was glaubt Ihr, wann er zurückkehren wird? Ich würde gerne mit ihm über eine bestimmte Angelegenheit sprechen.«

»Geht es darum, etwas zu kaufen oder zu verkaufen?«

»Weder noch. Eine alte Sache.«

Der Händler ist enttäuscht.

»Meine Mutter betet darum, dass er vor Michaeli zurück sein wird und dass er nicht im Winter reisen muss.«

»Ich werde dann wiederkommen«, sagt Katherine.

»Was soll ich ihm ausrichten, wer nach ihm gefragt hat?«

»Er wird sich nicht an mich erinnern«, erwidert sie.

»Ich werde Euer Brevier behalten«, verspricht er ihr. »Bis Ihr es Euch leisten könnt.«

Daraufhin dankt sie ihm und wendet sich zum Gehen. Sie sagt zum Abschied, sie hoffe, dass die Reise seines Vaters unter dem Segen Gottes steht und so auch der Rest seines Tages.

Als sie zum Wagen zurückkehrt, macht sich Liz Sorgen wegen Isabella.

»Was hast du ihr bloß angetan, Kate?«

Isabella ist stumm vor lauter Kummer, ihr Mund nach unten gebogen wie die Nadel eines Schusters. Ihre Hände zucken ständig und fahren über den Stoff ihres Kleides, wie um es zu glätten, weil sie ihren Rosenkranz zu Hause gelassen hat. Katherine erzählt Liz die Geschichte mit dem Brevier und den zwei Söhnen. Liz öffnet den Mund, um über sie zu schimpfen; doch jeder beleidigende Ausdruck, der ihr in den Sinn kommt – Bastard vielleicht oder Hurensohn –, fällt auf Isabella zurück, und so bleibt ihr nichts anderes übrig, als mit den Zähnen zu knirschen und böse zu brummen.

»Du würdest deine alte Mama nicht so behandeln, nicht wahr, Rufus, mein Junge?«, fragt Liz.

Rufus schüttelt den Kopf, Katherine allerdings ist sich nicht sicher, wie viel er von der Sache überhaupt versteht.

»Wohin sollen wir jetzt fahren?«, fragt sie Isabella, die es immerhin schafft, nach Süden zu zeigen – den Hügel hinab –, während sie weiter weint. Katherine fragt sich, ob die Tränen womöglich die Katarakte wegwaschen können, und ertappt sich dabei, dass sie immer noch die Broschüre umklammert hält, die der Buchhändler ihr verkauft hat. Sie steckt die Schrift in ihre Tasche und prüft nach, ob Rufus einen sicheren Platz im Wagen eingenommen hat. Danach steuern Liz und sie das Pferd durch das Viertel und weiter die steile, gepflasterte Straße hinunter, auf der sie zum Fluss und zu den Stadttoren gelangen werden.

Diese Straße ist Katherine natürlich schon früher entlanggegangen, und zwar viele Male mit Thomas. Seit dem ersten Mal sind nun fast zehn Jahre vergangen: Damals stand sie genau hier, und er stand genau dort, und ein Bote kam aus südlicher Richtung den Hügel hochgeprescht, ohne auf die Pflastersteine zu achten. Und er kam, um dem Bischof oder irgendjemandem zu erzählen, dass Richard of York in England gelandet war, um den alten König von seinem Thron zu stoßen und ihn selbst einzunehmen. Sie beide schauten sich an, und da wusste Katherine, dass der Krieg wiederkehren würde, während Thomas diese Ansicht nicht teilte. Und jetzt sind sie hier, zehn Jahre später, und der Krieg kehrt zurück, wieder und wieder.

Hier unten ist das Haus des Ablasshändlers, wohin sie an jenem Tag mit Thomas ging, um das Lagerbuch zurückzubringen. Großer Gott! Wenn die Witwe des alten Mannes es doch nur genommen hätte! Wie viel Ärger wäre ihnen erspart geblieben! Einerseits würde Edmund Riven ihren Freunden nicht Verbrennungen zufügen, und andererseits würde dieser Bluthund Hastings sie nicht bedrängen. Wie einfach könnte dann ihr Leben sein!

Das alte Haus ist unverändert: Die Tünche ist möglicherweise stärker von Grün durchzogen, und die Fenster des unteren Stockwerks sind noch mehr mit Staub und Spinnweben verdreckt, und vielleicht hat sich vom Gebälk das eine oder andere Stückchen mehr abgelöst. Könnte seine Witwe immer noch dort sein? Katherine verlässt die Straße und schaut auf die obere Etage des Hauses, die ein wenig vorspringt, und ihr Herz schlägt plötzlich bis zum Hals. Dort am Fenster ist die Witwe und schaut nach unten, so als ob sie während der letzten zehn Jahre auf Katherine gewartet hätte, und das Gesicht der Alten ist so bleich wie immer. Und dann, ganz unvermittelt, ist sie verschwunden. Doch es ist nicht so, als ob sie einen Schritt zurückgetreten wäre. Sie ist einfach ... verschwunden. Hat sich aufgelöst, als wäre sie niemals dort gewesen.

Katherine kann ein Schaudern nicht unterdrücken. Sie fühlt, wie es sich über ihren Rücken zieht, dann nach oben zum Nacken und in ihre Kopfhaut hinein. Sie bekreuzigt sich zweimal und fleht den Herrn an, sie zu erretten. Großer Gott! Ist das eine Einbildung von ihr gewesen? Sie sollte gegen die Tür klopfen, eine Erklärung verlangen, doch ... sie fürchtet sich viel zu sehr. An diesem Haus ist etwas Eigentümliches. Sie dreht sich um und eilt dem Wagen hinterher, wo Isabella immer noch lautlos schluchzt. Und Rufus streichelt den Arm der alten Frau und sagt ihr, dass sie nicht weinen soll und dass sie bald zu Hause sein werden.

Sobald sie durch das Tor über der hohen Brücke gekommen sind, steigen sie alle wieder auf den Wagen. Danach fahren sie in südlicher Richtung durch das Land, das in diesem Jahr sehr nass ist. Obgleich es bereits Juli ist, liegt dicker Schlamm auf der Straße, und über weite Strecken ist der Weg nur andeutungsweise zu erkennen – durch die Bündel von Binsen unter einer unruhigen Brühe aus matschigem Wasser. Die Karren, die ihnen entgegenkommen, sind vollgespritzt und durchnässt. Jeder, der in nördlicher Richtung marschiert, ist feucht bis zu den Knien und freut sich schon darauf, die Anhöhen der Stadt zu erreichen. Für einen großen Teil der Überschwemmungen wird König Edward die Schuld gegeben, aber niemand berichtet von irgendwelchem Ärger weiter im Süden; und dafür müssen die drei Frauen Gott danken.

»Wohin jetzt?«, fragt Liz.

Endlich kehrt Isabella wieder in die Gegenwart zurück.

»Zum Herrenhaus von Tattershall«, antwortet sie. »Es ist östlich von hier. Irgendwo voraus gibt es eine Abzweigung. Noch ein paar Meilen, glaube ich, und dann ist da ein Stein, der als Kennzeichen dient. Bei all dem Wasser wirst du sorgfältig danach Ausschau halten müssen.«

»Bist du früher schon einmal dort gewesen?«, erkundigt sich Katherine.

»Vor vielen Jahren«, antwortet Isabella. »Meine Familie … Wir sind mit den Willoughbys eng verbunden. Eine Weile habe ich mit Joan Willoughby zusammengewohnt, bevor ich in den Haushalt meines ersten Mannes gekommen bin. Sie ist jetzt tot, doch ihr Mann, Baron Willoughby, lebt noch und hat das Ohr des Earl of Warwick.«

»Das Ohr des Earl of Warwick«, wiederholt Liz. »Das ist mir egal. Ich würde es zu einer kleinen Kugel zusammenquetschen und den Schweinen zum Fraß vorwerfen.«

Sie fahren weiter auf den blassen, von der Sonne modellierten Himmel zu, und rund eine Meile lang führt ihr Weg durch Binsen, die bald geerntet werden. Unterdessen wandern Katherines Gedanken zu dem Aalfänger zurück, den sie einst bei sich beherbergte, als sie in Cornford war, und der Eelbys Baby mit sich nahm. Sie fragt sich, was wohl aus ihm geworden ist. Mit der Zeit versinkt sie in eine Art Tagtraum, während sie sich an jene Tage in Cornford erinnert. Sie schaut erst wieder auf, als Liz mit dem Wagen von der Straße abbiegt und ihn auf einen Pfad lenkt, der nach Osten führt.

Plötzlich weiß sie, wohin sie fahren.

»Nein!«, ruft sie und steht im Wagen auf, wobei sie beinahe umfällt.

»Setz dich hin, du närrisches Weib«, weist Liz sie an. »Du wirst das Pferd noch erschrecken. Bei der heiligen Muttergottes!«

»Dieser Pfad …«, sagt sie. »Er führt an dem … Er führt an dem Kloster vorbei. Ich werde ihn nicht nehmen.«

Liz bringt das Pferd zum Stehen. Hier um sie herum ist ausschließlich niedriges Marschland mit Brackwasser zu sehen, und aus ihm ragen einige wenige Inselchen mit blühenden grünen Schilfgewächsen. Hier zu bleiben ist unmöglich.

»Wir werden nicht ins Kloster hineingehen, Katherine«, entgegnet Isabella. »Aber das hier ist der einzige Weg nach Tattershall, und daher müssen wir daran vorbeifahren.«

»Stellst du dir etwa vor, dass die Priorin immer noch irgendwo vor dem Kloster steht und nach dir Ausschau hält, Kate? Ist es das? Dass sie dort mit einer Heerschar verärgerter Nonnen im Schilf sein wird, die alle darauf warten, mit ihren Wäscheklopfern hervorzuspringen und dich wieder hereinzuzerren wegen der Schande, die du über sie gebracht hast?«

Liz lacht laut auf. Isabella bemüht sich, sie mit einem Ausdruck des Mitgefühls anzuschauen. Katherine möchte Liz erwidern, dass sie ja keine Ahnung hat, wie es gewesen war. Doch Liz hat gewiss Schlimmeres durchlebt, und die Worte, die Katherine auf der Zunge liegen, klingen so töricht, dass sie sie herunterschluckt. Sie dreht sich von den beiden Frauen weg und von Rufus, der verwirrter ist denn je, zieht ihren Mantel eng um sich und starrt nach Süden, während Liz das Pferd antreibt. Sie folgen dem Pfad nach Osten, und Katherine kann förmlich fühlen, wie das Kloster näher herankommt, als ob ihr selbst nachgestellt würde. Und sie spürt es als eine Art Gezeter, eine Unruhe in ihrem Innern, bis sie es schließlich nicht mehr länger aushält. Sie ist schon im Begriff, ihren Mantel fortzuwerfen und davonzulaufen – auf dem Pfad durch das plätschernde Wasser zurückzurennen und weiter bis nach Lincoln –, als Liz ausruft:

»Beim Blute Christi, schaut euch das an!«

13. Kapitel

Thomas ist am Schießstand, als er die Aufforderung erhält, zu kommen. Unten am Fluss vor der Stadt Nottingham sitzt er auf einem Holzblock, der über die Jahre hinweg von tausend Gesäßen gut abgeschliffen worden ist. Er schaut zu, wie die Männer in braunroten und blauen Wappenröcken einen Schaft nach dem anderen von ihren Bögen abschicken, wie die Pfeile in die Höhe steigen und in die zweihundert Schritte entfernten feuchten Erdhügel mit dumpfen Lauten einschlagen. Die Luft ist voll von den Geräuschen der tadellos funktionierenden Bogensehnen und von wilden Flüchen. Er ist mit den Männern von William Hastings hergekommen, unter denen sich Rufus' Patenonkel John Brunt befindet; und sie sind schon mit dem Schießen an der Reihe gewesen und haben alles bis auf ihre Beinlinge und Wämser abgelegt. Doch ihre Gesichter sind immer noch rot von der Kraftanstrengung, während sie Brot und Ale zu sich nehmen und zuschauen, wie die Männer von König Edward ihr Bestes geben.

»Gar nicht so übel«, meint Brunt.

Der herankommende Bote ist ein junger Bursche, nicht mal fünfzehn Jahre alt, mit rundlichen weinroten Wangen und einem kaum verständlichen Akzent. Er sagt Thomas, dass Lord Hastings ihn zu sich rufen lässt und er, Thomas, sich schnellstmöglich auf den Weg zum Bergfried machen soll. Thomas nimmt seinen Rock und Bogen an sich.

»Viel Glück, Thomas«, sagt Brunt, »und möge Gott stets mit dir sein.«

Brunt und die anderen wissen, dass Thomas William Hastings ersucht hat, ihn zu Katherine zurückkehren zu lassen. Doch in den letzten Tagen hat Hastings mit König Edward und anderen geheime Unterredungen in der Burg geführt. Daher hat er nur wenig Zeit gehabt, außer um ihm mitzuteilen, dass König Edward zur gegenwärtigen Stunde nicht in der Stimmung ist, auch nur irgendeinen seiner Männer gehen zu lassen. Darüber ist niemand überrascht, weil inzwischen wohlbekannt ist, dass der Earl of Warwick und König Edwards Bruder George, der Duke of Clarence, aus Calais zurückgekommen sind und, wie befürchtet, die Masse des Volkes in Kent dazu gebracht haben, gegen König Edward zu rebellieren.

Nun also gibt es, soweit Thomas es zu erkennen vermag, nicht weniger als fünf Armeen draußen im Land, die sich wer weiß wo sammeln. Eine wird angeführt vom Earl of Pembroke – dem Mann mit dem Bart und der kostspieligen Zusage ganz vieler Soldaten –, und dieses Heer besteht angeblich aus dreitausend Waffenknechten, die bestens für den Kampf ausgebildet und König Edward gegenüber loyal sind. Ein weiteres Heer, das aus einer gleich großen Anzahl von Bogenschützen gebildet wird, marschiert unter dem Banner von Humphrey Stafford, dem eleganten kleinen Earl of Devon, und steht ebenfalls loyal zu König Edward. Eine dritte Armee – eine unbekannte Anzahl von Männern unter Robin of Redesdale – kommt aus dem Norden mit der ausdrücklichen Absicht, König Edward abzusetzen, während eine vierte unter dem Earl of Warwick, König Edwards altem Verbündeten, sich aus südöstlicher Richtung nähert. Dieses vierte Heer ist wahrscheinlich groß genug, um die wenigen Soldaten zu besiegen, die König Edward in Nottingham bei sich hat und die eine Streitmacht aus vielleicht fünfzehnhundert Soldaten bilden werden.

Da man dies alles weiß, ist die Stimmungslage in der Stadt sehr angespannt, während die Tage verstrichen sind. Jedermann vom König bis zum Knappen wartet darauf, von irgendwoher Neuigkeiten zu hören, die auf die eine oder andere Weise sein Leben bestimmen werden; und alle lenken sich ab, so gut sie können. Metzger, Weinhändler und mollige junge Frauen, die so aussehen, als ob sie in ihrem ganzen Leben noch nie richtig gearbeitet hätten, sind damit beschäftigt gewesen, in der Burg den Befehlen von König Edward nachzukommen, während Männer wie Thomas auf dem Schießstand gewesen sind oder draußen auf den Äckern, um mit gepolsterten Waffen zu kämpfen. In den Schmieden herrscht ständig Lärm, und die Luft ist voll von beißendem Rauch und dem Geruch von Metall auf Stein, von brennender Holzkohle, von Schweiß, von menschlichen Ausscheidungen, vom Blut und von den Eingeweiden geschlachteter Tiere und von frisch gebrautem Ale. Überall laufen Jungen umher. Karren und Wagen stehen still wegen des Platzmangels in der Stadt, und Kuriere müssen sich mit Gewalt ihren Weg bahnen, wenn sie kommen und gehen. Es treffen Truppeneinheiten mit Männern in Wappenröcken ein, aber dabei handelt es sich nie um eine große Zahl von Soldaten. Obgleich rund um die Stadtmauern immer wieder neue Zelte errichtet werden – sie scheinen hochzuschießen wie Pilze im Herbst –, gibt es keinerlei Neuigkeiten von Devons und Pembrokes Männern, und anstelle von Nachrichten grassieren Gerüchte.

»Sie sind einen Tagesmarsch entfernt.«

»Sie sind übereinander hergefallen, und alle sind tot.«

»Sie haben sich diesem Robin of Redesdale angeschlossen.«

»Warwick hat sie bereits vernichtet.«

»Sie sind schon auf dem Marsch zu uns, um uns alle zu töten.«

Wie üblich in Zeiten einer Krise ist der Burghof den Pferden und Dienern von König Edwards Haushalt überlassen worden; und die Atmosphäre ist hier recht angespannt, da jedermann sein Territorium absteckt und es vor Übergriffen schützt. Rüstungen werden gereinigt und Waffen geschärft; und als Thomas durch das Tor hereinkommt, erfolgt gerade eine Lieferung von Brennholz, und es kommt zu einem Handgemenge, während er sich seinen Weg durch das Gesindel bahnt.

Er trifft Hastings in einem der Privatgemächer an, wo dieser halbherzig mit einem Würfelspiel Zerstreuung sucht, zusammen mit drei anderen Männern in schöner, jedoch ungewaschener Kleidung und mit frisch geschnittenen Haaren im Militärstil: seitlich am Kopf glatt rasiert, und oben hat man sie lang gelassen. Hastings liest zwischendurch Botschaften, die ein anderer Mann – ein Sekretär, der hinter seiner Schulter steht – nacheinander vor ihm zwischen Bechern und Schüsseln auf den Tisch legt. Und gelegentlich flucht Hastings leise bei der Lektüre. Mittlerweile riecht die Luft abgestanden, und auf den Binsen vor dem Kamin jagt ein Lurcher-Welpe seinem eigenen Schwanz hinterher, was jedoch kaum Beachtung findet. Das Sonnenlicht fällt schwer wie rohe Gewalt durch die Fenster.

»Aah, Thomas«, grüßt ihn Hastings. »Gut, dass Ihr Euren Bogen mitgebracht habt.«

Es fühlt sich ein wenig dumm an, den Bogen im Innern der Burg mit sich zu führen. Doch Thomas würde ihn nicht draußen an der Mauer bei all den Stöcken zurücklassen, sodass jemand ihn stehlen könnte. Hastings sieht aus, als hätte er in letzter Zeit ein zügelloses Leben geführt; er hat ein bleiches Gesicht und dunkle Augenringe. Thomas vermutet, dass Hastings einen Auftrag für ihn hat, wie zuvor ja auch. Aber trotzdem fragt er.

»Mylord«, sagt er, »ich bitte um Erlaubnis, Euch zu ersuchen –«

»Hört mit all dem auf«, unterbricht ihn Hastings. »Ihr wisst doch, wie die Situation ist. Jemand muss etwas für mich erledigen, und Ihr seid der perfekte Mann dafür. Danach … wer weiß? Vielleicht wird König Edward Euch dann gehen lassen.«

Thomas hütet sich, ein Streitgespräch mit ihm zu führen. Hastings fragt ihn, wie die Stimmung im Lager ist. Thomas antwortet, dass sie ziemlich gut zu sein scheine, obwohl es besser wäre, wenn die Männer wüssten, wann die Truppen der Earls of Devon und Pembroke eintreffen würden und ob dies geschehen werde, bevor die in Kent einberufenen Männer des Earl of Warwick auftauchten.

Hastings nickt.

»Das wollen wir alle wissen«, sagt er.

»Schicken Pembroke und Devon denn keine Berichte über ihre Fortschritte?«

»Das tun sie. Botschaften, um mitzuteilen, dass sie hier sind, dass sie da sind und allerorten sind. Doch ich glaube, sie lügen. Sie schreiben das, da König Edward es zu hören wünscht, und jeder von beiden hofft, dass er damit dem jeweils anderen zuvorkommt. Aus den üblichen Gründen. König Edward ist … Na ja, er vertraut darauf, dass sie herkommen, bevor dieser Kerl Redesdale eintrifft. Doch ich würde dies gerne mit Sicherheit wissen. Pembroke hat den Severn bei Gloucester überquert; dies weiß ich. Aber wo ist er jetzt? Und Devon … pfffft. Er könnte überall sein.«

Thomas kann erkennen, wohin das hier führt. »Ich kenne das Land nicht gut«, hebt er hervor.

»Nein. Nein. Nun gut. Ich habe einen Führer, der mit Euch geht. Jemanden, der die Straßen kennt. Oder er hat zumindest Land in der Nähe von Oxford.«

»Warum nicht einfach ihn schicken?«

Hastings schaut ein wenig beschämt.

»Er ist ... nicht so zuverlässig wie Ihr.«

Das klingt nicht gut, denkt Thomas.

»Und die Wahrheit ist: Ich muss ihn aus dem Weg haben«, fährt Hastings fort.

Was bedeutet das jetzt wieder?, fragt sich Thomas. »Aus dem Weg haben« wie »aus der Burg haben«? Oder muss er ihn aus dem Weg haben, falls es irgendwelche Kämpfe gibt? Thomas hofft auf Letzteres, argwöhnt jedoch, dass Ersteres der Fall ist. Hastings nickt dem Sekretär zu, der sich rasch davonmacht. Als er zurückkommt, hat er einen großen, überraschend gut gebauten und gut gekleideten Jugendlichen im Schlepptau, den er als Sir John Flood vorstellt.

Flood strahlt Hastings mit unverfälschter Zuneigung an. Hastings jedoch scheint sich in seiner Gesellschaft unbehaglich und beschämt zu fühlen, und er kann ihm nicht in die Augen sehen. Sir John Flood ist ein bisschen größer als Thomas und in der vollen Blüte seiner Jugend, mit einem kantigen Kinn, blonden Haaren, die in diesem momentan gängigen Militärstil geschnitten sind, und mit klaren blauen Augen. Thomas ist verdutzt. Flood entspricht dem ritterlichen Idealbild, wie er sieht: ein perfekter vornehmer Ritter.

Flood sagt zu Thomas, er sei sehr erfreut, ihn kennenzulernen, und habe schon ein wenig von Thomas' Heldentaten gehört, und zwar von seinem Cousin. Dabei zeigt er auf Hastings. Der rutscht unbehaglich auf seinem Hocker hin und her.

»Also, John«, sagt er, »du sollst mit Thomas und vier anderen Männern seiner Wahl losziehen. Ihr sollt Pembroke finden und nachfragen, weshalb er so trödelt. Nun ja, nicht genau diese Worte dürft ihr ihm sagen, aber ihr sollt versuchen, ihn zur Eile anzutreiben. Und wenn ihr die Botschaften überbracht habt, die ich euch geben werde, dann kommt mit irgendeiner Nachricht hierher zurück, die er für uns hat. Hast du das verstanden?«

Flood nickt. Der Sekretär reicht ihm verschiedene Papiere, die er benötigen wird – Passierscheine für Kontrollpunkte, einen Beleg, um Pferde vom Stallknecht zu bekommen, und so weiter –, und eine fette Geldbörse mit Münzen. Danach werden sie verabschiedet.

»Behaltet ihn im Auge, Thomas, werdet Ihr das tun?«, bittet Hastings ihn, nachdem Flood als Erster hinausgegangen ist. »Seine Mutter würde es mir niemals vergeben, wenn ihm etwas zustoßen sollte.«

Das also ist es, denkt Thomas und fühlt sich benutzt. Er will sich nicht um Flood kümmern müssen, wo er sich doch um Katherine und Rufus kümmern sollte.

Flood wartet im Durchgang auf ihn.

»Ich würde gerne meinen Diener mitnehmen«, sagt er. »Ihr müsst also nur drei zusammentrommeln – falls Ihr möchtet? Männer, denen Ihr vertraut, was?«

Sie vereinbaren, sich im Burghof zu treffen, wenn sie die Männer und das Zeug beisammen haben, das sie benötigen. Thomas hastet zum Schießstand zurück, um Brunt und zwei andere Männer seiner Wahl um sich zu scharen: Brunts besten Freund Caldwell, der einen Kopf größer als der zweitgrößte Mann und verblüffend schlaksig ist, jedoch einen Pfeil weiter schießen kann als jeder andere Mensch, den Thomas bislang getroffen hat; und O'Driscoll, der eine gedrungene, muskulöse Figur und federnde Bewegungen hat, was davon herrührt, dass er sein ganzes Leben lang in der Schmiede seines Vaters gearbeitet hat. Er geht auf seinen Fußballen, drückt dabei Kinn und Brust heraus und stammt aus Irland – der erste Ire, den Thomas wissentlich kennengelernt hat.

»Das klingt nicht so, als ob man viel Spaß dabei haben wird«, meint Caldwell. Sein Adamsapfel ist so groß wie eine zusammengeballte Faust und hüpft in seinem langen Hals sechs Zoll rauf und runter.

»Das verspreche ich dir auch nicht«, stimmt Thomas ihm zu.

»Und dein Mann Flood!«, sagt O'Driscoll. »Er passt eher auf den Turnierplatz als in die Taverne.«

»Aber hast du die Frau des Mannes gesehen?«, fragt Brunt. Er zieht seine Augenbrauen drei- oder viermal hoch, und O'Driscoll stößt ein lüsternes, tuckerndes Lachen aus.

Und dort ist sie: Als Thomas und seine Gefährten Flood und dessen Diener im Burghof treffen, ist die junge Dame ebenfalls dort. Jeder anwesende Mann ist für den Moment verstummt und macht ihr Platz, damit er sie anstarren kann; selbst Thomas spürt, wie ihm die Spucke im Mund trocknet. Alle Männer um sie herum reagieren auf sie, jedoch in unterschiedlicher Weise: Einige legen sich ein vages, kühles Lächeln zu; andere ziehen eine Schau ab mit bellendem Gelächter und Darbietungen ihrer körperlichen Kraft; wieder andere stehen nur da und starren sie mit weit aufgerissenem Mund an. All diesen Verhaltensweisen ist gemeinsam, dass sie etwas Lüsternes an sich haben; und Thomas beneidet das arme Mädchen keineswegs. Ihr Kopf ist nach unten gesenkt, ihre Wangen leuchten rot, ihre großen Rehaugen sind allein auf Flood geheftet, und man kann sehen, warum: Jetzt hat er sich fürs Reiten gekleidet, und er sieht aus wie eine Gestalt, die einem Wandteppich entsprungen ist. Er ist vielleicht die Verkörperung des jungen Alexander oder Cäsar, lebendig geworden mit so viel Ebenmaß und solcher Anmut, dass auch er eine Wirkung auf die um ihn herumstehenden Männer hat. Er trägt Beinröhren und Eisenschuhe mit langen Sporen und um seinen Oberkörper eine eng anliegende, mit Metallplättchen besetzte Brigantine in der Farbe von Rotwein; dazu hat er zwei Gürtel um seine Taille angelegt, von denen seine Dolche und Schwerter in wundervoll gearbeiteten Scheiden herabhängen. Sein Haar ist ein goldener Helm, und die Sonne scheint von ihm auszustrahlen, sodass seine Frau zu einer bloßen Verzierung hätte werden können, wenn sie auch nur um ein Jota weniger schön wäre.

»Beim Blute und Leiden Christi«, murmelt Brunt.

Zuzuschauen, wie die zwei sich voneinander verabschieden, ist tatsächlich schmerzvoll.

»Wie lange sind sie verheiratet?«, fragt Thomas den Diener, einen buckligen kleinen Mann mit einer Mütze, die wie ein Brotlaib aussieht.

»Eine Woche«, antwortet er und verdreht die Augen.

Thomas fragt sich, ob Hastings herkommen wird, um sie zu verabschieden, und blickt sich um. Er entdeckt in einem der oberen Fenster nicht etwa Hastings, sondern König Edward, der auf Flood und dessen Frau hinunterstarrt. Thomas bemerkt den Gesichtsausdruck des Königs und weiß nun, dass er sich geirrt hat, was den Grund anbelangt, weshalb Hastings den Burschen aus dem Weg haben will. Gibt es etwas, was er deswegen unternehmen kann – irgendetwas? Die junge Frau mitnehmen, vermutet er. Aber das kann er nicht machen.

»Kommt«, sagt Thomas. »Je eher wir das hier erledigen, desto früher werden wir euch zurückbringen.«

Ihnen ist der Zugang zu den Ställen und Lagern gewährt worden; und sie haben sich gute, starke Pferde ausgewählt und sich jeweils mit einem frischen Brotlaib und einer großen

Pilgerflasche Ale beladen. Auch hat ein jeder von ihnen zwei Bögen auf dem Rücken seines Pferdes befestigt sowie zwei Bündel Pfeile. Sie tragen Schaller und Brigantinen – die anderen freilich nicht so schöne wie die von Flood –, und jedem wurde ein Wappenrock aus feinem Breitgewebe in Hastings' Farben gegeben. Sie führen die Pferde – das von Flood ist weiß, die der anderen sind braun – im Schritttempo nach unten durch die Stadttore, hinaus auf die Brücke und über den reißenden Fluss. Flood wünscht, ein Gebet in der dortigen Kapelle zu sprechen. Thomas gewährt ihm die Bitte, bleibt auf der Brücke und starrt hinab ins Wasser, das um die vielen Stützpfeiler herum strudelt. Er hält es für merkwürdig, dass die See so weit flussaufwärts kommt, und sogar für noch merkwürdiger, dass er, wenn er sich der Strömung dieses Gewässers übergeben sollte, gen Norden und Osten, nach Marton, zurückgebracht würde.

Als Flood von seinen Gebeten zurückkehrt, fragt Brunt, wo sie diesen Earl of Pembroke suchen werden.

»Lord Hastings sagt, dass der Earl den Fluss Severn bei Gloucester überquert hat und sich auf der nach Westen führenden Straße auf uns zubewegt. Und dass weiter aus dem Süden der Earl of Devon mit seinen Bogenschützen herankommt. Die Straßen treffen sich in Oxford, zwei Tagesritte von hier.«

O'Driscoll macht einen Witz darüber, dass es Floods Frau nur flüchtig berühren würde, wenn man zwei Tage lang reitet. Aber Flood gibt sich keine Mühe, den Witz zu verstehen. Thomas fragt sich, ob er Flood davon erzählen sollte, was für eine Art Mann König Edward ist, entscheidet sich dann aber dagegen. Es steht ihm nicht zu. So geschickt, wie man es sich nur wünschen kann, schwingt sich Flood in den Sattel, und sie brechen wieder auf. Floods Reitstil ist von perfekter

Schönheit; die Bewegungen von Pferd und Mann ergänzen sich nahtlos, als ob beide Freude daran hätten. Der Mann kann ewig reiten, ohne zu ermüden, denkt Thomas. Die anderen, die mit ihm zu Pferd unterwegs sind, einschließlich Thomas, hüpfen wie Säcke auf ihren Sätteln. Flood kennt den Namen jeder Pflanze, an der sie vorbeikommen, und jedes Vogels, den sie erblicken. Er kann sogar einige ihrer Lieder nachpfeifen. Und er hat Freude an jeder noch so kleinen Kirche, die auf ihrem Weg liegt, und er findet immer etwas daran zu loben. Thomas muss ihn davon abhalten, in jede hineinzugehen und eine Kerze anzuzünden für diesen oder jenen Verwandten, der entweder das Zeitliche gesegnet hat oder unpässlich ist – oder der, wie bei einem Fall, sich unglücklich fühlt. Er spricht in liebevoller Weise von seiner Frau Maude, und wann immer sie an einer Kapelle oder Kirche vorbeireiten, beharrt Flood darauf, dass sie anhalten und er eine Kerze für seine Gattin anzündet. Thomas macht einmal das Gleiche und hofft dabei entgegen jeglicher Hoffnung, dass sie irgendwie die Kraft finden wird, den Annäherungsversuchen von König Edward zu widerstehen.

Den Rest des Tages folgen sie in zügigem Tempo der Straße nach Süden, bis sie die Tore von Leicester erreichen. Bevor sie dort ein Wirtshaus finden können, bringt Flood sie erneut dazu, stehen zu bleiben, sodass er in der Kathedrale beten kann.

»Der gehört zur frömmelnden Sorte, was?«, sagt Brunt zu dem Diener.

Abermals verdreht der Diener seine Augen.

Die Aufmerksamkeit, die Flood dann im Gasthaus erhält, ist nervtötend. Jeder Mann, jede Frau, jedes Kind und jeder Hund schart sich um ihn; sie umkreisen ihn, machen alles, was sie für ihn tun können. Er braucht nur zu lächeln, und alle liegen ihm zu Füßen. Er lächelt häufig, und ihm wird gewährt, was auch immer er wünscht. Thomas denkt an Taplow, den Kerl mit den Messern, und fragt sich, was der wohl zu Flood zu sagen hätte. Doch Flood scheint nicht zu bemerken, dass die Gefälligkeiten, die ihm geboten werden, niemandem sonst offeriert werden: Man kann erkennen, dass er glaubt, dies hier um ihn herum ist so, wie das Leben für jedermann ist. Am Ende des Abends erreicht das Ganze seinen Höhepunkt, als er das Essen und das Bier aus der eigenen Tasche bezahlt und dann auf keines der Angebote dreier junger Frauen zurückkommt, ihm ein Bett für die Nacht zu geben.

»Oooooh mein Gooott«, stöhnt Brunt.

Noch vor der Dämmerung stehen sie am nächsten Morgen auf und reisen ab. Die Sonne geht zartlila und golden auf, und schon bald scheint sie heiß auf ihre Gesichter. Thomas lässt sie eine Pause einlegen, um ein paar dieser breitkrempigen Binsenhüte zu kaufen. Obgleich sie eigentlich nur von Männern und Frauen getragen werden, die auf den Feldern arbeiten, sieht Flood, als er eine der Kopfbedeckungen aufsetzt, in keiner Weise wie ein Bauer aus. Vielmehr steht ihm der Hut gut, und er kauft noch einen, um ihn Maude mitzubringen; und alle anderen Männer wenden den Blick ab.

Sie reiten den ganzen Morgen und passieren dabei Rugby und Daventry, ohne dass etwas Besonderes geschieht. Am frühen Nachmittag jedoch stoßen sie auf die ersten Anzeichen, dass etwas nicht in Ordnung ist: ein von zwei Ochsen gezogener Karren, der von einem Jungen gelenkt wird und auf dem hinten ein fetter Priester neben seinen Kisten und Truhen sitzt. Sie müssen von der Straße herunter, um den Karren passieren zu lassen. Während er vorbeifährt, hält der braun gekleidete Priester etwas an seine Brust gepresst und schaut die kleine Reitergruppe ängstlich an.

»Wovor haust du denn ab?«, ruft O'Driscoll spöttisch.

Der Priester sagt nichts und drückt seine Arme nur noch fester um das herum, was auch immer er bei sich hat; und der Karren rollt nach Norden. Doch als Thomas dies sieht, lässt er sie die Binsenhüte abnehmen und die Helme aufsetzen. Sie binden sich die Wappenröcke fest und stellen sicher, dass die Abzeichen mit dem schwarzen Bullenkopf gesehen werden können. Und Thomas macht die Mordaxt hinten an seinem Sattel los.

»Warum?«, fragt Caldwell.

»Er rennt vor einer Armee davon, nicht wahr?«, erwidert Thomas. »Aber es lässt sich nicht sagen, um welche Armee es sich handelt, oder?«

Caldwell begreift, was er meint, und steigt ab, um seinen Bogen zu nehmen und schussbereit zu halten.

»Was für Wappenfarben tragen die Männer von Pembroke?«

»Blau und Rot«, antwortet Flood.

»Und die von Devon?«

»Blau und Grün.«

Am späten Nachmittag, als die Hitze des Tages verschwunden ist, stoßen sie am hinteren Ende eines Pfades, der durch ein Dorf führt, auf die ersten Lanzenreiter. Diese sind in Blau und Rot: Pembrokes Männer. Sie sind gut gerüstet und schwer bewaffnet, als ob sie Ärger erwarteten.

»Wer zum Teufel seid Ihr?«, will der Erste von ihnen wissen.

Thomas erläutert es ihm und zeigt die Ausweise und Briefe von Hastings. Der Mann kann zwar nicht lesen, lässt sich jedoch von Floods Anwesenheit beeindrucken.

»Dann kommt mit«, sagt er. »Falls Ihr allerdings eine Botschaft habt für den verdammten Earl of Devon, dann habt Ihr ihn verpasst.«

»Ihn verpasst?«

»Er hat seine Männer genommen und ist irgendwohin abgezogen. Er war mit irgendwas nicht glücklich. Von dem Moment an, an dem wir Oxford verlassen haben, hat er ständig mit Pembroke gestritten.«

»Also ... was? Er ist einfach ... abgezogen?«

»Es ist so, wie ich es sage. Ich weiß es nicht. Sie haben über irgendwas gestritten, und jetzt ist er weg. Seine Bogenschützen hat er mitgenommen.«

»Aber er kommt doch immer noch, oder?«, hakt Flood nach. »Ich meine, König Edward – er braucht ihn. Er baut auf ihn! Robin of Redesdale treibt mit zehntausend Männern aus dem Norden sein Unwesen. Und jetzt auch noch der Earl of Warwick! Er hat sich ebenfalls gegen Seine Hoheit ausgesprochen!«

Der Lanzenreiter hat diese Neuigkeit noch nicht gehört.

»Warwick ist jetzt gegen König Edward? Heilige Maria, Muttergottes, ich hätte niemals geglaubt, dass ich das erleben würde. Wie viele Männer hat er denn?«

»Das weiß niemand«, antwortet Flood. »Doch er zieht von London aus hoch in den Norden, um sich mit Redesdale zu vereinen; und ohne Devons Bogenschützen sind wir –«

»Gefickt.«

Thomas geht dazwischen.

»Wo ist Pembroke?«, fragt er.

»Er hat abseits der Straße das Lager aufgeschlagen, auf dem Hügel dort oben.« Der Lanzenreiter nickt in Richtung einer fernen Anhöhe im Süden. Überall sonst ist das Land flach: ein paar Bäume, Wiesen und gutes Weideland für Kühe. Es gibt einen mäandernden Fluss, an dessen Ufern ein paar Feldahorne, Eschen sowie Weiden stehen, und vermutlich ein weiteres Dorf im Südosten.

»Wie viele Leute seid Ihr?«, erkundigt sich Thomas.

»Knapp unter viertausend«, mutmaßt der Lanzenreiter.

Sie durchqueren eine Furt des Flusses und nehmen dann einen Pfad zum Lager.

»Wird Devon zurückkommen – was vermutet Ihr?«, fragt Flood.

Der Lanzenreiter weiß nichts darüber.

»Er ist vielleicht nach Hause gegangen; was weiß ich. Ihr könntet unsere einzigen Bogenschützen sein.«

Niemand lacht über diese Worte. Das Lager ist ein großes Chaos. Es gibt nur einige wenige Zelte, und die meisten Männer bereiten sich darauf vor, im Freien zu schlafen, eingewickelt in ihre Umhänge. Das ist der Grund, weshalb sie sich für eine höhere Lage entschieden haben – um nicht vom Nebel verborgen und vom Tau durchnässt zu sein, wenn sie aufwachen. Das einzige Zelt auf flachem Gelände ist das von Pembroke, während die anderen auf dem Abhang stehen. Hügelaufwärts fallen die Zeltpflöcke in dem weichen Erdboden offensichtlich um, sodass sie stattdessen Pfeile haben benutzen müssen.

»Recht fruchtbarer Boden hier in der Gegend, was?«, meint einer von Pembrokes Schildknappen.

Sie stehen dort und warten auf den Earl, und von ihrem Beobachtungspunkt aus können sie viele Meilen von dem schönen Land sehen. Es wird durchschnitten von der Straße, die gen Norden nach Leicester und noch weiter führt, und von dem sich schlängelnden Fluss, der nun unterhalb von ihnen liegt. Es ist sehr gutes Land; darin stimmen sie überein. Pembroke kommt zum Vorschein, und er sieht aus, als könnte es jederzeit ein Donnerwetter von ihm geben. Gegenüber Floods Charme ist er immun. Er erkennt Thomas jedoch wieder.

»Habt Ihr irgendwelche guten Nachrichten für uns?«, fragt er.

Thomas erzählt ihm, dass Warwick aus Frankreich eingetroffen ist, und Pembroke gibt tatsächlich ein Knurren von sich.

»Wo ist er?«, verlangt er zu wissen.

»Vor drei Tagen hat er London verlassen.«

Pembroke stellt Berechnungen an und reibt sich anschließend die Stirn.

»Herrgott«, sagt er. »Er könnte in ... Er könnte überall sein. Und wenn er und der verdammte Redesdale sich vereinen ...« Er schaudert beinahe.

Flood fragt ihn nach dem Earl of Devon.

»Dieser Mistkerl ist es nicht wert, dass man ihn auch nur erwähnt«, wettert Pembroke. »Gott verfluche seine Augen! Wisst Ihr, was er getan hat?«

»Wir haben erfahren, dass er seine Männer irgendwo anders hingebracht hat.«

»Wisst Ihr, *weshalb* er seine Männer irgendwo anders hingebracht hat?«

Sie schütteln die Köpfe. Pembroke stößt mit seinem dicken Zeigefinger gegen sein Zelt.

»Weil mein Zelt auf flachem Gelände steht, während seines auf schrägem Untergrund errichtet worden wäre. Deswegen! Deswegen hat er seine Männer anmarschieren lassen, als ob ... als ob ... Ich weiß es nicht. Als ob ich ihm seine Puppe weggenommen hätte!«

»Er hat Euch ohne Bogenschützen zurückgelassen, weil Ihr ... weil Ihr das beste Zelt habt?«

»Genau.«

Einen Augenblick lang herrscht Schweigen, während sie versuchen, dies zu verstehen.

»Aber er bringt doch immer noch seine Männer zu König Edward, nicht wahr?«, möchte Flood wissen.

»Das werdet Ihr ihn selbst fragen müssen.«

»Wo ist er jetzt?«

»Wenn ich das verdammt noch mal nur wüsste. Er ist in diese Richtung gezogen.« Pembroke zeigt mit einem seiner Wurstfinger nach Süden.

»Aber das ist nicht die Route, die zu König Edward führt!«, ruft Flood. »Die führt von ihm weg.«

Pembroke nimmt schweigend die Briefe von Hastings und zieht sich in sein Zelt zurück. Die Neuankömmlinge lässt er um die Kochfeuer zurück, die gerade angezündet werden.

»Was sollen wir tun?«, fragt Flood.

»Wir sollten schnell zu König Edward zurückkehren«, antwortet Thomas.

»Etwa noch heute Abend?«

»Das Tageslicht reicht noch für ein paar Meilen.«

Sie sind sich einig. Ihre Pferde lassen sie im Schritt den Hügel hochgehen, als sie ein paar Reiter entdecken, die in großer Eile aus östlicher Richtung herankommen. Eine Gruppe von Lanzenreitern. Die Körperhaltung von einem, nein, von zweien ist so, als wären sie verwundet, und eines der Pferde trägt einen leeren Sattel. Thomas und seine Gefährten räumen den Pfad und lassen die Lanzenreiter vorbeireiten. Einer hat eine klaffende Wunde an der Schulter, und der Arm ruht in seinem Schoß; bei einem anderen ist das Gesicht völlig blutverschmiert. Der übliche Geruch von Pferden und Schweiß ist verunreinigt mit dem von Blut.

»Redesdale! Redesdale!«, schreit einer von ihnen. »Dort unten. Auf der anderen Seite des Flusses.«

Kann Robin of Redesdale tatsächlich so rasch so weit nach Süden gekommen sein?

»Wir sollten uns am besten davonmachen«, sagt Thomas.

Seine beiden Freunde stimmen ihm zu, doch Flood will sie nicht wegreiten lassen.

»Wenn dieser Haufen in eine Schlacht hineingerät«, erwidert er und zeigt auf Pembrokes Männer, »dann werden sie unsere Hilfe benötigen. Wir müssen uns ihnen anschließen.«

»Ihr habt noch nie zuvor an einer Schlacht teilgenommen, was?«, fragt Brunt.

Flood bejaht dies.

»Und im Augenblick ist nicht der perfekte Zeitpunkt dafür«, sagt Thomas zu ihm.

Aber Flood will sich immer noch nicht vom Fleck rühren. Bevor sie ihn überreden können, kehrt eine andere Gruppe von Lanzenreitern aus dem Norden zurück, und die Möglichkeit zur Flucht ist ihnen versperrt.

»Mitkommen«, weist der Anführer des Trupps sie an. »Ihr seid alle Bogenschützen, die wir haben!«

Sie kehren murrend in Pembrokes Lager zurück. Die verwundeten Lanzenreiter erzählen denen, die ihnen zuhören, dass sie die Spuren einer Armee gefunden haben und ihnen gefolgt sind, bis sie eine Gruppe von zehn Reitern getroffen haben. Jeder dieser Männer trug Blau, mit einem gelben Abzeichen quer über der Brust – »wie eine Schmierspur« –, und sie haben einen Angriff gewagt, obwohl sie zahlenmäßig unterlegen gewesen sind.

»Sie sind direkt jenseits des Flusses!«

Kuriere werden zu Devon geschickt, um ihn zurückzuholen, doch inzwischen ist die Abenddämmerung angebrochen. Einige Männer gehen nach unten zum Fluss, zu einer Brücke; und um diese Gruppe zu verstärken, schickt Pembroke einen weiteren Trupp hinunter. Zweihundert Soldaten insgesamt. Pembroke weist obendrein seine Männer an, große Feuer zu machen und sie in Gang zu halten, damit Robin of Redesdale glaubt, dass Devon bei ihm ist. Aber er teilt auch seinen Befehlshabern mit, dass sie sich bei Sonnenaufgang bereithalten müssen.

»Wir werden sie erwischen, bevor sie kampfbereit sind«, sagt Pembroke. »Bevor sie erfahren, dass wir keine Bogenschützen haben.«

Thomas und seine Gefährten sollen sich zu dem ersten Trupp Lanzenreiter setzen, den sie getroffen haben; es sind ausnahmslos Waliser. Sie müssen die ganze Nacht das Feuer in Gang halten. Die Waliser singen unverständliche Lieder, und einer von ihnen trägt unaufhörlich Gedichte in ihrer wunderlichen Sprache vor. Sie rösten ihr Brot über dem Feuer und belegen es mit Käse in Scheiben. Es ist gar nicht mal so schlecht bei diesen Leuten, denkt Thomas, wenn sie doch bloß ihren Mund halten würden.

Thomas hält die letzte Wache neben der kalt werdenden Asche des Feuers, und die ganze Gegend ist erfüllt vom Gesang der Vögel. Er sieht, wie die Morgendämmerung zunächst als bleiche Schmierspur daherkommt – sehr alltäglich –, und unten hängt der Nebel, der von dort aufsteigt, wo sich der Fluss durch das Weideland schlängelt. Auf seinen Knien liegt er im nassen Gras und spricht Gebete zu Gott, in denen er um seine eigene Sicherheit und um die Rückkehr zu Katherine und Rufus bittet, als unten an der Brücke die morgendliche Stille durch Geschrei und Waffengetöse gestört wird.

So fängt es an.

Das Lager um ihn herum explodiert. Männer springen eilends auf die Beine und werfen ihre Umhänge von sich. Andere rufen nach Dienern, Schildknappen, Ale, Brot oder nach ihren Stiefeln. Pembroke ist mitten unter ihnen und schreit aus Leibeskräften: Er brüllt, dass Kuriere zu Mylord

Devon geschickt werden sollen, fordert, dass seine rangniederen Ritter und Gentlemen Ordnung ins Lager bringen und ihre Männer um sich sammeln. Das Lager hallt wider vom Gebrüll der sich anschreienden Waliser, und über allem liegt der Geruch von gebackenem Käse. Nur sehr wenige Frauen sind mitgekommen, weil die Männer erst ziemlich spät eingezogen wurden und sie anschließend sehr schnell abziehen mussten. Daher ist es nur ein Haufen von Männern mit dunklem, zotteligem Haar, die ihre Rüstungen anschnallen, die ihre Hippen und Speere, Hämmer und Schwerter zusammensuchen und sich bemühen, ihre Freunde zwischen so vielen Kameraden zu finden, die das Gleiche machen und ihnen so ähnlich sind.

Es ist allerdings überraschend, wie schnell sie unter sich Ordnung schaffen, und bevor die Sonne richtig aufgegangen ist, haben sie sich auf dem Feld in Reih und Glied aufgestellt. Es sind vielleicht dreitausend Soldaten, die sich in drei Kampflinien formiert haben. Auf dem Boden vor ihnen stolziert Pembroke auf und ab. Er ist im vollen Harnisch und hat eine Mordaxt. Sein Schildknappe trägt seinen Helm und das Kinnreff. Ein anderer Knappe versucht, einen Riemen an der Wade von Pembroke festzumachen, aber der will nicht aufhören, umherzugehen.

Das Geräusch der Kampfhandlungen unten ist ein ständiges unregelmäßiges Klappern. Männer humpeln bereits fort, um im Gras zusammenzubrechen oder sich den Hügel hochzuschleppen. Was auf der Brücke selbst geschieht, wird von Bäumen verdeckt. Doch als sich der Nebel lichtet, kann Thomas eine Horde von Männern sehen, die über die Äcker auf der anderen Seite des Flusses anbranden und auf die Brücke zustreben. Als sie herankommen, schwillt die Geräuschkulisse stark an. Thomas fragt sich, weshalb Pembroke sie nicht auf der Brücke stoppt. Dann glaubt er, dass der Earl gar nicht versuchen wird, sie aufzuhalten. Er will, dass sie die Brücke überqueren und sich formieren; und dann wird er seine Männer zu ihnen hinunterschicken, um sie zu töten.

Aber was ist mit den Bogenschützen? Es hat nicht viel Sinn, den Vorteil einer höheren Stellung zu haben, wenn man über keine Bogenschützen verfügt.

Pembroke bleibt stehen, wendet dem Kampfgeschehen den Rücken zu und richtet den Blick auf seine Leute. Er ist ein großer Mann: ein Eindruck, der durch seine Rüstung noch verstärkt wird, und überdies ist sein Gesicht auch noch breit. Und jetzt – seine Haut ist rissig und fleckig von der Witterung, und die Haare stehen ihm zu Berge – spricht er zu seinen Soldaten.

»Männer von Wales!«, brüllt er. »Männer von Wales, ich danke Gott, dass ihr heute bei mir seid. Hier in diesem beschissenen kleinen Teil des beschissenen kleinen Englands. Ich könnte keine bessere Gesellschaft haben. Keine mutigeren, keine besseren Männer an meiner Seite. Ich danke Gott dafür. Hört ihr das? Ich danke Gott, dass ihr, die Söhne Davids, bei mir seid. Jeder Einzelne von euch. Du!« Er streckt den Zeigefinger aus. »Du!« Er zeigt anderswohin. »Und du!« Und er zeigt wieder auf einen anderen. »Heute seid ihr meine Brüder. Heute sind wir alle Brüder. Wir allesamt hier. Wir allesamt in dieser Reihe. Wir sind Brüder. Wir sind eine Familie. Ein Volk. Eine Rasse. Eine Rasse von Männern. Eine Rasse von Männern, vor der die Welt sich zu fürchten begonnen hat. Eine Rasse von Männern, vor der die Welt allen Grund hat sich zu fürchten. Und an diesem Tag werden wir in die Annalen unseres stolzen Volkes eine weitere Legende schreiben. Ein weiteres Kapitel.«

Thomas fragt sich, wo Männer wie Pembroke all dies

gelernt haben. Geht in ihrer Erziehung die Redekunst einher mit Übungen im Gebrauch von langen Schwertern und Streitäxten?

Pembroke fährt fort. Er räumt ein, dass Devon noch nicht da ist, erzählt jedoch seinen Soldaten, dass jetzt die Stunde anbricht, in der sie sich als Männer bewähren müssen. Und dass, wenn die Schlacht vorüber ist, Devon und seine Männer ihre Launenhaftigkeit bedauern werden und dass sie, da sie hinterlistige Engländer sind, über diesen Tag lügen und behaupten werden, sie wären hier auf diesem Schlachtfeld gewesen und hätten gesehen, was die Söhne von Wales können.

Es wird reichlich gebrüllt und mit den Waffen herumgefuchtelt.

Thomas und die wenigen anderen, die Pembrokes Bogenschützeneinheit bilden, stehen ein wenig abseits, und zwar rechts von der Kampfformation. Sie spannen ihre Bögen, korrigieren die Befiederung der Pfeile und beginnen, ihre Schultern zu rollen, um sie aufzuwärmen.

»Wir sollen die Flanke halten«, murmelt Thomas und schüttelte den Kopf. Er könnte laut auflachen, wenn die Situation nicht so verzweifelt wäre.

Flood ist jetzt in vollem Harnisch, und natürlich hat jemand Geld für einen Waffenschmied aufgewendet, um aus seiner Rüstung die allerschönste zu machen, die man sich überhaupt denken kann. In ihr sieht er ehrfurchtgebietend aus. Und obgleich Thomas weiß, dass es die üblichen Schwachstellen geben muss – die Leistenbeuge und die Achselhöhle –, bewegt sich Flood mit solcher Wendigkeit, dass man sich unmöglich vorzustellen vermag, er bliebe lange genug still, sodass irgendjemand jene Körperbereiche treffen könnte. Er hat eine Mordaxt, die so ausgezeichnet ist wie die von Thomas, und einen Reiterhammer an seinem Gürtel. Sein

Diener hat die Scheiden vom Schwert und Dolch fortgenommen, die nun von Ringen herabhängen.

»Ihr dürft nicht dort hinuntergehen!«, weist Thomas ihn an.

Flood schaut ihn mit diesen riesengroßen blauen Augen an, und für einen Moment hat Thomas das Gefühl, er würde in sie hineinfallen. Flood versucht, an ihn zu appellieren.

»Thomas«, sagt er. »Thomas, Sir?«

»Nein«, entgegnet Thomas. »Lord Hastings hat mich damit beauftragt, Euch unversehrt und lebend zurückzubringen. Es kümmert mich nicht, wie gut Ihr bei dieser Sache seid und wie sehr Ihr Euch wünscht, dass Eure Rüstung Blutspritzer bekommt. Hier und jetzt werdet Ihr nicht Kopf und Kragen riskieren. Dafür wird es später noch eine Menge Gelegenheiten geben.«

Flood blinzelt.

Thomas bemerkt, dass Flood ein Stück gazeartiges Tuch an seine Mordaxt gebunden hat. Kann das von Maude sein? Ja, tatsächlich. Oh mein Gott! Weiß der Kerl überhaupt, was eine solche Waffe einem Menschen antun kann? Möchte er wirklich, dass etwas so Reines über und über mit Blut bespritzt wird? Oder mit Gehirnmasse? Oder mit dem Zeug, das sich aus zerrissenen Eingeweiden ergießt? Will er das echt?

»Gebt mir Eure Axt!«, verlangt Thomas.

»Nein.«

Pembroke brüllt immer noch, allerdings inzwischen auf Walisisch, und die Waliser schreien als Antwort etwas zurück. Die Soldaten an der Brücke setzen sich nach wie vor zur Wehr, doch bald werden die Männer von Robin of Redesdale die Überquerung des Flusses erzwingen. Es ist nur eine Frage der Zeit.

Thomas streckt die Hand aus, um Floods Axt entgegenzunehmen.

»Das hier ist nicht Euer Kampf«, sagt Thomas zu ihm. Es sind Worte, die ihn selbst überzeugen würden, aber Flood ist jung. Außer auf dem Turnierplatz hat er bislang noch nirgendwo gekämpft.

»Kommt schon«, fordert Thomas ihn auf, dann legt er seine Hand an die Axt und schließt seine Finger um den Schaft. Flood lässt seine Waffe nicht los. Seine Haltung ist merkwürdig. Wenn Flood ihn jetzt töten wollte, könnte er es tun. Thomas beobachtet, dass er über diese Möglichkeit offenbar nachdenkt. Doch Brunt und Caldwell bewegen sich ein bisschen hinter Flood, der dies registriert und sich zu ihnen umdreht: Einer der beiden ist auf der linken Seite, der andere auf der rechten, und sie lächeln ihn unschuldig an. Alle vier wissen jedoch, was gerade geschehen ist, und Flood blickt wieder Thomas an und lächelt.

»Also gut«, sagt er und lässt Thomas die Mordaxt an sich nehmen. »Aber bewahrt sie nah bei Euch auf.«

Pembroke hat aufgehört, sein Gesindel aufzuhetzen; und die Soldaten an der Brücke sind schlussendlich überwältigt worden. Sie laufen auseinander und verstreuen sich über die unteren Bereiche des Hügels, wo sie von Robin of Redesdales Männern verfolgt werden, die die Brücke allein aufgrund ihrer zahlenmäßigen Überlegenheit eingenommen haben und sich nun auf dem Feld unten ausbreiten.

»Los«, murmelt Caldwell. Er hat einen langen Pfeil an seinem gewaltigen Bogen angelegt, und wenn Pembroke nur das Signal geben würde, könnte er das Geschoss in jene hineinschicken, die im Augenblick die verwundeten Soldaten töten.

Pembroke gibt das Signal. Er tritt zurück und richtet seinen Hammer auf Thomas und seine kleine Gruppe, dann senkt er die Waffe. Thomas lässt daher die Axt von Flood ins Gras neben seiner fallen, schnappt sich seinen Bogen und legt einen Pfeil an. Caldwell hat bereits den ersten Schaft den Hügel hinuntergeschickt und zuvor sorgfältig gezielt: Das Geschoss bohrt sich in die Brust eines Mannes, der im Begriff ist, mit einem Hammer einen Soldaten zu töten, der durch das lange Gras kriecht. Brunt lacht. O'Driscoll jubelt auf. Ja, so müssen wir es machen, denkt Thomas. Sie sind lediglich vier Bogenschützen, und jeder von ihnen hat weniger als fünfzig Pfeile; folglich wird es sinnlos sein, einfach Salven abzufeuern. Sie müssen sich jeweils eine Zielperson wählen und diese dann präzise anvisieren.

Er ist zum Richter und Henker geworden.

Thomas sieht einen Mann, entscheidet, dass er ihn nicht leiden kann, spannt seinen Bogen und lässt einen Pfeil den Hügel hinunterfliegen, um diesen Menschen zu töten. Auf welcher Grundlage hat er seine Wahl getroffen? Er hat noch nie diese Helme mit großen Wangenteilen gemocht. Eine Barbuta – genau, so nennt man diese Helmform. Er wählt einen Mann aus, der eine trägt, spannt und lässt die Bogensehne los. Der Mann wird von dem weggerissen, was er gerade macht – er versucht, Ordnung bei seinen Leuten zu schaffen –, und gerät ins Taumeln. Im nächsten Moment sieht Thomas jemanden, der Männer vorwärtstreibt, sich selbst aber nicht in Bewegung setzt. Ihn trifft Thomas am behelmten Kopf. Der Kerl ist vielleicht nicht tot, doch in absehbarer Zeit wird er nicht mehr auf die Beine kommen. Plötzlich glaubt Thomas, dass er Taplow erblickt oder jemanden, der ihm sehr ähnelt – es sind allerdings sehr viele dort unten, die ihm ähnlich sind! Thomas zielt auf die Brust des Mannes, lässt den Pfeil los, und der Getroffene sinkt rücklings zu Boden. Dann ist da ein weiterer Taplow, und so schießt Thomas auch auf ihn. Anschließend erinnert er sich an Horner, der da unten ist und der bloß ein Auskommen zu finden sucht. Jetzt zaudert Thomas, da er sich seines Versprechens entsinnt, nicht gegen diesen Mann zu kämpfen. Doch dann denkt er: Nun ja, es bleibt mir nichts anderes übrig. Er muss tun, was er tun muss, und die Konsequenzen seines Handelns hinnehmen, wie die auch immer aussehen mögen.

Und er zieht die Sehne mit dem nächsten angelegten Pfeil nach hinten und lässt sie los. Er kennt diese Männer nicht. Es ist besser, keine Vermutungen anzustellen. Es ist besser, zu schießen, als wäre er ein walkender Hammer: nach oben schwingen und nach unten fallen, ziehen und loslassen. Er hört einfach auf, zu denken, und konzentriert sich nur darauf, so gut und so schnell wie möglich Pfeile abzuschießen: Schaft nach Schaft hinunter in die Gesichter jener, die den Hügel hochkommen, um ihn zu töten.

Doch sie haben nicht ansatzweise genug Pfeile. Und als Erwiderung werden bald Pfeile auf sie geschossen. Eine dunkle Wolke. Eine schmutzige Eintrübung am morgendlichen Himmel. Nur eine Armspanne von Pembroke entfernt ist ein Mann in der vordersten Reihe gefallen; und die ganzen Kampfformationen entlang gibt es Männer, die zurücktreten, zurückweichen und zurückschrecken, als die Frontlinie sich vor den Pfeilschäften zurückzieht, die mit ihren schneidenden Spitzen herabzischen und sich hineinbohren, wo sie wollen. Ein Mann kreischt. Es gibt ein Brüllen, ein Jammern, und ein anderer Soldat rennt fort und fällt, wild um sich schlagend, zu Boden. Pembroke bleibt, wo er ist; er steht da mit einem hochgestreckten Arm und zeigt keinerlei Furcht. Gott möge ihm das notwendige Glück schenken: Jeder weiß, dass sie alle getroffen werden, wenn sie ohne Devons Bogenschützen hier lange stehen. Und der Earl weiß, dass er ohne

Devons Bogenschützen diese Anhöhe nicht halten kann, daher ruft er über den Lärm hinweg:

»Für Gott! Für König Edward! Und den heiligen David!«

Daraufhin drängen seine Waliser mit grölendem Gebrüll nach vorne. Sie stürmen den Hügel hinab auf den Bereich zu, wo Robin of Redesdale seine Männer aufstellt. Thomas schießt seinen letzten Pfeil ab und sieht voller Bewunderung, wie gut Pembroke seinen Angriff zeitlich geplant hat. Denn die Bogenschützen von Robin of Redesdale haben nicht die Zeit gehabt, um das Schlimmste zu bewirken, und auch seine Waffenknechte sind noch nicht bereit, diesen Angriff gebührend zu empfangen. Pembrokes Männer kommen in einer festen, breiten Front heran, mit großer Wucht von hinten vorangetrieben, und sie durchbrechen die lockere Formation unten. Der Krach ist entsetzlich: ein kontinuierliches Klirren von Stahl auf Stahl. Die Schreie werden später kommen. Die Männer von Robin of Redesdale werden zurückgedrängt – zwischen die Bäume, in den Fluss und die Glücklichen zurück über die Brücke.

Thomas, Brunt und die anderen stehen gebückt da, ihre Hände sind auf die Knie gestützt, und ihre Gesichter sind rot wie die Schalen von Äpfeln. Sie atmen schwer. Wie bei Ochsen steigt Dampf an diesem frühen Morgen von ihnen auf, während sie das Geschehen da unten beobachten.

Erst in diesem Moment bemerkt Thomas, dass Flood nicht mehr bei ihnen ist.

14. Kapitel

Die Flammen eines Brandes haben sich durch das ganze Kloster gefressen, das nur noch eine Ansammlung von geschwärzten Stümpfen ist: ein krebsartiger Auswuchs auf einer niedrigen, kleinen Insel im sich unkontrolliert ausbreitenden Marschland. Der Kirchturm ist schräg abgebrochen, an anderer Stelle sind die Dächer eingestürzt, und die Außenmauer ist zu Steinen und Mörtelbrocken zerfallen. Die feuchte Luft riecht nach Ruß und Asche, und oben kreisen laut kreischende, beunruhigte Möwen.

»Hat es immer so ausgesehen?«, fragt Liz und bringt das Pferd auf der Straße zum Stehen.

Katherine gibt darauf keine Antwort. Sie zittert bloß. Jetzt, wo sie es schließlich wiedergesehen hat, kann sie ihre Augen nicht davon abwenden. Das ist der Ort, wo sie aufwuchs, der Ort, der seitdem einen schwarzen Schatten wie den Schaft eines Spießes durch ihr Leben geschickt hat, der ihre Albträume ausgefüllt hat und manchmal ihre Höllen im Wachzustand. Das Kloster ist dahin. Mir nichts, dir nichts. Sie kann es nicht fassen.

»Was ist das für ein Ort?«, fragt Rufus.

Isabella und Liz schauen auf Katherine in Erwartung einer Antwort, und als diese kommt, verblüfft es sie alle. Sogar Katherine.

»Es war einst meine Welt«, sagt sie.

»Aber keine sehr nette«, merkt Rufus an.

Liz lächelt.

»Hat es einen Brand gegeben?«, will er wissen.

»Einen großen, wie es aussieht«, antwortet Liz.

Überall ist es hier schwarz. Der gesamte Komplex – vom Tor bis zum Feuerrost, vom Fundament bis zur Turmspitze, einfach alles – ist eingestürzt und von einer dicken Rußschicht bedeckt.

»Was für eine Schande«, murmelt Isabella. Sie kann den Anblick der Zerstörung nicht ertragen.

Katherine sagt nichts.

»Sollen wir hingehen und nachschauen?«, schlägt Liz vor.

»Was nachschauen?«, entgegnet Katherine. »Was soll es dort zu sehen geben?«

Aber die zwei anderen Frauen wollen dorthin. Sie lassen Katherine mit dem Pferd unten auf dem Pfad zurück, und sie schaut zu, wie die beiden zur Ruine gehen.

Rufus sagt ihr, sie solle nicht traurig sein, und sie antwortet ihm, dass sie es nicht ist.

»Weshalb weinst du dann?«

Sie stellt fest, dass der Junge recht hat. Lange Zeit steht sie da und beobachtet. Es ist kalt heute. Von der Sonne keine Spur. Das Wasser in der näheren Umgebung kräuselt sich im Wind, und das Schilf seufzt, während es sich bewegt. Katherine zittert, als ob ihr Kleid nass wäre.

Nach einiger Zeit kommen die zwei Frauen wieder durch die Tore nach draußen. Ihre blauen und grünen Kleider sowie die Kopfbedeckungen aus weißem Leinen sind Farbkleckse vor dem Hintergrund einer trostlosen schwarzen Welt. Sie gehen den Pfad hinunter. Liz hat Ruß an ihrem Ellbogen und an der Schulter, und ihre Stiefel sind ganz schwarz davon.

»Mein Gott, was für ein Ort«, sagt Liz.

»Er war vor dem Feuer noch schlimmer«, erwidert Katherine.

Liz lacht auf, doch Katherine kann erkennen, dass die zwei gehofft haben, etwas zu finden. Was nur? Eine Kiste voller Papiere, die mit ihrer Familie zu tun haben?

»Bist du sicher, dass du nicht hineingehen willst?«, fragt Isabella. »Es könnte für dich besser sein. Es ist … Dort ist nichts mehr so wie früher. Selbst der Boden in der Kirche ist eingebrochen.«

Katherine schüttelt den Kopf. Sie steigen wieder in den Wagen. Liz lässt sich nieder und gibt dem Pferd einen leichten Klaps, sodass es sich langsam trottend in Bewegung setzt.

»Niemand ist drin gewesen, seit es niedergebrannt ist«, sagt sie. »Das ist seltsam, weißt du das? Denn da kann man sich Holz holen und Steine, um Häuser zu bauen.«

»Und wer baut hier?«

Sie schauen sich um. Es gibt eine Mühle, doch sie ist ebenfalls verlassen; ihr Rad ist umgeknickt, und die Dachziegel sind heruntergerutscht.

»Als hätte man das Ding aus Käse gemacht«, sagt Liz.

Abgesehen davon gibt es nichts.

»Cornford Castle liegt in der Richtung«, sagt Katherine zu den anderen, doch in Wirklichkeit denkt sie nur laut, während sie sich an ihr vergangenes Leben erinnert. Isabella gibt einen langen Seufzer von sich.

»Wir sollten an einem anderen Tag darüber sprechen, ja?«

Katherine dreht den Kopf nach hinten und schaut, wie das Kloster langsam aus ihrem Blickfeld verschwindet. Sie kann jetzt noch die Klosterhälfte der Nonnen sehen. Das Feld, auf dem sie den Rivens erstmals begegnete – und natürlich auch Thomas. Das war vor zehn Jahren oder so ungefähr. Gütiger Gott. Während sie mit dem Wagen weiterrollen, beginnt Katherine zu spüren, dass etwas aus der Mitte ihres Lebens jetzt fehlt. Und bei ihr setzt die Empfindung ein, als würde sie dahinschweben – oder fallen; sie kann nicht entscheiden, was von beidem zutrifft. Sie kann nicht glauben, dass das Kloster fort ist.

»Ich frage mich, was wohl all den Mönchen widerfahren ist«, sagt Liz.

»Sie müssen der Feuersbrunst entkommen sein«, nimmt Isabella an.

»Dort hat eine schlechte Atmosphäre geherrscht«, gibt Liz zu bedenken.

»Dort hat immer schon eine schlechte Atmosphäre geherrscht«, betont Katherine.

»Vielleicht weiß Baron Willoughby es«, sagt Isabella.

Doch als sie schließlich Tattershall erreichen, ist Baron Willoughby fort, und mit ihm sind auch alle kräftigen Männer und die meisten Frauen weg. Alles, was von seinem Haushalt zurückgeblieben ist, sind die älteren und gebrechlichen Menschen sowie einige wenige Frauen; außerdem ist da noch ein alter Priester mit rosarot geränderten Augen wie bei einem Hund. Als Isabella sich erkundigt, was mit dem Kloster geschehen ist, bekreuzigt er sich, dreht sich dreimal um die eigene Achse und spuckt auf den Boden.

»Der Teufel höchstpersönlich ist über diesen Ort hergefallen«, antwortet er frei heraus, aber das ist dann auch schon alles, was er ihnen erzählt – weil sie Frauen sind und er sie nicht schockieren will, wie Katherine annimmt. Liz, die als Erstes in die Küchenräume geht, berichtet es ihnen nachträglich, allerdings erst, nachdem sie ihre Hände um Rufus' Ohren gelegt hat.

»Durch die Liebe zu einer anderen Nonne verlor die Priorin ihren Verstand!«, erzählt sie ihnen später. »Und diese Schwester war so schockiert darüber, dass sie dazu getrieben worden sein soll, sich selbst in dem Fluss zu ertränken, wo sie ihre Wäsche sauber machten. Der Oberste Prior kam und stellte Nachforschungen an, aber es konnte nichts bewiesen werden. Aber trotzdem schickte er die Priorin dorthin zurück, wo sie hergekommen war.«

»Das war alles?«

Liz zuckt mit den Schultern.

»Sie sagen, dieser Oberste Prior hätte schreckliche Angst vor ihr gehabt. Und dass es richtig gewesen wäre, sich so vor ihr zu fürchten, weil sie, wie die Leute behaupten, das ganze Kloster verflucht hätte, bevor sie wegging: dass sie die Mönche und Nonnen alle in die Hölle wünschte und was weiß ich.«

Rufus befreit sich aus dem Griff von Liz.

»Es verging kein Monat«, fährt sie fort, »und ins Kloster kam ein einäugiger Bettler, der um Almosen bat – allein, er brachte die Pest mit sich.«

»Du lieber Gott!«, ruft Isabella und bekreuzigt sich.

»Und am Ende des Monats waren alle Mönche tot – außer einem. Könnt ihr euch vorstellen, wie das für diesen Mann gewesen sein muss? Da drinnen in der Falle zu sitzen? Ganz allein zu sein und nur darauf zu warten, dass diese schwarzen Pusteln auf der eigenen Haut zum Vorschein kommen? Jeden Tag eine Leiche zu begraben? Wie auch immer. Er ist natürlich auch verrückt geworden, dieser Mönch; nach einem Monat oder so.«

Abermals greift sie nach Rufus, und zwar nicht nur spielerisch. Sie drückt ihn an sich und hält ihm erneut die Ohren zu.

»Und dann hat er das ganze Kloster in Brand gesteckt. Er sagte, es wäre verflucht, wie ja alle wüssten, und jeder darin wäre verdammt. Nun ja, sie waren es anschließend; so viel steht fest. Denn das Feuer breitete sich aus, und die Nonnen konnten auf ihrer Seite nicht hinaus, weil die Priorin Türschlösser hatte einsetzen lassen – weil früher einmal eine von ihnen heimlich davongelaufen ist –, und weil sie die Schlüssel mitgenommen hatte, nicht wahr? Und vor dem Brand hatte der Oberste Prior noch gesagt, es gäbe ohnehin keinen Anlass für die Schwestern, das Kloster zu verlassen, und dass sie versuchen sollten, wie die ersten Schwestern ihres Ordens zu sein und in vollkommener Isolation zu leben. Und da es keinerlei Kontakte zwischen den Nonnen und den Mönchen gab, glaubt man, dass die Schwestern nicht die Pest bekommen hatten und somit alle bei lebendigem Leibe verbrannten, als das Feuer um sich griff. Wirklich jede einzelne von ihnen.«

Es folgt ein langes Schweigen.

»Du lieber Gott!«, ruft Isabella wieder; es ist alles, was sie dazu noch sagen kann.

»Alle Nonnen lebendig verbrannt – außer der Priorin«, haucht Katherine.

Liz schaut zu ihr hoch.

»Ja«, sagt sie, »außer ihr.«

In dieser Nacht bleiben sie in Tattershall Castle. Bei schwachem Licht essen sie ein karges Abendmahl, bei dem der Priester sich betrinkt. Danach werden Gebete gesprochen für Baron Willoughby und für die von ihm mitgenommenen Männer, die nun bewaffnet durchs Land ziehen. In der Burg geht man davon aus, jeder weiß, dass die Männer nach Westen gegangen sind, um dem Earl of Warwick zu helfen, die korrupten Berater von König Edward von dessen Seite zu entfernen, damit der Earl diese Position wieder einnehmen kann. Obwohl Katherine den ganzen Abend kaum ein Wort mitbekommen hat, das gesprochen worden ist, schaut sie auf, als sie diese Äußerung vernimmt: Sie ist überrascht, dass über dieses Unterfangen so frei geredet wird, da sie gedacht hatte, das sei Hochverrat.

»Wird er Erfolg haben?«, fragt sie den Priester.

»Oh ja«, antwortet er.

Aber sie vermag nur an eines zu denken – an das Feuer und wie es das Kloster verwüstet hat. Sie kann sich vorstellen, wie es die Schwestern gepackt hat; und sie erinnert sich an die Zeit, als sie sich in dem Kirchenschiff versammelten und glaubten, von den Männern angegriffen zu werden, bei denen es sich, wie sich herausstellte, um die Rivens handelte. Wie sie ängstlich zusammenhockten, schluchzten und warteten, dass … Auf was bloß? Sie erschaudert, wenn sie nur daran denkt, dennoch kann sie die Bilder nicht aus ihrem Kopf verbannen. Sie stellt sich vor, wie die Nonnen mit den Fingern an den Wänden kratzten und Spuren im Putz hinterließen. Sie sieht vor ihrem inneren Auge, wie die Schwestern durch die schmalen Fenster zu entfliehen versuchten. Und die ganze Zeit über kamen die Flammen näher. Die Hitze. Gütiger Gott! Und Schlimmeres. Danach. Sie kann sich vorstellen, wie es danach dort war. Gekochtes Blut, geronnenes Fett, geschwärzte Knochen. Ihre verstreut herumliegenden, verrußten Totenschädel mit gebleckten Zähnen und ihre in Todesqualen nach hinten verdrehten Wirbelsäulen.

Das war das entsetzliche Schicksal aller Nonnen dort – nur nicht das der Priorin.

Danach legen sich Katherine, Rufus und Liz mit den anderen Bediensteten in der großen Halle zur Ruhe, während Isabella aufgrund ihrer Erklärungen, wer sie ist, ein Zimmer mit einem Spannbett im südlichen Bereich der Burg gegeben wird. Dort speichern die Steine die Sonnenwärme, sodass es in der Nacht angenehm warm bleibt. Katherine liegt wach da, denn wegen der Träume, die ansonsten sicherlich kommen würden, hat sie zu große Angst, ihre Augen zu schließen. Als sie bemerkt, dass die Morgendämmerung endlich anbricht, und die Diener langsam mit ihrem Tagewerk beginnen und die Feuer mit Reisigbündeln aus Weißdorn anzünden, steht sie mit ihnen auf. Und dann sagt sie Gott Dank dafür, dass er sie durch ihre einsame Nachtwache geführt hat, denn sie hat in diesen frühmorgendlichen Stunden etwas über sich selbst entdeckt – eine Erkenntnis, die lange auf sich hat warten lassen.

Tagsüber müssen sie auf ihrer Rückfahrt von Tattershall abermals am Kloster vorbei. Die Eisenbeschläge der Wagenräder zischen durch den nassen Schlamm von Lincolnshire; und sie alle sitzen schweigend da und starren auf das Kloster, während sie daran vorbeirollen, selbst Rufus, der etwas von den Gesprächen am vorhergehenden Abend mitgehört hat. Sie drehen ihre Köpfe, um zu beobachten, wie die Ruine hinter ihnen langsam entschwindet. Und während sie weiterfahren, scheinen Katherines furchtbare Erinnerungen von ihr wegzufliegen, wie Lumpenfetzen im Wind: Sie beginnt zu glauben, dass sie jetzt, wo das Kloster verschwunden ist, wo sie es nicht mehr sehen kann, von ihm frei sein wird. Denn in der Nacht ist ihr die Erkenntnis gekommen, dass dieses Kloster keine vom Himmel geschickte Bestrafung für eine Sünde von ihr war, an die sie sich nicht hat erinnern können – wie sie stets geglaubt hatte. Vielmehr war es lediglich eine Welt, die von der Priorin geschaffen wurde, quasi deren Widerspiegelung – nichts weiter.

Diese Vergangenheit von ihr, für die sie sich so lange geschämt hat, ist zu etwas geworden, das sie vor Menschen wie Thomas oder Rufus oder Isabella nicht verbergen muss – und nicht einmal vor Liz. Es war eine Zeit, in der sie unter der

Gewalt einer anderen Person stand, die sie schlecht behandelte, und es war nicht ihr eigener Fehler.

Und so steht sie nun mit den anderen auf der Ladefläche des Wagens und hat sich umgedreht, um zu beobachten, wie das Kloster kleiner wird, zusammenschrumpft und schlussendlich hinter dem Horizont versinkt. Dabei verspürt sie in sich eine Jubelstimmung. Sie fühlt sich, als würde sie aus vollem Halse brüllen, dass es gut ausgehen wird, dass alles gut gehen wird.

»Aber jetzt wirst du niemals herausfinden, wer du eigentlich bist«, sagt Liz.

»Das ist mir egal!«, erwidert Katherine. »Das ist mir egal.«

Doch Liz blickt kritisch, als ob es ihr nicht egal sein sollte; und so verfallen sie alle in Schweigen, verlieren sich jeweils in ihren eigenen Gedanken. Als sie schließlich Lincoln erreichen, ist die Sonne hervorgebrochen und scheint auf ihre Rücken. Und als das Herrenhaus von Marton in Sicht kommt, liegen ihre Schatten lang auf dem rechten Rand des Pfades, und Isabella ist eingenickt; ihr Kopf hängt herab wie bei einer Schachblume.

In dem Moment sehen sie die Männer und Pferde oben am Herrenhaus; sie sind zu fünft oder zu sechst.

»Erwartet Ihr irgendjemanden, Mylady?«, fragt Liz.

Isabella wacht auf und blickt voller Panik um sich. Sie erwartet niemanden.

Katherine spürt, wie Freude in ihr aufwallt.

»Das ist Thomas!«, ruft sie.

»Ah, gut«, sagt Liz und treibt das Pferd mit einem Klaps an.

Doch es ist nicht Thomas. Es sind Isabellas Söhne, William und Robert, und sie haben sogar Borthwick bei sich, obgleich sie keine neuen Jagdhunde besitzen; auch der Falkner ist mit seinen Schützlingen da. Isabella erwartet die beiden nicht, ist aber glücklich, dass sie zurück sind, trotz allem, was sie getan haben. Sie grüßen ihre Mutter mit verkrampfter Zurückhaltung. Sie wollen wissen, warum und wohin sie weggegangen ist. Isabella erzählt es ihnen. Da ist ein leichtes Zittern in der Stimme, als Lord Willoughby erwähnt wird.

»Er war nicht da?«

Sie antwortet ihnen, dass er gegangen ist, um sich unter Warwicks Banner einzureihen.

»Er sagte, er würde uns zu sich beordern«, jammert einer von ihnen. »Sollte er zu Warwicks Heer gehen, würde er das tun; das hat er gesagt. Wir ... sind ihm zur Gefolgschaft verpflichtet.«

»Er hat versprochen, er würde nach uns schicken lassen«, ergänzt der andere.

»Nun, ich bin dankbar, dass er es nicht getan hat«, sagt Isabella. »Ich habe zu viele Männer weggehen sehen, die ich liebe und die ... die in diesen dummen, dummen Kriegen ihr Leben verloren haben.«

Die Burschen sind verärgert und schämen sich, und sie gehen auf Isabella los.

»Er hat uns nicht gerufen, weil er wusste, dass wir ihm nur eine Hand voll Männer zur Verfügung stellen können; das ist der Grund.«

»Eine Hand voll mangelhaft bewaffneter Männer noch dazu.«

»Wir brauchen mehr Geld.«

Isabella erwidert, dass sie nichts zu erübrigen hat.

Und damit ist die Sache für den Moment erledigt.

Von da an jedoch sind die Triumviratsbande zwischen den drei Frauen zerbrochen, da Katherine und Liz erneut zu Dienerinnen werden, verbannt von den Plätzen am Feuer, während dort die Söhne untätig herumsitzen. Und Isabella seufzt und verdreht den Rosenkranz in ihrem Schoß zu Knoten, da sie zu viel Angst hat, um die Sache mit ihrem Brevier zur Sprache zu bringen; außerdem versucht sie, darüber nachzudenken, was sie sonst tun kann, um die beiden glücklich zu machen.

»Die sind nichts weiter als zwei Arschlöcher«, sagt Liz, nachdem sie die beiden ein paar Tage lang beobachtet hat. »Und sie ist so blind, dass sie nicht sehen kann, was die Burschen wirklich sind!«

Sie trägt gerade einen breiten Holzkübel voller Schüsseln und Becher nach hinten zum Hof. Katherine sagt ihr, sie solle sich vor Borthwick in Acht nehmen.

»Dem Fetten, der nach Hunden riecht? Mit Typen wie dem bin ich schon fertig geworden.«

Katherine beneidet Liz um ihre Leichtigkeit. Wenn sie selbst diese Eigenschaft besäße, anstatt in solchen Fällen zu diesem stumpfen Tischmesser Zuflucht nehmen zu müssen, dann … Ja, wie anders würden dann die Dinge für sie stehen!

»Was glaubst du, was sie wollen?«, fragt Liz. »Ist nicht mehr viel da, was sie sich nehmen können, oder?«

Katherine stimmt ihr zu. Es liegt jedoch Spannung in der Luft. Mit Sicherheit angeln die Burschen nach etwas.

Hinter was genau sie her sind, kommt langsam heraus – und zwar in der Woche nach dem Fest des Jakobus, jenem Tag Ende Juli, bis zu dem der Buchhändler, wie er versprochen hat, das Brevier von Isabella aufbewahrt. Man hat nach Kerzen verlangt und Binsenlampen gekauft. Der bärtige Sohn deutet an, dass seine Mutter wie eine arme Bäuerin lebt, und das sollte nicht sein. Isabella stimmt ihm zu. In ihrer Stimme liegt ein feiner, scharfer Unterton, der eine gewichtige Bedeutung hat, was ihre Jungs allerdings nicht mitbekommen.

Katherine und Liz, die sich hinter dem Wandschirm befinden, hören das Gespräch mit. Die beiden Kerle fragen ihre Mutter, warum sie Katherine wieder aufgenommen hat. Isabella entgegnet, dass Katherine weit mehr eine Hilfe für sie ist, als es sonst jemand für sie jemals gewesen ist. Erneut begreifen sie die unausgesprochene Bedeutung nicht.

»Wir glauben, es ist an der Zeit, dass du dieses Anwesen verkaufst«, sagt einer der Burschen.

»Verkaufen?«

»Solange es noch etwas wert ist.«

»Wo soll ich denn leben?«

»Du könntest in einen Frauenkonvent gehen.«

»Das will ich nicht.«

»Du kannst es dir nicht leisten, hier zu leben!«

»Ich kann das. Ihr seid es, die ich mir nicht leisten kann.«

»Aber wir leben doch von nichts! Du gibst uns nichts.«

»Ich habe euch alles gegeben, was ich geben kann.«

»Tja!«

Liz ist im Begriff, nach vorne zu stürmen und ihre Zunge von der Leine zu lassen, um den jungen Männern die Meinung zu geigen; und vielleicht würden sie es verdienen. Doch Katherine packt ihre Freundin am Handgelenk und untersagt es ihr; und ausnahmsweise einmal nimmt Liz ihren Ratschlag an.

Am nächsten Morgen gehen Robert und William mit ihren Vögeln zur Jagd; und Isabella bleibt erschöpft von ihren Verteidigungsanstrengungen und gedankenverloren zurück.

»Womöglich haben sie ja recht«, sagt sie zu Katherine.

»Willst du in ein Nonnenkloster gehen?«

»Selbstverständlich nicht. Aber dieses Herrenhaus ist zu groß für mich, wo ich jetzt allein bin. Die Arbeit hier kann ich nicht schaffen. Nicht mit meinen Augen. Und wenn Robert und William das Geld benötigen ...«

»Haben sie nicht selbst irgendwelche Aufgaben? Posten und dergleichen?«, fragt Liz.

Isabella schürzt die Lippen.

»Da war von etwas die Rede«, antwortet sie. »Aber das ging an einen anderen Mann, der von der Königin begünstigt wurde.«

Es ist immer der Fehler von einem anderen, denkt Katherine.

»Also würdest du es tun?«

Es folgt ein langer Moment der Stille. Isabella verzieht das Gesicht, und ihr Kinn wackelt.

»Vielleicht ist es ja zum Besten«, meint sie.

Und damit hat sich der Fall, denkt Katherine. Natürlich hat sie ihr Heim zuvor schon verloren und hätte sich niemals gestatten sollen, sich noch etwas zu erhoffen. Sie denkt an diese Burschen in ihrer scharlachroten Kleidung und mit ihren Falken, und sie denkt an sich selbst und Thomas und den kleinen Rufus; und sie könnte weinen. Sie denkt an Senning, den für sie perfekten Ort, und an Watkins, den Mann, der Sir William Tailboys fand und all das Geld, das in einer Höhle versteckt war. Warum erhaschen einige Menschen das Rad der Fortuna, wenn es sich nach oben dreht, während andere es nur erwischen, wenn es bereits den Gipfelpunkt erreicht hat und sich auf dem Abstieg befindet?

Nach diesem Vorfall ist es schwierig, die Tage mit Isabella zu verbringen, auch wenn Katherine erkennt, dass sie in dem Zwiespalt gefangen ist zwischen der Liebe einer Mutter zu ihren Söhnen und ihrem Urteil über sie als Männer. Isabella weint ständig und wird so hilflos, dass sie die allereinfachsten Dinge nicht mehr machen kann; und so nimmt Katherine Zuflucht dazu, mehr Zeit allein in dem kleinen Haus zu verbringen, das Thomas und sie gebaut haben. Es ist leer: Sämtliche Möbel, die Thomas jemals hergestellt hat, und jede Schüssel, Kanne, Decke sowie jedes Brett hat man fortgenommen – vielleicht war es ja Borthwick –, um es anderswo zu benutzen. Daher sitzt sie auf dem Boden und denkt nach: über das Kloster und die Priorin; über Jack, Nettie und John Stumpf, die in irgendeinem düsteren Turm hinter Schloss und Riegel sind. Sie grübelt darüber nach, ob sie womöglich irgendetwas hätten anders machen sollen. Und Katherine erkennt, dass es viele Dinge gibt, die sie hätten tun können, wenn sie es nur gewusst hätten.

Ihr Blick huscht durch die kleine Hütte, den Ort so vieler kleiner Erinnerungen an die guten Jahre zwischen ihrer Rückkehr von Bamburgh und Sir Johns Tod, und kehrt wie immer zur Feuerstelle zurück. Diese besteht aus nebeneinandergelegten Steinen und bildet so eine Abfolge von Erhöhungen in dem von Thomas aus Lehm und Sauermilch hergestellten Fußboden.

Unter diesem Herdboden, eingewickelt in Leinen und Öltuch, liegt das Lagerbuch.

Stumm sitzt Katherine da und denkt über das Buch nach. Dabei scheint sich das Buch vor ihrem inneren Auge immer größer abzuzeichnen, sodass sie es dort eingehüllt sehen kann. Es hat den Anschein, als spreche das Buch mit ihr, so wie es von den Gebeinen einiger Heiliger behauptet wird, die sich mit Eingeweihten in Verbindung setzen, indem sie klappern oder Blut austreten lassen, wenn man in ihrer Nähe ist. Das Lagerbuch schreit sie förmlich an, glaubt sie. Und dann begreift sie, dass Jack, John und Nettie nicht gerettet werden können, indem Thomas versucht, die Vernichtung des Earl of Warwick herbeizuführen und dadurch auch die von Edmund Riven, sondern nur dadurch, dass man diesen gibt, was sie wollen: das Lagerbuch. Sie muss es zu Edmund Riven bringen, wo immer er auch sein mag, und es ihn selbst entdecken lassen.

Schlagartig springt sie auf die Beine. Das ist es! Das ist es! Das wird sie machen. Sie umarmt sich selbst, schlingt ihre Arme richtiggehend um sich, und sie tanzt eine Art Schieber mit ihren Ledersohlen auf dem Lehmboden. Bei Gott, wie sehr sie Thomas in Momenten wie diesen vermisst.

Aber dann kommt ihr der Gedanke: Was wird danach sein?

Nachdem sie das gemacht hat und nachdem Thomas zu ihr zurückgekehrt ist – was wird danach sein? Wohin werden sie alle gehen? Wenn Isabella dieses Anwesen verkauft, das ihr gemeinsames Zuhause gewesen ist, und Hastings die Dienste von Thomas nicht mehr benötigt ... Was wird überhaupt mit dem Lord geschehen, wenn man König Edward für illegitim erklärt? Und dann ... was wird dann mit ihr und Thomas und Rufus geschehen?

Es läuft auf die immer gleiche Sache hinaus: Geld.

Dennoch, darüber kann sie sich Gedanken machen, wenn es so weit ist. Sie müssen zuallererst an Jack und Nettie und den armen alten John Stumpf denken, um die sich niemand wirklich kümmert. Sie müssen freikommen. Der Verlust des Lagerbuchs ist bloß der Preis dafür: ein Preis, der sich lohnt, ein Preis, den sie gerne bezahlen wird.

Sie findet eine Hacke und beginnt, den Untergrund damit zu bearbeiten. Aus Lehm lässt sich ein schöner Boden für den alltäglichen Gebrauch herstellen, zudem ist es ziemlich leicht, ihn aufzubrechen. Bald schon hat sie neben der Herdstelle ein tiefes Loch ausgehoben, sodass sie auf die Ränder des schwarzen, großen Stücks aus geölter Leinwand stößt, auf dem Klumpen aus getrocknetem Lehm kleben und das dort etwa drei Jahre vergraben gewesen ist. Sie zerrt es heraus und stellt fest, dass ihre Vorsichtsmaßnahmen gewirkt haben. Das Buch fühlt sich leicht in seiner Verpackung an, als ob es keine Feuchtigkeit abbekommen hätte. Sie hält es lange in der Hand und starrt es an.

Herrgott, wie viel Ärger hat das Buch ihnen schon eingebracht.

Sie will gerade die Leinwand öffnen, die von ihr mit großer Sorgfalt gesetzten Nähte durchschneiden, um das Lagerbuch zu überprüfen, als der Schatten von Liz durch den Eingang fällt.

»Was machst du da, so ganz bedeckt von ... Was machst du da, Kate?«

Katherine ist erwischt worden. Rasch geht sie im Kopf ihre Optionen durch; doch sie hält das Paket wie ein Dieb, der auf frischer Tat ertappt worden ist.

»Was hast du da?«, fragt Liz weiter.

Katherine beschließt, es ihr zu erzählen.

»Das ist ... Das ist es, weswegen es all den Ärger gibt. Das ist es, wonach Edmund Riven sucht. Frag mich nicht, was es ist, weil ich es dir nicht sagen werde, und es ist auch am besten, wenn du es nicht weißt.«

»Das da? Ist das Gold und solches Zeug?«

Katherine zögert.

»Ja«, lügt sie. »Gold.«

»Es sieht aber nicht allzu schwer aus.«

»Es ist sehr gut verarbeitetes Gold. Ein Buch. Ein Manuskript. Mit Bildern. Aus Brügge. Von dem besten, kunstfertigsten Mönch, der jemals gelebt hat.«

Liz weiß, dass sie lügt.

»Und was wirst du damit tun, jetzt, wo du es gefunden hast?«

»Ich werde es Edmund Riven bringen. Ich habe vor, es ihm

zu geben, sodass er keinen Grund mehr hat, Jack, Nettie und John festzuhalten.«

Liz sieht sie nachdenklich an.

»Du hattest es also die ganze Zeit, ja? Während er auf der Suche nach diesem Ding im Norden umhergestreift ist, hat es einfach hier gelegen, vergraben unter deiner Feuerstelle. Wie bist du darangekommen?«

Katherine erwidert, das sei eine lange Geschichte.

»Wir haben viel Zeit«, meint Liz.

»Nein«, entgegnet Katherine. »Das ist es ja gerade. Wir haben keine Zeit. Denk an Nettie. Sie kann jetzt jeden Tag ihr Kind bekommen.«

Liz ist verblüfft.

»Also, du ... du hast wirklich die Absicht, wieder auf die Straßen zu gehen und in Zeiten des Krieges nach Middleham zu reiten, um diesem Edmund Riven das Buch da zu geben? Und was tust du dann? Nettie helfen, ihr Kind zur Welt zu bringen?«

»Ich weiß es nicht«, räumt Katherine ein. »Aber Nettie kann das Kind nicht in irgendeinem ... irgendeinem stinkenden Verlies bekommen. Sie muss in ein Frauenkloster oder Hospital gebracht werden, falls es eines dort in der Nähe gibt. Ein Wirtshaus unter Umständen. Vielleicht das von deinem Vater?«

Liz nickt.

»Was wird aber aus Isabella?«, fragt Katherine. »Wir können sie nicht einfach so zurücklassen, nicht? Alleine mit diesen Söhnen. Sie werden für sie ein Kloster finden und sie da hineinstecken.« Sie schaut Liz an. »Würdest du bleiben? Um nach ihr zu schauen? Falls ich gehen sollte?«

Liz fühlt sich unbehaglich.

»Es wäre merkwürdig«, meint sie. »Ich hier, du dort.«

»Du würdest also mit mir kommen?«

»Gewiss doch.«

»Aber was ist mit Thomas?«, fragt sich Katherine laut. »Wir müssen auf ihn warten.«

Jetzt wirkt Liz nachdenklich.

»Aber vielleicht ...«, beginnt sie zögernd. »Vielleicht sollten wir es schnell machen, oder? Ja, das sollten wir, da Nettie in Kürze das Kind gebären wird. Und dann könntest du wieder hier sein, wenn Thomas kommt.«

Das ist eine gute Idee.

»Doch da ist noch Isabella«, gibt Katherine zu bedenken.

»Nun«, sagt Liz, »denk darüber nach. Doch in der Zwischenzeit solltest du dieses verfluchte Ding am besten verstecken.« Sie zeigt auf das Lagerbuch. »Wenn es so wertvoll ist, wie du behauptest«, fährt sie fort, »dann werden diese zwei Jungs es dir wegnehmen, es überall in der Stadt anbieten und dann verscherbeln, schneller als du das Blut und die Gebeine unseres heiligen Herrn Jesus Christus preisen kannst.«

Katherine ist gedrückter Stimmung. Sie will das Paket mit dem Lagerbuch in seine Lehmfurche unter der Feuerstelle stecken und legt noch ein paar Kleinigkeiten von sich dazu. Als sie bemerkt, dass darunter auch die Schrift ist, die ihr der Buchhändler verkauft hat, fällt ihr etwas ein.

Sie nimmt die Abhandlung wieder aus dem Stapel heraus und legt sie beiseite. Dann repariert sie den Schaden im Fußboden, so gut sie es vermag, hebt die Schrift auf und folgt Liz nach draußen in den spätnachmittäglichen Sonnenschein. Sie setzt sich auf einen Holzblock, den Thomas für diesen Zweck zurechtgesägt hat, und arbeitet sich durch die dichte Beschriftung des Papierbündels. Bald erreicht sie den Abschnitt, in dem der nicht genannte Schreiber den Starstich von Katarakten behandelt. Er – es ist gewiss ein Mann – empfiehlt, dass ein

Wundarzt mit einem Dorn in die Linse des Auges schneidet, und zwar von unten nach oben, und dann die Scheibe, die das Auge versperrt, in Richtung Wange hinabdrückt und aus dem Weg schiebt. Der Verfasser erwähnt nicht, aus was die Scheibe gemacht ist oder warum sie sich gebildet hat; er schreibt bloß, dass sie bewegt werden kann. Aber mit einem Dorn? Und wie soll man das Auge reinigen? Mit Rosenöl, vermutet Katherine, und wohl lieber nicht mit Urin.

»Heilige Muttergottes«, sagt Liz, als sie die Blätter sieht. »Ist das eine Ziege oder ein Mann?«

Katherine ist sich da auch nicht sicher. Sie fragt sich allerdings, ob das eine Rolle spielt. Haben Ziegen die gleiche Art von Augen wie Menschen? Die Augen sind unterschiedlich den jeweiligen Köpfen angepasst; aber sie üben die gleiche Funktion aus, oder? Liz ist empört und erinnert ihre Freundin daran, dass der Mensch als das Ebenbild Gottes und nicht als das irgendeiner verdammten Ziege geschaffen worden ist.

Und wie soll man diese Operation so durchführen, dass das Schneiden nicht wehtut?, fragt sich Katherine. Es würde doch niemand aushalten, dass ihm irgendetwas – geschweige denn ein Dorn – in den Augapfel gestochen wird, ohne sich dagegen zu wehren. Sollte sie so etwas tun, würde es notwendig sein, dass sie Isabella besinnungslos macht. Aber wie? Goodwife Popham hatte einen Schlaftrunk, der einst dafür sorgte, dass Sir John drei Tage lang fast wie tot war. Wie hat sie das nur gemacht? Es hat etwas zu tun mit Mohnsamen und Bilsenkraut. Diese Dinge sind hier in der Gegend durchaus zu bekommen, aber man braucht dafür Geld, das sie natürlich nicht hat. Sie denkt darüber nach, als sie hört, wie Isabella im Hof nach ihr jammert; sie seufzt und geht, um die alte Frau zu suchen.

Als Katherine sie gefunden hat, führt sie sie in die große

Halle zurück. Dort nimmt Isabella ihren Platz in der Düsternis neben der kalten Feuerstelle ein und holt plötzlich einen Geldbeutel hervor, den sie unter dem Sessel versteckt hat. Die Börse sieht voll aus. Isabella erzählt, dass das Brevier, das ihre Söhne verkauft haben, ihr in der letzten Zeit nicht mehr aus dem Kopf gegangen ist und dass es sie in glücklichere Zeiten zurückversetzen wird, wenn sie darin wieder lesen könnte. Sie fragt Katherine, ob sie das Geld nehmen und in ihrem Auftrag nach Lincoln zurückgehen würde, um, wenn möglich, das Brevier zurückzukaufen. Katherine erinnert Isabella nicht daran, dass sie gar nicht lesen kann, weil ihr Augenlicht so schlecht ist. Denn Katherine kann verstehen, dass es nicht die tatsächliche Lektüre des Breviers ist, die ihr so viel Trost spenden wird, sondern das bloße Halten des Buches in ihren Händen. Allerdings erinnert sie Isabella daran, dass der Händler lediglich versprochen hat, das Brevier bis zum Fest des Jakobus zu behalten, das jetzt schon eine Woche zurückliegt.

»Trotzdem«, maunzt Isabella. »Ich fühle, dass Gott es für mich aufbewahrt hat.«

Sie streckt ihr den Geldbeutel hin, und nach einem Moment des Zögerns nimmt Katherine ihn.

»Du wirst meinen Söhnen nichts davon erzählen, ja?«, bittet die alte Frau. »Ich möchte nicht, dass sie wissen, dass ich weiß, dass sie mich hintergangen haben.«

Es ist herzzerreißend: Als sie dies sagt, beginnt sie zu weinen, und Katherine kann es keinen weiteren Augenblick mehr aushalten. Sie lässt Rufus bei Liz und geht allein fort, eingehüllt in einen alten Reisemantel. Sie reitet im Herrensitz und kommt rasch voran. Wegen Isabella ist sie so ungehalten, dass sie keine einzige Pause einlegt, um die Leute, an denen sie vorbeikommt, nach Neuigkeiten zu fragen. Doch trotz ihrer Eile kommt sie zu spät: Als sie in Lincoln eintrifft, ist der Buchhändler nicht da.

»Wo ist er?«, fragt sie den Mann am Nachbarstand; er hat ein feistes Gesicht, einen strähnigen Bart und verkauft Produkte, die mit Bienen zusammenhängen und die keiner wirklich braucht.

»Er ist nach London gegangen«, berichtet der Mann. »Um gegen die Verhaftung seines Vaters Beschwerde einzulegen.«

»Verhaftung?«

Der Mann zuckt mit den Achseln.

»Keiner weiß was darüber«, sagt er.

Sie führt ihr Pferd im Schritt zurück auf das Bogengewölbe des Nordtores zu. Was in aller Welt kann das bedeuten? Kann es womöglich mit diesem Bluthund von Hastings etwas zu tun haben? Sie vermag immer noch nicht zu erkennen, dass sich eine Verbindung herstellen lässt zwischen dem Buchhändler, der einst das Lagerbuch sah – und es noch nicht einmal anfasste, soweit sie sich erinnern kann –, sowie ihr und Thomas. Sie wird jedoch von Befürchtungen geplagt. Dieses Zusammentreffen von Umständen: Das kann nicht alles bloß Zufall sein.

Sie ist auch hungrig, wie ihr bewusst wird, und an der Straße gibt es einen oder zwei Essensstände. Für gebutterte Erbsenhülsen und Ale bleibt sie stehen, und dann setzt sie sich hin und isst und trinkt aus dem argwöhnisch abgemessenen Becher. Später schlendert sie an einem Laden vorbei, über dem ein Schild hängt, das die Form eines Wasserkrugs mit zwei Henkeln hat. Eine Apotheke. Die Klappe ist unten, und es ist relativ dunkel im Innern, jedoch hell genug, um die Reihen von Tongefäßen und verstöpselten Flaschen sehen zu können. Der Apotheker ist ein älterer Mann mit einem sehr runden Gesicht, das von einem seltsamen kleinen Hut gekrönt wird und an dem unten wie ein Schwanz ein dünner Spitzbart hängt. Mit seinen langen, starken Fingern zerbröselt er gerade etwas zu Pulver.

»Getrocknete Fuchslunge«, sagt er zu ihr, als sie eintritt. »Gut gegen Atemprobleme. Was kann ich für Euch tun?«

Er hat Rosenöl, ja. Er hat Wildschweingalle, ja. Er hat die Universalsalbe für alle Wunden, hergestellt aus der exakt gleichen Zahl von unterschiedlichen Ingredienzien, wie es Apostel gibt, und er lässt sie an dem Gefäß riechen. Dies bringt sie schnurstracks in Gedanken zurück zu dem Ablasshändler, der einst eine Wunde am Kopf von Thomas mit etwas behandelte, das genau wie das hier roch, und der es vielleicht sogar bei diesem Mann vor vielen Jahren gekauft hatte. Der Apotheker hat Mohnsamen und Bilsenkraut, und er hat einen Schlaftrunk, von dem er schwört, dass er einen Menschen eine Woche lang bewusstlos machen wird, ohne langfristige Schäden hervorzurufen.

Doch es kostet alles Geld.

Sie wägt ab, und dann nimmt sie die Geldbörse heraus, die sie unter ihrem Kleid versteckt hat, und reicht dem Mann die Münzen. Sie fühlt sich seltsam heiß und atemlos, da sie etwas tut, von dem sie weiß, dass es falsch ist.

»Möge Gott mir vergeben«, murmelt sie.

Der Apotheker wickelt die Waren in kleine Papierstreifen und legt sie in ein Tongefäß, das er mit Wachs versiegelt. Er fragt sie, was ihr Meister zu versuchen gedenkt. Sie macht sich nicht die Mühe, ihn zu verbessern, und erzählt ihm von Isabellas Augen. Er versucht, ihr eine Salbe zu verkaufen, die aus Russland gekommen und die aus verwesenden Wolfskadavern hergestellt worden ist.

»Wirkt sie?«, will Katherine wissen.

»Das muss sich noch erweisen«, gesteht er.

Sie nimmt die Salbe nicht, dafür aber ein kleines Messer, das so fein geschliffen ist, dass es Leinentücher durchschneiden kann, selbst wenn sie auf einem Haufen liegen.

»Besser als ein Dorn«, erklärt er ihr. »Und man wird dafür eine Nadel benötigen. Diese hier. Sie ist aus Silber.«

Und wahnsinnig teuer. Aber sie kauft sie trotzdem und dazu die kleine Flasche mit der Bilsenkraut-Tinktur, die er ihr ebenfalls aufdrängt. Am Ende hat sie nur noch sehr wenige Münzen von dem Geld übrig, das Isabella ihr gab, und so pocht ihr das Herz heftig im Brustkorb, während sie nach Hause reitet. Als sie dort ankommt, ist sie ausnahmsweise einmal glücklich darüber, Isabellas Söhne an der Seite der alten Frau zu sehen; denn dies bedeutet, dass Isabella sie nicht nach dem Geld oder dem Brevier fragen kann. Die Atmosphäre ist gleichwohl angespannt. Keiner von ihnen spricht ein Wort.

»Sie haben wieder einen Streit gehabt«, erzählt Liz ihr wenig später. Sie wäscht gerade Rufus in einem Badezuber mit erwärmtem Wasser, wobei sie den Rest der schwarzen Seife benutzt, die sie in den Norden mitgenommen und dann zurückgebracht haben. »Sie wollen, dass sie irgendeinen neuen Mann heiratet.«

»Aber sie hat doch ein Witwengelübde abgelegt!«

»Sie behaupten, dass sie den Eid zu jeder Zeit brechen kann.«

»Aber warum denn?«

»Es hat was damit zu tun, in der Welt Erfolg zu haben. Du weißt ja, wie die zwei sind.«

»Aber was würde für einen Mann bei einer Ehe mit ihr herausspringen?«

»Er könnte den Besitz verkaufen und das Geld nehmen, denke ich.«

»Und würde er wirklich glücklich sein mit … mit einer alten, blinden Frau?«, fragt Katherine verwundert.

»Sie sagen, jeder Mann mag es so lieber.«

Oh mein Gott, denkt Katherine, sie geben ihre Mutter weg wie ein altes Mutterschaf. Aber wie viel ist ein altes Mutterschaf wert? Nicht sehr viel.

Sie erzählt Liz von dem Schlaftrunk und dem Rosenöl.

»Beim Blute Christi, das ist doch wohl nicht dein Ernst! Du willst so was machen?«

Katherine senkt ihre Stimme und sagt Liz, dass sie schon manchen Patienten geschnitten und Hunderten das Leben gerettet hat.

»Aber ein Augapfel? Hast du jemals in einen hineingeschnitten?«

Sie gibt zu, dass sie das noch nie gemacht hat.

»Aber das ist kein Grund, es nicht zu tun.«

Am nächsten Tag nimmt sie es in Angriff, als William und Robert, Borthwick und der Falkner aufgebrochen sind, um bis zum Abend auf die Jagd zu gehen.

»Du willst ihr noch nicht einmal *sagen*, was du mit ihr vorhast?«, fragt Liz.

»So wird es einfacher sein«, versichert Katherine. »Und es wird vorüber sein, bevor sie es überhaupt mitbekommt. Es dauert nicht länger, als ein Vaterunser aufzusagen.«

Und ich habe recht, denkt sie, denn Isabella würde alle möglichen Gründe anführen, weshalb sie nicht davon geheilt werden sollte. Die alte Frau würde erklären, ihre Blindheit sei von Gott gesandt, dass die Scheiben, die ihr die Sicht versperren, die Absonderung einer unreinen Seele seien und dass nur Beten und Fasten Abhilfe schaffen könnten – und wenn das Übel noch nicht fort ist, dann nur deshalb, weil sie nicht genug gebetet oder gefastet habe. Katherine kann den Schlaftrunk in ihr Ale gießen. So einfach ist das. Liz ist immer noch unschlüssig, aber nur, wie sich herausstellt, weil es so leicht ist, den Schlaftrunk ins Bier zu schütten, da Isabella blind ist.

»Das scheint mir nicht fair zu sein«, meint sie.

Sie sitzen mit Isabella zusammen, bis sie einschläft. Liz fängt sie auf, als sie aus dem Sessel zu rutschen droht.

»Wie ein Sack voller Stöcke«, sagt Liz.

Für einen Augenblick fühlt sich Katherine fast der Ohnmacht nah bei alldem. Ihre Sinne befinden sich in einer Art gesteigertem Zustand: Die Farben sind leuchtender, die Geräusche schärfer. Aber dann erfasst sie ein Gefühl der Zielstrebigkeit. Plötzlich weiß sie, was zu tun ist, und hat keine Zweifel mehr.

Gemeinsam heben sie Isabellas gebrechlichen, alten Körper auf die Tischplatte und tragen ihn hinaus in den Hof. Es ist ein perfekter Tag für das Vorhaben: Die Sonne scheint hell, und es gibt keinen Wind. Sie setzen die Tafel auf den Holzblöcken ab, wo Sir John Schach zu spielen pflegte. Es ist ein wenig niedrig für einen Tisch, aber Isabella sieht aus, als sei es für sie bequem.

»Ist sie tot?«, fragt Rufus.

Katherine schaut ihren Sohn an. Möge Gott mir vergeben, denkt sie, denn sie hat ihn vollkommen vergessen.

»Nein«, antwortet sie ihm. Sie erinnert sich allerdings daran, der alten Frau die Schale mit Wasser auf die Brust zu setzen, sodass sie zumindest sehen kann, ob Isabella noch atmet.

Er fragt, was sie da machen.

»Wir retten Isabellas Augen«, erklärt sie ihm. »Damit sie wieder richtig sehen kann.«

Rufus akzeptiert diese Antwort, als ob sie gesagt hätte, sie würden einen Korb flicken.

»Das wird ihr gefallen«, meint er. »Wird sie dabei bluten?«

»Nein.«

Er kommt zu ihnen, weil er zuschauen möchte.

»Fass bitte nichts an«, weist Katherine ihn an und gibt ihm mit einer Geste zu verstehen, dass er zurücktreten soll von dem Gefäß mit Rosenöl und dem Wein, dem Messer und der Nadel, die sie auf einem sauberen Leinenstreifen ausgelegt hat. Isabella liegt auf dem Rücken, ihr Mund ist offen, und ihre lockere Gesichtshaut ist nach hinten zu ihren Ohren gesackt. Ihre Zähne sind lang und gelb, und sie sieht unglaublich alt und verletzlich aus.

»Wie wollen wir es machen?«, fragt Liz.

Tatsächlich ist es ziemlich leicht.

Katherine steht am Ende der Tafel neben dem Kopf von Isabella und beugt sich über sie, wobei ihr Schatten über das Gesicht fällt. Ihre Hände sind glitschig vom Öl, und sie wischt sie am sauberen Leinen ab. Dann ergreift sie das Messer.

»Bist du dir sicher, Kate?«, fragt Liz.

Noch ist es nicht zu spät.

Aber Katherine nickt.

»Das bin ich«, versichert sie.

»Vielleicht würde sie nicht wollen, dass du es tust«, gibt Liz zu bedenken. »Denkst du nicht, dass die Entscheidung eher ... ihr überlassen werden sollte? Es ist falsch, jemanden auf diese Weise zu heilen, wenn er glaubt, seine Beschwerden seien vom Himmel geschickt. Du machst Gottes Werk zunichte.«

Katherine hält inne. Das Messer ist ungefähr drei Zoll von Isabellas geschlossenem rechtem Auge entfernt. Die Finger von Katherines linker Hand sind wie zu einer weichen Zange gebogen. Sie weiß genau, was ihre Finger machen werden und wie sie es machen werden und wie es sich anfühlen wird, wenn sie in die weiche Haut des Auges schneiden. Aber die Worte von Liz haben Katherine dazu gebracht, dass sie aufschaut.

Was macht sie da eigentlich?

»Es ist, als wärst du Gott«, sagt Liz zu ihr.

Katherine blickt auf Isabella hinab, die friedlich in der Sonne liegt, und wird von Zweifeln befallen. Was, wenn Liz recht hat? Katherine richtet sich auf. Ihre Hand, die das Messer hält, ist ruhig, und sie schaut auf Liz und denkt: Nein. Ich kann das tun. Ich kann dafür sorgen, dass Isabella wieder sieht. Es wird ein Wunder sein, aber zugleich wird es auch kein Wunder sein.

Sie nimmt die Tinktur, die ihr der Apotheker verkauft hat, und bricht das Siegel am Gefäß auf. Dann beugt sie sich über Isabella und zieht deren rechtes Augenlid zurück. Sie beobachtet, wie der trübe Kreis in der Mitte des blauen Runds zu einem winzigen, nadelkopfgroßen Punkt schrumpft. Sie tut, was der Apotheker ihr geraten hat, und mit einem vorsichtigen Antippen der Bilsenkraut-Tinktur lässt sie einen Tropfen aus der hervortretenden Gefäßöffnung auf Isabellas blinden Augapfel fallen. Als der Tropfen auftrifft, gibt es eine leichte Abwehrreaktion am Lid, als ob Isabella zu blinzeln versuchen würde. In das andere Auge gibt Katherine ebenfalls einen Tropfen. Auch findet sie es sehr seltsam, in solch intime Bereiche vorzudringen. Dann tritt sie zurück.

»Das war's?«, fragt Liz.

»Nein«, antwortet Katherine. »Wir müssen so lange warten, wie es dauert, ein Ave-Maria zu sprechen.«

Einen Augenblick später zieht sie das Lid zurück, um das

Auge zu überprüfen, und ist erstaunt über das, was sie sieht. Der dunkle Kreis in seinem Zentrum ist riesig geworden. Das Blau des Auges hingegen ist jetzt zu einem winzigen dünnen Rand um den Kreis herum geschmolzen. Und dort, im dunklen Zentrum, ist die Katarakt perfekt sichtbar. Sie sieht wie ein kalkhaltiger Kieselstein oder wie ein sehr feiner Damenknopf aus.

Katherine greift nach der Nadel.

»Oh Gott«, entfährt es Liz, die sich das nicht anschauen kann.

Aus irgendeinem Grund ist Katherine erfreut über die Feststellung, dass Liz so zimperlich ist.

Sie wäscht die Nadel in dem warmen Wein und tunkt sie ins Rosenöl. Dann dreht Katherine sich um und beugt sich von der Seite über Isabella, und zwar so nah, dass sie sehen kann, wie ihr Atem den dünnen Flaum auf der Wange der alten Frau in Bewegung versetzt. Ihre Hand ist verblüffend ruhig, wenn man bedenkt, wie schnell ihr Herz schlägt.

»Halt ihr Augenlid«, bittet sie Liz. »Halt es auf diese Weise auf.«

Liz ist misstrauisch, tut aber, was ihr gesagt wird. Dann stählt sich Katherine, nimmt die Nadel und steckt sie behutsam durch die Vorderseite des Auges, direkt in den schmalen Rand aus Blau hinein. Es ist so, als würde man die Nadel durch die Haut einer Weintraube oder einer reifen Mispel drücken; und im Innern, unter dieser Widerstand leistenden Hülle, ist eine dickflüssige Substanz. Katherine hatte Angst, dass Blut austreten könnte, aber es kommt nichts. Isabella überrascht sie, als die alte Frau plötzlich schnarcht, sich dann aber wieder beruhigt.

Katherine schiebt die Nadel weiter hinein, bis sie fühlen kann, dass deren Spitze die feste, dunkle Linse berührt. Versuchsweise drückt sie vorsichtig gegen die Linse, die daraufhin zurückweicht, dann aber wieder ihre ursprüngliche Position einnimmt, als Katherine den Druck verringert. Abermals dringt sie mit der Nadel vor, diesmal jedoch drückt sie mit etwas mehr Kraft gegen den Rand der Linse, wo diese befestigt ist. Dann zieht sie die Nadel heraus, ändert den Einstichwinkel und drückt auf die gleiche Weise gegen die andere Seite der Linse. Anschließend schiebt sie die Nadel ein weiteres Mal gegen das Zentrum der milchig weißen Kugel. Sie drückt fest, und plötzlich schnellt zu ihrer Freude die Linse in den hinteren Bereich des Auges und verschwindet hinter den unteren Rand des Lochs, das nun schwarz zu sein scheint.

Katherine zieht sehr langsam die Nadel heraus. Sie nimmt einen Tropfen von dem Rosenöl und befeuchtet den Augapfel, dann lässt sie das Lid sich schließen.

Sie schaut auf. Und atmet durch.

»Das ist's gewesen?«, fragt Liz.

»Für dieses eine«, antwortet Katherine.

»Und es hat funktioniert?«

»Das denke ich schon.«

»Mein lieber Schwan!«, sagt Liz und richtet sich auf, weil sie ebenso wie Katherine hören kann, wie auf dem Pfad außerhalb des Gutshofs Hufschläge näher kommen.

Einen Augenblick später kehren William und Robert zurück, Borthwick und der Falkner folgen ihnen. Die vier Männer halten inne und bleiben Schulter an Schulter nebeneinander stehen. Stumm starren sie die Frauen an.

15. Kapitel

Wo ist er? Wo ist er?

»Flood! Flood, Ihr verdammter Narr!«

Falls es irgendwo ein Anzeichen von ihm gibt, dann ist es von ihrem Standpunkt aus nicht möglich, es zu sehen. Flood hat sich offensichtlich seine Mordaxt geschnappt und ist mit Pembrokes Männern den Hügel hinabgerannt. Und jetzt steht Thomas hier oben auf der Kuppe, schweißnass von der körperlichen Anstrengung, ist mangelhaft bewaffnet und nur unzureichend gepanzert, sodass er sich selbst zu einem hervorstechenden Ziel für jeden kühnen Bogenschützen auf den Feldern hinter dem Fluss oder am Fuße der Anhöhe macht.

»Wir müssen hinunter«, sagt er zu Brunt.

»Nie im Leben!«, entgegnet sein Kampfgefährte.

Keiner von ihnen trägt einen Harnisch, der für diese Art von Nahkampf geeignet wäre. Die Wämser und wollenen Beinlinge von Bogenschützen sind nahezu nutzlos, wenn Hämmer, Dolche und Hippen zum Einsatz kommen.

»Lass ihn gehen«, rät O'Driscoll. »Hat er es nicht wundervoll in seinem Leben gehabt?«

»Ich habe es Hastings versprochen«, erwidert Thomas.

»Er wird es verstehen.« Caldwell ist sich dessen sicher. »Und wenn er gewollt hätte, dass wir da hinuntergehen und die Sache ausfechten, dann hätte er uns mehr als nur dies hier gegeben.« Er klopft mit den Knöcheln gegen seinen Schaller.

Thomas ist sich da nicht so sicher. Er will allerdings auch

nicht dort hinab: Das steht ohne Wenn und Aber fest. Er dreht sich um, und zusammen beobachten die Gefährten den Kampf am Fuße des Hügels. Die Sonne steigt höher, und der Nebel zieht sich in den Fluss zurück, sodass sie alles sogar noch deutlicher sehen können. Wie es aussieht, sind die beiden feindlichen Heere nahezu ebenbürtig, aber das ist schwer zu beurteilen. Pembroke hat das Richtige getan, als er zu jenem Zeitpunkt den Hügel heruntergekommen ist, denkt Thomas. Pembroke hat die Bogenschützen von Robin of Redesdale neutralisiert, die sein Heer massakriert hätten, wäre es hier oben geblieben, und er hat den Vorteil des Angriffsschwungs genutzt, als seine Männer den Hügel hinabstürmten, um in Redesdales Schlachtordnung hineinzukrachen.

Dennoch ertappt sich Thomas dabei, wie er all seine Ausrüstung aufsammelt, und er sieht, dass die anderen das Gleiche gemacht haben. Wenn sich das Schlachtenglück gegen Pembroke wendet, dann müssen sie von hier weg, und zwar schnell.

Aber was ist mit Flood?

»Könnt ihr ihn sehen?«, fragt er.

Aber das ist schlicht unmöglich. Da ist eine Horde von Männern, die ihnen den Rücken zuwenden; und die dunklen Umrisse ihrer Waffen heben und senken sich. Sie hacken und hauen auf die andere Horde von Männern ein, deren Gesichter den Betrachtern auf dem Hügel zugewandt, jedoch durch Visiere verborgen sind; und die dunklen Umrisse ihrer Waffen kreuzen sich mit denen von Pembrokes Männern, wenn sie aufeinander einschlagen. Man kann weder einen Nahkampf noch ein spezielles Gefecht erkennen: Es ist alles ein einziges krachendes Aufeinanderstoßen, und es ist schrecklich, wenn man daran denkt, womit sich die Männer in diesen Schlachtreihen konfrontiert sehen und was sie selbst tun. Die Reihe schwankt, gibt nach und bricht zusammen. Verletzte verlassen den hinteren Bereich der Schlachtordnung und torkeln fort, wobei die Hände Teile ihres Körpers, zumeist Gesichter, fest umklammern. Andere müssen aus dem Schlachtgetümmel herausgezogen werden; wiederum andere werden einfach dort gelassen, wo sie liegen, und sind womöglich schon tot.

Thomas sieht einen Trupp von Redesdales Männern an der Rückseite ihres eigenen Heeres entlangrennen. Der Trupp besteht aus etwa dreißig Leuten, die vermutlich ein und demselben Haushalt angehören, und sie versuchen offenbar, Pembrokes Schlachtformation in die Flanke zu fallen, und zwar unterhalb der Stelle, wo Thomas und Brunt stehen. Die Schlacht ist so eng, dass ihr Ausgang sich durch ein Manöver wie dieses unwiderruflich zugunsten von Redesdale neigen wird. Und da! Da ist er! Flood! Thomas ist sich dessen sicher. Er ist auf der rechten Flanke. Exakt an der Stelle, auf die jene dreißig Männer jetzt ihre Waffen richten.

»Oh mein Gott!«, ruft Thomas. »Los, kommt!«

Er beginnt, den Hügel hinabzulaufen, bleibt dann aber stehen und legt seine Mordaxt auf den Boden. Thomas schnappt sich einen Pfeil, den einer der Schützen von Robin of Redesdale rübergeschossen hat, legt ihn an die Sehne und zielt sorgfältig, während er seinen Bogen das erste Mal anhebt. Beim zweiten Mal lässt er los und schickt den Pfeilschaft den Hügel hinunter. Das Geschoss durchschneidet die Luft, saust nur einen Fuß weit über Floods Kopf dahin – und kracht in den Mann hinein, der gerade Thomas' Schützling gegenübergetreten ist und jetzt nach hinten taumelt.

»Ha!«, schreit Brunt. »Du bist sein Schutzengel.«

Auch er nimmt einen Pfeil auf und schießt ihn hinunter.

»Süßer Jesus, er ist ein Dummkopf, dieser Junge«, sagt O'Driscoll, »aber man muss ihn einfach gernhaben, was?«

Es sei denn, der Junge bringt es fertig, dass wir alle getötet werden, denkt Thomas.

Doch er ist dankbar, dass die anderen mitgekommen sind. Er ergattert drei weitere Pfeilschäfte und steckt sie sich hinten in den Gürtel. Unterdessen stürmt er durch das lange Gras weiter nach unten. Der Geruch von kämpfenden Männern weht ihm entgegen: der metallische Hauch von Blut und die beißenden Ausdünstungen von Schweiß; dann der scharfe Duft von Essig, mit dem sie ihre Rüstung zu reinigen pflegen, und der Gestank von feuchter Wolle, beschädigtem Stahl und ordinären Fäkalien. Gott sei Dank haben sie keine –

Die erste Kanone geht mit einem Dröhnen los, das alle anderen Geräusche zum Verstummen bringt. Ein scharfer Einschnitt von Rauch in den Reihen, und plötzlich stürzt ein Schwall von Soldaten aus der Kampflinie fort. In diesem Puls des Nichts, während Männer kurz aufhören, aufeinander einzuschlagen, vernimmt Thomas die ersten brüllenden Schmerzensschreie. Dann setzen die Geräusche wieder ein, wie schwere Brandungswellen, die sich an Kieselsteinen brechen. Er findet einen weiteren Pfeil, legt ihn an und schießt ihn ab. Flood ist nur noch fünfzig Schritte entfernt; er schwingt diese Mordaxt und sucht jemanden, den er damit erschlagen kann. Thomas bleibt stehen und macht sich für die Männer bereit, die um die Seite herum kommen, als an seiner Nase ein Pfeil vorbeisurrt, der von einem der Bogenschützen in den Bäumen zu ihrer Rechten stammt.

»Beim Blute Christi!« Er hatte sie doch glattweg vergessen.

Dann wird O'Driscoll von der Kugel einer Feuerwaffe erwischt, die irgendwo zwischen den Bäumen abgeschossen wurde. Sie schleudert ihn über das Gras. Er überschlägt sich und bleibt schließlich mit dem Gesicht nach unten liegen, als ob man ihn in den Dreck hineingerieben hätte. Er zappelt und zuckt, und seine Gefährten hören auf, ihn anzustarren. Sie können nichts mehr für ihn tun.

Brunt und Caldwell drehen sich um und rennen los – den Hügel wieder hoch.

Thomas ruft ihnen hinterher, doch sie laufen weiter. Noch ein Pfeil surrt an seinem Gesicht vorbei. Er erkennt, dass er ein leichtes Ziel darstellt. Es ist ein kleines Wunder, dass die feindlichen Schützen ihn bislang verfehlt haben. Er sprintet den Hügel hinunter und stürzt sich in die eigenen Kampflinien hinein. Er schreit auf die Männer dort ein und ermahnt sie, sich nach rechts zu wenden, um sich den Bogenschützen und den Männern entgegenzustellen, die sie von der Flanke her angreifen. Aber sie haben sich so in ihre eigenen Kämpfe hineingesteigert, sind von dieser Gier gepackt, dem feindlichen Heer, das sie immer noch nur geradeaus vor sich wähnen, mindestens einen Schlag zu versetzen. Thomas muss an den Brustharnischen der Männer ziehen, an ihren Schulterriemen reißen, er muss direkt in ihre Gesichter schreien – doch ihre Blicke gleiten an ihm vorbei nach vorn, von wo die Geräusche aufeinanderschlagender Waffen herkommen. Und plötzlich sieht er, wie Flood zu Boden geht. Thomas hat nicht mitbekommen, was Flood getroffen hat, nur dass er nach hinten gekippt ist. Ihm fällt auf, dass der junge Mann eine Hand hochreckt, als ob er dem Tag Einhalt gebieten wollte, als ob er bei einem Übungskampf auf dem Turnierplatz anzeigen wollte, dass er sich ergeben werde; aber so funktioniert das hier auf dem Schlachtfeld nicht. Jemand wird ihn töten, und das kann jeden Augenblick geschehen: eine Hippe mit dicker Klinge in das ungeschützte Gesicht; ein

Dolch in die Leiste. Oder er wird einfach auf ungeschickte Weise zu Tode geprügelt.

Thomas muss jetzt schnell handeln, oder seine verrückte Hetze den Hügel hinunter, um Flood das Leben zu retten, wird vergeblich oder sogar selbstmörderisch gewesen sein. Er platzt in die Reihe hinein, in der Männer über dem auf dem Rücken liegenden Flood kämpfen. Der junge Mann hat tatsächlich immer noch seine Hand emporgehoben: Er erwartet nicht, ermordet zu werden, wie jeder andere in dieser Situation es annehmen würde, sondern rechnet damit, dass man ihn rettet. Vermutet, dass er hier herausgezogen wird. Ein Mann tritt auf ihn, um besser auf seinen momentanen Gegner einstechen zu können. Thomas nimmt an, dass dieser Mann Flood töten wird, falls der nach dem Knöchel des Soldaten auf ihm greift.

Mit Gewalt bahnt sich Thomas einen Weg durch die Menschenmasse. Er ist ein Dummkopf! Ein Dummkopf! Noch nicht einmal Handschuhe hat er dabei. In einem schrägen Winkel drängt er sich zu der Stelle hin und erreicht Flood, gerade als der den Knöchel des Mannes packt, der auf ihm steht. Und der Mann schaut nach unten und ist im Begriff, seine Hippe in Flood hineinzubohren, aber da wird der Kerl von einem anderen Angreifer niedergestochen. Thomas schiebt den Mann nach vorn, blockt die Hippen und Schwerter ab, die geschwungen und gestoßen werden; und er schafft es, Flood unter den Füßen der Umstehenden hervorzuzerren, als würde er sich eine Puppe zurückholen.

Thomas drängt sich durch die Kämpfenden, schubst Männer aus dem Weg, die auf Gegner einschlagen, und zieht dabei Flood hinter sich her. Männer drücken zurück und treten Flood, aber zu guter Letzt hat Thomas ihn aus der Schlachtlinie herausgeschleppt, dorthin, wo Platz ist. Er zerrt Flood, der eine schwere Last darstellt, durch das lange, feuchte Gras. Fünf, zehn, fünfzehn Schritte.

Dann bleibt er stehen. Er rollt Flood auf den Rücken und hebt das Visier hoch. Die Augen sind geschlossen, aber der junge Mann atmet noch. Thomas überprüft Floods Rüstung. Am Helm ist eine Delle. Wie schlimm ist wohl die Verletzung? Er kann es so nicht feststellen. Thomas beginnt, dem jungen Mann die Rüstung abzunehmen. Er schnallt die Halsberge ab und schleudert sie zur Seite, trennt mit einem Messer das Schallerband unter dem Kinn auf, durchschneidet die Lederriemen und Schnüre des Brustharnischs und all die anderen kleinen Teile. Er wirft die verschiedenen Rüstungsteile aus Stahl fort und empfindet leichtes Bedauern wegen dieser Verschwendung. Irgendjemand wird vom heutigen Tag ordentlich profitieren, aber er selbst wird es nicht sein. Als er Flood bis aufs Kriegswams ausgezogen hat, zerrt er ihn hoch und hievt ihn sich über die Schulter. Thomas lässt mit grenzenlosem Bedauern seinen Bogen zurück, aber seine Mordaxt wird er nicht aufgeben. Er richtet sich auf. Oh mein Gott! Flood ist so verdammt schwer.

Mit einem letzten Blick auf das Gefecht beginnt Thomas, den Hügel hochzusteigen. Jemand – wohl ein Wundarzt – wird dort oben sein, um nach Flood zu schauen. Aber es ist nirgendwo Blut zu sehen; was also wird ein Wundarzt zu diesem Patienten sagen? Himmelherrgott, was auch immer dieser Flood sein mag, er ist definitiv schwer. Man stelle sich nur vor, was der mit Rüstung wiegt! Thomas wird irgendwie Gnade gewährt von den Bogenschützen und Kanonieren hinter den Bäumen: Vielleicht haben sie ihr Augenmerk woandershin gerichtet, oder sie sind Engländer, denen christliche Barmherzigkeit nicht fremd ist. Dann allerdings bemerkt er, dass Brunt und Caldwell oberhalb von ihm stehen geblieben sind und Pfeile in die Bäume hinunterschicken, um die Bogenschützen dort davon abzuhalten, auf Thomas zu zielen. Der Schweiß brennt in seinen Augen. Wenn er doch bloß diesen verfluchten Helm nicht tragen würde. Komm schon, muntert er sich in Gedanken auf. Los, es sind nur noch ein paar Schritte. Ein Pfeil surrt an ihm vorbei.

»Brunt!«, ruft er.

Brunt schießt einen Pfeil über seinen Kopf hinweg, und Caldwell stößt einen kleinen Jubelschrei aus und lässt seinen Schaft ebenfalls los. Sie sammeln verirrte Geschosse im Gras auf und sind selbst in ziemlicher Gefahr. Und sie haben wenigstens den Anstand, wegen ihrer Feigheit – oder Vorsicht – beschämt dreinzublicken. Als Thomas sich ihnen nähert, geben sie ihre Suche nach gebrauchten Pfeilen auf und kommen herbeigestürzt, um ihm zu helfen.

»Was ist das bloß für ein verdammter Narr!«

»Lebt der überhaupt noch?«

Thomas lässt Flood auf den Boden gleiten, bleibt stehen und ringt nach Luft. Caldwell schlägt Flood auf die bleichen Wangen.

»Los, du bekloppter Mistkerl, wach endlich auf!«

»Lass ihm noch ein bisschen Zeit«, meint Brunt. »Er wird gleich wieder zu sich kommen.«

Sie bleiben neben Flood stehen und schauen über ihn hinweg auf die Schlacht, die da unten weitergeht. Inzwischen ist sie seit etwa einer halben Stunde in vollem Gange. Oben am Himmel scheint die Sonne, der Nebel hat sich verflüchtigt; kurzum, es ist inzwischen ein sehr schöner Tag.

»Wunderschöne Gegend hier«, meint Brunt.

Caldwell gibt einen Laut von sich, mit dem er anscheinend ausdrücken will, dass er seinem Freund zustimmt.

Am Fuße des Hügels scheinen Pembrokes Soldaten die

Oberhand gewonnen zu haben. Der Vorteil ist zwar immer noch nicht groß, aber eines weiß Thomas: Sobald sich das Schlachtenglück einer Seite zuwendet, geht es dann sehr schnell. Und die Männer von Robin of Redesdale, die seit Wochen auf den Straßen unterwegs sind und aus ganz verschiedenen Haushalten und Gefolgschaften stammen, werden müde sein und sich ihrem Anführer weniger verbunden fühlen. Das Einzige, was sie zusammenhalten wird, wenn jener Moment kommt, werden die Verzweiflung und der Überlebensdrang sein.

Und jetzt, wo sie hier oben stehen und die Lage betrachten, bemerkt Thomas, dass Redesdales Männer zurückgewichen sind. Plötzlich gibt es viele von ihnen, die verstreut umherlaufen und der Schlacht den Rücken zuwenden. Einige davon sind verwundet und bahnen sich den Weg zu den eigenen hinteren Reihen; aber da sind auch kleine Gruppen von Unverletzten, die sich von der Schlachtordnung absondern. Und da sind jene, die zögern, als sie nach vorn gehen und die Reihen auffüllen sollen: als ob sie sich zunächst einen Überblick über die Situation verschaffen wollten und es sein könnte, dass sie bald so schnell wie möglich wegrennen müssen.

»Wo sind nur all diese verfluchten Bogenschützen, die Devon versprochen hat?«, ruft Caldwell. »Wenn sie kommen, wird es ein Gemetzel geben! Wie bei Towton!« Immer noch schießt er Pfeile in die Bäume. Er versucht, O'Driscoll zu rächen.

Flood beginnt zu stöhnen.

»Aah!«, entfährt es Brunt. »Er lebt!«

»Behalt ihn lieber im Auge«, sagt Caldwell. »Sonst wird er gleich wieder weg sein und da unten erneut sein Glück versuchen.«

Es entsteht so etwas wie eine Festtagsatmosphäre oben auf

dem Hügel. Etwas Ähnliches hat Thomas noch nie bei einer Schlacht erlebt. Er kann sich bloß an zwei erinnern, und bei beiden stand er auf der Verliererseite und war dazu gezwungen, so schnell wie möglich zu fliehen. Bei der Schlacht hier hat es den Anschein, als ob er auf der Gewinnerseite sein würde, und er kann nicht umhin, sich darüber zu freuen. Er fragt sich, ob er irgendwie davon profitieren wird. Die Kriegsbeute wird traditionell in Drittel unterteilt. Aber unter welchem Kommando steht er eigentlich?

Über diese Sache machen sich Brunt und Caldwell ebenfalls Gedanken. In diesem Moment bricht ganz oben auf dem Hügel Unruhe aus. Die Männer dort rufen laut und zeigen nach Osten, auf eine Stelle hinter den auseinanderbrechenden Schlachtreihen von Redesdale.

»Da ist er ja!«, schreit Caldwell. »Endlich kommt Devon!«

»Jetzt werden wir richtig Spaß haben«, sagt Brunt.

»Aber wieso kommt er aus dieser Richtung?«, wundert sich Thomas. »Es hieß doch, er wäre südlich von hier.«

»Er muss einen großen Bogen gemacht haben«, vermutet Brunt.

»Er kommt direkt von hinten auf sie zu!« Caldwell lacht. »Bei Gott! Das wird mit Sicherheit ein Gemetzel werden!«

Aber die Männer ganz oben auf der Kuppe sind alles andere als in Feierlaune. Sie werfen ihre Habseligkeiten fort und rennen zu ihren Pferden. Die Zelte werden einfach aufgegeben.

»Was zum Teufel tun die da?«, fragt Caldwell, der gerade wieder einen Pfeil anlegt und mitten in der Bewegung innehält.

Dann hören sie, dass es nicht Devon ist.

Es ist Warwick.

Und so wendet sich der Tag.

»Diese Scheißkerle aus Kent!«, schreit Brunt. »Himmelherrgott! Los, Thomas, wir haben hier getan, was wir konnten.«

Die Nachricht pflanzt sich schnell den Hügel hinunter fort und gelangt zu den Soldaten, die noch mitten im Kampfgetümmel stecken, die Robin of Redesdales Männer zurück über die Brücke drängen, die gerade noch geglaubt haben, dass sie die Schlacht gewinnen würden. Die Nachricht breitet sich aus und mit ihr – freier Raum. Denn jene im hinteren Bereich des kleinen Heeres drücken nicht mehr gegen jene, die vorne an der Kampflinie stehen: Sie haben sich umgedreht und rennen jetzt den Hügel hoch, wobei sie alles wegwerfen, was sie augenblicklich nicht benötigen. Zuerst Helme und Stangenwaffen. Wenn es um das eigene Überleben geht, behalten Menschen nur das Allerwenigste bei sich. Es kommt zum üblichen Drücken und Schieben, Wegrutschen und Fallen. Die Männer sind entsetzt. Erneut drängt der Stärkere den Schwächeren zur Seite, genauso wie es geschah, als sie zur Schlacht nach unten rannten.

Und die Jubelrufe! Die Armee von Robin of Redesdale hat ebenfalls die Neuigkeit vernommen. Jene, die jetzt in ihrem hinteren Bereich sind, die soeben noch hofften, schnell weglaufen zu können, oder die ihre Optionen abwogen, sind nunmehr revitalisiert für die Schlacht; und sie setzen dazu an, von hinten gegen ihre Mitstreiter an der Brücke zu drängen. Die lauten Rufe erreichen Thomas in großen Wellen, als das feindliche Heer »Warwick! Warwick!« zu brüllen beginnt.

Pembrokes Soldaten strömen nun an ihm und seinen Gefährten vorbei. Die Stockung an der Brücke hat sich aufgelöst, und die Männer von Robin of Redesdale sind wieder auf das Feld unten am Hügel durchgebrochen und hacken auf jeden ein, den sie erwischen. Eine kleine Gruppe von Männern setzt sich zur Wehr – Pembroke und seine engsten Getreuen, wie Thomas annehmen muss –, aber die Flanken sind gefallen, die Nachhut ist fort; und für alle gilt der Spruch: Die Letzten holt der Teufel.

»Kommt«, sagt Thomas. »Helft mir.«

Sie zerren Flood auf die Füße, doch das hat keinen Sinn. Es ist so, als hätte er keine Knochen mehr.

»Lass ihn zurück«, meint Brunt.

»Oder töte ihn jetzt«, schlägt Caldwell vor.

Doch Thomas durchschneidet die Schnüre, mit denen die letzten Teile von Floods Rüstung noch befestigt sind, und reißt ihm das Kriegswams und die Beinlinge herunter, die ohne Wams sowieso herabgefallen wären. Jetzt ist der junge Mann nur noch in Bruche und Hemd.

»Wir wechseln uns ab«, sagt Thomas. »Ich trage ihn zuerst.«

Brunt und Caldwell schauen sich an, bevor sie zustimmen. Brunt nimmt die Mordaxt von Thomas, der dann Flood wieder auf seine Schultern hebt und den Hügel hochwankt. Sie streben auf die Kuppe zu, wollen über sie hinweghasten und dann weiterfliehen. Thomas hat kein bestimmtes Ziel im Sinn; er will bloß irgendwie weg von Robin of Redesdales Männern. In Gedanken malt er sich aus, wie diese Kerle hinter ihnen den Hügel hochkommen und jeden handlungsunfähig machen, der noch rennt, indem sie ihm die Achillessehne durchschneiden. Oder wie sie Pfeile in die Fliehenden hineinschießen, die anschließend über den Boden rollen. Thomas ist auf einmal froh, Flood auf seinen Schultern zu tragen, weil der ihm zumindest ein wenig Schutz bietet.

Sie erreichen den höchsten Punkt des Hügels – der gefährlichste Moment, da sie für Bogenschützen gut sichtbare, leicht zu treffende Silhouetten darstellen –, und dann sind sie auf dem sonnigen, südlich gelegenen Hang nach unten. Einen Augenblick lang ist es einfacher, den Hügel hinunterzusteigen. Doch dann scheint sich Floods Gewicht sogar noch zu vermehren.

»Lass ihn zurück, Thomas!«, ruft Brunt, der bereits ein Stück weiter den Hügel hinuntergelaufen ist. »Sie werden ihn schon nicht töten.«

Doch sie könnten ihn umbringen, und daher wankt Thomas mit seiner Last weiter. Er bohrt seine Absätze in die durchnässte Wiese, denn die glatten Sohlen seiner Stiefel rutschen und flutschen über das sich aufwärmende Sommergras. Am Fuße des Hügels legen sie eine kurze Pause ein. Männer folgen ihnen von der Hügelkuppe; alle laufen gen Süden und hinterlassen, wie nach einer Flut, eine Spur aus weggeworfenen Rüstungsteilen, Waffen und blutbesudelten Kleidungsstücken. Einige sind verwundet, halten sich einen Arm oder das Gesicht, taumeln und stolpern. Einer fällt und bleibt auf der Stelle liegen, am ganzen Körper zitternd. Thomas tritt über ihn hinweg.

Zur Linken befindet sich ein kleiner Bach, der sie von dem Weg fortführen wird, den die sich zerstreuenden Überreste von Pembrokes Armee in den Boden getrampelt haben.

»Hier entlang«, befiehlt Thomas.

Sie folgen dem Bachlauf und halten sich dabei im Schutz der Bäume am Ufer auf. Er führt sie weiter nach Osten, weg von den Überresten des Heeres. Wird man sie verfolgen? Sie können nur beten, dass es nicht so ist. Inzwischen ist Flood sehr schwer geworden.

»Was ist überhaupt los mit ihm?«, fragt Caldwell. Er weigert sich, den Verletzten zu tragen. Brunt ist ebenfalls unwillig. Thomas fragt sich, ob sie weit genug vorangekommen sind, sodass sie eine Ruhepause einlegen können. Er muss sich auf jeden Fall ausruhen. Sie können keine Rufe und auch nicht dieses aufschreckende Getöse von Waffen mehr hören: nur Vögel in den Weißdornen und unten das sanfte Rauschen des Baches. Thomas setzt Flood im Schatten ab und lehnt den Oberkörper an einen kräftigen Eichenstamm, dann zwängt er sich durch die struppigen Dornenbäume zum Bach, wo das Wasser süß und rein fließt. Er trinkt etwas, anschließend füllt er seinen Helm und bringt darin das köstliche Nass zu Flood. Der junge Mann ist immer noch bewusstlos. Thomas tastet mit der Hand durch das schweißnasse Haar, aber außer einer dicken Beule kann er nichts Schlimmes finden. Bei Gott, wenn doch Katherine anstelle von Brunt und Caldwell hier wäre. Er gießt etwas Wasser auf die Lippen von Flood, der sie bewegt, als wollte er mehr davon haben; und Thomas deutet das als gutes Zeichen.

»Wohin sind wir unterwegs, Thomas?«, fragt Brunt.

»Ich weiß es nicht. Aber wenn wir dem Bach folgen, werden wir schon irgendwo hinkommen. Wir können vielleicht ein Pferd finden.«

»Für ihn?«

»Warum nicht?«

»Warum nicht für uns? Es ist genauso wahrscheinlich, dass wir getötet werden.«

»Caldwell, ich werde dich gleich höchstpersönlich umbringen, wenn du so weitermachst. Um Gottes willen, willst du wirklich mit einem toten Burschen zu Hastings zurückkommen?«

»Ich würde lieber überhaupt nicht zurückkommen«, entgegnet Caldwell. »Wenn Pembroke geschlagen ist, wie lange wird es dann dauern, bis sie König Edward und Hastings und dergleichen angreifen?«

»Und der Kerl macht uns nur langsam!«, betont Brunt.

»Komm schon! Mit ihm in diesem Zustand werden sie uns alle erwischen. Sie werden über uns kommen und uns in Stücke hacken. Verdammt, komm, wir lassen ihn einfach hier zurück.«

Thomas weiß, dass sie recht haben. Aber wie will er im Einklang mit sich selbst weiterleben, wenn er dies tut?

»Dann geht jetzt«, sagt er zu ihnen. »Ich bin es leid, euch jammern zu hören.«

Er ist sich nicht sicher, was für eine Entscheidung er von den beiden erwartet. Aber sie schauen sich an, und dann nicken sie. Möglicherweise steht Brunt im Begriff, etwas zu sagen, irgendein Eingeständnis von Scham von sich zu geben, doch Thomas schüttelt den Kopf. Er will es nicht hören. Daraufhin verlassen die beiden den Schutz der Bäume und eilen in südlicher Richtung über das Feld davon.

Thomas schaut ihnen hinterher. Sie sehen aus wie die Sorte von Männern, die ein Grab ausrauben könnten. Während er sie noch beobachtet, kommen vier Reiter in roten Wappenröcken über das Feld gedonnert. Jeder hat einen langen Speer, eine Lanze. Als Brunt und Caldwell die Reiter bemerken, beginnen sie zu rennen, aber sie sind mitten auf einem Feld und können sich nirgendwo verstecken. Der erste Soldat hoch zu Ross erwischt Caldwell und sticht die Lanze so tief und kräftig in ihn hinein, dass sie dem Reiter aus der Hand gerissen und das Opfer zu Boden geschleudert wird. Einer der anderen Reiter verfehlt mit seiner Waffe Brunt, der genau in diesem Moment strauchelt. Doch als Brunt wieder auf den Beinen ist und auf die Hecke zurennt, erwischt ihn ein weiterer Reiter, der ihn mit einem Hammerschlag auf den Hinterkopf niederstreckt. Es hat nur so lange gedauert, wie ein Pfeil braucht, um dreihundert Schritte weit zu fliegen, und der Lebensfaden der beiden ist durchtrennt.

Thomas bleibt still.

Ein Reiter kommt zurück und sitzt ab, um sich seine Lanze zu holen. Der andere, der mit dem Hammer zugeschlagen hat, macht sich noch nicht einmal die Mühe, vom Pferd abzusteigen. Er wendet sein Ross, kehrt zu Brunt zurück und blickt von seinem Sattel aus auf den Leichnam hinab. Anschließend schaut er auf den Schlagdorn seines Streithammers, um zu überprüfen, ob er beschädigt ist. Dann zeigt er ihn einem der anderen Reiter, und ihr Gelächter erreicht Thomas in seinem Versteck. Der zweite dieser beiden Reiter ahmt die Schwungbewegung des ersten nach. Und erneut brechen sie in Gelächter aus. Der dritte Reiter gesellt sich zu ihnen und schüttelt dem ersten die Hand, um ihm offenbar zu gratulieren. Sie reiten noch ein bisschen herum und schauen auf Brunt hinab, während dieser stirbt; und dann, als er tot ist, gibt es nichts mehr für sie zu tun, und daher reiten sie fort.

Thomas schaut zu, wie sie sich entfernen, und er fühlt absolut nichts.

16. Kapitel

Am nächsten Morgen wird Thomas von einem roten Schwein geweckt. Am Abend zuvor war er völlig erschöpft gewesen, da er den ganzen Tag mit Flood auf seinen Schultern marschiert war. In Ermangelung eines besseren Schutzes schwenkte er vom Pfad weg, legte sich nieder und bedeckte sich sowie Flood mit Blättern; und jetzt ist dieses Schwein gekommen, um nach Bucheckern zu wühlen.

Thomas scheucht das Tier fort und dreht sich zu Flood um.

Dessen Augen sind offen.

»Dank sei dem Herrn«, sagt Thomas.

Flood fragt ihn, wo sie sich befinden. Thomas weiß es selbst nicht.

»Könnt Ihr Euch bewegen?«, erkundigt er sich.

Flood hebt eine Hand hoch.

»Dann los«, sagt Thomas zu ihm. »Wir brechen am besten sogleich auf.«

»Wohin gehen wir?«

»Nach Nottingham, nehme ich an. Wo auch immer König Edward ist.«

Flood nickt und stöhnt dann. Er will wissen, was geschehen ist und wo Brunt sowie Caldwell sind.

Thomas berichtet davon, dass die Armee des Earl of Warwick gekommen ist und die von Pembroke vernichtet hat, und erzählt auch, wie Brunt und Caldwell getötet wurden.

Flood schaut bedrückt drein.

»Ich komme für Messen auf, die für ihr Seelenheil gelesen werden«, sagt er.

»Sie werden Eure Gebete brauchen«, meint Thomas.

Flood steht nur sehr langsam auf.

»Oh Gott, tut das weh«, klagt er.

Vor lauter Schmerzen kann er kaum gehen. Sie schaffen ein paar Schritte, wobei Floods Arm um die Schulter von Thomas liegt. Aber nach nur einem Moment hören sie Pferde auf dem Weg zwischen den Bäumen, und sie bleiben regungslos stehen. Das Schwein wühlt immer noch herum. Dann bewegen sich die Pferde von ihnen weg. Die beiden schauen sich an.

»Dann also ganz leise«, sagt Thomas. Bei jedem Schritt keucht Flood vor Schmerz; und sie sind keine dreißig Schritte weit gekommen, als sie die Pferde erneut hören. Eine laute Stimme. Jemand beklagt sich. Es bleibt Thomas nichts anderes übrig: Er hebt Flood hoch und setzt dazu an, langsam zwischen den Bäumen hindurchzulaufen.

Flood stöhnt ohne Unterlass.

»Ich wünschte, Ihr wäret noch besinnungslos«, sagt Thomas.

»Das wünschte ich auch«, stimmt Flood ihm zu.

Was für einen Plan habe ich überhaupt?, fragt sich Thomas im Stillen. Er hat keine Ahnung. Er will bloß entkommen. Die Reiter folgen ihm nicht. Er achtet darauf, dass der Bach stets zu seiner Linken ist. Das Flüsschen schlängelt sich, und er läuft quer über die Felder, um den Weg abzukürzen. Nach einiger Zeit, kurz vor dem Mittag, kommen sie zu einem Fluss. Er ist nicht besonders breit, und das Wasser fließt auch nicht schnell, aber er ist doch groß genug, um ein Hindernis darzustellen.

»Können wir ihn überqueren?«, fragt Flood.

Thomas geht schon ganz gebeugt vor lauter Erschöpfung. Er weiß nicht, ob er imstande sein wird, allein durch den Fluss zu waten, geschweige denn, Flood hinüberzutragen. Aber er muss etwas tun. Er wendet sich flussabwärts, in nordöstlicher Richtung. Flood beginnt, ihm Fragen zu stellen. Darüber, wo er aufgewachsen ist. Fragt, wer seine Familie ist. Ob er jemals in London war. In Calais. Wie weit er einen Pfeil schießen kann.

»Bitte, Flood«, sagt Thomas. »Einfach ... keine Fragen mehr.«

Flood entschuldigt sich. Er erzählt ihm von seiner Kindheit in irgendeinem Ort, von dem Thomas noch nie etwas gehört hat, und davon, wie Maude und er miteinander verlobt wurden, als sie sechs Jahre alt waren; doch damals hassten sie sich. Er sagt, dass Thomas Maude gernhaben würde und sie ihn umgekehrt auch gernhaben würde. Dann fragt er Thomas, ob er verheiratet ist, und danach will er wissen, wie Katherine so ist. Thomas fragt sich, was sie wohl von Flood halten würde, und ertappt sich dabei, dass er lacht. Nach einer Weile verschwindet das Lachen, und Thomas wünschte, er würde nicht dieses verfluchte Flussufer entlangtrotten und einen Mann auf seinen Schultern tragen. Er wünschte, er wäre wieder zu Hause in Marton, natürlich mit Katherine und Rufus, und Sir John würde noch leben und Lurcher wäre ebenfalls noch da.

»Fasst Mut, Thomas«, sagt Flood plötzlich. »Schaut nur: ein Boot.«

Thomas lässt ihn beinahe fallen. Dort zwischen dem Schilf, angebunden an einem vertrockneten Baumstumpf, liegt ein flacher Stechkahn von der Art, wie ihn die Binsenbauern benutzen.

»Dann mal los«, sagt Thomas, geht zum Kahn hinüber und

hilft Flood, sich in das Gefährt zu legen. Es ist morsch vom Alter, seine Planken sehen wegen der Flechten oder Ähnlichem silbern aus, und auf dem Boden steht einiges an Wasser, das die Farbe von Ale hat; aber der Stechkahn sinkt nicht.

»Da ist ja gar keine Stange«, jammert Flood.

»Ich habe das hier«, sagt Thomas und weist auf seine Mordaxt. Dann bindet er das Seil los, besteigt mit einem langen Schritt das Boot und stößt es ab, wofür er seine lange Waffe einsetzt. Flood liegt am einen Ende des Bootes, Thomas befindet sich am anderen.

»Wie ist es dazu gekommen, dass Ihr Lord Hastings dient?«, fragt Flood.

Thomas antwortet ihm, es habe sich einfach so ergeben.

Flood teilt ihm mit, dass er glaubt, Lord Hastings könnte sein Vater sein.

Thomas hat das auch schon vermutet.

»Er ist ein guter Mann«, sagt er zu Flood.

Die Strömung ist nicht schnell. Sie treiben gemächlich durch die breiten Flussbiegungen auf dem träge fließenden Wasserdahin. Als sie zwischen nicht weit voneinander entfernt liegenden Ufern dahingleiten, nimmt die Geschwindigkeit dann zu. Sie gelangen zu einem Dorf, und sie rutschen geradewegs über eine Furt, die von drei Jungen bewacht wird. Es gibt keinerlei Anzeichen von Reitern, und alles scheint alltäglich und normal zu sein.

»Was glaubt Ihr, wessen Boot das ist?«, fragt Flood. »Wir hätten dem Besitzer etwas dalassen sollen.«

»Und was, bitte?«

Eine Zeit lang ist Flood stumm.

»Was denkt Ihr, wohin wir letztlich kommen werden?«, will er auf einmal wissen.

Thomas blickt sich um. Die Mittagszeit ist schon lange vorbei, und er nimmt an, dass der Fluss in einer weiten Schleife dahinfließt, sie jedoch immer noch in nordöstliche Richtung befördert, wenn auch nur sehr langsam. Thomas zuckt die Schultern.

»Ich weiß es nicht«, gesteht er. »Hauptsache, wir kommen nicht zu Warwick oder Redesdale.«

Er grübelt über Brunt und Caldwell, die sich ihr Leben lang abgequält haben, nur um auf einem schlammigen Feld umgebracht zu werden. War das Gottes Plan für die zwei? Oder waren sie ein Teil von Gottes Plan für die Männer, die sie töteten? Wird das, was die Lanzenreiter am gestrigen Tag getan haben, irgendwelche Folgen haben? Wird einer von diesen Kerlen, sagen wir mal, unter seinem schlechten Gewissen leiden und sich daher beherrschen, einen bestimmten anderen Menschen umzubringen, der dann eine Kantorei gründen wird? Oder eine Brücke baut? Ist es das?

Und was ist mit Jack und Nettie und John Stumpf? Was wird jetzt, wo Warwick diese Schlacht gewonnen hat, aus den drei Freunden? Thomas denkt über jeden von ihnen einzeln nach: über Jack, den er im Stich gelassen hat, jedoch nicht aufgrund eines schuldhaften Fehlers von ihm selbst; über Nettie, die wahrscheinlich ein Kind zur Welt bringt, während er noch hier sitzt; und über John Stumpf, der die Schmale See überqueren wollte, um an der Seite des Herzogs von Burgund zu kämpfen, jetzt aber nicht mehr die Chance dazu bekommen wird. Thomas wird klar, dass er die Hoffnung, seinen ursprünglichen Plan erfolgreich durchzuführen, bereits aufgegeben hat. Ihm wird klar, dass er die drei Freunde aufgegeben hat und dass sie in seinem Fühlen und Denken bereits tot sind.

Dann jedoch hält er inne und strafft sich im Sitzen. Er hat

eine falsche Sicht auf diese Dinge. Er blickt darauf – wie er nun erkennt –, als ob sie widerstandslos in den Tod gegangen wären, obgleich das nicht der Fall ist. Falls sie tot sind, dann deswegen, weil sie ermordet wurden. Ermordet von Edmund Riven.

Herrgott! Wie viel es doch gibt, wofür dieser Mann bezahlen sollte – weswegen man auch Sorge tragen sollte, dass er dafür bezahlen muss.

Für einen Augenblick lässt Thomas es zu, dass ihn eine mörderische Wut packt, und er stellt sich vor, wie er das, was er mithilfe der Mordaxt hier mit dem Vater gemacht hat, noch einmal tut, diesmal jedoch mit dem Sohn. Nach einer Weile bewirkt die Hoffnungslosigkeit seiner Situation, dass er sich beruhigt. Es gibt nichts, absolut nichts, was er tun kann, während er auf diesem Stechkahn und auf diesem Fluss mit Flood festsitzt.

Er versucht, wachsam zu bleiben. Warwicks Lanzenreiter könnten überall sein. Doch er ist müde. Seine Augen schließen sich von allein. Er weckt Flood, der ihn einen Moment lang nicht wiedererkennt und aus dem Stechkahn herauszuklettern versucht.

Als der junge Mann sich wieder beruhigt hat, sagt Thomas zu ihm, dass er jetzt Wache halten muss.

»Wenn Ihr einen Reiter erblickt – egal, was für einen –, dann weckt mich«, erklärt er ihm.

Flood nickt. Nach einer kleinen Weile findet Thomas eine bequeme Position für sich, bei der seine Füße nicht im Wasser auf dem Boden des Kahns liegen, und schläft ein. Als er aufwacht, sieht er, dass Flood in der Zwischenzeit ebenfalls eingenickt ist und dass ihr Boot an einer seichten Stelle unter einem Weidenbaum hängen geblieben ist. Hier vermischt sich der Geruch vom Flussschlamm mit dem von Füchsen zu einem beinahe überwältigenden Gestank, und das Licht hat eine grüne Nuance. Er teilt den Vorhang aus herabhängenden Weidenzweigen und sieht, dass die Strömung sie in einen breiten See hineingetrieben hat. Auf dem Wasser sind Spuren von Aalfarmen zu erkennen. Auf der anderen Seite des Sees – da, wo dichte Insektenwolken in der stickigen Sommerluft kreisen – sind fünf oder sechs Binsenbauern, die frische grüne Rohrkolben schneiden, sie zu Bündeln binden und damit ihre Stechkahne beladen, bis es den Anschein hat, als würden sie gleich sinken. Thomas beobachtet die Leute eine Zeit lang. Dann wird Flood wach.

»Entschuldigung«, sagt er. »Ich muss wohl eingeschlafen sein.«

Er fühlt sich diesmal nach dem Aufwachen besser, obwohl er immer noch stöhnt, als er sich bewegt, um wie Thomas die Binsenschneider zu beobachten.

»Wo genau tut es weh?«, fragt Thomas.

Flood denkt eine Weile nach.

»Die einzige Stelle, die nicht wehtut, ist hier«, antwortet er und zeigt dabei auf seinen linken Unterarm.

»Könnt Ihr gehen?«

»Dessen bin ich mir sicher«, erwidert er, doch das stimmt nicht.

Einen Moment lang schauen sie den Binsenschneidern stumm bei der Arbeit zu.

»Hier in der Gegend geht's recht geschäftig zu, was?«, bemerkt Flood.

Thomas knurrt. Genau das denkt er auch gerade. Ihm kommt in den Sinn, dass sie bleiben sollten, wo sie sind, verborgen hinter dem Baum hier. Erst wenn es dunkel ist, sollten sie weiterfahren. Das Essen und Trinken wird wohl ein Problem sein, aber … Nun, sie sind auf einem Binnengewässer und können daraus trinken, und es ist ja nicht so, als ob sie nie zuvor hungrig unterwegs gewesen wären. Er schließt abermals die Augen. Gerade als sich die Abenddämmerung niedersenkt, wird er durch den Gesang von Flood geweckt, der ein Lied über Ale singt: Er will keine Pasteten, kein geschmortes Hammelfleisch, er will nur, dass man ihm und seinen Freunden gutes Ale bringt, und zwar jetzt gleich. Flood hat eine hübsche Gesangsstimme.

Als es richtig dunkel geworden ist – über den Weidenwipfeln lächelt eine ziemlich schmale Mondsichel herab –, drückt Thomas sie von der seichten Stelle weg, um nach der langsamen Strömung zu suchen, die sich durch den See windet. Dieser hat eine so geringe Tiefe, dass Thomas die Mordaxt einsetzen kann, um sie durch das Gewässer zu schieben. Die Strömung jedoch ist schwer zu erfassen, und es ist schwierig zu erkennen, wohin sie steuern müssen. Die Ausläufer von Uferabschnitten mit dicht zusammenstehendem Schilf versperren ihnen oftmals den Weg, und sie müssen dann umkehren, also die eigene, nicht existierende Spur zurückverfolgen. Lange Zeit versucht Thomas es auf diese Weise, dann aber gibt er auf: Er zieht seine Stiefel, das Wams und die Beinlinge aus und gleitet ins kalte Wasser hinein, das ihm bis zur Hüfte reicht. Danach steuert er den Stechkahn mit den Händen durch den See, während sich seine Zehen durch den Schlamm und die Wurzeln mühen.

Auf rührende, jedoch nutzlose Weise macht sich Flood Sorgen um ihn.

Nach einer Weile findet Thomas den Austritt des Flusses. Inzwischen klappern ihm die Zähne, und er ist bis aufs Mark ausgekühlt. Er klettert wieder ins Boot und beginnt, sich trocken zu reiben, während der Kahn in der Strömung dahingleitet: erst zwischen den von Schilf dicht bewachsenen

Ufern und dann, flankiert von zwei weiteren Weiden, in eine schmale Fahrrinne hinein. Thomas kleidet sich an, was auf einem Stechkahn, zumal in der Dunkelheit, nicht einfach ist. Als er wieder trocken und ihm ein bisschen wärmer ist, spürt er, dass er regelrecht am Verhungern ist.

»Als wäre die große Fastenzeit an einem einzigen Tag gewesen«, pflichtet Flood ihm bei.

Während der ganzen Nacht treiben sie dahin, bis der Vogelgesang einsetzt und die Morgendämmerung als ein blasses Leuchten heraufzieht, das sich danach in ein wundervolles Lodern in Magentarot und Silber verwandelt. Diese Helligkeit taucht vor ihnen und ein wenig zu ihrer Rechten auf, sodass sie wissen, dass sie immer noch in nordöstlicher Richtung unterwegs sind. Thomas nimmt an, dass sie bald nach irgendeinem Platz Ausschau halten müssen, wo sie die Stunden bei hellem Tageslicht verbringen können. Andererseits, denkt er, sind sie inzwischen sicherlich weit genug geflohen, oder? Der Fluss bleibt menschenleer zu dieser Tageszeit. Seine grüne Oberfläche ist ölig und glatt, doch sie beginnt zu funkeln, als die Sonne weiter emporsteigt. Zwei Schwäne schwimmen an ihnen vorbei. Ihre Küken, die immer noch flaumig und grau sind, folgen ihnen in einer Reihe. Thomas muss unwillkürlich an Katherine und Rufus denken. Er leidet nun unter einem nagenden Hunger. Flood sieht blass aus und leckt sich ständig die Lippen.

Sie sprechen ihre morgendlichen Gebete.

Dann taucht vor ihnen eine Brücke auf: die erste, seit sie auf dem Fluss unterwegs sind. Wo es eine Brücke gibt, da wird es auch jemanden geben, der einen Brückenzoll verlangt, sowohl dafür, dass man sie überquert, als auch dafür, dass man unter ihr durchfährt. Und wo es jemanden gibt, der einen Brückenzoll verlangt, da gibt es auch eine Ortschaft.

»Wir müssen etwas zu essen finden«, sagt Thomas zu Flood.

»Oh Gott, ja«, stimmt Flood ihm zu. »Ich würde für eine einfache Schale Gemüsesuppe jemanden töten, wisst Ihr? Gerne auch mit etwas gutem Weißbrot dazu? Und Ale. Oder Wein. Und vielleicht mit einem gebratenen Kaninchen? Oder sogar mit einer Waldschnepfe? Zwei von jedem, wenn's möglich ist?«

Thomas steckt seine Mordaxt ins Wasser und benutzt sie wie ein Ruder, um den Stechkahn zum Nordufer zu steuern, wo es sogar einen kleinen Steg gibt. Er lässt das Boot an die Anlegestelle treiben und klettert hinaus. Dann bindet er es fest und hilft Flood, aus dem Kahn zu steigen. Dem Burschen geht es besser, doch zwei Nächte im Freien und ohne jeglichen Komfort können ihm nicht geholfen haben, worunter auch immer er leidet; und er bewegt sich immer noch sehr vorsichtig. Thomas legt stützend einen Arm um ihn, und dann schwanken sie den Anlegesteg hoch und betreten den Pfad, der durch Felder führt. Es ist dunstig, und jenseits einer größeren Gemeindewiese, auf der eine einzelne langhörnige Kuh grast, ist eine Ansammlung von niedrigen Steinhäusern zu sehen, die rund um einen Kirchturm mit Bodkin-Spitze errichtet worden sind.

Ein Junge ruft ihnen zu, dass sie der Kuh nicht zu nahe kommen sollen. Andernfalls würde sie wahrscheinlich auf sie losgehen.

»Wo sind wir?«, fragt Thomas.

»Olney«, antwortet der Junge.

»Wie weit sind wir von Nottingham entfernt?«

»Nottingham? Wo soll denn das sein?«

Von Osten her läuten die Kirchturmglocken.

»Können wir etwas zu essen haben?«, bittet Flood. »Wir haben einen weiten Weg hinter uns.«

Der Kuhhirte lacht.

»Inzwischen gibt es hier in der Gegend nicht mehr viel zu essen.«

»Warum nicht?«

»Warum nicht? Die Armee des Königs hat alles Essbare genommen, nicht? Alles ist in den Schlünden der Soldaten verschwunden, was nicht versteckt gewesen ist. Diese Arschlöcher haben mir all meine übrigen Kühe weggenommen. Nur die da ist verschont worden, weil mit der so schwer umzugehen ist.«

Thomas blickt zur Kuh. Er hätte sie einfach mit einem Pfeil getötet. Könnte es immer noch tun, da er so hungrig ist. Allerdings hat er keinen Bogen mehr.

»Wann ist der König hier durchgereist?«, fragt er den Jungen.

Dieser gibt eine verächtliche Äußerung von sich.

»Er ist noch hier«, antwortet er. »Hat das Wirtshaus besetzt.«

Er ruckt den Kopf in Richtung des Dorfes. Thomas kann nur glauben, dass der Junge lügt oder verrückt ist. Flood ist ausnahmsweise einmal sprachlos.

Sie lassen den Jungen stehen und machen sich auf den Weg zur Kirche. Keiner von beiden sagt etwas. Ist es möglich, dass König Edward tatsächlich hier ist?

Sie werden von zwei in Blau und Braunrot gewandeten Männern angehalten, die Schaller und Hippen tragen. Gut, das sind Männer von König Edward.

»Wohl vergessen, sich heute Morgen anzuziehen, was?«, spöttelt einer von ihnen.

»Wir sind gerade erst von ... von dort drüben gekommen«, erklärt Thomas. »Vom Earl of Pembroke.«

Die Wachmänner sind amüsiert. Sie halten Thomas für einen Einfaltspinsel.

»Oh, aber ja doch«, sagt der Ältere von den beiden. »Und wie ist er denn so?«

Thomas begegnet dem gleichen Ausdruck von Ungläubigkeit und Skepsis, den er antraf, als er die Nachricht übermittelte, dass die Armee des Robin of Redesdale dreimal so groß war wie vorhergesagt und sich in weitaus größerer Nähe befand als angenommen.

»Nun ja«, antwortet er, »inzwischen ist er wahrscheinlich tot.«

Die Wachen lächeln immer noch.

»Tot? Was soll das bedeuten?«

»Habt Ihr es denn noch nicht erfahren?«, fragt Flood.

Und abermals ist der ungläubige Schock der gleiche, und abermals wird das gleiche Verfahren wiederholt, indem man Thomas, diesmal zusammen mit Flood, die Befehlskette hinaufreicht. Doch jedes Mal wenn sie ihre Geschichte erzählen, bemerkt Thomas, dass sie etwas in ihrem Fahrwasser zurücklassen: Die Männer, die soeben die Neuigkeiten gehört haben, tauschen Blicke und nicken sich verstohlen zu. Während er und Flood von einem Zimmer zum nächsten, von einem Gebäude zum nächsten geführt werden, beginnen hinter ihnen die Männer urplötzlich in hektischer Betriebsamkeit zu packen. Die Deckel von Truhen werden zugeschlagen. Es wird nach Pferden gerufen.

Zu guter Letzt werden sie zu Lord Hastings gebracht, der ein Obergemach in einem aus Stein errichteten Wirtshaus im Schatten des Kirchturms in Beschlag genommen hat.

»Was in Gottes Namen ist denn jetzt schon wieder los?«, verlangt er zu wissen, bevor er feststellt, wer da kommt. Er sieht müde aus, aber nicht sehr gereizt, bis er die Neuankömmlinge wiedererkennt. Dann ruft er aus: »Du lieber Gott!«

Er schickt nach Ale und Brot, während Flood von der Schlacht berichtet. Der junge Mann erzählt ihm von Devon, der die Armee geteilt hat, indem er seine Männer abzog, sodass Pembroke sich Bogenschützen stellen musste, ohne selbst welche zu haben. Flood erwähnt auch, wie nahe gleichwohl der Sieg war, bis die Armee vom Earl of Warwick auftauchte. Während Hastings aufmerksam zuhört, erblasst er und wird vor ihren Augen um Jahre älter.

»Ist dies ... wahr, Thomas?«, fragt er. »Nicht irgendeine Folge von ... von ich weiß nicht was?«

Thomas kann nur bestätigend nicken. Hastings steht auf und geht mit staksenden Schritten zum Fenster hinüber. Er schaut nach unten in den Hof. Jetzt können sie Rufe und Hufschläge hören – Männer, die sich auf ihren Pferden davonmachen.

»Und Ihr habt es ihnen erzählt?«, fragt Hastings und zeigt auf die Leute unten.

»Sie hätten uns nicht zu Euch gelassen, hätten wir es nicht getan«, erklärt Flood.

Thomas stellt sich zu Hastings ans Fenster. Unter ihnen hetzen Männer wie in Panik geratene Ameisen über den Platz. Hastings rümpft die Nase.

»Du lieber Himmel!«, ruft er aus. »Wo habt Ihr geschlafen?«

Es kommt ein Diener mit einer Pastete und etwas Ale. Flood bricht die Pastete in Stücke und reicht etwas davon Thomas. Sie ist unglaublich köstlich. Das Gleiche gilt für das Ale.

»Was in Gottes Namen sollen wir dem König erzählen?«, murmelt Hastings. Noch immer steht er am Fenster und reckt den Kopf nach oben, um die Szenerie unten genauer beobachten zu können. Thomas ahnt, dass er sich die Namen derer einprägt, denen er dabei zuschaut, wie sie ihre Wappenröcke und Abzeichen wegwerfen, ihre Sachen zusammenpacken und sich dafür bereitmachen, ihren König im Stich zu lassen.

»Werden sie alle weggehen?«, fragt Thomas.

»Die meisten von ihnen. Nicht, dass ich ihnen einen Vorwurf mache. Ohne Pembroke und Devon entspricht die Zahl unserer Soldaten noch nicht einmal einem Fünftel von denen, die Warwick hat.«

»Dann ist es das also gewesen?«

Hastings nickt.

»Wir waren Dummköpfe«, sagt er. »Die ganze Sache haben wir völlig falsch eingeschätzt. Wir hätten es erkennen sollen, sobald ... Großer Gott! Selbst die Ratsherren in London wussten es! Sie haben sämtliche Waffenlieferungen unterbunden, die ihre Stadt letzten Monat verlassen sollten. Und trotzdem haben wir nichts unternommen. Nein, das ist nicht ganz richtig. Wir haben ein paar Wappenröcke bestellt, und wir sind auf Pilgerfahrt gegangen. In der Zwischenzeit hat Warwick Männer ausheben lassen und seine Tochter mit dem verfluchten Duke of Clarence verheiratet. Er war uns zehn, zwanzig Schritte voraus. Gott möge ihn verdammen.«

»Was ist mit Euch? Werdet Ihr gehen?«

»Nein.« Hastings seufzt. »Ich bin stets an Edwards Seite, bin ein Mann von ihm. Alles, was ich habe, schulde ich ihm. Und außerdem sind es die Familienangehörigen der Königin, hinter denen Warwick her ist. Sie und der arme alte Pembroke. Er ist wirklich kein so schlechter Kerl, dieser Pembroke. Ich frage mich, ob er sich ergeben hat oder ob er im Kampf Mann gegen Mann gefallen ist.«

»Ich habe ihn nicht weglaufen gesehen.«

»Nein. Nun denn. Ich hoffe um seinetwillen, dass er im Kampf gefallen ist.«

»Warwick kann doch nicht die Absicht haben, ihm irgendetwas anzutun? Pembroke hat immerhin für den König gekämpft.«

»Womöglich kennt Ihr Mylord Warwick nicht. Er gehört nicht zu denen, die vergeben oder vergessen oder über eine Kränkung hinwegsehen. Und er hat das Gefühl, dass man ihn geringschätzig behandelt hat. Also …«

»Und was ist mit König Edward? Was wird er machen?«

»Nun«, antwortet Hastings, »Warwick wird ihn vermutlich zusammen mit dem alten König Henry in den Tower stecken. Ha! Zwei Könige, die in seiner Gewalt hinter Schloss und Riegel sind! Wie sehr wird ihm das gefallen.«

»Wird er sich dann selbst zum König machen?«

Gedankenverloren bewegt Hastings seinen Kopf rasch auf und ab.

»Nein«, befindet er. »Bestimmt würde nicht einmal er das versuchen, oder? Nein. Er muss an George denken, seinen neuen Schwiegersohn. Wenn er beweisen könnte …«

Er hält inne, denn plötzlich kommt ihm eine Erkenntnis, und er wendet sich Thomas zu.

»Und Ihr seid sicher, dass Ihr kein Glück hattet mit dieser … dieser anderen Aufgabe?«

Thomas braucht einen Augenblick, um sich an das Lagerbuch zu erinnern. Er ist froh. Es führt dazu, dass seine Leugnung nur noch umso überzeugender wirkt. In der Zwischenzeit hat sich Flood auf die Bodenplatte am Kamin gesetzt und die Augen geschlossen. Er ist immer noch in seiner schlammigen Bruche. Gleichwohl gelingt es ihm, sogar noch attraktiver als gewöhnlich auszusehen.

»Habt Dank, dass Ihr ihn zurückgebracht habt, Thomas.«

Thomas fällt nichts ein, was er darauf erwidern kann. Die Rettung von Flood war freilich alles andere als nichts.

»Kann ich jetzt gehen?«, fragt er. »Meine Frau ...?« Er gestikuliert, als ob Hastings gewiss die Notwendigkeit verstehen könnte, dass er bei seiner Frau sein sollte.

Doch Hastings runzelt die Stirn.

»Ihr werdet doch nicht auch weggehen, oder?«, entgegnet er.

»Alle anderen tun es.«

Hastings nickt.

»Das nehme ich an, aber ... jemand muss bleiben.«

Thomas spürt, wie ihn die Panik überfällt.

»Aber gewiss nicht ich, oder? König Edward – er hat all seine Gentlemen bei sich?«

Hastings nickt zum Fenster, durch das zu sehen ist, wie König Edward von seinen Gentlemen im Stich gelassen wird.

Plötzlich ist da ein Geräusch an der Tür.

»William? Bei allen Heiligen, wo sind denn alle? Seit einer Stunde rufe ich schon, doch niemand kommt!«

Es ist König Edward. In einem Nachthemd steht er im Eingang zum Nachbargemach. Er sieht verschwollen und verkommen aus; er ist zerzaust und hat ein rotes Gesicht. Sein Blick wird schärfer, als er sich auf Thomas heftet.

»Everingham?«, sagt er. »Was bringt Euch hierher? Bitte keine weiteren schlechten Nachrichten.«

In diesem Moment verlassen Thomas die Worte.

»Bedauerlicherweise ist es so, Euer Hoheit«, sagt Hastings und beginnt, von Pembroke zu erzählen. König Edward setzt sich neben Flood hin. Der junge Mann öffnet nicht einmal die Augen, als König Edward seinen Becher Ale nimmt und daraus trinkt.

»Pembroke?«, flüstert König Edward. »Er ist ... vernichtet?«

Thomas kann nicht glauben, dass er der Erste ist, der diese Nachricht übermittelt haben soll. Dann kommt ihm der Gedanke: Mein Gott, Pembrokes Armee muss eine absolut vernichtende Niederlage zugefügt worden sein, wenn es niemanden gibt, der davonkam, um diese Nachricht zu überbringen.

»Was ist mit Devon? Wo ist er?«

»Wir haben ihn nie wiedergesehen«, antwortet Thomas.

Edward ist fassungslos. Er schaut zu Hastings.

»Nicht auch noch Devon?«

Hastings ist zurückhaltend.

»Wir haben nichts von ihm gehört«, erwidert er. »Er ist vielleicht zu spät eingetroffen, um zu helfen. Ist das möglich, Thomas?«

Thomas nickt.

»In diesem Fall wird er an keinen Kampfhandlungen beteiligt gewesen sein, nicht wahr?«, fährt Hastings fort. Es ist das, was er glauben möchte.

»Ihr meint, er wäre danach zurückgekrabbelt in diesen scheußlichen Puff, in dem er lebt?«, will König Edward wissen.

Hastings zuckt mit den Achseln.

»Nach Minehead«, antwortet er. »Ja, das ist möglich.«

Es folgt ein langes Schweigen. Die Geräuschkulisse draußen beruhigt sich. König Edward schaut auf.

»Sind alle gegangen?«, fragt er.

Hastings späht erneut aus dem Fenster.

»Es scheint so«, sagt er.

Oh mein Gott, denkt Thomas, ich erlebe gerade als Augenzeuge mit, wie die Welt des Königs zusammenbricht. Dies ist ein Mann, der bis zu diesem Moment einen ganzen Trupp von Leuten um sich gehabt hat, um über ihn zu wachen, während er geschlafen hat, um ihm die Bettwäsche auszulegen und um ihm einen Schwamm zu reichen, wenn er gekackt hat. Aber jetzt hat er niemanden mehr. Er ist verraten worden: von seinem eigenen Bruder, von seinem ehemals engsten Verbündeten und nun auch von seiner gesamten Armee. Er wurde im Stich gelassen, und bei ihm sind nur noch – wer? Bloß Hastings und ein paar von seinen Männern. Und Thomas und Flood. Genau da kommt ein Mann herein, den Thomas sofort wiedererkennt: König Edwards jüngster Bruder, der Duke of Gloucester. Er sieht völlig erschüttert aus.

»Wo sind denn alle?«

»Haben sich verpisst«, antwortet König Edward.

Gloucester strafft sich verlegen.

»Oh«, sagt er.

Abermals folgt ein langes Schweigen.

»Richard«, beginnt der König zu erklären, »ich möchte jetzt natürlich nicht, dass du die Beherrschung verlierst; aber es hat einen ziemlichen Rückschlag gegeben.« Dann berichtet er Gloucester, was geschehen ist.

»Bei allen Heiligen«, sagt Gloucester. »Sollen wir kämpfen?«

Er ist rosarot im Gesicht und offensichtlich wütend. König Edward bemüht sich, ihn zu beruhigen.

»Ich weiß ja, dass du Herausforderungen liebst. Aber ich denke, für einen Kampf ist das jetzt eine zu viel«, erklärt er.

»Dann machen wir was?«

»Dann werden wir abwarten müssen, was kommt«, sagt König Edward.

Sie müssen nicht lange warten. Noch vor dem Mittag kommt ein Trupp Reiter in roten Wappenröcken in den Hof des Wirtshauses hineingesprengt. Thomas stellt sich neben Hastings ans Fenster. Einer der Reiter steckt in einer perfekten Rüstung; das Schwert hat er gezogen, das Visier heruntergeklappt. Selbst Hastings entfährt voller Bewunderung ein Pfiff, als der Mann vom Pferd steigt. Er trägt Sporen, die einen Fuß lang sind, und einen Streitkolben mit Schlagblättern. Der Mann ist von Kopf bis Fuß in Stahl gehüllt, und dennoch schafft er es, sich mit Eleganz zu bewegen, als er auf dem Hof stehen bleibt und zu ihnen hochschaut. Dann klappt er sein Visier hoch. Es ist eine Art von Ehrenbezeugung. König Edward steht an Thomas' Schulter und blickt ebenfalls nach unten. Er gibt ein Brummen von sich, als er erkennt, wer der Neuankömmling ist.

»Wer ist das?«, fragt Thomas.

»Seine Exzellenz, der Erzbischof von York«, antwortet König Edward. »Er ist gekommen, um uns in seine Obhut zu nehmen.«

Und er wendet sich zur Tür und bereitet sich auf seine Gefangennahme vor.

Teil 4

Vor und nach Mariä Himmelfahrt,
Sommer 1469

17. Kapitel

Thomas steht mit Lord Hastings etwa zehn Yard von König Edward entfernt, ein kleines Stück hinter seiner rechten Schulter. Es regnet, und sie halten sich an einem Ort auf, der unter dem Namen Gosford Green bekannt ist. Hier sind sie seit Tagesanbruch und stehen vor einem strohbedeckten Blutgerüst, auf dem sich ein Holzklotz aus grüner Eibe befindet. Als sie es zum ersten Mal erblickten, glaubten sie alle, es wäre für König Edward bestimmt, dessen Gesicht sogleich kalkweiß wurde, wie Thomas beobachtete. Doch Warwicks Verwalter, ein fetter, ältlicher, kleiner Priester mit Segelohren, der den Buchstaben R nicht aussprechen kann, versicherte ihnen, das wäre nicht der Fall. Bei dem Gedanken alberte und tollte er herum und lachte; und sein Diener bot dem König etwas Zuckerwerk an, dazu einen Pokal mit irgendeiner Flüssigkeit, die Edward nahm und in einem Zug herunterkippte. Eine strenge Ordnung ist von dem Moment an aufrechterhalten worden, seit im Hof jenes Wirtshauses in Olney der Erzbischof von York – der, wie sich herausgestellt hat, der Bruder des Earl of Warwick ist – König Edward in Gewahrsam nahm. Knie wurden gebeugt, überschwängliche Lobesworte ausgesprochen. Hastings behauptet, König Edward habe, seitdem er in Gefangenschaft ist, bessere Speisen gegessen und feineren Wein getrunken als zuvor. Und König Edward, der nunmehr von seinen Pflichten befreit ist, hat gescherzt, dass es an der Haft vieles gebe, was man weiterempfehlen könne.

Aber das hier ist grausig.

In der Luft liegt ein scharfer Geruch, und obwohl es Spätsommer ist, bläst ein stürmischer Wind aus dem Westen, der viel Regen mit sich bringt. Es sind vielleicht fünfhundert von Warwicks Männern da, alle in seinen Farben und alle in guter Rüstung; sie stehen in Reihen, und zwar so, dass sie drei Seiten eines Vierecks um König Edward und das Schafott herum bilden. Hinten gibt es eine große Menge an niederem Volk, und die Leute recken ihre Hälse, um alles beobachten zu können. Außerdem stehen an einer Stelle fünf Trommler, deren langsame, dumpfe Schläge inzwischen schon eine ganze Weile zu hören sind. Und König Edward ist genötigt worden, ganz allein zu stehen und zu warten.

Hastings murmelt etwas in der Art, dass man die Sache endlich hinter sich bringen sollte. Schließlich bewegt sich etwas: Der Hinrichtungszug kommt hinten von der Kapelle. Er wird angeführt von zwei Priestern – einer der beiden schwenkt ein Weihrauchgefäß –, und ihnen folgen sechs Waffenknechte. Die Trommler steigern ihren Schlagrhythmus. Hinter den sechs Waffenknechten laufen zwei barhäuptige Männer; sie tragen lediglich Wämser, die gut geschnitten sind, feine Beinlinge und Schuhe, die so aussehen, als gehörten sie anderen.

»Oh mein Gott«, flüstert Hastings kaum hörbar.

König Edward dreht sich um. Er öffnet seinen Mund und schließt die Augen, als ob er nicht glauben könnte, was er gerade sieht. Dann schlägt er wieder die Augen auf und schließt seinen Mund zu einer harten, verkniffenen, dünnen Linie. Seine Fäuste werden zu Hämmern. Die Soldaten, die ihm am nächsten sind – und die mit ihren polierten Rüstungen unter den Wappenröcken auch am besten angezogen sind –, bewegen sich ein klein wenig, ändern ein klitzekleines bisschen ihre Körperhaltung. Selbstverständlich tragen sie Mordäxte. König Edward ist nur in Leinzeug gekleidet und unbewaffnet.

Die zwei Männer werden an Thomas und dann an Hastings und schließlich an König Edward vorbeigeführt. Der eine ist schon älter und dickbauchig, ein Mann also, der gut gelebt hat. Der andere ist ungefähr in Thomas' Alter, hat die Haare allerdings in dieser modernen Soldatenfrisur. Zwischen den beiden besteht eine Familienähnlichkeit. Sie können Vater und Sohn sein. Jeder von ihnen blickt auf König Edward, als sie an ihm vorbeigehen. Man kann sehen, wie sich ihre Adamsäpfel beim Schlucken nach oben und unten bewegen. Sie nicken dem König zu, und nach einem Moment des Zögerns nickt er zurück. Sein ganzes Gesicht hat sich verkrampft. Seine Kiefermuskeln bewegen sich unter der erbleichten Haut.

Hinter den beiden Verurteilten kommt der Scharfrichter: ein großer Bursche mit langen Armen, die ihm bis zu den Knien reichen und in den Händen eines Ringkämpfers enden. Auch er trägt nur sein Wams, aber er hat ein Paar Reiterstiefel aus feinem Leder, die er wohl im Zuge eines Tauschhandels mit einem der zwei Männer, denen er folgt, erhalten hat. Hinter ihm kommen weitere Waffenknechte, alle in Warwicks Farben.

»Wer sind die beiden?«, fragt Thomas.

»Der Alte ist Earl Rivers«, antwortet Hastings, »der Jüngere John Woodville. Beziehungsweise der Vater und der Bruder der Königin.«

Thomas schaut zu, wie die zwei Männer zum Fuße des Schafotts geführt werden, wo ein Holzklotz hingelegt worden ist, der als Stufe dient. Die Waffenknechte treten zur Seite und bilden einen schmalen Durchgang, durch den die zwei Männer gehen müssen. Es gibt einen besonderen Moment, als beide stehen bleiben. Der Vater dreht sich zum Sohn um. Sie halten sich fest, Brust an Brust, dann ergreifen sie gegenseitig ihre Arme. Als sie sich voneinander trennen, sind in beider Augen Tränen zu sehen. Der Vater geht zuerst: Niemand könnte es ertragen, mit anzusehen, wie der eigene Sohn auf diese Weise stirbt. Und es kommt ein Augenblick, nachdem er aufgehört hat, auf seinen Sohn zu schauen, und nachdem er auf das Blutgerüst hochgestiegen ist, wo er nicht mehr von dieser Welt ist, obgleich er immer noch auf ihr weilt.

Sein Blick bleibt auf den Holzblock geheftet, während er schräg auf ihn zugeht. Dann schaut er zum Henker hoch und scheint ihn beinahe um Erlaubnis zu fragen, ob er näher herankommen darf, denn er hebt eine Augenbraue und nickt zum Block hin. Der Scharfrichter nickt ebenfalls. Earl Rivers stellt sich vor den Holzklotz und blickt darauf hinab, so wie ein Mann womöglich nach unten gucken würde, der im Begriff ist, von einer großen Höhe hinabzuspringen. Danach holt er tief Luft, hebt den Kopf und schaut sich um, sieht alle an, die sich hier versammelt haben. Seinem Gesichtsausdruck lässt sich nichts entnehmen. Er gestattet dem Priester, sich ihm zu nähern, und kniet sich mit einer plötzlichen, sehr schroffen Bewegung vor ihm nieder. Dann nimmt er den Segen des Geistlichen entgegen, dessen gedämpfter Singsang wegen des Scharrens zahlreicher Füße und des böigen Windes kaum zu hören ist. Ohne dass der Verurteilte es gesehen hat, ist der Henker zurückgetreten und hat die Axt unter dem Stroh hervorgeholt, wo sie versteckt lag.

Als der Priester das Kreuzzeichen über ihm macht, bekreuzigt sich Earl Rivers ebenfalls; und anschließend lässt er sich vor dem Holzblock nieder. Damit der Kopf ein wenig bequemer liegt, dreht er ihn etwas zur Seite, sodass er von König Edward wegschaut. Der Geistliche geht. Dann bewegt sich der Scharfrichter ganz rasch: Mit drei schnellen Schritten tanzt er über das Stroh und schwingt das Beil. Es folgt ein donnernder Schlag, und ein Schwall Blut spritzt auf das Stroh; die Menschenmenge zieht kollektiv die Luft ein. Aber der Kopf des alten Mannes hängt immer noch an seinem Hals, an irgendeinem straffen, rosafarbenen, mit Fett besetzten Gewebe. Der Henker hackt es mit einem zweiten, kurzen Schlag durch, und der Kopf fällt dumpf auf das Podest herab. Mit einem flüchtigen Zittern gleitet der Körper des Hingerichteten zurück. Blut strömt weiter über das Stroh.

Einen Moment lang herrscht Verwirrung, bevor die sechs Waffenknechte den Sohn allein stehen lassen und auf das Podest hochsteigen. Sie heben den Leichnam an seiner Kleidung hoch und legen ihn an einer Seite ab. Unter dem Blutgerüst steht ein schlichter Holzsarg. Einer der Waffenknechte zieht ihn hervor, und sie rollen den Körper von Earl Rivers von der Plattform und in den Sarg hinein. Sie legen die Arme des Leichnams übereinander, einer von ihnen ergreift den Kopf an den von Blut durchnässten weißen Haaren und legt ihn zu dem Körper, bevor sie den Deckel schließen. Inzwischen sind auf dem hellen Holz des Sargs überall rote Fingerabdrücke zu erkennen, und an einer Ritze zwischen zwei Brettern tauchen Blutstropfen auf.

Nachdem der Sohn all dies gesehen hat, zeigt er sich jetzt weniger kooperativ, und er muss mit unsanften Handgriffen die Stufen hinaufgeführt werden. Mehr Stroh ist ausgelegt worden, doch der Geruch des vergossenen Blutes ist recht stark, und es ist immerhin das vom Vater des jungen Mannes. Und so schreckt John Woodville davor zurück, dreht seinen Kopf weg. Thomas bemerkt, dass man ihm die Hände gefesselt hat. Vielleicht wissen ja diese Männer, dass derjenige, der als Zweiter aufs Schafott geht, stets auf diese Weise reagiert.

Der Sohn versucht förmlich, die Fersen in den Boden hineinzupressen, doch das vom Blut durchnässte Stroh ist glitschig, und so rutschen seine Schuhe über das Podest, als zwei Waffenknechte ihn nach vorne schieben. Sie stellen ihn vor den Holzklotz und müssen ihn mit Gewalt nach unten und seinen Kopf auf den Block drücken. Er setzt sich zur Wehr bis zu dem Moment, wo er in das Blut seines Vaters gepresst wird: Das scheint ihm wohl am allermeisten Sorgen bereitet zu haben, denn als das geschehen ist und die Vorderseite seines Hemdes und seines Wamses mit dem väterlichen Blut beschmiert ist, hört er auf, sich zu widersetzen. Stattdessen wird er beinahe zu kooperativ. Er legt seinen Kopf genau in dem gleichen Winkel, wie sein Vater es getan hat, auf den Richtblock und schluchzt; große, dicke Tränen rinnen ihm aus den Augen. Dem Geistlichen schenkt er keine Beachtung; und so steht der Priester einfach neben ihm und spricht seine Gebete, bevor er zurücktritt, um den Scharfrichter mit großer Bedachtsamkeit Ziel nehmen zu lassen. Die Hände des Henkers, die den Stiel der Axt umfassen, sind zunächst weit auseinander, dann jedoch eng zusammen, als er die Waffe weit nach oben schwingt und nach unten durch den Hals und in den Holzblock hinein schlägt. Wie eine Flutwelle spritzt ihm das Blut über die neuen Stiefel. Der Kopf des Hingerichteten rollt sauber weg und hüpft dabei leicht, der Körper zuckt drei- oder viermal. Aus dem Halsstumpf wird Blut gegen den im Holzklotz steckenden Beilkopf gepumpt, und es spritzt von dort zurück und zu den Seiten, sodass alle Waffenknechte und sogar der Priester davon besudelt werden.

»Ogottogott«, murmelt Hastings.

Nachdem die Leichen weggeräumt sind, wird König Edwards kleine Gesellschaft, der auch der Duke of Gloucester angehört, von einer Eskorte schweigend zu ihren Pferden zurückgebracht. Dies ist der Augenblick, den Thomas für angebracht hält, um sich von Hastings zu verabschieden und sich auf den Weg nach Marton zu begeben. Denn von all den Gefangenen, die noch am Leben sind, ist es nur König Edward, den der Earl of Warwick unbedingt als Geisel behalten will.

Hastings allerdings ist weiterhin nicht gewillt, ihn ziehen zu lassen.

»Der König möchte Euch an seiner Seite haben«, sagt Hastings zu ihm.

»Aber ich habe eine Frau und einen Sohn«, erwidert Thomas.

»Und ich ebenfalls«, betont Hastings. »Und er ebenfalls ... Nun ja, eine Frau jedenfalls. Aber seht doch, Thomas, Edward ist der König. Jeder gibt ihm, was er möchte – ausgenommen offenkundig der Earl of Warwick, der andere Pläne hat –, und genau so ist die Welt hier eingerichtet. Er möchte, dass Ihr bei ihm seid. Also ... seid Ihr bei ihm. Er sagt, dass Ihr ihm Glück bringt.«

Thomas muss beinahe lachen. Bislang hat er König Edward nichts als Unglück gebracht.

»Es geht um das Rad der Fortuna, nicht wahr?«, fährt Hastings fort. »Ihr wart stets vor Ort, wenn er ganz oben auf dem Rad war, nicht? In Newnham, sagt er, und dann bei der Schlacht von Northampton und später bei der von Mortimer's Cross, als Ihr abermals die Situation gerettet habt. Er meint, wenn er Euch jetzt bei sich behält, während er ganz unten auf dem sich drehenden Rad ist, dann wird der Aufstieg nur umso schneller erfolgen.«

»Aber das ergibt doch überhaupt keinen Sinn«, entgegnet Thomas.

»Wollt Ihr ihm das etwa persönlich sagen? Der Tod dieser

beiden Männer ist für ihn schwer zu ertragen. Er hat Earl Rivers sehr gemocht, und jetzt wird er der Königin – und ihrer Mutter, gütiger Gott – berichten müssen, dass der Earl of Warwick ihren Vater und ihren Bruder hat ermorden lassen. Das wird ihnen nicht gefallen.«

»Aber ich habe meine Frau in ... in einer unsicheren Situation zurückgelassen«, gibt Thomas zu bedenken.

»Unsichere Situation! Kommt schon, Thomas, Goodwife Everingham ist keine Frau, die sich von einer kleinen Unsicherheit entmutigen lässt, oder?«

»Trotzdem.«

»Aber denkt nur an die Jagd! Mylord Gloucester sagt, Middleham hat das beste Revier im ganzen Land!«

»Ich gehe nicht auf die Jagd wie Ihr ... Halt, was habt Ihr gerade gesagt? Wohin sollen wir gebracht werden?«

»Mylord Warwick vertraut nicht darauf, dass wir unter seinem Dach hier bleiben werden«, antwortet Hastings ihm. »Daher bringt er den König zu seiner nördlichen Feste Middleham, aus der man nicht fliehen kann und von der aus keiner von König Edwards Freunden ein Komplott schmieden kann, um ihn zu befreien.«

Bei allem, was Hastings sagt, blinkt ein wenig Sarkasmus auf, fährt es Thomas durch den Kopf. So, als ob nichts von alldem ernst wäre. Und doch haben sie gerade mit eigenen Augen gesehen, wie zwei Männern der Kopf abgeschlagen wurde.

»König Edward wird also tatsächlich in Middleham Castle sein?«, hakt Thomas nach.

»Ja doch«, bestätigt Hastings. »Ist es Euch etwa bekannt? Seid Ihr schon einmal dort Mylord Warwicks Gast gewesen? Habt in dem großen Gemach, mit dem er so gerne angibt, das Abendessen eingenommen? Die Messe in der neuen Kapelle gehört? Oder auf einer seiner vielen, *vielen* Latrinen gesessen?«

Hastings grinst. Dann wird er plötzlich wieder ernst.

»Thomas«, sagt er, »geht es Euch gut? Ihr seid ganz rot geworden. Sind etwa Eure Körpersäfte in ein Missverhältnis geraten?«

Middleham. Der Ort, wo Jack, Nettie und John Stumpf entweder immer noch in Gefangenschaft sind oder wo man sie ermordet hat. Du lieber Himmel! Was soll er jetzt tun? Wenn er dorthin geht ... Aber das kann er nicht machen. Er muss Katherine und Rufus suchen. Andererseits: Wenn er nicht geht und seine Freunde noch am Leben sind, später jedoch umgebracht werden – wie wird er dann mit seinen Schuldgefühlen leben können? Wie könnte er sich selbst dies jemals verzeihen? Und Katherine: Was würde sie denken, wenn er zu ihr nach Hause käme, anstatt sich auf den Weg gemacht zu haben, um die Freunde zu suchen, die sich für ihn geopfert haben?

Und Riven wird auch dort sein. Edmund Riven.

Thomas spürt, dass er wegen irgendeiner Empfindung innerlich brennt. Er ist deswegen geradezu fiebrig. Es kribbelt in seinen Fingern. Seine Unruhe überträgt sich auf das Pferd, das auf der Straße neben ihm ausrutscht und am Zaumzeug zerrt.

»Ich werde mit Euch kommen«, sagt er zu Hastings.

»Das ist die richtige Einstellung«, freut sich dieser, dann aber schaut er beschämt drein. »Nur ... ich werde nicht dort sein.«

Thomas vermag es nicht zu glauben. Wie schnell hat er sich dazu verleiten lassen, auf Hastings zu bauen!

»Warwick hält Euch nicht fest?«

»Nein«, antwortet Hastings. »Auch nicht Gloucester. Wir

sind genauso überrascht wie Ihr. Ich glaube, dass Mylord Warwick durch die Geschehnisse überrumpelt worden ist. Durch Robin of Redesdale, der mit seinem Heer so schnell vorangekommen ist und dann Pembroke auf dem Schlachtfeld vernichtend geschlagen hat. Auf so einen Erfolg war er nicht vorbereitet, versteht Ihr? Und die Wahrheit ist: Er mag mich ziemlich gern. Das kann ich wohl sagen. Er will mich an seiner Seite haben. Und Gloucester ebenfalls. Den mag er auch. Möchte dessen Freund bleiben. Er ist kein Dummkopf, der alte Warwick, auch wenn er bei dieser Sache wie einer gehandelt hat.«

Im nächsten Moment beugt sich Hastings zu ihm und wird abermals vertraulich, was Thomas sogleich wieder besorgt macht.

»Und zudem, hört Ihr, habe ich Neuigkeiten von diesem Agenten in Frankreich erfahren«, murmelt Hastings. »Der Mann, der nach der Aufzeichnung sucht, entsinnt Ihr Euch noch? Er sagt, dass die Spur kürzer wird. Er hat die möglichen Namen jenes Händlers auf fünf oder sechs eingegrenzt, und ich muss da vor Ort sein, wenn der entscheidende Moment kommt, versteht Ihr? Diese Sache muss so unter Dach und Fach gebracht werden, als wären wir Städter, die junge Kätzchen ertränken. Kein anderer darf auch nur einen Pieps davon mitbekommen.«

Thomas fehlen die Worte.

»Jetzt schaut bitte nicht so, Thomas. Es wird ja nicht für lange sein, und ich schicke Flood mit Euch.«

»Flood?«

Thomas kann ihn selbstverständlich gut leiden. Aber Flood ist jemand, für den er die Verantwortung übernehmen muss, und eben nicht jemand, von dem er Wohltaten erwarten kann.

»Ja«, bekräftigt Hastings, »wir müssen dafür sorgen, dass er von zu Hause weg ist. Er wird zwar betrübt sein, aber auch er hat eine Zuneigung zu Euch entwickelt. Erzählt oft, dass Ihr ihm das Leben gerettet habt. Da habt Ihr's. Ihr werdet das nie wieder machen, oder?«

Vermutlich nicht, denkt Thomas.

»Und jetzt zu König Edward«, fährt Hastings fort. »Er ist natürlich eigensinnig, aber er ist kein Narr. Wenn … wenn er irgendeinen Plan entwickelt, um sich Warwicks Krallen zu entziehen, dann stimmt dem, was er will, bei, ja? Er wird gegen Grenzen ankämpfen, wo immer er kann das weiß ich; aber er ist der König, und daher glaubt an ihn, und dient ihm gut!«

Thomas schaut zu, wie Hastings zum Abschied König Edward küsst und ihm ein paar Worte der Ermutigung zuflüstert. Dann reitet er mit seinen Männern fort, und er sieht aus wie ein Mensch, den der Teufel freigelassen und dem Leben zurückgegeben hat.

Sie sitzen den ganzen Tag im Sattel. Etwa fünfzig von Warwicks Männern reiten auf der Straße voraus und weitere fünfzig hinten; und zwischen ihnen eingeklemmt ist König Edwards kleine Schar. Sie wird vom König persönlich auf einem kastanienbraunen Wallach angeführt. Begleitet wird er von einem Lord und verschiedenen Sirs, die dabei sind, um ihn sicher nach Middleham zu überbringen, sowie von einem Priester mit fliehendem Kinn, den der Erzbischof von York geschickt hat. Thomas und Flood reiten Seite an Seite, und hinter ihnen sind die wenigen Diener, die Warwick dem König erlaubt hat.

»Wenigstens werden wir ihn nicht ankleiden und ihm auch nicht den Wischlappen reichen müssen«, sagt Thomas zu

Flood, der ihn anschaut, als ob dies etwas wäre, was man bedauern sollte.

Es dauert vier lange Tage beständigen Reitens, bis sie die im Norden gelegene Burg des Earl of Warwick erreichen; und in all dieser Zeit spricht König Edward so gut wie kein Wort. Er verlangt nicht nach Gesellschaft und hebt auch nicht den Blick vom Widerrist seines Rosses. Er hat die Frage gestellt, gemäß welchem Recht der Earl of Warwick die Hinrichtung von Earl Rivers und John Woodville befehlen konnte. Aber niemand hat darauf eine Antwort parat, die weit über die Erkenntnis hinausreicht, dass man jetzt jedenfalls nichts mehr dagegen unternehmen kann. Und somit ist seine Demütigung vollständig gewesen. Beim Reiten lässt er sein Kinn auf die Brust sinken, genauso wie es der alte König Henry nach seiner ersten und zweiten Gefangennahme getan haben könnte. Allerdings hat König Edward nicht Zuspruch im Gebet und Fasten gesucht, sondern seit Olney sehr stark getrunken. Inzwischen bewegen sich seine Augen nur noch träge, und unter ihnen wölben sich aufgedunsene malvenfarbene Tränensäcke.

Das Land entlang ihres Weges ist Thomas vertraut, da er mit Katherine hier gewesen ist. Seine Gedanken kreisen fast die ganze Zeit um sie, wenn er nicht gerade sich vorzustellen versucht, was er in Middleham Castle vorfinden wird. Hastings hat ihm Geld dafür gegeben, Nachrichten nach Marton Hall zu schicken, um Katherine auszurichten, dass er noch lebt und es ihm gut geht, und um ihr mitzuteilen, wo er sich befindet und wo er gebunden ist. Außerdem hat er ihr Geld gesandt, das Hastings ihm gegeben hat. Er ist ein freigebiger Mann, scheint aber stets aufs Neue verblüfft zu sein, dass Thomas kein eigenes Geld besitzt und auch keinen Zugang dazu hat.

Sie logieren nicht in Wirtshäusern oder Klöstern und verbringen auch nicht die Nacht am Straßenrand, wie Thomas es getan hat, wenn er in der Vergangenheit unterwegs gewesen ist, sondern wohnen in großen Steinburgen am Weg. Es ist verwunderlich, auf diese Weise unterwegs zu sein, so ganz ohne die Härten und Ungewissheiten der früheren Reisen. Aber jede Burg hält irgendeine eigentümliche Erinnerung oder Bedeutung für König Edward bereit; einige davon sind gut, andere schlecht – insbesondere Sandal Castle, in dessen Nähe sein Vater getötet wurde, und dann York Castle. Stets gehen alle davon aus, dass Thomas mit Flood und dem Priester mit dem fliehenden Kinn in der Kammer schläft, die direkt neben dem Gemach liegt, das König Edward genommen hat, der billigerweise seinen Gastgeber ausquartiert, damit er das beste Bett im besten Raum einer jeden Burg hat. Manchmal werden junge Frauen von einem Kammerherrn hinein- und hinausgeführt, und es gibt viel zu essen und zu trinken. Doch es scheint, dass König Edward nur trinkt, und zwar für gewöhnlich allein und häufig bis spät in die Nacht hinein.

»Zumindest behandeln sie ihn wie einen König«, sagt Flood. »Und das Wetter hier behandelt uns netterweise ebenfalls gut.«

Sie reiten durch das Vale of Mowbray und folgen denselben Straßen, auf denen Thomas mit Katherine und Horner unterwegs gewesen ist. Er fragt sich, was mit Horner passiert ist, und wünscht, dass es ihm gut geht, wie auch immer das konkret aussehen mag. Wenn er an das Versprechen denkt, das er gegeben hat – nämlich nicht gegen Horner zu kämpfen –, zuckt Thomas jedes Mal reumütig mit den Schultern, denn immerhin ist er hier bei König Edward: getrennt von seiner Frau und seinem Kind, auf dem Ritt nach Norden als Gefangener des Mannes, dem Horner dient.

Am vierten Tag ihrer Reise erreichen sie in der Abenddämmerung Middleham. Alle sind müde von dem langen Ritt. Thomas jedoch reitet mit steifem Rücken, sein Herz schlägt dröhnend, und sein Mund ist staubtrocken. Ständig klopft er leicht hinter sich gegen den Sattel, als ob er dort die Mordaxt vorfinden würde – seine Mordaxt. Und jedes Mal wenn er hinter sich tastet, vermisst er sie und spürt mit Wucht das sorgenvolle Gefühl eines plötzlichen Verlustes, da er sich erinnert, dass sie nicht dort ist. Einer aus dem Gefolge des Erzbischofs von York hat sie ihm unter Androhung von Gewalt aus den Fingern gerissen, und es besteht keine Chance, dass er sie wiedersehen wird, nicht ein zweites Mal. Jetzt aber, wo er kurz davorsteht, Edmund Riven erneut zu treffen und ihm gegenüberzutreten, benötigt er die Mordaxt am dringendsten. Doch was hat er an ihrer statt? Nur ein stumpfes Tischmesser.

Als sie schließlich die Steigung in Angriff nehmen, die zur Stadt und zur Burg über ihr führt – auf deren Turmspitzen nadelstichgroße Laternenlichter in der Dunkelheit zu sehen sind –, bemerkt Thomas jedoch, dass König Edward ebenfalls aufgeregt im Sattel sitzt und sich auf das nun Kommende vorbereitet: Die Schultern hat er gestrafft und das Kinn vorgeschoben, die Zügel hält er mit geballten Fäusten fest. Auch er ist bereit für seine Konfrontation mit dem ehemaligen Verbündeten und jetzt übermächtigen Feind.

Die Straßen von Warwicks nördlicher Stadt sind dicht von Menschen bevölkert, die darauf warten, den gedemütigten König zu sehen. Eine anschwellende Geräuschkulisse geht von ihnen aus, als König Edwards kleine Schar den Hügel zu ihnen hochreitet. Thomas fragt sich, ob sie rufen und johlen, ob sie die Gruppe mit Beleidigungen, Kot und Ziegelsteinen bewerfen werden. Doch die Atmosphäre ist nicht so sehr von

Krawalllust, sondern eher von Unsicherheit geprägt. Während einige sich anscheinend am Anblick ihres besiegten Feindes erfreuen, rufen andere König Edward zu und segnen ihn im Namen Gottes. Und da sind auch Gesichter, in denen sich Verwirrung darüber zeigt, den König augenscheinlich so herabgesetzt zu erblicken, wo sie ihn doch vielleicht zuletzt nach der großen Schlacht von Towton in einer blutig glänzenden Rüstung unter seinem Banner stehen gesehen haben. Ist es überhaupt recht und billig, den gottgesalbten König von England bei sich hinter Schloss und Riegel zu haben? Und ist es recht und billig, jetzt zwei Könige von England zu haben?

Sie reiten weiter durch die Stadt und zur Burg hoch, wo die Brücke über dem Wassergraben heruntergelassen ist und die Tore im Eckturm offen stehen. Ein Empfangskomitee aus ungefähr fünfzig Männern in Wappenröcken in unterschiedlichen Rottönen wartet mit angezündeten Laternen auf die Ankömmlinge. Einige von ihnen, die weiter hinten stehen, halten auch Hippen in den Händen, so wie die Wachen im Tower von London.

Thomas beugt sich in seinem Sattel nach vorn und sucht mit bohrenden Blicken die Menschenansammlung ab: Er hält Ausschau nach dem Mann mit dem nässenden Auge.

Zuerst sieht er ihn nicht und sinkt halb erleichtert, halb enttäuscht im Sattel zurück.

Aber dann erfasst ihn plötzlich der Stachel der Furcht, die sich mit einer Aufregung vermischt, bei der sein Mund staubtrocken wird. Denn da ... da ist er.

Edmund Riven.

Es kann nur er sein. Hochgewachsen wie sein Vater, steht er drei Schritte von der Menschenmenge entfernt; wie immer ist er abgesondert von anderen, unbeliebt und verbannt, und wie immer schaut er aufmerksam zu und beobachtet. Er drückt sich ein weißes Stück Tuch an die rechte Wange, und sein linker Daumen ist an der Gürtelschnalle eingehakt. Seinen Körper hält er schräg, vielleicht um seine Verstimmung darüber auszudrücken, dass er verpflichtet gewesen ist, nach draußen zu gehen und sich diesem Empfangskomitee anzuschließen. In der Dunkelheit ist es nicht möglich, mehr zu erkennen.

Thomas fühlt gleichzeitig brennende Hitze und eisige Kälte. Er hat Edmund Riven zuvor schon gesehen; es gibt jedoch nur eine einzige Begegnung, an die er sich erinnern kann, und es war damals ein sehr flüchtiger Blick gewesen. Das war nach dem Fall von Bamburgh, zu einem Zeitpunkt, als Thomas glaubte, Katherine würde sterben; und da war es wichtiger, seine Frau zu retten, als einen Mann, irgendeinen Mann, zu töten. Und als er schließlich wusste, dass Katherine weiterleben würde, war Edmund Riven schon lange fort. Obwohl es dieser Mann gewesen war, der Katherine als Erstes angegriffen hatte – vor all den vielen Jahren im Schnee auf den Feldern unterhalb des Klosters von Haverhurst –, und obwohl Riven seitdem zahlreiche Freunde von Thomas getötet hatte, war diesem nie die Möglichkeit gewährt worden, sie zu rächen. Und nun hat er auch keine Chance, Vergeltung zu üben. Er kann diesen Kerl, der von seinen Männern umgeben ist, nicht hier und jetzt, in der Burg des Earl of Warwick, töten, ohne damit rechnen zu müssen, das nicht zu überleben. Daher wird Riven für den Moment ebenfalls weiterleben. Thomas betrachtet ihn als einen Mann, den er fürchten und dem er aus dem Weg gehen muss, wenn Jack, Nettie und John Stumpf aus ihrem Leid herausgeholt und in die Welt zurückgebracht werden sollen.

Wenn das geschafft ist, sagt Thomas sich im Stillen, dann wird er sich Edmund Riven vornehmen.

König Edward steigt vom Pferd ab. Worte der Begrüßung werden gesprochen, Hüte abgesetzt, Knie gebeugt, Formalitäten beachtet; und als dies geschehen ist, fragt König Edward nach Mylord Warwick. Der Burgvogt Sir John Bellman, äußert sein Bedauern: Seine Lordschaft habe wohl nicht damit gerechnet, dass die Reisegesellschaft so geschwind vorankommen würde, und sei in London geblieben, er werde jedoch bald hier erwartet. Während der vier Tage, in denen sie geritten sind, hat König Edward etwas von seiner Trotzigkeit wiedergewonnen und sich für ein Gespräch mit dem Earl gestählt; und jetzt, wo er entdecken muss, dass es ihm verweigert wird, schürzt er unwillkürlich die Lippen. Dem anschließenden Summen und Brummen ist offenkundig zu entnehmen, dass Bellman und seine Männer ein gewisses Wohlwollen für diese Sichtweise haben.

Als die Begrüßungszeremonie beendet ist, führt Bellman die Gäste durch das Empfangskomitee hindurch, das eine Gasse gebildet hat, und dann an Edmund Riven vorbei, der zurücktritt und anscheinend spöttisch grinst, obwohl dies wegen der Dunkelheit und des Tuchs an seiner Wange schwer zu erkennen ist. Anschließend passieren sie die Zugbrücke, durchqueren das Torhaus und gelangen in den dahinterliegenden, engen Innenhof. Hier ragt der Bergfried vor ihnen auf, und seine hohen Fenster sind vom Licht der Kerzen und Feuer hell erleuchtet. Die Zahl der Nebengebäude, die fest an der umlaufenden Ringmauer errichtet worden sind, ist so groß, dass die Gebäude nur Platz für einen schmalen bekiesten Bereich lassen, auf dem man sich versammeln kann – ganz anders als bei einem normalen Burghof. Hier gibt es Hunde und ein paar Jungen, die mit zusammengebundenen Heuballen ringen. Es fällt sogleich auf, dass der übliche Burggestank fehlt, und Thomas erinnert sich an eine Bemerkung von

Hastings, nämlich dessen Erwähnung von Warwicks vielen, vielen Latrinen.

Zur Rechten befindet sich eine überdachte Treppe, auf der man durch eine Pförtnerloge zu den großen Gemächern des Bergfrieds gelangt, und geradeaus vor ihnen steht ein Gebäude, das wie eine Kapelle aussieht. Thomas hält Ausschau nach Hinweisen auf einen Kerker, ein Burgverlies oder irgendeine schreckliche blutbesudelte Kammer, wo Riven sein Werk verrichtet. Aber es gibt so viele Möglichkeiten in dieser großzügig ausgestatteten Burg, dass Jack, Nettie und John, falls sie hier sind, fast überall sein könnten. Sie sind vielleicht gerade in diesem Moment in irgendeinem Turm und schauen durch einen Luftschlitz hinaus, können möglicherweise ihn, Thomas, zusammen mit König Edward hier stehen sehen. Er lauscht, ob irgendein Schrei zu vernehmen ist, aber da sind so viele schabende Geräusche von Füßen und Hufen sowie das nervöse Lachen von den Männern, dass er einen Ruf wohl nicht hören wird.

Diener warten darauf, die Pferde der Neuankömmlinge und deren Gepäck, soweit vorhanden, zu übernehmen, und danach geleitet der Burgvogt König Edward in den Bergfried. Thomas und Flood folgen ihnen, und als sie die Stufen hinaufsteigen, entsteht hinter ihnen ein großes Getöse, als die Brücke hochgezogen wird, die äußeren Tore sich dröhnend schließen und das eiserne Fallgatter hinunterrasselt: So wird deutlich, dass sie jetzt eingeschlossen sind, und das nicht bloß für die kommende Nacht.

Als Abendmahl gibt es Kapaune, Wachteln und einen halben Ochsen. Dazu werden kühler und erhitzter Wein sowie Ale serviert. Das Brot ist weiß. Anschließend werden merkwürdige Gebilde aus Zuckerwerk – Darstellungen vom heiligen Georg, der dem Drachen den Kopf abschlägt, und von der Burg selbst – vor König Edward hingestellt, denen der nicht widerstehen kann. Zudem gibt es Hypocras, noch mehr Wein und Musik. Sie speisen in der großen Halle im Bergfried. Es ist der größte Raum, den Thomas jemals betreten hat, abgesehen vom Hauptschiff einer Kathedrale. In dem Saal gibt es ein Feuer in der Mitte, schwarze und weiße Bodenfliesen, helle Gobelins an zwei Wänden und hohe Fenster in den beiden anderen. Bedienstete hasten zwischen dem Saal und der Küche hin und her, und die Speisenden sitzen an Tafeln, die an den Wänden aufgestellt sind. Auf dem Podium ist König Edward mit Sir John Irgendwas und einigen der anderen Gentlemen sowie mit zwei jungen Frauen, die nicht ganz zu dieser Gesellschaft passen. Flood ist sauer, dass man ihn mit Thomas auf Plätze verwiesen hat, die im Dunkeln sind.

Auch Riven befindet sich in der Halle, an einem Tisch direkt unten vor dem Podium. Es ist die zweithöchste Tafel mit gut gekleideten jungen Männern und Frauen, die sich von ihm wegdrehen, während er stumm, allein und wachsam dort sitzt. Er steht außerhalb jeglicher menschlichen Gemeinschaft, ist ausgeschlossen und vielleicht glücklich damit. Auch ist er vollkommen regungslos, mit Ausnahme seines Blickes, der durch die große Halle huscht. Wenn etwas seine Aufmerksamkeit erregt, bleiben seine Augen darauf geheftet, und ihr Ausdruck wird schärfer, bis sich der feste Blick wieder davon löst und weiter umherschweift. Kein einziges Mal jedoch schaut er zu Thomas hin. Nach einer Weile hält Thomas es nicht mehr aus. Aus Gründen, die er nicht zu erklären vermag – nicht einmal sich selbst –, will er den Geruch jener Wunde erhaschen, will mit der Nase erfassen, ob alles, was man darüber erzählt, auch wahr ist: dass der Geruch Milch zum Gerinnen bringt, dass er Fehlgeburten hervorruft, dass er Katzen zum Bellen veranlasst.

Er fragt den Mann neben ihm, ob er Riven kennt, und sein Tischnachbar zeigt unfreiwillig seine Angst.

»Ich kenne ihn«, antwortet er, greift nach einem Fleischstück und wendet Thomas die Schulter zu.

Als das Abendmahl endet, ist Riven verschwunden.

Thomas und Flood sollen sich diesmal nicht eine Kammer in der Nähe von König Edward teilen, der im Bergfried untergebracht ist, sondern einen Raum in einem der für die Dienstboten vorgesehenen Gebäude an der Westmauer. Für gewöhnlich schlafen dort die Handlanger, die jetzt aber irgendwo anders sind, während König Edwards Männer hier leben. Das Zimmer liegt im dritten Stockwerk, ist groß und hat ein Fenster, das mit einer Kiefernholzplatte geschlossen werden kann. Die Tür lässt sich nicht absperren, und auf dem Gang gibt es eine der Latrinen, von denen Hastings gesprochen hat. Die Bodenfliesen fühlen sich allerdings recht grobkörnig unter den Füßen an, und das Mauergestein ist selbst im Hochsommer so kalt, dass es Schmerzen betäuben kann.

Thomas geht zum Fenster und starrt über den Burghof hinweg auf den Bergfried. Er weiß nicht, was er meint, hier sehen zu können. Derweil streckt sich Flood auf dem Bett aus und stöhnt. Seine Füße riechen sehr stark, aber es ist ihnen für den nächsten Morgen ein Bad mit duftendem Wasser versprochen worden. Außerdem weiß Thomas, dass auch er riecht.

Am Morgen werden sie von den Kirchenglocken in der Stadt geweckt. Einen Augenblick später kommt an ihrer Tür ein krummbeiniger Diener vorbei, der ein Joch trägt, an dem zwei dampfende Eimer hängen, und ruft ihnen zu, dass sie mit ihm gehen sollen, wenn sie ein Bad wünschen. Thomas folgt ihm durch den Gang zu einem Raum, in dem in einer Herdstelle direkt an der Wand ein Feuer brennt, und davor steht eine lange Badewanne, die von einem Lehrling des allerbesten Böttchers in ganz England gemacht sein könnte.

Thomas fragt, ob es einen Kerker in der Burg gäbe.

»Einen Kerker? Seid Ihr nicht glücklich mit Eurem Quartier?«

»Darum geht es nicht«, erwidert Thomas.

»Nun, das ist gut«, sagt der Mann, »denn so was haben wir nicht.«

Thomas ist überrascht.

»Ich dachte ... Was ist mit Sir Edmund Riven?«

Der Diener zieht rasch die Luft ein.

»Oh ja«, räumt er ein, »wir haben ihn hier bei uns, ganz recht. Aber wenn es das ist, wonach Ihr sucht – in der Nacht eingeschlossen zu sein und am Morgen die Knochen gestreckt oder die Haut vom Leib gepeitscht zu bekommen –, dann solltet Ihr Euch am besten in der Schlange anstellen. Denn er ist wie jene einäugige Katze, die jeden zweiten verletzten Vogel im County nach Hause schleppt: Er stopft seinen Turm mit Krüppeln und so was voll. Macht den Revisor ganz verrückt, denn er muss sie ja auch alle füttern. Sagt, dass einige von denen kommen, um es zu genießen: Anfangs sind sie dankbar, wenn ihr Bauch voller Suppe ist, wie Ihr vielleicht, dann fangen sie an, so was zu erwarten, und schließlich fordern sie es ein.«

Der Diener gießt das Wasser in die hölzerne Badewanne. Dampf steigt auf. Er duftet nach Mädesüß und Holzrauch, und es gibt etwas von dieser Seife, die so kostbar ist, dass Isabella sie ihnen als Hochzeitsgeschenk gegeben hat. Thomas legt seine Kleidungsstücke ab, die er lange getragen hat, und steckt einen Zeh in die Wanne. Der Schock des heißen Wassers an seinem Fuß ist auf eine außergewöhnliche Weise wunderschön. Er kann sich nicht erinnern, wann er das letzte Mal ein heißes Bad gehabt hat; stets hat er sich in Fässern, in Flüssen, in Teichen gewaschen, und immer ist das Wasser kühl gewesen, manchmal sogar kalt. Das hier … das ist einfach unglaublich.

Er sinkt hinein, legt sich hin, und das Wasser reicht ihm bis zur Brust. Der Diener geht nach unten, um mehr Wasser zu holen. Flood kommt und möchte zu ihm in die Wanne steigen, aber dafür ist kein Platz, und so bleibt er stehen und wartet. Sein Körper ist sehr weiß, und er besitzt lange, glatte Muskelpartien, die von keinerlei Narben gezeichnet sind und die auf der rechten Seite viel kräftiger sind als auf der linken. Als Thomas sich gewaschen und der Dampf überall Tropfen an der Decke und an den Wänden hinterlassen hat – und ein grauer Schaum auf dem sich abkühlenden Wasser liegt –, steigt er schweren Herzens aus der Wanne. Der krummbeinige Diener trifft mit neuem Wasser ein. Zunächst kippt er das schmutzige aus der Wanne; es läuft eine Rinne hinunter und verschwindet gurgelnd in einem Loch. Dann füllt der Mann das frische warme Wasser ein, und Flood steigt in den Holzzuber, während Thomas sich mit einem Leinenhandtuch abtrocknet.

»Oh gütige Muttergottes«, ächzt Flood.

Auch er hat eine Zeit lang kein warmes Bad gehabt.

»Welcher Turm ist der von Riven?«, fragt Thomas den Diener.

»Der im Südosten«, antwortet er. »Auf dass seine Opfer eine wunderschöne Sicht auf ihre letzte Morgendämmerung haben.«

»Und wisst Ihr, wer jetzt in dem Turm ist?«, hakt Thomas nach. »Ein paar Freunde von mir sind aufgegriffen worden.

Vor mehr als einem Monat vielleicht. Ein Mann mit sehr dunklem Haar und seine Frau, die schwanger ist; und noch ein Mann, bei dem ein Arm so ist.« Er zeigt an, was er meint, und der Diener saugt abermals an seinen Zähnen.

»Ich hab sie nie kommen oder gehen gesehen«, sagt er, »da dies durch das Osttor geschieht. Aber es gab Gerede über einen einarmigen Mann: Riven wollte sehen, ob nach dem Verlust des einen Armes die Furcht, den anderen auch zu verlieren, größer, genauso stark oder geringer ist.«

Einen Augenblick lang versteht Thomas nicht richtig, was der Diener gerade gesagt hat. Dann begreift er es. Er hört auf, sich abzutrocknen.

»Er würde tatsächlich den anderen Arm abschneiden?«

»Nein, nein. Bloß ihn ein wenig verbrennen. Genau das macht Riven. Man sagt, das Geschrei sei einfach schrecklich. Nicht, dass ich es selbst gehört hätte, um ehrlich zu sein. Ich habe ein paar saubere Bruchen und Beinlinge für Euch aufs Bett gelegt. Die sollten passen.«

Thomas geht daraufhin in die Kammer zurück, wo zwei Haufen mit zusammengefalteten Wäschestücken und Beinlingen bereitliegen. Nichts davon ist alt oder abgetragen, alles ist sauber und ... Kann das mit irgendwas parfümiert worden sein? Auf der Brust des Wamses ist das Abzeichen von dem zerlumpten Zeug gestickt worden. Thomas zieht seine Bruche an, das Hemd und das Wams, dann bindet er die Beinlinge hoch und schnürt die Schamkapsel zu. Dann kommt Flood herein.

»Das ist wirklich gut«, sagt er.

Sie besuchen die Messe in der Kapelle, die direkt an der Ostmauer errichtet wurde. König Edward ist nicht anwesend, denn er feiert die Messe in einer Privatkapelle irgendwo im Bergfried; aber Riven ist da. Er ist einfach gekleidet wie für die Arbeit; wieder steht er ein wenig abseits von allen anderen und hält sich dieses Tuch ans Gesicht gedrückt. Thomas schlängelt sich durch die Menschenmenge auf Riven zu, um nah genug zu sein, dass er es schließlich riechen kann; und als dies geschieht, rebellieren seine Innereien: Es ist der Gestank von verrottetem Fleisch, faulen Eiern und Hundekot – alles zusammengemischt. Es ist so, als würde man eine monatealte Leiche finden, die an die Oberfläche eines Gerberbottichs hochwippt. Seine Wangen schwellen an, ihm kommt die Galle hoch, und er stolpert fort.

Riven dreht sich um, und Thomas schaut unwillkürlich zurück, direkt in das einzige, noch verbliebene dunkle Auge hinein. Eine Sekunde lang ist es, als ob es durch ihn hindurchsehen, direkt in seine Seele blicken könnte, woraufhin Thomas zu schwanken beginnt. Doch dann scheint sich der Ausdruck des Auges zu verändern; und es ist möglich, Schmerz in ihm zu erkennen, gemischt mit Resignation und Kummer, als Riven sich wieder zum Priester hin wegdreht, der mit trällernder, feierlicher Stimme die Eucharistie zelebriert.

Plötzlich ist ein riesiger Mann vor Thomas, tritt zwischen ihn und Edmund Riven. Daraufhin bricht etwas im Innern von Thomas beinahe zusammen, etwas, das ganz tief in ihm ist. Er weiß nicht, warum, aber dieses Gefühl wird verursacht durch den Anblick der nackten Füße dieses Mannes, der selbst in der Kirche unbeschuht ist, und durch die Tatsache, dass seine Beinlinge zerrissen und zerfranst sind. Der Kerl trägt nur Hemd und Wams, und er hat einen zotteligen schwarzen Bart und wildes Haar, das rund um die beschmutzte Waffenkappe, die unter seinem Kinn festgebunden ist, überall hervorspringt. Er löst in Thomas irgendeine Reaktion aus, die dieser nicht versteht: eine Mixtur aus Schrecken und Hass. Der Mann starrt Thomas an, schneidet eine

Grimasse und nuschelt etwas Unverständliches. Anschließend drückt er Thomas mit einer gewaltigen Hand zurück, die dessen ganze Brust bedeckt. Durch den wuchtigen Stoß wird Thomas in die Menschenmenge hineingeschleudert, und er versucht, sich an den Leuten festzuhalten, während er dahintaumelt. Er kommt erst bei Flood zum Stehen, der ihn auffängt, ihn aufrichtet und ihn mit einem prüfenden Blick ansieht.

Aber Thomas kann keinen Augenblick länger in der Kirche bleiben. Er muss nach draußen an die frische Luft. Daher drängt er sich durch die Menschenmenge, hinaus durch die Kirchentüren und hinab vom obersten Treppenabsatz. Er hastet durch den Bergfried und betritt auf dessen anderer Seite den Burghof, wo sie sich am gestrigen Abend versammelt haben.

In seinem Kopf dreht sich alles, und er atmet schwer. Was stimmt mit ihm nicht? Warum hat dieser Mann, dieser Riese, ihn nach draußen getrieben? Er schlendert um den Bergfried herum und am Torhaus vorbei, das immer noch verschlossen ist; dennoch wird es von rund zehn Männern bewacht. Dann wendet er sich nach links, marschiert an der Nordmauer entlang und an den Kammern des Revisors vorüber. Anschließend geht er wieder nach links und unter seiner eigenen Kammer vorbei. Auf einmal sieht er eine Brücke über sich, die den Bergfried mit der Mauer verbindet. Er schlendert weiter, gelangt zur Bäckerei, wo der Geruch verwirrend ist, und danach biegt er um die nächste Ecke. Und da ist er: der südöstliche Turm.

Rivens Turm.

18. Kapitel

»Wie gut, dass du den Weg genau kennst«, sagt Liz.

»Für dich besteht keine Notwendigkeit, dass du bei uns bleibst«, betont Katherine. »Wir werden recht gut klarkommen, auch wenn wir auf uns allein gestellt sind.«

»Da bin ich mir ganz und gar nicht sicher«, spottet Liz. »Und wie dem auch sei – ich will sehen, was du als Nächstes tun wirst.«

Sie haben sich zu Fuß auf den Weg gemacht, Marton Hall den Rücken gekehrt und gehen nach Norden. Katherine hat einen Stab, einen rostbraunen Reisemantel, eine Tasche mit ihren wenigen Habseligkeiten – einschließlich des Lagerbuchs, das immer noch wie eine Leiche eingewickelt ist – und ein wenig Geld, das von dem übrig geblieben ist, was Isabella ihr gab, um das Brevier zurückzukaufen. Rufus hat ebenfalls seinen Mantel an. Er trägt den Übungsbogen, den ihm Brunt geschenkt hat – obgleich er die Sehne verloren hat –, und beim Gehen klopft er damit auf den Boden, wodurch am unteren Ende des Bogens die Sehnenkerbe abgenutzt wird: Aber das ist das geringste ihrer Probleme. Auch Liz hat ihren Mantel angezogen, und ihre großen Holzschuhe knirschen auf den Steinen. Sie könnten beinahe wie ganz normale Fußgänger auf dem Weg zum Markt wirken, wäre da nicht John Stumpfs Armbrust, die Liz sich schräg auf die Schulter gelegt hat.

Katherine kann schwerlich wissen, was sie als Nächstes tun wird, aber es freut sie, dass Liz bei ihnen bleibt. Diese letzte Verbannung erfolgte ebenso unvorhergesehen wie plötzlich.

Und so finden sie sich hier wieder, sind erneut auf dem Weg nach Gainsborough und haben die Absicht, den Fluss zu überqueren, über den sie vor einem Monat oder so hergekommen sind. Von dort wollen sie dann abermals nach Norden ziehen.

»Wird Vater dort sein?«, fragt Rufus.

Katherine antwortet nur sehr ungern mit einem Nein, doch sie muss es.

»Er wird kommen und uns treffen, vielleicht uns einholen«, sagt sie ein wenig ausweichend. »In einem Tag oder zwei.«

Mit dieser Erwiderung scheint Rufus ziemlich zufrieden zu sein, und so marschieren sie weiter im Sonnenschein. Die zwei Frauen allerdings wechseln einen Blick, denn sie haben von vorbeireisenden Händlern, Kaufleuten und Pilgern bereits so viele einander widersprechende oder völlig unglaubwürdige Berichte gehört, dass sie unmöglich wissen können, wie es im Süden steht. Ein Mann erzählte ihnen, es wäre zu einer Schlacht gekommen, und anschließend hätte der König dem Earl of Warwick den Kopf abgeschlagen; ein anderer behauptete, es wäre genau andersherum gewesen. Einige sagten, in dieser Schlacht wäre Robin of Redesdale gefallen; wieder andere erklärten, dass man seinen Vater oder Bruder oder Sohn getötet hätte. Und manche behaupteten, die Königin selbst wäre tot – oder in einer kirchlichen Zufluchtsstätte, so wie der Mann, der Isabella in der Kathedrale belästigt hatte. Einige berichteten, die ganze Familie der Königin wäre hingerichtet worden, während wiederum andere behaupteten, dass König Edward von seinen Männern verlassen worden und in die Hände des Earl of Warwick gefallen wäre und sich jetzt im Tower neben dem alten König in einem Verlies befände.

Mit jeder Neuigkeit und mit jedem Gedanken, was das für das gemeine Volk bedeuten könnte, wird Liz immer ungeduldiger.

»Lassen wir sie doch einfach reden«, sagt sie, »ohne uns darum zu kümmern.«

Und die Konsequenzen des Streites der edlen Herren sind deutlich zu sehen, während sie der Straße gen Norden folgen. Sie kommen an Männern mit steif werdenden Verletzungen vorbei. Da sind Männer, denen Teile ihres Gesichts eingedrückt wurden – mit Hämmern, wie Katherine annimmt. Einige haben verstümmelte Hände, die sie vor sich hertragen, als würden ihre Besitzer glauben, mit dem richtigen Gebet würden die Finger wieder nachwachsen. Da sind auch Frauen und Kinder, die ohne ihre Männer und Väter nach Hause zurückkehren: graue, von Rotz und Tränen verschmierte Gesichter. Gott allein weiß, was für einer Zukunft sie entgegensehen. Katherine, Liz und Rufus beginnen, mit solchen Reisegruppen zu verkehren. Dadurch kommen sie nur langsam voran, das ist nur zu wahr, aber dafür ist es sicher: Sie werden nicht von den Männern belästigt, die inzwischen die Gunst des Königs verloren haben und von denen es heißt, dass sie die einsameren Waldstücke an der Straße heimsuchen.

»Komisch, dass die, die direkt vor Ort dabei waren, am wenigsten wissen, was?«, meint Liz.

Und das stimmt. Keiner weiß wirklich etwas. Sie wissen von dem Kampf, der unten im Süden stattgefunden hat, und sie wissen, dass ein Earl of Pembroke dabei war, dass seine Waliser richtig grimmig waren und dass bei der Schlacht viele Nordengländer getötet wurden; und sie wissen die Namen vieler Toter, von denen jedoch keiner Katherine oder Liz bekannt ist. Ein Mann mit einer Pfeilwunde im Oberschenkel erzählt ihnen, dass dieser Earl of Pembroke sich ergeben hat, ihm jedoch am nächsten Tag der Kopf abgehackt worden ist. Weshalb dies geschah, kann allerdings keiner mit Gewissheit erklären: Denn er kämpfte für die Sache König Edwards, des gesalbten Königs, und somit kann er nicht wegen Verrats hingerichtet worden sein. Und keiner weiß genau, was seitdem mit König Edward passiert ist, doch man ist sich sicher, dass er nicht bei der Schlacht zugegen war. Auch erzählt keiner, dass er Lord Hastings gesehen hat oder irgendeinen seiner Männer, die als Abzeichen einen Bullenkopf haben – mit Ausnahme jedoch von einem Jungen, der einen Ritter in schimmernder Rüstung beschrieb, der, wie er sah, niedergeschlagen wurde. Aber das klingt nicht nach Thomas, denkt Katherine.

»Na denn«, merkt Liz dazu an, »das ist ja schon mal etwas.«

Müde und voller Herzeleid trotten sie weiter in Richtung York durch die endlosen Wälder. Katherine kommt der Gedanke, dass diese Straße allem Anschein nach jedes Mal, wenn sie auf ihr geht, länger geworden ist; und sie fragt sich, ob sie sich verirrt haben. Sie denkt an Thomas und daran, wo er jetzt wohl sein könnte. Liz grübelt über das Gleiche nach.

»Wie wird er erfahren, wo er uns findet?«, fragt sie.

Katherine weiß es nicht. Wenn er nach Marton zurückkehrt, wie er es versprochen hat, werden ihn dann Isabellas Söhne überhaupt auf ihr Land lassen? Oder werden sie ihn einfach niedermetzeln? Oh Gott, denkt sie, was sie mit ihm machen werden, hängt davon ab, ob Isabella wieder aufwacht. Und davon – falls sie aufwacht –, ob sie imstande sein wird, mit dem Auge zu sehen, in das Katherine hineingestochen hat. Es hängt alles von etwas ab, das Katherine bereits getan hat! Sie kann es jetzt nicht mehr ändern. Sie muss abwarten, was geschehen wird. Schlimmer jedoch ist, dass sie dies nicht sehen wird, weil sie inzwischen viele Meilen von Isabella fort ist; somit wird sie nicht erfahren, ob sie mit ihrem Eingriff erfolgreich gewesen ist, bis sie von Thomas oder irgendjemand anderem etwas darüber hört.

Ach du lieber Himmel, warum nur hat sie das überhaupt gemacht? Warum hat sie es sich in den Kopf gesetzt, Isabella ins Auge zu stechen, ohne es der alten Frau zu erzählen und ohne gegenüber irgendjemandem diese Idee zu erwähnen, sodass es wie ein plötzlicher, wunderlicher Einfall ausgesehen hat, wie etwas, zu dem sie sich spontan an Ort und Stelle entschieden hat? Sie schaut jetzt auf ihre Hände – die eine hat sie gegen den Mantel gedrückt, die andere hält den Stock –, als ob sie sie irgendwie verraten hätten, als wäre es ihre Schuld gewesen, dass sie sich solch eine dumme, dumme Sache in den Kopf gesetzt hatte. Sie kann noch nicht einmal vorgeben, dass sie nicht gewarnt worden wäre. Liz hatte ihr gesagt, dass es kein gutes Ende nehmen würde. Und jetzt hat Katherine Isabella bewusstlos mit einem blinden und einem durchstochenen Auge in der Obhut von jenen beiden Burschen zurückgelassen, die so scharf darauf sind, sie aus ihrem Heim herauszubekommen, dass sie sie in irgendeinem Kerker absetzen werden, damit sie das zerstören können, was noch von Sir Johns Anwesen übrig ist.

Rufus ist wieder nahezu stumm geworden; er spricht nur, um nach Thomas zu fragen, so als ob sie ihn betrogen hätte und er ihr nicht mehr vertrauen würde. Er hat kaum ein Wort gesagt, seitdem Isabellas Söhne zurückgekehrt sind und seine Mutter, mit einem Messer und einer Nadel in den Händen, gebückt über die bewusstlose alte Frau vorgefunden haben.

Sie hat versucht, Rufus zu erklären, was sie da tat, so wie sie es William und Robert zu erklären versuchte, aber genau wie die beiden scheint auch der Junge es nicht verstanden zu haben. Isabellas Söhne wollten Katherine tot sehen, und wenn sie jetzt daran denkt, zittert sie immer noch vor lauter Angst. Wäre nicht Liz dabei gewesen und hätte sie nicht anscheinend fast genau im Voraus gewusst, was geschehen würde und dass diese Armbrust, gespannt und mit einem Bolzen bestückt, in die Hand genommen werden musste, dann hätte das Ganze vollkommen anders ablaufen können.

Als Isabellas Söhne dort standen und Katherine anstarrten, sah sie sich an jenen Tag zurückversetzt, als sie Eelbys Frau aufgeschnitten hatte. Eelby war zurückgekommen und hatte überall das Blut gesehen; und sie hatte keine Schuldgefühle empfunden, wie man erwarten könnte – oder zumindest nicht damals –, sondern sich ertappt gefühlt. Entdeckt. Gestört. Sie war verärgert gewesen, weil sie es nicht geschafft hatte, das zu vollenden, was sie begonnen hatte. Ihr Gefühl sagte ihr: Wenn sie doch nur bis zum Beginn der Abenddämmerung weggeblieben wären, dann ... Nun, es hätte die Chance bestanden, dass keiner außer ihr, Liz und Rufus jemals erfahren hätte, was geschehen war.

Isabella hätte sich womöglich ein paar Tage lang unbehaglich gefühlt – Katherine war darauf vorbereitet gewesen –, aber sie hätte es gewiss übergangen und ihr wiederhergestelltes Sehvermögen auf ein von Gott gesandtes Wunder zurückgeführt. Katherine hatte sich sogar darauf eingestellt, ein wenig Vergnügen darin zu finden: Sie hätte möglicherweise über Isabellas frommes Entzücken lächeln können – sodass daraus ein heimlicher Spaß zwischen Liz und ihr geworden wäre. Sie hatte sich sogar ansatzweise einen Augenblick vorgestellt, in dem sie beide sehen würden, wie die alte Frau betet und dem Herrn für das Wunder ihres wiederhergestellten

Augenlichts dankt. Und dann hätten sie beide nur einen wissenden Blick getauscht und anschließend die Sache nie wieder erwähnt.

Aber das war damals. Mittlerweile – nach scheinbar endlosen Nächten, die sie eingewickelt in ihren Mänteln am Straßenrand verbracht haben – ist sie zu der Ansicht gelangt, dass jene Gedanken als schändlich und als Beweis für eine extreme Form des Stolzes anzusehen sind. Außerdem weiß sie, dass dieses unsichere Wandern auf den Straßen von England die Bestrafung dafür ist. Die Tatsache, dass auch Rufus leidet, dass er heimatlos geworden ist und jetzt an ihrer Seite dahinstapft ... Nun ja, das hat ihr der Himmel geschickt, um ihre Strafe zu vergrößern.

Und immer noch weiß sie nicht, wie sie Thomas je wiederfinden soll.

»Er wird mit William Hastings zusammen sein«, sagt sie zu Liz. »Sobald wir Jack und Nettie befreit haben, ziehen wir los und suchen Hastings, der mit Sicherheit einfacher zu finden sein wird als Thomas. Und wenn wir ihn aufgespürt haben, dann werden wir auch Thomas finden.«

»Was machen wir, wenn dieser Bursche Hastings einer von denen ist, die in der Zwischenzeit ihren Kopf verloren haben?«, fragt Liz.

»Das weiß ich nicht«, gesteht Katherine.

Als York in Sicht kommt, will Liz wissen, was es mit Isabella und ihrem Sehvermögen auf sich hatte.

»Es war so, wie es in dem Buch geschrieben steht«, antwortet Katherine. »Ich habe die Außenhülle durchstochen, und dann ist da diese Scheibe gewesen; und die habe ich weggedrückt, genau wie es empfohlen worden ist.«

»Aber du kannst dir nicht sicher sein, dass es funktioniert hat?«

»Nicht, bevor sie wach geworden ist.«

»Inzwischen wird sie bestimmt wach sein«, meint Liz.

»Ja«, pflichtet Katherine ihr bei und schaut unwillkürlich ein weiteres Mal nach hinten: Isabellas Söhne haben womöglich Borthwick oder den Falkner hinter ihr hergeschickt, um sie zurückzuholen, damit sie in das andere Auge ebenfalls hineinsticht, wenn bei dem ersten alles erfolgreich abgelaufen ist – oder, falls nicht, um sie niederzureiten. Aber hinter ihnen ist nichts Merkwürdiges zu sehen: nichts als der langsame, mühselige Zug von Menschen und Karren, die nach Norden zurückkehren. Diese Ungewissheit ist genauso verstörend wie die Tatsache, dass sie nicht weiß, wo Thomas sein könnte, und dass sie nicht weiß, was sie tun wird, wenn sie Middleham Castle erreichen, wo Jack und Nettie festgehalten werden, wie Liz gesagt hat.

Sie passieren die Stelle, an der sie sich erst vor einigen Wochen wiedergetroffen haben, und zwar direkt südlich des Micklegate Bar in York. Katherine sieht, dass dort oben auf den eisernen Spitzen ein paar neue Köpfe stecken. Sie will allerdings nicht die Wache fragen, wem diese Köpfe gehörten, da sie Angst hat, Aufmerksamkeit zu erregen. Die Nacht verbringen sie außerhalb der Stadtmauern in einem abweisend wirkenden Gasthaus, wo ihnen Betten im Dachvorsprung gegeben werden. Und es bebt sogar das ganze Gebäude, als am nächsten Morgen bei Tagesanbruch die Kirchenglocken der Stadt läuten.

Nachdem sie ihr karges Frühstück gegessen haben, gehen sie hinaus und spazieren durch die Stadt. Als sie sich dem Münster nähern, erwartet Katherine halb, dass Liz sie verlässt. Denn sie weiß, dass der Weg zu Liz' Zuhause nach Norden hin und somit durch das Monkgate führt, während sie, um nach Middleham zu gelangen, eine andere Route und ein anderes Tor nehmen muss: Sie wird durch das Bootham Bar in nordwestlicher Richtung und durch das Vale of Mowbray marschieren.

Aber Liz ist nach wie vor entschlossen, bei ihr zu bleiben.

»Es ist so, wie ich gesagt habe«, erklärt sie. »Ich will sehen, was du als Nächstes tun wirst.«

Katherine dankt ihr, und gemeinsam folgen sie der Straße am südlichen Flussufer entlang. Sie bewegen sich auf ihr in westlicher Richtung und könnten auf diesem Weg bis nach Harrogate kommen, wie man ihnen gesagt hat. Wenn sie allerdings so weit gehen würden, hätten sie sich verirrt, denn zuvor müssen sie auf die Nordstraße abbiegen, die nach Richmond und Darlington führt.

»Ich werde nicht dorthin gehen, so viel kann ich dir jetzt schon sagen«, merkt Liz an.

Ihnen steht ein Zweitagesmarsch bis nach Middleham Castle bevor, der Burg des Earl of Warwick, die westlich der Nordstraße liegt, eingebettet in eine Hügelfalte. Die Häuser am Weg sind aus hartem grauen Gestein und quadratisch; sie hinterlassen beim Betrachter den Eindruck grimmiger Verteidigungsbereitschaft.

»Das ist wegen der Schotten, nicht wahr?«, sagt Liz. »Sie kommen hierherunter und versuchen zu klauen, was sie nur können. Sie nehmen unsere Schweine für ihre Weiber.«

Sie marschieren den ganzen Tag und tragen abwechselnd Rufus, wenn er nicht mehr selbst weiterlaufen kann. Sein Gewicht ruft brennende Schmerzen in ihren Schultern und Rücken hervor, doch sie halten nicht an. Sie begegnen einem Flachshändler, der anbietet, den Jungen auf seinem Karren mitzunehmen. Und so gehen sie ein paar Meilen neben dem Mann her, der auf dem Weg zu einer Stadt ist, wo er Halt machen und seine Waren verkaufen will.

Er kennt den Vater von Liz und dessen Wirtshaus, denn seine Handelsroute führt ihn auch nach Scarborough und zur dortigen Messe, und Liz erkundigt sich bei ihm nach ihrem Vater.

»Er hat jetzt zwei Jungen, die für ihn arbeiten«, berichtet der Händler.

Liz erzählt ihm, dass ihre Schwestern – die anderen zwei beschürzten Mädchen – »zu ihrer eigenen Sicherheit« weggeschickt worden sind.

»Euer Vater war nicht erfreut«, sagt er. »Aber zumindest soll das Herrenhaus wieder bewohnt sein.«

Katherine spürt einen schmerzhaften Stich in ihrem Herzen. Sie hat den Gedanken geliebt, in jenem Herrenhaus zu leben.

»Wer hat es mit Beschlag belegt?«, fragt sie.

»Jemand mit Verbindung zum Earl of Warwick«, antwortet der Kaufmann. »Na ja, das hat mir jedenfalls Master Campbell erzählt; doch wie er das in Erfahrung gebracht haben will, kann ich nicht sagen.«

»Man hört alles Mögliche in einem Wirtshaus«, merkt Liz an.

Als der Händler sie verlässt, verspricht er, die Grüße von Liz auszurichten und ihrem Vater zu versichern, dass es ihr gut geht.

»Wie schade«, sagt Katherine. »Wegen des Herrenhauses.«

Liz gibt ein nichtssagendes Brummen von sich.

»Da sind immer wieder neue Leute, nachdem jemand dort gelebt hat«, merkt sie an.

Katherine nimmt an, dass Hastings womöglich jemand anderen dorthin geschickt hat. Oder vielleicht hat der Earl of Warwick es ihm abgenommen? Sie wird es erst erfahren, wenn sie Thomas gefunden hat.

Beim Gehen unterhalten sie sich, und nach einiger Zeit wechselt Liz das Thema: eine Sache, die sie allem Anschein nach beschäftigt hat, seit sie ihr zum ersten Mal zu Ohren gekommen ist.

»Also, diese Priorin ...«, beginnt sie.

Noch vor einem Monat hätte eine solche Äußerung Katherines Nervenkostüm so durcheinandergebracht, dass ihr schlecht geworden wäre. Doch die Zerstörung des Klosters hat sie verändert, wenn auch nur ein bisschen. Jetzt zieht sich ihr nur die Kehle zusammen, und sie möchte sie das Thema wechseln.

»Ich kann jetzt nicht an sie denken«, erwidert sie. »Ich kann momentan nur an Thomas denken und daran, ob er die Schlacht überstanden hat, von der diese Menschen reden. Oder an Nettie, die in der Dunkelheit und auf stinkendem Stroh ein Kind gebärt und nur Jack als Beistand hat.«

Liz gibt zu, dass das große Sorgen sind, doch sie lässt nicht locker.

»Weißt du denn überhaupt nichts über sie?«, fährt sie fort. »Ich meine, sie muss doch irgendwo hingegangen sein. Was für einen Akzent hatte sie? War sie eine Einheimische aus Lincoln, oder kam sie beispielsweise aus dem Norden? Hat sie jemals von ihrem Zuhause erzählt?«

»Sie hat lediglich von einem Ort namens Watton gesprochen«, antwortet Katherine widerwillig.

»Watton? Ich kenne Watton. Das liegt östlich von hier. Zwischen der Gegend hier und dem Meer. Ist nicht gerade ein bedeutsamer Ort.«

Katherine kann nicht sagen, ob das der Ort ist, woher die Priorin kam, doch sie erinnert sich, weshalb der Name in ihrem Gedächtnis haften geblieben ist: die Geschichte einer Nonne dieses Klosters, die wie sie selbst eine Laienschwester war. Die Frau wurde schwanger und von den anderen Nonnen halb zu Tode gefoltert, bis man sie dazu brachte, den Laienbruder zu kastrieren, der sie in diesen Zustand versetzt hatte. Dass sie ihr Kind verlor, wurde als ein Wunder betrachtet.

»Ich habe keinen besonderen Wunsch, diesen Ort zu sehen«, sagt Katherine.

»Nicht einmal, wenn du so herausfinden würdest, wer deine Familie ist?«

»Warum sollte sie das wissen?«

Liz zuckt mit den Schultern.

»Sie weiß es vielleicht nicht. Aber sie ist die einzige heute noch lebende Person, die es wahrscheinlich weiß, oder? Und schließlich musst du irgendwo anfangen.«

»Aber vielleicht will ich ja überhaupt nicht anfangen.«

»Nicht einmal um des Jungen willen?«, erwidert Liz und nickt zu Rufus, der stumm neben ihnen geht und dessen ängstlicher Blick sich nicht eine Sekunde lang von Katherine abwendet. »Nicht einmal, wenn Geld dabei herausspringt?«

»Nein«, entgegnet Katherine. »Und wie dem auch sei – es lässt sich nicht sagen, ob sie aus Watton kam.«

»Und weshalb hat sie dann darüber gesprochen?«

Katherine erzählt ihrer Freundin die Geschichte von der Nonne aus Watton.

»Bei allen verfluchten Höllenqualen!«, ruft Liz. »Aber hast du jemals irgendwo anders diese Geschichte gehört?«

Katherine verneint die Frage.

»Na also«, sagt Liz. »Sie muss aus dieser Gegend sein.«

Am zweiten Tag nachdem sie York verlassen haben, nieselt es leicht, als sie die westlichen Hügel umgehen. Beinahe den ganzen Tag marschieren sie durch den Regen, bis er am Spätnachmittag aufhört und die Sonne herauskommt und die Nässe verdunsten lässt. Sie folgen einer gewundenen Straße, wobei die untergehende Sonne ihnen ins Gesicht scheint, und kommen an einer üppigen Parklandschaft sowie einer Abtei vorbei. Und dann erblicken sie zu guter Letzt in einigen Meilen Entfernung die Burg: Sie thront hoch über den verpachteten Ländereien, auf denen es im Winter nur so von Schafen wimmeln muss, auf denen aber jetzt bloß Strohstoppeln golden leuchten. Da sind ein oder zwei Frauen, die gerade ihr Tagewerk beenden und sich auf den Rückweg zum Ort machen, der die Burg einrahmt. Der offenkundige Männermangel überrascht Katherine jedoch nicht: Sie müssen alle im Süden sein, denkt sie, zusammen mit dem Earl of Warwick oder mit Robin of Redesdale; und sie führen nichts Gutes im Schilde. Die drei marschieren weiter, und während sie näher herankommen, nimmt keiner von ihnen, selbst Rufus nicht, den Blick von der Burg. Es ist, als würde die Feste sie irgendwie zu sich heranziehen.

Die Burg ist ein riesiger Kasten aus grauen Steinen; und das Steigen und Fallen ihrer Mauertürme und Umfassungsmauern ist auf seltsame Weise ansprechend. Während sie sich der Burg immer mehr nähern, kann Katherine nicht aufhören, an Edmund Riven zu denken, der dort drin sein muss, vielleicht in diesem Turm da oder in jenem drüben; und sie kommt zu ihm, bringt ihm das, was er sich am meisten wünscht. Dabei ist sie unbewaffnet, ungeschützt und nicht in Begleitung von Thomas. Sie kann ein Schaudern nicht unterdrücken. Es ist, als würde sie in Rivens Welt eintreten, in eine Welt der Finsternis, und genau in diesem Moment taucht in ihrem Kopf plötzlich der Furcht erregende Gedanke auf, dass er von ihrem Kommen weiß. Er weiß, dass sie ihm das Lagerbuch bringt. Bei dem Gedanken stockt ihr der Atem.

Sie betrachtet die Burg, als sie schließlich dicht davor sind. Katherine schaut auf die Türme, Mauern und Zinnen, wo Wachen stehen; und dabei beginnt sie zu hoffen, dass Jack, Nettie und John Stumpf irgendwo dort festgehalten werden. Natürlich ist sie zuvor schon in einer solchen Situation gewesen: damals, als sie versuchten, den alten König Henry, der in einer Burg wie dieser untergebracht war, auf das Lagerbuch aufmerksam zu machen. Zu jener Zeit allerdings wünschten sie sich Anerkennung und Zeichen der Erkenntlichkeit dafür, dass sie dem König das Buch brachten, wohingegen Katherine es diesmal anonym irgendwo zurücklassen will, damit Riven es findet.

Mittlerweile ist Rufus völlig erschöpft und hängt halb an ihrer Hand. Immer noch hat er kaum ein Wort gesagt, abgesehen von seinen Fragen nach Thomas. Er steht da mit leerem Gesichtsausdruck, irgendwie verschlossen. Doch seine Augen huschen über die Landschaft und halten Ausschau … Wonach nur? Nach Bedrohungen, nimmt Katherine an.

Die erste dieser möglichen Gefahren taucht schon sehr bald auf, kaum dass sie die Stadt betreten haben, und zwar aus einem Wirtshaus, das sich direkt hinter dem ersten Gebäude befindet, an dem sie vorbeikommen. Zwei Männer in Rot, auf deren Wappenröcke dieser weiße Baumstumpf und der Bär genäht sind, treten zur Tür heraus, und vom Trinken ist ihr Gang ganz unsicher geworden. Während der eine stehen bleibt, um am Straßenrand Wasser zu lassen, grinst der andere die drei an und fragt: »Na, wen haben wir denn da?«

Gott sei Dank ist Liz da, die ihn eine schwitzende Fetttonne und einen Hurensohn nennt. Der Kerl verstummt augenblicklich, und sie und Katherine wissen, dass sie in dieses Wirtshaus nicht gehen sollten. Daher laufen sie an den beiden Männern vorbei und so schnell weiter, wie Rufus es zulässt, bis sie weiter weg, jenseits des Butterkreuzes, zu einem Gasthaus gelangen – dem Weißen Schwan –, wo Warwicks Abzeichen in Stein gemeißelt über der Eingangstür prangt. Selbst hier jedoch herrscht eine lärmende Atmosphäre und große Feierstimmung in der von Kerzenlicht erhellten Halle; jeder Mann, jede Frau und sogar jedes Kind hat vom Trinken glasige Augen. Letzteres gilt auch für den Gastwirt, einen rotgesichtigen Brocken mit schlaff herabhängenden Lippen, rötlich braunem Bart und verschwitztem Wams.

»Ihr seid ja alle Säufer«, sagt Liz zu ihm, nachdem er für sie einen Platz zum Sitzen gefunden und für jeden von ihnen eine Schüssel Gemüsesuppe sowie einen Becher Bier gebracht hat. Der Gastwirt fühlt sich durch ihre Worte nicht beleidigt, sondern strahlt sie an.

»Gewiss, da wir einen guten Grund dafür haben, nicht wahr?«

»Und welchen?«

»Unser Earl!«, ruft er aus. »Er hat wieder einem König getrotzt!«

»Er ... hat wieder einem König *getrotzt?*«

»Ja! Er hat ihn hinter Schloss und Riegel gebracht, genauso wie den alten!«

Es gibt lautes Gejohle bei den Leuten, die sich um das Feuer versammelt haben – jemand hat wohl etwas Komisches getan, zum Beispiel ein Bier über einem Hund ausgeschüttet oder so was. Katherine hat darum große Mühe, sich zu konzentrieren.

»Sagt das noch mal«, fordert sie den Mann auf.

Er schaut sie merkwürdig an; vielleicht schreckt ihn ja ihr Akzent ein wenig ab, der nicht aus der Gegend ist. Einen

Augenblick lang will er kein Wort mehr sagen, doch Katherine bedrängt ihn. Schließlich bestätigt er die Nachrichten über die Schlacht im Süden, bei der die Männer von Robin of Redesdale die des Earl of Pembroke erledigten. Danach wurde dem Earl of Pembroke – der zu den lüsternsten und habgierigsten Beratern von König Edward zählte, der ein Verräter am Volk von England und insbesondere ein böswilliger Feind des Earl of Warwick war – in Coventry der Kopf abgehackt. Und der andere üble Kerl, dieser Earl of Devon, wurde später geschnappt und irgendwo in Südwestengland aufgehängt. Daher ist jetzt dem Earl of Warwick – lang möge er leben, und Gott möge ihn segnen! – seine Position an der Seite von König Edward zurückgegeben worden; und als Folge davon sind dem Gemeinwohl gleichermaßen Gesundheit, Wohlstand und Glück zurückgegeben worden.

»Und ist das nicht großartig?«

Liz nickt. Sie ist allerdings seltsam zurückhaltend und lässt es zu, dass der Mann seinen Arm um ihre Schultern legt und sie an sich drückt.

»Warwick hat jedoch nicht wirklich seine Position an König Edwards Seite wiederhergestellt, nicht wahr?«, erwidert Katherine. »Wenn er ihn in einen Kerker gesteckt hat?«

»Oh, er ist nicht im Kerker«, antwortet der Mann. »Nein! Nein! Er ist genau hier, im schönsten Gemach der Burg.«

Er zeigt über den Hof zur Burg, wegen der sie hergekommen sind. Katherine nimmt an, dass der Wirt verrückt ist oder einen Scherz macht. Oder er ist ein notorischer Lügner.

»Aber das ist die Wahrheit!«, behauptet er. »König Edward ist hier! Wir haben doch gesehen, wie er auf dem Weg zur Burg durch die Stadt gekommen ist, abgeschnitten von denen, die ihr Leben zu Lasten von anderen geführt haben. Und jetzt, wo er in unserer Obhut ist und nicht in der seiner Königin und deren Familie, dürfen wir sicher sein, dass er seine Manieren bessern und zu seinen früheren Gewohnheiten zurückkehren wird.«

Wieder johlen die Menschen am Feuer, und der Gastwirt entschuldigt sich und eilt fort, um das raue Geschrei der Leute einzudämmen – oder sich ihnen dabei anzuschließen. Er lässt zwei Frauen zurück, die sich groß anschauen, während Rufus den Kopf auf Katherines Schoß gelegt hat und schon halb eingeschlafen ist.

Das ist ein Schock. Wenn der Earl of Warwick König Edward unter seinem Befehl hat, wird er dann immer noch nach dem Lagerbuch suchen? Katherine streckt ihre Hand nach unten, tastet nach ihm und befühlt es in seinem Beutel.

»Immer noch da«, merkt Liz trocken an.

Katherine kann sich keinen Reim darauf machen, was die jüngsten Geschehnisse für das Lagerbuch bedeuten. Hat es, nach diesem Schlag gegen Warwicks Gegner, seinen Wert für den Earl verloren? Wird er meinen, dass er es nicht mehr benötigt, und hat er es aufgegeben, danach zu suchen? Und wenn er es aufgegeben hat, danach zu suchen, gibt es dann irgendeinen anderen Grund für ihn, Jack, Nettie und John Stumpf festzuhalten? Gewiss wird er sie wieder freilassen. Sie freut sich, als ihr dieser Gedanke kommt.

»Was?«, fragt Liz.

»Es kann sein, dass wir es Riven nicht geben müssen«, antwortet sie und streckt abermals die Hand nach unten, um das Lagerbuch zu berühren.

Liz zieht eine Augenbraue hoch.

»Sind wir etwa den ganzen Weg …«, sagt sie nach einem Moment, »… für nix gegangen?«

»Nicht für nichts«, erwidert Katherine. »Für Jack und Nettie und John.«

Liz ist verwirrt. Katherine erklärt ihr, was Edwards Gefangenschaft bedeutet.

»Sie könnten jeden Augenblick freigelassen werden«, meint Katherine.

Liz sieht aus, als würde sie kurz überlegen; ihre dunklen Augen huschen im Licht des Feuers umher.

»Das könnte bereits geschehen sein«, nimmt sie an.

Daran hat Katherine noch nicht gedacht.

»Wie werden wir das je erfahren?«, fragt sie sich laut.

»Wir könnten uns erkundigen«, schlägt Liz vor.

»Bei wem denn, ohne dass wir uns verdächtig machen und zeigen, dass wir ein Interesse daran haben?«

»Vielleicht müssen wir zu diesem anderen Wirtshaus zurück, zu dem mit dem Fetten und seinem Kumpel, der auf die Straße pisst. Frag sie darüber aus.«

Katherine erkennt, was sie mit diesem Vorschlag andeutet, und lehnt sich zurück.

»Sie würden etwas als Gegenleistung verlangen«, sagt sie.

»Pah«, erwidert Liz. »Wir können uns vorher wegducken. Sie sind Männer. Von der Art, die so einfältig wie Dreck ist.«

Aber bei Gott, Katherine will so etwas nicht tun, und Liz versteht das.

»Ich werd es machen«, sagt sie. »Du bleibst hier. Kümmerst dich um Rufus.«

Jetzt hat Liz etwas Brillantes an sich – in diesem Licht und an diesem Ort. Sie hat etwas Stählernes, eine Härte wie Stein. Katherine sagt ihr, dass sie das nicht zu machen braucht und dass sie nicht allein gehen darf, aber Liz durchschaut das.

»Wer sonst wird mit mir gehen?« Sie trinkt ihren Becher in einem Zug leer und steht auf. Je eher sie es macht, desto schneller bringt sie es hinter sich. Dann beugt sie sich über

Rufus und streicht ihm über das Haar. »Er ist ein braver Junge«, sagt sie und hat beinahe Tränen in den Augen.

»Oh Liz«, beteuert Katherine, »du musst das nicht tun.«

Aber Liz will es.

»Ja«, erwidert sie. »Ja, ich mach das.« Sie lockert die Schnürbänder an ihrem Hemd, zieht Katherine eine Grimasse, und dann ist sie fort.

Katherine sitzt danach in der Dunkelheit mit Rufus, der auf ihrem Schoß schläft. Sie tut ihr Bestes, um unauffällig zu wirken und um nicht an das zu denken, was Liz um ihretwillen gerade über sich ergehen lässt. Sie streichelt Rufus den Kopf. Er ist ein braver Junge, denkt sie; ja, Liz hat recht. So vieles hat er ertragen müssen. So weit hat er mit so kurzen Beinen gehen müssen. Thomas wird stolz auf ihn sein.

Sie beobachtet die Männer und Frauen im Gastraum, die den Sieg ihres Herrn feiern, und versucht sich vorzustellen, wie es sein muss, wenn man merkt, dass die eigene Stadt plötzlich im Zentrum der Welt steht. Wenn du weißt, dass das ganze Land von einer Stelle aus regiert wird, die bloß hundert Schritte von dir entfernt ist. Sie müssen stolz auf ihren Earl sein, nimmt Katherine an. Stolz, zu wissen, dass er sich über alles erhoben hat und dass jedes Mal, wenn ein Bote mit lautem Geklapper durch die Straßen reitet, Sendschreiben für ihren Herrn von den höchsten Adligen im ganzen Land kommen, womöglich sogar von den höchsten Adligen der ganzen Christenheit.

Dann versucht sie sich vorzustellen, wie es sein würde, wenn Jack, Nettie und John in diesem Augenblick durch die Tür kämen, befreit aus Rivens Krallen. Sie glaubt, wenn dies geschähe, würde sie vielleicht noch im selben Moment das Lagerbuch ins Feuer werfen und damit ein für alle Mal fertig sein. Stattdessen aber gleitet ihre Hand abermals zu dem

Buch, und sie denkt bei sich, dass es genauso ist wie damals, als Thomas und sie das verfluchte Ding nach Bamburgh brachten! Zuerst mussten sie es König Henry geben – und dann nicht.

Daraufhin beginnt sie sich zu fragen, was Liz und sie machen sollen, wenn Jack, Nettie und John nicht freigelassen werden. Was werden sie tun, wenn Riven immer noch hinter dem Lagerbuch her ist? Denn warum sollte der Earl of Warwick am Ende aufgeben, danach zu suchen, nur weil er König Edward hinter Schloss und Riegel hat? Wäre es aus Warwicks Blickwinkel nicht besser, sowohl König Edward als auch das Lagerbuch zu haben? So würde Warwick den Körper und den Geist des Königs in seiner Hand haben.

In diesem Fall wird der Earl of Warwick noch stärker als je zuvor darauf erpicht sein, das Lagerbuch zu finden, damit kein anderer die Kontrolle über seinen Gefangenen erlangen kann oder – was noch schlimmer wäre! – zu beweisen vermag, dass sein Gefangener für die Königswürde nicht geeignet ist und daher in Wirklichkeit gar keinen Wert besitzt. Riven wird also Jack, Nettie und John Stumpf nicht nur dort belassen, wo auch immer er sie festhält, sondern er wird sich mit jeder Faser seines Körpers darum bemühen, in den Besitz des Lagerbuchs zu gelangen, und er wird mit diesen Bemühungen fortfahren, bis er es in seinen Händen hält. Mein Gott, denkt sie, er wird erstaunt sein, wenn er hört, dass Liz und sie es ihm gebracht haben.

Er selbst hätte es fürwahr nicht besser planen können.

Genau in diesem Augenblick kommt jemand in die Halle herein – eine junge Frau –, und ein Willkommensgeschrei bricht los. Katherine denkt an Liz und murmelt ein Gebet für ihre Sicherheit, während sie sich daran erinnert, was für ein erstaunliches Mädchen Liz doch ist, da sie so vieles für

Thomas, den kleinen Rufus und sie, Katherine, getan hat: wie sie ihnen den Wagen gebracht hat, wie sie sie nach Süden gefahren hat und wie sie bei ihr, Katherine, und Rufus geblieben ist, als sie wieder in den Norden gereist sind. Und jetzt das: Sie geht auf eigene Faust los, um genau mit dieser Sorte von Männern Umgang zu haben, die sie am Straßenrand außerhalb von Senning vergewaltigten – und riskiert all das erneut! Aus was für einem Holz muss sie geschnitzt sein?!

Aber während Katherine dies denkt, spürt sie eine Art von Benommenheit. Neue Gedanken fügen sich an ungewohnten Stellen ein, alte Ideen ordnen sich neu, frische Zweifel tauchen auf, und abermals sagt sie sich im Stillen: Riven hätte es nicht besser planen können. Und dann denkt sie: Was, wenn er es tatsächlich so geplant hat? Und was ist Liz *tatsächlich* zugestoßen am Straßenrand bei Senning?

19. Kapitel

Thomas steht dort in der Morgenkälte, beobachtet das Kommen und Gehen und denkt angestrengt über einen Weg nach, das Unmögliche möglich zu machen. Das Unmögliche besteht darin, drei Menschen aus einem Turm herauszuholen, der sich in einer Burg befindet, in der man selbst festgehalten wird – und dies in einer Gegend, die man nicht kennt und in der man womöglich keinerlei Unterstützung findet. Er hat kein Glück. Natürlich gibt es keinen Weg, und deshalb sind die drei in dem Turm, und er ist in der Burg, und die Burg ist da, wo sie ist.

Nach einiger Zeit treffen drei Männer in Rot ein und hämmern gegen die Tür. Bevor sie von innen entriegelt wird, vergeht eine Weile. Die Männer marschieren hinein. Einen Moment später marschieren einige andere heraus. Es handelt sich um einen Wachwechsel, wie Thomas vermutet, denn diese zweite Gruppe sieht erledigt aus. Die Männer wanken fort zu ihren Betten. Thomas fragt sich, ob es nicht besser wäre, so rasch wie möglich festzustellen, ob Jack, Nettie und John in dem Turm sind oder nicht, und dies zu tun, bevor sein Gesicht überall in der Burg bestens bekannt ist. Nun, da Riven ihn gesehen hat, wird er sich an ihn erinnern. Und daher muss es jetzt passieren, denkt Thomas, plötzlich von dieser Idee gepackt, wenn Riven und dieser Riese die Messe besuchen.

Er stählt sich, streicht sein Wams glatt und schreitet auf die Tür des südöstlichen Turms zu; er steigt die Stufen hoch und hämmert gegen die Bretter. Er wartet und bemüht sich dabei, einen gelangweilten Gesichtsausdruck aufzusetzen. Nach einem Moment hört er ein Schlurfen auf den Stufen hinter der Tür, und dann wird der Balken hochgehoben. Ein Gesicht erscheint und sieht ihn ausdruckslos an. Thomas sagt nichts. Er neigt seinen Oberkörper nach vorn, um anzudeuten, dass er hineinwill, und nach einem Augenblick zieht der Mann die Tür weiter auf. Thomas tritt ein. Das Wichtigste ist Schweigen, denkt er. Schweigen und Dreistigkeit.

»Was gibt's?«, fragt der Mann. Auch er trägt nur ein Wams und Beinlinge. Die Ärmel sind aufgerollt, und eine Schmierspur – von Blut? Von Scheiße? – zieht sich über die blasse Innenseite seines Armes.

»Edmund Riven sagte, er sei hier anzutreffen«, antwortet Thomas, geht an dem Mann vorbei und beginnt, die Wendeltreppe hochzugehen. Es ist viel einfacher, als er gedacht hat.

Er ist hier im alten Bereich der Burg, und während er hochsteigt, bemerkt er, dass die Decke recht niedrig und der Untergrund uneben ist. Doch beim Gehen wird er von etwas anderem überwältigt: dem Geruch. Er ist zuerst alarmierend, eine Andeutung dessen, was auf ihn zukommt, und Thomas stolpert beinahe.

»Mein Gott!«

Thomas greift an seine Nase und versucht, nicht zu atmen. Der Geruch ist wie eine Art Schleim, der seinen Mund, seine Zunge, seine Kehle, seine Lungen überzieht.

»Schlimm, nicht?«, sagt der Mann hinter ihm. »Wir lassen den armen Arsch draußen auf dem Laufgang.«

Aber das sind nicht die Ausdünstungen von Edmund Riven und seinem Auge, die die Milch zum Gerinnen bringen. Das ist ein älterer und noch fauligerer Geruch. Es ist der süßliche, ekelerregende, strenge Gestank der Schwarzfäule, und nur der geringste Hauch davon versetzt Thomas in eine andere Burg zurück, in einen Scharwachtturm von Alnwick Castle, wo sie einst John Stumpf auf seinem Totenbett fanden: Sein rechter Arm wurde von genau dieser stinkenden Schwarzfäule verzehrt, nachdem er im Kampf gegen einige Männer von Lord Montagu eine Verwundung erlitten hatte.

»Wird jetzt nicht mehr lange dauern«, fügt der Mann hinzu. »Ist ein Segen für ihn, diesen armen alten Knacker.«

Die Stufen führen im Kreis an einer geschlossenen Tür vorbei und dann weiter hoch zum dritten Stockwerk. Der Gestank wird stärker, bis es fast unmöglich ist, zu atmen. Thomas kann hören, wie sich Männer in gedämpftem Tonfall etwas zurufen.

»Was ist passiert?«, fragt Thomas den Mann, der ihm folgt.

»Sir Edmund hat dem Kerl Verbrennungen zugefügt. An seinem anderen Arm. Mit glühender Kohle. Nur so. Der Arsch hat nicht einen Ton von sich gegeben, aber sich selbst vollgeschissen. Also weiß er entweder nichts über den Verbleib von dem, wonach Sir Edmund sucht, oder ... er hat die Eier von einem Esel.«

Thomas spürt jedes Wort wie einen Schlag. John Stumpf – er wurde gebrannt. Und warum? Ihretwegen. Er dreht sich zu dem Mann um und hält dessen Blick stand. Er weiß nicht, was er erwartet hat, wie ein Folterknecht aussieht, aber dieser hier hat, rein äußerlich, nichts Ungewöhnliches an sich: Dennoch redet er hier über eine Folterung, als wäre es nichts weiter als ein Gespräch über das Kastrieren von Schweinen.

Sie erreichen das dritte Stockwerk, wo es keine Tür zum Schließen gibt, sondern nur die gefürchtete, gewölbte Kammer. An der Wand sind Ketten befestigt, und ein großer Tisch steht – wie der Hackblock eines Metzgers – in der Mitte des strohbedeckten Bodens.

Thomas sagt nichts, als er sie erblickt. Er kann nicht sprechen.

Jack ist noch am Leben, sieht allerdings, oh Gott, schrecklich aus. Er hängt zusammengesackt an der Wand, seine Handgelenke sind über seinen Schultern zusammengekettet. Er schaut nicht auf, als Thomas hereinkommt. Er ist jedoch halb verhungert, und seine schmutzigen Kleidungsstücke hängen an ihm herab. Nettie ist neben ihm und genauso angekettet; ihr ist jedoch ein Hocker gestattet worden. Thomas weiß nicht, ob er erleichtert ist oder nicht, sie immer noch schwanger zu sehen. Außerdem sind da noch zwei Männer, die auf Schemeln sitzen und nicht allzu viel tun. Einer benutzt ein Messer, um etwas zu reinigen, das wie der Ziegenfußhebel einer Armbrust aussieht. Sie schauen zu Thomas auf.

»Wer seid Ihr?«

Thomas weiß nicht, was er darauf sagen soll, und er kann sowieso kaum sprechen.

Die Tür zur Südmauer steht offen. Durch sie kann er John Stumpf sehen, der auf dem Laufgang liegt, hinausgeworfen wie ein Haufen für einen Mistsammler, und dem Tod überlassen ist.

»Ich bin der Wundarzt«, antwortet Thomas. Das ist alles, was ihm einfällt.

»Ihr seht nicht wie einer aus«, sagt der erste Wachmann.

»Nein«, stimmt Thomas ihm zu. Er drückt die Tür weiter auf und geht hinaus auf den Laufgang der Südmauer. Dann blickt er auf John hinab. Natürlich hat er ihn schon einmal, und zwar vor fünf Jahren, in so einem Zustand gesehen. Trotz des Windes, der von den Hügeln hinter ihnen herabkommt, ist der Gestank stark genug, um bei jedem einen Brechreiz auszulösen. John liegt zusammengekauert in einer Ecke, und sein verbliebener Arm ähnelt einem Ast; er hat ihn von sich weggestreckt, als ob auch er sich vor ihm ekelte. Umwickelt ist der Arm von schmutziger Wäsche, vielleicht von einer Bruche. John schwitzt stark, doch seine Zähne klappern, obwohl es wieder ein recht warmer Tag ist. Thomas hält sich den Arm vor den Mund und hockt sich neben seinen Freund hin.

»John«, sagt er. »John.«

Johns Augen zucken unter den Lidern. Es ist unmöglich zu erkennen, ob er ihn hören kann oder ob er versteht, was gesprochen wird. Thomas berührt ihn an der unversehrten Schulter und sagt erneut seinen Namen. Diesmal zucken seine Augenlider; und all die Rückstände von seinem Weinen und Schwitzen, die sich dort während der letzten Tage gebildet haben, und der Staub darauf zerfallen in Brösel. John blinzelt zehn, zwanzig, dreißig Mal, und seine Zähne klappern weiter.

»Thomas?«, stößt er leise hervor; sein Atem ist faulig und seine Zunge dick.

»Ja, ich bin's«, bestätigt Thomas.

»Katherine? Wo ist sie? Wo ist Kit?«

Thomas weiß nicht, was er darauf antworten soll.

»Sie kommt her«, sagt er schließlich.

»Wird sie ... sie imstande sein ...?«

»Das wird sie«, lügt Thomas.

John bewegt seinen Armstumpf. Thomas weiß, dass John sich mit der Hand an ihm festhalten würde, wenn er noch eine hätte.

»Gelobt sei Jesus Christus«, sagt John.

»Amen«, erwidert Thomas.

John gleitet zurück in sein Delirium. Thomas steht wieder auf und betrachtet ihn einen Moment lang. Er denkt an die

Zeit in dem Scharwachtturm von Alnwick zurück. Katherine hatte gesagt, sie müssten ihn sogleich operieren, wenn es ihnen gelingen sollte, sein Leben zu retten. Sie hatte es schleunigst getan und noch nicht einmal vorher auf ein Essen gewartet. Thomas schaut hinab auf seine Hände: auf seine klobigen Finger, seine schwieligen Innenseiten. Auf keinen Fall wird er in der Lage sein, John zu schneiden, selbst wenn er sich entsinnen könnte, wie Katherine es machte. Er erinnert sich an ein Messer, eine Säge, eine Kerze. Was sonst noch? Rosenöl, Leinenzwirn, Urin. Viel davon, nimmt er an, und das bei Warwicks neu errichteten Latrinen.

Aber nein. Das kann er nicht machen. Er braucht Katherine. Oh mein Gott! Wo ist sie jetzt wohl? Kann er ihr eine Botschaft schicken? Kann sie noch rechtzeitig herkommen? Er blickt prüfend auf den faulenden Arm. Das leuchtende Rosarot kriecht auf den Ellbogen zu. Wie lange hat John noch zu leben?, fragt er sich. Katherine sagte ihm einst, Payne hätte ihr erklärt, dass die Schwarzfäule ins Blut geht und von dort in die Leber. Und wenn ein Mensch daran stirbt und man ihn nach seinem Ableben aufschneidet, dann siedet seine Leber und wirft Blasen.

Inzwischen scheint die Sonne und wirft dunkle Schatten auf den Laufgang. An dessen anderem Ende steht ein Wachposten, der sich bis auf das Wams ausgezogen hat und sich gegen das Mauerwerk lehnt; sein Helm und seine Hippe liegen neben ihm auf dem Boden. Thomas fragt sich, wie lange es noch dauern wird, bis die ersten Blätter fallen werden. Einen Monat vielleicht? Wird John lange genug leben, um sie fallen zu sehen? Nein. Unter keinen Umständen, es sei denn, Thomas kann etwas für ihn tun.

Er macht kehrt und geht in den Turm zurück.

Jack ist wach. Seine grimmigen blauen Augen in seinem

böse zugerichteten, zerschlagenen Gesicht bewegen sich langsam, so wie sie es möglicherweise tun würden, wäre er an diesem Fieberfrost erkrankt, der im Winter auftritt. Aber als er aufschaut und Thomas sieht, verzieht sich ungläubig sein Gesicht, und er öffnet den Mund, um etwas zu sagen, doch der Wachposten kommt ihm zuvor.

»Erzählt uns noch einmal, wer Ihr seid!«, fordert er Thomas auf.

Er hat fast vergessen, was er vorhin den Wachen geantwortet hat. Nettie beginnt zu weinen, als sie ihn erblickt.

»Ihr habt eine Frau in Ketten gelassen, die bald ein Kind zur Welt bringt?«, entgegnet Thomas. »Ohne dass sich eine Wehmutter um sie kümmert?«

Die zwei Männer schauen sich an, und es entsteht eine kurze Pause, die nahelegt, dass sie ebenfalls gewisse Bedenken haben. Dann zuckt einer von ihnen – der Soldat, der Thomas hereingelassen hat – mit den Schultern.

»Das ist das Werk von Sir Edmund«, antwortet er. »Er hat sich dazu entschlossen. Er glaubt, er ist dem nahe, was er sucht, und dieser Mann« – er hebt den Fuß in Jacks Richtung – »und diese Frau ... Er glaubt, die beiden wissen den Aufenthaltsort dieser Sache.«

»Was hat er ihnen bislang angetan?«

Erneut eine Pause, die Schamgefühle offenbart.

»Nichts bis jetzt«, erwidert der zweite Mann. »Er wartet.«

»Auf was?«

»Darauf ... darauf, dass das Kind kommt.«

»Und was dann?«

Keiner von beiden will darauf eine Antwort geben.

»Ihr könnt doch nicht die Absicht haben, einem ... einem Säugling Verbrennungen zuzufügen?«

Die Männer – sie sind womöglich sogar selbst Väter – schauen hilflos drein. Es ist kein Ziegenfußhebel, den der eine Mann säubert, sondern etwas anderes, das Thomas nicht kennt, obgleich es eine Klinge hat.

»Ihr kennt ihn nicht«, antwortet einer von beiden. »Ihr kennt nicht diesen Riesen, den er bei sich hat. Er lacht über so etwas. Er wollte, dass wir sie ... sie vergewaltigen. Er sagte, wenn wir es nicht täten, dann würde es der Riese machen.«

Thomas blickt zu Nettie. Sie hat das Gesicht zur Seite gewandt, die Augen fest zugedrückt. Tränen quillen aus ihnen hervor. Jacks Gesicht ist gleichfalls vor Scham und Leid verzerrt.

»Und – habt Ihr das getan?«, bohrt Thomas nach.

Er denkt, dass er sie töten würde, wenn sie jetzt »Ja« sagen. Der ältere der beiden Wachposten schüttelt den Kopf.

»Die Frau des Burgvogts ... Sie hörte in der Kapelle ihre Schreie. Und so kam der Burgvogt auf Anweisung seiner Frau herbeigeeilt und untersagte uns, sie anzurühren. Sir Edmund hat eine Botschaft an den Earl of Warwick geschickt, um dafür zu sorgen, dass allgemein bekannt ist, dass er Bellman bei dieser Sache und ähnlichen Dingen überstimmen kann. Wir warten noch auf eine Antwort.«

Beide Männer sehen aus, als wäre ihnen schlecht. Wenn sie von ihren Pflichten hätten weglaufen können, hätten sie es getan. Thomas geht zu Nettie hinüber und hockt sich neben ihr hin, so wie vorhin bei John. Voller Furcht blickt sie ihn an.

»Was denkst du, wie lange es bis zur Geburt noch dauern wird, Nettie?«, flüstert er.

Sie zuckt mit den Achseln.

Katherine würde es auf den ersten Blick wissen, denkt er.

Er richtet sich wieder auf. Zwar hat er keinen richtigen

Plan, doch er glaubt, dass er schon zu lange hier gewesen ist.

»Ich komme wieder«, sagt er zu den Wachposten. »Gebt ihnen Essen und Wasser, und treibt für sie frische Wäsche auf. Und hört auf, dieses Ding sauber zu machen, was auch immer es ist, und widmet Euch Euren Pflichten. Bei Gott! Sie sind immer noch Engländer und immer noch Untertanen von König Edward, was auch immer Edmund Riven aus ihnen herausbekommen will.«

Sowohl Nettie als auch Jack drehen sich in ihren Ketten, als ob sie irgendwie mit ihm kommen könnten. Er nickt den beschämten Wachmännern zu und eilt die Stufen hinunter. Als er durch die Tür hinauskommt und wieder an der frischen Luft ist, atmet er tief ein – bis er nach rechts blickt und im Durchgang unter der Kapelle den Riesen herankommen sieht. Thomas geht in die andere Richtung los und marschiert um den Bergfried herum. Er ist schon am Fuße der Treppe, die zu seiner Kammer hinaufführt, als plötzlich Flood auftaucht. Der junge Mann hält zwei dünne Bögen und zwei Beutel mit Pfeilen in den Händen und macht den Eindruck, als sei ihm etwas auferlegt worden.

»König Edward will auf die Jagd gehen«, teilt er Thomas mit. Er sieht erfreut aus und zeigt ihm die Pfeilspitzen, die wie Mondsicheln geformt sind. »Wir sollen ihn in den Ställen treffen und Pferde besorgen.«

Auf die Jagd gehen! Oh Gott, das ist nicht das, was er jetzt eigentlich tun müsste. Aber dann dreht er sich um und schaut über seine Schulter – und da ist wieder dieser Riese, der bedrohlich an der Ecke auftaucht.

»Dann mal los«, sagt er und beeilt sich, Flood an der Schulter zu packen und ihn wegzuführen. »Es gibt da etwas, was ich den König fragen muss.«

Um zu den Pferdeställen zu gelangen, muss man durch das Osttor, über eine Brücke und in einen zweiten Burghof gehen, der von untergeordneter Bedeutung ist. Dort werden die übelriechenden Tätigkeiten durchgeführt, die absolut unverzichtbar für den reibungslosen Betrieb einer Burg sind: Dort gibt es die Schmiede, die Ledergerberei und die Metzgerei, wo gerade jetzt ein Ochse an seinen Hufen aufgehängt wird, dessen Bauch vom Hals bis zum Schwanz aufgeschnitten ist, sodass seine rosarot und grau glitzernden Innereien in einen Bottich darunter plumpsen. Auf der anderen Seite bellen die Greyhounds, und die Pferde stampfen auf; der Marschall schreit den Schlachter an, und alle anderen lachen laut. In der Luft liegt der Geruch von Blut, und sie ist voller dicker, sich langsam bewegender Fliegen.

Doch König Edward ist bereits draußen vor den Toren und hält einen herrlich aussehenden Renner am Zügel. Dort sind auch Stalljungen mit zwei weiteren Pferden für Flood und Thomas, und der Priester mit dem fliehenden Kinn ist ebenfalls da. Außerdem sind noch zwei weitere Männer anwesend, die aber bereits im Sattel sitzen und das Geschehen genau beobachten; allerdings führt keiner von ihnen einen Bogen mit sich. Thomas fragt sich, welche Versprechen König Edward dem Burgvogt machen musste, dass der ihm gestattete, sich nach draußen zu begeben. Was soll den König davon abhalten, einfach wegzureiten, womöglich den ganzen Weg bis nach York?

König Edward scheint vollkommen verwandelt zu sein, denkt Thomas, als er und Flood so nah an ihn herangetreten sind, dass sie seinen Gesichtsausdruck erkennen können. Er wirkt sorgenfrei, wie von einer Last befreit. Fröhlich empfängt er sie, ganz form- und zwanglos, als ob sie Hastings selbst wären und nicht dessen Stellvertreter.

»Sir John«, begrüßt er Flood. Und dann: »Master Everingham.«

Thomas ahmt Flood nach, als er genau wie sein Begleiter den Hut abnimmt und ihn an seiner Brust festhält.

König Edward lacht.

»Schaut nur, was der Jäger uns gezeigt hat!«

In seiner Hand hat er kegelförmig zusammengelegte Blätter, in denen ein Haufen kleiner schwarzer Kotklumpen liegt. Flood schaut aufgeregt, Thomas hingegen bleibt ungerührt.

»Kommt! Steigt auf! Wir wollen reiten. Der Jäger sagt, wir sollten uns bald auf Posten begeben.«

Was dann folgt, ist so verwirrend wie einfach. Einer von Warwicks Männern, der allerdings nicht seinen roten Wappenrock trägt, sondern in den Farben Rostrot, Braun und Grün ist, führt sie von der Burg weg in Richtung Süden: durch Parks und von Mauern umgebene Gärten, durch einen Obstgarten und dann durch ein Labyrinth. Als sie schließlich an einer alten Turmhügelburg vorbeikommen, biegt er nach Westen zu einem Hügel mit abgeflachter Kuppe ab. König Edward ist ganz entzückt über den mangelnden Respekt des Mannes, und immer wieder dreht er sich zu Thomas und Flood um und verdreht die Augen. Er verhält sich wie ein Novize, der einen leicht reizbaren Prior ärgert. Nachdem sie eine Weile geritten sind, werden sie zu einer nicht allzu tiefen Senke geführt. Der Jäger sagt ihnen, dass sie absteigen, jedoch bei ihren Pferden bleiben sollen. Er mustert sie von Kopf bis Fuß und führt sie zu bestimmten Stellen, von denen aus man die große, von Farngestrüpp überwucherte Fläche vor ihnen überblickt. Thomas ist ganz rechts, König Edward in der Mitte, links daneben der Priester mit dem fliehenden Kinn und Flood ganz links. Der Bogen, den Thomas erhalten hat, ist eine recht schmale Waffe, eine von der Art, die von

Jugendlichen benutzt werden könnte. Thomas glaubt, dass sie aus Ilex-Holz hergestellt worden ist, und er weiß, er könnte sie ohne irgendwelche Probleme zu einem Kreis biegen. Er beobachtet, wie die anderen einen Pfeil anlegen, und macht das Gleiche. Sie bleiben ihren Pferden sehr nahe und benutzen sie, wie Thomas vermutet, um den eigenen, menschlichen Geruch oder ihre menschliche Gestalt zu verbergen.

Es wird ein wunderschöner Tag.

Thomas wartet, seine Gedanken jedoch kreisen ständig um Jack, Nettie und John. Daher kann er sich nicht zurückhalten, König Edward anzusprechen, obwohl Flood ihm gesagt hat, er dürfe ihn vor der Beseitigung der erbeuteten Tiere nicht anreden, was offensichtlich eine der vielen unausgesprochenen Regeln der Jagd ist, die er bereits kennen sollte. Thomas geht einen Schritt auf den König zu und öffnet den Mund, aber Flood wirft ihm einen warnenden Blick zu, und in diesem Fall kann Thomas ihm nur vertrauen. Gleichwohl folgt nun eine größere Zeitspanne, in der nichts geschieht, abgesehen davon, dass sie in der Ferne Hunde bellen und die Klänge eines Jagdhorns hören.

»Da kommen sie!« Die Worte hat König Edward halb geflüstert, halb gerufen.

Und Thomas erblickt acht oder neun braune Hirsche, deren Geweihe viele Enden haben. Sie kommen rasch durch das Farnkraut den Hügel herunter, als wären sie auf Sprungfedern unterwegs. König Edward lacht vor Freude auf. Im Nu sind die Tiere bei ihnen; sie springen mit erstaunlicher Geschwindigkeit. Thomas legt einen der seltsam geformten Pfeile an. Er nimmt an, dass König Edward den ersten Schuss hat, und wartet ab. Und tatsächlich, die anderen verhalten sich genauso. König Edward spannt den Bogen, lässt den Pfeil von der Sehne schnellen – und schießt daneben. Für jene, die es nach ihm versuchen, muss das gefährlich sein: Das denkt Thomas unwillkürlich, als er seinen Bogen spannt und schießt. Sein Pfeil bohrt sich mit einem dumpfen Schlag in den Hals eines großen Hirschs, als der etwa dreißig Schritte entfernt ist. Das Tier schwankt, kommt dann aber an ihnen vorbeigestürmt. Es ist erschreckend groß, wie eine Tonne, auf der man einen Baum gepflanzt hat. Der Pfeil ist im Brustbereich verschwunden. Die anderen schießen jetzt auch. Einer der Hirsche geht augenblicklich zu Boden. Dann kommen die übrigen Tiere an ihnen vorbeigesprungen, so nah, dass Thomas beinahe den Arm ausstrecken und einen von ihnen berühren kann. König Edward versucht, einen weiteren Pfeil anzulegen, doch es ist zu spät. In der Zeit, die er dafür benötigt, sind sie verschwunden. Thomas beobachtet, wie der von ihm getroffene Hirsch nach rechts ausschert und dann, ungefähr hundert Schritt weiter, langsamer wird. Seine Beine verheddern sich, dann bricht er im Heidekraut zusammen.

»Ein ausgezeichneter, wirklich ausgezeichneter Schuss!«, ruft König Edward.

Sie stehen einen langen Moment nur da. Thomas empfindet nichts bei dem, was er gerade getan hat. Er verspürt kein bisschen von dem überschwänglichen Jubelgefühl, dessen sich die anderen zu erfreuen scheinen. Alles, woran er denken kann, ist die Szene in dem Turm, wo seine Freunde angekettet sind und langsam in ihrem eigenen Dreck sterben. Noch nicht einmal einen Bären würde man so behandeln.

»Was wird mit ihm geschehen?«, fragt Thomas, als er sich wie die meisten anderen zu dem toten Hirsch gestellt hat. Dessen Zunge hängt weit aus dem Maul und ist mit dunklem Blut befleckt, und auf dem Geweih wächst Moos oder so was. Der Körper ist erstaunlich groß. Das größte Wesen, das Thomas jemals getötet hat.

»Die Tiere werden fortgeschafft, und dann kommt das Curée«, erklärt Flood, »wenn die besten Teile selbstverständlich in die Speisekammer des Burgvogts gebracht werden und der Rest unter den Männern und den Hunden verteilt wird.«

König Edward gesellt sich zu ihnen. Er hat eine Pilgerflasche Wein bei sich und bietet sie den Männern in der Runde an.

»Ein ausgezeichneter Schuss!«, lobt er erneut.

Als Thomas den Hirsch erlegte, dachte er, der wäre wie eine Zielscheibe, die auf ihn zukam. Er konnte nicht danebenschießen. König Edward jedoch verfehlte das Ziel. Daher sagt Thomas dazu kein Wort.

Während der Hirsch an eine Stange gebunden wird und die Jagdhunde zusammengetrieben werden, fordert König Edward Thomas und Flood auf, mit ihm zu reiten. Der Priester mit dem fliehenden Kinn und die zwei Wächter folgen ihnen.

»Wir werden aus der Situation das Beste machen«, sagt König Edward. »Die Jagdmöglichkeiten sind ausgezeichnet, und seht nur: Es gibt auch noch viel für unsere Falken. Ansonsten ist die Burg – wie soll man sagen? Ausreichend komfortabel?«

Flood nuschelt etwas Anerkennendes.

»Ja«, fährt König Edward fort, »er hat es sich hier gewiss gut gehen lassen, der werte Mylord Warwick.«

Als sie auf die Burg zureiten, kann Thomas seinen Blick nicht vom südöstlichen Turm abwenden.

»Da ist allerdings irgendwas Eigenartiges«, meint König Edward, der nun vielleicht mehr zu sich selbst als zu Thomas oder Flood spricht. »So eine merkwürdige Atmosphäre.«

Und nun zieht Flood den Blick von Thomas auf sich, um ihm zu signalisieren: Jetzt ist der Moment gekommen.

»Das ist dieser Edmund Riven, Sir«, sagt Thomas. »Der Mann, dem ein Auge fehlt.«

König Edward schaut ihn an, eine seiner Augenbrauen hat er dabei hochgezogen. Er ist ein stattlicher Mann, doch seine Lippen sind sehr fest aufeinandergepresst und seine Mundwinkel nach oben gezogen, sodass es aussieht, als würde er ständig ein Lächeln unterdrücken. Diese Mimik hat etwas Irritierendes an sich: Sie legt nahe, dass er von allem amüsiert ist, was er sieht, und dass der bessere, ernsthaftere Teil von ihm sein Leben irgendwo anders führt.

»Bellman hat sich gestern Abend über ihn beklagt«, berichtet er.

Flood fragt, weshalb Bellman sich über Riven beklagt habe.

»Allem Anschein nach hat Mylord Warwick befohlen, dem Mann jegliche Unterstützung zu gewähren. Aber der Burgvogt weiß nicht, warum oder was er im Schilde führt; und wie Ihr Euch vorstellen könnt, gefällt Bellman das nicht sonderlich.«

»Riven foltert Leute«, erzählt Thomas. »Er hält oben in diesem Turm einen sterbenden Mann fest, zudem eine Frau, die bald ein Kind gebären wird. Außerdem ist da ein einarmiger Mann, den er durch Verbrennung halb zu Tode gefoltert hat. Sie alle sind mit Ketten an die Wand gefesselt.«

Der König stößt angewidert den Atem aus.

»Welches Auge ist weg?«, fragt er.

»Das linke«, antwortet Thomas.

Der König ist nicht überrascht. »Die Philosophen sagen uns, dass das rechte Auge Erkenntnis ermöglicht«, erklärt er, »wohingegen das linke Zuneigung ermöglicht.« König Edward hat Freude an der Philosophie.

»Eine Frau, die bald ein Kind gebären wird?«, hakt Flood nach.

Thomas nickt.

»Was hat sie getan?«, will König Edward wissen. »Abgesehen von dem Offensichtlichen?«

»Nichts«, antwortet Thomas.

»Warum ... ist sie dann so angekettet?«

»Ich kann es nicht sagen.«

König Edward ist nachdenklich. In seinem Blick ist allerdings ein Schimmern, das stärker wird, als ob er irgendeine Möglichkeit gesehen hätte.

»Ich werde Bellman davon erzählen«, sagt er. »Er ist kein so schlechter Kerl, wenn man es genau bedenkt, und er wird möglicherweise meine Einmischung gutheißen, glaube ich. Das wäre dann auch ein erster Test, wo seine Loyalitäten liegen, hmmm?«

Thomas gibt nicht vor, diese letzte Bemerkung zu verstehen. Sie lassen ihre Pferde bei den Ställen des äußeren Burghofs und kehren durch das Osttor in die Burg zurück. Thomas ist hungrig, wie ihm bewusst wird, und es gibt ein Mittagessen in der großen Halle: Zimt und Milchsuppe, gebratenes Kaninchen, ein Gericht aus süßem, gewürztem Gemüse, ein Weich- und ein Hartkäse, ein Stück von einem der Hirsche, die sie vorhin getötet haben, sowie Brot und Ale. König Edward nimmt erneut an der Tafel auf dem Podium Platz, wo er neben Bellman sitzt. Thomas bemerkt Blicke in seine Richtung, und dann werden die Köpfe zusammengesteckt.

Anschließend verlässt Bellman die Halle, und König Edward zieht seine Augenbrauen nach oben. Aber dann passiert nichts, und Thomas bleibt nichts anderes übrig, als auf- und abzugehen, bis er von Flood gebeten wird, ihm beim Schreiben eines Briefs an seine Frau zu helfen. Sie kann nicht lesen, wie Flood ihm gesteht, und er, um ehrlich zu sein, kann kaum schreiben. Daher zeichnet Thomas für die beiden ein winziges Bild von einem übermäßig gutaussehenden Ritter in Rüstung auf einem Pferd.

»Oh, sie wird das lieben!«, ruft Flood aus. »Du bist darin so gut wie alle Mönche, die ich jemals getroffen habe.«

»Wie wirst du den Brief zu ihr bringen lassen?«, fragt Thomas. Er hat angenommen, dass der Kontakt mit der Außenwelt stark eingeschränkt wäre.

Flood erzählt ihm, dass er einen weißen Mönch gefunden hat, den es nach Gesellschaft dürstet. Dieser Zisterzienser, der aus dem nahe gelegenen Kloster Jervaulx ist, komme häufiger hierher und würde gerne, als Dank für Almosen und Unterhaltung, alles Mögliche mitnehmen und herbringen. Also schreibt Thomas einen Brief an Katherine in Marton, in dem er ihr mitteilt, wo er sich befindet und was passiert ist. Er lässt den Brief bei Flood, borgt sich beim Sergeant eine Reihe stumpfer Pfeile und verbringt den Rest des Nachmittags, ausgezogen bis auf die Beinlinge und das Wams, mit Übungen am Schießstand. Er weiß einfach nicht, was er sonst machen soll; und von Zeit zu Zeit gleitet sein Blick über die Burgmauern zu den Zinnen an diesem südöstlichen Turm, von wo ihn der Wachposten beobachtet. Katherine würde wissen, was als Nächstes zu tun ist. Ja. Sie würde es wissen.

Und wie viel Zeit bleibt John noch, bevor die Fäule ihn tötet?

Und Nettie? Sicherlich kann es bei ihr nicht mehr lange dauern.

Er schickt einen Pfeil in die Luft, der singend den Schießstand hinunterfliegt und einhundert Schritte weiter dumpf in den feuchten Erdwall einschlägt. Als er vierundzwanzig Pfeile abgeschossen hat, geht er den Schießstand entlang und sammelt sie ein. Das macht er wieder und wieder. Es ist ein Mittel, um seine Wildheit unter Kontrolle zu halten, wie er weiß, und er fragt sich, ob er sich nicht andernorts ein Ziel für diese Gereiztheit suchen sollte.

Nach einer Weile kommen andere nach draußen, um sich zu ihm zu gesellen, und sie leihen ihm einen richtigen Bogen. Nachdem er einige Zeit in ihrer Gesellschaft verbracht hat, stellt er fest, dass es sich um Männer handelt, die vielen anderen nicht unähnlich sind, die er früher kennengelernt hat. Doch jeder von ihnen wünscht, er wäre mit dem Rest von Warwicks Männern im Süden, wo es, wie sie glauben, eine Chance auf Beute gibt. Man spricht davon, wie einst Männer von Lord Montagu über ein Vermögen gestolpert sind und was für ein guter Mann er doch ist, dass er es seinen Leuten gestattet hat, die Beute unter sich zu verteilen, ohne selbst irgendetwas davon zu nehmen. Sie stellen sich vor, dass sein Bruder, der Earl of Warwick, das Gleiche tun könnte, sollte sich solch eine Gelegenheit ergeben, denn er liebt die Gesten.

Thomas fragt sie nach Riven.

Einer von ihnen bekreuzigt sich daraufhin.

»Ein übler, übler Kerl«, antwortet er.

»Tritt ihm ja nicht auf die Füße«, warnt ein anderer. »Es würde zu ihm passen, dass er dich dann von seinem Riesen zu Tode sodomisieren lässt.«

Sie diskutieren über den Riesen und stimmen darin überein, dass er einfältig und aus Irland ist, obwohl es dafür keinen Beweis gibt.

»Er ist wie einer dieser Saurüden, die ihrem Herrn niemals von der Seite weichen«, meint einer.

»Nie sagt er ein Wort«, fügt ein anderer hinzu. »Er knurrt bloß.«

Im Laufe des Nachmittags wird es kalt. Wind kommt auf.

Thomas legt sein Wams wieder an, und nach einer Weile packen sie ihre Sachen zusammen, marschieren zurück und kommen durch das Osttor in die Burg. Als sie hindurchgehen, erhaschen sie einen Hauch von der Fäule, die von der Südmauer oder dem südöstlichen Turm herüberweht, und alle Männer ächzen und bedecken Mund und Nase. Thomas blickt in den Durchgang unter der Kapelle hinein, der die Tür des südöstlichen Turms einzurahmen scheint, und sie ist offen, wie er sieht. Erneut denkt er an John, und er spricht ein stummes Gebet für den Mann.

Als es dunkel wird, schlendert er mit Flood zur großen Halle im Bergfried. Von dort wehen ihnen Essensgeruch und Stimmen entgegen. Aber anstatt sich zu den Leuten im Saal zu gesellen, steigt Thomas zu der Treppe hinauf, auf der man zur überdachten Brücke gelangt, die über den Burghof zu den Gemächern im Südbereich führt, wo der Burgvogt Bellman und seine Familie wohnen. Die Tür dort oben ist natürlich geschlossen, und Thomas bleibt auf der Brücke stehen und schaut hinab auf den Eingang zum südöstlichen Turm. Diese Pforte ist ebenfalls zu, trotzdem ist der Gestank der Fäule allgegenwärtig und durchdringend. Er scheint wie ein Färbemittel die eigene Kleidung zu beflecken. Thomas legt die Ellbogen auf die Holzbrüstung und blickt in den Burghof hinunter, der vom schwachen Licht aus den Fenstern des Turms erhellt wird. In dem Moment gibt es Unruhe an der Tür des Durchgangs. Drei Männer tauchen auf, die wie Wachsoldaten aussehen und eine Person geleiten; Letztere könnte eine Frau in einem Reisemantel sein. Sie sind in Eile. Einer von ihnen pocht laut gegen die Tür des südöstlichen Turms, so wie Thomas es früher am Tag getan hat. Die vier treten zurück und warten. Einer der Männer dreht sich zur Frau und fragt etwas. Sie gibt ihm eine scharfe, herablassende

Erwiderung, und während der Mann, zu dem sie spricht, ernst bleibt, beginnen die zwei anderen zu lachen. Es ist etwas Eigentümliches an dieser Frau …

Dann wird die Tür geöffnet. Jemand hält eine Lampe hoch, und Licht fällt auf die nach oben gerichteten Gesichter. Thomas denkt: Bei Gott, ist das etwa …? Nein. Bestimmt nicht. Er versteht nicht, was gesagt wird. Die Frau geht die Hälfte der Stufen hoch und bedeckt dann ihre Nase. Sie sagt etwas, und der Mann im Innern des Turms gibt in brummendem Tonfall eine Erwiderung und schließt die Tür. Das Licht bewegt sich. Die drei Wachsoldaten und die Frau – es ist definitiv eine Frau – warten draußen. Die Frau bewegt sich unruhig. Einen Augenblick später wird die Tür erneut geöffnet, und diesmal ist es Edmund Riven, der im Eingang auftaucht und sich sein Wams anzieht. In scharfem Ton stellt er der Frau die Frage: »Wo?«, und sie antwortet: »Im Wirtshaus.«

Sie klingt ja genau wie Liz, denkt Thomas unwillkürlich, aber es ist unmöglich, dass sie es ist. Einen Moment später schiebt sich Edmund Riven an der Frau vorbei, dann taucht der Riese im Eingang auf, sodass von dort kurzzeitig kein Licht mehr nach draußen fällt. Zusammen mit den drei Wachsoldaten gehen sie alle in den Durchgang unter der Kapelle hinein und verlassen den Burghof. Der Mann aus dem Turminnern, der die Lampe hält, bleibt noch einen Augenblick in der Tür stehen und schließt sie dann.

Das Ganze hat ungefähr so lange gedauert, wie man braucht, um das Vaterunser zu beten.

Thomas wartet noch einen Moment, dann kehrt er zur großen Halle zurück, wo der König vom vielen Trinken bereits ein weinrotes Gesicht bekommen hat. Aber von Bellman ist nichts zu sehen. Thomas will gerade hineingehen und sich neben Flood schieben – sein Freund und der Priester mit dem fliehenden Kinn unterhalten sich über die heutige Jagd –, als einer der Diener ihn von hinten anstupst und ihm mitteilt, dass draußen jemand nach ihm verlangt. Das Verhalten des Mannes hat etwas Verstohlenes an sich, als ob um einen Gefallen gebeten würde und es sich nicht um den Befehl einer hochrangigen Person handelte, die Thomas herbeizitieren lässt. Daher geht er rasch mit dem Diener, folgt ihm die Wendeltreppe hinunter und durch die überhitzten Küchenräume, die nach brutzelnden Zwiebeln oder menschlichem Schweiß stinken. Durch die niedrigen Türen gelangen sie hinaus in den Burghof, wo es ziemlich dunkel ist. Dort wird Thomas von einem der Männer aus dem südöstlichen Turm aufgeregt erwartet: einer von denen, die so beschämt ausgesehen haben, weil sie Jack, Nettie und John Stumpf so schrecklich behandelt haben. In der Hand hält der Mann eine Binsenlaterne, die ein schwaches Licht wirft, und zum Gruß fasst er sich kurz an die Mütze.

»Ihr seid doch ein Wundarzt, wie Ihr sagtet, nicht wahr?«, fragt er.

Thomas verneint dies nicht.

»Wir glauben ... Wir glauben, dass die Frau kurz davor ist, das Kind zu bekommen«, fährt der Mann fort. »Und wir glauben, dass dieser andere, der mit ... Ihr wisst schon, nicht? ... Also, wir denken, dass er nicht mehr allzu lange auf der Welt sein wird.«

»Gibt es keine Wehmutter? Keinen ... anderen Wundarzt?«

»Beide sind nach Süden gegangen«, entgegnet der Mann. »Sie sind mit dem Earl in London oder wo auch immer. Ihr seid der Einzige, der sich in irgendwelchen ärztlichen Dingen auskennt.«

»Aber was ist mit Edmund Riven?«

»Er ist hinausgerufen worden zu einem seiner ... seiner Überfälle oder seiner Einsätze – oder wie auch immer er das nennt. Er wird bald den einen oder anderen Unglücksraben reinschleppen, dem die Flügel beschnitten worden sind ... Aber vorher? Könntet Ihr wohl kommen? Ihr könntet ihnen zumindest etwas Trost spenden.«

Thomas weiß, dass er absolut nichts tun kann und dass der Mann den Priester suchen sollte. Doch zu seinen Freunden zu gehen – das ist das Allermindeste, was er für sie tun kann. Immerhin hat er vielen Mutterschafen beim Gebären geholfen, und falls er Nettie helfen kann, dann ist das wenigstens schon mal etwas.

»Ich habe keine Instrumente bei mir«, sagt er. »Messer und so weiter.«

»Ach du lieber Gott, wir haben doch Messer«, erwidert der Mann. »Aber beeilt Euch! Es lässt sich nicht sagen, wann er zurückkehren wird.«

In diesem Moment kommt ausgerechnet Flood aus der Küche heraus. Er ist Thomas gefolgt.

»Bist du in Ordnung, Thomas?«

Thomas erzählt ihm, was er tun will. Flood ist verwundert.

»Du bist wirklich ein vielseitiger Mann«, befindet Flood.

Thomas stimmt ihm zu.

»Kommt!«, drängt ihn der Wachmann.

»Kannst du Wasser holen? So heiß, wie es nur geht. Und Leinen – sauberes, wenn möglich. Und ... und Wein. Eine Menge davon. Frag in der Küche danach.«

»Natürlich«, sagt Flood.

Thomas folgt dem Wächter um den Bergfried herum, und dann beginnen sie, zum obersten Raum des Turms hochzusteigen; das glimmende Licht der Laterne zeigt ihnen den

Weg. Thomas hält sich die Nase zu und presst die Lippen fest zusammen. Dieser Geruch. Er kann spüren, wie das Herz in seinem Brustkorb gegen die Rippen pocht. Er fühlt, dass es sich vielleicht freikämpfen und zum Mund hinauszwängen könnte. Oh Gott! Was hat er jetzt nur vor? Da: ein plötzlicher Schrei in der Dunkelheit oben. Harsch – und verletzt. Er denkt an Fleisch, das zerrissen wird. Er stolpert, fängt sich wieder.

Dann hört er, wie Jack seiner Frau etwas zuruft.

»Alles wird gut ausgehen, Nettie! Alles wird gut!«

Sie erreichen das oberste Stockwerk. Die Tür zum Laufgang ist offen, und der süßliche, widerliche Gestank quillt in den Raum hinein. Auf dem Tisch steht eine Lampe, doch der Wächter hockt in der Dunkelheit neben Nettie. Jack liegt auf den Knien, und die Ketten, mit denen er gefesselt ist, sind straff gespannt. Sein Gesicht ist nass vor Tränen, und immer wieder und wieder spricht er den Namen seiner Frau aus.

»Legt ihnen die Ketten ab!«, ruft Thomas.

»Das können wir nicht!«, entgegnet der Wächter mit lauter Stimme. »Wir haben den Schlüssel nicht!«

»Wo ist er?«

»In Edmund Rivens Geldbeutel! An seinem Gürtel.«

»Zerbrecht sie! Zerbrecht sie!«

Nettie kreischt wie ein Tier. Ihr Geschrei hallt durch die ganze Kammer. Die beiden Wachmänner sind fast verrückt vor lauter Scham und Sorge.

»Wie? Wie?«

»Rennt zum Schmied! Findet ihn! Bringt seine Hämmer und … und was man sonst noch dafür braucht. Ein Werkzeug, um die Ringe aufzubrechen!«

»Thomas!«, schreit Jack. »Hilf ihr! Hilf ihr!«

Einen Moment lang ist Thomas wie erstarrt. Er schaut auf

Nettie. Da ist überall Blut. Ihre Hände sind wie Krallen. Sie zerrt an ihren durchnässten Röcken. Der Gestank von Johns Wunde ist immer noch unerträglich. Thomas eilt zu Nettie. Er versucht, ruhig zu sein. Er hält sie fest. Dann redet er auf sie ein – so, wie er es früher zu tun pflegte, wenn er Schafe beruhigte. Er spricht in einem leisen, surrenden Tonfall und nennt sie »Mädchen«.

»Es wird alles gut«, murmelt er. »Alles wird gut. Komm jetzt! Komm jetzt! Ja, das ist's. Du darfst ruhig jaulen, wenn das hilft.«

Nettie packt seine Hand mit ihren beiden – ein Band, das mit ihrem Blut besiegelt wird –, und sie quetscht seine Finger und schreit sich die Lunge aus dem Hals. Sie hat ihren Schemel weggetreten, sitzt an der Wand und streckt die Beine gerade von sich weg; ihre Hände sind über ihrem Kopf angekettet. Thomas schreit laut, dass es ihm furchtbar leidtut; und Nettie verflucht den Leib und das Blut und die Gebeine Jesu Christi. Jack ruft daraufhin, dass sie es nicht so meint; und einer der Wachmänner weint. Thomas weiß, dass draußen nahe der Tür John Stumpf gerade im Sterben liegt, und er weiß, dass die Heimsuchungen, die er über diese drei Menschen gebracht hat, schon jenseits dessen liegen, was ihm vergeben werden kann.

Genau in dem Moment hört er Schritte auf der Treppe, und nackte Furcht liegt in den Augen der Wachmänner, als sie sich anschauen.

Riven ist zurück.

20. Kapitel

Katherine steht im Schatten des Eingangs zu einem Färberhof, wo der strenge Geruch so stark ist, dass hier ein Nachtwächter nicht benötigt wird; und sie betet, dass sie sich irrt. Sie betet, dass Liz bald von jenem anderen Wirtshaus zurückgelatscht kommt, ihre Schnürbänder glattstreicht und verkündet, man habe Jack, Nettie und John Stumpf freigelassen und Edmund Riven sei nicht mehr auf der Suche nach dem Lagerbuch. Katherine hält Rufus in ihren Armen und muss das ganze Gewicht seines warmen Körpers tragen; sein Gesicht drückt sich an die nackte Haut ihres Halses, und er zieht die Nase hoch. Die Worte ihres Gebets entströmen in einem Wimmern kläglicher Verzweiflung ihren Lippen.

»Bitte, Herr, mach, dass es so sein wird«, fleht sie.

Doch sie weiß, dass ihre Gebete vergeblich sind. Sie weiß, dass man sie betrogen, ausgetrickst, verleumdet und sogar zum sicheren Tod verurteilt hat, als sie, nach einem langen Moment, hinter den Häusern oben bei der Burg Rufe vernimmt. Und dann kommt Edmund Riven: Im Halbdunkel des spätsommerlichen Abends bewegt er sich zielstrebig auf den Marktplatz zu. Mit dem Stück Leinen, das er sich ans Gesicht drückt, ist er unverwechselbar. Er sitzt hoch zu Ross und führt eine Gruppe von zehn oder fünfzehn Männern an, von denen jeder eine Laterne und eine Hippe trägt. Sie steuern auf den Weißen Schwan zu. Bei ihnen ist der Riese, dessen Kopf und Schultern alle anderen überragen; mit nervenaufreibenden fließenden Bewegungen, die nicht menschlich zu sein scheinen, sondern einem Hund bei der Hirschjagd ähneln, reitet er im leichten Galopp neben Riven.

Katherine weiß, dass sie sich in Bewegung setzen muss. Sie muss weg – doch wohin soll sie sich wenden? Sie wird nie und nimmer weit fliehen können, wenn sie auf den Straßen, auf denen sie hergekommen ist, oder querfeldein davonrennt. Riven und seine Männer würden sie in wenigen Augenblicken zur Strecke bringen. Wo kann sie sich verstecken? Nirgendwo für längere Zeit.

Es gibt keinen anderen Ausweg. Sie braucht eine heilige Zufluchtsstätte: Kirchenasyl.

Sie schleicht zurück in die zunehmende Dunkelheit des Hofes, wo nach der Hitze des Tages der faulige Gestank sich wie ungekochtes Eiweiß hinten in der Kehle anfühlt. Rufus murmelt etwas und bewegt sich, während sie sich ihren Weg sucht: vorbei an den Bottichen, in denen die Farbe einzieht, sowie den Trockengestellen, wo die Häute hängen, und dann hinaus durch den hinteren Teil des Hofes. Sie folgt einem ausgetretenen Pfad zum Bach, wo der Färber seinen Abfall wegkippt. Eine rutschige Planke führt über das Gewässer, und dahinter stehen die Hütten seiner Burschen. Dort ist ein angeketteter Hund, der kläfft.

Katherine überquert die Planke, dann huscht sie weg von den Hütten und den Abhang hoch. Sie folgt dem Bachlauf in Richtung des gewaltig wirkenden Kirchturms, der die Sicht auf die so mondbeschienenen Wolken versperrt. Es ist ein verzweifeltes Vorhaben, doch es ist alles, was ihr einfällt. Sie klettert über eine niedrige Einzäunung aus Haselsträuchern, wobei sie vorsichtig ein Bein nach dem anderen hinübersetzt. Ein größerer Hund fängt zu bellen an, und dann kommt sie zu einer Kirchhofsmauer, über der schwarze Eibenzweige im auffrischenden Wind schaukeln und tanzen.

Überall flattern Fledermäuse in der Abenddämmerung. Katherine geht nach links um die Mauer herum und dankt Gott, dass der Tag, der lang gewesen ist, jetzt endlich zu Ende geht.

Rufus ist wieder wach, daher kann sie ihn kurz absetzen und sich das Lagerbuch zusammen mit ihrem anderen Beutel über die Schulter werfen. Sie läuft mit dem Jungen weiter und stößt schließlich auf das Tor zum Kirchhof. An dessen Riegelstange fummelt sie herum, bis sie die Pforte öffnen kann.

»Komm«, sagt sie zu Rufus.

»Wo ist Liz?«

»Sie ... sie ist fort, Hilfe holen.«

Das ängstliche Gesicht von Rufus, der die Antwort akzeptiert, reflektiert das schwache Mondlicht. Er ist völlig erschöpft, und sein Oberkörper ist weit nach vorn gebeugt, als bestünde er aus Teig und nicht aus menschlichem Fleisch, und von Letzterem gibt es sowieso herzlich wenig auf seinen Knochen. Sie legt eine Hand auf seine schmale Schulter.

»Wir werden heute Nacht hier schlafen«, sagt sie ihm. »Am Morgen dann –«

Sie hört ein Geräusch. Eines, das von Menschen herrührt und trotz des Rauschens der Zweige zu vernehmen ist.

»Komm«, flüstert sie und eilt durch die Pforte. Sie führt ihren Sohn durch die Finsternis des Kirchhofs, wo Grabsteine im langen Gras liegen, die bleich wie Geister sind. Der Pfad ist bis zur Südtür der Kirche gepflastert. Katherine hofft, dass die Pforte nicht abgeschlossen ist. Falls doch, ist sie gewillt, ein Fenster einzuschlagen. Sie wird dann Rufus wie einen gewöhnlichen Dieb durch die schmale Öffnung schicken, und er kann anschließend die Tür von innen für sie öffnen. Auf diese Weise werden sie zumindest trocken bleiben; und am Morgen, wenn der Priester kommt, wird sie das

Gleiche tun wie jener Mann, der damals in Lincoln Isabella belästigte, und um Kirchenasyl bitten.

Aber dann sieht sie durch die bunten Fenster ein Licht im Innern. Dort ist jemand. Gebe Gott, dass es sich um den Priester handelt. Sie führt Rufus schnell zur Tür und versucht sie zu öffnen. Sie ist zugesperrt. Katherine klopft an, so laut, wie sie glaubt, es wagen zu können: eine Reihe gedämpfter Schläge mit der Unterseite ihrer Faust. Einen Moment später erscheint ein Lichtbalken zwischen der Tür und dem Steinboden. Jemand kommt.

»Wer seid Ihr, und was wollt Ihr?«, ruft eine Stimme von drinnen.

Sie zögert. Wenn sie ruft, wird man sie hören. Ihre Verfolger werden dann wissen, dass sie hier ist. Daher antwortet sie nichts und pocht einfach wieder gegen die Tür. Nach einem Augenblick hört sie, wie ein Riegel gezogen wird. Die Tür öffnet sich einen Spalt, und der gelbe Strahl einer Laterne fällt nach draußen. Ein Mann drückt ein Auge an den Spalt und mustert Katherine. Sie schiebt Rufus nach vorn, um zu zeigen, dass sie nichts Böses im Sinn hat. Das Auge des Mannes – es ist dunkel – huscht nach unten zum Jungen, und die Tür öffnet sich ein kleines Stück weiter.

»Was wollt Ihr?«, fragt er abermals.

»Zuflucht«, antwortet sie. »Für die Nacht. Es gibt da einige Männer ... Wir ... wir werden verfolgt.«

Dennoch scheint er nicht gewillt zu sein, die Tür weiter zu öffnen.

»Geht zur Burg«, erwidert er. »Der Burgvogt ist ein guter Mann.«

»Bitte«, fleht sie. »Um der Liebe unseres Herrn Jesu Christi willen. In seinem Namen. Übt Barmherzigkeit. Wenn nicht für mich, dann für meinen Sohn.«

Der Mann zögert immer noch, und so drückt sie gegen die Tür. Sie ist über die Schwelle, bevor er ihr die Tür vor der Nase zuschlagen kann. Er ist Priester und trägt ein langes schwarzes Gewand, das bis zum Boden reicht.

»Ich danke Euch, Vater«, sagt sie, während der Priester noch zaudernd an der Tür steht. »Verschließt sie. Bitte. Ihr müsst sie zusperren. Dort draußen sind Männer. Diebe.«

»Diebe!«, schreit er, seine Stimme ist schrill vor Ärger. »Ihr habt Diebe zu meiner Tür gebracht.«

»Nicht, wenn Ihr sie schließt«, sagt sie ihm. »Sie werden die Heiligkeit der Kirche nicht verletzen.«

Dem Priester bleibt keine Wahl. Er schließt die Tür hinter ihr, schiebt oben und unten die Riegel vor und lässt dann den Balken nach unten klappen. Als er sich wieder aufgerichtet hat, hält er die Laterne hoch, um Katherine genauer zu mustern, und enthüllt so auch mehr von seinem Äußeren: Er ist mittleren Alters und trägt keine Kopfbedeckung, seine dunklen Haare sind in ziemlicher Unordnung. Allem Anschein nach ist er auf sie böse.

»Wieso haltet Ihr Euch um diese Stunde noch draußen auf?«, verlangt er zu wissen.

»Das tue ich nicht freiwillig«, antwortet sie. »Wir sind von … von York hierhergereist. Ein paar Männer auf der Straße nahmen uns die Beutel weg und ließen uns ohne Geld für ein Wirtshaus zurück.« Sie zieht Rufus an sich heran; sie möchte nicht, dass er die Wahrheit erzählt.

»Aber Ihr könnt nicht hierbleiben«, betont er. »Nicht jetzt. Nicht heute Nacht.«

Sein Blick huscht kurz in die Dunkelheit des Kirchenschiffs und dann rasch wieder zu Katherine.

»Ihr würdet uns doch nicht in die Finsternis hinausschicken, oder?«, fragt sie.

Ihm ist nicht wohl bei der Sache. Katherine kann sehen, wie er versucht, sich einen Grund auszudenken, um sie hinauszuwerfen. Sie wendet sich von ihm ab und setzt Rufus so auf den Boden, dass sein Rücken an einer Säule lehnt; dann streicht sie dem Jungen über die Wange.

»Es wird alles gut«, beruhigt sie ihn. »Dieser nette Priester wird uns hierbleiben lassen.«

Als sie sich aufrichtet, ist der Geistliche immer noch unsicher und unschlüssig. Es ist, als ob sie ihn bei irgendwas ertappt hätte.

»Ihr sagt, dass Ihr kein Geld habt?«, bohrt er nach.

Sie schüttelt den Kopf.

»Alles wurde uns genommen. Auf einem Pferd.«

»Was ist denn da drin?«, will er wissen und beugt sich nah zu ihr, um den Beutel mit dem Lagerbuch anzufassen.

»Ein Buch«, antwortet sie und zieht sich von ihm zurück. Sie merkt, dass sein Atem nach Wein riecht.

»Wer sind diese Männer?«, fragt er nach ein paar Sekunden.

Sie sagt, dass sie es nicht weiß, und überlässt das Weitere seiner Fantasie. Sie kann spüren, dass sein Blick über sie hinwegstreift und er ihr Äußeres in sich aufnimmt. Sie nimmt an, dass er nicht glaubt, sie sähe aus wie ein lohnenswertes Opfer für eine Vergewaltigung.

»Sind sie jetzt noch draußen?«, hakt er nach.

Sie nickt. Jetzt will sie nur noch allein gelassen werden, doch der Priester gibt keine Ruhe. Er stellt weiter Fragen. Wie haben die Männer ausgesehen? Wie waren sie gekleidet? Wann hat sie sie zum ersten Mal erblickt? Wann hat sie sie zuletzt gesehen? Wie ist sie entkommen?

Während er damit fortfährt, kann sie spüren, dass sie die Kraft verliert, sich etwas auszudenken. Sie fühlt sich nackt ausgezogen und so angewidert von dem Kummer um sich selbst, dass ihre Schande sicherlich für jeden offensichtlich sein muss, der Augen hat.

»Ich werde selbst gehen und die Wache von der Burg holen«, bietet er an und wendet sich ab.

»Nein!«

Er hält inne, dreht sich wieder zu ihr um.

»Nein? Ist es etwa die Wache, der Ihr aus dem Weg zu gehen versucht?«, fragt er.

»Nein. Ich will nur niemandem zur Last fallen.«

»Nun ja«, merkt er an, »das habt Ihr doch bereits getan.«

»Ich möchte keine noch größere Belästigung sein«, stellt sie klar.

Erneut herrscht langes Schweigen.

»Bitte«, fleht sie. »Nur für diese eine Nacht. Lasst mich hier mit meinem Sohn sitzen, und morgen früh werden wir weg sein.« Sie ist zu erschöpft, um heute Abend noch über das Kirchenasyl zu sprechen. Morgen wird sie es erbitten.

Ein Augenblick vergeht, und dann sagt er: »Also schön.«

Er dreht ihr den Rücken zu und geht; das Licht nimmt er mit. Katherine sackt neben Rufus zu Boden, lehnt sich mit dem Rücken gegen die Säule und streckt die Beine aus. Bisher hat sie sich nicht gewundert, was der Priester nachts allein in der Kirche macht. Nun aber schaut sie auf, als sie ihn flüstern hört. Da ist noch jemand: eine Frau, wie im Lichtschein der Lampe zu erkennen ist. Kann es sein, dass Rufus und sie irgendein Stelldichein gestört haben? Sie schließt die Augen, lehnt den Kopf gegen den Stein hinter ihr und überlegt, wieso ihr so etwas immer wieder passiert: Gott scheint geradezu erpicht darauf zu sein, sie – und nur sie allein – zu prüfen.

Sie wünscht, die zwei würden die Flamme in der Lampe auspusten, und denkt an Edmund Riven und an diesen Riesen, die jetzt da draußen in der Dunkelheit sind. Sie fragt sich, was Riven wohl gesagt und getan hat, als er im Weißen Schwan eintraf und feststellte, dass sie verschwunden war. Als Nächstes stellt sie sich vor, wie er alles nach ihr durchsuchen wird: anfangs wohl jedes Zimmer in dem Gebäude und anschließend jedes Haus in der Nähe. Und dann was? Würde er denken, dass sie die Straße genommen hat oder in Richtung der Hügel gegangen ist? Sie hat wenigstens das Glück, dass es nun vollständig dunkel ist, nimmt sie an. Zumindest ist er jetzt mit einer ganzen Reihe von Möglichkeiten konfrontiert, und er wird einige Zeit brauchen, um ihnen nachzugehen.

Genau in dem Moment, als sie dies denkt, hallt das erste laute Klopfgeräusch im ganzen Kirchenschiff wider. Zudem ruft jemand draußen vor der Tür. Der Priester steht auf. Ein Trippeln ist zu vernehmen, als die Frau sich entfernt.

»Ihr habt sie hergeführt«, wirft der Priester Katherine vor.

»Nein«, entgegnet sie. »Ihr dürft sie nicht hereinlassen.«

»Aber wer sind sie, dass sie es wagen, das Haus Gottes zu stören?«, fragt er sich laut. Ungläubig schleicht er mit der Lampe in der Hand auf die Tür zu, als diese einfach eingeschlagen wird. Es kracht, und das Holz splittert; der Priester schreit auf und springt zurück. Direkt neben Katherine zappelt Rufus wie ein Fisch auf dem Flussufer. Er ist bereits auf den Beinen, bevor ein zweiter Schlag die Tür aus den Angeln reißt und sie kreischend über den mit Platten ausgelegten Kirchenboden schlittert. Das Licht von Laternen strahlt durch das dunkle Kirchenschiff.

Natürlich ist es der Riese, der als Erster hereinkommt. Er duckt sich durch den Eingang und sperrt einen Moment lang das Licht aus, das hinter ihm leuchtet; doch er wird vom Schein der Laterne des Priesters erfasst. Er grinst über das, was er angerichtet hat. Weitere Männer strömen hinter ihm herein, halten ihre Laternen hoch und bewundern seine Kraft. Sie lachen über die zertrümmerte Tür.

Der Priester zittert vor Angst.

»Was wollt Ihr?«

Der Riese sagt nichts. Sein Gesicht ist gewaltig, seine Stirn jedoch so niedrig und schwer, dass sie fast sein ausladendes Kinn zu berühren scheint.

»Wo ist sie?«, fragt einer der anderen Männer.

Der Priester weicht mit weit aufgerissenem Mund vor dem vorwärtsschreitenden Riesen zurück; dann hält er die Laterne hoch, und in deren Lichtkreis zeigt er zu Katherine hinüber. Einer der Männer hat eine Blendlaterne, und er schwingt den leuchtenden Strahl über die Säulen, um Katherine damit einzufangen.

Jemand lacht.

»Sieh mal einer an!«

Sie kann sich nicht bewegen. Es ist, als ob das Licht sie gelähmt hätte. Der Riese bewegt sich schnell, und sie hat das Gefühl, ihre Eingeweide würden sich auflösen. Sie packt Rufus und zieht ihn zu sich heran. Der Riese lacht jetzt auch und bückt sich; mit der einen Hand fasst er ihren Mantel vorne am Hals und hebt sie hoch, und mit der anderen packt er Rufus. Dann richtet sich der Riese auf und zieht die beiden voneinander weg, als würde er einem Huhn den Kopf abreißen. Mit ausgestreckten Armen hält er die beiden hoch, sodass Rufus einen Fuß hoch über dem Boden hängt. Das Lachen des Riesen ist wie rollender Donner. Er riecht nach Hundehütten, Tollhäusern und starkem Wein.

Katherine beschimpft ihn wüst. Sie sagt ihm, er sei von Gott verflucht. Doch bei jeder Verwünschung lacht er bloß. Schließlich tritt sie ihm in die Leistenbeuge, und er hört zu lachen auf, stattdessen knurrt er und schürzt die Lippen. Sie vermutet, dass er sie jetzt fallen lassen und zu Tode prügeln wird. Aber er reißt einfach Rufus weiter nach oben, dessen Hals dadurch vom Kragen eingeschnürt wird, und der Junge beginnt zu japsen.

Mit ihren langen Hippen und Laternen kommen die anderen Männer dicht beieinander durchs Kirchenschiff auf sie zu.

Sie lachen immer noch.

»Das war ja nicht so schwer«, sagen sie.

»Bitte«, fleht Katherine sie an, »er tut dem Jungen weh.«

Doch anscheinend haben sie nicht die vollständige Kontrolle über den Riesen oder Angst, sie auszuüben; ihr Grinsen erstarrt und wird ängstlich.

»Lasst ihn los!«, ruft sie. »Lasst ihn los!«

Doch der Riese beginnt einfach erneut zu lachen und dreht seine Faust, sodass der dünne, kleine Hals von Rufus noch stärker zugeschnürt wird – als hätte er die Absicht, den Jungen zu erhängen.

»Lasst ihn los!«, kreischt sie.

Und diesmal werden ihre Worte von einer Stimme am Eingang wiederholt, und der Riese hört zu lachen auf und schaut sich um. Er lässt Rufus herunter, der keuchend nach Luft ringt, als seine Zehen den Boden berühren. Katherine streckt die Arme nach ihm aus; und der Riese, der unsicher geworden ist, gibt nach und lässt sie Rufus zu sich heranziehen. Der Junge zerrt an seinen Kleidungsstücken, damit sie nicht mehr eng um seinen Hals liegen, und sein Atem geht rasselnd. Die kleine Zunge hängt ihm aus dem Mund, die Augen sind hervorgetreten.

Während Katherine ihn an sich drückt, kann sie die Tränen nicht mehr zurückhalten. Dass sie ihren Jungen hierhergeführt hat und das so endet … Möge Gott ihr vergeben.

Die Männer um sie herum, die in Warwicks Rot gekleidet sind, treten zurück, damit der Mann an der Tür näher kommen kann.

»Hier wären wir also«, sagt Edmund Riven. Seine Stimme ist genau so, wie Katherine sie sich vorgestellt hat: abgehackt und höhnisch. Er schlendert auf sie zu; und trotz dieses kleinen Leinenballens, den er sich ans Gesicht drückt, und trotz des Riesen in ihrer Nähe zuckt sie zurück, als sie ihn riecht: Sie dreht ihr Gesicht von ihm weg, allerdings entgeht ihr dabei nicht, wie sehr ihn ihre Reaktion verärgert.

»Wo ist es?«, fragt er. »Ist es das?«

Er zeigt auf den Beutel und gibt durch eine Geste zu verstehen, dass ein Mann ihn ihr abnehmen soll. Einer tritt vor. Er zieht ihr den Beutel weg, zerrt ihn über ihren Kopf. Dann reicht er den Beutel weiter. Riven schaut hinein und blickt auf das ramponierte alte Buch, doch er nimmt es nicht heraus. Er ist kein Kind, das den Inhalt sogleich sehen muss. Er nickt, wirft sich den Beutel über die Schulter und wendet sich zur Tür.

»Nehmt ihr den anderen Beutel auch ab«, befiehlt er seinen Leuten. »Und durchsucht sie. Irgendwo wird sie ein Messer haben.«

»Aber wir sind in einer Kirche«, sagt sie. »Wir beanspruchen Kirchenasyl.«

Riven hält inne, dann beginnt er zu lachen.

»Kirchenasyl? Kirchenasyl? Ihr wollt *Kirchenasyl!*«

Sein Lachen steigert sich, ist überraschend schrill. Katherine bleibt nichts anderes übrig, als Rufus fest an sich zu drücken, während die anderen Männer unbehaglich mitlachen. Riven gibt sogar dem Priester zu verstehen, dass er mitmachen soll, und der lacht ebenfalls. Dann hört Riven mit dem Lachen auf und überprüft seinen befleckten Leinenballen, als ob derartige Bewegungen die Wunde dazu veranlassen könnten, noch stärker ihre Flüssigkeit abzusondern. Die Männer verstummen, sobald er nicht mehr lacht. Die Frau, die mit dem Priester zusammen gewesen ist, unterdrückt in der Dunkelheit ein Schluchzen.

Der Riese baut sich drohend vor Katherine auf und schließt erneut seine Faust um ihren Mantel. Er hebt sie hoch, sodass ihre Zehen nicht mehr den Boden berühren, während ein anderer Mann ihr Messer an sich nimmt und seine Hände nach Belieben über sie wandern lässt: über ihre Brüste und zwischen ihre Beine. Als sie um sich schlägt, verdreht der Riese ihr den Hals, und sie muss die Leibesvisitation ertragen, wenn sie nicht ersticken will.

»Sicher, dass du nicht noch eines hast, das da oben versteckt ist?«

Er hebt ihren Rock hoch. Sie tritt ihn, und er lacht abermals. Fast spuckt sie ihn an. Sie wünschte, sie hätte wirklich noch ein anderes Messer.

»Komm schon«, sagt Riven. »Dafür wird noch genug Zeit sein, du heidnischer Grobian.«

Es ist ein Kompliment, und der Mann lacht.

»Hörste das?«, höhnt der Kerl.

»Nehmt sie mit!«, ruft Riven, und der Riese hebt erneut Katherine und ihren Sohn hoch.

»Nein«, sagt sie. »Ich werde mitkommen. Lasst mich meinen Jungen tragen.«

Riven wird ungeduldig.

»Wenn wir dann schneller vorankommen«, meint er.

Nach einem Moment des Nachdenkens befreit der Riese die beiden von seinen schaufelgroßen Händen und schiebt sie vorwärts, sodass sie ins Stolpern geraten. Er stößt sie durch den zersplitterten Türrahmen, fort von jedem Gedanken ans

Kirchenasyl und in Rivens Obhut hinein. Und sie denkt: Was bin ich nur für eine Närrin gewesen.

»Ihr habt bekommen, was Ihr wolltet!«, ruft sie Riven zu, als er sich in den Sattel schwingt. »Lasst uns gehen. Wir können Euch keinerlei Schaden mehr zufügen.«

Riven blickt sie an.

»Konntest du das etwa jemals?«, fragt er.

Er hat sein Pferd gewendet und trabt nun voraus. Als sie ihn dort oben thronen sieht – so triumphierend –, verliert sie die Beherrschung. Sie kann sich nicht mehr zurückhalten.

»Einst tat ich es, schon vergessen?«

Er macht eine Geste, die andeuten soll, dass sie geistesgestört ist.

»Was denn?«, fährt sie fort. »Echt schon vergessen?«

Sie spottet fast über ihn. Das kommt daher, weil sie so machtlos ist. Sie gibt sich ihrer Wut hin, und sie will, dass er weiß, was sie ihm angetan hat und welche Bedeutung sie für sein Schicksal hat. Sie will ihn an das Leid erinnern, das sie ihm zugefügt hat. Nichts davon ist vernünftig. Im Moment denkt sie nicht nach. Sie denkt nicht daran, den Schaden zu begrenzen oder ihm irgendetwas zu vermitteln – und keine Sekunde lang an ihre Zukunft. Sie will ihm nur zeigen, dass sie nicht diese Frau ist, die sie in ihre Burgfeste zurückschleppen, nicht diese Frau, die sie einfach geschlagen haben.

»Euer Gesicht!«, ruft sie. »Ich hab das getan. Mit einem Eimer! Erinnert Ihr Euch nicht?«

Riven zieht die Schultern hoch. Das Pferd schreitet weiter.

»Draußen vor dem Kloster von Haverhurst! Ihr und Euer verdammter Vater. Ich war die Nonne, die Ihr an jenem Tag anzugreifen gedachtet.«

Und jetzt dreht sich Riven im Sattel um und starrt sie mit

seinem einzigen, wütenden Auge an. Sie kann sehen, wie er versucht, sich jenen schon so lange zurückliegenden Morgen wieder vorzustellen, als sie ihn mit dem Eimer traf. Aber nach einem Augenblick dreht er sich wieder von ihr fort, und es ist, als ob, für den Moment vielleicht, die Anstrengung zu groß wäre, sich daran zu erinnern. Er treibt mit den Beinen sein Pferd an, doch sein Rücken ist steif, und er hat die Schultern hochgezogen. Die Wachsoldaten, die an ihrer Seite reiten, wissen allerdings, dass dies ein schlechtes Zeichen ist.

»Oh Gott, Frau«, flüstert einer von ihnen, »weshalb erzählst du ihm so was? Er wird uns jetzt nur noch umso mehr auf dich losgehen lassen.«

Und sie erkennt, was sie getan hat, und sie spürt, wie ihre Gedärme vor Furcht und Selbsthass nachgeben. Sie ist in eine Hölle hinabgestürzt, die sie sich selbst geschaffen hat, und sie hat, schlimmer noch, Rufus mit hineingezogen. Alles, was sie jetzt sieht, sind brennende Kohlen, die auf weiche Haut gedrückt werden, und den Jungen, wie er in ihren Armen weint, während dieser seltsame, kaputte Gestank von Rivens Gesicht in der Luft liegt. Es hat keinen Sinn mehr, ihn zu bitten, sie gehen zu lassen. Jetzt wird er das nie und nimmer tun. Oh mein Gott, denkt sie, während die Tränen von ihren Lidern herabströmen. Oh mein Gott!

Doch jetzt kommen sie durch das Torhaus der Burg, und um sie passieren zu lassen, treten alle Männer der Wache zurück; die Gesichter der Soldaten senken sich abrupt, ihre Gespräche verstummen. Für Katherine ist es, als würde sie zum Richtblock des Henkers geführt – nur dass dies hier noch schlimmer ist, denn es gibt nicht das Versprechen, durch die Klinge der Axt rasch ins Jenseits befördert zu werden, sondern nur die Verheißung von viel Schmerz.

Sobald Katherine und die anderen durch das Tor gekommen sind, können sie aus den hell erleuchteten Fenstern des Bergfrieds Musik hören; und der Gedanke, dass etwas so Alltägliches weitergehen wird, während sie mit Rufus fortgeschleppt wird, macht es nur noch schlimmer. Riven steigt ab, und ein Bursche erscheint, um sein Pferd zu den Ställen zu führen. Riven geht voraus und hält seinen Rücken immer noch stocksteif. Der Riese stößt Katherine und ihren Sohn vorwärts, damit sie Riven folgen. Sie marschieren auf einen Durchgang unter einem Bauwerk zu, das eine Kapelle sein muss und dessen bunte Fenster ebenfalls beleuchtet sind – vielleicht für einen Abendgottesdienst? Dann bleibt Riven stehen. Er dreht sich um und schafft es, eine Grimasse zu schneiden. Mit einem Schnipser seiner Hand deutet er auf eine Stelle, und da – im Schatten eines Gebäudes – ist Liz. Sie hat sich an die Seite gestellt und lässt den Kopf tief hängen.

Katherines Sicht verengt sich, als sie Liz sieht. Alles, was sie will, ist – Liz zu erdrosseln, das Leben aus ihr herauszuquetschen, ihren Hals so fest zusammenzupressen, dass die Fingerspitzen ihrer rechten Hand gegen die ihrer linken Hand drücken. Sie kämpft gegen den Griff des Riesen an, der sie am Kragen gepackt hält.

»Wie konntest du nur?«, schnauzt Katherine. »Wie konntest du nur?«

Liz blickt auf. Sie hat möglicherweise geweint, doch jetzt fließen keine Tränen mehr.

»Er hatte meine Schwestern«, erklärt sie und deutet auf Riven, der in der Nähe steht und die Szene beobachtet. »Alle beide. Sagte mir, wenn er nicht bekommen würde, was er will, dann würde er den da …« – sie zeigt auf den Riesen – »bekommen lassen, was er will. Mit den beiden.«

»Du hättest es einfach nehmen können!«

»Das hab ich ja versucht! Ich dachte, ihr hättet es in dem verfluchten Wagen! In eurer verfluchten Truhe!«

»Also hast du ihm Jack und Nettie ausgeliefert, was? Und John! Du hast sie alle an ihn verkauft!«

»Was hätte ich denn tun sollen? Was hättest du denn getan?«

»Ich weiß es nicht! Ich weiß es nicht! Aber nicht das! Ich hätte nicht so was ... nicht so was einem Kind wie *Rufus* angetan! Nicht, wenn ich irgendetwas anderes hätte tun können!«

»Aber er wollte dich«, erwidert Liz. »Riven. Er wollte wissen, wie du darangekommen bist. Wollte alles wissen. Und ich konnte nicht ... Ich konnte nicht Rufus und dich voneinander trennen.« Einen Moment lang verschluckt sie sich an ihrem eigenen Elend und kann nicht sprechen; dann aber jammert sie: »Gib mir nicht die Schuld! Gib mir nicht die Schuld!«

Bei diesen Worten erfasst Katherine die blanke Wut. Wieder will sie sich auf Liz stürzen, doch der Griff des Riesen wird nicht schwächer, und sie verliert beinahe den Halt. Liz zieht sich von ihr zurück.

»Katherine!«, ruft sie. »Bitte vergib mir!«

»Ich werde dir niemals vergeben! Hast du gehört? Niemals. Ich verfluche dich – auf dass du in der Hölle schmorst! Ich ... ich ... verdamme dich!«

Doch Liz ist entschlossen. Sie geht auf Katherine zu – mit ausgestreckten Armen, mit flehentlicher Geste –, und Tränen strömen ihr Gesicht hinab. Der Riese lacht über das Leid der Frauen, und mit leuchtenden Augen beobachtet Riven ebenfalls, wie Liz ihre Arme um Katherine legt. Diese versucht, sie zurückzuweisen, aber sie kann nicht gleichzeitig Rufus halten und Liz wegdrücken. Und Liz ergreift sie und schluchzt und bettelt sie an, ihr doch bitte, bitte zu vergeben. Katherine wehrt sie immer noch ab, als sie spürt, dass Liz ihr etwas zwischen die Schnürbänder ihres Kleides schiebt. Der Gegenstand bleibt dort, und dann löst sich Liz von ihr und schaut sie hart an. Katherine ist für einen Moment verstummt und versucht zu überlegen, was in Gottes Namen sie tut, wenn Liz weiter zurückweicht. Riven langweilt die Szene allmählich.

»Nun«, sagt er, »wenn ihr nicht gegeneinander kämpfen werdet …« Er ruckt mit dem Kopf, und der Riese stößt Katherine an Liz vorbei, sodass sie den Durchgang hinunterstolpert; dabei vergisst er für den Moment, dass Rufus noch da ist, der all dies beobachtet.

Er zerrt sie hinaus in den nächsten Hof, und genau in dem Moment nimmt sie erstmals den Geruch der Schwarzfäule wahr, der sogar den Gestank überlagert, den Riven wie eine läufige Füchsin hinter sich herzieht. Katherine denkt an die Zeit zurück, als sie im Scharwachtturm von Alnwick das erste Mal die Wunde von John Stumpf roch, und sie weiß sogleich, dass er es ist. Irgendwie ist sie sich dessen sicher. So etwas zu machen – das wäre typisch für Edmund Riven.

Aber jetzt ist Riven verwirrt. Der Riese ist ebenfalls verdutzt, und das lässt Katherine kurz innehalten. Sie versucht, sich aus seinem Griff herauszudrehen, während sie beide zuschauen, wie Riven schnell zum Turm und dann die wenigen Stufen hoch zur Tür geht, die offen steht. Dort, vermutet Katherine, muss der Gestank hervorquellen.

»Bring sie her!«, ruft Riven.

Er verschwindet im Innern des Turms. Der Riese stößt sie weiter voran, und sie stolpert die Stufen hoch. Wegen des Geruchs, der nach unten weht, beginnt Rufus zu würgen, und sie muss ihn hochnehmen und tragen. Er windet sich und tritt um sich, und sie muss ihn auffangen und immer wieder auffangen, während er zu entkommen versucht. Halb hofft sie, dass sie das Gleiche wird versuchen können. Doch der Riese ist da und schubst sie nach vorn, obwohl sie bereits nach oben geht. Sie dreht sich zu ihm um und schreit ihm in das große, dumme, verständnislose, verdammte Gesicht. Sie sagt ihm, dass er nicht besser als ein Tier und der fleischgewordene Teufel sei, dass sie hofft, er werde auf ewig im Höllenfeuer schmoren, und noch alles andere, was ihr gerade einfällt. Doch er lässt sich nicht provozieren und fährt einfach damit fort, sie mit Fingern zu stoßen, die so groß sind wie ihr Handgelenk.

»Stopf ihr das Maul«, sagt Riven über seine Schulter gewandt.

Katherine versucht, den Riesen zu treten und ihn mit dem Ellbogen zu treffen. Aber das ist schwierig, da sie Rufus trägt und der Riese unempfindlich für Schmerz zu sein scheint. Dann hört sie, wie oben jemand unter entsetzlichen Qualen aufheult – ein Brüllen, bei dem ihr die Haare zu Berge stehen. Anschließend murmelt Riven etwas, und der Riese stößt sie so hart, dass sie beinahe stürzt. Rufus strampelt immer noch, um von hier wegzukommen. Daher kann sie nicht genau sehen, was geschieht, als Riven oben den Raum betritt, und dann wird sie vom Riesen zur Seite gestoßen. Sie richtet sich auf und überprüft, ob bei Rufus alles in Ordnung ist. Durch den Gestank der Schwarzfäule muss er ständig würgen. Das ist alles, woran er denken kann. Er krabbelt von Katherine fort und auf die Türöffnung zu, die zum Laufgang hinausführen muss, von wo frische Luft kommt: Rufus ist wie ein Ertrinkender, dem sich eine Überlebensmöglichkeit bietet, und Katherine kann ihn nicht aufhalten.

»Rufus!«

Doch er ist fort, und dann hört sie Riven in der Kammer brüllen.

»Was in Gottes Namen geht hier vor sich? Wer bist du?«

Als Nächstes schaut sie in den Raum, vorbei an der großen, massigen Gestalt des Riesen. Da ist ein Mann, der gerade aufsteht und sich umdreht, um sich Riven entgegenzustellen, und sie sieht, dass es von allen Menschen dieser Welt ausgerechnet Thomas ist.

21. Kapitel

Niemand hat Zeit, ein Wort zu sagen.

Riven dreht sich zum Wachmann um, der aussieht, als würde er sich am liebsten in nichts auflösen.

»Stopf ihr das Maul!«, brüllt er.

Er zeigt auf Nettie, die ein tiefes Knurren von sich gibt. Ihr Gesicht ist ein purpurgraues Schimmern, ihre Kleidungsstücke und all das Stroh um sie herum sind nass und voller rosaroter Flecken von ihrem Blut und ihrem Fruchtwasser. Jeden Moment wird sie wieder zu kreischen beginnen, denn auf diese Weise kommen sie, die Schmerzen des Gebärens – in Wellen.

Als der Wachmann sich nicht bewegt, geht der Riese um den Tisch zu ihm herum und schlägt ihn mit der Rückseite seiner Hand: Der Soldat kracht gegen die Wand und stürzt auf den Boden unter dem Fenster. Der Riese scheint das Gleiche mit Nettie machen zu wollen, aber da stellt sich Thomas ihm in den Weg. Bei Gott, er sieht so klein aus. Der Riese ist einen Augenblick lang verwirrt, dass jemand ihm Paroli bieten will, dann hebt er seine Hand, um Thomas einen Hieb zu versetzen. Aber Thomas ist schnell, zudem ist er vom Spannen seiner Bögen sehr stark, und er schlägt als Erster mit der Faust zu. Er trifft seinen Gegner nicht im Gesicht, das womöglich sein Ziel gewesen ist. Seine Faust bohrt sich vielmehr in die weicheren Regionen des Halses hinein, an der Kehle. Katherine weiß nicht, ob es ein Glückstreffer ist, aber der Riese torkelt nach hinten, kracht gegen den Tisch und dann zu Boden; seine schweren Gliedmaßen hat er von sich gestreckt, und sein Rumpf ist wie ein umgefallener Sack.

Einen Moment lang herrscht überraschte Stille.

Dann knurrt Nettie erneut; und Jack stürzt nach vorn, um ihr zu helfen, doch er wird von seinen Ketten mit einem kurzen Klirren zurückgezogen. Vor Schmerz und Frustration brüllt er auf, dreht sich und beginnt, mit den Füßen nach Riven zu treten. Der jedoch ist ebenfalls außerhalb der Reichweite von Jack und ignoriert ihn. Allem Anschein nach ist Riven momentan fassungslos über das, was seinem Riesen widerfahren ist, der möglicherweise tot ist. Er starrt auf den gewaltigen, breit ausgestreckten Körper des Mannes und hält dabei seinen Eitertupfer ein ganzes Stück von sich weg; und Katherine vermag sich nicht dagegen zu wehren, dass ihr Blick von der rosaroten, nassen, für immer ruinierten Partie seines Gesichtes angezogen wird. Doch nach einem Moment klatscht er sich den Tupfer wieder auf seine schwärende Wunde, und jetzt erkennt Katherine, dass sich sein Blick zu Thomas hebt und er ihn scharf ins Auge fasst. Rivens Gesicht versteinert, und unvermittelt hat er eine Klinge gezogen: eine kurze, breite Waffe, die perfekt ist für den Kampf in einem engen Raum wie diesem hier. Seine Knöchel werden weiß, als er dazu ansetzt, um den Tisch herumzugehen. Katherine weiß, dass er Thomas umbringen wird, falls der nicht davonläuft.

Doch plötzlich ist zu hören, wie noch mehr Männer die Treppe hochkommen. Sie rennen und schreien. Und dann sind weitere Leute auf dem Laufgang draußen, die im Eiltempo durch die offene Tür hereinstürzen. Der Erste, der in den Raum gelangt, ist ein verblüffend gutaussehender junger Mann. Er trägt einen Eimer mit dampfendem Wasser. Der Zweite ist – kann das überhaupt möglich sein? – König

Edward höchstpersönlich. Er trägt einen großen Stapel Leinentücher. Die Männer auf dem Laufgang sind in Warwicks Wappenröcken und werden von einem ältlichen Mann angeführt, bei dem überraschenderweise eine Frau in einem schönen blauen Kleid ist.

Sie alle treffen fast zur selben Zeit ein und zwängen sich in die Kammer hinein. Riven zögert, dann aber setzt er sein Vorhaben fort. Er tritt über den Körper des Riesen und schwingt die Klinge gegen Thomas. Dieser springt mit vor Angst wildem Blick zurück. Thomas weiß, dass es jetzt um ihn geschehen ist. Er weiß, dass er getötet wird. Er weicht weiter zurück. Doch Riven hat ihn nun in eine Ecke gedrängt.

Leute schreien. Sie sagen Riven, dass er um Gottes willen aufhören soll, doch er beachtet sie nicht. Er hat jetzt nur eines im Sinn, und es gibt nichts, was ihn aufhalten könnte, als er einen weiteren Schritt auf Thomas zugeht und ihm mit einem Stoß seines Kurzschwertes die Eingeweide zu durchbohren versucht. Thomas presst sich an die Wand. Der nächste Angriff wird der letzte sein.

Die Menschen schauen mit aufgerissenem Mund zu; sie sind wie erstarrt von der intensiven Gewalt eines solchen Nahkampfes.

Katherine spürt ein Hämmern in ihrem Kopf. Geräusche kommen und gehen wie Wellen auf Kies. Farben verzerren sich. Gestalten verbiegen sich. Die Luft scheint schwer zu werden. Wie in Zeitlupe beginnt sie sich zu bewegen. Sie greift unter ihren Mantel – nach dem Messer, das Liz zwischen ihre Schnürbänder gesteckt hat. Ihre Finger schließen sich um den kurzen, dicken Griff; und sie realisiert, dass Liz ihr es genau zu diesem Zweck gegeben hat. Sie zieht es heraus und fühlt, dass es sich um eine schwerfällige, kleine Waffe handelt, doch sie wird ihre Aufgabe erfüllen.

Sie weiß jetzt, dass dies der besondere Moment ist, der seit so vielen Monaten, ja sogar Jahren, heraufzieht. Ein Rauschen dröhnt in ihren Ohren, und sie weiß, dass es falsch ist und dass es gute Gründe dafür gibt, weshalb das nicht früher schon geschehen ist; doch sie weiß ebenfalls, dass es das Einzige ist, was sie tun kann. Sie stürzt sich nach vorn quer durch den Raum. Dann klatscht sie ihre linke Hand auf die Schulter von Riven und stößt die kurze, dicke Klinge in das weiche Gewebe seines Rückens – direkt oberhalb seiner Hüfte und rechts von seinem Rückgrat. Sie rammt das Messer so fest hinein, dass sie glaubt, es müsste auf der anderen Seite herauskommen.

Riven macht drei Trippelschritte nach vorn, doch unter dem Druck von Katherines linker Hand kippt er bereits nach hinten. Das Schwert, das Thomas aufschlitzen sollte, zittert in Rivens Hand und fliegt dann zur Seite, als er versucht, an dem Messer in seinem Rücken zu ziehen. Aber Katherine treibt es noch tiefer hinein. Und jetzt legt Thomas seine Hände auf die Brust seines Gegners und stößt ihn zurück. Riven federt in den Knien und keucht, als würde er sich an seinem eigenen Blut verschlucken. Katherine lässt das Messer los und zerrt seine Schultern nach hinten und nach unten; dann tritt sie zurück, um ihn auf die Bodenplatten und auf das Messer fallen zu lassen. Und als er zu Boden stürzt, kommt die Spitze der Klinge aus seinem Bauch heraus. Doch anstatt das Wams zu durchschneiden, ragt sie darunter hervor und nimmt dabei die Form einer winzigen Pyramide an, die mit Blut bedeckt ist.

Riven liegt nicht tot da, sondern schlägt um sich und verrenkt seinen Körper; er windet sich zwischen dem Tisch, einem Stuhlbein sowie den nackten Füßen des Riesen. Sein Blut ist überall im Stroh und vermischt sich mit Netties Körperflüssigkeiten. Alle anderen stehen regungslos da; ihre Gesichtszüge sind angespannt und ihre Augen auf Riven gerichtet, als er flehentliche Wortfragmente und bittende Halbsätze ausruft. Doch niemand hilft ihm, und sein Schmerz ist so groß, dass er sich nicht an Gott wenden kann, um ihn zu ersuchen, seine Seele aufzunehmen oder ihm auch nur eine seiner Sünden zu vergeben. Nach einem langen, langen Moment hört er auf, sich zu winden, und liegt still da; lediglich seine Arme sinken langsam an beiden Seiten herab, und aus seiner rosaroten, klaffenden Wunde im Gesicht sickern stinkende Eitertropfen wie faulige gelbe Saatperlen. Und so hat Katherine ihn schlussendlich doch getötet, und sie frohlockt innerlich.

Im Raum herrscht Stille.

Katherine schaut im selben Augenblick zu Thomas auf, als er zu ihr hochblickt, und in seinen Augen stehen ebenso Tränen wie in ihren. Beide stürzen aufeinander zu, und er legt seine Arme um sie. Sie hat das Gefühl, als wäre sie in einem Schraubstock, und hält ihn noch fester gepackt; und so bleiben sie nun stehen, und niemand sonst existiert noch für sie: nicht Rivens Leiche, nicht der niedergestreckte Riese, nicht die keuchende Nettie, nicht die zum Schweigen gebrachte Menschenschar, die stumm zuschaut – nicht einmal Rufus, der, wie Katherine betet, von den letzten Geschehnissen hoffentlich nichts mitbekommen hat. Wenn sie ihr Gesicht in den Stoff von Thomas' Wams drückt, kann sie beinahe den strengen Geruch von Riven und den durch die Tür hereinwehenden Gestank ausblenden. Sie stellt fest, dass ihr Mann unerklärlich sauber und nach guter Seife duftet, und genau dies erscheint ihr als das Allermerkwürdigste. Aber natürlich hat sie nicht die Zeit, um den Grund hierfür herauszufinden, denn nachdem Thomas sie für einen winzigen Augenblick in die Arme genommen hat, lösen sie sich wieder voneinander, weil sie – das vermag sie zu erkennen – so dringend gebraucht wird wie niemals zuvor.

Der eine Wachsoldat, der zu Boden geschlagen wurde, rafft sich langsam wieder auf, während der andere sich beeilt, seine Schuld wettzumachen: Er bückt sich, um den Schlüssel von Rivens Geldbeutel abzuschneiden, und schließt zuerst Netties und dann Jacks Handschellen auf. Jack streift seine Ketten ab und ignoriert den Schmerz, als er an Netties Seite kriecht.

Katherine ruft nach Rufus.

»Wo ist er? Wo ist er?«

Thomas kommt mit ihr nach draußen auf den Laufgang, wo John Stumpf liegt, der zumindest am Leben ist, vielleicht aber auch nur so gerade noch. Katherine muss an ihm vorbei zum Ende des Gangs schauen, wo sie und Thomas die kleine Gestalt ihres Sohnes entdecken, der dort zusammengekauert – die Arme hat er fest um seine Beine geklammert – im Schatten neben den Stufen sitzt, die zu einem weiteren offenen Eingang hochführen. Die beiden treten näher und gehen neben ihm in die Hocke.

»Rufus?«

Er sagt nichts. Die Eltern schauen sich an. Katherine fühlt sich fast erdrückt von Scham- und Schuldgefühlen. Die ganze fieberhafte Euphorie, die sie verspürt hat – weil es ihr gelang, Riven zu töten, und weil es so einfach war, dass es sicherlich von Gott bestimmt war –, ist verschwunden.

Thomas legt die Hand auf den Arm des Jungen.

»Rufus?«, sagt er. »Rufus, es ist alles gut. Wir sind hier, und wir sind zusammen. Es ist alles vorbei. Es gibt nichts mehr, auf das man aufpassen muss. Komm.«

Immer noch ist Rufus stumm. Nach einem Moment erscheint die Frau mit dem blauen Kleid im Lichtschein ihrer Lampe. Sie ist die Frau des Burgvogts; ihr Gesicht ist so rund, faltig und freundlich wie ein Brötchen.

»Ich werde mich um ihn kümmern, wenn es Euch recht ist«, bietet sie an. »Ich habe selbst Jungs, und wir werden sehr gut miteinander auskommen. Und wenn all das hier in Ordnung gebracht ist und du von ... von ... von diesen Flecken sauber gemacht worden bist, werden wir noch mal neu anfangen, wie ein neuer Tag, und das alles beiseiteschieben, was?«

Sie hat eine wundervoll beruhigende Stimme, und sie setzt sich auf die Stufe neben Rufus und lächelt Katherine an, die im Begriff steht, ihr mit »Habt Dank, aber nein, das ist nicht nötig« zu antworten. Doch genau in dem Augenblick erschallt am anderen Ende des Laufgangs ein lauter Schrei aus dem Innern des Turms: Allem Anschein nach nähert sich Nettie dem entscheidenden Höhepunkt, und so nimmt Katherine mit zwiespältigen Gefühlen das Angebot der Frau an.

Katherine kehrt in den beleuchteten Turm zurück, wo der Riese zur Wand hinübergezerrt und an die Ketten gefesselt worden ist, an denen kurz zuvor noch Jack festgebunden war. Der Burgvogt steht neben der Leiche von Edmund Riven und streicht sich über das bärtige Kinn, während er auf den Toten hinabschaut.

»Er war ein Mann des Earl of Warwick«, sagt er zu den anderen. »Ich habe auf eine Nachricht gewartet, die klarstellt, wer von uns beiden dem anderen Befehle geben darf. Und jetzt das! Der Earl wird glauben, ich hätte ihn ermordet.«

König Edward, der über alles, was er gesehen und gehört hat, erfreut zu sein scheint, rät dem Burgvogt, zu unterstellen, dass er, der König, die Tat verübt hat.

»Warwick wird das verstehen«, meint er. »Sagt ihm, es

wäre ein Unfall gewesen. Sagt ihm, mir wäre ein Ausrutscher passiert. Was mehr ist, als er über den Verlust der Köpfe meines Schwiegervaters und meines Schwagers jemals wird sagen können.«

»Ich danke Euch, Sir«, antwortet der Burgvogt. »Wenn Ihr Euch da ganz sicher seid?«

Mit einer Handbewegung wischt König Edward die Bedenken des Burgvogts beiseite. Dann nickt Bellman den zwei Wachleuten zu, die darauf warten, den Leichnam von Riven wegzutragen.

»Was ist mit ihm?«, fragt der König und deutet mit dem Kopf zum Riesen. »Sollen wir ihn einfach ... auch töten? Wo wir schon mal dabei sind?«

Der Burgvogt ist versucht, Ja zu sagen, fragt jedoch, ob dies nicht zu weit gehen würde.

»Er ist doch angekettet, oder?«

König Edward scheint enttäuscht zu sein.

»Wenn er sich bewegt, werde ich ihn töten«, verkündet Jack.

Der König lacht.

»Ein weiterer Unfall, der kommen muss«, sagt er.

Dann dreht er sich zu Katherine um.

»Sprecht«, fordert er sie auf. »Wir stehen zu Eurer Verfügung.«

Sie braucht einen Augenblick, dann verlangt sie, dass man ein Feuer anzündet, mehr Lichter bringt, auch mehr Wein und mehr heißes Wasser. Sie ruft nach einem Besen, um die blutbesudelten Binsen wegzukehren, und nach jemandem, der ihren Beutel sucht, den der Riese ihr abgenommen hat. Als die Tasche am Fuß der Treppe gefunden und zu ihr gebracht wird, holt sie ihren Schlaftrunk heraus und vermischt ihn mit etwas vom Wein, der auf dem Tisch steht. Sie sagt

Thomas, dass er damit hinaus auf den Laufgang treten und John Stumpf zwingen soll, es zu trinken.

Es gibt nicht viel, was sie nun für Nettie tun kann, außer es ihr bequem zu machen. Katherine kann noch nicht einmal die Männer auffordern, den Raum zu verlassen, sondern muss das Kind so zur Welt bringen, wie es kommt, denn sie bezweifelt, dass Jack jemals wieder von Netties Seite weichen wird. Selbst jetzt, wo ihr Gesicht scharlachrot ist und sie streng riecht, hockt er neben ihrem Kopf und hält ihre Hand, während aus ihrem wütenden Stöhnen wieder ein Schreien wird. Der gutaussehende junge Mann ist ebenfalls nicht fortgegangen und behält den immer noch reglosen Riesen im Auge, obwohl er sich eindeutig wünscht, irgendwo anders zu sein. Katherine macht sich daran, das Mädchen zu säubern, als die Kerzen und der Besen eintreffen, die von Frauen aus der Küche gebracht werden; und sie fangen sogleich an, die durchnässten Binsen wegzuräumen. Schon nach einem Moment sieht der Raum weniger wie ein Leichenzimmer und mehr wie eine Entbindungskammer aus.

Dann geht Katherine nach draußen auf den Laufgang, um nach John Stumpf zu sehen. Sie ruft nach mehr Kerzen, die um seinen verwundeten Arm herum hochgehalten werden sollen. Die Männer, die der Aufforderung nachkommen, drücken sich Tücher auf ihre Nasen. Der Geruch ist beißend. Die Frau des Burgvogts kommt herüber, um mitzuteilen, dass sie Rufus zu ihrer Kammer bringt, wo sie ihn in ihr Bett legen wird. Zudem will sie ihre Frauen mit Kräutern zum Verbrennen herschicken.

»Der Junge ist stumm wie ein Stein«, sagt sie. »Doch der Schlaf wird ihm guttun.«

Katherine und Thomas danken ihr, aber davon will sie nichts hören.

»Das ist das Mindeste, was wir tun können, wenn man sieht, was in unserem Haus und in unserem Namen geschehen ist.«

Als sie gegangen ist, bückt sich Katherine, um sich in dem schwachen Licht Johns verbliebenen Arm anzuschauen. Sie kann erkennen, dass der dunkle Rand der Schwarzfäule den Ellbogen erreicht hat. Das hier steht ganz knapp davor, einen tödlichen Ausgang zu nehmen, denkt Katherine; doch es gibt noch eine kleine Chance. Sie muss ihm den Arm eine Handspanne oberhalb des Ellbogens abschneiden: Das ist die logische Stelle.

John hat starkes Fieber; weder schläft er, noch ist er richtig wach.

»Hat er den Schlaftrunk zu sich genommen?«, fragt sie Thomas.

»Alles davon getrunken.«

Sie schaut erneut auf John.

»Was glaubst du?«, will Thomas von ihr wissen.

»Wir können es nur versuchen.«

Thomas lächelt.

»John Stümpfe ist ein besserer Name.«

»Das kannst du ihm sagen, wenn die Sache beendet ist.«

»Es muss noch heute Nacht sein?«, erkundigt er sich.

»Jetzt sofort«, antwortet sie.

Im Innern des Turms jault Nettie.

»Und wie viel länger bei Nettie?«

»Ich weiß es nicht. Ich bin noch nie bei der Geburt eines Kindes dabei gewesen.«

»Aber ich«, erwidert er. Er meint die von Rufus.

»Und?«

»Bald. Glaube ich jedenfalls.«

Das ist nicht sonderlich hilfreich.

»Gib mir Bescheid, wenn der Schlaftrunk gewirkt hat«, sagt sie und nickt zu John. »Um ihm den Arm abnehmen zu können, muss er fast – fast, aber nicht ganz – tot sein.«

Thomas blickt ihr noch einen Moment lang fest in die Augen.

»Dank sei dem Herrn, dass du hier bist«, sagt er. »Es ist … unglaublich.«

»Das gilt auch für dich«, merkt sie dazu an. »Doch … wieso bist du eigentlich hier?«

»Das ist eine lange Geschichte«, antwortet er.

Nettie brüllt. Die beiden halten sich an den Händen fest, und dann kehrt Katherine in die Kammer zurück, wo das Schreien jetzt zu einem Kreischen wird. Nettie ist schweißnass, und noch mehr Körperflüssigkeiten fließen über den Boden. König Edward und der Burgvogt sind gegangen, um, wie der gutaussehende junge Mann mitteilt, mehr Wasser zu holen. Er hingegen ist immer noch mit Jack hier, der entsetzt wirkt. Die zwei hocken neben Netties Kopf und halten ihre Hände, denn keiner der beiden will sehen, was unter ihren Röcken ist. Das ist die Aufgabe von Katherine.

Bis jetzt hat sie sich sehr darüber gefreut, mit welcher Sicherheit Thomas davon ausgeht, dass sie sowohl Nettie und das Baby als auch John Stumpf retten kann; und beherrscht von diesem frohen Gefühl hat sie nicht einmal innegehalten, um nachzudenken, was sie da eigentlich gerade macht. Doch als sie jetzt neben Netties Knöcheln in die Hocke geht und die heißen, nassen, schweren Röcke hochschiebt, wird sie in den Moment zurückversetzt, wo sie der Wehmutter bei Eelbys Frau half, und muss daran denken, wohin das sie beide damals brachte. Doch was sein muss, muss sein, denkt sie. Sie hat Rosenöl, und so reibt sie ihre Hände damit ein. Dann schiebt sie sich nach vorn und erinnert sich an die Versuche der Wehmutter, das Baby von Eelbys Frau zur Welt zu bringen, bevor sie sie ihrem Schicksal überließen und Katherine das Messer nahm, um das Kind herauszuschneiden.

Erst jetzt bemerkt Katherine, dass Riven fort ist. In diesem Augenblick kann sie nicht daran denken, was dies für sie oder für irgendjemanden sonst bedeutet. Sie spürt, dass für Nettie der entscheidende Zeitpunkt näher rückt. Obwohl es nichts gibt, was sie tun kann, bringt sie es nicht über sich, Nettie zu verlassen, da sie sonst beim qualvollen Gebären nur Männer um sich haben würde.

Also bleibt Katherine und erzählt Nettie, dass das Kind gleich kommt und dass sehr bald diese Schmerzen vorüber sein werden und jeder Moment davon es wert sein wird, denn dann hat sie einen Sohn. Nettie nickt und stößt hart und wild den Atem aus. Aber bei ihr ist nichts von einer Schwellung oder einem Wechsel der Farbe zu erkennen, die Eelbys Frau begleiteten, als sie in den Wehen lag. Daher kann Katherine ihrer Freundin sagen, dass alles gut geht und sie nicht auf den Schmerz achten soll, und so weiter und so fort. Die Intensität und Häufigkeit von Netties Schreien nimmt zu.

Thomas kommt, um Katherine mitzuteilen, dass John bewusstlos geworden ist. Sie zählt ihm auf, was aus der Küche geholt werden soll: mehr Wasser, mehr Wein; zwei Messer, das eine groß, das andere klein; ein Schleifstein; eine brandneue Kerze von bester Qualität; eine Metallschüssel; eine Metzger- oder Knochensäge (falls es dort eine gibt); ein langer Faden sauberer Leinenzwirn; saubere Leinentücher; eine Bogensehne und etwas Holzkohle. Als Thomas fort ist, überlässt sie es Jack, Nettie zu beruhigen, und schaut nach John. Er ist ohnmächtig, wie Thomas gesagt hat. Aber für wie lange? Was, wenn sie zu schneiden beginnt – und genau dann kommt das Baby? Doch sie kann im Licht der Feuerschalen und Kerzen, mit denen die Männer John umgeben haben, genau sehen, dass die Schwarzfäule im Arm hochwandert. Wenn sie bis zum Morgen nichts unternimmt, wird es zu spät sein, um Johns Leben zu retten.

Sie muss es jetzt tun.

Thomas kehrt zurück und bringt all die Sachen mit, die sie angefordert hat, einschließlich einer neuen Säge, denn der Earl of Warwick hat natürlich einen eigenen Metzger. Auch König Edward ist wieder da mit einem Sack Holzkohle unter dem einen Arm und einer zusammengerollten Bahn Leinen unter dem anderen. In seinem Schlepptau hat er den Burgvogt, der mit etwas kommt, von dem er behauptet, dass es den Geruch angenehmer machen wird. Sie wenden ihre Augen von Nettie ab und marschieren weiter nach draußen auf den Laufgang, wo es jetzt ziemlich dunkel ist. Der Burgvogt verstreut Bunde aus getrockneten Blättern über den Feuerschalen, in denen es knistert und die Flammen auflodern, und sorgt so dafür, dass die Luft besser riecht.

»Ihr werdet also seinen Arm abschneiden?«, will König Edward wissen.

Katherine nickt. Sie korrigiert die Position der Kerzen und wickelt dann den unteren, schwarz gewordenen Teil von Johns verbliebenem Arm in eine Decke, sodass der Geruch bis zu einem gewissen Grad eingedämmt ist. Anschließend weist sie einen Wachsoldaten an, die Messer zu schärfen, während sie die Bogensehne in Wein einweicht. Ihr kommt der Gedanke, dass es zu dunkel für ihr Vorhaben ist und sie nicht in der Lage sein wird, diese kleinen Schläuche zu nähen, durch die das Blut im Menschen fließt. Sie bittet, dass jemand ein Schüreisen holt oder so was Ähnliches, und König Edward meldet sich hierfür freiwillig.

»Aber ohne mich werdet Ihr nicht anfangen, ja?«

Er hat Freude daran, begreift Katherine. Das ist so absonderlich: König Edward von England … macht eine Besorgung für sie. Doch sie hat nicht wirklich Zeit, darüber nachzudenken. Der Wachmann hat beide Messer gewetzt, und der Wein ist in dem Wasserkrug warm geworden. Die Frau des Burgvogts hat eine Silbernadel geschickt, und sie hat sogar mehrere Fäden Seidenzwirn, die noch nie benutzt worden sind. Diese legt Katherine in den warmen Wein.

Die Geräusche, die Nettie von sich gibt, kommen jetzt regelmäßig, werden zu einem fast ununterbrochenen Schrei. Daraufhin steckt Katherine die Messer wieder in den Krug mit Wein und kehrt zu ihrer Freundin zurück, um nach ihr zu sehen. Sie reibt ihre Hände mit dem Rosenöl ein und versucht, sich an ihre Zeit mit der Wehfrau Beaufoy zu erinnern. Ihre Hände gleiten unter Netties durchnässten Röcken die gespreizten Schenkel entlang und zum Genitalbereich hoch, dann ertastet sie etwas, von dem sie glaubt, dass es vielleicht nicht dort sein sollte. Es ist hart. Sie ist versucht, mit ihren Knöcheln dagegenzuklopfen. Vergeblich bemüht sie sich, mit ihren Fingern um dieses Etwas herumzukommen. Nettie schlägt jetzt um sich. Der Lärm in der Kammer, der von den Wänden widerhallt, ist außerordentlich. Wie in einer Art Hölle! Jack ist inzwischen in Tränen aufgelöst. Er hält Nettie an den Schultern fest und ist gefangen zwischen dem Bemühen, seine Frau zu beruhigen, und den Bitten an Katherine, irgendetwas zu unternehmen: Aber was kann sie schon tun? Das hier muss seinen Lauf nehmen. Doch was ist das, was sie da fühlen kann? Es ist glatt. Es ist nicht ein Ellbogen oder ein Bein. Nichts dergleichen. Mein Gott! Sie lächelt Jack an. Es ist der Kopf des Kindes. Dem Herrn sei Dank!

Und plötzlich erwacht der Riese mit einem gewaltigen, brüllenden Husten. Einen Moment lang liegt er dort in dem blutigen Stroh und starrt zu seinen Händen hoch, die an die Wand gekettet sind, als ob sein Erinnerungsvermögen die vergangenen Geschehnisse stückchenweise wieder zusammenfügen würde.

Katherine und Jack wechseln einen Blick.

»Thomas!«, ruft sie.

Dann zieht der Riese an seinen Ketten. Deren Glieder klirren, als sie straff gespannt werden. Er zerrt erneut an ihnen. Fester. Wieder klingen sie zum Bersten gespannt. Er macht es erneut. Und wieder. Immer wieder.

»Hör damit auf, du verdammter Einfaltspinsel!«, ruft Jack.

Thomas kommt herein und sieht, dass der Riese wach ist. Er wirkt unsicher, was er tun soll, und zögert, bevor er nach einer der Stangen greift, die an der Wand neben dem Eingang der Kammer lehnen: Es scheint, als ob er einen angeketteten Mann nicht schlagen könnte. Jack hingegen hat keine Skrupel. Er hat noch eine Rechnung offen. Und so lässt er den Kopf der immer noch schreienden Nettie auf den Boden sinken, nimmt die schwere Stange Thomas aus der Hand und beginnt, auf den Riesen einzuschlagen, als würde er Holz hacken. Die Hiebe werden kurz und in einem perfekten Rhythmus ausgeführt; sie krachen auf die Arme des Riesen und treiben ihn in die Ecke zurück. Dort kauert sich der Kerl zusammen, macht sich so klein wie möglich. Aber das scheint Jack nur noch mehr aufzubringen – und überhaupt: Er bekommt seine Rache für einige entsetzliche Dinge, die ihm angetan worden sind, denn jetzt hämmert er einfach auf den Körper des Riesen ein und trifft ihn überall. Es ist ein Hagel von ungeschickten Schlägen, die im ganzen Raum widerhallen, bis die Stange unversehens über dem Kopf des Riesen an die Wand kracht, Jack aus den Händen fliegt und klappernd auf den Boden fällt. Daraufhin fängt Jack an, den Gefesselten zu treten. Der Riese hat sich mit dem Rücken zur Wand zusammengerollt und hält seine Arme schützend vor Gesicht und Kopf. Er bewegt sich nicht mehr. Nach einiger Zeit hört Jack auf. Sein Gesicht ist ganz rot und seine Atmung abgehackt.

Nettie schafft es, trotz ihrer Schmerzen zu lachen.

»Er ist ein Teufel«, sagt Jack.

Dann kreischt Nettie erneut, und die Aufmerksamkeit aller kehrt zu ihr zurück. Jack gleitet neben ihr zu Boden und hält sie in den Armen. Katherine bedeckt die Beine der Gebärenden und geht zu John hinaus. Der Wind nimmt zu, und König Edward ist wieder da mit dem, was sie angefordert hat.

»Zündet die Kerzen an«, sagt sie. »Sorgt dafür, dass das Feuer richtig in Gang kommt.«

Sie wäscht ihre Hände in dem warmen Wein, und danach beginnt sie mit der ganzen Prozedur, indem sie Johns Arm abbindet. Sie wickelt die Bogensehne dreimal direkt oberhalb des Ellbogens um den Arm, macht eine Schleife, in die sie ein Holzstück steckt, und dreht es, um die Schnur festerzuziehen. Die Sehne drückt sich in das Fleisch hinein. Katherine dreht viermal und hört dann auf, um sich die Sache genau anzuschauen. John Stumpf bewegt sich in seinem Betäubungsschlaf.

»Halte dich bereit«, sagt sie zu Thomas, doch er weiß bereits, was zu tun ist.

Sie betrachtet den Arm unterhalb der Sehne und muss tatsächlich feststellen, dass er anfängt, dicker zu werden und sich rosarot zu verfärben. Das ist nicht ihre Absicht gewesen; denn es bedeutet, dass immer noch Blut in den Arm gepumpt wird, jedoch nicht hinausfließt. Rasch dreht sie das Holzstück in die andere Richtung und lockert die Schnur. Der Arm schwillt ab. Sie dreht erneut das Holz, um den Arm abzubinden. Es sind diesmal sechs rasch durchgeführte Umdrehungen. Danach wartet sie. Sie kann hören, wie die Männer schnaufen, während sie zuschauen. Jetzt ist es richtig: Der Arm bleibt schmal und weiß. Das Blut wird in beide Richtungen gestaut. Gut. Sie überprüft abermals die Messer, die Säge, die Nadel und die Fäden; anschließend fordert sie Thomas auf, die Bienenwachskerze weich zu machen.

Sie ist bereit.

»Haltet den Arm fest«, sagt sie zu dem gutaussehenden jungen Mann. »Genau so.« Sie biegt Johns Arm. Der Geruch entweicht wie bei einem Windstoß. Außerhalb des Lichtkreises beginnt jemand zu würgen, und es gibt Gelächter.

Der gutaussehende junge Mann – Katherine erfährt, dass er Flood heißt – kauert sich neben ihr hin und hält den Arm hoch, der in die graue, wollene Decke eingewickelt ist. Dann setzt sie die Klinge unter der Abbindungsschnur und oberhalb des Ellbogens an und beginnt mit der Amputation. Die Messer – die dem Earl of Warwick gehören – sind scharf und schneiden recht mühelos durch die Haut und die nun schlaffe Muskulatur von Johns Arm. Als das dicke, zähe Gewebe durchtrennt ist, sackt der Arm nach unten. Flood lässt ihn so liegen. Eine Menge Blut strömt heraus, vielleicht ein halber Krug voll. Katherine fragt sich, ob sie die Adern zubinden soll, bevor sie den Knochen durchsägt, entscheidet sich dann aber dafür, den Arm zuerst loszuwerden, weil sich ihr bei dem Gestank der Magen umdreht.

Nettie ruft jetzt.

Katherine ergreift die Metzgersäge. Sie muss gereinigt werden, denkt sie.

»Wer hat den Urin?«, fragt sie.

Keiner hat ihn. Sie hat ganz vergessen, dass sie den auch benötigt.

»Kann jemand … daraufpinkeln? Um die Säge sauber zu machen? Die Klinge muss zumindest mit Urin abgespült sein.«

Die um sie versammelten Männer müssen diese Aufgabe zu König Edward weiterschieben. Er zuckt mit den Achseln.

»Ich kann bestimmt helfen«, antwortet er, nimmt die Säge und geht einige Schritte weg. Die anderen sitzen oder stehen in ihrem Kreis aus flackerndem Kerzenlicht da und hören zu, wie König Edward auf die Säge pinkelt.

»Hier«, sagt er, als er sie zurückbringt und Katherine den trockenen Griff anbietet. Sie nimmt sie und setzt die Sägezähne an den rosaroten Knochen an.

»Bist du bereit mit dem Wachs?«, fragt sie.

Thomas nickt, und Katherine beginnt zu sägen. Es dauert nicht lange. Sie bewegt das Sägeblatt ungefähr fünfzehnmal vor und zurück. Blut gurgelt im Abflussloch des Knochens. Dann ist sie durch. Sie schiebt mit der flachen Seite des Sägeblatts den abgetrennten Teil des Arms von der Schnittstelle weg.

»Nehmt das«, fordert sie Flood auf, der daraufhin den halben Arm in die Decke hüllt und sich damit in Richtung der Zinnen davonstiehlt.

»Wachs«, sagt sie. Thomas reicht ihr die Schüssel, in der das Wachs um den Dochtstreifen herum wieder härter zu werden beginnt. Sie wäscht ihre Hände in Rosenöl, nimmt ein paar Fingervoll von dem Wachs und formt eine Kugel um den Docht herum, die als Stopfen für das Loch dienen wird. Den Knochen stöpselt sie mit dem langen Docht zu, der danach noch ein Stück weit heraushängt, und dann angelt sie in dem Krug voll Wein nach Faden und Silbernadel.

Nettie brüllt jetzt im Turm vor Anstrengung ohne Unterlass. Es ist, als würde man einem Mann zuhören, der einen Ochsen aus einem Graben zu zerren versucht.

»Ist das Schüreisen heiß?«

Einer der Männer nimmt es aus der Feuerschale. Es ist mattrot. Nicht so heiß, wie ein Schmied es sich wünschen würde, aber für den Zweck hier wird es reichen. Sie sagt dem Mann, er soll das Schüreisen so lassen, und einem anderen, die Kerze näher zu stellen. In deren unbeständigem Licht konzentriert sich Katherine darauf, die dickeren Blutgefäße abzubinden, die um das große Muskelstück herumliegen.

»Schüreisen«, sagt sie, und es gibt einen Moment der Verwirrung, als der Mann, der es hält, ihr es nicht reichen kann, weil sie sich sonst verbrennen würde, und er ihr auch nicht das kühlere Ende geben kann, weil er sich dann verbrennen würde. Das Problem wird gelöst, indem man die Feuerschale näher heranschiebt: Aus ihr stieben Funken hoch in die nächtliche Luft, die von Windböen weggerissen werden, und der Burgvogt befiehlt einem der Männer, darauf Acht zu geben. In dem orangefarbenen Licht der Feuerschale wirkt Johns Gesicht immer noch schlaff und unbelebt. Der Schlaftrunk wirkt sehr, sehr stark, denkt Katherine.

Sie nimmt das Schüreisen mit einem Leinentuch, beugt sich über den Stumpf und berührt ihn behutsam mit dem Feuerhaken: Katherine brennt die kleineren Blutgefäße aus und versiegelt sie so, wobei Johns Fleisch zischt und dampft. Es ist ein merkwürdig intimes Gefühl, das brennende Fleisch eines Menschen einzuatmen, und die Männer um sie herum lehnen sich nach hinten zurück, um den Dampf entweichen zu lassen, ohne von ihm erfasst zu werden. Sie muss den Schürhaken zweimal neu erhitzen, bis sie zufrieden feststellt, dass am Stumpf ausreichend Blutschorf ist.

Anschließend zieht sie die Haut am verbliebenen Arm, die

sich wie eine heruntergerutschte Socke gefaltet hat, über den Stumpf hinaus. Danach dreht Katherine vorsichtig die Haut ein paarmal um den Kerzendocht herum, wobei sie darauf achtet, dass er sich nicht von dem Knochenstopfen löst. Als Nächstes fischt sie wieder Nadel und Faden aus dem Wein und macht einige wenige Vorstiche in dem verdrehten Teil der Haut, bevor sie ihn einschlägt und weitere Nähte anlegt, sodass die Sache sehr ordentlich aussieht, als dies erledigt ist. Lediglich der Docht hängt von den zusammengenähten Hautlappen des Stumpfes frei herunter.

»Bei Gott«, haucht jemand. »Und das war's?«

»Übung macht den Meister«, sagt Katherine, zufrieden mit sich selbst und dem Ergebnis. Der Stumpf endet – das ist fast logisch – auf halbem Wege zwischen Schulter und dem nicht mehr vorhandenen Ellbogen.

»Aber – oh mein Gott – wie wird das Leben jetzt für ihn sein?«

»Er wird von seinem Pferd fallen, so viel steht fest.«

»Er wird sich den Arsch mit seinen Zähnen abwischen müssen.«

»Ist das überhaupt möglich?«

Katherine erhebt sich; ihre Knie schmerzen, ihre Röcke sind blutbefleckt.

Jack ruft ganz dringend nach ihr. Er steht an der Tür der Turmkammer.

Die Männer schauen zu, wie sie sich erst hinstellt, den Rücken durchstreckt und dann geht, um Nettie Beistand zu leisten.

Niemand sagt ein weiteres Wort.

Es ist, als ob sie Augenzeugen eines Wunders wären.

Das Baby ist in einer Woge aus Körperflüssigkeiten und mit einer Menge seltsamer, fettiger Paste geboren worden, die seinen glitschigen, winzigen Körper bedecken. Es ist ein bisschen blau gefärbt, doch es – eigentlich eine Sie – hat ein so starkes Paar Lungen, dass keiner der Anwesenden besorgt ist, dies könnte etwas anderes bedeuten als eben nur eine geringe Blaufärbung des Kindes. Katherine erinnert sich, dass es Aufgabe der Wehmutter ist, die Schnur abzubinden, und das macht sie jetzt auch. Danach schneidet sie zwischen den zwei abgebundenen Stellen die Schnur durch, als wäre diese ein Leinenstrang, und reibt das Baby vom Kopf bis zu den Zehen mit dem Rosenöl ein, um es von dieser klebrigen Schicht zu befreien. Anschließend wickelt sie die Kleine in ein sauberes Leinentuch und legt sie in die Arme ihrer Mutter.

Nettie ist voller Tränen, Angst, Schweiß und Schmutz, und sie ist erschöpft von den Wehen. Doch als sie hinabschaut und das winzige gerötete Gesicht ihrer Tochter sieht, zeigt sie genau die Art von Lächeln, die einem das Wasser in die Augen treibt. Jack hält sie immer noch, und er lächelt ebenfalls, als ob das Mädchen (»Wir werden sie Katherine nennen«) ein Wunder wäre.

Nettie will sich aufrichten, doch da wird deutlich, dass es für sie noch nicht zu Ende ist. Katherine muss zu den Röcken von Nettie zurückkehren und sie von den restlichen Dingen befreien, die es bei der Geburt eines Kindes gibt. Als das schließlich getan ist und Katherine alles in einem großen, blutgetränkten Haufen aus Leinen, Stroh und sonst was eingesammelt hat, wäscht sie Nettie mit Rosenöl – ihr Vorrat geht fast zur Neige – und wartet ab, ob noch eine Blutung auftritt, die nicht sein sollte.

Das ist nicht der Fall.

»Gott sei Dank«, sagt sie.

»Amen.«

Sie geht, um nach John Stümpfe zu sehen. Noch immer ist er bewusstlos, aber jemand – König Edward? – hat es ihm bequem gemacht: Er liegt unter einem blauen Mantel mit weißem Pelz unter seinem Kinn, und sein Atem versetzt die feinen Fellhaare in Bewegung, wodurch Katherine augenblicklich sehen kann, dass er lebt. Thomas steht dort in einem Kreis von Männern an der Seite von König Edward, so als wären er und diese Leute seit vielen Jahren Gleichgestellte. König Edward plaudert locker und unbefangen mit ihnen, und Katherine erkennt, dass sie alle im Verlaufe dieser langen Nacht Freunde geworden sind. Die Männer drehen sich zu ihr um, und König Edward sagt:

»Da ist sie ja!«

Und dann ruft er hinunter in den Hof. Er befiehlt, dass warmer Wein und frische Brötchen gebracht werden – und zwar zack, zack, bei Gott.

Teil 5

Vor Mariä Geburt,
Spätsommer 1469

22. Kapitel

»Wenn man daran denkt, dass es hier ist«, sagt Thomas. »Direkt unter König Edwards Nase.« Er schwingt den Beutel, in dem das Lagerbuch aufbewahrt wird, von seiner Schulter und klopft darauf.

»Und du bist sicher, dass er es nicht weiß?«

Thomas ist sich da keineswegs sicher.

»Ich glaube, er weiß, dass da irgendwas faul ist. Doch er weiß auch so viel von dieser Sache, dass er nicht zu tief nachforscht.«

»Vielleicht hat er ja Gerüchte gehört?«, vermutet Katherine.

Sie liegt in dem Bett, das Thomas bis zu ihrer Ankunft mit Flood geteilt hat. Der junge Mann ist ausquartiert und in ein anderes Zimmer in einem anderen Teil des westlichen Burgbereichs geschickt worden. Inzwischen hat sie ein Bad mit heißem Wasser und Seife genommen. Thomas bestand darauf: nicht weil sie ganz besonders schmutzig war (obschon dies zutraf), sondern weil ... Nun ja, sobald sie in der Wanne lag, war der Grund offensichtlich. Sie hatte noch nie zuvor ein heißes Bad genommen.

»Wenn man daran denkt, dass König Edward so etwas jeden Tag hat«, flüsterte sie.

Danach schlief sie mehr oder weniger zwei Tage lang. Ein Priester kam – König Edwards Beichtvater mit dem fliehenden Kinn –, um sich davon zu überzeugen, dass sie nicht irgendein fleischgewordener Teufel ist. Sie allerdings glaubte, er wäre gekommen, weil er sie für das Kloster zurückgewinnen wollte. Sie schrie ihn an, dass es nicht mehr existierte, dass es niedergebrannt und jeder dort tot war und dass die Priorin auf der Suche nach dem Teufel die Flucht ergriffen hatte. Thomas führte den Priester hinaus, während »sie sich wieder sammelte«, was bedeutete, dass sie für einen weiteren Tag in einen traumlosen Schlaf fiel.

»Wo ist Rufus?«, fragte sie, als sie das zweite Mal wach wurde. Und Rufus kam still in den Raum hineingetapst, und sie legten ihre Arme umeinander und verharrten so, wie es schien, eine halbe Ewigkeit lang. Sie fragte ihn, ob auch er ein Bad genommen hatte, und er nickte feierlich. Thomas, der hinter ihm stand, schnitt eine Grimasse, um anzuzeigen, dass der Junge die ganze Zeit kein einziges Wort gesagt hatte.

»Und Nettie geht's gut?«, erkundigte sie sich, und Thomas erzählte ihr, dass sie bereits aufgestanden war und umherging.

»Sie wollte nicht einen Moment länger als nötig in dieser Kammer bleiben. Und das Baby ... Der Kleinen geht es auch gut. Sehr laut.«

Katherine nickte.

»Und John?«

»Ich gebe ihm den Schlaftrunk«, antwortete Thomas, »und hole den Docht ganz langsam heraus, so wie damals. Er erträgt den Schmerz besser als beim letzten Mal. Erinnerst du dich, wie er wegen dieses Geistes von Ralph Grey geschrien hat?«

Die Erwähnung von Sir Ralph Grey, dem schon lange verstorbenen Burgvogt von Bamburgh Castle, brachte sie dazu, über das Lagerbuch zu sprechen, das nun wieder zwischen ihnen liegt: ein wiederaufgetauchtes Problem, das einfach nicht verschwinden will.

»Was sollen wir jetzt damit machen?«, fragt er. »Können wir es nicht einfach ... verbrennen? Um das verfluchte Ding loszuwerden?«

Darüber hat sie bereits nachgedacht.

»Riven wird dem Earl of Warwick davon erzählt haben, nicht wahr? Dass er Wind davon bekommen hat?«

Thomas seufzt müde.

»Wahrscheinlich«, antwortet er. »Wahrscheinlich.«

»Also wird der Earl of Warwick deswegen herkommen, nicht?«, fährt Katherine fort. »Er wird von Rivens Tod gehört haben und möglicherweise annehmen, dass jemand – König Edward – ihn ermordet hat, damit er nicht reden kann. Was aus seiner Sicht nur eine Bestätigung der großen Bedeutung des Lagerbuchs, der Macht des Lagerbuchs sein wird. Und das wird dazu führen, dass er verrückt danach ist.«

»Aber er kann ja wohl kaum König Edward danach fragen, oder?«, gibt Thomas zu bedenken. »Falls er glaubt, König Edward hätte es?«

Das ist ein gutes Argument.

»Aber so viele Leute wissen inzwischen davon«, sagt sie. Nun denkt sie laut nach. »Und sie gehören alle zu ihm, nicht wahr? Sie mögen Edmund Riven gehasst haben, doch sie lieben immer noch den Earl of Warwick, und sie wissen überdies, dass König Edward das Lagerbuch nicht hat. Somit gelangt der Earl womöglich zu der Annahme, dass sowohl er als auch der König danach suchen. Und dass es irgendwo hier ist. Daher wird er persönlich deswegen herkommen.«

»Stimmt.« Thomas seufzt. Er sieht sehr gut aus, denkt Katherine: sauber, gut genährt, jugendlich frisch im Gesicht – jetzt jedoch unglücklich in Anbetracht dessen, was für eine Konsequenz ihre Gedanken haben müssen. Sie werden diesen Ort verlassen. Er sitzt auf der Kante ihres Bettes und kneift sich in Augenhöhe die Nase.

»Also?«, bohrt sie nach.

»Also müssen wir verschwunden sein, bevor der Earl kommt«, bestätigt er ihre Überlegungen.

»Wann soll er kommen?«

»Das werde ich herausfinden«, antwortet er. »Bellman wird es uns sagen. Er ist ein guter Mann.«

»Dann werden wir zumindest von ein paar Dingen Kenntnis haben.«

»Ja«, nimmt er an.

Der Gedanke, so bald wieder auf den Straßen leben zu müssen – und dies nach so viel Komfort und Behaglichkeit –, ist zu viel. Katherine schließt die Augen, um die Tränen zurückzuhalten.

Später kommt Thomas ohne Rufus zurück.

»Ich kann noch gar nicht richtig glauben, dass er tot ist«, bekennt sie, bevor er etwas sagen kann. »Und dass ich ihn getötet habe.«

Thomas blickt sie sehr ernst an, als ob sie sich schuldig fühlen könnte.

»Er hat es tausendmal verdient.«

Er braucht sie nicht daran zu erinnern, dass Riven zu dem Zeitpunkt im Begriff war, ihm den Bauch aufzuschlitzen.

»Ich weiß«, sagt sie, »ich weiß, aber trotzdem. Es ist unglaublich, dass er gestorben ist, dass er uns nicht länger bedroht.«

Es ist, als wäre eine große Last von ihr genommen worden. Sie kann wieder frei atmen.

»Was ist eigentlich mit Liz passiert?«, fragt Thomas.

Sie gibt ihm ein paar Informationen, doch sie hat nicht an Liz gedacht, seit das Mädchen ihr das Messer gegeben hat, um damit Riven zu töten. Jetzt, wo ihre Gedanken zu Liz zurückkehren, kann sie noch nicht entscheiden, welche Gefühle sie ihr gegenüber hegt. Liz verriet Thomas und sie ebenso wie Rufus, hatte jedoch ihre Gründe dafür. Und als Liz diesem perfiden Plan zustimmte, kannten sie sich noch gar nicht. Außerdem waren ihre Tränen in jener Nacht, als sie Katherine das Messer gab, gewiss echt.

»Dann ist sie wohl zu ihrem Vater und ihren Schwestern in Senning zurückgegangen, oder?«

»Das nehme ich auch an.«

Danach erkundigt er sich, ob das Kloster wirklich zerstört ist; er vermag es nicht zu glauben.

»Es ist also wahr? Was du gesagt hast? Sie sind tot? Jeder Einzelne von ihnen?«

»Nicht die Priorin. Sie ist geflohen.«

Er lächelt.

»Auf der Suche nach dem Teufel, sagtest du?«

»Tatsächlich? Ich muss ein paar merkwürdige Träume gehabt haben.«

»Aber wenn sie alle nicht mehr leben und die Gebäude bis auf die Grundmauern niedergebrannt sind, dann wirst du niemals … niemals herausfinden, wer du bist.«

Nicht schon wieder das, denkt sie.

»Ich weiß, wer ich bin.«

»Also, ja; aber du weißt, was ich meine.«

»Es gibt noch die Priorin. Sie hat es überlebt, wurde berichtet, und man hatte sie zuvor nach Hause oder zu irgendeinem anderen Kloster geschickt. Von wo auch immer sie herkam. Wenn es noch jemanden gibt, der es weiß, dann ist es sie. Aber vielleicht war es mir ja niemals bestimmt, meine Herkunft zu kennen, nicht einmal um Rufus' willen.«

Thomas schüttelt den Kopf. Er hat nie wirklich akzeptieren können, dass es sie nicht kümmert; doch es interessiert sie tatsächlich nicht. Es ist unerfindlich für sie, weshalb irgendjemand sich um etwas bemühen sollte, das nicht das Geringste ändern würde. Das ist alles in ferner Vergangenheit geschehen. Daran festzuhalten würde bedeuten, etwas Bestimmtem – einem anderen Menschen vielleicht – eine Macht über die eigene Person einzuräumen, was es gar nicht verdient.

»Müssen wir gehen?«, will sie jetzt wissen.

Er nickt traurig.

»Aber wohin?«, fährt sie fort. »Wohin können wir gehen?«

»Was ist mit Marton?«, fragt Thomas. »Können wir dorthin zurück? Wird Isabella uns haben wollen?«

Sie hat bislang keine Gelegenheit gehabt, ihm zu erzählen, dass sie Isabellas Katarakt gestochen hat, ohne sie zuerst zu fragen, und dann von den zwei Söhnen dabei erwischt worden ist. Thomas wird davon jetzt nichts hören wollen, und so schüttelt sie den Kopf.

»Es würde uns jedenfalls nicht gut bekommen«, erklärt sie. »Auch wenn Riven tot ist: Falls Warwick das Lagerbuch haben will, dann wird er Liz finden, und sie weiß, wo Marton zu finden ist. Wenn wir also dorthin gingen, würde er uns im Handumdrehen ausfindig machen.«

Er nickt.

»Also dann«, sagt er. »Irgendwo anders hin.«

»Aber wohin?«

In diesem Fall müssen sie sich nicht allzu schnell etwas überlegen, denn König Edward wird ihnen nicht erlauben, ihn zu verlassen, und so müssen sie diesen August mit banger Erwartung in Middleham durchschwitzen. Jeden Tag gehen sie nach dem Aufwachen zur Messe und hören dort, wie Bellman eingesteht, dass der Earl of Warwick eine Botschaft geschickt hat, um mitzuteilen, dass er aufgehalten wird und noch nicht bereit ist, sich mit seinem König zu treffen.

»Also sollen vielleicht wir zu ihm reisen?«, fragt König Edward.

»Aah, nein, Euer Hoheit; er bittet, dass Ihr Euch in Frieden hier ausruht, bis er kommt.«

Und beide Männer lachen über die Situation und über Bellmans Unbehagen, denn der König hat in Middleham einen Lebensrhythmus ganz nach seinem Geschmack gefunden: Er besteht darauf, jeden Tag auf die Jagd zu gehen, mit Ausnahme der Sonntage, an denen er sich Thomas und den Männern aus der Burg und dem Dorf anschließt, die an den Schießständen südlich der formvollendet angelegten Gartenanlagen des Earl üben. Er ist nicht der schlechteste Bogenschütze, wie Thomas seiner Frau berichtet, jedoch weit davon entfernt, der beste zu sein. Zum einen ist er langsam und ungelenk beim Anlegen des Pfeils. Und obwohl er am Schießstand einigermaßen treffsicher ist, wenn er genau erkennen kann, wie weit er den Schaft fliegen lassen muss, sieht die Sache anders aus, sobald im Gehen geschossen wird. Wenn sie alle in der Parklandschaft umherstreifen und pro Person drei Pfeile auf spezielle Markierungen schießen, verbringt König Edward mehr Zeit als jeder andere damit, nach seinen Geschossen zu suchen, denn er hat oft weit daneben und für gewöhnlich auch zu kurz gezielt.

Dennoch ist er unermüdlich gutgelaunt und locker im Umgang mit seinen Untertanen; außerdem spottet er über sich selbst und seine eigenen Unzulänglichkeiten, bevor irgendjemand ein Wort dazu sagen kann. Und wie dem auch sei: Jeder dort weiß, dass das Bogenschießen nicht alles im Leben ist. Sie haben beobachten können, wie er mit den Jagdhunden reitet und einen Speer wirft, und einige Männer erlebten ihn bei der Schlacht von Towton; daher zweifelt niemand an seinen Fähigkeiten.

Es gibt keinerlei Anzeichen vom Earl of Warwick, dessen Ausbleiben König Edward auf Feigheit zurückführt. Doch Flood erzählt ihnen, dass der Earl von seinen Bemühungen in Anspruch genommen ist, das Parlament zu nötigen, geziemende oder nicht geziemende Angelegenheiten in seinem Sinne abzuwickeln. Auch gibt es überall Ärger: In jedem Teil des Landes versucht jeder, Vorteile aus König Edwards Abwesenheit zu ziehen und eigene Ansprüche auf den Besitz der Nachbarn zu verfolgen.

»Mylord Warwick ist nicht der König. Genau das ist das Problem, versteht ihr?«, erklärt Flood.

Er sagt zudem, dass König Edward glaubt, die Leute würden eine bestimmte Sache nicht begreifen. Sie haben sich erhoben, um Warwick dabei zu unterstützen, die schändlichen und unbeliebten Favoriten des Königs zu vertreiben. Und jetzt, nachdem dieses Ziel erreicht worden ist und jene Favoriten tot oder verbannt worden sind, fragen sie sich, weshalb König Edward immer noch ein Gefangener ist. Und das bringt ihn zum Lachen.

»Verfluchter Warwick. Mal schauen, wie es ihm gefällt, ein Königreich voller Mistkerle zu regieren«, sagt er.

Nettie ist inzwischen wieder zu Kräften gekommen, und Katherine reduziert allmählich die Menge an Schlaftrunk, die John Stümpfe erlaubt ist. Er sitzt nun aufrecht und ist blass, jedoch ohne irgendwelche Anzeichen von jenem Fieber, das ihn beinahe umbrachte, als Katherine ihm das erste Mal einen Arm abschnitt. Zudem kann er seine Stümpfe so bewegen, dass sie sich gegenseitig berühren.

»Du bist wie ein Seehund«, sagt Jack zu ihm und macht

dabei Laute wie diese Tiere, die sie einst unterhalb von Bamburgh gesehen haben. John erwidert darauf nichts, weil König Edward lacht.

Mit König Edward zusammen zu sein, erzählt Thomas seiner Frau, ist merkwürdig gewesen. Eine Zeit lang war ihm keine Bezeichnung für das in den Sinn gekommen, was er empfand, als sie die Hügel hinter der Burg hochritten und unterschiedlichen Tieren mit verschiedenen anderen Tieren nachstellten: bis eines Tages – als sie nach einer langen Jagd zurückritten und eine Reihe von Pferden hinter sich herzogen, auf denen sich die Leichen etlicher Rehe, Hirsche, Wildschweine und Dachse häuften – Flood sich zu ihm umdrehte und sagte, dass der Tag Spaß gemacht hatte.

»Spaß?«, wiederholte Thomas.

»Ha!« Flood lachte. »Du sagst dieses Wort, als hättest du es noch nie gehört!«

Aber da war mehr dran als bloß Spaß. Jeden Tag hat er gesehen, dass Katherine und Rufus sich ausruhten und erholten von den Unbilden und Ungewissheiten ihrer jüngsten Reisen. Sie haben gut gegessen und geschlafen; und es gab für sie keine häuslichen Pflichten zu erledigen, sodass sie alle beide ihre Zeit mit Nettie und deren Baby verbrachten, im Garten des Earl umherwanderten und gemächlich Spielen nachgingen. Ihr Müßiggang wurde ausgeweitet von einem schuldbewussten Bellman, der sich nicht sicher ist, was für einen gesellschaftlichen Status sie haben. Nach einer Woche hörte Thomas mit, wie Rufus sehr leise zu Katherine sprach, obwohl er immer noch kein einziges Wort zu allen anderen gesagt hatte.

Doch solche Tage – wenn man zu der Ansicht gelangt, dass Eisvögel womöglich auf ruhiger See schlafen – können natürlich nicht ewig dauern. Boten kommen und gehen, reiten klappernd über die Brücke mit Sendschreiben für König Edward und für den Burgvogt. Da sind zu viele gespannte Beziehungen, die an König Edward zerren, die aneinander zerren, und unsichtbare Kräfte, die aus weiter Ferne, wie etwa aus Rom, London und Calais, ihre Wirkung entfalten. Kräfte dieser Art wirken sogar wieder im Norden Englands, wo ein Name aus der Vergangenheit wieder aufersteht: Sir Humphrey Neville of Brancepeth, den jeder in Bamburgh Castle hasste, als die Burg belagert wurde. Er hat sich erneut erhoben, um den alten König Henry zu unterstützen.

Es ist eine Rebellion, die der Earl of Warwick ohne die moralische Autorität des Königs nicht unterdrücken kann, und so schickt er eine Nachricht für den Burgvogt. Bellman kommt daraufhin zu König Edward und teilt ihm mit, es sei entschieden worden, dass er frei ist, um seinen Aufgaben nachzugehen: Doch könnte er bitte zuerst diese Anweisungen für militärische Aufgebote erlassen, damit Soldaten in den Midlands ausgehoben werden dürfen, die dann nach Norden ziehen sollen, um Humphrey Neville und seine Rebellen zu bezwingen?

»Und in all der Zeit ist er kein einziges Mal erschienen, um mir in die Augen zu sehen!«, höhnt König Edward über den Earl of Warwick. »In all der Zeit!«

»Bald wieder zu Hause, schätze ich«, sagt Flood eine Weile danach. »Bei Gott, ich kann es nicht erwarten, meine Frau wiederzusehen.«

Thomas nickt. Er hofft, dass es eine glückliche Wiedervereinigung sein wird. Er selbst weiß nicht, wohin er demnächst gehen soll.

»Ob wir wohl nach Marton zurückkehren können?«, fragt Jack.

Katherine schüttelt den Kopf. Doch sie alle wollen wissen,

wieso nicht, und so muss sie ihnen jetzt den wahren Grund erzählen. Sie lauschen schweigend, selbst als sie beschreibt, wie sie in das Auge gestochen hat. Als ihre Geschichte zu Ende ist, beginnt Jack zischend zu lachen.

»Heilige Muttergottes, Katherine«, sagt er. »Diese besonderen Gaben von dir! Die sind ein zweischneidiges Schwert!«

Vor Scham kann Katherine die anderen kaum angucken.

»Mutter hat das Richtige getan«, hören sie eine Stimme behaupten. »Sie wollte doch nur, dass Isabella wieder sehen kann.«

Sie brauchen einen Moment, um zu realisieren, dass es Rufus ist, der da gesprochen hat. Er schaut zu jedem von ihnen auf, um ihnen in die Augen zu blicken – fast sieht er einen nach dem anderen an. Er ist nicht scheu und auch nicht herausfordernd. Er ist nur sehr deutlich in dieser Sache. Unter den dunklen Augen hat er indigoblaue Ringe, und er sieht elfenhaft aus, wie ein Wesen aus einer Anderswelt. Thomas ist halb stolz auf seinen Sohn, halb fürchtet er ihn und um ihn.

Die Stimmung wandelt sich.

Jack erklärt, dass er seine kleine Familie zu Netties Eltern bringen wird, die Land in einem Dorf nahe bei Marton bewirtschaften. Er nimmt an, dass er dort bleiben und bei der Arbeit auf den Feldern helfen wird, bis sich etwas anderes ergibt.

»Vielleicht werde ich die Schmale See überqueren und mit diesem Herzog von dir kämpfen, John«, zieht er in Erwägung.

John antwortet, er glaube, dass es noch viele Kämpfe und Schlachten in diesem Land geben wird, wenn es das ist, was Jack will.

»Nein«, verkündet Nettie. »Das ist es nicht, was er will.«

Sie hält ihre winzige Tochter in den Armen, und Jack muss unwillkürlich lächeln und stimmt ihr zu.

»Und was ist mit euch, Thomas?«, fragt John Stümpfe. »Was werdet ihr jetzt tun?«

»Wir werden mit Jack und Nettie bis nach Lincoln reisen«, antwortet Thomas. »Aber von dort aus ... Na ja. Ich weiß es nicht. Ich vermute, wir müssen uns dem herrschaftlichen Wohlwollen von William Hastings ausliefern. Was ist mit dir?«

Und er denkt abermals, wie es wohl so für John Stümpfe ohne Arme sein wird.

»Ich könnte Mönch werden«, meint John. »Einer von denen, die nur beten. Man braucht nicht unbedingt Hände, um zu beten.«

»Kannst du lesen?«

»Buchstaben? Wörter? Nein.«

Es herrscht ein langes Schweigen, und Thomas erkennt, dass John sich nicht zu reden traut.

»Komm mit uns«, sagt er. »Ich weiß nicht, wohin wir gehen oder was wir tun sollen; aber bleib bei uns. Wir werden für dich sorgen. Uns um dich kümmern.«

23. Kapitel

Erst am Tag vor ihrer geplanten Abreise nach Lincoln erhält Thomas eine Antwort auf den Brief, den er für Katherine – kurz vor ihrem Eintreffen hier in der Burg – nach Marton Hall abschickte. Er hatte das Schreiben Flood anvertraut und es anschließend ganz vergessen. Als Katherine sieht, wie ein Junge ihm den Brief aushändigt, wird sie ganz rot im Gesicht. Thomas zerbricht das Klümpchen Wachs, das die Ränder des Schreibens zusammenhält, und faltet es auseinander.

Der Brief ist von Isabella.

»Ist er in ihrer Handschrift?«, fragt sie.

»Ja«, antwortet er, denn er erkennt Isabellas wohlgeformte Schreibweise des Buchstabens »T« wieder.

Katherine lehnt sich auf ihrem Sitz zurück, lässt die Schultern hängen und drückt die Augen fest zu.

»Dem Herrn sei Dank«, murmelt sie. »Was steht drin?«

Thomas beginnt zu lesen. Zuerst empfiehlt sich Isabella ihm mit ganzem Herzen an und hofft, Gott werde dafür sorgen, dass es ihm gut geht. Sie berichtet, dass sein Brief in der zweiten Woche nach Mariä Himmelfahrt in Marton ankam und dass sie erfreut war, ihn zu erhalten. Sein Schreiben wurde ihr von einem Tuchhändler gebracht, von dem sie eine Bahn schönsten scharlachroten Stoff und zudem ein halbes Pfund bester Nadeln gekauft hat. Sie ist erfreut gewesen, zu erfahren, dass Gott Thomas von den diversen Gefahren bewahrt hat, denen man auf allen Feldern eines Krieges begegnen kann und mit denen sie selbst eine gewisse Vertrautheit besitzt, da sie zwei Ehemänner begraben hat, die nicht so gesegnet waren. Sie war auch erfreut, zu erfahren, dass Thomas mit Seiner Hoheit, König Edward, zusammen ist, der ebenfalls solchen Leiden entgangen ist, und dass es jetzt Seiner Hoheit, König Edward, gut geht unter der Fürsorge Seiner Lordschaft, des Earl of Warwick. Sie schickt dieses Schreiben mit ebendemselben Händler in der Hoffnung, dass es ihn schnell in Middleham erreichen werde.

»Ist das alles?«, fragt Katherine und nimmt es ihm ab. Sie schaut es sich genau an, dann sieht sie zu Thomas. Sie ist enttäuscht.

»Zumindest lebt sie«, sagt Thomas. »Das ist schon etwas. Du bist keine Mörderin. Oder wenigstens nicht die von Isabella. Noch nicht ...«

Die Worte entlocken Katherine kein Lächeln.

»Und schau nur«, fährt er fort. »Sie kann gut genug sehen, um zu schreiben; also muss dein Stich gewirkt haben.«

»Aber weshalb schreibt sie nichts über uns? Über mich? Über ihre Augen? Über Marton?«

»Vielleicht gibt es ja noch eine Botschaft, die hierher unterwegs ist?«

Es gibt sie tatsächlich. Sie trifft am nächsten Tag im Morgengrauen ein und wird von dem weißen Mönch gebracht, der auf einem Pony aus Jervaulx kommt. Sie trifft zusammen mit vielen anderen Schreiben für König Edward ein, die mit klobigen, münzförmigen Wachsstücken versiegelt sind. Dieser Brief ist viel länger als der erste, und hinsichtlich der Zeit, die seine Zustellung gedauert hat, nimmt Thomas an, dass Isabella dieses Schreiben einen Tag nach dem anderen abgeschickt hat.

Erneut empfiehlt sie sich Thomas mit ganzem Herzen an und hofft, Gott werde dafür sorgen, dass es ihm gut geht.

Dann berichtet sie, dass seine Frau – möge Gott sie ebenfalls beschützen – Marton Hall verlassen hat, nachdem eine Arbeit von ihr nur zur Hälfte erledigt worden ist; und sollte es in seinen Kräften stehen, besagte Ehefrau zu finden, würde sie, Isabella, für immer in seiner Schuld stehen, wenn er seine Frau überreden könnte, nach Marton zurückzukehren, um das mit dem einen Auge zu machen, was auch immer sie mit dem anderen Auge gemacht hat. Und, schreibt sie, obwohl sie nicht das Recht hat, um so etwas zu bitten, und obgleich sie zu Gott gebetet hat, damit er ihr vergibt, dass sie an Thomas und Katherine nicht so gut gehandelt hat, wie sie es sich erhofft hätte, möchte sie doch eines nicht unerwähnt lassen: Dieser letzte Gefallen ist eine Angelegenheit, die sich am besten vor Martini erledigen ließe, denn, wie sie erklärt, dies ist der Tag, an dem sie Marton Hall verlassen wird.

»Sie geht von Marton weg!«, berichtet Thomas den anderen, als sie sich im Hof am nordöstlichen Tor versammeln.

Einige keuchen auf, und ungläubige Ausrufe werden laut.

»Nein!«

»Warum?«

Thomas liest den weiteren Text vor. Isabella tut dies, weil sie trotz ihrer sündhaften Versäumnisse im Hinblick auf Thomas und seine Familie von Gott wahrhaft gesegnet worden ist: Sie beabsichtigt, sich von ihrem Witwengelübde loszusagen und erneut zu heiraten – das letzte Mal, wie sie aufrichtig hofft. Diesmal ist ihr Gatte ein Ritter mit Besitz im Süden. Sie hofft, dass Thomas sie glücklich preisen wird wegen dieser Vereinigung, und sie betont – obschon sie weiß, dass es keine Früchte tragen wird –, dass ihr neuer Mann eine aufrechte Christenseele ist und von Gott geliebt wird. Und sie heißt die Aussicht auf seine tröstende Gegenwart willkommen, denn sie fand, wie sie schreibt, die diversen Entbehrungen der Witwenschaft weitaus belastender, als sie es sich vorgestellt hatte.

»Sie wird sich vermählen!«, ruft Thomas den anderen zu. »Mit einem Sir John Ffytche aus dem County of Dorset.«

Erneut herrscht allgemeine Verwunderung. Katherine jedoch hat so etwas erwartet. Thomas sagt den anderen, was Isabella über den Mann schreibt.

»Es klingt, als ob es recht gut für sie geklappt hätte«, meint Katherine. »Und zumindest wird sie von ihren Söhnen fort sein.«

»Und sie wird keinen Fehler machen, wenn sie seinen Namen murmelt«, sagt Jack lachend.

»Doch ich frage mich, wie das zustande gekommen ist. Und was springt für diesen Sir John Ffytche bei diesem Handel heraus? Eine ältere Witwe auf sich zu nehmen?«

Niemand weiß es. Thomas jedoch empfindet den Verlust von Marton wie einen körperlichen Schlag, so als würde aus seinem Innern etwas herausgeschöpft. Mit seinen Gefühlen ist er nicht allein. Bei jedem sind die Mundwinkel nach unten gezogen. Marton ist viele Jahre lang ihr Zuhause gewesen. Im Fall von Katherine das einzige Zuhause, das sie je gekannt hat. Dass sie es bereits verloren hatten, scheint keine Rolle zu spielen. Sie wünschten, zumindest Isabella wäre dort. Sie wünschten, sie könnten mit dem Wissen leben, dass einige Dinge genauso weitergehen, was auch immer mit ihnen selbst geschieht. Aber nein. Es soll nicht sein. Andere Menschen werden in ihren Häusern schlafen, ihre Felder bewirtschaften und sich um diesen Kamin scharen.

»Und damit hat sich die Sache«, sagt Thomas.

»Wir sollten es kaufen«, meint Jack. »All unser Geld zusammenlegen und es einfach kaufen.«

Er zeigt ihnen, dass er einen Silbergroschen hat.

»Wir bräuchten ein bisschen mehr als das«, merkt John an.

»Wir werden wenigstens fünfhundert Mark brauchen«, sagt Jack. »Genau den Betrag hat einer von ihren Jungs geschätzt, als sie veranschlagt haben, wie viel sie dafür bekommen könnten.«

Thomas spürt, dass ihm schlecht wird.

»Also«, erwidert er, »wie lange würdest du brauchen, um das zu verdienen, wenn du beim Herzog von Burgund einen Shilling am Tag erhältst, John?«

John schaut düster drein, aber Katherine lacht.

»Einige sind als reiche Männer aus dem Krieg zurückgekehrt«, merkt sie an.

»Aber wir nicht«, sagt Thomas. »Und nicht in England.«

»Nein, wir nicht«, stimmt sie ihm zu. »Aber erinnerst du dich nicht an die Geschichte von John Watkins?«

Thomas erinnert sich noch nicht einmal an John Watkins.

»Der Mann, der uns in seiner Halle hat bleiben lassen, nachdem du nicht mehr bei Sinnen warst wegen der Sonne, die an jenem Tag in den Hügeln so stark schien.«

»Und was war das für eine Geschichte?«, fragt Thomas.

Daraufhin erzählt sie allen, wie John Watkins und ein paar von Lord Montagus Männern nach der Schlacht von Hexham Sir William Tailboys fanden, der sich mit dem ganzen Geld vom alten König Henry in einer Kohlenmine versteckt hielt. Während sie spricht, hört Thomas ein Trommeln in seinen Ohren. Er spürt in seinem ganzen Körper eine brennende Hitze, und Jack starrt Katherine auch so an, mit weit geöffnetem Mund und gerötetem Gesicht, als ob er irgendeine Krankheit hätte.

»Sag das noch mal«, fordert er sie auf, und sie beginnt von vorn.

Als sie die Geschichte beendet hat, glotzt er sie mit großen Augen an, und seine Wangen sind rot.

»Wieso hast du mir das … nicht früher erzählt?«, fragt er.

»Ich wollte dich nicht aufregen«, antwortet sie.

Tatsächlich fühlt sie sich schuldig, dass sie es ihm jetzt mitgeteilt hat, weil Neid zu nichts Gutem führen kann.

»Aber wir haben sie gesehen«, betont Thomas. »Wir haben Tailboys und seine Männer nach der Schlacht von Hexham gesehen. Im Wald. Sie sind vorbeigeritten, als wir in diesem Schuppen waren. In der Morgendämmerung. Erinnerst du dich nicht?«

Sie schüttelt den Kopf. Sie entsinnt sich nicht. Natürlich nicht, denn sonst hätte sie etwas gesagt. Aber warum ist er so aufgeregt?

»Weil eines der Maultiere ausgerutscht und in ein Bergwerksloch gefallen ist! Direkt da, wo wir waren! Und Tailboys hätte den dafür Verantwortlichen beinahe umgebracht. Eines der Maultiere, die Geld getragen haben! Es wird immer noch da unten sein!«

Sie reiten hinter König Edward aus Middleham hinaus. Die Stadtbevölkerung schaut zu, so wie sie es einen Monat zuvor getan hat, als Thomas mit dem König hier ankam. Die Versuche von Thomas und seinen Freunden, ihre Selbstständigkeit wiederzuerlangen, sind von König Edward zunichtegemacht worden, der darauf beharrt, dass sie bei ihm bleiben.

»Man wird Euch mit Sicherheit dafür bezahlen«, erwidert er. »Und wir alle wollen unsere Frauen und Hunde und so weiter wiedersehen. Aber das Gemeinwesen muss in Ordnung gebracht werden, was? Und ich bin scharf darauf, dem verdammten alten Warwick zu zeigen, dass ich das tun kann, was er nicht zu tun vermag, trotz all seiner Fertigkeiten, Aktenzettel durcheinanderzumischen.«

König Edward hat bereits nach seinem Bruder Gloucester, seinem Schwager Suffolk und seinen verschiedenen Earls und Baronen geschickt, einschließlich Arundel, Northumberland, Essex sowie Mountjoy und natürlich William Hastings. Er ist erpicht darauf, allen zu zeigen, dass er gegen diese Rebellion nicht mit zu geringen Kräften vorgehen wird, wie es ihm zuletzt passiert ist.

»Sie bringen ihre Männer nach York«, erzählt er ihnen unterwegs. »Ich werde dieser grinsenden Scheißschlange Mylord Warwick zeigen, dass König Edward von England sich nicht für zu großartig hält, seine Lektion zu lernen – in der Hoffnung, dass er, verdammt noch mal, die seine lernt.«

All seine Unsicherheit ist verflogen. Seine Schultern hält er straff nach hinten, sein Lächeln ist breit. Vielleicht ist diese Gefangenschaft tatsächlich gut für ihn gewesen, denkt Thomas. Nicht jedem allerdings ist es angenehm, in seiner Gesellschaft zu sein. John etwa scheint zu erstarren, wenn er spricht. Der Grund liegt auf der Hand: John war nicht bei Bewusstsein, als ihm im Beisein von König Edward der Arm amputiert wurde; und so entstand in dieser besonderen Notsituation keine Bindung zu ihm wie zu einem Bruder. Derweil versucht Jack, König Edward durch Scherze zum Lachen zu bringen, die verpuffen, weil sie zu geläufig sind. Katherine hingegen versteift sich und strahlt Zweifel und Argwohn aus, wann immer der König ihr nahe kommt. Er jedoch ist weit davon entfernt, beleidigt zu sein; er scheint sie zu verstehen und sogar mitzufühlen, und daher entspannt auch sie sich nach ein paar Momenten in seiner Gesellschaft. So kommt es, dass es nach einiger Zeit für sie alle normal ist, sich mit König Edward von England zu unterhalten.

Jetzt wendet er sich ihnen zu und spricht sie an, dreht sich im Sattel auf seinem tänzelnden weißen Hengst um.

»Sirs«, sagt er. »Nichts ist auf der Welt so armselig wie ein König, der auf sich allein gestellt ist, und daher wünsche ich, dass Ihr meine Kameraden seid. Ihr werdet für immer einen Platz an meiner Seite haben, Thomas Everingham, denn Ihr bringt mir großes Glück, auch bei jeder Plage des Rades der Fortuna. Und ich benötige insbesondere Euch, Goodwife Everingham, denn Eure Fertigkeiten als Wundärztin reichen aus, um selbst den großen Galen persönlich zu beschämen. Und Euch, Jack Wie-auch-immer-Ihr-heißt: Ich habe gesehen, dass Ihr eine Bogensehne weit hinter Euer Ohr ziehen könnt; also seid Ihr an meiner Flanke höchst willkommen. Und John Stümpfe, verzweifelt nicht. Ich brauche einen neuen Hofnarren. Bei dieser Tätigkeit würdet Ihr zwar Eure liebe Mühe haben, denn die Heiterkeit als solche ist Euch fremd; aber das ist vielleicht verständlich angesichts Eurer Situation. Und es kann keinen Mann in ganz England – in der gesamten Christenheit – geben, der Euch gleichkommt bei der Nachahmung eines Seehundes.«

Also müssen sie mit König Edward reiten, wieder einmal zurück nach York. Sie reisen gen Osten und dann gen Süden auf dieser Straße, und anschließend geht es erneut in östlicher Richtung mit dem Fluss zu ihrer Linken. Sie haben keine andere Wahl.

»Außerdem«, sagt Thomas zu den Gefährten, »befindet sich Brancepeth zwischen hier und Hexham; also müssten wir sowieso an den Rebellen vorbei. Auf diesem Weg marschieren wir wenigstens mit einer Armee und reisen somit sicher, und wir werden für unsere Zeit bezahlt. Einen Sixpence pro Tag, da wir zu Pferde sind.«

Aber sie sind nicht mehr an Sixpence-Stücken interessiert.

»Bei Gott, Thomas, was glaubst du, wie die Chancen stehen?«

Jedes Mal wenn er daran erinnert wird, spürt er eine Beklemmung oder ein Flattern in der Brust. Es kribbelt bereits in seinen Fingerspitzen, und er kann kaum ruhig im Sattel sitzen.

»Wir können nur hoffen«, antwortet er.

»Und bist du sicher, das Maultier hatte Geld in seinen Säcken?«

Das kann er nicht mit Sicherheit behaupten, doch er erinnert sich an Tailboys' Wut, als das Tier ins Loch stürzte.

»Hör zu«, erwidert er Jack. »Ich weiß es nicht. Ich weiß es nicht, oder? Mehr als fünf Jahre sind seitdem vergangen. Jederzeit könnte jemand damit begonnen haben, in der Mine zu arbeiten.«

»Wie wahrscheinlich ist das?«, bohrt Jack nach.

»Das weiß ich doch nicht! Ich habe noch nie Kohle abgebaut. Auch kenne ich niemanden, der das getan hat.«

»Glaubst du, dass du in der Lage sein wirst, die Stelle wiederzufinden? Erinnerst du dich an diesen Wald? Er war ungeheuer groß.«

»Wir können es nur versuchen«, sagt Thomas. »Wir können es nur versuchen.«

»Aber wie stehen die Chancen?«

»Ach herrje, um Gottes willen ...«

Sie erblicken das Münster und die Turmspitzen von Yorks anderen Kirchen, als es bereits dunkel wird. Doch König Edward wird erwartet: Die Männer der Stadtwache haben Feuerschalen und Fackeln angezündet, und die Tore stehen offen. Menschenmassen haben sich am Straßenrand eingefunden, um ihm zuzujubeln, als er durch die Stadt und über die Brücke zur Vorburg von York Castle reitet. Am Fuße des großen Erdhügels, auf dem der Clifford's Tower steht, haben sich sämtliche Edelmänner von König Edward aufgestellt, einschließlich seines jüngsten Bruders und William Hastings. König Edward treibt sein Pferd vorwärts und springt neben ihnen aus dem Sattel, um sie zu umarmen. Thomas, Katherine, Jack und Nettie und John bleiben zusammen mit Flood zurück: Hungrig und erschöpft vom langen Ritt, sitzen sie in der Dunkelheit, während der Lichtkreis, der König Edward stets umgibt, abzieht und ihm die Stufen hoch folgt, dann die großen Türen des Torhauses der Burg passiert und schließlich ganz verschwindet.

»Nun denn«, sagt Thomas, »jetzt sind wir wieder hier.«

In der Burg finden sie Ställe für ihre Pferde und Verpflegung für sich selbst. Die nächsten Tage vergehen damit, dass sie zuschauen, wie Boten kommen und wegreiten, und dass sie auf die Erlaubnis warten, nach Norden reisen zu dürfen. Hastings beordert am zweiten Tag Thomas zu sich, der befürchtet, dass es nun um das Lagerbuch gehen wird.

»Er wird mit König Edward gesprochen haben«, vermutet Thomas. »König Edward wird ihm von jener Nacht erzählt haben, und er will jetzt wissen, warum Riven Jack und John verhört hat.«

»Was wirst du ihm antworten?«, fragt Katherine.

»Ich habe gehofft, das würdest du mir sagen«, erwidert er.

»Nun ja, du könntest ihm erzählen, dass Riven sie gefangen nahm, weil sie die gleiche Art von Fragen wie er selbst stellten«, schlägt sie vor. »Du könntest nahelegen, dass er dachte, sie könnten ebenfalls hinter dem Lagerbuch her sein, und dass er wissen wollte, in wessen Auftrag sie suchten.«

Er nickt.

»Dann wäre es das Beste, wenn du es mich nehmen lässt«, sagt sie.

Sie streckt die Hände nach dem Lagerbuch aus, und er nimmt es von seiner Schulter und überreicht es ihr. Er verspürt einen gewissen Unwillen. Jetzt, wo er sich mit dem Buch versöhnt hat, ist es irgendwie tröstend gewesen, es wieder auf dem Rücken zu tragen. Dennoch trennt er sich davon. Außerdem nimmt er Jack mit, nur für den Fall – obgleich er gar nicht weiß, für was für einen Fall ...

In diesem Fall ist Hastings erfreut, Thomas zu sehen, und begrüßt ihn wie einen alten Freund. Zuerst entschuldigt er sich, dass sie nicht nach Senning zurückkehren können.

»Sobald er es konnte, bestätigte Mylord Warwick, dass die Entziehung des Anwesens aufgehoben war. Es gab nichts, was ich in dieser Sache tun oder sagen konnte.«

Thomas ist so erleichtert, weil Hastings nicht über das Lagerbuch oder die Geschehnisse jener Nacht im südöstlichen Turm sprechen will, dass er die Entschuldigung mit einer Geste beiseiteschiebt. Und als Hastings fortfährt und ihn bittet, das Kommando über mehr als hundert seiner Männer zu übernehmen, sollten sie zur Schlacht antreten müssen, willigt er erfreut ein.

»Wir sollten nicht allzu viel von den Rebellen sehen«, meint Hastings. »König Edward hat eine Generalamnestie für alle erlassen, die an Unruhen beteiligt waren, mit Ausnahme der Anführer; also werden sie sich nach und nach auflösen. Ihr könnt Goodwife Everingham diesbezüglich beruhigen.«

Stets erwähnt er Katherine, wann immer sie reden, und das beunruhigt Thomas. Es ist, als ob Hastings etwas über sie wüsste, das ihm nicht bekannt ist. Und ihre Haltung ihm gegenüber ist auch seltsam. Dennoch. Hastings gibt Thomas eine schwere Geldbörse voller Silbermünzen, mit denen er Kriegsausrüstung kaufen soll, die möglicherweise benötigt wird. Abermals sind Wappenröcke zu tragen, und abermals wird Katherine wachsam beim Anblick des schwarzen Bullenkopfes auf der Brust von Thomas.

»Es war die einzige Möglichkeit«, sagt er zu ihr.

Drei Tage später reiten sie in Fähnlein unterteilt hinaus: eine lange Kolonne von Männern, die zu König Edwards Bruder Gloucester und den anderen Adligen gehören, die sich in York versammelt haben. Thomas und seine Freunde sind auf Straßen unterwegs, die ihnen inzwischen bis zum Überdruss vertraut sind. Katherine reitet mit Rufus, der vor ihr im Sattel sitzt, und Thomas hält Johns Pferd an einem Führungszügel. John fühlt sich gedemütigt und muss sich anstrengen, in einer aufrechten Sitzhaltung zu bleiben; aber es gibt keine andere Möglichkeit, wenn er nicht zu Fuß gehen will.

»Wie viele Male sind wir nun schon hier oben gewesen?«, fragt Thomas seine Frau.

Natürlich kann sie das schwerlich wissen. Sie ist zudem besorgt wegen Rufus, der sich allem Anschein nach erneut in sich selbst zurückgezogen hat. Er bewegt sich flatterhaft, als stünde er unter einer Bedrohung, und wenn er geht, dann nur auf Zehenspitzen. Katherine ist von Schuldgefühlen geplagt, dass sie ihn all das hat sehen lassen, was er gesehen hat. Doch Thomas sagt ihr, dass es viele Jungs in seinem Alter gibt, die Trommler sind und die bei Schlachten Pfeile zu Bogenschützen tragen.

»Stell dir vor, was die alles gesehen haben«, hebt er hervor. Er fügt nicht hinzu, dass diese Kinder für gewöhnlich halbwild, unterernährt und krank sind und zumeist nur kurz leben.

Sie ziehen ins Vale of Mowbray hoch, vorbei an den Feldern, auf denen sie Horner trafen und wo Thomas den Wappenrock trug, den ihnen die Köhler gegeben hatten. Dann reiten sie genau an dem Waldgebiet vorbei, wo die Köhler immer noch bei ihrer Arbeit sein müssen. Sie verrichten sie still und heimlich, abgesehen von dem bleichen Rauch ihrer verborgenen Feuer. Thomas fragt Katherine, ob sie die Köhler gerne besuchen würde, um nachzusehen, ob es bei ihnen weitere Zähne gibt, die gezogen werden müssen.

»Es scheint seitdem ein ganzes Zeitalter vergangen zu sein, nicht?«

Nachts legen sie ihren Pferden Beinfesseln an und schlafen neben den Zelten, die jene mitgebracht haben, die sich so etwas leisten können. Gloucester, der Bruder von König Edward, kümmert sich um die Organisation der Feldposten. Zu dieser Jahreszeit gibt es viel Brot und Ale, und die Tage sind noch warm, die Nächte jedoch schon etwas kühler; und wenn sie morgens aufwachen, sind sie feucht vom Tau. Am zweiten Tag riechen sie den bitteren Rauch von brennendem Schilf, Flechtwerk und Wandlehm, und sie nehmen an, dass dies die südliche Grenzlinie der Rebellion ist. Es gibt frisch ausgehobene Gräber, und die Stimmung der Einheimischen ist eindeutig verändert, da argwöhnische Frauen und Kinder sie beim Vorbeireiten beobachten. Ihre Männer sind irgendwo anders.

»Fühlt sich an, als würden wir in ihr Land eindringen, was?«, sagt Jack.

Nach einer Weile sehen sie fünf Leichen an einer Eiche am Straßenrand hängen. Eine davon ist Taplow, der nur seine Bruche trägt und bloß aufgrund seines merkwürdigen Haarschnitts wiederzuerkennen ist. Fliegen summen in der Luft. Thomas hält an und betrachtet ihn. Er ist von Scharten und Narben bedeckt: die Geschichte eines Lebens voller Scherereien, die sich auf seiner Haut ablesen lässt. Sein Gesicht ist aufgedunsen und purpurrot, und seine Zunge hängt heraus. Der Mann mit der kopfsteinförmigen Nase ist auch dort, direkt neben Taplow; die Füße sind wie Sicheln gekrümmt, und seine Haut hängt herab wie Schweinefett im Sonnenschein.

Katherine drückt Rufus fest an sich, sodass er die Leichen nicht sehen kann, und sie reiten vorbei.

»Ich nehme an, es war nur eine Frage, wann – und nicht ob – dies passieren würde«, vermutet Thomas.

Männer beginnen, sich ihnen anzuschließen; sie tun es kleckerweise, stehen am Straßenrand und warten auf die Erlaubnis dazu. Niemand von ihnen trägt einen Wappenrock. Sie sind offensichtlich Männer von Sir Humphrey, die jetzt in größerer Zahl desertieren; und keiner ist überrascht oder hält diesen Männern auch nur ihre Sünden vor.

»Ich nehme an, wir sind alle schon mal so weit gewesen«, sagt Jack.

Sir Humphrey Neville und sein Bruder Charles sehen bald, wohin dies führt, lassen ihre verbliebenen Männer im Stich und versuchen, nach Schottland zu fliehen. Doch sie sind auf ihren eigenen Ländereien so unbeliebt, wie sie es in Bamburgh waren, und werden verraten, bevor sie sich auch nur zehn Meilen von ihrem aufgegebenen Lager entfernt haben. Sie werden zu König Edward in Darlington gebracht – die Stadt, die Liz niemals aufsuchen würde –, der befiehlt, dass die zwei nach dem gemeinsamen Messebesuch in der Kirche St. Cuthbert hingerichtet werden sollen. Und die Leute halten das nur für gerecht.

Thomas und Katherine bringen Rufus irgendwo anders hin, und sie müssen beim Gehen gegen die Menschenmassen ankämpfen, die zum Ort der Hinrichtung strömen. Danach lässt William Hastings Thomas zu sich kommen. Der Lord hatte schon Sorge, dass sie bereits auf der Rückreise in den Süden waren – jetzt, wo die Rebellion so mühelos zerschlagen worden ist. Thomas trifft ihn allein in einem Gemach im Weißen Hirsch an, das an der Straße nach Süden liegt. Er blickt trotz alldem finster, und es ist offenkundig, dass er inzwischen König Edwards Geschichte von der Nacht gehört hat, in der das Baby zur Welt gebracht und John der verbliebene Arm abgeschnitten wurde.

»Es ist schade, dass Euer Sir Edmund Riven tot ist, Thomas«, beginnt Hastings die Unterhaltung.

Thomas zuckt mit den Achseln.

»Nein«, korrigiert sich Hastings. »Nun ja. Nicht schade. Doch ich hätte gerne die Gelegenheit gehabt, ihm ein oder zwei Fragen zu stellen. Habt Ihr erfahren, was er in Middleham tat?«

»Er suchte nach demselben Ding, das Ihr von uns zu finden verlangt habt. Einem Buch. Aus diesem Grund nahm er Jack und John gefangen und verhörte sie, denn er hatte erfahren, dass sie dieselben Fragen stellten wie er und nach derselben Sache suchten.«

Hastings schaut Thomas an. Kann er erkennen, dass er gerade angelogen wird? Thomas kann sich da nicht sicher sein.

»Was haben sie ihm erzählt?«, fragt Hastings.

»Nichts«, antwortet Thomas. »Sie hatten nichts, was sie ihm erzählen konnten. Was der Grund dafür ist, dass einer von ihnen seinen verbliebenen Arm verloren hat und die Frau des anderen ein Kind zur Welt bringen musste, während sie in Ketten lag.«

Letzteres entspricht zwar nicht ganz der Wahrheit, doch Hastings ist beschämt. Im Grunde genommen ist er ein guter Mann.

»Es tut mir leid für ihr Ungemach«, sagt er. »Ich mache es wieder gut, soweit ich dazu in der Lage bin.«

Thomas fragt nicht nach dem Bluthund von Hastings, dem Kerl, der vom anderen Ende der Fährte aus hinter dem Lagerbuch her ist. Hastings erwähnt ihn ebenfalls nicht. Und Thomas betet, dass jetzt, wo Riven tot ist, die Sache mit dem

Lagerbuch auch tot ist. Hastings dankt Thomas für seine Dienste, entbindet ihn einstweilen davon und versichert ihn seines herrschaftlichen Wohlwollens. Die Erleichterung von Thomas ist so gewaltig, dass er grinst, als er die Hand von Hastings quetscht. Er verspricht, dass er für ihn da sein werde, wenn er ihn benötigen sollte.

»Wir wollen beten, dass dies eine geraume Zeit nicht der Fall sein wird«, sagt Hastings und zieht seine Hand aus der von Thomas zurück.

Thomas frohlockt innerlich. Jetzt, wo Frieden zwischen König Edward und dem Earl of Warwick herrscht, hat Hastings die Suche nach dem Lagerbuch fallen gelassen. Thomas atmet tief durch und fühlt sich herrlich unbelastet. Bedeutet dies, dass sie schlussendlich frei von dem Buch sind? Dass sie vielleicht sogar nach Marton zurückkehren, das Lagerbuch an seinen Platz zurückbringen und es dort unbehelligt zurücklassen können – dem Vergessen anheimgegeben?

Als er in sein Wirtshaus zurückkommt, um Katherine aufzusuchen, hat Jack dafür gesorgt, dass alle anderen bis auf John schon auf die Pferde gestiegen und bereit sind, loszureiten. Es juckt sie förmlich vor Aufregung, mit der Suche nach dem Muli in den Wäldern von Tynedale zu beginnen.

»Los!«, ruft Jack. »Komm schon!«

Sie hieven John in seinen Sattel und verlassen Darlington, einen Ort, der wirklich nicht so schlecht war. Dann folgen sie einem Pfad, der sich am Fuße der Hügel im Westen entlangzieht. Sie reiten den Rest des Tages durch. Die Landschaft hier oben ist extrem karg: mit Böschungen aus dem Abraum von Kohlebergwerken – sie erinnern an die Grabhügel der Alten –, und die Farbe des Heidekrauts auf den Hügeln verblasst von Rotblau zu Ocker. Am späten Nachmittag hat das Licht etwas an sich, das sie wissen lässt, dass es Herbst ist. Gleichwohl gibt es für sie vieles, dem sie buchstäblich freudig entgegensehen. Vorneweg reitet Jack mit seiner Frau, und seine Tochter ist bei ihm auf dem Pferd. Er späht nach vorn, ist begierig darauf, endlich zu sehen, dass sich am Horizont der Wald abzeichnet.

Das geschieht am zweiten Tag ihres Rittes, nach einer weiteren Nacht im Freien, als ein paar Mönche ihnen mitteilen, dass die Stadt auf dem Höhenrücken vor ihnen tatsächlich Hexham ist.

»Seltsam, wieder hier zu sein«, sagt Jack.

Sie reiten an dem alten Schlachtfeld vorbei, von dem Thomas einst weggerannt ist. Dann überqueren sie die Brücke, die sie zuletzt verstopft von Soldaten sahen, die vor der verheerenden Niederlage flohen. Das Wasser unten steht um diese Jahreszeit recht niedrig. Anschließend sind sie mitten zwischen den Bäumen an der Straße, die den Hügel hoch und zur Stadt führt. Die Tore vor ihnen sind offen. Eine argwöhnische Stadtwache will ihre Identitäten, Loyalitäten und Absichten wissen. Man nimmt an, dass sie Rebellen sind. Ihr Dialekt allerdings verrät, dass sie aus dem Süden stammen, und es gibt einiges Misstrauen und einige Verwirrung, obgleich sie kaum bedrohlich aussehen: zwei Männer, die dazu fähig sind, Waffen zu tragen; ein Mann ohne Arme; zwei Frauen, ein Kind und ein Säugling. Schließlich glaubt man ihnen die Geschichte, die sie erzählen: dass sie nach Alnwick reisen, um nach einem Mann zu suchen, der ihnen Geld schuldet.

»Aber wir müssen vorsichtig sein«, mahnt Katherine. »Wenn jemand auf den Gedanken kommt, uns wegen irgendwas anzuklagen, sind wir erledigt.«

Sie verbringen die Nacht in einem Gasthaus unterhalb der

Abtei. Während Thomas an Horner denkt, wie er zuschaute, als dem Duke of Somerset unten auf dem Marktplatz der Kopf abgehackt wurde, zanken sich Jack und John gutmütig über das Geld, von dem sie glauben, dass sie es am nächsten Tag finden werden. Dann legen sie los mit den Fragen, die Thomas unmöglich beantworten kann, wie zum Beispiel: Was glaubt er, wie viel dort liegt? Werden es Goldnobeln oder Silbergroschen sein? Und so weiter …

Am nächsten Morgen stehen sie vor der Dämmerung auf und sind bereit, beim ersten Tageslicht aufzubrechen. Sie reiten über die Brücke und in den Wald hinein, noch bevor Rufus richtig weiß, dass er wach ist. Thomas sucht die Straßenseite ab und versucht, sich zu erinnern, wo der Pfad abbog.

Bei dem Durcheinander, als Somersets Männer nach der vernichtenden Niederlage von Hexham auseinanderstoben, waren sie über die Brücke gehetzt, voller entsetzlicher Angst, von Montagus Lanzenreitern aufgespießt zu werden, die losgelassen worden waren, um das Schlimmste, was sie mit Menschen machen konnten, den besiegten Feinden anzutun. Zusammen mit Jack und John hatte Thomas Katherine, der wegen ihrer Schwangerschaft ganz komisch gewesen war, diese Straße in nördlicher Richtung entlanggeführt, bis sie sich entschieden hatten, sie zu verlassen. Sie hatten einen Waldpfad erblickt, der wenig verheißungsvoll aussah – und zwar so wenig, dass niemand auf den Gedanken gekommen wäre, ihn zu benutzen. Aber sie hatten ihn genommen.

Und jetzt halten sie erneut nach diesem Pfad Ausschau. Ist es der da? John schüttelt den Kopf. Dann jener dort, ein wenig weiter voraus? Oder dieser? Es gibt nahezu unzählige Wege und Pfade, die von dieser Straße wegführen.

Sie halten an. Sie streiten. Johns Gedächtnis ist so verdreht, dass er glaubt, der Pfad würde nach Osten hin von der Straße abzweigen. Jack denkt, dieser Weg voraus könnte es sein. Thomas hat das sichere Gefühl, dass der Pfad in einer Rinne war. Es ist schwierig, im Frühherbst zu erkennen, was einst im späten Frühjahr hier war, als sich die Blätter in einem kräftigen Grün präsentierten. Sie kommen zu der Entscheidung, dass dieser Pfad da es sein könnte, und wagen sich auf ihm hinunter, nur um dann zu verzagen, als die Bäume schließlich eng beieinanderstehen und er völlig verschwindet. Also müssen sie denselben Weg zurückgehen.

»Zumindest ist niemand hier unten gewesen«, meint John und nickt zu dem lückenlosen Blattwerk, das nur von Hirschen oder vielleicht Wildschweinen durchbrochen worden ist, nicht aber von einem Mann oder Pferd. Sie gelangen wieder auf die Straße nach Norden, reiten auf ihr über einen Hügel und dann hinab in ein flaches Tal, durch das ein kleiner Bach läuft.

»Das ist er«, sagen Thomas und John gleichzeitig.

Jetzt ist Jack voller Zweifel.

»Dachte, du hättest gesagt, der Pfad wäre auf der anderen Seite?«

»Jetzt bin ich mir sicher«, erwidert John. Thomas ist sich ebenfalls sicher.

»Aber wir haben ihn verlassen, erinnert ihr euch? Um irgendwo einen Unterschlupf für die Nacht zu finden. Also müssen wir auch danach die Augen aufhalten, selbst wenn wir davon ausgehen, dass es der richtige Pfad ist.«

Katherine seufzt.

»Ich wünschte, ich wäre nach Süden gegangen«, sagt sie, »oder in Hexham geblieben.«

Zweimal versuchen sie es vergeblich mit einem Pfad und enden jeweils in einer Sackgasse. Auf dem dritten Weg finden sie zumindest eine Kohlenmine, aber es ist nicht die richtige. Es geht bereits auf den frühen Abend zu, als sie einen Pfad entdecken, den sie für den gesuchten halten. Dort ist ein kleiner, dahinrieselnder Bach, und der Weg verläuft ziemlich steil durch dichtes Blattwerk. Thomas spürt sein Herz höherschlagen. Das ist er, da ist er sich sicher. Er schwingt sich vom Pferd, und die anderen tun es ihm nach, mit Ausnahme von Nettie, die ihr Baby an sich schmiegt, da sie es säugt. Jack führt die zwei hinter den anderen den Pfad entlang.

»Das ist er! Das ist er!« John ist sich plötzlich auch sicher.

Sie folgen ihm, rufen und plappern aufgeregt. Dann kommen sie zu einer Lichtung mit einem dunklen Kreis: eine tiefe Grube. Eine dichte Schicht aus Laub hat sich darauf gebildet, die mindestens seit vielen Monaten unberührt ist, und ein Stück weit hinter dem Loch steht der Schuppen, in dem sie einst Schutz suchten. Das hier ist die Stelle, ganz klar.

Sie legen ihren Pferden Beinfesseln an, und sowohl Jack als auch John eilen zum Rand der Mine. Sie spähen nach unten.

»Nun?«

»Ich kann nichts sehen.«

Jack liegt auf dem Bauch, Kopf und Schultern ragen über den Rand des Loches.

»Pass auf!«, ruft Nettie.

Thomas schaut auch in die Grube hinab. Er kann sich sehr deutlich an die Szene erinnern. Die Maultiere wurden an ihnen vorbeigetrieben, und Tailboys schrie seine Männer an, bevor unten auf dem Pfad Montagus Soldaten zu hören waren. Thomas wundert sich nun über Tailboys' Männer. Wie konnten sie nur auf den Gedanken kommen, dass sie ihrer Gefangennahme entgehen würden? Ihre Spuren waren wie Wegmarkierungen. Es war beinahe so, als ob sie gefangen werden wollten.

Dort unten in dem Loch, wo die Erde und die Steine sehr schwarz sind, kann er kaum etwas erkennen. Wie weit geht es da hinunter? Er legt die Hand um einen Stein, hievt ihn aus seiner feuchten Umgebung heraus und lässt ihn in die Grube fallen. Dreißig Fuß? Wie sollen sie dort hinunterkommen? Natürlich haben sie kein Seil mitgenommen.

Am Ende nehmen sie einen Baum: eine Buche, die sie schließlich kurz vor Einbruch der Dunkelheit fällen. Mit unterschiedlichen Klingen haben sie auf den Baum eingehackt und ihn von seinen Wurzeln getrennt. Dann schleppen Thomas und Jack ihn den Abhang hinunter und lassen ihn in die Grube fallen. Die Buche ist gerade noch lang genug für ihr Vorhaben; nur ihr buschiger Wipfel ragt über die Lochkante hinaus.

Jack schlägt vor, zuerst Rufus hinunterzuschicken, doch Katherine will das nicht; und nachdem sie und Thomas erklärt haben, dass Rufus nicht geht, können sie nicht sagen, dass Jack als Erster hinabsteigen soll. Also bleibt diese Aufgabe Thomas überlassen. Er setzt dazu an, rückwärts hinunterzuklettern. Sogleich gerät die Buche ins Rutschen – ein Stoß, der ihn fast in die Tiefe stürzen lässt. Die Seiten des Schachtes bestehen aus abbröckelndem schwarzem Gestein und aus Erde; und der Baumstamm biegt sich unter dem Gewicht von Thomas. Ohne auch nur einen einzigen Schritt nach unten getan zu haben, ist er bereits unterhalb der Lochkante. Wie wird er jemals wieder nach oben kommen? Wir hätten besser ein Seil genommen, sagt er sich ein weiteres Mal im Stillen. Er lässt seine Füße am Stamm hinunterrutschen, bis er den nächsten Ast erreicht, und dann bewegt er sich in der gleichen Weise zum übernächsten. Einige Äste brechen dabei ab, und der Baum macht einen Ruck.

Jack ruft ihm zu, dass er sich festhalten soll.

Die Dunkelheit um Thomas herum nimmt zu, und die

Wände scheinen um ihn zu kreisen. Er schaut nach oben. Drei Köpfe stören dort den Kreis aus Licht und spähen zu ihm hinab. Verschiedene merkwürdige Gerüche steigen hoch. Etwas ist da unten gestorben; das kann er eindeutig feststellen. Doch vor wie langer Zeit? Als er den unteren Abschnitt des Baumes erreicht, wo es keine Äste gibt, muss er den Stamm mit seinen Beinen umklammern und sich langsam nach unten schieben. Wenn er jetzt hinabschaut, kann er sehen, dass der Lichtkreis in schwarzen Wasserlachen widergespiegelt wird. Sie können nicht zu tief sein, denn sie sind klein, wie Fragmente aus Glas am Grunde eines Brunnens. Er rutscht vom Baum herab und landet mit beiden Füßen auf einem unebenen Haufen von etwas, das trocken ist, wie er hofft. Was aber nicht der Fall ist. Dicker grüner Schlamm umschließt seine Stiefel.

»Kannst du es sehen?«

»Ist es da?«

Er nimmt einen glitschigen schwarzen Stock hoch, der aus dem Wasser heraussteht, und rührt in der trüben Brühe herum. Die tiefste Stelle des Loches ist circa fünf Schritte entfernt, fast kreisförmig und liegt etwa fünfundreißig Fuß unter der Erde. Baumwurzeln ragen aus den Seiten des Schachtes hervor, auf dessen Boden Gott weiß was liegt. Thomas stochert in der schmutzigen Brühe herum. Nichts sieht vielversprechend aus, bis er ein glattes, längliches Ding sieht – und sogleich weiß er, ohne es eigentlich wirklich zu wissen, dass es sich um grün angelaufene Gebeine handelt, die sich knapp oberhalb der Wasserlinie befinden. Er schaut es sich genauer an: ein Schädel, eine Augenhöhle. Das Maultier. Thomas zieht einen Stiefel aus dem Dreck und macht einen Schritt tiefer ins Wasser hinein. Es ist beißend kalt, denn es war nie im Sonnenlicht; und es läuft in seinen Stiefel hinein, kommt zu seinem Knie hoch und dann zum Oberschenkel. Er watet drei

Schritte durch das Wasser. Es ist still und schwarz und irgendwie dichter als normales Wasser. Wie eine Suppe.

»Hast du es gefunden?«, ruft John.

»Ist es da?«, schreit Jack erneut. »Ja?«

Thomas beugt sich über den Schädel und schätzt ab, wo die Taschen, falls sie denn hier sind, sein könnten. Rund um die Gebeine hat sich am Rande des Wassers Schaum gesammelt, und der Geruch ist kalt und schwer zugleich. Er rollt einen Ärmel hoch und taucht mit seiner Hand hinein. Er fühlt schleimbedeckte Objekte, die sich vor seinen Fingerspitzen auflösen. Was das sein könnte – darüber will er lieber nicht nachdenken. Fleisch? Oder verrottetes Leder? Seltsam, wie das eine verfault und das andere schön sein kann, obwohl es sich um ein und dieselbe Art von Körperteilen handelt, die bloß nach dem Tod unterschiedlich behandelt worden sind. Thomas ertastet nichts mehr, bis er über etwas Hartes kratzt. Eine Reihe von stabförmigen Objekten. Die Rippen des Tieres. Wenigstens weiß er jetzt, wo er ist. Das Maultier muss sich beim Sturz den Hals gebrochen haben. Er tastet sich vorsichtig weiter. Seine Hände werden langsam bis zu den Handgelenken taub. Der Geruch hat sich verändert, und die Wasserfläche ist dort trüber geworden, wo er Gegenstände aufgewirbelt hat. Er nimmt die Hände aus dem Wasser und schüttelt sie, bis sie wieder ein bisschen warm sind.

»Was hast du gefunden? Was ist da unten?«

Er gibt keine Antwort. Stattdessen steckt er seine Hände wieder ins Wasser und tastet sich weiter vor. Wonach genau soll er fühlen? Er weiß es nicht. Wie werden Münzen transportiert? In kleinen Beuteln? Einer großen Tasche? Lose in Kisten? Er spürt etwas Weiches. Ein Haufen von irgendeinem Zeug. Denk nicht darüber nach! Er durchkämmt es mit den Fingern. Daraufhin ist er sicher, dass er den Gestank von verfaultem Maultier in der Luft schmecken kann. Alles hier unten ist in einem Prozess der Veränderung: Alles fällt auseinander, existiert nur vorübergehend und wird wieder zu Erde.

Und dann – da – spürt er erstmals etwas, das nicht dem ständigen Wandel der Natur unterliegt: etwas, das fest und schwer ist. Seine Fingerspitzen streifen über unnachgiebige, raue Kanten. Er hält inne. Fährt mit den Fingern über den Gegenstand zurück. Greift danach. Spürt eine Naht, die er vom Rest abtrennt, und reißt daran mit seinem Daumennagel, zupft daran. Und es ist ... Er holt es aus dem Wasser und hält es auf seinem Handteller. Es ist schwarz. Irgendwie krank. Schwarz und rund wie ein alter Blutfleck, aber schwer.

Er spült es im schmutzigen Wasser. Kratzt mit dem Daumen darüber. Sein Herz klopft laut wie Donner. Es ist eine Münze. Er kann nicht sagen, woher sie kommt – ob es eine französische oder englische ist. Aber als sein Daumennagel nun über das Schwarze reibt, hinterlässt er eine Schramme, unter der poliertes Gold zum Vorschein kommt.

»Ha!«, schreit er.

»Was gibt's? Was gibt's?«, brüllen die anderen. »Was hast du gefunden?«

»Eine Münze!«, ruft er nach oben. »Ich habe eine Münze gefunden.«

Einen Moment lang herrscht Stille.

»Nur eine?« Jacks Stimme klingt enttäuscht.

»Nein«, sagt Thomas, jedoch mehr zu sich selbst. »Nein. Oh mein Gott. Da sind Hunderte von Münzen. Hunderte und Aberhunderte.«

24. Kapitel

Es ist kurz vor Mittag an einem Tag in der Woche nach Mariä Lichtmess, Anfang Februar. Katherine Everingham, die einen neuen Wollmantel und einen Schal um ihren Hals trägt, steht im Hof. Sie hat die Hand auf ihren Bauch gelegt, in dem große Unruhe herrscht, während sie zuschaut, wie Thomas und Rufus auf der Straße von den Schießständen im Dorf zurückkommen. Jeder von ihnen trägt seinen Bogen über der Schulter und hat einen Beutel mit Pfeilen; und zwei graue Lurcher trotten ihnen voraus, die ihre Nasen am Boden haben, um einer Spur nachzugehen.

Katherine fragt sich, worüber ihr Mann und ihr Sohn sich unterhalten, bis sie sieht, dass Thomas auf etwas in einer Eiche hinweist und danach merkwürdige Bewegungen mit seinen Händen macht. Sie erkennt, was ihr Mann damit zeigen will: das Zermahlen mit einem Stößel in einem Mörser. Die zwei reden über Eichengallen und die Herstellung von Tinte, denkt Katherine, was sie freut: Rufus bringt nicht die Voraussetzungen für einen Bogenschützen mit, selbst Thomas erkennt dies an. Daher ist es gut zu sehen, dass der Junge sich bei seinem Vater mehr nach gelehrten Themen erkundigt, wie zum Beispiel nach Buchstaben und der Buchmalerei, womit er erfolgreich sein wird, wie sie sich liebevoll vorstellt.

Sie zieht den Schal fester um ihren Hals und korrigiert den Sitz ihres Mantels an den Schultern. Während sie wartet, kann sie ihren Blick nicht davon abhalten, über die abgesägten Enden der Hölzer im Stapelspeicher zu gleiten, der immer noch mehr als zur Hälfte gefüllt ist, obwohl der Jahreswechsel schon lange vorüber ist. Jedes Holzstück ist ein Zeugnis für ihre mühsame Arbeit seit ihrer Rückkehr aus den nördlichen Teilen Englands, und sie sind reicher, als sie es sich in den habgierigen Träumen von all dem Gold vorgestellt haben.

Zu Anfang konnte keiner von ihnen es glauben, denn solche Dinge passierten doch nicht Leuten wie ihnen. An jenem ersten Tag, nachdem sie es gefunden hatten, war Thomas aus dem Minenschacht in der Erde geklettert, und nach einigen Diskussionen hatten sie entschieden, die Münzen dort zu lassen, wo sie waren, ungestört unter der Decke aus trübem Wasser. Einmal mehr hatten sie dann die Nacht in dem Schober verbracht, in dem sie einst nach der Schlacht von Hexham Schutz gesucht hatten. Am nächsten Morgen ritten Katherine und Jack zur Stadt zurück; und mit jener einzelnen Münze, die Thomas hochgebracht hatte, kauften sie alles, was sie brauchten, und zudem noch mehr: Taschen, ein Seil, einen neuen Sattel und ein zusätzliches Maultier. Sie kehrten in den Wald zurück und trafen die anderen am Rand der Mine an; und am nächsten Tag ging Thomas wieder in das Loch hinunter, diesmal zusammen mit Jack. Die zwei begannen, die verkrusteten Haufen aus schmutzigen schwarzen Münzen nach oben zu befördern und stapelten sie auf den Blättern neben der Mine. Zuerst tanzten sie vor Freude. Als dann die Haufen allmählich wuchsen, starrten sie sie ungläubig an. Und schließlich wurde es ihnen unbehaglich, als jeden von ihnen eine unterschwellige, tiefe Furcht erfasste.

»Jemand wird uns ausrauben«, sagte John.

Doch das tat niemand. Zwei Tage verbrachten sie dort, in denen Thomas und Jack immer wieder mit ihren Fingern durch das schwere schwarze Wasser harkten, um wirklich jede Münze dort unten zu ergattern. Als sie zum Schluss alles eingepackt und die Maultiere beladen hatten, ritten sie nach Süden und waren so vorsichtig wie Katzen: Sorgsam achteten sie darauf, den Anschein zu erwecken, dass es sich nicht lohnte, sie auszurauben. Wo immer sich eine Möglichkeit ergab, waren sie mit Pilgern unterwegs; und so reisten sie durch das Vale of Mowbray, wo die Männer des Duke of Gloucester recht beschäftigt waren. Danach ging es nach York und dann weiter nach Gainsborough, wo sie den Fluss überquerten. Von dort ritten sie schließlich nach Marton.

Isabella, der eine Nachricht von Thomas zugekommen war, hatte auf sie gewartet: mit dem neuen Ehemann an ihrer Seite und einer Klappe auf dem einen blinden Auge. Katherine warf sich auf die Knie vor Isabella und bat sie um Vergebung für das, was sie getan hatte. Doch Isabella hob sie hoch, küsste sie und antwortete ihr, es gäbe nichts, was man vergeben müsste.

»Die Sehkraft in diesem Auge kommt von dir und von Gott«, sagte sie, wobei sie darauf zeigte. Aber obwohl der Stich erfolgreich gewesen war, hatte sie in der Zwischenzeit den Entschluss gefasst, Katherine nicht zu bitten, das andere Auge zu stechen, denn genauso wie das Sehvermögen in dem ersten von Gott gesandt war, so war die Blindheit im zweiten gleichermaßen ein Geschenk von ihm. Sie wiederholte, es wäre eine Buße für eine Sünde, über die sie nicht zu sprechen wünsche, und sie war sicher, dass das Erdulden der Blindheit in der Gegenwart nur ihre Zeit im Fegefeuer verkürzen und so ihren Aufstieg zu einem Platz auf Gottes rechter Seite beschleunigen würde. Katherine war dankbar dafür.

»Ich glaube nicht, dass ich es nochmals tun könnte«, vertraute sie später Thomas an. »Oder dabei Erfolg haben würde.«

Ihr war immer wieder der Gedanke gekommen, dass die Wegnahme der blassen Kataraktscheibe aus dem vorderen Bereich des Auges einen freien Raum hinterlassen haben würde, in den jede Art von Körperflüssigkeit Einzug halten und zu permanenter Blindheit führen könnte. Sie hatte Glück, denkt sie nun, dass eine gute Körperflüssigkeit den Leerraum bei Isabella gefüllt hatte.

Als es dazu kam, über Isabellas Besitz zu verhandeln, war Sir John Ffytche natürlich zuerst argwöhnisch; denn jeder würde selbstverständlich misstrauisch sein, wenn ein Mann wie Thomas eine solche Menge Geld hervorholt. Doch William Hastings hatte sich für ihn verbürgt, und das – zusammen mit der verlockenden Aussicht, dieses Geld für sich nehmen zu können – reichte Ffytche als Sicherheit. Bevor die Siegel der Juristen noch getrocknet waren, waren die Münzen in den Truhen von Ffytche verschwunden und wurden von einem Trupp schwer bewaffneter Männer in seinen Wappenröcken nach Süden transportiert.

Nachdem Isabella gepackt hatte und abgereist war, gehörten Marton Hall und der verbliebene Grundbesitz endlich ihnen. Jack und Nettie übernahmen das alte Haus, das Thomas und Katherine erbaut hatten, während John mit ihnen beiden sowie mit drei Dienstmädchen, die aus dem Dorf kamen, im Herrenhaus blieb. Es ist immer noch wie ein Schock für Katherine, wenn sie jeden Morgen aufwacht und feststellt, dass sie die Hilfe von drei Frauen hat, die ihrem Befehl unterstehen. Und deren Hilfe haben sie wahrlich benötigt. Die erforderliche Arbeit, um das Anwesen so wiederherzustellen, dass es zu dem werden kann, was es einst war, ist hart und langwierig gewesen – und immer noch nicht beendet. Deiche mussten repariert, Äcker erneut entwässert und brach liegen gelassen werden, damit sie so weit trocknen, dass man sie pflügen kann. In den Wäldern haben sie Holz geschlagen, um Brennmaterial und Pfosten zu gewinnen; Letztere benötigen sie für die Errichtung von Gehegen für die Gänse und die sieben Schweine, die sie gekauft und lebend über den Winter gebracht haben. Das Holz brauchen sie überdies für die Hütten, deren Wiederaufbau sie in Angriff genommen haben – mit Lehm und Stroh von den nassen Feldern. Schafe sind hinzugekauft worden, und zwar Exemplare von der Rasse, die sich durch Stirnlocken und lange Wolle auszeichnet. Zudem sind eine Kuh, zwei Ochsen und ein Esel als Zugtiere ebenso wie zwei Ponys erworben worden. Sie haben die Mälzerei und die Molkerei restauriert, und im Garten haben sie alles angepflanzt, was sie im kommenden Jahr benötigen werden.

Katherine hat hellfarbige Tuchballen aus Lincoln gekauft, und daraus sind Kleidungsstücke gemacht worden: Jacken für Thomas und Rufus, ein merkwürdiges halbärmeliges Wams für John, der klagt, dass selbst beim mildesten Wetter seine Stümpfe kalt werden, und Kleider für die Mädchen. Sie selbst hat Schuhe gemacht und dabei das Leder mit einer gebogenen Nadel so gut wie ein Schuster genäht. Jetzt stehen ihre Familie und die Bediensteten wie Soldaten da, und verbannt sind alle Erinnerungen an jene Zeit, als sie mit Stiefelsohlen gingen, die nur so dünn wie eine Haut waren: So gut wie nichts war zwischen ihren Füßen und der nackten Erde gewesen.

Und in all dieser Zeit haben sie nichts gehört von König Edward, nichts von Lord Hastings und nichts – was noch bedeutsamer ist, trotz aller großen Furcht – vom Earl of Warwick persönlich. Es ist, als ob man Katherine und ihren Mann vergessen hätte oder sie vom Ende der Welt in den Schlamm von Lincolnshire gerutscht wären und alle Gerüchte über das

Lagerbuch mitgenommen hätten. Mit jedem Tag, den diese Ruhe währt, wächst bei ihr die Hoffnung, dass dies für immer so andauern wird: dass diese Tage zu Wochen werden, zu Monaten werden und dann zu Jahren – und dass ihr und Thomas gestattet wird, ihr Leben nach ihren Vorstellungen zu führen. Dass ihnen gestattet wird, im Voraus zu planen, sich nur mit den Jahreszeiten und den Werken Gottes auseinanderzusetzen – und eben nicht mit den willkürlichen Launen von Wahnsinnigen, die sie in der einen oder anderen Verkleidung wieder in Kämpfe schicken werden.

Es war für Katherine wie ein Schock, sich zu guter Letzt hier wiederzufinden: mit Thomas und Rufus, mit einem eigenen Zuhause, das ihnen keiner legal entziehen kann, mit eigenem Land, von dem keiner sie legal vertreiben kann. Es ist jeden Morgen wie ein Schock für sie, mit der Aussicht auf einen kommenden Tag aufzuwachen, den eigenen Interessen nachzugehen und nicht sieben, acht, neun, zehn Stunden damit zuzubringen, sich für den Gewinn eines anderen Mannes zu schinden und am Ende als einzige Belohnung genug Essen zum Überleben zu bekommen, auf dass man am folgenden Tag all das erneut macht.

Und obendrein ist sie jetzt wieder schwanger. Ein zusätzlicher Segen von Gott.

Thomas und Rufus betreten jetzt den Hof. Ihre Gesichter sind rosarot von den Übungen und der Kälte, gegen die sie gut eingepackt sind; und die beiden sind glücklich.

»Kommt herein«, fordert sie die zwei auf. »Ihr müsst durchgefroren sein.«

Thomas fragt, wie sie sich fühlt, woraufhin sie die Augen verdreht und eine Grimasse schneidet.

»Nettie kocht gerade«, sagt sie, denn sie kann den Geruch von schmorendem Fleisch nicht aushalten und hat die letzten zwei Wochen von nichts anderem als Roggenbrot und Ale gelebt. Sie lässt die beiden vorbeigehen, dreht sich um und beobachtet mit einem nahezu überbordenden Gespür für Betrug – als ob sie dieses Glück nicht verdienen würde –, wie ihr Mann und ihr Sohn die Mäntel und Jacken aufhängen, die Schals ablegen und zum Feuer eilen, um sich dort Schulter an Schulter hinzuhocken und die Innenseiten ihrer Hände den Flammen entgegenzustrecken. Thomas fragt Nettie, wie es Kate, ihrem Baby, denn so geht. Nettie stöhnt auf und gibt dem Inhalt des Topfes einen kräftigen Stoß mit dem langen Stab. Schließlich wird ihnen ein geschmortes Kaninchen serviert. Dazu gibt es gutes frisches Brot, Ale sowie einmal mehr Äpfel, die sie im Herbst eingesammelt haben und deren Schalen vertrocknet sind, und heute sogar Mispelfrüchte.

Nachdem sie gegessen haben, gehen Thomas, Katherine und Rufus hinaus in den Hof, wo Jack das Durcheinander aus Erbsenstängeln von den Dachsparren der Ställe herabgezogen hat. Sie nehmen Platz auf den Holzblöcken, genau dort, wo Sir John sich hinzusetzen pflegte; und trotz der Kälte sind sie zufrieden. Zu dritt sitzen sie im Licht der tiefstehenden Sonne, gehen die getrockneten Stängel durch und pulen die Erbsen heraus, um sie im Frühjahr einzupflanzen. Als die Arbeit an dieser Ladung Stängel erledigt ist, gehen sie mit den Hunden zum Feld unter den Pappeln; sie tragen dabei mehrere Armvoll Abfälle von der Essenszubereitung zu den zwei Ponys und der rosskastanienbraunen Kuh. Die Tiere kommen zu ihnen herüber, um durch die Einzäunung Rufus aus den Händen zu fressen. Er liebt sie sehr und redet mit ihnen in seiner eigenen Sprache. Katherine spürt, wie ihr das Herz überläuft. Sie denkt, dass er vielleicht all die Dinge vergessen hat, die er im letzten Jahr gesehen hat, und dass keinerlei Schäden davon zurückbleiben werden.

Als sie die Ponys und die Kuh gefüttert haben, spazieren sie weiter und finden die Schafe, die an den neuen Grasbüscheln schnüffeln, auf einer der höheren Weiden. Thomas sagt zu Katherine, dass er Jack wird helfen müssen, ihre Nägel zu kürzen, denn dies sei bei dieser Rasse notwendig. Aber er erzählt auch, dass es hübsche Schafe sind und dass ihre Wolle auf dem Markt eine ordentliche Summe einbringen würde, und daher sei es die Arbeit wert. Eine Weile stehen sie alle drei dort beisammen, so nah, dass sie sich gegenseitig berühren können; und ihre Schatten werden sehr lang auf dem Schmutz vor ihren Stiefeln. Katherine hebt den Kopf, um sich umzuschauen und auf das zu blicken, was sie geschafft haben, was sie für sich selbst gemacht haben; und sie empfindet eine dauerhafte, durch nichts zu erschütternde und durch nichts zu trübende Zufriedenheit.

Dann aber neigt Rufus den Kopf und schaut über die Köpfe der Schafe hinweg.

»Wer ist das?«, fragt er.

Er zeigt zu den Bäumen, und dort zwischen den Stämmen, die etwa zweihundert Schritte von hier entfernt sind, ist ein Mann auf einem Pferd. Er verhält sich sehr ruhig, beobachtet sie bloß; und als er erkennt, dass sie ihn gesehen haben, wendet er sein Pferd und reitet langsam fort.

Und innerhalb eines Augenblicks verschwindet diese Zufriedenheit wie Dunst unter der Sonne, so als ob es sie nie gegeben hätte.

Anmerkungen des Verfassers

Der Roman *Hochverrat* spielt 1469, ein vielschichtiges und eigenartiges Jahr in der englischen Geschichte, in dessen Verlauf ein Earl gleichzeitig zwei Könige hinter Schloss und Riegel hatte. Die Chroniken aus jener Epoche, soweit sie überliefert wurden, sind jedoch uneinheitlich und – selbst mit Blick auf die üblichen Maßstäbe – auf komische Weise verworren. Um also den damaligen Ereignissen einen Sinn zu geben, habe ich einige mutige Behauptungen machen müssen, die Ihnen möglicherweise als unwahrscheinlich oder sogar als aberwitzig erschienen sind und die ich somit erklären sollte.

Die erste wirkliche Merkwürdigkeit tritt im Vorfeld der Schlacht von Edgecote Moor auf, und zwar im Juli 1469, als Robin of Redesdale mit seiner Armee aus dem Norden herangeprescht kam. Warum trödelte König Edward so? Niemand weiß wirklich die Antwort auf diese Frage. Obgleich es freilich möglich ist, dass er in die Irre geführt wurde und Berichte erhielt, die die Bedrohung unterschätzten, die Robin of Redesdale darstellte, so scheint er mir doch der Typ Mann gewesen zu sein, der ein Opfer – zumindest bis zu diesem Punkt – seines übersteigerten Selbstbewusstseins gewesen sein könnte. Und so habe ich mir vorgestellt, dass er sich nicht wirklich Gedanken darüber machte, Kundschafter auszusenden, und sich nicht wirklich allzu sehr für die herannahende Gefahr interessierte: Die ganze Zeit über war er sich stets sicher, dass er, wenn es buchstäblich hart auf hart kommen sollte, jede Rebellenarmee in einer Schlacht schlagen konnte. War er nicht immerhin der Sieger von Towton?

Die zweite unerklärliche Merkwürdigkeit tritt am Abend vor der Schlacht von Edgecote Moor auf, als die Earls of Pembroke und Devon miteinander stritten. Es ist bekannt, dass es diesen Streit gab, aber nicht genau, warum. Einige Chronisten behaupten, es war wegen einer Frau, und andere, dass es um die Unterbringung ging. Nun, da mein Roman nicht davon handelt, habe ich mich für die einfachste Erklärung entschieden. Als begeisterter Camper weiß ich überdies, wie wertvoll ein ebener Stellplatz ist, und daher liebe ich die These, dass der Streit um den Lagerort ging, zumal die Vorstellung mich zum Lächeln brachte. Falls wir jedoch irgendwann in der Zukunft eines der Tagebücher von den beiden Earls entdecken und ihre Erklärung eine vollkommen andere sein sollte, dann entschuldige ich mich schon jetzt im Voraus.

Zu meiner Verteidigung weise ich darauf hin, dass die Chronisten jener Zeit selbst weit davon entfernt waren, sich der Ereignisse sicher zu sein: So wird in Hearnes Fragment in den *Chronicles of the White Rose of York* behauptet, dass Edward selbst das Heer schickte, das den Earl of Pembroke besiegte, während Polydor Vergil noch nicht einmal den Earl of Devon erwähnt, dafür aber zwei Schlachten – eine zwischen Pembroke und Redesdale und dann eine weitere zwischen Pembroke und den vereinten Streitkräften von Warwick und Clarence. Und gemäß Jehan de Waurin fand die Schlacht in Tewkesbury statt.

Ein weiterer unbekannter Aspekt ist, unter welchen Beschränkungen der Earl of Warwick im Sommer 1469 König Edward in Middleham festhielt und unter welchen Bedingungen er ihn im Anschluss daran gehen ließ. Ich habe es mir so vorgestellt wie hier beschrieben; denn König Edward wurde gewiss nicht so gefangen gehalten wie der alte König Henry VI., der im Tower saß. Und es hatte auch keinen Sinn, dass König Edward nicht mehr der König war; folglich muss er als solcher behandelt und unter recht guten Bedingungen in einer, nach den Maßstäben jener Tage, äußerst luxuriösen Burg festgehalten worden sein. Wurde das dann bloß so verstanden, dass er in Middleham bleiben musste? Dass er jedoch seine Lords – Männer wie Lord Hastings und seinen jüngsten Bruder, den Duke of Gloucester – nicht zu sich rufen konnte, bis der Earl of Warwick es ihm erlaubte? Andererseits wäre meine Romanfigur Thomas in die Vereinbarungen nicht eingeweiht oder notwendigerweise daran interessiert gewesen, und da es in diesem Buch um Thomas und nicht um Edward geht, habe ich mich einfach für eine größtenteils stillschweigende Übereinkunft zwischen dem König und dem Earl entschieden.

Und was die Umstände von König Edwards Freilassung anbelangt, so sind diese ebenfalls Spekulation. Einige sagen, der Earl of Warwick benötigte König Edwards Autorität als Unterstützung, um die Rebellion des Humphrey Neville of Brancepeth zu unterdrücken. Aber kann das wirklich stimmen? Ich bin mir sicher, dass der Earl of Northumberland sie mühelos hätte niederschlagen können. Und was hat der Earl of Northumberland in jener Zeit tatsächlich gemacht? Sich aus der Sache herausgehalten? Auch dessen ist sich keiner vollkommen sicher.

Ich habe wahrscheinliche Szenarien für die oben erwähnten Ungewissheiten entwickeln müssen, um den Erzählfluss des Romans nicht zu hemmen, da diese Geschehnisse der Hintergrund – wenn auch ein außergewöhnlich schillernder – für die fortdauernden Abenteuer von Thomas und Katherine sind. Ich habe jedoch bekannte Tatsachen (sofern ich sie weiß) nicht frisiert, und meine Erklärungsvorschläge für gewisse Ereignisse sind zumindest möglicherweise, wenn nicht – jetzt, wo ich über das Zeltplatzargument richtig nachdenke – sogar wahrscheinlich wahr.

Was ich unter den Teppich gekehrt habe, das ist die Diskussion darüber, wer genau Robin of Redesdale wirklich war; denn seine Identität ist unbekannt. Ich entschied mich dafür der guten Ordnung halber und weil für die meisten Männer von der kämpfenden Truppe, für den gesamten Tross und wiederum für Thomas und Katherine es sicherlich keinen großen praktischen Unterschied bedeutet hätte, wäre ihnen die Wahrheit bekannt gewesen. Für alle, die es interessiert: Die meisten Chronisten glauben, dass Robin of Redesdale entweder John Conyers of Hornby oder sein Sohn, der auch, zwangsläufig, John hieß, oder sein Bruder William Conyers of Marske war.

Ich sollte auch die »Existenz« des armlosen John Stümpfe in *Hochverrat* erklären, einer Figur, von der man annehmen könnte, dass sie mehr erzählerische Probleme verursacht als löst. Aber sie ist eine Hommage an einen Mann namens Tom Stümpfe, einen treuen Diener der Familie Paston in der Stunde ihrer Krise im Jahre 1469, als der Duke of Norfolk Caister Castle belagerte. Trotz seiner Behinderung behauptete dieser Mann, er wäre immer noch in der Lage, eine Armbrust zu benutzen. Wie? Sehr gut, danke der Nachfrage.

Eine weitere Sache, bei der sich womöglich die Augenbrauen nach oben wölben, ist die Vorstellung, dass der Trent die ganze Strecke bis nach Nottingham den Gezeiten unterworfen war. Betrüblicherweise habe ich den Hinweis auf die Quellenangabe verlegt, aber dies war allem Anschein nach der Fall. Da es weniger Brücken gab, kam die Flut die ganze Strecke hoch. Erstaunlich!

Der Roman *Hochverrat* lässt Thomas und Katherine in einem Augenblick der Ruhe zurück, die allerdings nicht von Dauer sein kann; und ich stelle mir vor, dass es in jener Epoche genau so in England gewesen sein muss. Den Earl of Warwick als Feind zu haben kann für niemanden eine angenehme Position gewesen sein. Obendrein hatte König Edward Probleme mit seinem widerspenstigen Bruder George, dem Duke of Clarence, ebenso wie mit seiner alten Feindin Margaret von Anjou und ihrem Sohn, dem kriegerischen Edward of Westminster, die jenseits des Meeres warteten und ständig jedem mit Geld zusetzten, eine Invasion in England zu finanzieren.

Es muss eine außergewöhnlich unsichere Zeit gewesen sein, und dies im ganzen Land: Die alten Ketten feudaler Bindungen waren zerbrochen, und abgesehen vom Militär gab es nicht viel, was diese zerstörten Strukturen vielleicht noch ersetzen konnte. Und daher war es möglicherweise stets so, dass die kriegerischen Verwicklungen bald wieder losgehen würden, so unvermeidlich wie es im vierten Buch dieser Reihe passiert, in dem Thomas und Katherine einmal mehr in den Mittelpunkt bedeutsamer Geschehnisse gezogen werden sollen …

Danksagung

Der Roman *Hochverrat* ist einfacher zu schreiben gewesen als *Königsblut*, aber dies ist nicht ohne die ihn begleitenden Ängste geschehen; und ich möchte einigen Leuten namentlich danken, die mir beigesprungen sind und die mir auf meinem Weg geholfen haben.

Erstens ein übrig gebliebenes Dankeschön an Ingo Hippisley, der bei *Königsblut* seinen Rotstift mit solch beschämendem Scharfsinn angesetzt hatte, dass ich die ganze Episode aus meinem Kopf gelöscht habe. Danke, Ingo! Zweitens schulde ich wie üblich dem großartigen Professor David Allison enorm viel, der mich unermüdlich mit seiner konstruktiven Kritik unterstützt hat: nicht nur bei den medizinischen Vorgehensweisen und Operationen, die Katherine ausführen muss – worin er ein Experte ist –, sondern bei mehr oder weniger allem anderen auch – worin er ebenfalls fachkundig zu sein scheint. Herzlichen Dank, David! Ich schulde dir ein riesiges Pint.

Mein Dank gilt ebenfalls meinem Agenten Jim Gill, der leidenschaftlich und lustig gewesen ist. Erneut möchte ich meiner Lektorin Selina Walker danken, die eine weitere grandiose Leistung an literarischer Chiropraktik vollbracht hat, um meine verdrehte Geschichte auf ihre beiden Beine zu stellen. Ich muss auch Richenda Todd danken für ihre verblüffende Aufmerksamkeit, was Details anbelangt, und ihre erstaunliche Fähigkeit, temporale Unglücke zu erspähen. Außerdem möchte ich Darren Bennett für seine wunderschönen Karten und Beth Kruszynskyj für den unermüdlichen Einsatz ihrer organisatorischen Fähigkeiten danken.

Ganz allgemein möchte ich mich bei jenen bedanken, die noch auf ihren Scheck in der Post warten (und denen ich individuell und in eigener Person werde danken müssen, sodass sie nie von dem »Echten Horror« erfahren – davon, wie lang die Liste meiner Gläubiger ist). Aber ihr Tag wird kommen, das verspreche ich … Und natürlich gilt mein ganz spezieller Dank jenen, die mich während des letzten Jahres ertragen haben – insbesondere Kazza, Martha, Tom und Max. Ich danke euch allen!

Lesen – vor fünfhundert Jahren ein tödliches Verbrechen

Jeremiah Pearson
DIE TÄUFERIN
Der Bund der Freiheit
Historischer Roman
Aus dem amerikanischen
Englisch von
Axel Merz
608 Seiten
ISBN 978-3-404-17352-5

Böhmen, 1517. Kristina ist noch ein Kind, als ihre Eltern auf dem Scheiterhaufen verbrannt werden. Sie seien Ketzer, so das Urteil, Feinde der katholischen Kirche. Weil sie daran glaubten, dass jeder Mensch das Recht hat, lesen zu lernen. Jahre später will Kristina ihr Werk fortführen. Mit einer kleinen Gruppe Gleichgesinnter macht sie sich auf die gefährliche Reise nach Deutschland, um Verbündete in Mainz und Würzburg zu unterstützen. Doch unterwegs lauern nicht nur Ketzerjäger, sondern auch der Krieg. Bald liegt Kristinas Schicksal in der Hand eines einzigen Mannes: des hitzköpfigen Bauernkriegers Lud.

Bastei Lübbe